丁玲研究资料

62

DINGLING YANJIUZILIAO

袁良骏 编

中国社会科学院
文学研究所 总纂

中国文学史资料全编

现代卷

知识产权出版社

内容提要：

丁玲，我国现代著名作家。本书分生平资料，创作自述，研究论文选编，著作年表，著作目录，研究资料目录索引等六个部分，全面收集了关于丁玲的研究资料。

责任编辑：马　岳　　　　　**责任校对：**韩秀天
装帧设计：段维东　　　　　**责任出版：**卢运霞

图书在版编目（CIP）数据

丁玲研究资料 / 袁良骏编. —北京：知识产权出版社，2011.3
（中国文学史资料全编·现代卷）
ISBN 978-7-5130-0430-5
Ⅰ．丁… Ⅱ．袁… Ⅲ．① 丁玲（1904—1986）—人物研究　②丁玲（1904—1986）—文学研究　Ⅳ．①K825.6　②I206.6
中国版本图书馆 CIP 数据核字（2011）第 036853 号

中国文学史资料全编·现代卷

丁玲研究资料

袁良骏　编

出版发行：知识产权出版社

社　　址：北京市海淀区马甸南村 1 号	邮　编：100088
网　　址：http://www.ipph.cn	邮　箱：bjb@cnipr.com
发行电话：010-82000860 转 8101/8102	传　真：010-82005070/82000893
责编电话：010-82000860 转 8171	责编邮箱：mayue@cnipr.com
印　　刷：北京市凯鑫彩色印刷有限公司	经　销：新华书店及相关销售网点
开　　本：720mm×960mm　1/16	印　张：38.25
版　　次：2011 年 4 月第一版	印　次：2011 年 4 月第一次印刷
字　　数：580 千字	定　价：78.00 元

ISBN 978-7-5130-0430-5 / K·075(3341)

出版权专有　侵权必究
如有印装质量问题，本社负责调换。

汇纂工作小组
名单

（按姓氏笔画排列）

王润贵　刘跃进　刘福春　严　平

张大明　杨　义　欧　剑　段红梅

编 辑 说 明

　　中国社会科学院文学研究所向来重视文学史料的系统整理与深入研究，建所50多年来，组织编纂了很多资料丛书，包括《古本戏曲丛刊》、《古本小说丛刊》、《中国现代文学史资料汇编》、《近代文学史料汇编》、《当代文学史料汇编》以及《文艺理论译丛》、《现代文艺理论译丛》、《古典文艺理论译丛》等。其中，介绍国外文艺理论的3套丛书，已经汇编为《文学研究所学术汇刊》9种30册，交由知识产权出版社出版。该书出版后，国内一些重要媒体刊发评介文章，给予充分肯定。为满足学术研究的需要，2007年初，中国社会科学院文学研究所与知识产权出版社商定继续合作，编辑出版《中国文学史资料全编》，将以往出版的史料著作汇为一编，统一装帧，集中出版。

　　这里推出的《中国文学史资料全编·现代卷》就是其中的一种。本卷主要以《中国现代文学史资料汇编》为基础而又有所扩展。《中国现代文学史资料汇编》的编纂工作启动于1979年，稍后列入国家第六个五年计划社科重点项目。该编分为《中国现代文学运动、论争、社团资料丛书》、《中国现代作家作品研究资料丛书》、《中国现代文学书刊资料丛书》即甲乙丙3种，总主编陈荒煤，副主编许觉民、马良春，编委有丁景唐、马良春、王景山、王瑶、方铭、许觉民、刘增杰、孙中田、孙玉石、沈承宽、芮和师、张大明、张晓翠、杨占陞、陈荒煤、唐弢、贾植芳、徐迺翔、常君实、鄂基瑞、薛绥之、魏绍昌，具体组织主要由徐迺翔、张大明负责。此项目计划出书约200种。至20世纪末，前后20多年间，这套书由数家出版社陆陆续续出版了80余种，还有数十种虽然已经编就，由于种种原因，迄今尚未出版。"现代卷"包括上述已经出版的图书和若干种当时已经编好而尚未出版的图书。

　　这项工作得到了中国社会科学院文学研究所和知识产权出版社的高度重视，为此成立了汇纂工作小组。杨义、刘跃进、严平、张大明、刘福春等具体负责学术协调工作，于2007年11月，向著作权人发出《征求〈中国文学史资料全编·现代卷〉版权的一封信》，很快得到了绝大多数编者的授权，使这项工作得以如期顺利开展。为此，我们向原书的编者表示由衷的谢意。为尽快将这套书推向社会，满足学界和社会的急需，除原版少量排印错误外，此次重印一律不作任何修改，保留原书原貌，待全部出齐，视市场情况出版修订本。为此，我们也诚挚地希望广大读者能给予充分谅解。

《中国文学史资料全编·现代卷》出版后，我们将尽快启动"古代卷"、"近代卷"和"当代卷"的编纂工作，希望能继续得到专家学者的大力支持和热心参与。

现代卷汇纂工作组

目 录

丁玲生平资料

丁玲传略 ……………………………………………………………… 2
丁玲生平年表（1904—1986 年）……………………………………… 7
丁玲——她的武器是艺术（节录）（[美] 尼姆·韦尔斯）…………… 33
丁玲同志（史轮）……………………………………………………… 36
当过记者的丁玲（白夜）……………………………………………… 46
丁玲同志近况（杨德华）……………………………………………… 55
丁玲和《红中副刊》（袁良骏）……………………………………… 58
记老作家丁玲（杨桂欣）……………………………………………… 61
"真想延安！"（肖云儒）……………………………………………… 65
　　　——访丁玲
鲁迅与丁玲（陈漱渝）………………………………………………… 71

丁玲谈自己的创作

最后一页 ……………………………………………………………… 76
作者记 ………………………………………………………………… 77
我的自白 ……………………………………………………………… 80
　　　——在光华大学的讲演
《某夜》附记 ………………………………………………………… 85
给《大陆新闻》编者的信 …………………………………………… 86

我的创作经验	88
我的创作生活	90
《意外集》自序	94
最后一页	96
《河内一郎》后记	98
写在前边	100
编者的话	101
写在前边	103
作者的话	105
《陕北风光》校后记所感	108
《我在霞村的时候》校后记	111
《一二九师与晋冀鲁豫边区》自序	112
一个真实人的一生（节录）	116
《欧行散记》序	117
《跨到新的时代来》后记	118
《丁玲选集》自序	119
给曹永明同志的信	120
《延安集》编后记	123
一点经验	124
生活、思想与人物	128
——在电影剧作讲习会上的讲话	
《太阳照在桑干河上》重印前言	143
《丁玲短篇小说选》后记	147
解答三个问题	151
——在北京语言学院外国留学生座谈会上的讲话	
写在《到前线去》的前边	161
走访丁玲	165
关于《杜晚香》	173
——在北京图书馆组织的与读者见面会上的谈话	
写在后边（《丁玲近作》后记）	179
丁玲谈自己的创作	180

丁玲研究论文选编

（一）
（1929—1948）

丁玲女士（毅真） 190
丁玲（钱谦吾） 193
丁玲论（方英） 202
关于新的小说的诞生（何丹仁） 209
　　——评丁玲的《水》
女作家丁玲（茅盾） 214
丁玲的《夜会》（杨邨人） 218
丁玲的《母亲》（节录）（钱谦吾） 221
编完之后（蓬子） 224
丁玲女士的创作过程（王淑明） 226
"人……在艰苦中生长"（燎荧） 234
　　——评丁玲同志的《在医院中时》
大风暴中的人物（骆宾基） 241
　　——评丁玲《我在霞村的时候》
从《梦珂》到《夜》（冯雪峰） 249
　　——《丁玲文集》后记

（二）
（1949—1981）

丁玲的《太阳照在桑干河上》（陈涌） 258
《中国新文学史稿》（节录）（王瑶） 273
《太阳照在桑干河上》在我们文学发展上的意义（冯雪峰） 278
《中国现代文学史略》（节录）（丁易） 289
《中国新文学史初稿》（节录）（刘绶松） 296
论《太阳照在桑干河上》（节录）（竹可羽） 305
关于莎菲女士（张天翼） 334
文艺战线上的一场大辩论（节录）（周扬） 345

《文艺报》编者按语 ································ 350
《太阳照在桑干河上》究竟是什么样的作品（节录）（王燎荧）······ 352
丁玲的再现（冯夏熊）································ 374
褒贬毁誉之间（袁良骏）······························ 388
　　——谈谈《莎菲女士的日记》
丁玲早期的生活和创作（节录）（宗谌　尚侠）············ 399
也谈《太阳照在桑干河上》（赵园）······················ 405
现代文学史上的一桩旧案（严家炎）···················· 417
　　——重评丁玲小说《在医院中》

（三）
（港台·海外部分）

《中国新文学史》（节录）（[中国香港]司马长风）········ 428
《现代中国文学全集第九卷·丁玲篇》后记（[日]冈崎俊夫）····· 430
丁玲论（[日]中岛碧）································ 435
《中国现代小说史》（节录）（[美]夏志清）·············· 457
不断变化的文艺与生活的关系（节录）（[美]梅仪慈）······ 462
《太阳照在桑干河上》俄译本序言（节录）（[苏]Л.
　　波兹德聂耶娃）································ 483
《中国文学》（节录）（[苏]Н.费德林）················ 489
《当代东方文学》（节录）（[苏]Е.齐宾娜）············ 500

丁玲著作年表

丁玲著作年表 ······································ 504

丁玲著作目录

丁玲著作目录 ······································ 532

丁玲研究资料目录索引

（一）丁玲研究专著目录索引 ························ 554

（二）其他著作中的丁玲研究资料目录索引 ·················· 559

（三）报刊上的丁玲研究资料目录索引 ·················· 569

丁玲自传 ·················· 592

编后记 ·················· 594

丁玲生平资料

丁玲传略

丁玲，原名蒋伟，字冰之，1904年10月12日（清光绪三十年，农历九月四日）生于湖南省临澧（安福）县一个没落的封建世家。父蒋浴岚，留日学生，是一个挥金如土的世家子弟，曾行医散药、造福乡里。母余曼贞（后改名蒋胜眉，字慕唐），为常德封建世家女，但因受新文化熏陶，具有较强烈的民主革命思想。

丁玲的童年很不幸，四岁时（1908年）父亲病逝，母亲带她和一遗腹的幼弟（后不幸夭殇）寄居常德舅父家。从七岁至十四岁，丁玲随母亲辗转就学于常德女子师范学校幼稚班、桃源县立小学、常德女子小学、桃源第二女子师范预科学校等校。课余和假期曾在舅父家接触了一些林（琴南）译外国小说以及《小说月报》、《小说大观》等文学书刊，亦曾由母亲口中听来不少中国古代的神话故事或传说。这是丁玲文学兴趣的滥觞。

1919年"五四"运动爆发时，丁玲正在桃源第二女子师范学校预科学习。在王剑虹、杨代诚（王一知）等高班同学的带动下，十五岁的丁玲积极参加了游行、讲演、剪辫子等学生运动。暑假后，丁玲转入长沙周南女子中学。在校一年中，曾得到进步教师陈启明先生（"新民学会"会员）的教育和熏陶，进一步培养了其文学兴趣。她的两首白话小诗曾被陈启明先生推荐到《湘江日报》发表（今佚）。

1921年暑假，因抗议校方解聘陈启明先生，丁玲转入男女同校的长沙岳云中学，在校半年。曾写一短文揭发其舅父之劣绅行径，发表于常德《民国日报》（今佚），遭到舅父之严词恫吓。

年轻的丁玲决计冲决封建罗网,飞向自由的广阔天地。恰巧在1921年底,她在常德又遇老同学王剑虹,结为挚友。旋同赴上海,考入了共产党人陈独秀、李达等创办的平民女子学校。但是,这个学校零乱松散的课程和简单的革命宣传并不能吸引她们,不到半年,她们便一起退学到南京自修文学去了。

1923年夏,她们结识了著名的中国共产党人瞿秋白。经瞿秋白等介绍,丁玲、王剑虹结束南京自学生活,进中国共产党创办的上海大学中国文学系学习。

1924年夏,与瞿秋白结婚不到一年的王剑虹不幸病逝。丁玲在哀悼过自己的挚友后,悲痛地告别上海,转赴北京,过着清苦的求学生活。曾在北京大学等校旁听文学课程,并进过数理化补习学校学习,还曾在私人画室学画。这时,她结识了胡也频。

1925年,丁玲与胡也频结婚。她进一步涉猎了大量文学名著,而对法国作家福楼拜之《包法利夫人》、小仲马之《茶花女》以及俄国作家屠格涅夫、托尔斯泰、高尔基等的作品尤为热爱。她自己的小说创作亦在孕育之中。

当时,身在北京的丁玲远离了南方的革命风暴。她虽然十分不满黑暗现实,但却陷在比较消极、感伤的情调里。也正是在这种思想氛围里,她的处女作、短篇小说《梦珂》于1927年秋写成了。同年12月10日,发表于《小说月报》第18卷第12号,深受该刊编者叶圣陶及文艺界其他人士的赞赏与关注。

是年冬,《梦珂》的姊妹篇《莎菲女士的日记》脱稿,发表于《小说月报》第19卷第12期(1928年2月10日)。这篇作品以大胆的描写和细腻的心理刻画引起了文坛的注目,并奠定了她的文学道路。

1928年春,丁玲、胡也频返上海,计划去寻求新的生活道路、开创新的文学事业。这时,她陆续写成了短篇小说《暑假中》、《阿毛姑娘》和散文《素描》等。10月,她的第一个短篇小说集《在黑暗中》由开明书店出版(收上述小说四篇)。

1929年初,丁玲与胡也频、沈从文合办"红黑书店",出版《红黑》杂志,试图在文学事业上开辟一片新的天地。但是,大革命失败后的黑暗中国并不能使这几个文学青年顺利地施展自己的抱负。他们虽然勉强办了八期杂志、印了几本书，但在经济上却债台高筑、无法支持。他们不仅被迫关闭了书店、停办了杂志，而且不得不让胡也频只身去济南教书，以挣钱还债。

两年间，丁玲又陆续写下了十多个短篇，分别编为《自杀日记》、《一个女人》出版。这些作品虽然没有跳出《莎菲女士的日记》的窠臼，但也都曲折地反映了社会的黑暗以及青年知识女性的苦闷和追求。这时，丁玲的心情和思想虽然尚未发生根本的变化，但是，生活的重压和残酷的现实却使这个穷苦的青年作家在探索和追求光明的人生道路上，更加接近了中国共产党人与马列主义学说。

1929年冬，丁玲写出了长篇小说《韦护》。这虽然不过是一部当时风靡一时的"革命加恋爱"型的作品，但对作家本人来说，却是一个重大的创作突破。它结束了丁玲创作的"莎菲"时代，而向着描写革命、塑造革命者形象跨出了重要的一步。

1930年5月，急剧左倾的胡也频在济南险遭逮捕；在进步师生和校长张默生先生的帮助下，他和后去的丁玲一起逃离济南，取道青岛回到上海。返沪不久，二人同时参加以鲁迅为旗手的中国左翼作家联盟（"左联"）。在此期间，先后写成中篇小说《一九三〇年春上海》（之一、之二）以及另外一些短篇。

1931年春，胡也频不幸被捕与遇害，对丁玲的生活和创作产生了重大影响。丁玲怀着满腔悲愤，将不满周岁的幼子送到湖南交母亲抚养，返沪后，即向党提出去苏区工作。后经党组织决定暂不去苏区，留沪主编左联机关刊物《北斗》。这时期，丁玲的创作摆脱了"革命加恋爱"的公式，而力图用革命现实主义的方法正面描绘血火交织的阶级斗争现实，先后写出了《某夜》、《田家冲》、《水》、《法网》、《消息》、《夜会》、《诗人亚洛夫》、《奔》等中、短篇小说。

1932年3月，在白色恐怖严重的上海，丁玲加入了中国共产党；下半年，出任左联党团书记。正当丁玲积极投身于革命事业并着手写作长篇小说《母亲》时，1933年5月14日，她不幸被国民党特务绑架。由于丁玲的声望和鲁迅、宋庆龄及国内外进步势力的大力营救，国民党未敢杀害丁玲，而将她转至南京关押、软禁。

直到1936年9月，丁玲才在党的营救下逃离南京，秘密返回上海。

此时，曾应良友图书印刷公司之约，汇编幽禁中所写五个短篇为《意外集》。9月下旬，丁玲在党的安排下，离沪潜赴西安，蛰居月余，曾秘密会见美国朋友埃德加·斯诺和史沫特莱女士。10月20日惊闻鲁迅病逝，曾以"耀高邱"笔名发函吊唁。11月初化装赴陕北，中旬抵党中央所在地保安，受到党中央领导同志毛泽东、周恩来、张闻天、博古等人的热烈欢迎。

丁玲到陕北，这是她革命和创作生活的新开端。从此，在革命根据地人民和党的怀抱中，她踏上了更加坚实的深入人民群众、学习人民群众、表现人民群众的革命现实主义的创作道路。从这里开始，一直到中华人民共和国成立，又可以1942年延安文艺座谈会为界，大致划分为两个段落：会前，她主要从事革命的实际工作，为抗日救亡的伟大事业服务。其间当过随军记者，当过苏区第一个文艺团体"中国文艺协会"的主任，当过中央警卫团的政治部副主任，当过西北战地服务团（"西战团"）团长，当过《解放日报》文艺副刊主编，进过马列学院、中央党校，还当过陕甘宁边区文协副主任，从事了大量的革命实际工作。特别是她率领的"西战团"，曾活跃在山西抗日前线半年之久，辗转近二十个县、市，六十余个村庄，行程数千里，演出百余场，深受前线军民的欢迎和中共中央的赞扬。后又奉命赴西安工作四个半月，出色完成了宣传群众和统一战线的工作任务。在条件十分艰苦、戎马倥偬的情况下，丁玲没有忘记自己作为一个作家的使命，她先后写出了数十篇散文、通讯、速写、杂文、论文、诗歌、戏剧和小说作品。其中像《一颗未出膛的枪弹》、《彭德怀速写》、《新的信念》、《我在霞村的时候》等著名作品，成为当时根据地文艺的宝贵成果。丁玲一到根据地，就热切地投身到工农兵群众中去，始终和人民群众同甘苦，共命运，并从人民群众中汲取了最丰富的营养。

延安文艺座谈会后，丁玲摆脱了一些行政事务，比较专心地从事写作。同时，工农兵的方向也更明确、更自觉了。这一时期，她有计划地写了一系列先进英雄模范人物的特写、报告，以便为自己的长篇创作打下坚实的基础。抗战胜利后她离开了延安。内战爆发时，她在张家口有幸参加了河北地区翻天覆地的土改斗争，取得了写作长篇《太阳照在桑干河上》的丰富素材。经过一年多的酝酿、执笔、修改，1948

年 4 月，这部反映土地改革伟大斗争的优秀作品终于胜利完成了。这是丁玲十余年根据地生活的总结，也是她三十年创作生活的小结。

从建国前后到 1957 年"反右"斗争前，丁玲陷入了繁忙的社会活动和党政工作，曾先后五次赴苏联、东欧参加国际性会议，又先后担任了全国政协委员、全国妇联理事、中国文联委员、文协（后改作协）副主席、《文艺报》主编、中央文学研究所所长、中共中央宣传部文艺处长、《人民文学》主编等职，1954 年又被选为全国人大代表。但在繁忙的社会活动和党政工作之余，她仍写了大量的散文、随笔和文艺评论文章，而且写出并发表了《太阳照在桑干河上》的姊妹篇《在严寒的日子里》的部分章节。

1955 年，丁玲先是被错误地打成"丁、陈（企霞）反党小集团"的主要成员，1957 年又被错划为"丁、冯（雪峰）右派反党集团"的主要成员，1958 年遭到"再批判"，被开除党籍、取消原级原薪、撤销原工作，查禁所有作品，并下放北大荒"劳动改造"达八年之久。"文化革命"期间又被关进"牛棚"四年，所有文稿被洗劫一空。1970 年，又被"四人帮"关进了北京近郊的秦城监狱。1975 年虽获释放，但又被遣送至山西省长治县嶂头村。直至 1979 年，党的十一届三中全会之后，经党中央批准，二十余年的冤案才得到平反昭雪，丁玲恢复了党籍，重新回到了党的怀抱。多年的磨难虽然损害了她的健康、耽误了她的时间，但并没有毁掉她坚定的革命信念和顽强的斗争意志，她的创作欲望也更加旺盛了。

1979 年 6 月，增补丁玲为中国人民政治协商会议第五届全国委员会委员。在同年 10 月召开的第四次文代会上，丁玲重返阔别二十余年的中国文坛，被选为作家协会副主席，她精神矍铄地投入了新的创作生活。

1986 年 3 月 4 日，丁玲因病在北京逝世，享年 82 岁。

丁玲生平年表

（1904—1986年）

1904年　　　　　　　　　　　　　　　　　　　　　　1岁
10月12日（农历9月4日）生于湖南省临澧（安福）县一个没落的封建世家，名蒋伟，字冰之。父名蒋浴岚，秀才，后留学日本学习法律，是一个挥金如土的世家子弟，曾行医散药，造福乡里。母名余曼贞（丈夫去世后改名蒋胜眉，字慕唐），为常德封建世家女，因自幼受新文化熏陶，具有较强烈的民主革命思想。

1908年　　　　　　　　　　　　　　　　　　　　　　4岁
父病逝。

1909年　　　　　　　　　　　　　　　　　　　　　　5岁
随母移居常德舅父家。

1911年　　　　　　　　　　　　　　　　　　　　　　7岁
随母入常德女子师范学校，读幼稚班。在此期间，丁母与后来的著名女革命家向警予结为至交。

1912年　　　　　　　　　　　　　　　　　　　　　　8岁
随母去长沙入小学一年级。

1913 年   9 岁

丁母离开长沙第一女子师范去桃源教书，丁暂留长沙，由向警予同志等代为照料。随后丁玲也离长沙去桃源，入桃源县立小学。课余，母亲常为之讲西方著名妇女活动家（如罗兰夫人等）的故事。

1915 年   11 岁

随母由桃源回到常德，母在常德东门外女子小学任教，丁住在城里舅父家中，在附近的女子学校读书。课余曾翻阅不少中国古典小说，虽看不太懂，但被小说故事所吸引，尤喜《西游记》和《封神演义》。并开始接触了一些林（琴南）译外国小说以及《小说月报》、《小说大观》等文学书刊，极爱《块肉余生记》、《十字军英雄略》以及中国古典小说《水浒传》、《七侠五义》等。不久，对《红楼梦》、《聊斋》等也发生了浓厚兴趣。

1918 年   14 岁

春，幼弟夭亡。

夏，入桃源第二女子师范学校预科。

1919 年   15 岁

"五四"运动爆发后，影响波及桃源。在王剑虹、杨代诚（王一知）等高班女同学的带动下，丁玲积极参加了游行、讲演、剪辫子等学生运动。并曾在该校附属"平民夜校"中任小先生（"崽崽先生"），教珠算。

秋，转入长沙著名的进步学校周南女子中学读书，得到进步教师陈启明先生（新民学会会员）的教育、熏陶，接触了冰心、周作人、胡适、俞平伯、康白情、陈独秀以及都德等人的一些作品，进一步培养了革命思想和文学兴趣。曾有两首白话小诗被陈启明先生推荐至《湘江日报》发表；还曾写文举发其舅父之劣绅行径，发表于长沙《民国日报》（发表时报社隐去真名，作者代以"□□□"，其舅父代以"×××"）。

1921 年   17 岁

秋，因不满学校当局的保守及解聘陈启明先生，与杨开慧、徐文萱等七人一起转入男女同校的长沙岳云中学。

1922年　　　　　　　　　　　　　　　　　　　　　　　　　　18岁

春节，解除了和舅父家大表兄的包办婚约。

再遇王剑虹，结为挚友。

年初，与王剑虹同赴上海，入中国共产党人陈独秀、李达等创办的平民女子学校。约半年。教师有沈雁冰、陈望道、邵力子等。王、丁不满于这个学校的课程和简单的革命宣传，接触了一些有无政府主义思想的人，并随他们参加过一些无政府主义者举办的会议。但丁对无政府主义思想也不满意。

秋，平民女校停办，与王剑虹辍学在沪，读了鲁迅、郭沫若的一些作品，后又一起去南京自修文学。

不久，返湘探母。

1923年　　　　　　　　　　　　　　　　　　　　　　　　　　19岁

春，回到南京，结识著名中国共产党人瞿秋白。

夏，离宁返沪，经瞿秋白等介绍，入中国共产党人创办的上海大学中国文学系。

1924年　　　　　　　　　　　　　　　　　　　　　　　　　　20岁

春，挚友王剑虹不幸病逝，丁玲悲痛地告别上海，转赴北京，过着清苦的公寓生活，偶尔去北京大学等校旁听文学课程，并进过补习数理化的学校和私人画室学习。此时，与胡也频相识。

1925年　　　　　　　　　　　　　　　　　　　　　　　　　　21岁

4月底，曾以丁玲名给鲁迅写信，诉说人生的苦闷，希望得到指引。鲁迅怀疑此信是"现代评论派""㪇㪇阿文"化名的恶作剧，故只在4月30日日记中记下了"得丁玲信"四字而未予回信。

丁郁郁返湘。不久，返北京，与胡也频结婚。这时进一步涉猎大量西洋文学名著，如法国作家福楼拜之《包法利夫人》等。

1926年　　　　　　　　　　　　　　　　　　　　　　　　　　22岁

年初，看到名戏剧家洪深从上海带到北京的中国最早的电影，于是萌动了想做电影演员的念头。为此，和洪深通信，并在北海公园和洪深晤面，洪慨然赞助。

不久，筹资与胡也频一同到上海，经洪深介绍，入明星电影公司。但稍一涉足，便发现与自己的志趣不合，因而没有签订合同。

随后，往访南国剧社负责人田汉，欲做戏剧演员。但同样厌恶当时戏剧界的一些不良风气，终于和影剧事业告别。

夏，在上海无事可做，返湘。后又到北京。

1927 年   **23 岁**

开始小说创作。

秋，《梦珂》写成，寄给《小说月报》，深得编辑叶圣陶赞赏，发表于该刊第 18 卷第 12 号（12 月 10 日出版）。

冬，代表作《莎菲女士的日记》脱稿。

结识共产党员、青年诗人冯雪峰。

1928 年   **24 岁**

2 月，《莎菲女士的日记》发表于《小说月报》第 19 卷第 2 号，在文艺界引起很大反响。

春，返上海，并去杭州西湖小住。陆续写成并发表短篇小说《暑假中》、《阿毛姑娘》以及散文《素描》、《仍然是烦恼着》等。

10 月，第一个短篇小说集由开明书店出版，取名《在黑暗中》，收《梦珂》、《莎菲女士的日记》、《暑假中》、《阿毛姑娘》共四篇。

冬，写成短篇小说《一个男人与一个女人》、《自杀日记》。年底，写成短篇小说《庆云里中的一间小房里》。

1929 年   **25 岁**

年初，与胡也频、沈从文合办"红黑书店"，出版《红黑》杂志，并为人间书店编《人间》杂志。

春，陆续写成《过年》、《岁暮》、《小火轮上》、《她走后》等短篇小说。夏，陆续写成《日》、《野草》等短篇小说及论文《介绍〈到 M 城去〉》。

5 月，第二本短篇小说集《自杀日记》由上海光华书店出版，收

《自杀日记》等六篇。

冬，写成以瞿秋白、王剑虹的爱情生活为素材的长篇小说《韦护》。

1930年　　　　　　　　　　　　　　　　　　　26岁

年初，《韦护》在《小说月报》开始连载。

2月，红黑书店因债务丛集而倒闭，胡也频被迫去济南教书，以挣钱还债。丁玲留沪继续从事创作。

4月，丁玲亦至济南。第三个短篇小说集《一个女人》由上海中华书店出版，内收丁玲小说四篇，胡也频小说两篇。

5月，因胡也频宣传革命思想，国民党当局准备将他逮捕。在进步师生和校长张默生先生的资助下，胡、丁秘密逃往青岛，由海路返沪。

返沪后即经潘汉年介绍，二人同时参加"左联"（中国左翼作家联盟）。

6月，作短篇小说《年前的一天》。

9月，《韦护》由上海大江书铺出版。

秋，作中篇小说《一九三○年春上海》（一）。

冬，作中篇小说《一九三○年春上海》（二）。

11月，子祖麟降生。

1931年　　　　　　　　　　　　　　　　　　　27岁

1月17日，胡也频不幸被捕，丁玲和党组织以及友人奋力营救无效，2月7日夜，胡与其他23名同志同时遇难。

在极度悲伤与愤怒中，丁玲将不满周岁的幼子送回湖南老家，交给母亲抚养。返沪后，向党提出去苏区工作，在兆丰公园亲自见到党中央负责同志张闻天。后经党组织决定，留沪编辑左联机关刊物《北斗》（9月20日创刊）。

主编《北斗》期间，与鲁迅结识，并得到他的大力支持与帮助；同时，广泛联系了叶圣陶、郁达夫、冰心、沈从文等进步或中间作家。

先后去复旦大学、中国公学等校演讲，宣传革命思想，悼念革命烈士。

7月，写成描写出身于剥削阶级家庭的青年女性走上革命道路的短篇小说《田家冲》。

8月，写成新诗《给我爱的》。

9月至11月，写成并发表以十六省大水灾为背景的著名中篇小说《水》，受到革命文艺队伍的高度重视与赞扬。

12月19日，与夏丏尊、周建人、胡愈之、叶圣陶、郁达夫等二十余人发起组织"上海文化界反帝抗日联盟"。

夏，结识美国朋友史沫特莱女士。

秋，与冯达同居。

同年，先后出版与胡也频的合集《一个人的诞生》（收二人短篇小说各二篇）、短篇小说《法网》单行本和短篇小说集《水》（收短篇小说五篇）。又写成《无题》、《杨妈的日记》、《莎菲日记第二部》、《不算情书》等。

1932年　　　　　　　　　　　　　　　　　　28岁

年初，参加"中国著作者协会"。

担任左联组织部长和工农文学会负责人。曾深入工人群众中组织工人读书会，并帮助工人业余作者。

在1月20日出版的《北斗》2卷1期上发表《对创作上的几条具体意见》，作为《北斗》举办的"创作不振之原因及其出路"的讨论小结。同期发表短篇小说《多事之秋》（未完）。

"一·二八"上海抗战后，与鲁迅、茅盾等43人联名发表《上海文化界告全世界书》，强烈抗议日本帝国主义蓄意制造"一·二八"事变、疯狂侵略中国的法西斯暴行。

3月，加入中国共产党。宣誓仪式在上海南京路大三元饭店秘密举行，由瞿秋白同志代表上级党组织参加，潘梓年同志主持。同时宣誓的有田汉、叶以群、刘风斯等人。

4月，描写工人不幸遭遇的短篇小说《法网》编入良友图书印刷公司"一角"丛书单行出版。

5月，应《大陆新闻》编者楼适夷同志之约，开始写作并陆续发表长篇小说《母亲》。小说试图以其没落封建大家庭为素材，以其母亲为模特儿，描写辛亥革命前后的中国社会。但由于次年被捕，小说仅写成第一卷。而且仅发表了第一章的大半，《大陆新闻》即被国民党查禁了。发表散文《五月》。

6月，发表以胡也频等烈士英勇就义为题材的短篇小说《某夜》。同时写成以工人阶级的地下斗争为题材的短篇小说《消息》。

在7月20日出版的《北斗》第2卷第3、4期合刊上，丁玲开辟了"文学大众化问题征文"专栏，刊登了一组论文，并在"编后"和"代邮"中热情推荐了工人中的初学写作者，努力配合了左联积极推行的文艺大众化运动。

由于《北斗》的革命倾向，国民党反动派于本月将它查封。

9月，先后写成以工人革命斗争为题材的《夜会》、《诗人亚洛夫》等短篇作品。

秋，接替钱杏邨担任左联党团书记，直至次年5月被捕。

11月，发表《致〈文学月报〉编者的信》。

12月，发表《我的创作经验》。

本年，尚写有《给〈大陆新闻〉编者的信》、《代邮》、《随笔》、《给孩子们》等多篇。

1933年　　　　　　　　　　　　　　　　　　　　　29岁

3月，作短篇小说《奔》，生动地反映了农村破产、工人失业的悲惨现实。

4月，与鲁迅、茅盾、郁达夫等九人合署《为横死之小林遗族募捐启》，强烈抗议日本帝国主义杀害日共革命作家小林多喜二。

5月14日，去正风学院开文学座谈会，返家后即被国民党特务绑架。同时被捕的有潘梓年。旋即被秘密押赴南京。左翼文坛及进步文艺界组成"营救丁潘委员会"，发起声势浩大的营救运动。但仍盛传"丁玲遇害"，鲁迅为之写悼诗一首——《悼丁君》，左联为之出版《母亲》，北方左联为之出版《文学杂志》纪念专号，现代书局为之出版《夜会》（收短篇七篇）。

自同年5月至1936年9月，在南京幽囚三年。1934年9月，女祖慧降生。

1936年　　　　　　　　　　　　　　　　　　　　　32岁

5月，借口访友到北京，设法通过鲁迅等寻找党组织。

9月18日，在党的营救下，逃离南京，潜回上海，准备奔赴陕北苏区。在沪秘密逗留期间，应良友图书印刷公司赵家璧先生之约，汇编幽禁中所写五个短篇（《松子》、《一月二十三》、《陈伯祥》、《八月生活》、《团聚》）为《意外集》。

10月中旬（中秋节），乔装潜离上海赴西安，等待机会，转赴陕北。

西安居留期间，秘密会见美国朋友埃德加·斯诺和史沫特莱女士。

10月20日，惊悉鲁迅逝世噩耗后，以"耀高邱"名致函许广平女士，表示深切哀悼。

11月初，乔装赴陕北。

11月中，胜利到达党中央临时所在地保安（现为志丹县），受到党中央领导同志毛泽东、周恩来、张闻天、博古等人的热烈欢迎。欢迎会后，毛泽东同志赋《临江仙》一首相赠，词曰："壁上红旗飘落照，西风漫卷孤城。保安人物一时新，洞中开宴会，招待出牢人。纤笔一枝谁与似？三千毛瑟精兵。阵图开向陇山东，昨天文小姐，今日武将军。"

同月，根据丁玲要求，党中央派她随总政治部到前方。先后写散记数篇，编为《保安行》（后佚失）。与徐梦秋、成仿吾等34人发起筹备成立苏区"文艺工作者协会"。22日，在党中央的亲切关怀下，苏区第一个文艺团体"中国文艺协会"（文协）在保安成立，丁玲报告筹备经过并当选为文协主任。会后，与徐梦秋等同志一起创办我党党报第一个文艺副刊《红中副刊》，亲撰《刊尾随笔》作为代发刊词。

文协成立后，随军北上，行十余日，抵定边，参加广州暴动纪念大会，作《广暴纪念在定边》，旋迎来"双十二"——西安事变。北上期间，写通讯、散记、速写等七八篇，编为《北上》（后佚失）。

12月12日"西安事变"后，随军南下，去前敌司令部。经甘肃抵三原。30日，接到毛泽东同志赠与《临江仙》词电文。

1937年　　　　　　　　　　　　　　　33岁

1月10日，抵三原。南下期间，写散记、速写七八篇，编为《南下》（后佚失）。其中之《记左权同志话山城堡之战》与《彭德怀速写》二文，先后发表于《新中华副刊》（前身为《红中副刊》）第5、6期；《到前线去》、《南下军中之一页》等后收入《一颗未出膛的枪弹》。

2月，在前线再见史沫特莱女士，并陪她赴中央新住地延安。

同月，任中央警卫团政治部副主任月余，作《警卫团生活一斑》等。旋去文协主持工作。

4月，写成到苏区后的第一篇小说作品《一颗未出膛的枪弹》。小说在团结抗日、共赴国难的关键时刻，高度歌颂了红军战士崇高的爱国主义感情和视死如归的大无畏英雄气概，歌颂了我党团结抗日的正确政策。任红军历史编委会委员，并从事《二万五千里长征记》的编选工作；同时到"抗大"听课。15日，写《文艺在苏区》（通讯），热情歌颂了《长征记》这部红军长征的伟大历史记录。

5月至6月间，作短篇小说《东村事件》，连载于党中央机关刊《解放》周刊。

6月20日，筹备并主持延安"高尔基逝世一周年纪念大会"。

7月，"七七"抗战全面爆发后，与吴奚如酝酿、组织"战地记者团"。开始共七人。

8月12日，召开"战地服务团"成立大会，出席者共23人，丁玲、吴奚如被任命为正副主任。15日，延安各界举行"西北战地服务团（西战团）开赴抗日前线欢送晚会"，毛泽东等中央领导同志莅临讲话，丁玲代表服务团致答词。19日，西战团团刊《战地》创刊（见当日《新中华报》）。

同月，西战团抓紧出发准备，丁玲突击编写独幕话剧《重逢》。

9月22日，西战团离延出发，开赴山西抗日前线。由成立至出发的40天中，共公演11次。

10月1日，渡过黄河，进入山西境内。12日，经大宁、蒲县、临汾到达山西省会太原。13日，在山西大礼堂发表演讲，宣传党的抗日主张，吁请各界支持西战团的工作。

太原失守前夕奉命撤离太原往榆次、太谷、临汾，随八路军总司令部辗转活动于沁县、安泽、榆社、洪洞、赵城、临汾、运城等十余县市，行程数千里，演出百余场，深受抗日军民欢迎。

戎马倥偬中，写了《成立之前》、《第一次大会》、《政治上的准备》、《工作的准备》、《我们的生活纪律》、《民先与文研》、《河西途中》、《临汾》、《冀村之夜》、《孩子们》、《第一次的欢送会》、《杨伍城》、《忆天山》、《马辉》、《关于自卫队感言》等短文、速写近20篇（后均收入《一年》中），并写成三幕话剧《河内一郎》。

1938 年　　　　　　　　　　　　　　　　　　　　**34 岁**

1 月,《苏区的文艺》由上海南华出版社出版（内收小说两篇和独幕剧《重逢》）。

3 月初,根据中央指示,率西战团离开山西,由风陵渡渡黄河,经潼关去国民党统治区西安演出。行前,曾与女作家肖红亲密相处,并曾动员肖去延安。

由 3 月初到达至 7 月底离开,西战团在西安进行演出、宣传共约四个半月。其间,大的演出共三次,节目有话剧、京剧、秦腔、歌舞、曲艺等。演出的内容、形式和革命的艺术作风大大振奋了古都人民的抗日情绪,受到了国民党当局的多方刁难。

公演同时,西战团冲破重重阻挠,深入群众进行抗日宣传活动,并大力支持了"易俗社"、"大风剧社"等西安原有的艺术团体和群众业余组织的演出团队。在中共陕西省委和八路军驻西安办事处的指示下,西战团与胡宗南、蒋鼎文等国民党党政军要人进行合法斗争,揭露了国民党反动派和托派分子对八路军和西战团的诬蔑攻击,取得了西战团在政治、经济、演出等各方面的合法地位。先后写成《我们抵陕后的公演》、《写在第三次公演前面》、《适合群众与取媚群众》、《反与正》、《说欢迎》、《勇气》、《说到"印象"》、《讽刺》、《西安杂谈》等散文、杂文十余篇（后均收入《一年》中）,加工修改了《河内一郎》,并负责编辑、出版了西战团丛书（原计划十册,未出全）。

3 月 27 日,中华全国文艺界抗敌协会在汉口成立,丁玲当选为理事。

5 月,与茅盾等 18 位作家合署《给周作人的一封公开信》,对其晓以大义,劝他在汉奸道路上悬崖勒马。

7 月,率团返延安休整。做西战团十个月来工作总结报告。写新诗《七月的延安》。修改、定稿《河内一郎》（当月由西安生活书店单行出版）。

8 月,作《略谈改革平剧》。

9 月,边区文艺界抗敌联合会成立,丁玲当选为执委。

同月,丁玲到达根据地后的第一个小说散文集《一颗未出膛的枪弹》出版（内收小说 2 篇,散文、速写 4 篇）。

10 月,西战团再度开赴晋察冀前线,丁玲继续担任团长,留延安马列学院学习。

同年，尚陆续写有《答三个未见面的女同志》、《从临汾寄到武汉》、《序〈呈在大风沙里奔走的岗哨们〉》等散文、书信及小说《压碎的心》，并与舒群合编《战地》（实际由舒负责）。

1939年　　　　　　　　　　　　　　　　　　　　　　　　35岁

春，作小说《泪眼模糊中的信念》（后改题《新的信念》），成功地塑造了一个被日寇的非人兽行所激怒而奋不顾身投入抗日伟大斗争的乡村老太婆形象，强烈控诉了日本帝国主义的残暴无耻。

3月，参加延安"三八"国际妇女节庆祝大会，当选为大会主席团成员。同月，散文、特写集《一年》由西安生活书店出版（内收27篇，附录3篇）。

5月14日，参加中华全国文艺界抗敌协会（"文抗"）延安分会成立大会，当选为理事，并任该会"文艺顾问委员会"顾问委员、《文艺战线》编委。

6月，为文抗"文艺创作小组"作《关于创作上一般问题的报告》（今佚）。

秋，作短篇小说《县长家庭》、《秋收的一天》和散文《我怎样来陕北的》等。

9月，由上海青年文化社编选之短篇小说集《一天》出版（内收《水》等五篇）。

11月，离开马列学院，任陕甘宁边区文艺协会（简称"文协"）副主任，与艾思奇同志一起主持日常工作（主任为吴玉章同志），并筹备文协第一次代表大会。

1940年　　　　　　　　　　　　　　　　　　　　　　　　36岁

1月，在文协第一次代表大会上作《关于文学大众化问题》的报告（今佚）。

2月20日，当选为延安妇女界宪政促进会理事。

同月，在边区妇女宪政促进会座谈会上报告讨论提纲，并与徐特立、蔡畅等同志联署《延安各界宪政促进会宣言》。

3月，当选为边区模范妇女（文协代表）。

4月，作文艺短论《真》，强调了文艺的真实性原则。

5月，作文艺短论《作家与大众》、小说《入伍》等。同月，参加延安文化界为茅盾先生举行的欢迎会。

8月，作散文《开会之于鲁迅》。

9月，参加发起成立"陕甘宁边区新文字协会"。

10月，当选为边区"回民文化促进协会"筹备委员。

同月19日，主持延安文化界"鲁迅逝世四周年纪念大会"并发表讲话。

11月，参加肖军、舒群等发起组织的"文艺月会"，并一度列名《文艺月报》编委。

12月1日，出席边区师范等六个文艺小组的联合座谈会。

同年，曾为延安文化俱乐部作《关于〈子夜〉的研究》文艺讲座一次（今佚）。

1941年　　　　　　　　　　　　　　　　　　37岁

1月4日，在文抗延安分会年会上，当选为常务理事。15日，参加延安鲁迅研究会成立大会，当选为理事及鲁迅研究丛刊编委。

同月，去川口县暖水沟深入生活。写成短篇小说《我在霞村的时候》。

3月10日，与吴玉章、谢觉哉、徐特立等文化界知名人士30余人电慰洪深（被迫自杀，未死）。

4月，《解放日报》创刊，调任该报文艺副刊主编。

5月，边区举办"青年节征文"评奖，丁玲为评奖委员。

6月，由艺流书店编选之小说散文集《团聚》出版（内收小说六篇，散文一篇）。

同月，作短篇小说《夜》。

同年下半年先后写成《战斗是享受》、《材料》、《我们需要杂文》、《〈新木马计〉演出前有感》等散文、杂文、短论及短篇小说《在医院中时》。

1942年　　　　　　　　　　　　　　　　　　　　38岁

3月，作杂文《三八节有感》，并因此在高干学习会上受到一些同志的批评。

4月，作散文《风雨中忆肖红》。

5月，参加延安文艺座谈会，作《立场问题我见》。

6月，在延安文艺界批评王实味座谈会上发言，题为《文艺界对王实味应有的态度及反省》。

文艺座谈会后，调任"文协"整风学习委员会主席。

7月，根据八路军总部提供的英雄模范事迹，写成报告文学《十八个》。同月，《泪眼模糊中的信念》由未明社单行出版。

11月，作散文《十月革命节纪念》。

年底，写成报告文学《二十把板斧》。

同年，与陈明同志结婚。

1943年　　　　　　　　　　　　　　　　　　　　39岁

年初，在中央党校参加整风学习和审干运动。

春，写成秧歌剧《万队长》，曾在南泥湾演出一次，后佚失。

同年，还曾在中央党校参与话剧《同志，你走错了路》和京剧《逼上梁山》等的讨论修改。

1944年　　　　　　　　　　　　　　　　　　　　40岁

年初，调边区文协专门写作。去延安二乡麻塔村深入生活。

3月，由胡风代为编辑的短篇小说集《我在霞村的时候》由桂林远方书店出版，收入《新的信念》、《县长家庭》、《入伍》、《我在霞村的时候》、《秋收的一天》、《压碎的心》、《夜》等抗战前期创作的作品七篇。

6月，参加边区合作工作会议，广泛接触互助合作工作中的模范人物。会后，写成报告文学《田保霖》，得到广大群众与中央领导同志的热情称赞。毛泽东同志曾设便宴招待她和欧阳山同志，并对她说："我一口气看完了《田保霖》很高兴，这是你写工农兵的开始，希望你继续写下去，为你走上新的文学道路而庆祝。"

同月，接见英国记者福尔曼。

7月，采访刘伯承等一二九师与晋冀鲁豫边区政府领导人。在他们的热情帮助下，写成长篇报道《一二九师与晋冀鲁豫边区政府》。

秋，去安塞难民纺织厂，住两月余。原拟写一厂史，因搜集的材料于1946年在战争中遗失，未成，只写成了《记砖窑湾骡马大会》。

10月，参加边区文教工作者代表大会，写成报告文学《民间艺人李卜》。

11月，参加边区劳动英雄大会，写成报告文学《袁广发》。修改、完成上年未完稿《三日杂记》。

年底，与陈明、石鲁（画家）等同志去聚财山，预备根据"红鞋女妖精"案写一章回小说，未成。

同年，除集中力量写作报告文学并为长篇创作积累素材外，尚写有《老婆疙疸》、《谈鬼说梦的世界》等杂文、随笔多篇。

1945年　　　　　　　　　　　　　　　　　　　41岁

年初，与柯仲平、林山、陈明等同志组成"说书组"，帮助民间艺人韩起祥等推陈出新、改造说书等民间艺术。

"八·一五"日寇无条件投降后，经中共中央办公厅批准，与杨朔、陈明等同志组成延安文艺通讯团，准备步行去东北，沿途采写通讯报道。

10月，离开延安，向晋绥解放区进发。

11月7日，抵晋绥解放区兴县。

年底，抵晋察冀解放区张家口市。

沿途写成《阎日合流种种》、《介绍俘虏学习队》、《躲飞机》等特写。抵张家口后，写杂文《窃国者诛》，愤怒声讨蓄意悍然发动反人民内战的蒋介石集团。

1946年　　　　　　　　　　　　　　　　　　　42岁

年初，因国民党反动派封锁了去东北的通道，留在张家口就地开展工作。

1月6日，为张家口青年讲座作《青年知识分子的修养》的讲演。

2月，作杂文《自掘坟墓》，揭露国民党反动派悍然发动内战的罪行。

3月，与陈明、逯斐去宣化深入生活后，写出三幕话剧《望乡台畔》(后易名《窑工》)。

4月8日,王若飞等烈士不幸遇难后,写散文《吊"四八"殉难诸同志》、《我们永远在一起》。

同月,写回忆散文《我怎样飞向了自由的天地》,简述了自己走向革命的过程。

5月,应《晋察冀日报》社及其社长邓拓同志之约,主编该报文艺副刊,写《创刊漫笔》。

6月,写《谈大众文艺——纪念瞿秋白同志被难十一周年》。与肖三、成仿吾等同志联名致电美国文化、新闻界,呼吁制止美帝国主义者支持蒋介石发动内战。

同月,与成仿吾、沙可夫等一起筹备成立华北文化艺术界联合会(文联)。

7月,主编华北文联综合性文艺刊物《长城》,作《庆祝〈时代妇女〉发刊》、《海燕行》、《编后记》等散文、随笔。

同月,参加晋察冀土地改革工作团,学习中共中央关于土改工作的"五四"指示,投入涿鹿县温泉屯的土改运动,获得了长篇小说《桑干河上》的大量素材。

9月初,因内战爆发,撤离张家口,旋离张市徒步十余日抵老解放区阜平,开始了《桑干河上》的写作。

10月,由新象书店编选之《丁玲佳作选》出版(内收小说四篇,散文一篇)。

1947年　　　　　　　　　　　　　　　　　　　43岁

元月,作杂文《奋斗到胜利》。

春,去冀中行唐体验生活。

夏初,返阜平抬头湾村,续写《桑干河上》。

9月,参加全国土地会议,学习《中国土地法大纲》。

10月,由冯雪峰同志编选的《丁玲文集》在上海出版,收《梦珂》、《莎菲女士的日记》、《水》、《新的信念》、《入伍》、《我在霞村的时候》、《夜》小说七篇,冯为之写《后记》一篇。

冬,参加华北联大土改工作队去束鹿。

1948 年   44 岁

年初，赴石家庄近郊之宋村参加土地平分工作，共计约四个月。

4月，返华北联大（正定），修改《桑干河上》，定稿。

6月，《桑干河上》写成。写序言《写在前面》。这是一部优秀的长篇小说，它深刻反映了中国翻天覆地的土改斗争。

7月，离华北去东北，作为中国妇女代表团成员启程赴匈牙利参加世界民主妇联第二次代表大会。

8月，在东北与白朗、宋之的等12位作家发表《八一五致苏联作家信》。

9月，《桑干河上》先节选发表于东北《文学战线》，旋由东北新华书店出版单行本。

10月，抵哈尔滨。应邀对中学生发表演说，讲题为《同青年朋友谈谈旧影响》。

11月，抵匈牙利首都布达佩斯。在世界民主妇联第二次代表大会上被选为理事会执行委员。

同月，散文特写集《陕北风光》由东北新华书店出版（列为"文学战线丛书"之一），收入《三日杂记》、《袁广发》等散文、特写七篇，《校后记所感》一篇。

12月，由匈牙利抵苏联参观访问。25日，会见苏联作家协会主席、著名作家法捷耶夫。

年底，离苏联返国。

欧行期间及返国后，先后写成《记"东方语言学校"》、《法捷耶夫同志告诉了我些什么》、《世界民主妇联第二次代表大会的开幕》、《十万火炬》等文，后均收入《欧行散记》一书。

1949 年   45 岁

春，参加东北文艺座谈会，写《应该从生活出发，而不能从形式出发》、《批判肖军错误思想》等文。

4月中旬，参加中国和平代表团赴捷克首都布拉格参加保卫世界和平大会。25日大会结束，28日离捷去苏。

5月1日，在莫斯科参加苏联"五一"庆祝大会。月中，访问列宁格勒；月底，返国。在苏为《桑干河上》俄译本撰写前言《作者的话》。

同月，《桑干河上》易名《太阳照在桑干河上》，由新华书店在北京出版。

7月，回到阔别二十余年的北京，参加全国文学艺术工作者第一次代表大会。会上，作《从群众中来，到群众中去》的发言。当选为中华全国文学艺术工作者联合会（文联）常委，中华全国文学工作者协会（"作家协会"前身）副主席。

8月，参加全国妇女第一次代表大会，当选为全国妇女联合会常委。

9月，任《文艺报》主编。作影评《〈百万雄师下江南〉赞》。

同月，参加全国政治协商会议第一届会议，当选为全国政协委员。

10月1日，中华人民共和国成立。同月，对北京文学青年讲演，讲题为《在前进的道路上——关于读文学书的问题》。《太阳照在桑干河上》俄译本出版。

同月，参加全国文化教育工作会议，当选为全国文化教育委员会委员。月底，率中国代表团赴苏参加十月革命节三十周年纪念大会，并在苏参观访问。团员有吴晗、沙可夫、许广平、赵树理、曹禺、丁西林等。同时参加世界民主妇联第二次执委会，当选入大会主席团。

11月16日，访问连载《太阳照在桑干河上》的《旗帜》杂志编辑部。18日访问苏联作家协会。25日出席莫斯科妇女大会并发表演说。26日对塔斯社记者发表谈话。

12月5日，由苏返北京。

同年，尚写有《苏联人》、《永远活在我心中的人们——关于陈满的记载》等散文、报告文学多篇。

1950年　　　　　　　　　　　　　　　　　　46岁

元月，应邀在北东"大众文艺星期讲演会"讲演，讲题为《谈文学修养》。

春，任全国文协党组书记、常务副主席，主持日常工作（直至1952年底）。

主持筹备成立中央文学研究所（后改称中国作家协会文学讲习所），任所长。该所培养了一大批青年作家，丁玲为这项工作付出了大量心血，曾多次为学员讲课，同学员谈话，修改学员的作品。

4月，参加全国文协创作座谈茶话会。月底，应邀去清华大学讲演，讲题为《青年的恋爱问题》。

5月4日，参加北京大学文艺晚会并发表讲话。写《"五四"杂谈》。5日，与苏联作家龚查尔等座谈，并参加中苏作家拥护世界和平签名。

同月，惊闻美国朋友史沫特莱女士不幸去世，作悼文《噩耗传来》。写《〈陕北风光〉校后记所感》。月底，主持召开《文艺报》座谈会，讨论加强刊物的政治性、思想性、战斗性等问题。

6月，参加北京市文代大会并发表讲演，讲题为《谈谈普及工作——为祝贺北京市文代大会而写》。

同月，散文、报告文学集《陕北风光》由新华书店修订出版。

7月，长篇报告《一二九师与晋冀鲁豫边区》由新华书店出版，新撰《自序》一篇。

同月，应《中国青年》编辑部之约，写《知识分子下乡中的问题》。

8月，短篇小说集《我在霞村的时候》由三联书店增订再版，新撰《校后记》一篇。

同月，写论文《跨到新的时代来——谈知识分子的旧兴趣与工农兵文艺》。发表谈话抗议美帝国主义侵略朝鲜，拥护周恩来外长代表中国政府的外交声明。

9月，写短论《再接再励——中国作家在和平签名运动中》和报告文学《乌兰诺娃的青铜骑士》。

10月，当选为文艺界抗美援朝宣传委员会委员。

同月，去中央戏剧学院讲演，讲题为《创作与生活》。写散文《莫斯科——我心中的诗》。

11月12日，参加北京市文艺通讯员座谈会并发表讲话。15日，作《一个真实人的一生——记胡也频》。

12月1日，与茅盾等一百四十五名作家联合签署《在京文学工作者宣言》，抗议美帝在朝鲜的侵略罪行。

同月，写电影文学剧本《战斗的人们》。

同年，丁玲的散文、杂文、论文写作空前丰收，除上述者外，尚有《谈老老实实》、《寄给在朝鲜的中国人民志愿军部队》、《寄朝鲜人民军》等二十余篇。曾参加亚非作家座谈会，并先后接待安苏（印度）及尤利乌斯夫人（捷克）等外国朋友和作家。

1951 年   **47 岁**

春，调任中共中央宣传部文艺处长。

4 月 6 日，参加史沫特莱追悼大会，报告史氏生平：《战士史沫特莱生平》。

写杂文《一个钉子》与《支出和收入》。

5 月，"五四"青年节为《中国青年报》写《怎样对待"五四"时代作品》。

6 月，响应抗美援朝总会号召，捐献人民币五百万元。

同月，散文特写集《欧行散记》由人民文学出版社出版，列为"文艺建设丛书"之一（收三次欧游写下的散文特写 18 篇）。

7 月，散文、杂文、特写集《跨到新的时代来》由人民文学出版社出版（收入从 1945 年底至 1950 年底的上述文章 29 篇）。

8 月，发表给肖也牧同志的一封信——《作为一种倾向来看》，批评了肖也牧小说创作中开始露头的不良倾向。

同月，《丁玲选集》（甲种本）由开明书店出版（收入解放前的短篇小说 16 篇）。

9 月，代表"文协"欢迎苏联作家爱伦堡和智利诗人聂鲁达，作《欢迎，欢迎你们的来临》的讲话。

11 月，在北京文艺界整风学习动员会上讲话，题为《为提高我们刊物的思想性、战斗性而斗争》。

同年，曾先后为文介绍魏巍的朝鲜通讯与苏联女作家尼古拉耶娃的长篇小说《收获》等。

1952 年   **48 岁**

春，任《人民文学》主编。

2 月 19 日，与曹禺一起赴莫斯科参加世界文化名人果戈里逝世一百周年纪念大会。会上作《果戈里——进步人类所珍贵的文化巨人》发言，盛赞果戈里的伟大作品。会后在苏联参观访问。

3月,《太阳照在桑干河上》荣获斯大林文艺奖金(1951年度)二等奖。丁玲在苏就此事发表谈话,表示感谢苏联人民。

4月,为苏联《文学报》作长篇散文《中国的春天》,热情歌颂了中国革命的伟大胜利。

5月,为纪念毛泽东同志《在延安文艺座谈会上的讲话》发表十周年,写《要为人民服务得更好》。

6月,《丁玲选集》(乙种本)由开明书店出版(内容同甲种本)。

同月,为《朝鲜通讯报告选》作序。参加全国文艺界为荣获斯大林文艺奖金的四同志(丁玲、周立波、贺敬之、丁毅)举行的庆祝会。

截至6月,《太阳照在桑干河上》已被译成俄、德、日、波、捷、匈、罗、朝等12国文字。

7月,对参加"八一"运动大会的全体部队文艺工作者讲话,题为《谈与创作有关诸问题》。

本月,参加全国文协举行的高玉宝创作座谈会,热情指出了高玉宝创作的成就与不足。

8月,应邀去天津学生暑假文艺讲座讲话,题为《谈新事物》。

9月,将所获斯大林文学奖金五万卢布全部捐赠给全国妇联儿童福利委员会。

年底,辞去文协的工作,去大连疗养并构思《太阳照在桑干河上》的姊妹篇《在严寒的日子里》。

同年,《太阳照在桑干河上》的一章《决战》由华东人民出版社单行出版。

1953年 49岁

年初,因病辞去中宣部文艺处长及文学讲习所所长职务。

3月,惊悉斯大林不幸病逝,作《我悲痛,我沉默,我宣誓》。

同月,与茅盾、柯仲平合署《中华全国文协常委给拉斐德的信》。

5月,丁玲母亲在京去世,享年75岁。

9月,参加全国文联第二次代表大会并发言,题为《到群众中去落户》。

秋,去京郊官厅水库参观访问。

10月，发表给涿鹿温泉屯党支部书记曹永明同志的信。
11月，编就《延安集》并写《编后记》。
同月，再次到官厅水库去参观访问，写成短篇小说《粮秣主任》。
年底，去桑干河一带参观访问。

1954年　　　　　　　　　　　　　　　　　　　　　　　50岁
2月，写《给陈登科的信》。
3月，返湘西家乡参观访问。写《记游桃花坪》。
同月，小说、特写集《延安集》由人民文学出版社出版（收入报告特写6篇、小说5篇、附录3篇）。
4月，论文集《到群众中去落户》由作家出版社出版（收入论文11篇）。
5月，到涿鹿农村短期访问。
夏，写《文艺学习没有捷径可走》复一位青年读者。去黄山疗养，着手写《在严寒的日子里》。
9月，当选为第一届人民代表大会代表，参加全国第一届人民代表大会，并就宪法草案发表意见。
同月，《丁玲短篇小说选集》由人民文学出版社出版（收入小说15篇）。
10月，作《影片〈偷自行车的人〉观后》。
年底，参加中国作家代表团赴苏参加全苏作家第二次代表大会。

1955年　　　　　　　　　　　　　　　　　　　　　　　51岁
2月，在中国作家协会主席团会议上作关于参加全苏第二次作家代表大会情况汇报。
同月，写散文《春日纪事》和论文《一点经验》。
3月，应邀在电影剧作讲习会上讲演，题为《生活、思想与人物》。
7月，写《学习第一个五年计划的一点感想》。
秋，在作协扩大理事会上遭到十余次批判。被错定为反党集团成员。
冬，去北京郊区农村参观访问。

1956 年　　　　　　　　　　　　　　　　　　　　52 岁

3 月，少年儿童出版社将《一颗未出膛的枪弹》改写为《一个小红军的故事》出版。

春，就所谓反党集团之事向中共中央提出申诉，请求辨正。

9 月，去四川重庆、成都等地参观，访问曾家岩、红岩等革命纪念地。

10 月，在成都与记者座谈。在四川大学发表讲话。

同月，回到北京。《在严寒的日子里》前八章在《人民文学》发表。

1957 年　　　　　　　　　　　　　　　　　　　　53 岁

2 月，写《看川剧〈打红台〉》。

4 月，写《重庆一瞥》。

同月，接待《文艺报》记者，强调深入生活。接待北京师范大学中文系部分同学，强调反对公式化概念化的创作和不健康的文艺批评。

6 月至 9 月，在反右扩大化中被错定为"丁玲、冯雪峰反党集团"主要成员，被批判、斗争 30 余次，被开除党籍，撤销一切职务，取消原级别，爱人陈明亦遭株连。

1958 年　　　　　　　　　　　　　　　　　　　　54 岁

年初，《三八节有感》、《在医院中》遭到"再批判"。

7 月，丁玲夫妇下放至黑龙江省北大荒汤原农场"劳动改造"，直至 1964 年，长达 6 年。

1965 年　　　　　　　　　　　　　　　　　　　　61 岁

转移至萝北宝泉岭农场。

1966 年　　　　　　　　　　　　　　　　　　　　62 岁

在宝泉岭农场。

从 1958 年 7 月至 1966 年"文化大革命"前的 8 年中，丁玲在北大荒艰苦磨炼，她先后担任过职工文化教员，编写壁报、黑板报，参加养鸡、作家属工作等实际基层工作，和广大农场职工同忧乐，共命运。工作之余，继续写作《在严寒的日子里》，并积累创作资料，写日记、札记、散文等。

"文化大革命"开始后,被实行专政达四年之久(至1970年3月)。所有文稿被洗劫一空。

1970年　　　　　　　　　　　　　　　　　　　　　　　　66岁

4月,丁玲夫妇被关进北京附近的监狱,达五年之久(至1975年4月)。在狱中曾通读《马克思恩格斯全集》一遍。

1975年　　　　　　　　　　　　　　　　　　　　　　　　71岁

5月,被释放出狱,但又被遣送至山西省长治市郊区老顶山嶂头村。

多年的身心折磨损害了丁玲的健康,她患了严重的腰疼病、糖尿病,但年逾古稀的丁玲仍抱病坚持写作。

为了改变所在山村的穷困落后面貌,丁玲、陈明将退还"文化大革命"中扣发陈明的工资和稿费一万元全部捐赠给所在的嶂头大队购买拖拉机。

1976年　　　　　　　　　　　　　　　　　　　　　　　　72岁

在嶂头村。重写《在严寒的日子里》。

10月,"四人帮"粉碎后,丁玲夫妇喜不自胜。陈明同志欣然赋诗一首赠丁玲,诗曰:

> 满头白发似少年,药不离口心里甜。
> 泰山压顶步履健,向阳葵花色泽鲜。
> 太行山麓湘楠木,笑迎春色满人间。
> 数不尽的风浪险,一部春秋乐晚年。

1977年　　　　　　　　　　　　　　　　　　　　　　　　73岁

在嶂头村。续写《在严寒的日子里》。

1978年　　　　　　　　　　　　　　　　　　　　　　　　74岁

在嶂头村。写散文《杜晚香》。

年内，写《我读〈东方〉》。

向党中央提出申诉材料。根据中央文件精神，老顶山公社党委通知丁玲摘去右派帽子。

1979 年　　　　　　　　　　　　　　　　　　　　75 岁

元月 10 日，写《致一位青年业余作者的信》。

2 月，经中央组织部批准，离嶂头村返京治病，途经太原小住。

3 月中，写《牛棚小品》，发表于《十月》本年第二期。这是丁玲阔别文坛二十年后公开发表的第一篇作品。

同月，《致一位青年业余作者的信》亦由《汾水》发表。

4 月，为四川人民出版社《作家的怀念》一书写《悼雪峰》。

5 月 1 日，写《〈太阳照在桑干河上〉再版前言》。

同月，看望叶圣陶同志。叶老喜赋《六幺令》词一首，发表于 6 月 6 日《人民日报》。词曰：

六幺令

丁玲同志见访，喜极，作此赠之。

启关狂喜，难记何年别。相看旧时容态，执手无言说。塞北山西久旅，所患惟消渴。不须愁绝，兔毫在握，赓续前书尚心热。

回思时越半纪，一语弥深切。那日文字姻缘，注定今生辙。更忆钱塘午夜，共赏潮头雪。景云投辖，当时儿女，今亦盈颠见华发。

同月，写《悼念刘芝明同志》。

6 月，作为特邀代表参加全国政协第五次会议，被增补为全国政协委员。参加政协党员会议。月底，作《七一有感》，抒发恢复党籍后的激动心情。

同月，新作散文《杜晚香》及《在严寒的日子里》的一部分修改稿亦先后发表。

8 月，写《一朵新花》，介绍青年作者张扬的中篇小说《第二次握手》。

同月，为四川人民出版社编辑出版之自己的散文报告集《到前线去》写序。写《〈新编短篇小说选〉后记》。写《百家争鸣及其他》。

9月，应邀去北京语言学院为中外学生讲演，题为《解答三个问题》。同月，去涿鹿温泉屯看望乡亲。

10月，参加全国第四次文代大会。在作协会上发表讲话，受到热烈欢迎。讲话之一部分以《讲一点心里话》为题发表于《红旗》杂志。会上，当选为全国文联委员，中国作协副主席。

同月，写《一块闪烁的真金——忆柯仲平同志》和回忆类散文《向警予同志留给我的影响》。

11月，写《关于左联的片断回忆》。

12月12日，在北京图书馆举办的"作家与读者见面"会上讲话，题为《关于〈杜晚香〉》。

同年，曾多次接待海外华侨与外国朋友，与美籍华人作家於梨华、李黎、日本作家田畑佐和子、日本学者高畠穰、中岛长文夫妇、法国学者于儒伯等亲切晤谈。

1980年　　　　　　　　　　　　　　　　　　76岁

元月，写《我所认识的瞿秋白》、《我对〈多余的话〉的理解》、《我母亲的生平》等文。

2月，写《也频与革命》。为四川人民出版社编辑之《丁玲近作》写后记。为《解放军文艺》写《〈记左权同志话山城堡之战〉重发附记》。

春节后，因乳腺癌手术再次住院。癌切除后，继续住院疗养。住院期间，写《一点补正》（3月）。

5月，参加史沫特莱逝世三十周年纪念会，写悼文《她更是一个文学作家——怀念史沫特莱同志》。为《中国青年报》写杂文《韦护精神》。

6月，参加瞿秋白烈士就义四十五周年纪念会。

同月，应邀在文化部文学讲习所报告。报告片断以《我这二十多年是怎么过来的》为题发表于《中国青年报》。先后为美籍华人青年作家李黎之短篇小说集《西江月》与北京大学学生黄蓓佳之儿童文学集《船儿，船儿》作序。《到前线去》由四川人民出版社出版。

7月，离京赴庐山疗养。途经上海时接受《文汇报》记者访问、谈话，应邀去上海作协报告。报告之一部分以《谈谈文艺创作》为题发表于《文汇增刊》。

同月，在庐山接待上海、武汉、江西、福建、陕西等部分青年作者、编者，部分谈话以《恋爱与创作》为题，发表于《萌芽》。应邀在全国高等学校文艺理论学术讨论会上发言。为话剧《陈毅市长》演出成功，写《赞〈陈毅市长〉》发表于《文汇报》。为白刃短篇集写序，题为《为白刃同志短篇集写几句话》。

　　8月，去南昌参观访问。为《青春》"女作家专号"写《写给女青年作者》。

　　同月，《丁玲近作》由四川人民出版社出版。

　　9月，返京。

　　10月，给孙犁同志写信（发表于12月11日《天津日报》）讨论创作问题。接待美国学者查理斯·艾勃。

　　11月，在看影片《元帅之死》后，写《元帅呵，我想念您！》。

　　12月，写《沉痛地告别过去，勇敢地面对未来——致青年人》。写散文《北京》，发表于《大地》创刊号。

　　同月，离京赴厦门疗养、写作。

　　同年，经党中央批准，改正了1955年"丁玲、陈企霞反党集团"的错案和1957年"丁玲、冯雪峰右派集团"的错案，正式恢复党籍，恢复工作。

1986年　　　　　　　　　　　　　　　　　　82岁

因病在京去世。

丁玲——她的武器是艺术（节录）

[美]尼姆·韦尔斯

以下是丁玲告诉我的事迹：……

"我丈夫被杀之后，我把我的婴孩送到湖南我母亲那里去，开始独自过一个新的生活。我读了许多，写小说，在左联工作。我的写作，风格和内容二者都改变了。最初，我对我的旧风格稍感留恋，不满意我的新作，虽然我写了许多革命小说。然而我早已放弃安那其主义，我的观点有一时本已渐渐在改变着，所以这不是思想方面的一个突变。我把我的作风，从个人自传似的写法和集中于个人，改变为描写社会背景。《水》是新作风的第一篇小说。那时我是左联机关杂志《北斗》的编者。

"然而我觉得单写小说是不够的。我要脚踏实地干真的革命工作。我把社会看作一架机器，革命是这机器的动力。象这机器的一个齿轮那样工作，是必要的。然而我直到一九三一年九月十八日日本攫取东三省以后才加入共产党。

"九一八以后，人人都感到严重的国难，所以左联工作比以前更为有力。左联的重要工作是派会员到每个学校去演讲文学理论。我们教学生如何写作，以及为什么必须创造国难文学。我们也为工人组织读书班，尤其在杨树浦。那时左联会员约一百余人，但真正活动的只有七十个。我是左联六个常务委员之一，同时主编机关杂志《北斗》。鲁迅是《文学导报》的编者。左联出版了许多东西，如小书、小册子和图画，其它的两种杂志是《文艺新闻》和《十字街头》。

"左联活动的高潮是刚在一九三二年一月二十八日上海战争之后，直到六七月，那时严酷的压制开始，杂志不能出版，会员也不能自由走动。一九三一年二月七日胡也频等的被杀，是南京严酷压制的开始，因为他们要破坏整个左翼运动。被杀的那五个作家全都不仅是左翼作家，而且也是共产党员。南京开了一张长长的名单，命令逮捕许多其他的作家。但左联仍迅速发展，我便在那时加入了共产党。

"从九一八到一二八之间，上海有许多大示威运动，所有的左翼作家都作了这些运动的领导。左翼作家们随即组织了一个反帝大同盟。组织的范围扩大了许多。许多新闻记者甚至医生都加入。我们也组织一个反日作家会，我是它的会员。这个组织较为复杂，包括社会民主党人和托罗斯基派。社会民主党的领袖那时是王礼锡，他是一个社会科学家，神州国光社的总编辑。一月二十八日，我做了左联的组织部长，同时担负了工农文学会全部职务。

"中文拉丁化的问题还没提出。我们那时的重要工作是组织工人读书班，教他们读和写。两个工人把他们的小说投给《北斗》，小说非常好，出版时很受欢迎。此后还有别人，虽仅几个。我对于这真正的无产阶级文学觉得特别有兴趣，因为它也给我以和工人谈话的机会。在过去，我从来没有能和工人谈话过，所以这是我第一个真的相识。以前，当我到工厂区去时，总有点害怕，因为街上的工人戏笑我们。然而现在我去访问工人了。我记得我第一次的访问。我爬上一只狭梯到一间极小的房间，里面黑得很。有三个工人住在那里。虽然独个儿去，我可非常害怕，因为我以前未曾遇见过这几个工人的。一个在丝厂里做工，一个在筷厂里做工的。后者能写，我已修改过他几篇稿子。但我结识以后，我不再害怕了。

"在和工人谈话之前，我不了解他们的性格，只知道他们诚实，有纯洁的心，同情革命工作。当然，农民和工人之间总有不同的，但在中国工人来自破产的农村，只有很少数是纯粹的无产阶级。在我和他们有了交往经验之后，我非常尊重中国工人，非常相信他们革命的潜力。他们有决断，老是乐于领导任何运动。所以我明白，如果共产党不领导工人，便没有前途。

"我每星期去访问一次工人。我觉得，在我一生之中，那两年是我最快乐的时期。然而最后，情形变得很坏，'白色恐怖'是那么厉害，以致我不能常去访问工人，所以我只得把它放弃了。我做了共产党书记，茅盾是左翼作家联盟的书记。鲁迅仍是《文学导报》的主编。《北斗》停刊于一九三二年五月，接着，我们另出一个杂志叫《文学月报》，编辑是姚蓬子（他于一九三四年被捕）和周起应（即周扬，他后来和鲁迅发生争论）。

"在这时期里，我忙得不能多写。我只出产了两本短篇小说。这两个集子是《夜会》和《水》。它们创造了批评家称为新现实主义的作风。

"我最后一本《莎菲女士的日记》的作风的书，是《韦护》，出版于一九三〇年。这本书的作风是够写实的，但内容可是浪漫的。在《水》之后，我的写作完全改变，因为我整个生活变了，我的哲学深入了，我的思想终于成为辩证的了。这种新的作风常被批评家称为'无产阶级的'。我想，一个无产阶级作家无须一定描写无产阶级，但必须有无产阶级的观点。我的小说现在以中国无产阶级为对象了，如《夜会》、《消息》和《法网》。其中我一篇也不满意——没有一篇是真真好的。我只好这样说着以自慰了。每个作家一定有弱点，也有优点。

"在革命运动被严酷镇压以后，我有较多的时间从事文学工作了，于是开始写《母亲》。我原来的计划是要描写民国以前中国农村的情状，然后经过许多革命而至土地革命。我要描绘出变革的整个过程与中国大家庭的破产和分裂，以母亲为全部小说的线索。我被捕时这作品还未完成，——现在只写好三分之一。这是一个三部曲，第一部九万字已经出版。"

（节录自《续西行漫记》下册第三章第五节，
1939年4月上海复社中文版。）

丁玲同志

史 轮

——假若我们是一队兵士，自然有他严厉的军纪，一切讲服从。假若我们是招来的一班学生，那也有校规，不好则记过，开除。假若我们是学徒，是工人，那又有鞭子紧裹着你的脊背，饭碗维系着你的肠胃，都比较好办的。

而我们恰恰是笔杆、大枪、胡琴、绣花针、幕布、颜料箱、行军锅，赶驴鞭组成的一个长的行列。我们的脾气也和这外表一般复杂。论起文化水准，却是从留洋生以至文盲；论起经济背景，却是自少爷、小姐以至捡炭渣、住地窖者；论起职业，却有作家，秘书，带过几千人的军官，轻易不能在一个学校维持一学期的教员，罢课的鼓动家，"五卅"，"一二九"示威行列的领导者，不安分的工人农民，不听父母之命的孩子……。

纵然今天熔成了一团，过去却曾经白刃相向的也不是没有。纵然一齐向着抗战的这座灯塔走着，但又各怀着在自己那普式庚、高尔基般的生活史里铸成的铁块一样的自信心。

因为自己在过去和命运顽强地斗争过，并战胜过一切，才过于崇拜自己的心情，使这些人虽然自觉着用崩山的力量克服过，克服着所有传统和环境给压在背上的重载了，然而这不适于抗战所要求于我们的重载，却仍象富士山下的熔岩一样，不时的喷涌出来。

英雄主义，个人主义，无政府主义的倾向，人道主义者的心情，厌世者的残渣，罗漫蒂克的余烬。……这些在作着祟！正因为这些的残存，就不能不使我们在中途停止一刻，或绕点小小弯儿。

而我们的纪律呢，仅仅是一个"自觉"，自觉，自觉，说着容易，实践起来却十分困难。做到"自觉"一步的，固不乏人，但在脾气发了，就是枪毙也不怕，磕头也不听，一百条牡牛也拉不转的人，却还不能根绝。

听话的人，个别同志也能说服；小的纠纷，组长，股长也能解决，但遇着复杂的事件，那仍非我们的主任亲自出马不可。

虽然她在一次行军中看到路旁那牧羊者的时候，曾谦虚地这样说过："你们好比一群羊都在吃草——忙着，而我却象那牧羊人，揣着手儿悠悠地坐在田塍上，最大的工作也不过吸吸烟而已。"其实她却有使我们吃惊的魄力，机敏的手腕，遇着团内某人狮子样咆哮起来，或向牛角尖硬要钻去的不幸事件发生时，她总能解决得恰恰合适的。这不是说，我们的丁玲同志是天生的一位天才领袖。谁都知道，过去的她是一个作家，这正如她在起初成立西北战地服务团的时节所说："谁曾见过这样一个全国一致的大规模的抗战？谁干过什么战地服务团？谁当过这样的一个主任？"那么她的魄力，手腕，究竟从什么地方得来的呢？就我个人的观察（诸同志们也一致承认的），就是她和我们每一个工作人员，事务人员一样地在——"学习，学习，再学习！"一样地在抗日工作中，在战场上，在集体的生活里艰苦地学习着。也就是——

"从实践中学习"着。

举凡所遇着的事物，她总一点不轻易放过，不惮麻烦，不辞劳苦地去思索，去分析，务要找出它的核心，它的根源来。因此习惯了拜访那向来很怕见面的军政长官，了解了从来不大接近的各界人士的心理，娴熟了和群众谈家常，娴熟了站在广场上，舞台上讲话以及徒步涉河，奔越山岭，风、霜、雨、雪的苦头，饥、寒、野餐、露宿的辛酸，更学会了擦一把汗向团员们鼓励着"前进，前进！"和忍着脸上泥沙的咬啮，为全团计划工作。在同志们心情不好的时候，抑制住自己的疲困来说一说笑话，或者忍着自己发痛的嗓子来唱一唱歌曲的事，在起初确乎有些勉强，但如今象出于自然的在做着了。

总之，她学会了为目前时代去贡献，牺牲一切，在她这地位应具备的一切，而且这学习还在不倦地进行着。

一、我得做戏了

我们住在太原城中学里的时候，那天正要吃早饭，传来了使人寒栗，沉痛的飞机警报。有的人牺牲了早饭去钻地洞，其余大多数的人也不再在院子里吃，赶快挪到屋里去。

各组的饭菜都打来了，安静地吃着。唯有第三班的人却都楞了眼，但也只得小声低气地，互相问着：

"杨五成呢？"接着就是：

"班长！班长！……"

一阵哭声打破了全院的安静。

"是谁在院里哭？该死的！"

"他妈的杨五成这小鬼！"班长看看等这哭着的勤务员给打饭是没有希望了，于是自己到厨房里去。

性急的国权同志，易怒的管理员都在骂了，但立刻又被大家制止住。

"我来吧！"号称"一片婆心"的余建亭同志走出去。但苦苦的说了一大顿，在他回来的时候，那孩子却哭闹得更凶了，简直象他故乡那巫峡的水势。接着是大家公认为"游击战术家"的宣传股长陈明同志，结局也再无计可施的败阵而回。须生派的王股长，丑角的老苏也各各碰了一鼻子灰。仿佛为了讲话才来抗日的黄竹君本来想显显三寸不烂之舌的，谁知反更添加了这孩子的气！

"总司令来也不怕！"

呀，打人啦！

"八路军里谁许打人？看谁敢挨我，操他奶奶的……"

敌机的轰响已经听见，高射炮、高射机关枪爆成了一串。

空气抽搐着。每个人心里装满了两重恼怒。

——也不知哪位得罪了这个生熟不认，软硬不吃的小硬汉，叫他在院里大闹；真混账！

一群飞机掠过了院子，这孩子却比飞机更横暴的大叫，并"先人"

长、"先人"短的大骂。

这时主任旋风一样,带着满脸的暴风雨逼到这小鬼的面前。

"谁打了你,你告诉我,这里是不准打人的,可是准骂人么?还是老红军,二万五千里长征,你懂不懂得纪律,天天教你,做模范,你看,什么样子,服务团名誉叫你破坏了。你参加革命就是这样的么。你要不服从,不守纪律,你不愿工作,也容易,你说呀,你到底还抗日不抗日,说!说!说!"

不知他是在听取之中忘记了冤屈,还是在窘迫之中想不出答话来,因而急得把愤怒倒塞进肚腔里去了,这一阵猝不及防的毕毕剥剥的雹子竟然砸碎了他的蛮悍。只剩了抽咽象断茎残叶留在他的喉咙里。

"回到自己屋里去!不准再闹,等下再说道理。"

孩子在自己门内偷向这第一次大发雷霆的主任回望时,主任已和副主任吴奚如暗笑着,问可装得象,因为她出去时,曾说过:"这孩子是一个蛮家伙,不可理喻,恐怕只好我要做次戏了。"

马上,外面传来了使窗子和灵魂一同震颤的炸弹爆裂声。

二、登台之前

这是在马牧村里通讯股的一桩事。

说起通讯股,因为是握笔杆的一伙,而且在团里是所谓"作家"的一些人,所以总有点别致。他们不但在衣帼上,床铺上表露特殊的作风,就是在言论、行动上也老是异乎"常人"。他们的谈话每次都会引起别人们的笑,但要人们哭也不费什么难,批评起本国人物来,听吧!不是夏伯阳,木罗式加,便是乞乞可夫,马留特加。都是别的脑里想不出的。可是步伐中响着的怪音,行列中使人最先看看的也往往是这些人。

然而他们发起脾气来,可也够厉害。因为他们共同有着雄立于大海上的烈日一般的感情。

这使得他们往往受到一般同志们的诽谤,大会上的批评,但主任对他们是额外客气的,因为主任更晓得这些人有着他们的特长,所以在本团这机器上是不可缺少的一些零件。

事情是在深冬里的一天发生的。

为了到高贡村给总部演戏，因为演过好几次了，没有新排的剧本——于是戈矛和袁勃当天赶制了一个《不要再沉醉了》，主题只不过要把以往的文坛讽刺，针砭一下，尽点暴露的能事而已，至于教育，鼓励的功效，严格说来是谈不上的。因为这次的晚会，只不过是娱乐性质，观众又都是些政治军事干部，所以通信股也要登一次舞台玩玩罢了。

编剧者虽然弄得头昏眼花，但却仍是兴致勃勃讨论着，分配角色。

刚点上蜡烛，余同志打邻村回来了。

他听了这剧词的几句，就说：

"过去审查委员会实在有些儿放弃职责，这次换了我、袁勃、天虚的审查委员了，所以这剧本有没有妨碍统一战线的地方，或者还有其他政治上的问题，那很难说，那么我们还是郑重的，严格的审查一下再上演。"

"我想是那……随便开开心是没有什么的，时间已迫不及待了，后天就要用。"老冯操着河南口音在分辩。

"我想今天的文人不是你们写的这样子了，所以顶好不上演，万一闹出问题来，审查委员会要担负责任的。"

"你看看剧情，不是分明表现着一个转变过程吗？还有什么问题？"我们的感冒先生以嫌恶他过于小心的态度反抗着。

"可是也得审查呀！"

于是演员们的兴头扫地，心情一坏，赌气不演了。

开会的时候，主任看出了劲头有点不对。很和蔼地解释：

"那怎么行呢？一时又没有别的节目。还是演吧！你们袁勃、天虚不都是审查委员吗？又何必斤斤于审查的形式？"

"不演了！一生气，至少三天不能恢复常态。演戏这不是气闷中干的！"我说。

感冒先生也主张以不演为是。

余同志再三声明，向每人劝解，央告；但这几个顽强的人仍不饶恕他，所以还是没有成功。

事情一弄成僵局，主任就带来了起死回生的妙药。

"这个戏，还是演，不过我想了半天，女同志中实在没有能扮这'交际花'的"，主任沉思了一刹："我来，你们看怎样？"

大家乐了。既然主任要来，自己也不好再说不演而且心中实在高兴看看这第一次上台的主任的角色，于是大家拥挤着，跟着主任走上屋顶平台上去试演。

在这晒人欲睡的屋顶上一连排了两次。

下午，距出演只剩了一个钟头的时光，主任又来催我们排戏。

"不是排好了吗？"天虚说。

"愈排愈熟。"她指着跟来的李君裁同志，"我给您们带来了'交际花'。"

大家愣住了。

有的反对这临时拉夫，冒名顶替的办法，理由是来不及弄好的。

"只走一走场就好了。剧词她早已念熟了！"主任说完，做着我们的导演，又排起来。刚一排完就赶快去吃饭；因为我们"出丑卖乖"的关头到了。

演完了回来，在夜色的原野里，主任和我们通讯股的同志一道走，一边批评今天的演出，总是鼓励的多，一边却说，以后应该冷静一点，不要象那样闹别扭，她虽说了解，可是同志们未必了解，总以少吵点为好。我们一边感到很安慰，一边却也惭愧。

三、野火的跳舞

山西的气候虽已到了春天，但仍很冷，不过我们的通讯股的同志们却还是每天晚饭后照例要作野外散步，以恢复一日疲劳。

但这天却出了常轨，因为通讯股又起了事端。

"天虚要走了！"

本来在"天虚要走"之前，因为要开展工作走过两批的工作人员及儿童团警卫班。那二十几个人的走，在团里有些同志们的心中曾唤起两种不安的情绪：一是同志的难以割舍，一是"快要调到我了吧？！"的怀疑兼恐怖之念。而现在天虚又要走，他是股长，又是通讯股的。因此那曾有过的恋情便又燃烧起来了。本来也可安静无事的，假若不是天虚因"恋故枝"的心驱使他醉酒,小勤务员的惜别泪落,以及两个进团未久的同志固执着"天虚一走,就要坍台"的意见。

于是工作,部分地停顿了,影响了人心。

于是不少的人到该股去探问底蕴,不了解事情的真相,而坏的影响便扩大了。

黄昏后,主任同着通讯股的同志出了大门。她又叫我回去,多找些人来玩。

我同着劫夫、若兰、金明、吴英、小弟弟——吴坚,小妹妹——王钟,老王爷——塞克,阿Q——正清,……二十多人从救亡室出来。待我们出了西门,看见主任那一伙已快到那棵横在沟道上边,象一架天桥一般的老松树下了。

不久就赶上了她们。这时有人问:

"到那里去坐一坐呢?"

"到那坟场子里去!"不知谁在提议。

天真烂漫的小吴坚同尚武齐说:

"好!坐在那石桌上去谈故事好吗?"

主任没答他们的腔,却也并没有真地到"坟场上去"。

不经意地绕了一个弧形的路子,就下了坡。不知是那个同志划了一根火柴,点起田界上的野草。顿时一片火光,在青色的浓烟中直朝上空舔着。

同志们又四处找着枯蒿草茎,投向火中又将火把一只只向各处引燃,火便划开了红的阵线。美丽,鲜明;在薄幕的烟雾里开了朵朵奇花。

"朝这边来呀?"主任站在一堆同心协力造成的特大的一个篝火之前,刚一喊完,电流一般,大家围起了火,扯起手,旋转着,飞快地狂舞,狂呼起来。

声音,精力到了使人惊奇的程度。脸面烧烤的烫热,谁也不想退避;人的面貌给火光映得通明,谁也没看见谁的表情。

人的全身,人们的整体熔化在狂焰之中,熔化到狂热之中,世界不存在了!

若不是余同志郑重地说出:"恐怕给老百姓不好的影响,怕老百姓不喜欢这末闹,……"看样子一世纪也不会停止下来似的。

这时我觉得余同志的这种举动真是不通人情，一直到回来之后，烤着潮湿的衬衣的时候，我才停止了对他生的气。

第二天在文艺协会的改选会上，塞克问着李君裁；

"你对于昨晚的火觉得怎样？"

"那火就是我的心似的。"

"你呢？"

"我想站在远远的地方，看看那一列黑的影子，一定更美丽。"朱熻回答着。

"那么诗人，画家，都有了。"老王爷象他导演时用作模范的那长串的笑，笑着。

站在背后的老苏用几乎听不出的声音问石宁说："怎么样？心境好点了吗？"石宁点一点头，接着说："你看主任对天虚，不比我们更不愿意他走吗？……"

可是主任却发表如何描写文艺作者的意见了，她说昨晚的那一顿跳舞，很可以描写，但不应只在描写其美丽，应注意那心情，象昨天的情形不充分暴露了知识分子的易感性和找刺激，求一时狂欢以忘记他暂时的烦闷吗？若是一个坚强的革命家，那对于一个同志的离开，就会有很好的分析，私人的感情上决不至于这样发泄。

可是昨晚她并不阻止我们，似乎自己也满有兴趣的。

大家的郁积自向野火发泄了一通，显然平静下来了。晚上，来了生活检讨会。

四、剪刀的词句

在狄尼同志正以饱着蜜汁的笔写着她底新婚日记，尹亮也正在设计着怎样才能把这蜜月培养得更肥美，更丰富的日子里，调尹亮出团的消息象一声响雷把这两颗心击碎了。

在局外人看来，这也简直象一种横暴摧残：他们久久为了抗战闹得天南地北，尹亮来团才不过一月，好容易这对情侣于旧历新年结了婚，满足了四五年来的心愿，谁知结婚还不到十天的工夫，那可怕的离别又威胁着他们了。

不去不对，去又不能把狄尼带去。

狄尼在这一夜深深感到世界的惨酷。个人与民族在她胸中交流，翻滚，冲撞，心被绞痛着。

热泪浸湿着爱人的胳膊。一夜过来，人瘦了，

"狄尼脸上的微笑呢？尹亮怎么沉默了？……"不知内幕的同志们窃窃地互问着。知道了的却叹息着："通讯股的股长简直是走马灯上的人物！"

我们通讯股里，只有用婉言安慰着他们，我们讲奥德赛给狄尼听。

为了神圣的抗日工作，为了使统一战线各环都坚固得无有一线罅隙，主任不得不去催促尹亮赶快就道，但一看见两人的苦脸又不好催得过紧。

隔了两天，不体谅人情的电报又送了来。

"你看，这！"聪明的敏夫同志异常兴奋地指着精致的小本上的字对我们说："简直是王麻子的剪刀，柔韧的情思这就要断了！"

我们一齐挤上去看到了印着蓝格，金装皮面的"礼物"。

"什么，谁写的？"

尹同志把皮面掀开，是——

"赠给我底敬爱的尼与亮。"又掀开了后面的皮，是——

"丁玲，为我一对青年战士的新婚而写。"

敏夫特别念着内里的这一段：

"……狄尼在太原来到本团，温柔纤细，好象不能受半点风霜，然而半年来，我从未见过她蹙额，整天愉快地工作着。当行军时，她总是无声地向前走去，从未落伍，处人接物，非常和气，后来担任了秘书，和我住在一道，生活更密切了，因此更了解你是一个坚强的女性。

"尼，你是一个可爱可敬的孩子，愿你永远健康，为我们数千年过着非人的生活的世界争光，为四万万五千万同胞的生存而奋斗！……"

"怎么样，老尹——情丝果被斩断了吗？"

"狄尼看了这些话，确乎好些了。"

但我很奇怪：近来被那太过繁琐、吃重的工作纠缠着的主任把许多索稿的朋友都不得不谢绝了，何以为这两同志写这么长长的一篇文字呢？

事情真出乎我的意料之外，狄尼自昨夜读了这篇文章，再也不哼着娇柔的哭调坚执她那"在那里不是一样工作？"再也不推开尹亮的手臂，凸突着嘴说那"好！你去吧！你去了，立刻日本帝国主义就灭亡了！"

这是尹亮亲自对我讲的。

在我们离开临汾的前一天，的确，狄尼很高兴地把尹亮送上车站。

而我们合唱着"送郎上前线"的小调，跟在他们后面送了一程。

前面说过丁玲同志在不断的学习，我觉得她的确把过去写小说的天才如今完全献给眼前的工作了，她把观察力，透视力完全应用到团里来了，她想使她领导着的团成为一件艺术品，一件天衣无缝的艺术品。她了解我们每一个人的个性，知道对待某一个人用某一种方法。有好几次她向我们说："将来我把服务团写成一本长篇小说，把每个人物刻画出来……"我看，按她平日的待人来看，她一定有充分把握写得活现，写得动人的。

不过要知道这种用心是苦的。这种做法也特别费心血。制作这么一个活的艺术品是比一切时间的空间的、平常所谓艺术品者更其困难百倍、千倍的。那么，她为什么这样耐心地做着并且要做下去呢？一句话："抗日高于一切！"她对这口号比别人更了解得透彻，更认识得清楚。因为别人只不过做到在信仰上，把这个口号施用。她却更进一步地把这口号推广到生活上，工作中，思想里……即"一切"之中了。

所以，西北战地服务团才铁轮一般不息地，急急地旋进着。

五，一；西安

（选自1939年4月生活书店版《西线生活》）

当过记者的丁玲

白 夜

一

在太行山西麓,有个滴谷泉。当地农民说,一滴水,一粒谷。滴谷泉就因此而得名。滴谷泉旁有个滴谷寺,滴谷寺旁有条石子路,通向一个偏僻的山村。

三年以前,有一位女作家来到这个山村,住在一所瓦房里。她的头发花白了,身体也欠佳,步态姗姗,眼仁中还凝聚着明亮的光芒。岁月的风霜在她的额角印下了深深的痕迹。人们时常见到她的胸前平端着一块二尺见方的木板。木板上有四个眼儿,系上两条布带子,套在她的双肩,仿佛画家用的画板一般。不过木板上不是一张画纸,而是一搭稿纸罢了。她拿起了笔,倚在桌子旁,或者倚在墙边,凝思了一阵,写了几行字;又凝思了一阵,写了几行字,整整斜斜,各舒其态。因为腰部疼痛,她不能伏在桌子上挥洒自如了,就用上这块写作板。这位女作家,便是大家熟知的丁玲。

最近,我们在北京友谊医院的一个明亮的房间里,见到了丁玲。她刚从山西长治的滴谷泉旁边来。白底蓝条的病号服替换下农妇的村妆。她笑道:

"乡居了多年,乍到这里,我仿佛什么都感到陌生了。"

丁玲是个知名作家,不是记者。但是,几乎所有的作家都同报纸有过联系,给报纸写过稿子,给报纸当过记者。报纸也都团结一批作家。而所有的记者，也都向作家学习过。所以，在二十一年没有露面之后，她如果愿意同新闻界见见面，肯定是会受到欢迎的。

"抗日战争时期，"丁玲笑道："前线战士曾称来访的文化人做'新闻记'。"

"为什么叫'新闻记'？"

"那个时候，前方战士同新闻记者接触的比较多，对来工作或参观访问的文化人也称为'新闻记'，略去了一个'者'字，显得利索一些。有时候，客气一些，就称呼'新闻记先生'。这还是抗日战争早期的事，后来就逐渐改称为记者同志了。"

历史的粉本压在记忆的箱底多年了，乍打开来，也还是光彩照人的。

二

榴花红了的时候，延安文艺座谈会已经开过了。丁玲的耳边回响着一个庄重的声音："为什么人服务的问题解决了，接着的问题就是如何去服务。"她思忖着怎样为工农兵服务，怎样写工农兵。从写莎菲女士到写工农兵，对于丁玲来说，当然是一个重大的转折。然而，历史要有转折，人就不可能逆转。乔木同志找她谈话，对她说："你到工农兵中去吧！可以多写些通讯报道，多写短文章。"

后来，延安召开了边区合作会议。丁玲到会上去。丰盛的素材打动了她。她想，须是写篇通讯报道方好。不久，她写的《田保霖》，在《解放日报》上发表了。这篇作品是通讯，也可以说是报告文学。她笑道："我象记者一样采访。田保霖是靖边县一个乡的合作社主任，工作得很好。"

《田保霖》发表的第二天，毛主席专门派人送来了一封信，请丁玲和欧阳山去吃晚饭。原来，同时，欧阳山也写了一篇《活在新社会里》，介绍一个纺纱模范邹兰英。这两篇通讯同时发表在《解放日报》副刊上。

七月的黄昏是安谧而美丽的。微风送来秧歌舞的旋律，伴着他们来到枣园的脚步。宴席是简单的，并无水陆珍馐，不过山肴乡味，却也鲜嫩可口。丁玲不会喝酒，可是欧阳山喝了好多。毛主席鼓励丁玲道：

"我一口气看完了《田保霖》，很高兴。这是你写工农兵的开始，希望你继续写下去。为你走上新的文学道路而庆祝。"

对欧阳山，毛主席也说了同样鼓励的话。

不久以后，在延安干部会议上，毛主席又向大家说：

"丁玲写了《田保霖》，很好嘛！作家要去写工农兵。"

毛主席的鼓励，使丁玲又迈开了一步。她更象个记者一样，紧张地进行采访活动。在杨家岭，她访问了新自前方归来的一二九师师长刘伯承同志，长谈数日。她同时还访问了杨秀峰、陈再道、陈赓、陈锡联同志。采访的对象都是健谈的。材料丰富极了。在窑洞的一个黑角里，十分闷热，她一手摇动着扇子，一手写《一二九师与晋冀鲁豫边区》。丁玲说，有几个地方她边写边笑，如"日寇进入娘子关后，国民党军队四散逃窜，官兵相失，汤恩伯四面打电话找救兵，最后找到了刘伯承，知道他还在前面抗敌。汤恩伯大声在电话中说：'你还在那里，好极了，好极了，我可以无忧了！'又如阎锡山一听见八路军到了山东，便顿足说：'共产党东下齐鲁，如虎生翼，天下事不可为矣！'"对于这篇报告文学，丁玲说："我始终对它有感情。"如果说，《田保霖》不过一幅笔力清健的人物速写；那么，《一二九师与晋冀鲁豫边区》便是一幅气韵流动的壁画了。

《一二九师与晋冀鲁豫边区》写好了，送给刘伯承同志审查。有些生动的材料，在审查时给删去了。刘伯承同志告诉她，这些材料是生动的。但是，我们要执行统一战线政策，团结友军，就不要去刺激他们了。丁玲虽然舍不得这些材料。可是，她却得到了新的收获，作品描述的根据不应是个人的好恶，而是党的政策原则。

发表了几篇通讯报道之后，丁玲写工农兵的热情上升到新的高度。她来到陕甘宁边区纺织厂，同女工们姐妹一般地相处。她们自然也就心甘情愿地为她和盘托出，把话儿都掏出来了。她说："我收集了好几斤重的材料，准备写东西。后来到了张家口，材料坚壁起来，就找不到了。"

翻开《延安集》，我们可以看到《三日杂记》、《袁广发》、《民间艺人李卜》、《记砖窑湾骡马大会》。借助这些作品，丁玲录下了时代的音响。

从丁玲写的这些通讯报道来看，她已经足够取得一个新闻记者的资格。虽然早在三十年代起，她就是一个知名的女作家，然而，作家并不排斥写通讯报道。正是这些通讯报道，给创作提供了扎实的基础。

三

延河水和清凉山，交相映辉，正好给《解放日报》烘托出一幅令人难忘的背景。丁玲又沉浸在回忆中了。她笑道：

"我也是做过报纸工作的人。我在延安时，洛甫调我去《解放日报》编副刊。后来，马加和舒群都编过副刊。在副刊上，我发表了《三八节有感》，出了问题。

"那个时候，副刊编得也不算怎么漂亮。一期副刊，往往只有一个题目。有人说，一期副刊至少要有四个题目，文章要多一些。博古对副刊很重视，每期都要仔细地看。"

说起《新闻战线》上丁一岚的《忆邓拓》的文章时，丁玲的回忆展到了塞上古城张家口。她说：

"一九四六年，我前往东北，路过张家口，遇到邓拓，在一起谈天。我说，作品不要搞个方块块，排在一起，可以夹在新闻一块排。这里放一篇，那里放一篇，可以活跃版面。好的放到头版去，也可以。邓拓听了，觉得很新鲜，就对我说，这样倒很好，就请你来编副刊吧！于是，我在《晋察冀日报》编了几天副刊。"

"报纸也可以登长篇小说，每天登那么一点儿，让大家看看，也是很有意思的。《新儿女英雄传》不就是进城初期在人民日报上连载的吗？"

"副刊也可以天天有。天天看那么一点，也很有意思。"

"你还办过什么报吗？"我问她。

丁玲笑了。黑龙江汤原县的景物在她头脑中萦回。她说：

"我办过墙报。"

丁玲和她的爱人陈明，在林丰草茂的北大荒劳动一年之后，王震同志到这里来了。他们是老相识。王震同志对他们说：

"你们年纪都大了，可以改换一个劳动方式，教教书吧！"

于是，丁玲夫妇成了文化教员。丁玲在畜牧队，陈明在大田队。

文化教员的一项重要任务，就是编墙报。墙报上要表扬好人好事，丁玲就象记者一样去采访。人们都热情地向这位女记者提供材料。她写下了一篇又一篇的短小精悍的报道，又受到热情的赞赏。抽个空子，她又去访问好多工人，写下了好几十篇血泪凝成的工人家史，绘出了社会的许多侧面。可惜，现在这些材料都找不到了。

为了把墙报办得生动活泼，只有文章那就不够了，还需要画。可惜，她不是画家。然而，工作又需要她会画，于是，她就学着给墙报画插图，开始当然说不上笔墨精妙。不过，她下功夫学习。她用双手作了个比喻说：

"我买的绘画参考书，订的美术杂志，有一尺多高哩！"

在丁玲的桌子上，有各种各样的画笔和颜料。她的生活中，自然又添上了画家的色彩。百态横生的飞天，点睛传神的肖像，红艳艳的高粱，金灿灿的玉米，顺丁玲的手，都爬到墙上来了。陈明在大田队里，也办墙报。写报道是可以的，可是插图他不行。于是，他就经常向丁玲求援。

回顾了这一段生活，丁玲笑道：

"我也算是个报人了。"

四

作家要有实际生活，记者也是如此。

丁玲夫妇在北大荒生活了十二年之后，在"四人帮"横行的日子里，被投进一个监狱里，不明不白地关了五年多。五年后，丁玲夫妇给放了出来，到山西长治这个山村里落了户。

除了五年的铁窗风味之外，丁玲夫妇得到了十六年接触实际生活的机会。对于一个作家兼记者来说，这未尝不是一个优厚的待遇。然而，到这个山村生活，对于丁玲来说，已非易事了。从这个山村到滴谷泉那儿不过四里路，她走走歇歇，要两个钟头的时间。

他们来到这个山村里，出入巷陌，广结芳邻，一回生，二回熟，朋友一天多似一天。丁玲拿出过去结存的稿费一万元，送给所在的生产大队，帮助他们建设新农村。陈明经常教邻家的儿童唱歌和说快板，每逢春节，还给各家各户送去大红纸对联。丁玲虽然七十多岁了，还在小院里种菜，同普通农妇一样。很多外地人都来看望她。她笑道：

"我好象成了动物园中的熊猫。"

丁玲重新理起过去作品中的线索，想寻找《太阳照在桑干河上》中的那些人物的形象。但是，她不容易找到了。要了解一个人，一件事，都比较困难。可是，她的某种不同于众的身份帮助了她。丁玲笑道："群众不怕我，敢对我说真话。"当丁玲私下问人们，"为什么听不到真话？"人们笑笑道："这些年来，人们都学乖了。你们古人不了解。"在不知不觉中当了古人的丁玲，果真不了解学乖了的确切范畴。不过，时间帮助了她，她渐渐知道了。那时，"四人帮"的羊皮还没有剥下来。然而，丁玲已经感到，有狼在那儿了。

"这未尝不是幸事，"丁玲倒杯水吃药，凄然一笑，"两个人说真话，三个人说笑话，四个人说假话。对于享有平等政治身份的人来说，这已经是一个讽刺。可是，对于我这个不同于众的政治身份的人来说，却是件幸事，这又是一个讽刺了。生活中的讽刺是这么多啊！"

丁玲夫妇的朋友越来越多了。陈明说：

"有个积肥员，名叫韩安则。他家人口多，就拼命干活。每天到长治拉粪稀，他就带了个粪筐，沿途拾粪。拾了粪回来交给队里记工分。可是，后来有人说他走资本主义道路，弄得他不安生。这把我塞到闷葫芦里了。直到狼身上的羊皮被揭掉事情才清楚。韩安则被评为劳动模范，得到了奖状奖品。我给安则写了一副大红对联，贴在他的大门口，鼓励他日行万里，积粪肥田。"

高来喜也是他们的朋友。他是土地改革时期的党员，山西省的劳动模范，一直坚持艰苦奋斗，发扬革命传统。丁玲夫妇到他家拜访，看到的一点家具，还都是土地改革时期分到的东西。在他的带领下，干部群众大显身手，给各个山头都披上绿装。高来喜告诉他们一个故事，有个小青年，成年在山上挖坑栽树，右脚蹬锹，左脚落地。几年以后，这个青年发现，他的两只脚不一样长了。仔细一想，原来这是他长期用一定姿势去挖坑植树的结果。后来这个青年被调去干别的活了。然而，这个故事不是非常感人的吗？

在那魑魅为虐，鬼蜮含沙的日子里，就有人对他们说出这样的心里话：

"历史就这样写下去？我不相信。"

果然，历史按照人民的意志来写了。只有生活在人民当中，才能照纤察微。在他们的心中，装满了这些朋友的卡片。

五

"咱说你这个人呀，可是个好人，就是六月里的梨疙瘩，有点酸。要是你肯听咱的话，咱不怕你笑话，咱还能编上几段，咱念，你写，村上的事，咱全知道，把张三压迫李四的事编上一段，又把王五饿饭的事也加上一段。他们听说他们自己上了报，谁也愿意看。"

这是《太阳照在桑干河上》中，一个老农对"新闻记者"说的话。丁玲在多少年前，就嘲笑过六月里的梨疙瘩了。

《太阳照在桑干河上》中，就有许多生动的语言，绘形绘声。所以，当丁玲回到桑干河上的那个村子里时，妇女会长董翠花，就跳跳蹦蹦跑过来，向她致谢道：

"你把我写得挺好，就是把名字改了。"

掌握语言的艺术，不光是作家的事，也是记者的事。丁玲谦虚地说：

"诗是最高的语言，音乐的语言。然而，我没有写过诗。

"《红楼梦》的语言是语言中的上乘，是标准的语言，没有人听不懂。它的每一句话都合乎说话人的身份、性格。林黛玉的话不能让贾政来说，反过来也是一样。

"语言好，并不只是用些俏皮话，歇后语。学习语言，必须学习《红楼梦》里面运用语言的方法。语言要表现一个人的特点和个性。

"我的散文，比较注重情，带一点画，力求做到情景交融。"

法国启蒙时期的文学家布封说，光明应该构成一整个的发光体，均匀地散布到全文，这大概就是我们说的情景交融了。

丁玲继续说：

"我写一个人，耽搁了好些年，还未完篇。我想把这篇东西多给几个人看看，提意见，要群众通过才行。当然，文章中有些艺术加工。但是，只要你写得真实，群众也不会有意见。

"年纪大了，当然要抓紧时间写。可是也不要着急，不要求赶快发表。急就章总是不能令人满意的。写篇东西，要放下看看，留些回旋余地。

"历史的长流必定要冲掉一些东西。但是，好东西是冲不掉的。翻开《鲁迅全集》，你会觉得，无论哪一篇东西都可以传下来。郭沫若的《女神》，我都背诵过。这些都是好书。"

"写好一本书是不容易的。"我说。

丁玲笑了，自然联想到一本书主义上去了。

"我没有讲过一本书主义。"丁玲回忆道："那时，我在中央文学研究所任所长，一些学生来找我，看到我家中一本又一本的装潢精美的外文书，都是什么普希金、托尔斯泰、雨果、狄更斯的名著。我就对他们说，一个人要是一辈子写出这样一本书，也就不错了。后来这话传了出去，就成了'一本书主义'。其实，倒是'四人帮'横行的时候，一本书主义盛行，写一本书，演一个戏，唱一个歌，作一个曲，马上就当代表，出国，应有尽有。有些人自高自大得不得了，就以为他一个人行。行什么？不认祖宗还行！鲁迅评论中国文学，对他不赞成、不喜欢的人，都公正地提了一笔。问题不是对人，是对历史嘛！"

其实，"四人帮"横行的这些年，有多少东西可看？倒是丁玲的话对，真正写好一本书，那也就不错了。话又说回来，难道她实行"一本书主义"吗？不是，她就不止写了一本书。如果需要的话，可以编写一张她的书目表。

六

作家和记者，要是一生同笔作伴，如影随形，形影不离，那多么好啊！

来到滴谷泉的时候，丁玲已经七十二岁了。她的食量次第下降，身体清减许多，腰疼得很厉害，不允许她长时间坐在椅子上写作。坐了一会站起来，她觉得腰疼要好一些，想站起来写作。可是，站起来又怎么写呢？陈明献了一计，建议她不妨用画家的姿态进行写作。画家不是常在胸前悬块画板，站在野外写生吗？丁玲称赞他这个建议。于是，陈明跑了好多地方，经过许多周折，弄到一块五合板，涂上一层油漆。木板下端钉了一片细长的木条，防止稿纸滑下来。从此以后，人们便看到丁玲用画家野外写生的姿态写文章了。作家的生命是写作。没有写作，就不成其为作家了。记者也是如此，不写稿子，还能成为记者吗？

作家对自己熟悉的生活是永远有感情的。《太阳照在桑干河上》写出了丁玲熟悉的土地改革的生活。但是，它并没有反映她的这段生活的全部。她早就想续写它的姊妹篇。我们可以设想，如果不是意外的磨难，也许丁玲早就完成这个姊妹篇了。现在丁玲正在实现她的宿愿。

《在严寒的日子里》，就是《太阳照在桑干河上》的姊妹篇。这两部著作的故事是连贯的。对于读过《太阳照在桑干河上》的人来说，《在严寒的日子里》的人物，不是陌生的，不过的确是久违了。

如果我们新闻记者，到了丁玲这样年龄的时候，身体也象她一样不好，也能够用一块写作板来写稿子，不使丁玲专美于前，而增光于后，那会是多么动人的情景啊！

（原载 1979 年 4 月《新闻战线》第 2 期）

丁玲同志近况

杨德华

"兔毫在握，赓续前书尚心热。"这是去年五月叶圣陶同志为丁玲、陈明夫妇造访，喜极感怀写下的《六幺令》中的一句。这话十分贴切地描绘了丁玲同志的近况。我去拜访她时，正赶上她即将入院开刀切除肿瘤。尽管有医院的通知，有亲友焦急的敦促，她兀自俯在案上挥笔疾书，写，写，写，既写《太阳照在桑干河上》的续篇：《在严寒的日子里》，也写回忆我党老一辈革命家的文章。提起这些为党的事业鞠躬尽瘁的革命前辈，丁玲同志心情激动，不能自已。

话题是从丁玲同志如何走上文坛开始的。当一九二七年丁玲同志还是个无名小辈的时候，编辑《小说月报》的叶圣陶先生即从来稿中发现了这个年仅二十三岁的女青年的才华。为了奖掖后进，叶老当时宁肯推迟名人的文章，把丁玲的处女作：《梦珂》、《莎菲女士的日记》，放到显著的地位发表。"世有伯乐，然后有千里马"。叶老当年真不愧为一名独具慧眼的伯乐。

谈及善于发现培植人材的叶老，丁玲同志谈锋甚健，滔滔不绝。但当我们建议她也写写自己的时候，她却连连摇头，说："有什么可写的呢？"

在中国文学史上，象丁玲同志这样命途多舛的人还是极少见的。她四岁丧父，由寡母抚育成人。二十岁与胡也频相爱结合。二十七岁她刚生下一个婴儿，还不满三月，胡也频即与柔石、殷夫一道在上海龙华监狱被国民党枪杀了。对国民党这一血腥屠杀的回答是，丁玲于次年毅然决然参加了中国共产党。一九三三年她也被特务秘密绑架解往南京。一时间谣传丁玲遇害了，鲁迅写了《悼丁君》一诗："如磐夜气压重楼，剪柳春风导九秋。瑶瑟凝尘清怨绝，可怜无女耀高丘。"但她没有死，也没有自首叛变。三年后，在党的帮助下，丁玲奔赴解放区。此后十多年里，在西北、华北、东北的广大土地上留下了她的足迹，也留下了她的遐迩闻名的作品：《我在霞村的时候》、《夜》、《太阳照在桑干河上》。后一部著作曾获得一九五一年斯大林文学奖金的二等奖。

一九五五年丁玲先被错打成反党集团的头目，接着一九五七年又被错划成右派。她和爱人陈明一道去北大荒养鸡、喂猪、锄草，到大田劳动，还当过一段扫盲教员。到文化大革命前的这八年时间里，幸赖有王震将军的关切，她一面干些不算重的农活，一面也还写下了十几万字的著作。

丁玲同志幽默地说："到了一九七〇年，不知他们怎么又想起了我，把我从北大荒弄到北京郊区监狱里关押起来。把我关在里面有什么用呢？"比起游街示众、挂牌批斗、拳脚交加的境遇，她甚至认为囚禁起来还算是一种"幸运"。使她大为满意的是，她在狱中得以通读了《马克思恩格斯全集》。马克思和恩格斯的那种亘古罕见的伟大友谊使她极为感动，以致五年后出狱，她第一件事就是从生活费中匀出一部分钱来，买了马恩全集，以纪念那一段苦乐交加的日子。

当我问起是什么力量支持她备受磨难而没有向厄运低头的时候，丁玲同志回答说：少奇同志说得好，一个共产党员应该经得起委屈和误解。这句话给了我许多勇气。一个人应该有信念，我对党、对人民永远是相信的。要相信历史，对自己也应该自信。

的确，党和人民是公正的，历史是公正的。一九七九年，丁玲同志离开山西来北京看病。在她结论还未下达之前，党中央就提议并由中国人民政协第五届全国委员会补选她当了政协委员。去年十月末，又是在党中央的关切下，丁玲重新回到党的怀抱来，恢复了组织生活，恢复了政治名誉。丁陈反党集团的错案也予以纠正。我们的备受磨难的作家又以"老骥伏枥，志在千里"的面目再现于文坛。

"盛年不重来，一夕难再晨"。目前年届七十六岁高龄的丁玲同志深切感到时间不够用了。她苦于杂务太多。我们拜访她的时候，只见书桌上堆着大批来信,以及一些文学青年寄来要求她指点修改的长篇习作。她和陈明同志感激读者对她的信任和关切,又抱歉于没有精力一一作复。但是我们却不能不向广大读者尤其是爱好文学的青年们呼吁:爱护这位饱经忧患、身染多种疾病的女作家!让她集中精力来完成她的夙愿——《在严寒的日子里》,不再给她增加额外的负担吧!

(原载 1980 年 3 月 4 日《北京晚报》)

丁玲和《红中副刊》

袁良骏

最近，为《丁玲著作年表》事，我数次访问丁玲同志，她给我提供了不少线索。但由于天长日久，印象淡漠，不少作品的发表报刊和日期她自己也记不清楚了。最使她念念不忘的是一篇名为《记左权同志话山城堡之战》的短文，她依稀记得这篇短文曾经发表在陕北的一个油印刊物上，而且后来柳青同志还在西安办的一个小型铅印刊物上转载过。但是，这两个刊物的名字她一个也记不起来了，言谈之间，不胜惋惜。我十分理解丁玲同志的心情：与其说她惋惜自己文章的佚失，倒不如说她深深怀念着那一段珍贵的岁月，那一种战斗的情谊，特别是怀念着后来在抗日战争中壮烈牺牲了的左权同志！我被丁玲同志的这种革命情感打动了。我想：要能找到这篇短文该多好！一定要努力找到它！

但是，在浩如烟海的旧报刊中，我到那里去寻找呢？在文化革命中，由于林彪、"四人帮"的迫害和摧残，柳青同志也不幸含恨死去，从西安方面突破的路也断了；而陕北时期的油印刊物，北京各大图书馆几乎都没有什么收藏。我只好先翻拣抗战时期的铅印报刊，希望从中找出一点线索，哪怕是一点蛛丝马迹！经过一个多月的奔波，终于在一九三八年三月武汉出版的《战地》创刊号上查到了一篇署名元留的文章。这篇文章虽然只是一般地介绍情况，但它却给我提供了重要线索。它说当时陕北有个油印报纸，名曰《红色中华》，曾出过六期副刊；它说丁玲主编了一种刊物叫《苏区文艺》，共出了四、五期。于是我到处找《红色中华》和《苏区文艺》。

但我查遍了几大图书馆，都找不到这两个刊物的踪影。人民大学是老解放区来的学校，也许能有些线索吧？到人大图书馆一问，他们也没有。不过，馆员同志热心地告诉我：党史系资料室有一份《红色中华》。就这样，我终于在人大党史系资料室同志的大力支持下，翻阅了他们仅存的一份《红色中华》。首先发现了《红中副刊》一九三六年一、三期上丁玲同志的两篇文章：《刊尾随笔》和《广暴纪念在定边》，随后就找到了《记左权同志话山城堡之战》。

根据中央档案馆一九六四年一月的《影印说明》，《红色中华》原是江西中华苏维埃共和国时期临时中央政府的机关报，创刊于一九三一年十二月十一日。一九三四年红军长征后停刊了一个时期，红军到达陕北后又继续出版。限于各方面的条件，这分号称"中央政府机关报"的油印报纸不仅版面有限（每期十六开两版），而且也不能保证每天一期。正是在这样的困难条件下，刚到陕北不久的丁玲同志便在党中央的直接支持下创办了我党党报的第一个纯文艺副刊——《红中副刊》。

《红中副刊》创刊于一九三六年十一月三十日，它实际上只出版了四期。它的第二期出版（十二月八日）后四天，具有伟大历史意义的西安事变便发生了。我党根据抗日救国的迫切需要，适应抗日民族统一战线的新形势，由反蒋抗日、逼蒋抗日转到了联蒋抗日，苏区改成了陕甘宁边区（特区），红军改成了第八路军，《红色中华》也从一九三七年一月二十九日起改成了《新中华报》，《红中副刊》也相应地在同一天改成了《新中华副刊》。但期数是连接的，《新中华副刊》一出刊便是第五。等出到第六期，这个副刊便暂时停刊了。根据记载，一九三七年九月九日《新中华报》改为铅印后，曾出了一期《苏区文艺》。但由于报纸残缺，这期《苏区文艺》我们并未见到；到第二期，它就改成了《特区文艺》，到第四期，它又改成《边区文艺》了。虽然名字改来改去，但它们都应该看作是《红中副刊》的延续。元留的文章说《苏区文艺》也是丁玲主编的，看来欠准确。因为丁玲同志从七月份起便去筹组西北战地服务团，已经无暇顾及报纸副刊了。所以，丁玲同志的文章也都集中发表在《红中副刊》和《新中华副刊》的那六期上。

  在这六期上，丁玲同志共发表了四篇文章。除了《刊尾随笔》外，其他三篇都是速写。虽然是速写，但每篇都写得十分生动活泼，表现了很高的艺术手腕。特别是《记左权同志话山城堡之战》和《彭德怀速写》二文，不仅逼真地描绘了我红军指战员的战斗生活、官兵关系，而且栩栩如生地刻划了左权、彭德怀两位红军高级将领的崇高而亲切的形象。《彭德怀速写》一文还配有丁玲同志画的彭德怀同志的一幅速写象，寥寥数笔刚劲有力的线条，颇能传出彭老总威严而又宽厚的神韵。在左权同志和彭老总为革命相继献出了自己的宝贵生命之后，抚今追昔，这些作品该是多么的弥足珍重？这些作品岂只有很高的艺术价值，它们对中国现代革命史的文献价值岂不更要远远超出于它们的艺术价值之上吗？！

（原载 1980 年《战地》第 2 期）

记老作家丁玲

杨桂欣

举世瞩目，丁玲是中国革命文坛上的一颗巨星。半个多世纪来，她时闪时隐，隐而复闪，始终为人民所系念。一九七九年，当她以七十五岁高龄，将献新作重现于文坛时，人们又惊又喜，慨叹这位优秀的女作家实在是一位既经得起苦难、更经得起委屈的坚强的人！

众所周知，丁玲的苦难和委屈，是中国人民和中国老一代革命者，尤其是中国知识分子和妇女的苦难和委屈的一个缩影。她于一九〇四年生在湖南省临澧县一个官僚地主家庭，四岁丧父，跟随坚持走自立道路的寡母在常德长大。一九一九年，"五四"运动的洪波涌到了常德，丁玲和大同学、好朋友王剑虹、王一知等人，积极投入了革命，她毅然剪掉辫子，参加辩论会，慷慨激昂地为如何免当亡国奴、妇女怎样求解放等大课题陈词。二王主办贫民夜校，她充任了最热情的小教员。常德偏僻，文化落后，丁玲热切地要求"飞"到广阔的世界去。这一年，她在母亲的支持下，到达长沙，进入周南女子中学。在这里，她读了很多新文学作品和一些外国文学作品，十九世纪法国作家阿尔封斯·都德的《最后一课》有力地打动了她年轻的心，使她对文学产生了强烈的兴趣。她学着写诗，写散文，也写小说。《湘江日报》发表过她的习作。但是，丁玲仍然要"飞"。一九二一年，她随王剑虹和王一知到达上海，进入共产党人主办的平民女子学校，同陈独秀、李达和瞿秋白等人直接交往。不过，早期共产党人的先进思想尚未吸引住这位十七岁的少女，封建主义加半殖民地的上海，使丁玲深感失望。于是，她又"飞"到了北京。她渴望到青年们心目中的圣地——全国最高学府北京大学去听大师们讲课，但北京并不给她温暖。她自己读书并学习绘画，过着艰难窘迫、近似流浪儿的生活。一九二五年，她在北京结识了学徒出身的青年诗人胡也频。彼此深情地热爱着。

一九二七年，中国共产党领导的大革命失败了。丁玲回顾说："许多我敬重的人牺牲了，也有朋友正在艰苦中坚持，也有朋友动摇了。我这时极想到南方去，可是迟了，我找不到什么人了……我精神上苦痛极了！……于是我写小说了。"从此，丁玲成为一个作家，她的小说"充满了对社会的卑视和个人的孤独的灵魂的倔强"。《莎菲女士的日记》集中体现了这一点，披露了年轻女作家的艺术天才，是她的成名之作。一九二八年，她和胡也频到达上海，加入鲁迅为首的左翼作家群。一九三〇年"左联"成立，丁玲主编它的机关刊物《北斗》，后来又担任它的党团书记。一九三一年初，蒋介石秘密枪杀包括胡也频在内的"左联"五作家，使丁玲陷入极大的悲愤之中。她把未满百日的男孩送到湖南，寡母支持她挺直腰杆继续革命。回到上海以后，她以当年全国十六个省的大水灾为背景，以家乡的一群贫苦农民为主人公，写成中篇小说《水》，深情地描写了中国农民无穷无尽的灾难和他们的觉醒、团结、抗争。《水》标志着丁玲创作的新进展，也可以看作中国新文学发展的"一个新起点"。一九三二年，丁玲加入中国共产党。一九三三年，正当她创作自传性长篇小说《母亲》尚未完稿的时候，国民党反动派的特务机关秘密绑架她，囚禁她，明令查封和禁售她的全部作品。

一九三六年秋天，丁玲在党组织的帮助下逃离了国民党的囚禁，立即"飞"向中共中央所在的陕北革命根据地，中共中央、毛泽东和周恩来等领导人热烈地欢迎她。在陕北革命根据地，她当过红军中央警卫团政治处副主任，领导过八路军西北战地服务团，主编过《解放日报》的文艺副刊。丁玲追忆说："我曾经经历过很多的自我战斗的痛苦，我在这里开始来认识自己，正视自己，纠正自己，改造自己。……我在这里又曾获得了最大的愉快。我觉得我完全是从无知到有些明白，……走过来的这一条路，不是容易的，我以为凡是走过同样道路的人是懂得这条路的崎岖和平坦的。"在这条道路上，丁玲的足迹遍及西北、华北和东北的广大乡村，她的心始终和人民尤其是农民的心一起跳动。她不但努力写作，而且登台唱歌、演戏。在这个时期，她的短篇小说集有《一颗未出膛的枪弹》和《我在霞村的时候》（后来，作家自己从这两个集子中精选了五篇，编成《延安集》）。她这时候写的杂文《三八节有感》，一直为人们所争论；在肯定其为革命的杂文的前提下，由历史去继续检验它的是非功过，是正常的现象。而她反映一个村子土改运动全过程的长篇小说《太阳照在桑干河上》，为延安文艺座谈会以后的中国新文学树起了一尊坚实的丰碑，则是确凿的，它荣获过斯大林文学奖金，被译印成许多种外国文本。

新中国成立后，丁玲任中国作家协会副主席，领导中央文学研究所，为社会主义新中国的文学事业培养新生力量。她当过全国人民代表大会代表、全国政协委员，还是全国妇联的理事。作为中国作家和中国妇女的一名代表，丁玲为保卫世界和平、发展中国人民和世界人民的友谊，积极地活动着。事务缠身，但她仍然沉湎创作。新中国的明媚春光，使她欣喜，心头充满希望，她决心用多情的笔墨描绘和歌颂自己人民的新生活和新斗争。

然而，由于众所周知的原因，丁玲从一九五五年起便遭受厄运。先被指为"反党集团"头目，后又戴上"右派"和"叛徒"的帽子，一九五八年被发落到黑龙江垦区，其全部作品（近一百五十万字）又遭到封禁。"四害"横行之日，连《太阳照在桑干河上》的版型也被明令毁弃！一九七〇年，林彪和江青之流把丁玲和她的战友、丈夫陈明（共产党员、电影剧作家）关进监狱，囚禁了五年多。在巨大的委屈中，丁玲始终用共产党员的标准要求自己，"要在几乎没有任何光明的处境里开辟出一条光明的路来"！开头八年，在王震将军和农场干部的妥善安排下，她力所能及地劳动着，喂猪、喂鸡、当扫盲教员、夜校老师，编写墙报、黑板报、做家属工作……全心全意，兢兢业业，很快地获得了身边群众的理解和支持。创作没有发表的希望，她却醉心于创作，相信死后总有交给人民的机会。十年浩劫乍起之时，她的十几万字小说稿和几十万字生活笔记，统统毁于一旦。林彪，"四人帮"的残酷迫害，损害了她的健康。但是，在浩劫中，她更进一步发现了自己的人民是可爱的，他们往往在极端特殊的情况下一下子就闪出了人的黄金般的本色。这使她看到了光明，心中牢牢地保存着对于人民的希望和信心，实现了同苦难和战斗的人民紧密而完美的结合。在狱中，丁玲顽强地锻炼身体，用自制的"篮球"——破毛巾包扎着卫生纸——往墙上掷去，掉下来，接住，再掷，再掉下来，再接住！囚室孤居，她抓住这机会通读了马列的主要著作，补上了有生以来未能通读这些经典的课程。

　　一九七五年，丁玲和陈明得到"无罪开释"，定居于山西省农村。次年年初，周总理逝世和邓小平同志被贬，使丁玲陷入极度的痛苦中，她甚至失望起来，觉得自己在有生之年不能以人民的身份去为人民服务了。伟大的"四·五"运动唤醒了她，拯救了她，她又动手创作了，准备用自己的新作同人民一起迎接新的春天。一九七九年，在她回到首都几个月之后，党中央批准为她平反，她幸福地回到了母亲——党的怀抱。好心的人们劝她不必写长篇小说《在严寒的日子里》了，更不要去干预文坛的事务，"坐在家里养老吧"，或者，"就写你自己的一生吧"。丁玲回答说："写自己还是比较容易的，也可以写，但我自己毕竟不重要，还是写活在我脑子里的那些老百姓吧。"今年三月，医生割除了她的乳腺癌。五月间，右臂的刀口虽已愈合，但尚未消肿，丁玲却奋笔疾书起来。她希望自己现在是六十六岁，然而光阴无情，所以她说："我将奋起我最后的余力，为党、为人民、为人类的未来，为目前中国最重要的课题：实现四个现代化而孜孜不倦的写作。"

（原载 1980 年《人民画报》第 10 期）

"真想延安!"

——访丁玲

肖云儒

在风浪中滚了一生,丁玲的确苍老了。步态蹒跚,宽衣缓带,半躺在沙发上。她已经七十六岁。五十多年的动荡,二十多年的坎坷,四个月前又做了大手术,——这艘饱经风浪剥蚀的船,此刻停靠在庐山,略作小憩了。然而在云雾深处,会议和来访者又潮水般包围了她。真诚的敬慕和关切,幼稚的崇拜,急切的求教,以及纯粹的好奇,在她都是不好拒绝的。被社会冷漠了几十年的老人,难以承载社会的热情了。

丁玲又确是年轻的。一位作家说,她有时是以姑娘的眼睛来看生活,是这样。当我提到延安,提到一九三六年到一九四五年这九年,她生活在延安,出了七本书;谈起她编辑的我们党党报的第一个文艺副刊——《红色中华副刊》和其后的《解放日报》文艺版,老人的眼睛蓦地亮起来,好似一束阳光透进了深潭之中。说话的节奏加快了,语调丰富而有变化。有时嘴巴跟不上思绪,便借助手势,补充那些来不及说出来的话。而笑声也就象鱼儿,不时在语言的浪花里打着跳。

"真想延安,"她念念叨叨,边说边看着窗外一个十分遥远的地方,"三四十年了,想起延安,心都开了。延安在我心里,比王府井还热闹。那时的延安,文化人活跃,文化生活活跃。"

她先谈到我们陕西文艺界的一些老同志,当时都很引人注目。杨醉乡,在中央红军到达陕北之前,就从事边区的革命文艺运动,"实在是有功劳的"。柯仲平、马健翎带着剧团一直在民间演出,"现在能这样坚持的不多了"。还有柳青,一九三六年他在西安编一个刊物,转载了丁玲在《红中副刊》上写的《记左权谈山城堡战斗》,向群众披露了胡宗南骚扰边区吃了大败仗的情况,把国民党搞得好狼狈。

那时候一走进边区,单位和部队都有"列宁室"(后来改为"救亡室"),有墙报。一开会,先拉歌,你唱一支,我唱一支,满场子唱开了锅。何长工同志当时是抗大十一队队长,拐着一条腿,每天队前点完名,就教大家唱歌,唱"炮火连天响"。

丁玲一下子高兴了,便和老伴陈明唱起来。那些遥远而熟悉的歌声,从两位老人嘴里轻轻飞出,叫人心颤——你听这是陆定一写的词:"密云遮星光,万山乱纵横,黄河上渡过了民族英雄们,威风凛凛是我们的铁红军";还有李伯钊长征时从江西带到陕北的歌:"记得红军,发源在那井冈山上……"唱着唱着记不清了,泪花儿便在笑声中溅落。

抗大当时有个俱乐部,经常开晚会。四大队主要是知识分子,能演戏,演田汉的《回春曲》、高尔基的《母亲》。纪念高尔基诞辰,毛主席还去讲了话。他一来,大家围上去,你一句我一句地打招呼,汇报个事情。毛主席讲完了,就坐到人群里看戏,旁边挤着战士、学员和老百姓,一边看一边议论。

一九三六年冬天,毛主席还专门写给丁玲一首《临江仙》,这首词写道:

壁上红旗飘落照
西风漫卷孤城
保安人物一时新
洞中开宴会
招待出牢人

纤笔一支谁与似
三千毛瑟精兵
阵图开向陇山东

昨天文小姐
　　今日武将军

　　丁玲这时刚从监狱出来，到达保安不久，又随军去陇东。毛主席把这首词用电报发到前方，由红一方面军转交丁玲同志。一九三七年初，丁玲回到延安，毛主席又亲笔写录了全文送给他。一九三九年陕甘宁边区河防一度紧张，为了珍藏这份珍贵的手迹，丁玲把这首词及其他一些文稿，一并寄到重庆，委托胡风保存，至今已四十一年了。最近，毛主席这首词的手迹已经找到，影印件将在《新观察》杂志发表。

　　一九四一年丁玲开始主编《解放日报》文艺版，骨干作者是鲁艺的青年学生，他们上前线、下乡，写小说、速写。有一段时间因为发小说多，一两篇就占去一版。一些年轻同志不满意了。那时延安有个"文艺轻骑队"，是中央青年委员会组织的，思想很解放。他们在大砭沟（当时叫文化沟）搞了个墙报，算个"民办"刊物吧，李昌、童大林、许立群等人都是编委，尽提新问题，出新点子，受到的欢迎远远超出报纸。每期除了贴上墙，还油印一些给首长们看，让党中央了解他们的意见要求……

　　这时，丁玲的小孙女端着切开的西瓜进来了。趁着吃西瓜，我打量起丁玲来。宽阔的额角，炯炯的眼神。按理，凶险的生活应该在这里留下很深的印记，看到的却只是几条浅淡的皱纹。也没有想象中揪心的白发，只是前额那正迎着风浪的部分被溅得花白了。整个思考的"车间"，仍然在浓密的黑发掩映之下进行超负荷的精神生产。

　　吃完瓜，丁玲在房子里走动着，脚上穿的是家做布鞋。她一下一下挥动着手，说："那时延安，就这么样红盛，这么样民主、平等。连挨批评也是痛快的。批评的人，接受批评的，都痛快！"接着就讲了贺龙同志批评她的事。

　　一九四二年延安整风时，贺龙同志在高干学习会上批评了丁玲同志在《解放日报》文艺版上写的文章《三八节有感》。揎拳倒袖，一顿机关枪，批评得好凶。王震同志也有意见。可是她一点不紧张，那时候挨批评是不会感到紧张的。第二天倒跑去找贺龙同志，问老总还有啥子意见,他笑了,说没得了,昨天提完了。又说有劳你大知识分子登门来看我,我哪天要回拜哟。后来,果真来家里看丁玲了,还留下吃了一顿饭。贺老总用筷子指着一盘炒肉问:你们常吃得到吗?她说,专为你炒的。贺老总马上用筷子指指另一盘菜(土豆丝),那你们作家天天就吃这个罗?不行哟,我们关心文化人不够,要好好搞大生产运动嘞。吃完饭,又一个一个窑洞去看了艾青、刘白羽、于黑丁。

"高干学习会结束后,中央还让我这个挨了批评的去负责'文抗'的工作,领导那里的学习、整风呢。"说到这里,她笑了一下,"记得毛主席在一个会上说过,丁玲和王实味不一样,文章(指《三八节有感》和《野百合花》)不一样,人也不一样。我后来还请教过毛主席:为什么你在文章里批评人,人家服气,我写文章批评,人家就不高兴呢?毛主席说,批评同志要实事求是,讲点辩证法。人家有优点,要肯定嘛。缺点,有几分就说几分,要恳切,不要刻薄。你不肯定人家的优点,缺点又说得过分,当然人家不高兴罗。毛主席这些话,我一辈子都记得清清楚楚。"

丁玲端上茶碗,走到窗前,却不喝,只是静静地望着窗外的三棵树,那是两株阔叶桐和一株日本扁杉。活跃的思绪在唇边留下了似有若无的笑影。她不是哲人,也不象强者,不爱用文学家常用的那种闪光的、或者象石头一样有分量的语言说话。她象在街头巷尾就能遇见的老奶奶,慈祥、亲切地拉着家常,真诚地坦露自己。她在往事中悠闲的散步,眼睛不用瞅地上,就躲开了荆棘和石块;也有碰上的时候,便停住脚,淡然一笑,调开步子再走。

接下去,丁玲又讲了一个虚心接受意见的故事。那是一九四四年,她和陈明去安塞边区难民纺织工厂体验生活,打算写反映陕北生活的长篇小说。这个厂厂长吴生秀是个好同志,可是对丁玲同志有过意见——《解放日报》文艺版上曾经发过一篇朱寨写的小说《厂长追猪去了》,是批评他们的,吴生秀不同意,认为工厂养猪符合大生产方向,丁玲去信解释了一下,还不行。我告诉她,老吴现在是陕西省政协副主席。

安塞难民工厂在边区二十几个工厂中,生产搞得很好。丁玲的生活基地便选中了那里。头天天黑到工厂,第二天一早吴生秀要去延安,让她们先休息,先看看。三天之后吴生秀回来了,到织布车间找到丁玲，问对工厂有什么意见。丁玲感到这几天厂子有点松散，又怕他接受不了，便说：我问过贺龙同志，什么样的团长是最好的？老总说，最好的团长是他可以随时离开这个团，战斗力一点不受影响。吴生秀听了没做声。晚上专门召开干部会，摆了这几天厂子里松散的情况。摆完了，他说，我们厂先进是先进，最大的问题是离不开厂长，经常要出点歪事。又说，丁玲、陈明同志来了解我们厂，他们比我们自己看得清楚，要虚心。

"这样，我们就成了好朋友啦。我收集了他很多材料，准备先写个传记。可惜后来在华北坚壁清野时材料丢了。一九四五年，边区干部大量去华北、东北前线，边区政府牲口紧张，分不过来。林伯渠主席对我说，你自己向吴生秀借个牲口吧，你们关系好。他果然借了一头很好的骡子给我骑。"丁玲两手一摊，"看看，上级和下级，批评者和被批评者就是这种关系，就是我们通常说的'同志'吧。怎么不叫人想延安呢？"

一朵白云悠悠地飘进窗子里来，站在窗外的那三株树，眨眼间就不见了。满眼白茫茫。房子里弥漫着雨雾的腥冽味。我赶忙摸着去关窗子，她喊住我："不要紧的，马上就过去了。庐山就这样。"于是我趑回来。落座不久，白云果然又悠悠飘去，眨眼间烟消云散。那几棵树象水洗过一般，重又在艳阳下闪着新绿，枝头颤颤的挂着露珠儿。

这景色太容易唤起联想了，我不觉看了丁玲一眼，嘿，她也正看着我呢！我们无声地笑了。

和一切真正的事业家一样，丁玲执着于自己的专业，每时每刻都献身于既定的目标。因此在最艰难的境遇中，也能发现对自己事业有利的因素。在北大荒，她觉得能在履历表上给自己填上"农业工人"的职业，是一个作家的荣誉。长期当一个"带负号的人"，使她得到了别的作者无法得到的生活积累，"这是我比别人富有的地方"。她为几年监狱生活提供的安静的读书环境而高兴。在监狱这个"学校"里，她通读了马恩列斯的书。"只可惜早释放了两个月，有两卷没读完。"

一年来，丁玲大都在医院和疗养院度过，还坚持着写了十多篇文章。而长篇小说《在严寒的日子里》(《太阳照在桑干河上》续集)的创作，一直没有离手。后面，还有一部反映当代生活的长篇在等着写。

"有位受过迫害的老同志说，十年浩劫，党有了损失，我们自己有了收获。我赞成这个话。个人当然也损失了，这就是时间。现在我只想用加倍的工作来挽回时间。我耽心写不完，——已经写不完了。其余的事，让历史去做吧。"听着这一段话，我好象来到了辽阔的旷野之上。

艰难地从风暴中跋涉过来之后，既没有畏缩，也没有偏颇，仍然含着笑容朝着早年选定的目标执着地攀登。只是更豁达、更明澈了。生活是复杂的。对一些问题寸步不让，固是强者的气质，对另外一些问题宽容不计，却也要登山者的胸怀。我想，约略了解丁玲经历的人，都会把这种豁达读作坚韧的。

访问一直继续到下午。六点来钟，也在这里疗养的诗人公刘的女儿跑过来，说她爸爸今天爬山太累了，病情有加重，左眼又看不清了。陈明同志急着要过去看看，我也想跟去问候一下。我们走出门来，丁玲追着问："姑娘，你爸爸有收音机吗？""带是带着的——坏了。""快把我们的半导体带过去。一个人躺在山上，看不成东西，怪寂寞的。"说着，她已经缓缓地走到门边，一只手扶着门框，两只眼满是忘我的焦灼……

这时我产生了一种感觉：丁玲是不属于这所豪华的疗养院的。尽管又恢复了原先的声誉，获得的尊敬远胜于过去，她依然是一位"农工"，一位刚抹掉"负号"的普通老百姓。这里的一切，地毯、沙发、穿衣镜、"席梦思"，都不属于她，也羁留不住她。她不过是疗养，不过是小憩，不过是过客。

出来后，走在庐山浓荫覆盖的小道上，周围是一片绿色世界——沉着的松绿，透明的桐绿，鲜嫩的竹绿，还有池中凝重的萍绿，我的心被这各种调子的绿色润泽了，浸透了。

（原载 1980 年 11 月 7 日《陕西日报》）

鲁迅与丁玲

陈漱渝

鲁迅与丁玲的交往开始于一九二五年。当时丁玲正在北京,奔波求知,没有出路。在苦闷的心境中,她给鲁迅写了一封信,请求给以指引。鲁迅收到此信的当晚,适荆有麟来访,荆看到信上细小的钢笔字迹,便武断地说"丁玲"是"休芸芸"(即沈从文)的化名。沈从文当时在《现代评论》社当发报员,而鲁迅与现代评论派论战方酣,内心不悦,故未回复。丁玲未接到回信,益加彷徨失望,随即返回了湖南乡下。鲁迅在一九二五年四月三十日的日记中写道:"得丁玲信……夜……有麟来",指的就是这件事情。

一九三一年九月,丁玲在上海主编左联的大型文学刊物——《北斗》。鲁迅作为左联的盟主,曾对这一刊物予以大力支持。他用冬华、长庚、隋洛文、洛文、丰瑜、不堂等笔名,在《北斗》上发表了十余篇杂文和译文。鲁迅脍炙人口的名篇《我们不再受骗了》、《答北斗杂志社问》等,就是首先在该刊揭载的。鲁迅一九三一年七月三十日的日记记载:"下午文英、丁琳来。""文英",是冯雪峰的代名。他们这次来访,是请鲁迅推荐一些插图供《北斗》创刊号选登。鲁迅当即将他珍藏的凯绥·珂勒惠支木刻《牺牲》交丁玲,后来又专为此画撰写了一篇说明,均载《北斗》创刊号。鲁迅在《为了忘却的记念》一文中曾谈到选取这幅木刻的用意:"当《北斗》创刊时,我就想写一点关于柔石的文章,然而不能够,只得选了一幅珂勒惠支(Käthe Kollwitz)夫人的木刻,名曰《牺牲》,是一个母亲悲哀地献出她的儿子去的,算是只有我一个人心里知道的柔石的记念。"

一九三三年五月十四日午后一时，丁玲在上海昆山花园路七号的寓所被蓝衣社特务绑架。不久，社会上盛传丁玲已经在南京遇害。鲁迅十分悲恸，于同年六月作诗哀悼："如磐遥夜拥重楼，剪柳春风导九秋。湘瑟凝尘清怨绝，可怜无女耀高丘。"高丘，是楚国的山名。高丘无女，这里是指国民党反动派血腥屠杀革命者。一九三四年一月，丁玲的母亲蒋慕唐致函上海良友图书公司，索取丁玲的《母亲》一书的稿费。该公司不知此信的真伪，又不知丁玲母亲的通讯地址，故转询于鲁迅。鲁迅同年一月二十二日复该公司编辑赵家璧信，告知蒋慕唐老太太的通讯处——湖南常德忠靖庙街六号，并建议采取分期付款的办法，以免款项一到，顷刻即被蒋老太太的穷本家分尽。鲁迅还赞成募集经费，抚恤丁玲的母亲和孩子。同年十一月，肖军、肖红出于对丁玲善意的关切，写信给鲁迅了解她的确切情况。鲁迅当时已得知丁玲尚健在，便在十一月十二日的复信中回答说："丁玲还活着，政府在养她。"对于这句话，曾长期出现歧议。一九七九年六月九日，受信人之一的肖军在《让他自己……》一文中解释说："关于丁玲，鲁迅先生信中只是说'丁玲还活着，政府在养她'，并没有片言只字有责于她的'不死'，或责成她应该去'坐牢'。因为鲁迅先生明白这是国民党一种更阴险的手法。因为国民党如果当时杀了丁玲或送进监牢，这会造成全国以至世界人民普遍的舆论责难，甚至引起不利于他们的后果，因此才采取了这不杀、不关、不放……险恶的所谓'绵中裹铁'的卑鄙办法，以期引起人民对丁玲的疑心，对国民党'宽宏大量'寄以幻想！但有些头脑糊涂的人，或别有用心的人……竟说'政府在养她'这句话，是鲁迅对于丁玲的一种'责备'！这纯属是一种无知或恶意的诬枉之辞！"（《我心中的鲁迅》，第二二三至二二四页）

一九三六年，丁玲得力于鲁迅、张天翼等人的帮助，找到地下党的关系，逃离南京，两次来到上海。同年七月，为感激鲁迅参与营救的恩情，她曾向冯雪峰提出要专程拜谒鲁迅。但当时鲁迅病重，冯雪峰劝她暂时不要去。丁玲便在同年七月十八日寄去了一封感谢信，而后于九月间奔赴陕甘宁边区。不料丁玲在西安停留时，竟得到了鲁迅病逝的噩耗。她悲愤难已，用"耀高丘"的化名致函许广平表示深切的吊唁,信中说:"我是今天下午才得到这个最坏的消息的!无限的难过汹涌在我心头。尤其是一想到几十万的青年骤然失去了最受崇敬的导师,觉得非常伤心。我两次到上海,均万分想同他见一次,但为了环境的不许可,只能让我悬想他的病躯,和他扶病力作的不屈的精神!现在却传来如此的噩耗,我简直不能述说我的无救的缺憾了……这哀恸真是属于我们大众的,我们只有拼命努力来纪念着这世界上一颗殒落了的巨星,是中国最光荣的一颗巨星!"

(原载1981年2月8日《湖南日报》)

丁玲谈自己的创作

最后一页

(《在黑暗中》后记)

自从刚到上海,知道了有人肯印这本书之后,就涌起了许多感想,在自己是觉得有非向读者说不可的。然而,时间一拖下来,到现在,我懂得了这是不必须的。我不愿我只能够写出一些只有浅薄感伤主义者所最易于了解的感慨。在作法上,我既不能正面的或反面的来替自己夸张,而书也印出来了,更不必向什么人来致歉衷了。我也不再希望那些批评者来向我唱过分的,不切实的赞歌,也不再希望那些为贪图换一两张书券而写出的一些含混的,不负责的攻讦,所以我是已再找不到我曾有过的来写这书的序文的热心。

不过在我个人一方面,这书算为我生活中的一个纪念。不敢说是便把来献赠给我的藾,因为我没权力说这句话,我不能翻悔说我没整个曾自甘任他占有。但为了他给我写这书的动机和勇气,我愿做为了我另外的一部分,在藾的心上,是奢望着要盘据一个地位的。

末了,我要向一些曾勉励我而且希望着我的先生们,女士们,尤其是我的母亲致谢。为了这些好心,纵是自己毫不能自信,也要努力下去的。

九月八日

作者记

（《一个人的诞生》序）

这部书的出版，可以说完全是我的一个最愉快的纪念。

原来《一九三○年春上海》在计划中一共是五篇，愿意集在一块，讲好归春秋书店出版，除《小说月报》已登载的二篇，和未曾登载的一篇，还有一篇未完，一篇刚开始，但是事变仓猝的看来，没有思虑的余地，便火刺刺地将手边所有的一些稿子凑拢来请从文卖给新月了，便成了这样的一部书。这里我自己只有两篇，其余两篇是借用的，这已死的朋友的名字在这时在各方面都成了忌讳的名字，所以在书的署名上便由我一人顶替，而我现在也不必一定要怎样说些使大众心恻的我的感想。我想这都是很明显的事。而且不特因为这书卖掉的动机和缘由，使我非常感到不愿想着这事，那已成的计划的破灭，也非常使我难过。本来这书是预备写一个长篇的，曾和一个朋友（可纪念的一个名字）商量过几次，希望他能给我一些意见和帮助，但是他为一些事忙着。而我那时身体很不好，我的小韦护那时在我身体内大约有三个月了，我们都不能有周详的思虑，所以才决定用好几个短篇来代替，大部分也是因为我身体的原故。可是只写成两篇，人便不能支持了，当中歇了有四个月没提笔，但是自己却并没放弃这事，常常想到，也常常和"朋友"商量到，所以在小韦护出世后，又写了几篇的开始，然而这终究不能实现，眼看着它分裂和夭殇，自己真有点难过；因为这虽说是几个短篇，却应该整个来看的，每一篇只使人看见一片面一碎角，是不能代表一个什么的。这和我最早的预算是隔的太远了。而且从一些朋友和书店的报告，知道颇有一些喜欢读这篇文章的在，希望读到那些继续的，希望早些出版的，可是现在我却给他们以失望了，我也非常难过。至于对春秋书店方面失约，使朋友处在难处的地位，也是我非常不安而抱歉的事。

我不常在自己的书上写着好些话，是因为我总觉得仿佛没有什么话好说，一切所应说的是应该把它放在作品里，使别人不觉的得到，所以我不说。但是我现在又稍稍有了一点不同的见解，便是我觉得有站在作者的立场来向读者和批评者说几句话的需要，所以我又说了。当然第一我是希望别人不要误会我的诚恳的。从开始写《梦珂》到现在是三年半了。我很后悔我没有十分努力，虽说写了好些东西，却没有什么使我无愧的成绩和贡献。然而我对写作的态度，不随便，不马虎，我相信大家从我作品的表现上是可以了然的。这应当就得到一种相当的谅解和承认。假如这种谅解和承认是站在好的一方面，就是说对于我，对于我作品的发展还有着希望的时候，那你们是应该怎样的不放弃你们的任务，你们应该忠实的坦白的说出你们的意见，给我严正的批判，勉励我，鼓舞我，推进我而指导我，因为我只是属于你们大众的。相信这句话！可是三年来了，历史所给我的是失望。虽说当《在黑暗中》刚刚出版的时候，颇有一些人提到，可是大多都是一些不负责的轻描淡写，什么天才什么大胆什么细致……这没有抓着中心，没有给读者一种正确的认识，和给作者有益的帮助。虽说我也曾接到过一些年轻的，从不认识的人那里寄到的一些信，有着可贵的热诚，可是这证明的是什么呢，是他们爱了这篇文章。爱了这文章中的主人翁，因而觉得同这文章的作者亲切了起来，凭着热情，凭着一时的冲动，他们长篇的信写了来，而我呢，我并不缺少年轻人的热诚，我曾为这些而兴奋过，而愿更努力过；可是我立即怀疑了，我不相信他们从我作品中所得的是些好的影响，而他们所给我的暗示，仿佛也并不是更可以领导我到一些更正确的途路，所以我弃置了这些好意，因为我希望我不只是属于一些刚刚踏到青春期而知愁的大学生。至于朋友们呢，一切认识者包括在内，我相信这里是不缺乏人材的，他们之中一定有些准确的意见，他们也曾谈到过一些别人的东西，都不隐藏的加以驳斥又加以认可，又加以赞扬，可是不知道他们还是没有读过我的东西，或者读过记不清，或者觉得不值注意，他们都不愿同我直接的谈到这上面。既然大家都很相熟，可以随便的谈到其他方面，为什么不可以将话题放在我作品的上面，同我详细的讨论，这实在是只使我觉得这谈话之不虚费的。他们真没有留心，我却常常为着这些不坦白和淡漠而很伤心的。

是的，真真是三年来了，我都是在一种寂寞中从事于写作，自然，为了我自己生存意义和其他能力的不够，我当然还要努力继续下去，不怕摧残，也不怕寂寞。可是我却实在希望你们，你们有着思想的读者，你们有着根据和见地的批评者，假如你们觉得这愿意属于你们的一个渺小的，而却是辛勤和忠实的在文字上的工作者，那你们就应该负起你们的任务和我的希望恳切地来给我以批判，以指导；反过来说，如你们是觉得我是没有希望，而且给了很坏的影响给读者，纵是我很诚恳，我人并不坏，然而在作品的作用上，却实在不应该顾忌的，那你们便也应该站在相反的一面来痛痛快快驳斥和攻击，因为似乎还有一些人还喜欢读我的东西的，你们就应该给他们一个更正确的认识。这样你们才没有放弃你们自己，而在作者的我，似乎才更感到自己的存在，才知道自己是应该怎样去努力了。所以最后我是再三说：我是大张着诚恳的胸怀，预备接取一切不客气的，坦白的，对于我作品上的缺点的指示和纠正，无论表现上的，技术上的，思想上的，我希望这不成为失望。而且我相信好些作者都正与我有着同感，也正是有着我一样的希望。

五月十五日

我的自白
——在光华大学的讲演

我今天来到光华,并没有预备什么来讲,我们就随便谈谈吧。谈什么东西呢?哦!谈谈关于我自己的一切吧。

我现在为社会一般人所注目的人,我所以能引起别人对于我的特别兴趣,是因为我背叛了一切亲人。而特别对着"一个人"的亲近。最近因为我是一个善于写小说的人了。

不久以前,因为了一个不幸的事件演出,跟着就有人在报章上登着关于丁玲女士底凄楚的故事:说什么丁玲终日以泪洗面,扶孤返湘等消息。其实这是极其错误的,只是对于社会一种模糊的印象罢了。在社会上,有人特别注意到我,关怀着我,这在我总觉得许多是真同情的赐与,而有许多人却甚无味。

我写小说已经三年了。我不敢说,我写的有什么成绩,不过在我自己讲起来,确是以真实的态度,下了至善的努力的。然而得到了什么?对于自己的作品,对于自身分析的严整的批判,都曾下了很紧的工夫。我知道有许多人亦常谈到我,不过多为无聊的驱使,酒余茶后的消遣而已。

假如有人以为作者仍要继续努力的,大家就应给作者一个很好的写的环境。不然,就可以禁止她,或就怎样指摘她,教导她,可是没有一个人敢拿出真正的态度来加以批评的。如今的文坛,都是一些卑劣的人充斥着,所有的读者都应肩起改正的责任啊。

昨天听见有人买《韦护》看——买作者的创作,这在作者觉得是一件十二分荣幸的事。今天到光华来,能同诸位在一起谈话,我亦觉得是十二分荣幸的。

现在因为找不着什么事情来讲,就来介绍《韦护》吧。这不是演讲,只是闲谈,我要再三的声明一下。

我是常批判自己的作品,感觉错误的地方非常之多,可是总无人给我一种诚恳的批判。希望诸位看了我的著作以后加以批判,使作者有精进的机会。

韦护是一个革命的人物。应该做的事,他都勇往的去从事工作。他遇见一个虚无思想甚深的女人,他对她无形之中就发生了一种热情的爱恋。后来进一步同她住在一起,不过另一面却感觉得非常痛苦,感觉得无时间工作的痛苦。然而,竟为她的美丽,一种无可比拟的热爱所迷惑。后来总算给他逃开了。

我现在觉得我的创作,都采取革命与恋爱交错的故事,是一个唯一的缺点,现在是不适宜的了。不过那还是去年写成的,与现在的环境又大大不同了。

有许多人以为作品的内容,都与作者有关。就如茅盾的《三部曲》吧。就有许许多多人觉得书中的女士们,都能一一指出。这个是谁,那个是谁,而且大有十分肯定的意味在。说及读到我的创作的人,大多以为我化身在作品里了。其实不然。本来我不反对作品中无作者的化身,不过我对于由幻想写出来的东西,是加以反对的。譬如说,我们要写一个农人,一个工人,对于他们的生活不明白,乱写起来,有什么意义呢?

我在一个最亲爱的朋友作家身上,觉察他与社会的矛盾非常厉害。他也曾同一个女人发生过那样的事情,他并未跑开,却被女人感化了。他的爱情表现的十分好,做的情诗,非常之多,每一句诗都十分惹人爱。后来他的生活很苦。有一个时期也曾说了这样的一句话:

"一切爱情,一切生命都成为无用的东西了。"

他曾向我说过他们的事情。他说——我们的事情,正是一个很好的小说,不过我不能把它写出来,也没有人能代我写出啊。——我没有他的爱人那样有钱,我无那种形态。而且,本来我又不是怎样善写的人。他曾说,他爱她并不如他诚恳的那样,他只以为那女人十分的爱他，而他故意写诗，特意写的那样缠绵。他心中充满了矛盾。他看重他的工作甚于爱她。每日与朋友都是热烈的谈论一切问题，回家时，他很希望他的 Lo-ver 能把关于他的工作，言论，知道一点，注意一点，但她对此毫无兴趣。他很希望得到一个心目中所要来的一个爱人。他曾老老实实的对我这样说过。我很希望我能执笔把它完全笔之于书。本来，我以为老老实实的写出来就算了，然而当时又不愿照着老套写出，加之以病，便耽搁下来，后来更因别种工作，也就把它放弃了。不过后来他（也频）向我说过，如不愿照本来的计划写它，权当它是一件历史叙述一下吧——指《韦护》言。

后来我把它写成了。我以为写的还好，写的很深入。每天写七八页，每页有七八百字，写的时候，是感觉的很快活的。那时，我每天只在沉思默想：假使我是书中的女人时，应怎样对付？我又想用更好的方法写它，用辩证法写它，但不知怎样写。写好后，我拿给也频看，他说不好。我但愿他说不好，但不愿他说太坏了。他说：太不行了，必须重写！后来我们就为此大吵特吵起来。结果，我又重写一遍。

有人说：这东西早些日子写就好了，现在未免太迟了，有的朋友很不满意我，说我把韦护赤裸裸的印上纸面了。然而已与本来面目大不相同，但一点影子也没有，这也难说。

我这篇题材——韦护——很不好，依然取之于恋爱的事情。我觉得我写小说有一个缺点，就是我不能象他人写小说那样一下笔就写的很长。在我的作品里，我不愿写对话，写动作，我以为那样不好，那样会拘束在一个小的观点上。《韦护》中的人物，差不多都是我的朋友的化身，大家都有一看的必要。看完之后，请大家批评一下，给我以一种进取的力量。

现在批评我的创作。哦，自己不好批评自己的东西。我很愿把自己觉到不好的地方说出来。然后再请大家再给以批判。哦，还是不要谈它吧。

我不相信，我除了写文章之外，就不能作别的事情。正因为丁玲是一个善于写文字的人，而又没有更多的人去写。所以我又觉得写下去，或者有一点小小的用处吧。不过环境太恶劣了，只是一种坏的，摧残的空气要挟着著作人。我最痛恶把文章写的阴晦，为了环境的缘故。我著作并不是为了几个稿费。我著作并不全靠灵感。实际上，事实上的范围是极关重要的。我希望大家给以忠实的批评，我亦更加特别注意着。

写的材料多得很。有人说，把作者自身有关的材料写完就完了。然决不能这样说。不过那要看写的方法如何。我以后决不再写恋爱的事情了，即现在已的确写了几篇不关此类的事情的作品。我也不愿写工人农人，因为我非工农，我能写出什么！我觉得我的读者大多是学生这一方面，以后我的作品的内涵，仍想写关于学生的一切。因为我觉得，写工农就不一定好，我以为在社会内，什么材料都可写的。现在我正打算写一个长篇，取材于我的家庭——呵呵，我讲得太多了。假使诸君不疲乏的话，我还可以继续讲下去。

现在讲我的家庭。我的家庭，现在还有三千人——远近亲戚都在内——家庭中一切人，彼此都十二分亲近。家中总还算有许多钱，我的祖父，曾作过很大的官职。我在家里看到父亲保留下许多荣耀的衣服饰物。可是我的父亲在一种有趣之下，把家产又都用光了。自父亲死后，那时我还很年幼，就从大家庭里脱离出来。我没有姊妹们受到大家庭熏染的深。我跟随着母亲在学校里长大起来。连父亲的面目，我都记不清楚。可是，我从他所遗留的东西之下，我能窥出他的性情，他的一切举动。家中吃饭，非常热闹。每次开饭，都是好几桌。家中时常向外挑战，或任性购物。我听说父亲有一天叫一个工人整日里作马鞍子的绣工，而他自己又不会骑马，等做好后他请旁人骑，他自己却在后边跟着跑。现在我的家庭里，还少不了有这种行动的人。我不会再享受这种生活了。我曾回家一次。为了我的创作，我很希望把家中的情形，详详细细的弄个明白。

我的母亲在家里曾享受过大家庭中的福，而我得到什么？住在二百多间的门院里，忧郁地。床铺非常之大，每张床都带着窗子的。我这样的讲来，大家都会推想到一切吧。每天晚上，家人都怕进那无人进的空屋子。我曾做了土匪叔叔的侄女。因为那时社会处在一个非常混乱的局面。我的家中，差不多无一人读书，全在酒色之中完了。家中没有一个人象我这样子有精神，说打架，没有一个，可以称上对手的。家中藏着许多杆枪，白天都躺在屋子里，不敢出来。

现在时候已经很晚,我不再噜嗦下去。最后我希望大家读了我的著作之后,给我以忠实的批评。

——孙晶旸笔记——

以上是丁玲女士承光华文学会之邀请于五月×日在光华的演讲辞。象这样赤裸裸地说白——自传的片断,实是不可多得的。记者为着保留她演讲时的真面目起见,连一句一字都不曾加以修饰,尽可能的。此地可说是当时演讲的映片。

为了读者都在关怀着丁玲的一切,所以就拿来发表了。我想这将给大家以莫大的快慰的。最后我们希望丁玲女士能本着她自己所欲做的一种精神努力下去……

——记者附记——

(原载1931年8月10日《读书月刊》第2卷第4、5期合刊)

《某夜》附记

　　这大约都是真事，为纪念一个朋友而作。不过开始写这文章是在去年七月，后来因为别的事便又搁下了。今天才又匆匆地把它续完，自己觉得还有许多新的意思和布局，但在这里却不能充分的写出了，我只好预计能从新再写一篇，而这篇又只好就这末完了。

（原载 1932 年 6 月 10 日《文学月报》创刊号）

给《大陆新闻》编者的信

编辑先生：

承你们的好意，辗转的写了信来，叫我为你们的日报写一篇小说。我当时答是答应了，但是一直到现在还都没有动笔，而且你们的报纸也出版了半个月了。自己才觉得失了信，很对你们不起。这是要请你们原谅的。实际上写点小说，看看是容易的，却也有许多困难。所以，我为你们日报作想，就觉得不能不有点审慎。我又不会拍将军的马屁，写一点上海战争中的英雄；又不能鼓吹杀人喝血，同时也不能写些上海男女关系的黑幕，象现在流行于好些日报上的小说一样。不过虽说好象有这末些难题，我倒也并不愿意不写，或者就取了对你们的敷衍的态度，因此，反决定了写这部《母亲》给你们。这部书我预备要写三十万字左右，我对你们的希望是每天登一千字，不能间断，十个月登完。

下面我要讲的，是我写这部书的动机，和怎样写：

开始想写这部书，是在去年从湖南又回到上海来的时候，因为虽说在家里只住了三天，却听了许多家里和亲戚间的动人的故事，完全是一些农村经济的崩溃，地主，官绅阶级走向日暮穷途的一些骇人的奇闻。这里面也间杂得有贫农抗租的斗争，也还有其他的斗争消息。

而另外一方面，也有些关于小城市中有了机器纺纱机，机器织布机，机器碾米厂，和小火轮，长途公共汽车的，更和一些洋商新贵的轶事新闻（在那小城市中的确成为不平凡的新闻），和内地军阀官僚的横暴欺诈。

这些故事，我是非常有趣的听到了。然而同我小时在母亲身边听母亲讲故事的那些故事上是完全两样，而且就在每次回家，都有很大的不同。逐渐的变成了现在，只是在一个家里，甚或一个人身上，都有曾几何时，而有如许的剧变。但这并不是一个所谓感慨的事，是包含了一个社会制度在历史过程中的转变。所以我就开始有觉得写这部小说的必要。但总因为时间的不充分，我又不习惯一想到就动笔（如《韦护》的设想，是在写时前二年，人物背景都是五卅前的）。当中只取了一点，写成一篇《田家冲》。后来虽说几次因几个朋友的鼓励督促，因为我同他们讨论这部书的内容，而预备动笔，但一计算时间，就又放下了。现在是鼓起很大的勇气来开始，预备每天用两个钟头，一个半钟头想，而半个钟头写。

　　这书所包括的时代，是从宣统末年写起，经过辛亥革命，一九二七年是大革命，以至最近普遍于农村的土地骚动。地点是湖南的一个小城市，几个小村镇。人物在大半部中都是以几家豪绅地主做中心，也带便的写到各种其他的人。但是，为什么我要把这书叫做《母亲》呢？因为她是贯穿这部书的人物当中的一个，更因为这个"母亲"，虽然是受了封建的社会制度的千磨万难，却终究是跑过了。在一切苦斗的陈迹上，也可以找出一些可记的事，虽说很可惜，如她自己所以为憾的，就是白发已经满鬓，不能做什么事，然而那过去的精神，和现在属于大众的向往，却是不可卑视的。所以叫《母亲》，来纪念这个做"母亲"的。

　　再，是关于写的形式，我想也还是只能带点所谓欧化的形式，不过在文字上，我是力求着朴实和浅明一点的。象我过去所常常有的，很吃力的大段的描写，我不想在这部书中出现。

　　最后，我应该向编者和读者声明的，在这日报上所发表的这部小说，只是《母亲》的草稿。到出单行本时，恐怕还要经过很大的修改，或甚至于重作。

　　此致敬礼，并祝编安！

丁玲　六月十一日夜

（转引自 1933 年 11 月 1 日《现代》第 4 卷第 1 期）

我的创作经验

在开始我想我们大家都一样,对于社会上的一切,或则某一件事,有一个意见时,就想写出来发表给大众,自然,我过去也是一样。不过在那时候,所观察和经历,依着我的环境,是很有限的,我只是集中知识阶级中,所以对于大众的生活,是没有经验,同时我当初也并不是站着批判的观点写出来,只是内心有一个冲动,一种欲望,想写出怎样一篇东西而已。

当我开始写文章时,差不多总是写了两三年;在那时总是先写了一个头,搁下,后来因为再受了感触,觉得非写不可,于是再写下去。当初我是很不会采取一个事件的中心要点,而给以描写,我只欢喜从头再写,虽则几次之多,在我过去的小说中,主人公,常常是女人,这自然因为我自己是女人,对于女人的弱点,比较明了一点。但是因此,就引起了人们的误解,其实对于女人的弱点,我是非常憎恶的,不过这是和法捷也夫在《毁灭》中写美蒂克一样,虽则尽量的暴露美蒂克的弱点,但是就我们看来,法捷也夫对于美蒂克还是有袒护的地方。就是我对于自己文章中的女人,也并不同情,可是每一次都不能依照着自己的意见写,开头或则还离得不很远,后来就越写越差了,有时候竟和我的目的相反,这时候我就变成了为写文章而写文章了,当然我也知道无论如何,文字和社会是总有关系的。

在去年,我觉得很苦闷,那时我有几个月不提笔,我当时非常讨厌自己的旧技巧,我觉得新的内容,是不适合于旧的技巧的,所以后来虽则写了一点,但是很勉强的。

后来，我的生活上有一个新的转变，到现在，我觉得材料太多，不过没有很好的力量，把她集中，和描写出来。

我有一个习惯，就是每写一篇小说之前，一定要把那小说中所出现的人物考虑的详细：我把自己代替着小说中的人物，试想在那时应该具着那一种态度，说着那一种话，我爬进小说中每一个人物的心里，替他们想，那时应该有那一种心情，这样我才提起笔来。

至于写作的方法，第一、就是作者的态度。好象罢工一件事，资本家和工人，就能够生出不同的见解（态度），这时候的作者，站在那一个见解上写，在他的作品中是非常清楚的可以看出，他是无法隐瞒，无法投机，因为阶级的意识，并不是可以马上制造出来的。举一个例吧，《现代杂志》上穆时英的《偷面包的面包师》，他虽则也写劳资纠纷，但是他只能把偷来代替抵抗，又象杜衡的《人和女人》，他并不去写一个时代女工的最高典型，而只想写一个不恒有的女工的虚荣、堕落，这对于进步的女工，简直是侮辱，因为实际上，很多很多的女工，是非常艰苦的到实际工作中去了。第二、是材料。和态度有着密切的关系的就是材料，象在上海，我们最容易采取同时也最应该采取的，是反帝的题材，尤其在九一八到一二八中间，特别多。第三、文字。作者在文字上有时候是有很多的帮助的，因为很好的题材，有时候因为文字的不会运用而失败，所以多读书也是必要的。第四、经验。这是更重要了，每一个作者，对于一切现象，都应该去观察、去经历、去体验，因为只有在经验中，才能得到认识。

以后我要说一点青年作者的弊病了，最大的就是材料不充实，而多用口号而成为空架的作品，其次就是站在旁观的地位，而在作品中说出作者自己的话来，其次就是英雄主义，好象某某等的作品中，时常会虚构着一个非常现实的英雄，这也是不对的，至于作者本身，那末，最大的弱点，就是容易骄傲，一写文章，就以大作家自居，这是完全不明了作品是属于大众，譬如左翼文学在许多地方象街头一篇墙头小说，或则工厂一张壁报，只要他真的能够组织起广大的群众来，那末，他的价值就大，并不一定象胡秋原之流，在文学的社会价值以外，还要求着所谓文学的本身价值。

（原载1932年12月24日《中华日报·文化批判》第2期）

我的创作生活

我写了一点小说；自己并不满意。也没有看过小说作法，描写词典。常常怕比我年小的，爱好文艺的朋友们来问我怎样写小说。但是受窘的事，总是不怕缺乏机会碰到。有一次，有一个青年文学团体约我去同他们谈一次话，限的题目是创作经验。我勉强老老实实的说了一点，预备让他们失望，因为太老实了啊。现在又承有人一定还要我写一点出来，辞之再四，却不能不答应，于是也老老实实再写一点。

我现在虽说几乎被认为一个写小说的人，又还想再写点小说，可是我自己常常是不同意所走的这条路。我总以为假如我是弄的别的东西，或许可以有点成就。我对我的作品，从来不爱好。我常常惊诧有些作家的自信和自骄。但是为什么我终于只写了几本小说呢，我想这于我的环境是有很大的关系的。

我小的时候，记得害过几次病，我的弟弟也是爱害病的孩子，每当我们不能在户外去玩，惟一来慰藉我们的，便是我母亲的故事了。在灯底下，我睡在母亲旁边，表姊们又钻到她的身旁，都是些圆的天真的眼睛望着她，她娓娓不倦的把一些水帘洞，托塔天王……的故事深深的放到我们脑子中，那些情景，我现在想来还如在目前。我母亲不特讲许多故事给我听。她的自身，她的对于生活的勇敢，虽说我是非常幼小，却也是很大的刺激。后来，我大了一些，我不要听我母亲的故事了，我喜欢一个人坐在后园里慢慢的去看。有几年的时间，从十岁到十四岁，我只有寒暑假才同家人团聚在一块，不是寄宿在学校，——学校里只有我一个年纪小，就是住在我舅舅的后花园里。只有一个老妈和丫头伴着。日里和着一群顽皮的同学以欺侮教员为游戏，一放了学，便只剩一个人，不管在家里的慢慢黑下来的园子里也好，或是学校的大操场也好，总之在这些时候，我除了望一阵一阵飞过的归鸦和数着那最先发亮的星星以外，便总是找一本书，度过那寂静的下午和夜晚。这一个时期中我几乎把我舅舅家里的那些草本旧小说看完。而且商务印书馆的《说部丛书》就是那些林译的外国小说也看了不少。《小说月报》（美人封面的）和包天笑编的《小说大观》也常常读到。我母亲很不满意。因为放弃了其他的事。不过当我进了中学，一种新的完全是集团的生活，又加之五四的潮流的波浪也涌到我们那小城市，我在学校里变成了一个活动分子，是一个出风头的学生，我又转了几个学校，虽说得过国文教员的鼓励，把我的一首白话诗刊载在一张附刊上，我总对文学不大有劲，总觉得与其去读做为教本的《尝试集》，宁肯每日一翻《民国日报》的《觉悟》为有用。所以虽说那时《女神》也曾在中学里哄动，我却没有关心，而且我跑到上海来了，我要学最切实用的学问，那时是这样想。后来，经过了许多波折，碰了一些壁，一个年青人，有着一些糊涂的梦想，象瞎子摸鱼似的，找出路，却没有得到结果，不能说是灰心，也实在是消沉的住在北京了。住在那里有两年，朋友之中有沈从文和胡也频，在快离开北京的时候，才开始写《梦珂》和《莎菲日记》。从这时起，一直到现在，五年中，大约都是写点稿子，没有做什么别的事。

　　我那时为什么去写小说，我以为是因为寂寞。对社会的不满，自己生活的无出路，有许多话须要说出来，却找不到人听，很想做些事，又找不到机会，于是为了方便，便提起了笔，要代替自己来给这社会一个分析，因为我那时是一个很会牢骚的人，所以《在黑暗中》，不觉的也染上一层感伤。因为我只预备来分析，所以社会的一面是写出了，却看不到应有的出路。何丹仁先生对于这时期的所给的严厉的批判，在我刚刚看到还有点不服，几次反省之后也就承认了。所以虽说《在黑暗中》我写得比较用心，而且还曾给我许多愉快，却不能不承认这是领有着一个很坏的倾向的。

　　写《在黑暗中》是这样的一个态度，写《韦护》也还是同样的态度，好些人因为看到出版的日期，硬拿来作为普罗文学批评，我真觉得冤枉。因为写文章的态度不同，我自己对作品的要求也不同，我没有想把韦护写成英雄，也没有想写革命，只想写出在五卅前的几个人物，所以有几天，每天都写五千字，人非常兴奋，快乐到《小说月报》登载，自己重来读到的时候，才很厉害的懊恼着，因为自己发现只是一个很庸俗的故事，陷入恋爱与革命的冲突的光赤式的阱里去了。

之后，在写作的态度上，读者也看得出我是逐渐在变化。我写了《一九三〇年春上海》，《田家冲》。……《田家冲》曾有许多人批评过。这材料确是真的。失败是在我没有把三小姐从地主的女儿转变为革命的女儿的步骤写出，所以虽说这是可能的，却让人有罗曼谛克的感觉。再者，便是我把农村写的太美丽了。我很爱写农村，因为我爱农村，而我爱的农村，却还是过去的比较安定的农村，加之我的那种和农村的感情，又只是一种中农意识。这种意识到现在还留得有在我身上，我想可以克服过来的。

在写《水》以前，我有好久没有写成一篇东西，而且非常苦闷。有许多人物事实都在苦恼我，使我不安，可是我写不出来，我抓不到可以任我运用的那一枝笔，我讨厌我的"作风"（借用一下，因为找不到适当的字），我以为它限制了我的思想，我构思了好多篇，现在还留下许多头，每篇三千五千不等，但总是不满意的就搁笔了，直到《北斗》第一期要出版，才在一个晚上赶忙写了《水》的第一段。后来陆续，都是在集稿前一晚上赶起。这篇《水》的完结，可说是一个了草的完结。原来本是预备写八万字的，后来因为看《北斗》稿子太忙，构思的时间没有，又觉得《北斗》上发表太长不适宜，就匆促的把它完结了。几次想改作，或另写一篇，都为时间所限制，没有达到这个心愿。接着又是《多事之秋》的宏愿的失败。十余万字计划好了的长篇，一直到现在还只有二万多。而且只好又放手了。第三个长篇是《母亲》，想写这篇《母亲》也是三十一年的事，到去年夏天，因为一个日报辗转送了很诚恳的信来，请我为他们写一长篇，我于是也想趁着这个机会来开始，谁知不久这日报就被停了。我也就停了笔。后来良友的《文学丛书》又来要，才又继续，但是为了病，为了事，总是写一天搁十天，不知那天才可写完。以后我不想再写长篇了，了草，夭折都使我难过。

这一年多里，也写了几个短篇，但无多话可说。

写了上面这一点，自己又来重看一过，觉得与编者所给我的题目稍稍有点出入。所谓经验，仍是没有写出，然而也只好交卷了，并在前面加了一个《我的创作生活》，当然也还是不切题。以后若有机会与时间，愿再写一点我的创作心得。

一九三三年四月

（选自 1933 年 6 月天马书店版《创作的经验》）

《意外集》自序

　　许多事都不会如一个人所想象的那样；有过一个时期我想要是生活得比较闲空，尽管能得那末一个月也好，我当写出许多东西来的吧。我计划过一些小说，觉得想写的东西真多，但一想到时间的拘束，先就把这些计划打消了，然而我还是常常在写，写一点粗糙的东西，自己不会满意，却也不大十分管它，在一个下半天，或一个晚上，写上了几张稿子，人因为了写作，精神很兴奋，但一想到第二天的约定时间，便也心满意得的睡熟了。文章写了出来，自己看看惭愧，批评，不大好，读者不满足，但如果一有了空，很自然的又去伏在桌上了。那时有的是勇气和兴趣。只有时间，比较长的，闲的，不为事情纠缠，不受经济压迫的那个只能属于想象的时间作为我的缺憾。而且用这理由宽容过自己，也得了许多友好的偏袒。但，事情居然有出乎意外的，我得了一个机会，离开了一切，独居在很清幽的居所，时间过去又过去，是狠狠的长的三年，虽说有的都是绝对的空间，而且有更多的材料立在你的面前；但我没有写，我只是思索，简直思索得太多了，我变得很烦躁。我只希望再有那末一天，我忙着，我愿意偷闲来写，我已看过很多的东西了，我或许要写的比从前好些。但这都似乎不会很快就实现的事。有些熟人知道了我幸而还活在一个角落，又不十分明了我的心情，总是设法传递了一些好的督促来，说，你要写呵！或是你莫让人疑心你是完结了，你要起来，重提起你那枝笔！这些都只有使我难受，然而结局我也就勉强的在极不安和极焦躁的里面写下了一些，就是收在这集子里的几篇。又特别审慎着"技术"。我要告诉人这是我最不满意的一个集子，从前也有写得更坏的东西，如《自杀日记》，我就只希望它早一点绝版也好。但当那写的时候，我并没有苦痛过，没有感到过压迫，没有与自己的心境不调和，只觉得写得蹩脚而已。而这一本呢，我简直不舒服，我简直不愿看第二次，你看，《松子》，是那末充满着一片阴暗的气氛，而《一月二十三》呢，算是一个摄影镜头了，东照照，西照照，中心点呢，没有。还有《团聚》，更是……我实在不希望读者花钱来买我这本书，我汇集起来不过作为我自己的一个纪念。我以后大半还要写文章，也许写得更坏，但将不写这一类型的东西了。这并不是一个很好的收获，却无疑的只是一点意外的渣滓，如若以后我还会有一点点成就，让这本书给批评者作为一个研究的或是证断的材料也好吧。别的空话我不在这里多说了。

一九三六年十月十一日自序

最后一页

（《一颗未出膛的枪弹》后记）

我常常看见有些人不能把时间抓紧，不能把时代抓紧，不能把工作中心抓紧，我就替他着急。我常常替别人计划他一生的工作；但我自己却时时让时间溜走了，我并没有抓紧时间和抓着中心的工作。这本集子就充分地表现了我这弱点；但我仍愿把它留下来，以为我一个警惕。

我是一九三六年十月三十一号从西安动身到保安去的。路上走了十一天，在保安住了十二天。我大约写了七八篇东西，叫《保安行》。后来就随着杨主任北上，也有六七篇，叫《北上》。双十二从定边到三原，又写了七八篇，叫《南下》。本拟预备出一本小册子，但我总是拖着。因为我一向都不喜欢写印象记和通信，所以就不大满意，也不大着急于要出版了。我又不肯动笔写小说的，我总嫌观察体验不深，所以就放下了。去年七七事变后，我预备到前线去。我以为一去当有好几年，这些文章出版事，我更不放在心上了。我只存在一个地方，心里想留着将来做为材料也好。可是时间还不到一年，我把这些稿件拿回来时，只剩下这几篇了。我一点也不怪别人，根本这些东西应该早就拿出去的；而且我也应该把这些稿子放在较妥当的地方。现在虽说只剩几篇了，我却又都愿意留着，为的，留一点纪念。

《警卫团生活一斑》，是我在警卫团当政治处副主任时写的。我在那里做了一个月工作，没有什么成绩，不过却长了许多见识。以后若有机会再做那末一个副主任，就可以有一点把握了。这篇文章就是那时写的。

  另外两篇小说是《解放报》上发表了的,《一颗未出膛的枪弹》是快要停止内战时的一段故事,《东村事件》是一九二八年的事。现在只能拿来做历史看了。

七月十一日,西安

《河内一郎》后记

我跟着战地服务团出发到前线去，心里总想多写点通讯稿。但结果我成了一个打杂的人，提笔的时间太少了，回忆九个月来，只有在榆次飞机投掷炸弹时的两天，我能够颇悠闲的坐在小房子里写文章。后来，总是这样那样的把心绪弄到别的地方去了。写东西就索性把它搁置起来。所以现在使我成为遗憾的也是这一点，但环境又逼迫我写了两个剧本。第一个独幕剧是《重逢》，这还是在延安写的，那时召开一个剧本的编辑会，分配了我写一个战地做了俘虏后应该如何开展新的工作的。这剧本在延安上演了，批评颇好，但后来在山西这剧本就少演，我是向来不大满意自己的东西的。也没有拿出去投稿，后来听说宋之的先生得了一分油印稿本，就拿到《七月》发表了，一些单行本上也搜集了去，我听到是非常惭愧的。而且有许多地方都拿去上演了，国立戏剧学校将上演款也寄了给我。这在我不能不说是鼓励，但我是缺少把握的。并且《重逢》后来修改了，只有上海杂志公司出版的本团的戏剧集里的才是修改本。

第二个剧本就是这个三幕剧《河内一郎》。开始写这剧本时，也是战地服务团同志们的包围和催促。缺乏剧本是实情，那时我们又准备到西安去，到西安后，总要一个象样点的大一点的剧本，于是我就着手编它。第一幕编好后，曾拿给八路军总指挥部敌军工作部的几个同志们看，承他们告诉我一些日本风俗习惯，他们又鼓励我编下去，但这时又要出发了，我没有办法可以续完它。幸而后来有塞克，端木等来帮我的忙，我压着他们写出了《突击》，所以直到最近才算完成了后两幕。自己都感觉得好笑，真是"难产"之至，这剧本不久就要拿去付印了，不知有些什么地方将要出演它，我很担心着的，我希望这剧本的读者，以及排演者，演员，大众能告诉我一些实情，尤其是不好的地方，不要象一些关于《重逢》的来信或谈话，总是说好的，使我反而感到寂寞虚伪。

最后让我致谢泽村利胜先生。当我将第一幕给他看时，那时他住在八路军总指挥部养病，他看后说使他很感动，他的这篇文章恰巧是那时写的，他并且修正了我画的舞台面，用铅笔又替我另画了一张。文章就由敌军工作部的吴同志交给我，答应让我附在书里，但非常对不起的，是因为我的跋涉，又加之只有一个衣包，小皮箱完全是放了公家的东西，人多手杂，不知怎样一来，把那张舞台面丢掉了。使我时时起着不舒服之感。当一拿剧本时，就更感到。听说泽村利胜先生已住在延安了，常常帮助八路军做点工作。在这里更留下我对他的怀念，因为他已经是一个反对侵略者的战士了！

写在前边

(《一年》序言)

这集子里都是一年的零碎,本来是替《西线生活》写几篇的,后来一看,还有几篇也可放在一道,另出一册。我的生活不准许我保存原稿,收一集在这里也是一个道理,加上几个朋友的怂恿,于是就收集了一下子。不敢说是作品,只不过是替服务团记录一下吧了。所以仍只能作生活实录读。编时匆匆,希望读者原谅。

编者的话

（《西线生活》序言）

编辑这本书的动机，是华蒂写信给我，说外边很需要这样的书。同时服务团每个同志也经常谈到应该有这末一本书。于是就着手计划，这还是在万安镇的时候。

编这书是困难的，比不得其它集子。如歌片，剧本，都因为平时要演唱，环境迫着大家在百忙中写了很多，而且都是就着个人的兴趣写作的。而这本书却要大家整理个人经验，要具体，要有味，要使人欢喜看，却不能于人无用。服务团的同志们，大都是二十岁上下的青年人，他们知道如何做工作，知道如何作是对的，都很老练，能说话，可是要他们组织文字，他们还不能很习惯呢。所以每次计划都失败了。开始时是我按工作部门，指定各部门负责同志写稿，每人一篇，题目是很详尽的。可是限题目交卷就做不来，有些人就不敢下手。于是修改计划，只大体分门别类，自由选择。文章就陆续交来了，大半是杂感，有些呢，又太生硬了。接着到西安去，因了工作的忙迫，只得完全搁下。但我在公演中，在出小型报纸中，在壁报上，鼓励他们多写，果然，都写起来了，我便在这里留心，将一些可以用的稿件保存了下来，不觉之中收集成这本书了。严格的说起来，自然还不够得很，不足以表现服务团的工作和精神。可是我自己觉得很满意，第一，因为我的计划终于完成；第二，大半没有写过稿子的人，也居然写的不错；第三，各部门的工作都略略有一些，可以稍稍介绍一下服务团了。年青的人，是有工作热情的，有勇气的，服务团的工作，只是开始，还将有更大的任务在后边，所以这本书也只是开始，跟着工作，将有更丰富的，跟着学习与经验，将有更漂亮的集子在等着我们来创造呢。

　　这本集子因为是集体生活的表现，力求其普遍，所以有些文章是割爱了的，因为不愿题材重复，和只限于少数人写。所以也录取了几篇似乎比较幼稚的作品。因此勤务员的，炊事员的，似乎离艺术还远的一些试作，然而因为他是我们一份子，所以也选登了。上了五十岁的人，从文盲转到成天偷空就写字，这种教育的成绩，我们实在引为自满呢。

　　战地服务团已经在西线上活跃了一年，这本简略的记载了一些工作与生活的书就算一个总结吧。

写在前边

（《太阳照在桑干河上》前言）

  我想简单的说明一下，我怎样写这本小说的，或者对于读者有些帮助。

  一九四六年七月，我参加了怀来土改工作团，后来我又转到了涿鹿县，九月底就匆促的回到了阜平。这一段工作没有机会很好总结。但住在阜平，我没有什么别的工作。同时还觉得还有些人物萦回在脑际，于是就计划动笔写这本小说。我当时的希望很小，只想把这个阶段的土改工作的过程写出来，同时还象一个村子，有那末一群活动的人，人物不要太概念化就行了。原计划分三个阶段写：第一是斗争，第二是分地，第三是参军。写的当中得到了些桑干河那边护地队的材料，是很生动的材料，护地队的领导人，就是小说中的县宣传部长章品同志，那一带地方我又走过好些，因此就幻想再回到那里去，好接着写第二部，因此我在写的当中，常常想留些伏笔。文章写了一半，已经到了一九四七年土地复查的时候，我自己动摇了，我想下去再多经验些群众斗争，来补我生活和小说中的不够。于是我搁下了文章，跟着去冀中行唐兜了一个圈子，又回到了阜平，我明白那些生活对我全是有用的。但对这本小书实际材料不多，我便又继续写下去，我写了三个半月，送走了整个夏天，我用了较大的力量写了第一阶段，闹斗争这一部分，刚想写分土地第二部分，中国土地法大纲颁布了，便参加了土地会议，对继续写下去又发生动摇，我决心先下去参加平分土地工作，我到获鹿的一个村子工作四个多月，今年四月底才回到联大来，我原来的计划因为参加了这次工作有些变更了。我觉得原定的第二部分和第三部分都没有什么写的必要，因为前年的那次分地和参军，都实在是很不彻底，粗枝大叶，马马虎虎了事的，固然由于当时的战争环境，但那些工作作风实不足为法，考虑再四，决定压缩，而别的比较新的材料也无法堆砌上来，只好另订计划。因此后边便没有把问题发展开去，加上国际妇女会召开在即，行期匆促，就更促成了我的草率，因为路途的遥远和艰难，不得不把这工作告一结束。如果将来有空，或可再加以修整吧。

一九四八、六、十五　于正定联大

作者的话

(《太阳照在桑干河上》俄译本前言)

当我获悉我的书《太阳照在桑干河上》正在译成俄文，将在苏联出版时，我对这一巨大的荣幸感到由衷的高兴。

同时，我感到自己在苏联读者面前负有重大责任，他们可能把我的书作为理解中国的新时代和新人的基础，理解中国土地改革的基础。我必须预先告诉读者，本书所描写的只是中国的一个角落、从一个角落来判断整个国家是不合适的。

我描写了土地改革是如何在一个村子里进行的，这个村子是如何成功地斗倒地主，村里的人们又是如何在土改过程中成长起来的。

但是小说还没有充分揭示出：贫农如何在毛泽东思想指引下提高了阶级觉悟，他们如何迅速地成长为为争取建立一个自由民主的新中国而奋斗的坚强不屈的战士。

虽然我的书有这些严重缺点，我对于它能在苏联出版仍然感到高兴，我等待着苏联的同行和朋友们的友好批评，并希望对我今后的工作给予帮助。

苏联读者对中国日常生活的某些特点可能不大了解。譬如，他们可能会问：为什么中国妇女没有名字。问题在于：小姑娘只有小名，出嫁后就按其家庭地位如某某的女儿、妻子、母亲、儿媳妇等等来称呼，因此在我的书里就叫"顾涌的二闺女"、"李子俊老婆"等等。

只有解放后，当许多妇女开始参加国家社会活动时，他们才有了新的名字、或者恢复儿童时代的名字。没有自己的名字这一事实进一步表明，在旧中国，妇女完全没有经济权利和政治权利，表明她们在家庭中受父权和夫权的压迫；而起了新的名字则表明，妇女的解放前进了一步。

苏联读者可能对文采这一人物有些疑惑不解，他教条式地领会马克思主义，缺乏把马克思主义运用于实践的经验。

文采不是一个坚定的共产党员，他是尚未克服小资产阶级个人主义的知识分子。他的书呆子作风显得非常可笑。他满怀良好的愿望从事土改，却成了教条主义的俘虏，犯了右倾毛病，找不到接近群众的门径。我自己在农村工作时就曾遇到过这样一些党员，这甚至还是在毛主席批评了知识分子的这种毛病之后的事情。象文采这样的书呆子，一作报告就能唠叨上六个小时，把农民折腾个够。

我觉得我在书中写文采这一典型形象能够有助于改造那些出身于知识分子的青年党员，他们尚未与个人主义决裂，他们脱离生活实际，盲目地遵循那些背熟了的条条公式。

我想表明：在群众工作中遭受挫折并诚心诚意认识错误，能够转而使他们成为一个为中国人民的解放事业而奋斗的真正的战士。

我认为关于顾涌的社会阶级成分问题在小说中没有获得足够明确的解决。当然，顾涌是富裕农民，可是他自己辛勤劳动，几乎不雇工。不应忘记，这样的农民总是把个人利益放在首位的、并且害怕一切新事物的。但是仍然必须把他们与地主区分开。

我在土改法公布以前就已开始写这部小说。我原想把顾涌这一形象描写成一个愿意把自己的一部分土地交给无地农民的中农。可惜，我在小说中未能把这种意图贯彻到底。可是我觉得，我在解决村领导对待顾涌的态度问题上的处理是对的，因为，为了在中国发展商品经济，剥夺这类农民的土地是不应该的。

对于顾涌的儿子顾顺，我竭力把他描绘成这一阶层年青一代的代表，对于这一代青年人，应该把他们吸引到劳动人民一边来，这一点甚至象文采这样一个没有经验的领导者也是明白的。顾顺是完全能够站到新的民主力量的队伍里来的。

文学作品在本质上应该由作品自身来说明问题，无需作什么说明。可是对于外国读者，我觉得似乎有必要作上述说明。同时，我书中存在的一些缺点也要求进行一些说明,因为对于这些缺点我是不能避而不谈的。

丁玲　1949.5.5

《陕北风光》校后记所感

　　陕北这个名称在我生活中已经成为过去了。我想也许还有去的机会，也许就只能在记忆中生许多留恋和感慨。但陕北在我历史上却占有很大的意义！

　　在陕北我曾经经历过很多的自我战斗的痛苦，我在这里开始来认识自己，正视自己，纠正自己，改造自己。这种经历不是用简单的几句话可以说清楚的。我在这里又曾获得了许多愉快。我觉得我完全是从无知到有些明白，从感情冲动到沉静，从不稳到安定，从脆弱到刚强，从沉重到轻松，……走过来的这一条路，不是容易的，我以为凡走过同样道路的人是懂得这条路的崎岖和平坦的，但每个人却还是有他自己的心得。

　　有些人是天生的革命家，有些人是飞跃的革命家，一下就从落后到前进了，有些人从不犯错误。这些幸运儿常常是被人羡慕着的。但我总还是愿意用两条腿一步一步的走过来，走到真真能有点用处，真真是没有自己，也真真获得些知识与真理。我之到陕北，自然也是一步一步的走过来的。当然也决不是盲目的。但以现在来看，过去走的那一条路是达到两个目标的：一个是革命，是社会主义；还有另一个，是个人主义，这个个人主义穿上革命衣裳，同时也穿上颇不庸俗的英雄思想，时隐时现。但到陕北来了以后，就不能走两条路了，只能走一条路，而且只有一个目标。即使是英雄主义，也只是集体的英雄主义，也只是打倒了个人英雄主义以后的英雄主义。

　　一步一步的走是对的，不过这里仍有快慢之分。有许多人的确进步得快，他们使我感动，也激励我努力。但我却走的很慢，我感到十分抱歉。我虽说有些改变，我肯定这一点是对的。但我应该老老实实说，我工作得很少，没有搞出什么名堂来！一直到今天，当我每每想起陕北来时，就总生出这样一种不可挽回了的歉疚，我甚至以为是错误，而这又早已成为过去了！

《陕北风光》这本书很单薄，但却是我走向新的开端。当我从新校阅的时候，本想把另外几篇有关陕北的散文放进去，但仔细一想，觉得仍以原来的为好；因为在思想上这是比较一致的，这是我读了毛主席《在延安文艺座谈会上的讲话》以后有意识的去实践的开端。因此不管这里面文章写的好或坏，这个开端对于我个人是有意义的！

写《十八个》是在一九四二年七月，为着记念抗战五周年而写的。材料是从许多电报中来的，而且是在朱总司令的号召下写的。我没有办法写得好，因为我一点也不熟悉材料中的生活，但这故事却十分感动了我。我在桃林（总司令部办公处）看了两整天电报，我懂得朱总司令的话，他说："这里不知有多少材料，这都是千真万确的事，你看好了。"是的，坐在这里读了两天，思想起了变化，并不是真真的看一点电报上的素材就可以写出好文章来，不过一个人读了这么多的英雄事迹以后，在情感上是有些变化的。我本来是不赞成从电报中攫取一段材料就动手写小说；但我却忍不住不歌颂他们，那么多的牺牲了的英雄和还正在坚苦战斗中的勇士。我不考虑我文章的成功与否，我便提笔来描写这些使我感动的人物了。

以后就没有机会写文章了，我们大家都卷入了整风学习的热潮。到一九四四年新年时，党校发动大家写秧歌剧本，我在这个时期听了许多冀中的故事，王凤斋同志讲了一个又一个。我根据这些听来的故事写了一个剧本——曾经在春节时上南泥湾演出了两场。经过大家提了些意见，准备回来时再修改，因为没有时间，一直没改它，后来连底稿也没有了。但我写了《二十把板斧》。本拟多写几篇的，因为自己觉得写出来的还没有王凤斋讲的动人，就不想多写了。

乔木同志鼓励我去写报道。我从党校到了文协，参加了陕甘宁边区的合作社会议，写了《田保霖》。这文章我一点也不觉得好，一点也不满意，可是却得到了最大的鼓励。当天晚上毛主席写了一封信给我和欧阳山同志（因为欧阳山也参加会议，也写了一篇文章），毛主席说《田保霖》是我写工农兵的开始，他为我新的文学道路而庆祝，并且约我们去吃饭。我觉得非常惶恐。我记得欧阳山同志那天喝了不少酒。而且毛主席在干部会议上、在合作社会议上都提到这篇文章。我懂得这个意思。毛主席对我这样的鼓励永远成为我的鞭策。我不会因为有毛主席的鼓励就以为《田保霖》写得好，就以为我的文章真真好，这还只是一点点萌芽呢。

我随着就到了安塞难民纺织厂。我在这里住了两个多月，受了不少益处，收集了全部厂的发展的材料，但始终没有完成厂史的写作，只留下了《记砖窑湾骡马大会》。文章虽短，正因为难民纺织厂没有写出来，而这篇短文在我个人就觉得有意义了。

在写了这几篇之后，我对于写短文，由不十分有兴趣到十分感兴趣了。我已经不单是为完成任务而写作，而是带着对人物对生活的浓厚的感情来写作，同时我已经有意识的在写这种短文时来练习我的文字和风格了。于是在文艺工作者代表大会上写了《李卜》，在劳动英雄大会上写了《袁广发》，我又把头一年未写完的《三日杂记》拿来修改，续完。可惜后来为了"红鞋女妖精"案件而去聚财山，又为纺织厂的材料而放弃了短篇，结果两个长篇都未完工即整装北上张家口，否则我想在我预计中的《卜掌村》和《张清益》是都可以写成的。

陕北的风光是无尽的，而且是无限好。我实在写得太少了！正因为少，所以我不得不重校它，而且重给新华书店出版。我还想预约一下，如果可能，我打算再写一本陕北回忆录，以表达我对于延安的怀念。

一九五〇年五月于北京

《我在霞村的时候》校后记

这本书是由两个集子合并拢来的,一个是《一颗未出膛的枪弹》,这集子中我只选取了一篇,其中的散文、报道都不拟放入。《东村事件》本是一篇小说,而且是写大革命后农村暴动的,有它的意义,可是我个人认为太凭想象了,由于我自己有了些农村革命的生活经验,我懂得其中所描写的生活是很差的,本打算重行修改,可是这又不是一时可以做到,所以也只好放弃。另一本就是胡风同志在重庆替我收集的《我在霞村的时候》,这其中也不是每篇都满意的,不过我对它们都有些感情,所以全部收入。在重新印行的时候,我表示对胡风同志的感谢。并且对将此书译成英文的龚普生同志也表示谢意。

一九五〇年五月二十二日于北京

《一二九师与晋冀鲁豫边区》自序

先让我说一段我曾有过的一种感情,我从没有和人谈起它,我常常想起它来,又压下去,现在,我觉得我需要把它倾吐出来。

一九四六年九月我离开张家口到阜平去,当然主要的原因是因为蒋介石发动反人民的内战,进攻解放区。我那时虽然对于进攻张家口的军队抱着异常愤恨,同时却也抱着对于敌后人民的热爱和对于老解放区的留恋的心情,一步一步往阜平走。走了十多天才走到,只从灵邱到阜平一百八十里路,我们走了四天,翻过了名叫南天门的高山,涉过了唐河,但这四天我们走的简直不能说是路,就没有一条可以叫做路的。我们就在没有水的乱石涧里面走,有时也有一点点水,每一步都要注意放下脚去,连一个小毛驴的蹄子都不容易找到一块平地。我晚上睡着了也看见石子和高高低低的山岭。我们在打尖的时候,一个小茅棚子里卖点煎饼和豆腐的老头子,赶脚的问他要一颗盐他也不给,那老头说,你们想我能有一点盐,是多么不容易呵!这样的道路使我想起陕北,我以为陕北的大岭和大沟比起现在就都是脚下的天堂。山西的岢岚也只是高寒。这样难走的山路,这样的南天门真是我从来也没有想到的。但是晋察冀的人民就在这里生活,就在这里与穷苦斗争几千年了,而且就在这里与日本帝国主义进行残酷的斗争,他们牺牲了一切,献出了一切,只为着要保有一个独立民族的品格和土地。这些人,这卖煎饼的老头子,真使我感动,我不能不深情的望着他们,心里拥抱着他们,而把眼泪洒在这难走的乱石涧上,洒在南天门,洒在晋察冀的土地上。

我说他们在这里坚持了对日寇的斗争，不是我想象出来的，不是我听来的，而是我亲眼所见。我在这样难走的沿途上，没有看见一个完整的村子，大半都是烧光了的。那极高的山上，在不当路的地方有两家人家，这两家房子也被烧光了。有的村子已经在旧的地基上盖了些单薄的新房。有的人就仍是那样在残破的屋瓦下藏身。沿路的村子我都问过，有的被日本人杀了七个人、八个人的，还有五十多个人的，这些村子都是二三十家的小村，或者是七八十家的大村。日本鬼子在这些地带，他们不能长期驻下的地带，在"扫荡"时就实行恶毒的"三光"政策，想使中国人民一点也不能存身。他们实行过这种政策的地方是很多的，他们要造成无人区，要立人圈，日本帝国主义在对付中国人民，在对付有民族气节的人民，造成了不亚于德寇在欧洲所造成的罪恶。我在这难走的路上，一阵阵涌起仇恨，一阵阵涌起厌恶，我时时要大声喊，日本帝国主义的仇我们还没有报，我们的血债还没有偿还，我们的人民实在太宽大了。我们只要敌人投降，只要战争不继续下去，就饶恕了他们，这还不伟大么！我被这种伟大的精神所感动，甚至心痛了！

抗战八年的确是不容易的，如果没有中国共产党领导的人民解放军开辟了抗日的根据地，坚持敌后游击战争，粉碎敌人一切进攻、"围剿"，"扫荡"，教育了敌后的人民，团结他们改善生活，领导他们熬过一切困苦，战胜日寇，那末今天解放战争的胜利是不可想象的，今天人民的胜利的保障也是不可想象的。时间过的飞快，历史的车轮好象转了一世纪似的，几百年来盼也不敢盼的事，一下就成功了，人民真真做了国家的主人。我们现在天天走的路已经是柏油马路，这是多平坦、多舒服的马路呵！可是我明白这路是中国人民解放军和中国人民用鲜血铺成的，路虽已不因崎岖而难走，可是我却一步一步的更感到沉重！

"八·一五"，由于苏联的出兵参战，中国人民解放军的胜利，日寇投降了。可是日本的战犯在麦克阿瑟的保护下，不特没有得到惩罚而且反被培养，国民党反动头子蒋介石不只释放了战犯，而且用战犯做为反人民战争中的顾问。事实证明帝国主义与帝国主义的走狗都是一气的，都是要以反苏、反共、反民主、反人民来挑起战争以维持他们极少数人的统治与财富的。他们的疯狂与混乱实际只有加速他们的灭亡。最近美帝国主义在台湾、在朝鲜公开了他的侵略暴行，将其好战的魔掌伸向亚洲。但台湾是我们的，我们一定要将胜利的旗帜插到台湾；而李承晚也只能向南逃窜，他们是阻挡不了人民的正义的进军的。经过多年革命战争锻炼的中国人民解放军与中国人民，将永远在胜利的大路上迈进！

《一二九师与晋冀鲁豫边区》一文是一九四四年为纪念抗战七周年而写的。我对于这个材料完全是生疏的，可是有很多同志帮助我：蔡树藩同志、杨秀峰同志、陈再道同志、陈赓同志和陈锡联同志。我跟他们谈了几天，记载了一些材料，我觉得学习了很多东西，但是无法动笔。最后，我见到了一二九师的领导人和晋冀鲁豫解放区的创始人之一的刘伯承同志，我把我所想好的初步计划告诉他，立即得到了他的鼓励和赞助。并且他滔滔的同我谈了起来。我听的有趣极了，我以为我已经掌握住他的思想，也就是一二九师的战略思想和创立根据地的政治思想与群众路线。他的了如指掌的谈话给我很大的启发，我充满了信心和感情来动手写作。那时天气热的厉害，窑洞里也闷的很，我躲在一个黑角上一面扇扇子，一面写。有几个地方我边写边笑，如日寇进入娘子关后，国民党军队四散逃窜，官兵相失，汤恩伯四面打电话找救兵，最后找到了刘伯承同志，知道他还在前面抗敌，他大声在电话中说："你还在那里，好极了，好极了，我可以无忧了！"又如阎锡山一听见人民解放军到了山东，便顿足说："共产党东下齐鲁，如虎生翼，天下事不可为矣！"三天内我写完了这篇文章，交给了刘伯承同志。刘伯承同志很快便替我修改了回来。他加了很多材料，我觉得都是应该加的。我以为他修改得非常仔细，照顾得很周到。他删掉了一些我自己认为精采的地方，那些地方非常忠实的暴露了国民党的无用、怕死和对于人民的烧杀抢掠，以及在敌后降日反共的丑态。刘伯承同志信上说："我们还希望他们抗日，你写的虽都是真的，但不必刺激他们。我们不放弃最后一点希望。"我完全承认他删去这一些是对的，可是心里总不情愿。但我仍旧依照他修改过的稿子发表了。现在印行的也就是经过修改的。这篇稿子我始终对它有感情，因为在我写它时，的确是对敌后生活的一个很好的学习。尤其是刘伯承同志的宽阔而精湛的才智和他的认真、细腻的工作作风所留给我的印象是很深的。但这篇文章,从文章本身来说,我自己是不满意的。刘伯承同志本希望我再从头修饰一次,我却因时间关系而没有再加工。现在时过境迁,想加工也无法加工了。所以只能做一篇实录来看,而并非一篇文艺性的报道或文学的散文。

最近有朋友同我谈起抗日时代的故事,我们觉得应该多写,那么多的动人心魄的事,那样的艰苦,那样的神奇,我们写的实在太少了,而大部分的中国人民是不太了解这一段历史的。他促使我印行这篇文章,因此我重读了它,我从保存史料的眼光上来看,从向年轻人说明历史上来看,觉得印行出来还是有好处的。这样就决定印行,以纪念七七抗战十三周年,纪念在抗日战争中,在人民解放战争中,为民族的独立与解放而牺牲了的一切烈士;而且我向着一切英勇的人民解放军和人民英雄致以热烈的、诚恳的敬礼!

一九五〇年六月三十日

一个真实人的一生（节录）

我那时候的思想正是非常混乱的时候，有着极端反叛的情绪，盲目地曾倾向于社会革命，但因为小资产阶级的幻想，又疏远了革命的队伍，走入孤独的愤懑、挣扎和痛苦……

直到一九二七年，大革命失败，"四一二"、"马日事变"等等才打醒了我。我每天听到一些革命的消息，听到一些熟人的消息，许多我敬重的人牺牲了，也有朋友正在艰苦中坚持，也有朋友动摇了，我这时极想到南方去，可是迟了，我找不到什么人了。不容易找人了。我恨北京！我恨死的北京！我恨北京的文人！诗人！形式上我很平安，不大讲话，或者只象一个热情诗人的爱人或妻子，但我精神上苦痛极了！除了小说我找不到一个朋友，于是我写小说了，我的小说就不得不充满了对社会的卑视和个人的孤独的灵魂的倔强。

一九五〇、十一、十五、北京

（原载 1950 年 12 月 1 日《人民文学》第三卷第 2 期）

《欧行散记》序

一九五〇年快完了，我的《欧行散记》也被迫交稿了。过去两年我除了三次欧行，参加国内的几次大会以外，便做的《文艺报》编辑与文学研究所的筹办工作。这本小册子就是我在各种工作之间挤出一点点时间写的。书店曾经三次四次催稿，我也曾经三次四次失约，我不能要求原谅，我只有再挤再偷，因为一种责任，一种热情，使我不断的同时间要，还同我的腰疼做斗争。现在当一九五〇年终结的时候，总算交卷了，我有一种感谢的心情来写这几句序。

实际我没写完我对苏联的爱，对新民主主义国家的爱，也没有表现出百分之一的感情。这本书虽说结束了，但它们所给我的启示是写不完的。

我没有多的话再对读者讲，只拿出我的真诚来献给你们。我希望这本书会给读者一个明确些的认识，一个美好的感情，一个爱。

一九五〇、十二、十九、天将明时

《跨到新的时代来》后记

这本集子是我第一个杂文集，内容形式都不一致，其中少数是临时有感之作，大部分是任务，被逼被挤出来的。集稿时稍稍分了一下类，因为是杂文，有些很难分成什么，所以并不精确，为了读起来比较方便点就是。

这集子中的文章，大部都是最近一二年中写的。少数是过去的，但一九四二年以前的均未收入。《关于立场问题我见》是一九四二年延安文艺座谈会时写的，也是我在那个会上的发言，现在看来，觉得有说的不妥贴的地方，也有不透彻不周全的地方。《老婆疙瘩》，则是整风后下工厂第一篇短文。虽说是一篇很小的文章，却得到过鼓励。有人向我说："你应该写杂文"，但我的成见，及窄狭的个人兴趣，没有使我继续下去。所以总还是到了无可奈何的时候，才肯拿起笔来写一点。

最近一年多，为了编辑工作的需要，常常从读者中得到些问题，又要给以解答，这样就写得多了一些，不过都是需要什么写什么，题目常常是别人给定的，或者是从许多问题集合起来摘出来的一二点。当然就不能如做总结或报告的那样全面，不过也还不算无的放矢，或空泛的理论，但不够精细的地方，一定也很多。这些文章中所提到的问题，如果有些地方还存在，那末这本集子似乎也就可以供参考，也就无妨出版了，因此我就听了朋友们的怂恿把它集了起来。另一点也是想借此回顾一下自己近一二年来的微薄的成绩，并作为今后工作的鞭策！

丁玲

一九五〇年十二月二十八日大风之时

《丁玲选集》自序

　　这本选集一共十六篇,是在四十八篇短篇小说中选出来的。创作日期是从一九二七年到一九四一年。从这本集子里面大约可以看得出一点点我的创作的道路。是长长的路,也是短短的路。

　　如果我长年只生活在这些故纸堆中,我想我会变得悲观的,我会失去信心的。但幸好我生活在一天天有新的事物在萌芽,生长,而又如此广阔的世界中,生活在新的文学一天天壮健起来的时代中,因此我不会为我个人的缓慢的进展而发愁,反以看到别人的飞跃进步而兴奋。我将鼓起勇气,并且会以侪于新生的群中,一得前进,引为光荣。我知道自己在创作中的缺点和不足,但我也知道我正依恃着什么,追求着什么来充实自己,来完成工作。我没有别的,我不要别的,我只向着一点,坚持一点,那就是毛泽东的思想,毛泽东的伟大的情感。

　　　　　　　　　　　　　丁玲　一九五一年六月一日

给曹永明同志的信

曹永明同志：

　　人常常总要遇到一些意想不到的事。你看，你会忽然收到我给你的信？而在我的桌子上，忽然会放着你和你孩子的照片？这些事是怎么搞的？我本来在很安静的修改一篇稿子，并且准备这两天都不见客，也不出门，可是一会儿宋学广（一个我不认识的记者）就要来我这里。我约他来我家里吃晚饭。并且在他来以前的时间里，我一点事也不能做，兴奋，激动。我把他寄来的许多照片看了又看。那不是七年前我走过的一些地方——桑干河边温泉屯一带的风景、生活、人物吗？这些照片引起我许多说也说不清的感情。我常常想回到那里去看看。去年有个怀来县青年团委做工作的青年去了温泉屯，他来信告诉我一些情形，告诉我你们说起了我。这已经使我神往，使我在梦中回到了那里，可是，总没有象今天这样兴奋。多么依旧的景物呵！那河流急湍的流着，那胶皮轱辘车，那河滩地，那高粱地，那羊群，那果树园，那丰收的葫芦冰和葡萄呵……而且，还有了熟人哪！我一看照片，我就笑了起来。那不就是曹永明？他还没有变样子，还是那个样，更使人快乐的是，他竟有了那么大的孩子了！你记得么，我们曾经向你说着玩，希望你请我们吃了结婚酒才走？后来到底也没有吃上。

　　一九四六年，我在你们那里实际只住了十八天。由于我对于农村工作的不熟悉，我对土地改革工作的没有经验，又由于当时战争环境不能把工作时间拖得长些，我对于你们工作的帮助实在不大，心里经常抱歉。以后每听到有关土地改革的事情，或者我自己参加土地改革工作时（我在石家庄附近村庄搞土改，就花了快五个月的时间），总得把温泉屯的工作拿来回忆，总得再推敲几次那时村子上的情况和工作上的缺点。我的确对你们帮助很少，可是那短短的十八天生活，却给了我无限的创作情绪。当我从你们那里走的时候，我曾向陈明同志说：我的小说基本上已经完成了。我回到张家口时，我向组织上要求的也只是一个能写作的环境。温泉屯的生活，一切的人和事，坦白的说，我知道得是不多的，可是却不知为什么有那样多的人向我涌来，我同他们一直亲切的相处着。当我每天写他们的时候——就是不写的时候也是一样——我都要进入他们每个人的心中，同他们感受一切。有的时候，我还和陈明同志争吵：他不赞成我的那些人物中的某一个人，他要修正他们一些。当我的书写完的时候，我也并没有感到轻松，心里同这些人分不开。我常回忆他们。我总希望还有机会把这些人再现一次，让他们生活的更好些，更完整些，更成熟些，更深刻些，他们也就会留给人的印象更生动，更牢固些。因此可以说：七年来我是很少离开这些人的。土地改革工作完了，而我还在土地改革；小说写完了，而我还在创作……

那年，我离开温泉屯，到了涿鹿县，知道了战争情况的不利（一九四六年秋该屯土地改革刚结束，国民党反动军队又来侵占。一九四八年重获解放——编者），我们的心情是多么的沉重呵！我们还来不及替你们庆祝土地改革的胜利，可是我们就又预感到战争将给你们带来灾祸。我们曾分享了你们的快乐，然而却不能同你们一道担当灾难。我们是用很痛苦的心情去走了后来的一段途程。我到了阜平后，只要听说有人从察北察南回来我都要去打听那一带的情形。我听说你们那里有了护地大队，我想象着你们一定会参加的。我不能详细的了解你们的情况，我就用抗日战争时期敌占区的一切斗争情形来想象你们的艰苦。我也听到过许多关于你们英勇斗争的情况，我真想放弃一切到你们那里来。这些消息是多么的鼓舞了我呵！后来又听说你们遭到意外损失，我就下定决心要继续写护地大队。一九五〇年在北京遇到张雷同志时，我告诉他我的打算。去年他又将这段时期的全部经过向我作了详细的述说。我知道了你的情况，也知道了很多人的情况。唉，我到现在还怅怅于心的是我有几个认识的人却牺牲了！这段材料在我写来当然是并不容易的,可是,直到现在我也还没有把这个计划否定。可是,首先我总得再到你们那里来。我想总有一天我就来了,出乎你们意料之外的事就要发生了。

……

宋学广同志寄来的照片上有关于温泉屯的材料记录,我极注意的看了。我是说不出的喜悦。虽说你们曾经过极大的摧残,但现在一切都又兴旺了起来。数目字都增加了很多。你们原来都是用井水的,有井水的渠,现在,却新筑了大渠,引用桑干河的流水,这样水田地就增加了,象"顾涌"那样的人就不必再羡慕桑干河对面的"六区"的地了。我猜想你们那里已经没有象这样思想的人了,即使有,也是个别的了。那些老年人、青年人、妇女、小孩都因为生活的美好而显得是那么的笑容满面,健康和漂亮。在过去,我记得有许多人家都得吃豆皮,现在想必早已不吃了吧?看你们场上的庄稼和院子里堆满了的葡萄,使我心里充满了欢喜,忍不住要找个人谈谈才好。我什么时候可以到你们那里去,——在那里住一个时候呢?当我还没有去之前,你若有机会来北京,我和老陈都会用极兴奋的心情欢迎你的。

附录:

《人民画报》编者按语:女作家丁玲一九四六年曾在河北省涿鹿县(原属察哈尔省)温泉屯参加土地改革工作,她的小说《太阳照在桑干河上》主要是根据她当时搜集的一些材料而写成的。今年九月下旬,本报宋学广同志曾到这个屯采访。丁玲同志从采访回来的图片和有关材料又看到了七年后的温泉屯,觉得异常兴奋。她写了一封信给当年的"战友"曹永明——土地改革前的一个贫农,土地改革中该屯涌现出来的积极分子,今天的屯主任。从这封信里,我们仿佛听到了时代和人物前进的脚步声。现在征得作者的同意,把这封信发表在本刊上(摘录)。

(原载《人民画报》1953 年 11 月号)

《延安集》编后记

　　这本集子中的文章，全是我在延安时写的。也全收集在《我在霞村的时候》、《陕北风光》、《一二九师与晋冀鲁豫边区》三本书中。这三本书都已经有两年没有再印，市上也没有存书了。人民文学出版社答应重印这些书。我便趁此机会抽出了许多篇，把余下来的合在一起，成为一本书，名《延安集》，原校后记等也附上。

一九五三年十一月

一点经验

一九四五年"八一五"日本帝国主义投降以后，在延安的许多干部都出发到解放区去开展工作。文艺工作者也一齐出动。我是决定去东北的。十月里，我随着大队人马，带着迎接新生活的战斗的幸福的心情，每天在遥远的、走不到头的山岗上步行，爬过了一座大山又一座山，涉过无数的河流，穿过了许多充满了北方风味的整齐的小城，我们走出了陕甘宁解放区，走过了晋绥解放区，来到了晋察冀解放区。天气越走越冷，塞北的寒风刺骨，可是心情却越走越热，快到年终的时候，我们到了张家口。自从抗战以来，八年了，我们第一次坐上了火车，我们自己的火车，我们穿着踏遍了千山万水的草鞋，在柏油马路上大踏步的走着，我们自己的柏油马路啊！电灯光亮得刺目，欢乐的歌声震响着大街，惊醒了熟睡的人们。有种什么东西在呼唤着我，要我把所有的力量投入在这新的人民的城市。这时热河又被国民党蒋介石封锁，东北一时走不过去，我就留在张家口参加了一些工作。而且和几个同志集体写着一个剧本。在写作之中，我忽然生长了一种感情，深深的怀念起陕北的农民们来了，一个一个的熟人涌上我的心头，我想写他们，而在那个剧本里又放不进去。好象他们都在埋怨我，同我说些什么，责备我不该抛弃他们，我实在很难受，我才发现我是这样的爱他们，同他们如此的难舍难离。我有着这样一种心情，好象我欺骗了他们，做了什么对不起他们的事一样，我想着他们一生一世所受的灾难和压迫，想着他们那样不顾一切为了抗日所付出的代价，他们那样爱着毛主席跟着共产党走……我犹豫了，很想再回陕北去。新的生活，在新生活中火热的斗争吸引着我，而老的，共过艰苦的那些老朋友却粘住了我。他们命令我再回到他们那里去，写出他们来，最后我决定了，我要先完成这工作，写出他们来。这里自有它的重要性，中国工人阶级领导人民革命的成功，没有农民的支持和参加是不能想象的。而且解决占中国人口百分之八十的农民问题，还将是一个长期的、艰苦的工作过程，中国农民如若没有共产党的领导，不经过剧烈的革命斗争，是无法摆脱自己身上的锁链的，我既然有着这些老朋友，他们正不愿我离开，我又正有负疚的心情，那么，还是把这一阶段先做一个了结吧。我决定留在晋察冀，回到老区的农村去。

这时党中央发出了在解放区实行土地改革的"五四指示"，我立刻参加了晋察冀中央局组织的土改工作队，在怀来、涿鹿一带作了两个多月的工作。在工作中我体会到一些更深刻的问题，我觉得农民要自觉的起来，团结在一起，跟着共产党勇往直前，实在不是一件容易的事，不是宣传宣传就可以作到的。特别是当时的环境，战争的火焰就在近边，如何把农民引入斗争，使他们在斗争中得到教训，受到锻炼，然后又带动更多的人也走上革命的道路，使群众的队伍一天天壮大和坚强起来，这实在需要细致具体而又要大刀阔斧的工作方式和完全相信群众的放手的领导作风。我最后是在涿鹿县的一个村子里工作，参加领导这个村的土改运动。我卷入了复杂而又艰难的斗争热潮，忘我的工作了二十天，当工作告一个段落时，村子里的人们欢腾的开过了土地回家大会，又在欢庆中秋节，他们有生以来的第一个象个样子的，充满了胜利与幸福的中秋节。我在村子里的小巷子内巡走，挨家挨户去拜访那些老年人，那些最苦的妇女们，那些积极分子，那些在斗争中走到最前边最勇敢的人们。月亮象水似的涌入每一个小院，温柔的风轻轻送来秋天的花香，在每一个小院里我看到了希望和肯定。他们在忙着，却又很安稳。家家的刀砧板都象打鼓似的响，他们都在包饺子。他们有说不完的话告诉我，对这些生气勃勃的人，同我一道作过战的人，忽然在我身上发生了一种异样的感情，我好象一下就更懂得了许多他们的历史，他们的性情，他们喜欢什么和不喜欢什么，我好象同他们在一道不只二十天，而是二十年，他们同我不只是在这一次工作中建立起来的朋友关系，而是老早就有了很深的交情。他们是在我脑子中生了根的人，许多许多熟人老远的，甚至我幼小时所看见的一些张三李四都在他们身上复活了、集中了。我爱他们，不是因为他们有哪些优点或几点优点才去爱他们，而是因为我老早就爱了他们，才发现他们是如何的具有他们特有的优点的。甚至对他们的缺点，我也带着最大的宽容。于是我不能安宁了，我不能睡，我吃不好，原来融化在土地改革斗争的熔炉里的全心全意，现在又坠入另一种燃烧中，许多人许多人纷至沓来，拥挤的盘踞在我脑中，我要和他们商量，他们又要同我争吵，我一会增加了我的联想，一会又减去许多事务，有时觉得太膨胀，有时又觉得太单薄。总之，他们带给了我兴奋，紧张，不安定，好象很不舒服，但我感到幸福。我在他们的宇宙里生活着，编织着想象的云彩，我盼望着劳动，我问我自己说："动起手来吧，不要等了！"

当我回到张家口，组织上问我是否还去东北。我说："给我一张桌子吧，我需要写作。"我的小说好象已经完成了，只需要写出来。

一九四六年十一月，我在阜平一个小村子住着，开始创作我的小说。于是我心又回到了涿鹿，这时涿鹿已经被国民党匪军占领，人民又回到苦难和更残酷的斗争中，而我还在土地改革。而这一次的土地改革却比现实中的土地改革更困难，因为我比较那个时候要清醒些，我走入到人们的心里面也比较更深些，我更不能犯错误，我反复去，反复来，又读了些关于土地改革的文件和材料，我对于我的人物选择得要更严格些。我又发现了我在工作中的许多不可弥补的缺点，我看见了我在工作中所不能看到的事和人，我就用我对于现实生活的认识批判来和那些具体的人和事，交织在一块，写出我小说的故事和行动。我是尽我所能达到的去努力，我希望能表现出我所想到的那些。

书已经老早写成了，时间经过了好几年，可是我还在继续创作，我的心还没有离开那些人们，有时是在怀念现实生活中的老朋友，有时又在把新的、矛盾着的、变动着的人的思想和感情编在小说中的人物身上，他们又在我的脑子中发展着，形成着。也许是另外一个人了，可是还是象他们，象我的朋友，象我自己的人。我知道他们不会放松我，他们会挤我，逼着我在另一本书中使他们再活，而且活得更有力量，更有光辉。我也只有用这种努力来镇静住我的新的、更大的兴奋与不安定。我是有信心来继续完成我所没有完满的完成的任务来的。

（原载 1955 年 2 月 8 日《文艺学习》第 2 期）

生活、思想与人物
——在电影剧作讲习会上的讲话

　　电影局负责同志要我来谈一些有关创作的问题，我想：如果要来谈，是应该整理自己的经验、心得，同时也应该从当前很多人的创作里面发现问题。我过去因为工作关系，经常接触一些搞创作的年青的同志，好象感到了一些问题，写了一些文章，其中有否错误，还需要检查。近年来因为自己要创作，注意别人的创作问题就比较少，谈得也比较少。所以这次叫我来给大家讲点什么时，脑子里事先没有什么准备，实在有点踌躇，怕讲的不在"点"上。

　　我想还是从同志们提出的问题中，选两个我比较容易答复的来讲。我讲的也只是根据我个人的体会和经验，也许是狭窄的，因此只能供参考。

　　我们的世界观是一样的，我们可以同是马克思主义者，我们所主张的创作方法，即社会主义现实主义的创作方法也是一样的，但我们每个人的创作都有他自己的创作道路，每个人的表现手法都不一样，各人有其自己的风格和个性，每个人的生活也都有他个人的生活方式和方法。尽管立场是一样。如果你是那样生活的，我也仿照你那样生活，那是不可能的，也不必要。两个人的性格不一样，对具体事件的着眼点不一样，对事物所理解的深度、轻重也不可能一样。所以即使我们两个人同时在一个地方生活，我看见的东西和你看见的东西，我们所感受和能被启发的东西就不会相同，同样的我们在写作上，也是各用各的语言，如果我们要完全模仿谁，也不必要，但可以吸收别人的经验（当然向古典文学，向苏联文学学习都不在话下）。因此我所讲的，只能提供你们联想起你自己的东西，巩固它，或者批判它。

　　首先，我还是讲到群众中去落户的问题，这是你们所提出的第一个问题。生活的点和面怎样结合？是否生活面可以宽一点？是否除了到群众中去落户以外还有什么体验生活的办法？这些问题都是从我那篇《到群众中去落户》的文章引起的，我想那篇文章可能说得还不够清楚，现在再补充些意见吧。

　　我提出来要"落户"，主要是针对着象我这样的人，还包括长期生活在文艺界小圈子里、长期在上层活动的人，或者是一些在创作组里靠下去采访回来写作、很少深入群众斗争的人来说的。我自己认为：所谓真正去"落户"，是从精神上来讲，要我们的精神，情感和群众能密切的联系，同群众息息相关；并不是指我们搞创作的要永生永世住在一个村子里，把我们的户口放到一个村子里去住一辈子就算落户了。户口放到什么地方是不关紧要的。我现在住在一条巷子里，我的选民区属于我住的那一区，那里有我的户口，可是我是不是真正同我住的那条巷子发生了关系呢？没有。我住在那条巷里很久了，同那条街的群众实在没有发生什么关系。所以要说住在那里就算在那里"落户"，那完全是从形式上看。我所说的"落户"，主要是指：我同我所住的地方的群众或者是我去工作的地方（这里当然不是指机关或创作组里）特别是我们要描写的工农兵群众的生活和感情是息息相关的。不是一个人要老住在一个村子里面。现在要我们老住在一个村子里面，是办不到的，而且也不一定就好。

　　我们要是太长时期的住在一个村子里，我们虽然能帮助他们做很多事，我们能得到很多愉快，但是同时我们也一定会感觉到不满足。并不是我们不满足那里没有新房子、没有暖气、没有电影看。重要的是我们对自己要写的东西还会觉得理解不够深广。而且我们长期只看到一个村子里的事，那我们的经验也会是很狭隘的。因为我们接触面缩小，接受新事物新问题少，我们对一个村子里的问题一方面会更熟悉，但对它的批判也会一天天的固定，不易提高。因为我们同更广大的群众、广大的社会、更集中了的问题疏远了。但，相反的情况，也是不好的，如同我们只是和抽象的所谓广大群众有联系，或者我们跑到那里都是很浮浅的关系，东跑跑，西看看，到处都知道一点，什么问题也摸着一些，可是那里也不深，也没有亲密一点的关系。例如我们到鞍钢去参观一个月，同鞍钢负责同志谈话，我们可以了解一些目前我们工业方面的问题。我们跑到生产合作社住几天，我们会懂得一些今天农村里互助合作方面的问题。这些对我们都有好处。但尽依靠这种办法去进行艺术创作，是不行的。创作，根本的问题是要写出人来，要写行动里面的人，要从很多行动里去塑造人物。要这样，我们就必得有一批我们非常了解，非常熟悉的人物。如果我们深入生活在一个地方，对张三、李四这样几个朋友很熟悉了，那我们将来到另一个地方，见到另一个人，马上会觉得，啊！这个人象张三，再见到另一个人，啊！这个人象李四。因为张三、李四原来和你就很熟，他对你理解新认识的人有帮助，而这新认识的人也同时又丰富了你所熟悉的张三或李四。这时你若是写东西，写别的人写不出来，要写张三、李四这样的人，你就一定可以写出来。并且比原来的张三李四更集中更典型，如果你脑子里原没有张三、李四这两个人的底子，那么见到相象的人，你也是不容易理解的，也是不容易写出来的。所以我们必须有这样一批非常熟悉的人，作我们的底子。我在那篇文章中说："我们熟悉自己的对象，要象我们小时熟悉自己家里的叔叔、伯伯、哥哥、弟弟那样。"要这样就必须到群众中去落户。有些人当然可以不一样，他没有脱离过生活，他在农村中长大，或在工厂中长大，或在部队中长大，他们脑子里早有一批出色的模特儿，那就不在我说的范围里，我是指那些脑子里还没有——或者脑子里有一批人物，但是影子很浅的人。这样的人，他一定要到一些地方去，要同那里的人把关系搞得象自己的亲人一样。而且不单是你对他好，要他对你也象亲人一样才行；假如我到农村去，有一个老太婆，我对她非常好，非常熟悉，我对她的确象对自己母亲一样，但她并不把我当闺女看待，那也还是不能了解她。非要作到你把她当母亲，她把你当闺女，互相有这样的感情才行。要这样，你就得长期的给她什么，给她感情，将心换心，你要找她，管她的事，给她出主意，帮她的忙，诚心诚意的对待她，直到有一天，她觉得和你是平等的，她完全信服你了，这样，你这个朋友才算交定了。就是交定了这一个朋友也还是不行，你以为你为她化了很多工夫，她就有一篇小说给你，那里有那么便宜的事？或者以为她就有个人物给你，你将来就可以写她，也完全不是那么回事。也许她并不是一个人物，她什么也不是，但你还是要化很多工夫对她，而且不只是对她一个人，还要对这个、那个……。我们小时候在家里一、二十年，也还只熟悉了那么几个人，如果你同你写的对象，不是比较有长期的生活关系，结下了"不解之缘"，那么他对你是很容易断掉关系的。你的那些朋友，应该是真真的朋友，不管你以后碰到什么事情，你也会联想到他们，你同他们的关系才能稳定下来，他们才能成为你书中的真真的人。

现在我们一说到写人，就会想到典型性。所谓典型，决不是东取一个人，西取一个人，把张三、李四、王五"加"起来，或者"乘"起来。也不是我们先从理论上来了一个典型，再用生活中的这个那个去拼凑；我以为我们是写我们熟悉的人，写脑子里面原有的人，写我们自己喜欢的，或者不喜欢的人。也就是说写自己发生过感情的人。以这样的人作为创作的模特儿，我想如果你对自己所写的人物，在脑子里完全没有一个模特儿，只是从理论上一条条拼凑起来的、综合起来的人的话，那一定不可能写好的。那么，你所写的是不是完完全全就是你那个模特儿呢？不是的。你是从那个模特儿得到启发，得到理论的认识，又由于理论，联系到很多具体事件、具体人物来补充这个人物，不，不是补充，而是给以创造（有时候也会有首先从思想中决定一种典型，才去创作的，但不是凭空从理论的演绎上说明人物，而是一个思想勾起你的许多生活经历而联系起你的人物来的）。这个创作不是空想，不是纸上教条，不是脑子中的书本，而是活生生的现实，是活的人，并且是作家的世界观里面就早已有了定评的人物。

因此，我说"落户"，不只是住在一个村子里。因为我们要熟悉很多人，要有一个地方是比较熟的，另外还要从很多地方很多人物丰富自己的人物和社会景象。这是我们不能只住在一个村子里的第一个原因。

其次，我们要写生活的变化，要写在生活变化中的人物，他们决不是孤立的，他们和周围的事物都有联系。比方你写一个生产合作社，这个社里面的问题，就同我们国家的整个生产互助的政策有关系，和其他方面也有关系。因此作者必定也要熟悉与他所写的对象有联系的东西，也就是说你必须了解的更广泛才行。这是第二个原因。

还有，今天我们所要写的人物最本质的东西，不是恰巧就从某一个人里面或几个人里面完全体会到的。如果你要在你所写的人物身上，有一种坚强的战斗力，一种生活力，一种克服一切困难的向前的力量，而这种内在的、昂扬的东西，决不是你可以凭主观去臆造，或仅仅从一个小圈子里的人物身上去体会，或者就是只凭自己的经验去写；也许自己的经验就还不够；也许这一个小圈子里面就还缺少这样的人；也许你所了解的人里面，有这种精神，但是他的这种精神还不十分饱满，所以你必定要熟悉比他更高的人，特别是要熟悉人如何在生活中，在复杂变化的生活中受锻炼受影响而提高他的品质。我们在一个村子里，熟悉了几个先进分子，但我们如果更能体会到志愿军里面的英雄人物的品质、情感，不也可以用到这地方来吗？因为这种英雄的新的品质与他的阶级品质是相同的。只是他们在不同地方的具体表现不一样而已。因此我们要体会很多这样同类型人物的内心，你要不体会的更多，你就会把你要写的人物的内心精神世界写得不够宽广。

其次谈谈我们的写作对象，我以为还是要稍稍有些固定。比方我是写农村的，我就要用长一点的时间放在农村生活上，我也要去工厂，去部队，但到工厂、到部队，也是为了丰富我写农民而去的。你原来熟悉部队，那你最好还是写部队，你去农村，也还是为了你写部队。因为部队里面的很多人，也是从农村来的。如果不懂得农村的变化，也就不懂得战士是怎么来的，他为什么要当兵，不在家生产；同时你也要到工厂去了解，去了解无产阶级的思想感情，这是很重要的，我不同意把作家分为农村作家、部队作家，作家主要的是表现社会，但在我们作家生活非常不深入这一点上说来，有必要有个重点，不要一会跑这个地方，一会又跑那个地方。我看见我们有些好心的人，听说合作社很重要，赶忙去，一会又去工厂，一会又上部队，什么都重要，什么都写，什么也没写好，飘得太多了些。当然我不是说绝对只写一种生活，而是说不要见异思迁，不要赶浪头，东赶西赶，什么都落空。

跟这个问题有联系的，也是你们要知道的一个小题目，讲讲我自己的经验。讲老实话，我是那一"行"都不行。农村不熟悉，城市也不熟悉，所以我经常讲，在创作上，别人是虚心，我是心虚。最近几年来，为什么我老不动笔呢？虽然我脑子里，也有一些人物、有一些题材，但是一想到把它写成作品，总觉得不够，总想不出那么多的事，那么多的大事小事来把我所想的人物写出来。

在延安时，我有一个计划：想写一个长篇——写陕北的革命，陕北怎样红起来的。想写那些原是很落后的农民，在革命发展中，怎样成为新的人。我跑到过去闹革命的地方，那里真是些三家村，三家一个村，五家一个村。一个村在山上，一个村在山下，上下起码五里路。我就那样上下跑，大雪天相当冷，我还是跑到这，跑到那。我下去了很长时间，回来后只写了两章，写不下去了。为什么写不下去了呢？那是因为在写这篇东西时，我有一个想法：想用象《三国演义》那样的办法来写。但要那样，就要有很多的事，一件事，又一件事的写下去。而且那些事要使人看到都很有趣味。通过这些一件一件的事，慢慢地把人物突出来，而不是靠作家出来替人物说一大通。我们都记得《三国演义》有多少事啊！他写一个孔明写了多少事！写一个刘备写了多少事！每一件事只写三五行，但是在那件事中，人物是什么样子你都会记得。我想用这种形式写，可是我实在没有那么多事。因此，写了两章，写不下去，搁下来了。这说明我对农村了解还不够深。

对城市我也只是过去的一些印象和知识，并不深入了解很多生活。后来到张家口时，要离开老解放区了，要离开老区的群众了，这时我突然感到我对不住他们，我还没有写出他们，我忽然觉得同他们有分不开的感情，我不愿到新的地方去，而这时那些张三、李四都出来了，都要求我写他们，我才发现我究竟对延安的农民也有点熟悉了，和他们有了感情。在老区住了八九年，到底没有白住，不知不觉的有了些熟人，有些人在脑子中生了根，于是我决心再回到农村去。正好这时党中央的"五四"指示下来了，我便去参加土改工作。三年中只认真的搞了两个村子，就是这两个村子，对我创作上、感情上起了很大作用。特别是在石家庄市郊的村子里，我感到收获比什么时候都多，更舍不得离开这个地方，真想在这里工作一辈子。后来我只要看到报纸，讲到别的农村事情的时候，我就想到那个村子，想到这个政策到了那个村子，张三会怎样，李四会怎样。我经常想去看看，看看那些熟人，想到很多人都一定更好了，就禁不住欢喜；有时又有些怕到那里去，我怕有些人，那些我曾经用心培养起来的人，万一有了变化，万一他现在落后了呢？

就是这两个村子，使我到北京这么多年不想改"行"，我也想过改"行"，领导上号召写工业建设，而且我觉得写工业建设也很重要。要讲熟悉农村，那很多人比我强。写工业，我虽不太熟悉，但对城市总算还住过许多年。很早以前也到过工厂。但是我终于没有改"行"。

今年春天我到桑干河去，村子里很多人都还认得我。八年了，我变了很多，但是他们还都认识："你不是那个谁么？"他们不会忘记你，他们记得你比你记得他们还要深。虽然你感到自己没有做什么，可是在他们生活里却起了多大变化！我有这么多朋友，你让我丢下他们再去找新朋友，我感情上有些不愿。虽然我的生活不够深，那里的朋友不算多，可是，就这些人已经使我舍不得离开他们了，因为我和他们一块战斗过，我满意那里，因为在那里我发现了力量。那为什么我不更深入下去呢？这是我现在的情形。我以为我们如果没有发自内心的热爱，只是为了找些材料，是不可能进行艺术创作的。

底下讲另一个问题：

有些去体验生活的同志，认为他们所体验的生活本身就是公式化、概念化的，因此无法写不是公式化、概念化的作品。形成这个现象的原因，一些同志认为有两个：一个是生活不够深入；另一个是体验生活办法有问题。大家不满意这样解答，希望我发表一点意见。

现在我发表一点意见。

生活里边有没有公式化的地方？我想生活本身是生动的、复杂的、充满了战斗精神，而变化很快，是没有公式化的。但是，现在生活里边的确也有公式化的地方。前两天我听到有人说农村公式化可以，工厂公式化可以，军队公式化可以，只有我们搞创作的，公式化就不行。其实一切的生活里公式化都不行。打仗如果公式化还能打胜仗吗？当然，也许每次战斗之前，都要动员、讲话、开大会，但这哪里是公式化，这只能说是工作的程序。你知道就是在这些会上，每个人的思想活动都是千变万化的，每个人不一样，每一次不一样。但是生活里边也出现公式化，比如在下边的工作干部，有的人由于水平低，不知道深入群众，浮在表面，只知道行政命令的老一套工作方法，又简单，这就难免工作停在表面，遇到我们下去体验生活的人，他本身也是浮在上面，只做一般表面的了解，当然就只能看见一些公式化的工作，而他也以为下面的生活就是这样。他根据这些就来创作，怎么能不概念化？真这样倒好象只属于个人创作的事。但这里常常也会有些可以担忧的情形。我看过我们的影片，我觉得有些影片就使我有些担心。比如我们的影片也讲恋爱，而那些恋爱表现得实在不高明，一写到两个人遇见了，简直无话可谈，他们和社会生活可以全然无关，社会上一切的事都不可能成为他们谈话的资料，只能说："咱们竞赛吧！"或者送一个笔记本。当他们工作的时候，他们便想起了恋爱，可是爱什么呢？这都是千篇一律的模型。生活里本来有恋爱，有很好的情致，有崇高的理想，有各种各式离不开生活变化的表现形式，可是我们不知道，看不见，把它写得那样单调、平凡、枯燥。可是我要提醒大家一句，文学艺术的任务，它是教育人民怎样去生活，怎样过有意义的生活，怎样工作，为什么去工作，怎样战斗，在战斗中怎样提高自己，提高一个人的品质，提高他的精神生活。现在我们的人民是在新的生活中，生活变得很快，他们常常需要有范例可模仿，需要军师，需要帮助。于是他们找小人书、连环画、电影、文学书籍，可是在这里我们表现得很公式，只有一些概念，也许有的群众能批判，他就不要我们这些东西，可是也有不能批判的群众，他们就照着办，就依照我们书里面、电影里面所提倡的公式化的生活去生活。这些生活转过头来又供给我们去"体验"生活的人作为材料。我想也许这种担心是不合事实的，希望是不合事实，但我们拿来警惕自己，也会有些好处。我的确以为，我也看到我们生活中有公式化的东西。这些公式化都是我们做工作的人搞的，我们还很满意这些。有，并不可怕，怕的就是我们自己喜欢这些东西。我们并不想多知道人，多知道社会。我们爱面子，不敢真的深入生活，却又要装得很懂，那就只好用简单的、怎样也打不倒的条文去套一切，而象念咒语似的老念着。

　　另外，我们的体验生活方法也有问题。这个我在《到群众中去落户》那篇文章中也讲过了。我是不同意这种传统的说法——甚么下去体验生活。好象我们和生活有距离，要到生活里去体验一下。这样实际上等于把我们同生活隔离开来。事实上应该是我在这里生活、工作，就在这里战斗，在那里工作、生活，就在那里战斗。我们不是到那里去"体验生活"，而是到那里去生活，去战斗！在那里就是那里的一员，不是旁观者。我在这里生活，就在这里战斗，这里就有我的心得；然后写我最感动的东西，写我思想中的东西。但是中国的知识分子，都是小资产阶级出身，沾染的资产阶级意识很浓厚，因此更需要到工农兵的斗争生活中去，又去理解工农兵的思想感情，又去改造自己，所以我们应该主动的争取下去生活，而不是觉得随处都有生活，浮在上面。不管我们在哪里过日子，我们都要发表自己的意见，成为那儿的积极分子。不是讲教条，讲空话，而是参加里边去，提供意见。不是居高临下的教训人，指手划脚的申斥人，这样不是负责精神。你吹一通、讲一通容易，但是人家不一定能照你这样做。

不要使人家非尊敬你不可，大干部下来了，叫人可怕。比如我，我常常要想到这个问题。我到个县上去，这个县的干部如果不理解我时，那他对我会要有些顾虑，要谨慎些，他想：这些作家们，会不会抓住几个缺点，回到上边随便汇报一下，或者写一点讽刺文章，这些事的确使他们头疼咧！他们有顾虑，就会有戒备。我们不管到哪里去，要有警惕，不要让人家怕你，要让人家感到你是可以亲近的人，可以交朋友，可以帮助他的工作，可以出主意的人。我们如果见到不对的地方，也要批评他们，但这个批评是要经过仔细研究和考虑过的，不是随便乱说，我们要把人家看做平等的、完全平等的。当然有些地方也许我们知道得比他们多，看的比他们深一点，那就好好的告诉他们，而不是教训他们。帮助他们也是平等的同志的帮助。这样对我们也是个学习，学习到很多新的问题和新的东西。我常觉得一个知识分子，主要是向群众学习，学习他们老老实实朴朴素素，长期的、艰苦的工作精神。何况我们还有很多缺点。样子不同，说话不同，我们再没有负责的精神，他们就会更看不惯，他就认为你是作客的，跑一趟就走了。我们要让人家看到：我们还有缺点，并且在改变这些缺点。我们不要以为自己永远都是正确的，一个人永远正确简直是不可能的。我们要让人家知道：我是有缺点的，并且在改变着，这才是一个真正的人，老老实实的人，可亲近的人。

我们要体会人家的变化，变化的艰难，我们要颂扬这个变化，而我们也在变化，这样才叫真正打成一片。

最要不得的是：我们跑下去，专找现成的材料，我们决不要有象商人那样的，跑到小市，看哪个可以赚两个钱，哪一个现在时兴，群众要买，挑筋捡瘦的恶劣作风。

我们也不要象官僚一样，象慈善家一样，向人们施舍什么。我们也不要象浮浪子弟，到处炫耀自己，下去时炫耀：我是知识分子，什么都懂，你们是农民，什么都不懂。回来又炫耀：我去了一趟农村，农村现在的问题我知道，你们没有去，你们什么也不懂。来回夸夸其谈，好象他什么问题都懂。

这些做法都是骗人的，吓唬人的。

不要骗人！最好是老老实实的，坦坦白白的，诚诚恳恳的，谦虚谨慎的，热情的（一定要有热情）拿出自己的劳动来。在哪个地方工作，就要把那个地方工作搞好。不要在这里还有什么个人打算，好象干好了，个人还可以拿到什么。创作就不是个人的，创作的结果就是大家的。你做了一个茶壶，这个茶壶就是社会的，不归自己了。

我想，我们的态度应当如此，这样我们的公式化，概念化会少一些。

另外我想讲一点——我很少讲这些，我觉得没有什么可谈，可是你们问我，要我讲一点，那么稍稍讲一点吧！现在就讲我作品中的人物是怎样来的。

我想一个作家他脑子里总会有几个人物，他并不是看见一个人物就写一个人物，他自己脑子里早就有这些人物，这些人物是他长期生活经验中产生的，也是从他的思想中产生的。每一个作家，他至少有几个他最喜爱的人，最爱去表现他们的人物，这些人物是他多少年生活的积累，而且作家总有他自己的理想，他是要把理想放进他所喜欢的人物里面去的。

在我开始写小说的时候，我最喜欢写一种人，写什么人呢？下边再说吧！现在先从头叙说一点材料：我父亲的家里，曾经是一个很大的封建官僚地主的家庭，可是等到我出世不久，我父亲就死了，我们家穷了，我跟着我母亲在社会中奋斗，找出路。我母亲是一个开明的、有新思想的战斗的女性，可是她在那样年代，却需要非常大的毅力。因为她是一个在封建社会中受压抑的女子。我小时的命运同她一样，我又常常寄住在一些亲戚家里，这些亲戚也是官僚地主家庭。我在懂事的时候，就先懂得了这社会制度的恶劣。后来就懂得一定要推翻这社会才有出路。可是只能自己挣扎，自己找出路，自己斗争。恰巧这时"五四"来了，我虽然没有赶上"五四"运动，但"五四"给了我很大影响，我看见很多和我同时代的人，还有稍微早一点的人，他们都是一些坚忍奋斗，比较深刻，比较懂得痛苦，珍惜幸福而又有些理想的人物。这些人也比较容易理解和喜欢和他们一样具有时代特征的人，我碰到很多这样的人，也就很自然在我脑中形成了一些人物。这些人物都好象是在沉重的压抑下，在没有援助的情况下，在很孤独的心情中，他也要想办法生活下去，这样一些倔强的人物。所以我开始写小说时，就是写的这样的人物。别人说："这是写你自己"，我说不是。我从来都既不象梦珂，也不象莎菲那样多愁善病，我倒是很能快活的人。我写的并不是我自己。我并没有那些事，那些事都是编的。而人物则是我的环境和思想所形成的。在那样的时代里，我会喜欢那样的人。一个人他有了一种思想作主导，他就容易发现在别人身上的这种品质，因为他喜欢的就是这种品质。他在生活里看到一个象这样品质的人的时候，他马上就欣赏他，这个人的长处，他马上就体会到了，对其他人的长处，他就不容易那么敏感。如果你们有兴趣的话，是可以研究一下很多作家的。他们都是有他们各自的人物的，但一个人的思想是经常在变化的（当然也有少数是难变的），知识一天天丰富，他会在理论中接触到许多问题，在这样的时代里，总是同时代一道进步，特别当一个作家有了马克思列宁主义的世界观以后，他对于生活的看法和批评都会有很大的不同。而且生活也在变化，所以也就会有新型的人物产生。我们若去研究每个作家的人物的变化，也可以找出它的线索来的。

　　我的作品中的人物，也是渐渐在改变的。象莎菲这样的人物，看得出慢慢在被淘汰。因为社会在改变，我的思想有改变，我渐渐看到比较更可爱的人了。因此我笔下的人物也就慢慢改变了性格。我说这些话，就是说明生活对于一个作家特别是世界观对于一个作家是多么的重要。我虽说变了，但这种类型的人物，从我后来的作品中，还是找得到他们的痕迹。象《我在霞村的时候》里的女主角，她是农民的女孩子，不是知识分子，她的成分变了，她比莎菲乐观，光明，但是精神里的东西，还是有和莎菲相同的地方。我很明白这种人物已经过时了。社会制度根本改变了性质，人物的精神世界也根本改变了内容，我极力探求新的人，新人的内心生活。我要去写完全是新的人，象《太阳照在桑干河上》里面完全是新的人，这是指从我的作品来说，这些人物在我过去的书里是少有的。但是还是写进了一个黑妮。虽然这个人物在作品中不占重要地位，可是读者很喜欢她，因为这里面有东西。我收到读者的信，最多的是询问黑妮。尽管作者不注意她,没有发展她,但因为是作者曾经熟悉过的人物,喜欢过的感情,所以一下就被读者所注意了。

我在土改的时候,有一天我看到从地主家的门里走出一个女孩子来,长的很漂亮,她是地主的亲戚,她回头看了我一眼,我觉得那眼光表现出很复杂的感情。只这么一闪,我脑子忽然就有了一个人物。后来我在另一个地方和一个同志聊天,谈到对地主家子女如何处理,一谈到这马上我就想起我看到的那个女孩子。我想这个女孩子在地主家里,不知受了多少折磨,她受的折磨别人是无法知道的。马上我的情感就赋与了这个人物,觉得这个人物是应当有别于地主的。但是在写的时候,我又想这样的人物是不容易处理的。于是把为她想好了的好多场面去掉了。这是说明一个人物在作家脑子里形成后,是如何的根深蒂固,不容易改变。从这里我们可以明白一件事,就是我们脑子里一定要有许多新人物,而且把他们在脑子里稳定起来经常去注意他,培养他。人物都不是现赶出来的。你说我到一个村子里看到一个人,回来就写他,那是不行的。你要写的这个人物,应该是老早在脑子里面就有了的。

我刚才举的例子只说了一种人物,但也还有另一种人物。在《梦珂》里有的人物,后来出现在《入伍》里,而在《太阳照在桑干河上》中就又有了文采。只要是你脑子里的人物,只要有机会,你就会写上他几句。所以说人物都是很多年在作家的思想上,作家的性格上,作家的感情中,作家的社会经历中慢慢积累和形成的。当你到生活中去,看到一个人,得到了启发,就把你旧有的人物都勾引出来了。很自然的就把旧有的人物和新认识的人物溶化在一起了。当然,在你今天写他的时候,你会用今天的思想来校正他一下的。我在写文采时,我曾努力克制自己,把他压缩,总想笔下留情。我不愿让他的形象压倒其他的人,我不喜欢他成为一个主角。

写《粮秣主任》也是这样的。我参加了桑干河的土改斗争,敌人到了那里以后,我对那里人的感情更深了。我想到他们经过那样残酷的斗争,死了好些人,我想到这许多人,这许多人的影子在我脑子里早就有了。而这些人又是新的战斗者,这些新的战斗者也同我脑子里那些旧的战斗者结合起来了。我对这些人的同情更多。因此近年来我的小说里,就不能不写这些人。为什么我到官厅水库去,别的人我都没有写,就写了个《粮秣主任》呢？这是因为我同这样的人原来就很熟，就有感情，我一下去就注意他。对那些才成长起来的新人，我喜欢他们，却不象同粮秣主任这样的人容易熟悉。现在我自己正在努力，要在旧朋友之外，多结交些新朋友。所以我很想到新的地方去，结交新的朋友。注意那些情绪饱满、思想比较单纯一些的、新起的人物。《粮秣主任》发表以后，我听到有人说：生活并不重要，重要的是理解生活，丁玲到官厅水库也只去了几天，就写出了《粮秣主任》，而有人下去一两年，还是写不出东西来。我听了以后，当然很感激他对我的鼓励，但是并不同意。我并不是不要生活就可以写文章，也并不是我比别人聪明，比别人了不起，下去两天就能写出文章来。那是因为官厅水库那里有我的熟人，有老朋友，问题是在这个地方，在于我过去有点桑干河的生活，过去有粮秣主任那样一个人物。我写的并不真正就是水文站的那个人，他没有那么"文"，那些话也不是他讲的，也不是我讲的，是我脑子里的那些老朋友讲的话。所以我们不要以为不深入到生活中去，就可以写出作品来。理解生活当然是很重要，但没有生活，没有深入的生活，怎么理解呢？只了解生活的一般规律，不熟悉具体生活，还是无法创作的。

我们不要孤立的去看生活，也不要以为只要有分析生活的能力就可以了，我认为深入生活和分析生活是一件事，在生活里面随时都在观察，都有批判，都有分析，才能更懂得生活。不是说我先下去生活，然后再去分析生活。

附带答复一点有关主题的话。对这个问题也有两种说法，一种是：我写什么我并不晓得，我要到生活中去看了，才晓得写什么；另一种说法是：我有了主题了，才下去，下去了再按我这个主题的框子去找材料，找完了材料再来写。对这个问题我是这样看：要写一个什么，开始要有一个主题思想，要没有一个主题作为创作的指导和范围的话，那么宽广的生活，你到底要写什么呢？什么都可以写。所以要先有一个题目，不管这个题目是别人给你出的，或是作家自己脑子里所产生的都行。一个作家脑子里要经常有很多题目。要经常的看到一件事发生了，就很敏感的接触你自己的题目，使你觉得这件事情非常好，引起你非要写他不可。主题是可以由别人出，可是文章得由作家自己原来就有才行，不是拿别人的题目，按概念去找生活找人物。再说我写《太阳照在桑干河上》是不是先有了一个思想，才下去的呢？有的。前面我讲过我到了张家口后，就愿回到农村去，我觉得我跟陕北的农民发生了感情。同时我想写一部关于中国变化的小说，要写中国的变化，写农民的变化与农村的变化，是很重要的一方面。在当时我就有这样一个明确的思想：如果很好的反映了农村的变化、农民的变化，那是很有意义的一件事情。我有这样一个主观意图。当时如果没有这个主观意图，就下去生活，那是没有目的的。有了这个思想我就下去了，下去先到几个村子里，浮面的跑一跑，然后又比较深入的搞了一个村子，虽然只十几天，但是是比较深入的卷进了斗争里去了。当时是在那样的情况下，战争马上要来到这个地区的情况下，全国解放战争马上就要燃烧起来的时候，如何使农民站起来跟我们走，这是一个最大的问题。

所以我在写作的时候，围绕着一个中心思想——那就是农民的变天思想。就是由这一个思想，才决定了材料，才决定了人物的。

顾涌的问题也是这样。当时任弼时同志的关于农村划成分的报告还没有出来。我们开始搞土改时根本没什么富裕中农这一说。就是雇农、贫农、富农、地主。我们的确是把顾涌这一类人划成富农，甚至划成地主的。拿地的时候也竟是拿他的好地，有些作法也很"左"，表面上说是献地，实际上就是拿地，常常把好的都拿走了，明明知道留下的坏地不足以维持那一大家子人的吃用，但是还是拿了，并且认为这就是阶级立场稳。在这样做的当中，我开始怀疑。有一天，我到一个村子去，我看见他们把一个实际上是富裕中农（兼做点商业）的地拿出来了，还让他上台讲话（当时有些工作也是一会儿"左"，一会儿右，拿了他的地又要让他在群众中说话，要群众感谢他，真又是很右的作法），那富裕中农没讲什么话，他一上台就把一条腰带解下来，这那里还是什么带子，只是一些烂布条结成的，脚上穿着两只两样的鞋。他劳动了一辈子，腰已经直不起来了。他往台上这一站，不必讲什么话，很多农民都会同情他，嫌我们做的太过了。我感觉出我们的工作有问题，不过当时不敢确定，一直闷在脑子里很苦闷。所以当我提起笔来写的时候，很自然的就先从顾涌写起了，而且写他的历史比谁都清楚。我没敢给他订成分，只写他十四岁就给人家放羊，全家劳动，写出他对土地的渴望。写出来让读者去评论，我们对这种人应当怎么办？

书没写完，在一次会议上，听到了批评：说有些作家有"地富"思想，他就看到农民家里怎么脏，地主家里女孩子很漂亮，就会同情一些地主、富农。虽然这话是对一般作家讲的，但是我觉得每句话都冲着我。我想：是呀！我写的农民家里是很脏，地主家里的女孩子象黑妮就很漂亮，而顾涌又是个"富农"，我写他还不是同情"地富"？所以很苦恼。于是，不写了，放下笔再去土改。

那么顾涌这个人物怎么来的呢？也许是从那个人站在讲台上，拿出那么一条破腰带，这样一个形象一闪而产生吧！但是根本上从哪儿来的呢？还是从我工作中来的。在工作中因为这一个问题我不能解决而来的。从富裕中农这个问题中，就设计了顾涌这一个人物。他是从思想上来的。可是在收集材料之前，还是先有个意图，然后把意图结合了生活素材后，才产生了人物。

在选择地主形象上，同样我也费了很多考虑。有各种各样的地主：一种是恶霸地主象陈武一样强奸妇女，杀人；一种象钱文贵这样的地主。究竟要什么样的地主呢？那时候我手头有好多材料，从这些材料上来看，恶霸地主最多。写一个恶霸地主吧！我考虑来考虑去，我想，地主里有很多恶霸，但是在封建制度下，即使他不是恶霸，只那种封建势力，他做的事就不是好事，他就会把农民压下去，叫人抬不起头来。尽管不是一个很突出的地主，一跳脚几条河几座山都发抖的人，就能镇压住一个村子。我认为：在某种意义上，他比恶霸地主还更能突出的表现了封建制度下地主阶级的罪恶。所以说这个形象（指钱文贵）还是从我思想中来的。思想先决定了，然后才选择了他。我常常选择人物都是从思想里来的。

因此，端正我们自己的思想，理解马克思列宁主义，掌握唯物辩证法的观点是我们创作中最重要最基本的问题。时间关系不能再详谈了，道理很明白，作家要真真的解决问题，需要从理论到实践，更需要长期的刻苦努力。我祝同志们学习胜利，并给我的意见以指正。

（原载1955年3月8日《人民文学》第3期）

《太阳照在桑干河上》重印前言

人民文学出版社决定重印《太阳照在桑干河上》，我是高兴的。这本书在市场已经绝迹二十多年，只剩有极少几本收藏在黑暗尘封的书库里，或秘藏在个别读者的手中。现在的年青人不知道有这本书，没有读过，较老的读者也会忘记这本书，因此，它的重新问世，重新在读者中接受考验，我以为是一件好事。

作者是属于人民的，社会的，它应该在广大的读者中经受风雨。《桑干河上》出版以后的十年中，是比较平稳的十年，我听到的反响不算多。在老解放区生活过的人，大都经历过土地改革的风暴，对《桑干河上》的生活容易产生共鸣，容易接受。新解放区更广大的读者，对土地改革、农村阶级斗争又是极为向往、急于了解的，因此尽管我也听到过对这本书有这种那种的善意建议、不理解、甚至不满或冷淡，但大都还是顺耳的反映。现在经过二十多年的动荡，社会情况不一样了，读者的变化也很大，《桑干河上》必定还要经受新的、更大的考验。我欢迎这种考验，这对一个作家是有益的，对一代文风也是有益的。所以我对《桑干河上》的重版是高兴的。

文艺为工农兵是毛主席在一九四二年提出的。经过三十多年的实践，许多文艺工作者刻苦努力，到工农兵群众中去，给人民留下了不少优秀作品，塑造了许多生动的人物形象，成长了一大批为人民熟悉热爱的作家。实践证明毛主席一九四二年在延安文艺座谈会上的讲话有着极其重大的意义。我们现在还是要高举毛泽东思想的旗帜，沿着毛主席指示的正确方向，排除错误路线的干扰，继续深入生活，热爱人民，创作无愧于我们这一时代的文艺作品，繁荣社会主义祖国的百花园地。

《太阳照在桑干河上》，不过是我在毛主席的教导、在党和人民的指引下，在革命根据地生活的熏陶下，个人努力追求实践的一小点成果。那时我对农民革命、对农村阶级斗争、对农村生活、对农民心灵的体会都是很不够的。这本书只是我的起点，没有什么值得骄傲的。我也从来没有以此自傲过。

一九四五年日本投降后不久，我从延安到了张家口。本来是要去东北的，因国民党发动内战，一时交通中断，只得停下来。我在新解放的张家口，进入阔别多年的城市生活，还将去东北的更大的城市；在我的情感上，忽然对我曾经有些熟悉，却又并不深深熟悉的老解放区的农村眷恋起来。我很想再返回去同相处过八九年的农村人民再生活在一起；同一些"土包子"的干部再共同工作。正在这时，一九四六年夏天，党的关于土改的指示传达下来了。我是多么欢喜啊！我立刻请求参加晋察冀中央局组织的土改工作队，去怀来、涿鹿一带进行土改。这对我是一个新课题。我走马看花地住过几个村子，最后在温泉屯停留得稍久一点。说实在的，我那时对工作很外行，在内战逼人的形势下，要很快的了解分析全村阶级情况，发动广大贫雇农，团结起来，向地主阶级进行斗争，以及平分土地，支前参军等等一系列工作，我都有点束手无策。工作主要是陈明、赵可做的，我跟着参加会议，个别谈话，一个多月，工作全部结束时，张家口也吃紧了。中秋节刚过，我们回到涿鹿县政府，遇见到这一带观察部队转移路线的朱良才同志。他一见到我便说："怎么你们还在这里！快回张家口去！"这时我想到温泉屯的刚刚获得土地的男女老少，很快就要遭到国民党反动军队的蹂躏，就要遭到翻把地主的报复迫害，我怎样也挪不开脚，离不开这块土地，我曾想留下，同这里的人民一道上山打游击，但这也必须回到华北局再说。自然我不可能被准许这样做，我到晋察冀老根据地去了。在一路向南的途中，我走在山间的碎石路上，脑子里却全是怀来、涿鹿两县特别是温泉屯土改中活动着的人们。到了阜平的红土山时，我对一路的同志们说，《太阳照在桑干河上》已经构成了，现在需要的只是一张桌子、一叠纸、一支笔了。这年十一月初，我就全力投入了创作。

我以农民、农村斗争为主体而从事长篇小说的创作这是第一次。我的农村生活基础不厚，小说中的人物同我的关系也不算深。只是由于我同他们一起生活过，共同战斗过，我爱这群人，爱这段生活，我要把他们真实地留在纸上，留给读我的书的人。我不愿把张裕民写成一无缺点的英雄，也不愿把程仁写成了不起的农会主席。他们可以逐渐成为了不起的人，他们不可能一眨眼就成为英雄。但他们的确是在土改初期走在最前边的人，在那个时候实在是不可多得的人。后来我又参加过两次土改。近二十年来我绝大部分时间也是在农村，接触过各种各样的人，其中大多数是农民或农民出身的人；我遇见过比张裕民、程仁更进步的人，更了不得的人；但从丰富的现实生活来看，在斗争初期，走在最前边的常常也不全是崇高、完美无缺的人；但他们可以从这里前进，成为崇高、完美无缺的人。

我写《太阳照在桑干河上》就得进入书中人物的内心，为写他们而走进各种各样的生活。这些人物却又扎根在我的心中，成为我心中的常常不能与我分开的人物。因此我的书虽然写成了，这些人物却没有完结，仍要与我一同生活，他们要成长、成熟，他们要同我以后的生活中相遇的人混合，成为另一些人。他们要成为我创作事业中不可少的这里那里、新的旧的、各种各样的朋友。这也是我写这本书的另一点体会。

那年冬天，我腰痛很厉害。原来一天能走六、七十里，这时去区党委二里来地走来都有困难。夜晚没有热水袋敷在腰间就不能入睡。白天我把火炉砌得高一些，能把腰贴在炉壁上烫着。我从来没有以此为苦。因为那时我总是想着毛主席，想着这本书是为他写的，我不愿辜负他对我的希望和鼓励。我总想着有一天我要把这本书呈献给毛主席看的。当他老人家在世的时候，我不愿把这种思想、感情和这些藏在心里的话说出来。现在是不会有人认为我说这些是想表现自己，抬高自己的时候了，我倒觉得要说出那时我的这种真实的感情。我那时每每腰痛得支持不住，而还伏在桌上一个字一个字地写下去，象火线上的战士，喊着他的名字冲锋前进那样，就是为着报答他老人家，为着书中所写的那些人而坚持下去的。

借这次重印的机会，我要感谢胡乔木、艾思奇、萧三等同志。一九四八年的夏天，他们为了使《桑干河上》得以出版，赶在我出国以前发行，挥汗审阅这本稿子。当我已经启程，途经大连时，胡乔木同志还从建平打电报给我，提出修改意见。这本书得到斯大林文艺奖后，胡乔木同志还特约我去谈《桑干河上》文字上存在的缺点和问题。这些至今我仍是记忆犹新。

《太阳照在桑干河上》绝版以来，我心里还常怀着一种对许多友人的歉意，好象我做了什么错事，对他们不起。其中我常常想到的是，板本德三先生、金学铁先生等。他们热心中外文化交流，把《桑干河上》译成外文。他们自然也曾为这本书的绝版而感到遗憾吧。现在，好了，好了。我虽没有什么新的好消息告慰他们，但这本书复活了，他们可能有的某些不愉快的心情也可以解冻了。我遥祝他们健康。

这本书得以重见天日，首先我应该完全感谢我们的党。我以我们正确、英明、伟大的党而自豪。世界上有过这样敢于承担责任，敢于纠正错误的党吗？现在我们的祖国不管存在多少巨大的困难，但我们是有希望的，前途是光明的。让我们团结起来，在华国锋同志为首的党中央领导下，为着九亿人民的幸福，为着人类的美好未来，努力工作，努力创作吧！

一九七九年五一节于北京

（原载 1979 年 7 月 18 日《人民日报·战地》副刊第 236 期）

《丁玲短篇小说选》后记

　　人民文学出版社小说组的编辑同志让我在这本短篇小说选集后边写几句话。我考虑后，勉强答应了。因为我原来不想说什么，也不愿说什么。一个作家对自己的作品有什么好多说的呢？他只是用作品说话。他既写了，就让人家去说吧。但编者的意见不可违，还是遵命，也是接受群众意见，就说几句吧。

　　先抄一段我最近对一些研究中国文学的外国朋友们的一次谈话：

　　"我出生在中国最腐败黑暗的清朝末年。从小身受着封建枷锁的束缚。使我最早领略到痛苦和欢乐的感情，是辛亥革命我们县里考棚的枪声，起义者和驻军绿营火并时的枪声，一些革命者倒下了，我的一个姨父的兄弟牺牲在那里。烈士的鲜血，有如苦汁，浸透了我周围亲属们的心胸。我的小小的心灵，也跟着受了伤，我第一次尝到了痛苦。但当革命成功，十月十日的那个夜晚，我站在大人们的后面，看着满街欢乐的、狂飙似的火把的人流，繁星似的花灯，我随着游行队伍奔腾跳跃，大声喊叫，第一次压不住要炸开来的心跳。我那时才七岁，我能懂得什么呢？我只不过被人们的感情所感染；国家要独立，民族要解放，人民要自由，这关系着举国命运的大事在这个十分幼稚的生命开始生活的时候，深深的打上了烙印。我就是背负着旧时代遗留下来的深重的伤痕和对新的革命生活的憧憬，一天天的向上生长。

　　"五四"来临了。这是一场真正的民主革命。要科学、要民主、要自由、要解放的奋斗精神哺育着我。在我正是青少年的时候，我放弃游乐，不管懂不懂，懂得多少，我如饥似渴的寻求当时的书籍报章，要从那里找到真理，找到治国平天下的道理，找到个人做人、做一个有用之人的道路。当时，有多多少少同我一样的年青人卷入了这一浪潮。这里有先知先觉，有后知后觉，觉悟深浅也不一，但都在这一滚滚浪涛中，饱受风雨，跨步前进。我曾展翅高飞，高歌迎来旭日似的希望；也曾销声匿迹，慨叹人世一如灰暗的深渊。

"但随着十月革命的炮声，迎来了马列主义。中国自从有了马列主义，有了中国共产党，中国的革命，就出现崭新的局面。不管什么人，只要是真正要革命的人，或迟或早都会涌进这股不可抗拒的潮流。在共产党的红旗下，志士仁人，前仆后继，就这样培育着一代又一代的新人。我就是在这汹涌澎湃的大浪潮中投身到党的怀抱。这已是三十年代初了。我不是出于一时的冲动，而是经过十年的仔细的思考和生活的磨炼。这时不处在革命的高潮，而正是白色恐怖的时代。我是以一个作家的身份，从一个作家的心灵的要求走到党内来的。自然我必须抛弃我原有阶级堆集在我身上的苦闷，而把广大人民的忧戚融合在我的整个生命中。自然，我的文章的主题、作风，都会随之而有所改变，这是自然的事。

"我从此追随着，应该追随着党的大军，革命的大队前进。在雄壮的队伍里，当一名小号兵。多年来我就是抱着这种单纯的目的而从事我的写作的。

"但世界上到处都充满矛盾。我在长长的历程中不可避免会在各种冲突中经受磨炼。革命的历史波澜壮阔；我个人的经历，坎坷崎岖。谁都不可能在革命、动荡的复杂的日子里，躲在自己的安乐窠里。我对于自己走过来的这半个多世纪，只是认为值得经常深深去思考，吸取教训，只是认为在今后重新举步的时候，有了前车之鉴。我将奋起我最后的余力，为党、为人民、为人类的未来，为目前中国最重要的课题，实现四个现代化而孜孜不倦的写作。"

收集在这本集子里的是我五十二年来短篇小说的绝大部分，大都写于解放前，从一九二七年至一九四三年。全国解放后，为了工作需要，我写了一些散文、评论。这本集子里选取了其中的两篇，一篇是五十年代写的《粮秣主任》，一篇是七十年代末写的《杜晚香》。有的同志认为，从文学体裁上看，这两篇都可以说是小说；另外有同志建议，把这两篇放进去，可以从中看出几十年来我走过的创作道路，"从莎菲到杜晚香"。我同意这种见解，就把这两篇选进来了。

我国的文学批评，向来不怎么开展。但我似乎还很有荣幸。我的小说刚问世，就得到一些批评，曾是我老师的茅盾同志，还有冯雪峰同志都给过我很大的鼓励。叶圣陶师更是全心支持我的写作。可是当我已多少年没有再写小说的时候，我的旧作《莎菲女士的日记》、《我在霞村的时候》、《在医院中时》，还有我的长篇小说、散文，却都被当成毒草，遭到狂风暴雨般的指责，禁印禁读。原来曾写信给我说他读完《我在霞村的时候》流过眼泪的人，这时也表现出对这篇小说的深恶痛绝。原来写文章说我如何有才能的人，这时竟同擅于投"左倾"之机的人一个腔调骂起我来了。作品是不怕批评的，但这种出自同一个人的反反复复的意见，的确使我糊涂起来。因此，我把《莎菲女士的日记》、《我在霞村的时候》、《在医院中》这三篇所谓"毒草"、"反党文章"都不作改动，收集在这本集子里，以求得到广大读者的批评再批评。

听说最近的确有人写了再批评的文章，只是很不容易和读者见面。文章写得怎样，我不知道。我只希望，什么时候，我们的出版界、编辑部能真正做到发扬民主，敢于做到百家争鸣就好了。

在重印《太阳照在桑干河上》的前言里，我曾说："作品是属于人民的，社会的，它应该在广大的读者中经受风雨。……现在经过二十多年的动荡，社会情况不一样了，读者的变化也很大，《桑干河上》必定还要经受新的更大的考验；我欢迎这种考验……"那么这本选集，这些从二十年代到七十年代的作品，自然应该从新经受更大的考验。我欢迎这种考验。

最近我遇到一些年青的同志，他们告诉我没读过我的书，不了解我。还有的人说只知道我提倡什么"一本书主义"。《北京日报》的一位编辑同志也说，现在青年读者中，读过我的书的人很少很少。是的，二十多年了，我的书几乎在市上全部绝迹，现在三十几岁的人，很少读过我的书，我的书的确须在更广大的新的读者中接受考验。受考验是应该的，我就让它去经受风雨吧。

我今天收到一封读起来很有趣的读者来信，他在信中说，他从来也没有读过我的书,他的脑子中只知道我是一个大"右派"。他见到《人民文学》第七期目录中有我的文章,他只是想:"右派的文章是个什么样子呢?"他以求证、好奇的心情去读它,读了几遍。天呵!(这是我说的。)总算还好。他说:"……丁玲同志!虽然前段时间报纸上出现过你的名字,给你平了反,但在我心中却没有给你平反。这次,我以中国青年公民的身份来彻底给你平反,从心眼里摘掉(了你的)'右派'帽子!"

真好啊!我真感谢你!我知道象你这样的人是很多的。尽管很多,但从心眼里无视党的政策,永远不想给受害者平反的人,现在也还是确有人在。不过,只要有你们,只要用历史唯物主义观点来看问题,从一篇作品可以认识一个作家,从几十年的作品更可以认识一个作家。对于一个作家,平反与否,最后的真正的决定属于广大的读者。真理在他们那里,他们和党是一致的。我就是本着这样的信念而继续我的工作。

一九七九年八月十一日于北京

(原载 1979 年 9 月《当代》第 3 期)

解答三个问题
——在北京语言学院外国留学生座谈会上的讲话

一

中国的作家是很多的。"五四"时期曾经影响过我、做过我的老师的老一辈作家还大有人在，和我一起战斗过的同时代作家也很多，他们有很多人念的书比我多，对于外国文学的修养也比较好。比我年轻的作家也还有不少，他们生活的基础比我厚。比如我前几天写了一篇读《东方》的文章，谈到了作者魏巍同志，他就是在抗日战争中成长起来的红小鬼。打倒"四人帮"以后，一批年轻的、朝气蓬勃的、很少框框的新生力量，也如雨后春笋一样涌现出来。所以，我们现在的文艺队伍是很大的，也是很有希望的。这支队伍在新长征中，正在为繁荣党的文艺事业而努力地工作着。我自己只不过是这个文艺百花园中一棵经过风雨和严寒烈日、经过波折而至今没有枯朽的小树，只是这个时代的一个小点。自然，一个作家不管他本身多么微小，在整个时代所占的地位多么微不足道，总不能不受这个时代的影响，因而也就不能不或是正面的，或是侧面的，或是反面的反映着这个时代。

我出生在中国社会最黑暗、最腐败的满清末年。我最早感受到的欢乐和痛苦是辛亥革命。我永远不会忘记小时候家乡考棚的枪声。这些烈士的鲜血好象苦水一样浸透了我周围大人们的心。在这样的时候，我小小的心灵也受伤了，感到有一种说不出来的痛苦和难受。然而，也就在这同时，我站在大人们的后面，看到了游行队伍的灯笼火把象天上的繁星一样，在我面前滚滚地冲过去。我跟着队伍蹦蹦跳跳，高兴得大叫大闹。我究竟能懂什么呢？我那时还很小，但是那种国家要独立，民族要解放，人民要自由的气氛感染着我。就在这样的气氛底下，背负着旧时代的封建重压和痛苦，满怀着对于生活的未来和国家的希望，我一天天长大了。

一九一九年"五四"运动，是一次伟大的民主革命。那时我正在上中学。可是，中国人民反帝反封建、要科学、要民主、要自由、要解放的呼声和潮流，猛烈地激荡着我们，教育着我们，使我们如饥似渴地去找北京和上海出版的各种报章杂志来读，想从里面找到中国应该走的道路，找到做一个好人、做一个有用的人、做一个为人民服务的人的道路。我们也向西方和东洋的日本找过。后来，因为十月革命，中国找到了马克思主义，成立了中国共产党。于是，中国人民，中国的革命有了真正有力量的领导，出现新的局面。一些真正想革命的人纷纷投身于革命浪潮中，文艺界的许多作家也被卷了进来。在那个时期，我们这一代人几乎都受到了这种潮流的影响，我也张开了年青的翅膀，飞到了南方，飞到了北方，想找一条出路，放声歌唱东方升起的太阳。诚然，这中间，我也曾经消沉过，感到世界如同在一个灰色的深渊里找不到出路。但我碰呀，挣扎呀，磨炼呀，大革命失败后，终于投到了党的怀抱里。这时已经是三十年代初了，我已经长成了。我是以一个作家的身份，从一个作家心灵的感受、痛苦和要求，是经过十年的思考和亲身的经验而投到党的怀抱的。我是一个作家，但我不满足做一个作家，我决心投到革命大家庭里面来，要在整个革命机器里做一颗螺丝钉，在雄壮的革命队伍中当一名小小的号兵。至于我这把号的音量大小，音色美不美，吹得好不好，不是我个人所计较的，也不是我所能计较的。

世界上的事情总是充满矛盾的，道路总是会有曲折的。比如在长江上行船，从四川到上海，其间要碰到多少礁石！五十多年来，我们的党走过了曲折的道路，经历了艰苦的斗争。我自己的一生也是充满坎坷崎岖的。从二十年代一直碰到七十年代，碰过一些壁。不过我这棵小树并没有枯掉，仍然在风雨中站着。当然，我是要汲取教训的，我要重新清理、总结经验，作为自己在新长征中的前车之鉴。我曾经想，既然我什么都经历过了，也就没有什么可怕的了。剩下的唯有把自己尚存的精力献给党和国家，为着当前最重要的课题——为实现四个现代化阔步前进，努力不倦，如此而已。

二

一九五七年以后，我到北大荒工作，生活了二十年。在那里，我参加劳动，也参加工作。

中国的城市生活和农村生活，不象有些国家那样差别不那么大。因此，作家到农村去，不是很简单的事。但是，我既然愿意当一个小小的号兵，就必须跟着革命队伍向前走，到工农兵里面去，不然的话，就不能和广大人民的切身忧戚结合在一起，所表现的就只能是堆积在自己身上的原来那个阶级的一些苦闷。所以，共产党的作家是非到工农兵中去不可的。抗日战争时期，我在底下当过兵；下农村搞土改时，我当过农民。那时的生活，比五七年艰苦、困难的多了，条件也更不好。然而，我经受了锻炼。因此，一九五七年我到农场去生活，到底并不是太困难的。当然，这次下去和过去有很大的不同，就是我的身份变了。过去我是一个共产党员作家，是一个靠近中央、靠近首长的上层人物，我下去时，一层一层的大小干部总要欢迎我，请我讲话，问我要什么材料，向我汇报。我的劳动也很简单，无非是做做样子，既不出一身汗，也没有浑身疲疼。那时人们对我鼓掌、含笑、围着我的汽车，看大作家下来深入生活。五七年下去就不一样了，头上有一顶很大的"右派"帽子。因此，人们虽然同样围着看我，却象是看猴子戏一样，只是觉得新鲜、奇怪罢了。

曾听到许多人说，我这些年是被充军到北大荒去劳改、受苦。其实并不是那么回事。我并不是接受处分而去北大荒的。那时有人曾劝我不要下去，说："你可以住在北京，坐在家里写文章嘛。"我心里想，我是一个作家，不能离开社会，不能离开人，不能孤独地把自己关在屋子里写作，那样我精神上会感到苦闷。我必须重新到群众里面去。不是说要重新做人吗？我就在新的环境里做一个更加扎扎实实的共产党员吧。也有人劝我下去的时候改个名字，免得不方便。我说我行不改名坐不改姓，再大的风浪也顶得住，没有什么了不起。就这样，我带着一点主观英雄主义，把强加在自己头上的帽子放在一边下去了。

在底下工作的时候，我主动打破界限，对党支部书记说："我是个老共产党员，过去做过不少工作，也领导过人；现在不是了，是你领导我，监督我改造。你比我年轻，比我经验少，但没关系，你该怎么做就怎么做吧，我尊重你。不过，我对支部工作，对队上的事还是要提意见的。我虽然是右派，但我心里还是把自己看做是党员。我对党是不见外的。"我就用这种方式和基层的支部、群众相处。我养鸡。还是个小有名气的养鸡能手。我还搞扫盲工作。有的同志会说，一个作家不写作，却去扫盲？我觉得这也没什么。参加党的时候我不是讲过，我不满足做一个作家，而愿意做一个共产党员，做一颗螺丝钉，党需要我到那里就到那里去吗？如今需要我扫盲，我自然就去扫盲。我想，我是个作家，又是个老党员，如果扫盲工作不如别人那是不行的。我全力以赴，结果也确实是我这个队获得了全农场的扫盲优秀锦标。我还锄草、养猪……因为长期参加劳动，在劳动上是有很多体会的。但是使我感受最深的是人。我交了许多朋友，生活给了我很多人物，很多题材，我可以写出很多东西来。可惜我现在已经七十五岁了，假使是六十五岁就好了。不过，我心里想，虽然是七十五岁，还是把它当作六十五岁干下去吧！

在北大荒，我感到在下面的人和上面的某些人不大一样，他们没包袱，不怕失去什么；他们不管你是不是右派，只看你对他们心思，便认定你是好人，正派人。否则，哪怕你官当得很大，或者是刚刚管他的顶头队长，也瞧不起你。我那个支部书记是个年轻人，工作热情，方法简单，一有事老要开会，批评人。有一次，他到猪舍巡视，饲养员见他朝大门进来，便从窗户跳出去跑了，碰到我笑开了，说："他来我走。"饲养员心里不喜欢他呀！结果，每当支部书记要做一个人的思想工作时，总是找我说："老丁，你去跟他谈谈吧。"我当然想尽办法把这些工作搞好。所以，尽管我在队里是个大右派，可是支部书记倒好象把我当成他的小助手，有困难愿意找我。在那三年的困难时期，农场口粮标准都降低了，文化学习也暂时停止了。但我那个队还坚持照样学习。学什么？听我讲故事。那时，如果你说要学习，人们不一定来；我说讲故事，人们就愿意来了，于是我就开讲了。当然，这也是一种教育。而我也因此有了非常多的朋友。

到了文化大革命时，情况就变了。革命造反派出来了，他们不管你几年的工作好不好，只知道你是右派，就要造你的反，就该打倒。他们说："我们农场的场长、书记级别都没你高，你是最大的走资派。"所以非打倒不可。其实，我老早就打倒了，然而他们还是要打，这就没办法了。有人说文化大革命中老干部、知识分子都是"在劫难逃"，大概是这样吧，只要你是个知识分子，起码也是个"臭老九"，难免要受点冲击。我因为什么都尝过了，见过世面，经过风雨，所以也就不在乎了。不过，有些事是很有趣的，以至于常常出现在我的记忆里。

有一次开会斗我，叫我弯腰低头九十度，实在难受。但我不能说，否则头就得更低一些。这时，一个红卫兵过来对我凶道："丁玲，站好，把头抬起来，让大家看看！"他是骂我，还是训我？都不是，他是让我休息休息，把腰伸直！我并不认识他，然而就是遇着这样的好人。黑夜抄家时，也有这样的红卫兵，在朦胧的灯光下，让我站在他的身后，这样，在那混乱之中，我就等于藏了起来，可以少挨几拳头。这样的人，文化大革命期间，我在底下碰到了很多。

一天，我在地里锄草，几个红卫兵又过来了，说："丁玲，前天叫你背的语录，你现在背背！"我本来是背得下来的，但他们这么一喧闹，皮带又往我脑袋上一晃，而我毕竟不年轻了，心就慌了，就结结巴巴了。于是，他们一面训斥，一面便拳打脚踢起来。就在这个时候，居然走来一个老头，是他们同一派的，好象比他们还凶。他把我拉过来，骂道："你这剥削阶级，你就是剥削我们的！为什么不好好干活？"骂了以后，把锄头给我，说："去，锄草去！"他是真的骂我吗？不，他是保我。因为这样我就可以不必背语录，可以不再挨打了。文化大革命以前，我在农场里住着两间很好的房子。文化大革命开始把我赶出来了，给了我一间最坏的小茅屋，七平方米。我隔壁有一个二十几岁的小伙子，长得高高大大的，臂上戴着红袖章。我想，说不定哪天遇到我他也会给我几下子，所以老是躲着他。但有一天晚上，一个流氓——他过去是北京的一个社会青年——喝醉了酒，跑到我屋里来了。他把带铁角的宽皮带往我的木箱上一摆，说："我刚刚从北京回来，你的底我摸着了。我就是专管你们的,你是什么东西……!"我想,他是不是要敲诈我,要钱?我有点担心,因为我总是有点儿怕那个皮带呀,何况他又喝醉了酒!我真紧张哪……谁知我那个邻居进来了,对他说:"走,到我家喝酒去!"把他拉走了。我想,这个小伙子还真是个好人,他帮了我了。又有一次,几个红卫兵又来抄家。其实,他们并不是真的抄家,而是来找我的麻烦。因为我的家已被抄了又抄,没剩下什么东西了。他们一来就要我背语录,然后又是翻东西,找黑材料,打我。忽然,我听到门外有人嘟嘟噜噜地说什么,这几个小孩就赶快溜了。我想,这真是好事呀。怎么回事呢?我到门外一看,又是我这个邻居。他告诉我,他用"另一派来了很多人"的话把这些小孩吓走了,给我解了围。我在那时确实受了不少罪,但不知道为什么,总是遇见有好人,而且非常多。

　　我曾经被关在"牛棚"里。开始是一个人单独关的。一天晚上,又关进来一个女的。他们不许我们讲话。后来,他们要她交代自己的历史,但记不下来,便叫我帮他们记录。我从中知道这个女人完全是冤枉的。他们说她是日本时代的汉奸,是抗日联军里的叛徒,是八女投江一案的告密者,可那时她才十二三岁,差得远哪!我很同情她。他们让她背语录,背"老三篇"。她背不下来,我就教她;他们打她,我就替她解释,说她很用功,只因文化水平低,背不下来。那时我的生活费每月只有十五元,除吃饭外,还得买肥皂、牙膏等,所以不能买别的东西。她有肝炎,家里还有一点积存,女儿在外面,可以经常送点白糖、苹果来给她。她每次都非得强迫我吃不可。我们两人虽然不敢讲话,怕被人听见,但心里的感情很好。一个月以后,他们把她叫出去谈话,回来时我问她:"审的结果怎么样?"她说:"他们叫我回家过年。"我说这很好,便帮她整理行李。可是她却呜呜地哭开了。我说:"让你回家,这是好事,哭什么呀?"她说:"还有你哪!"原来她是因为我还没有放出去而哭的!"还有你"虽然只有三个字,可是这种感情是人类最宝贵、最美好的,而我得到了它。因为这样的人太多了,所以也就把我挨骂、挨打、下跪等等都抵销了。另外那些人,那些红卫兵,小孩也是可以同情的,他们同样是"四人帮"的受害者。两派联合在一起以后,他们曾经问我哪些人到过我家,拿过东西,做过坏事,要我告诉他们。我说我认识一部分,但我一个也不说。他们是错了，但他们会自己教育自己，将来会懂得自己是错了的。

有人也许会问：你在下边受苦，这些好事是不是故意说的？不是的，我说的这些人都是真的。他们有人给我来信了，我也给他们回信，并且按他们的要求寄照片给他们。不错，我在底下是吃了一点苦，一天到晚劳动，甚至有时一天劳动十四个小时，但这些在我感情上所占的位子很小，而我从人民那里得到的东西却很多。正因为这样，所以，二十年过去了，我还很好，还很乐观。

这些年，我也写了东西。刚下去时，领导上没有分配我劳动。可我住在农场，不参加劳动怎么行？所以我自己提出参加劳动。他们说："那你就少劳动一点，身体好就动动，身体不好或有事就回家。"但我基本上是按时上班，按时下班。我利用晚上的一点时间记笔记，象美术家画速写一样，天天写一点生活里看到的东西。我想，把这些材料积累起来，将来写文章时是有用的。我还替那些饲养员写家史，让大家传着看。个别的还用他自己的名字在《农垦报》上发表。那时，我不能发表文章，我自己写的就只好压在箱子里。我喜欢买一些好看的本子稿纸，所写的东西就分散在那些本子里。可是，文化大革命中，那些娃娃们见我的本子漂亮，又没有用完，就把写了字的撕掉，把本子拿走了。这样，我写的东西也就被弄散了。我曾经写过一个长篇，从一九五四年开始，停停写写，已经写了十二万字了。文化大革命开始，他们要把它拿走，我说不行，这是我的命，什么东西都可以拿走，要我的命也可以，就是这个东西不能拿。然而他们非拿走不可，说看看再还给我。还好，他们真的还给我了。后来形势越搞越乱，为了保全这部分底稿，我请一个熟人帮我藏起来（还有别的一些稿子）。可他也参加了造反派，两派打起来以后，他对我说："不行了，人家也要抄我的家，抄出你的东西来，我就不得了，还是你自己保管吧。"我想：在房子里挖个洞，埋起来？不行。我隔壁一家人是好的，可是另一家派性太强，老是派他的小兄弟监视我。最后我想了个办法，将稿子卷成一卷送到农场公安局去。我对他们说："请你们留下来，这是我的罪证，将来定我的罪就靠这些材料，千万不要丢了。"他们收下了。后来，另一派的人把公安局抢了，很多东西都丢了，我那一卷稿子也没了。前几年组织上派人到东北去找过，但找不着了，没办法了。这对我来说是一个很大的损失。当然，我可以重写，但这需要很多时间，而我现在最主要的恰恰是时间不多了。不过我又想，文化大革命十几年，把我们的国家搞得这么穷，这么落后，而且风气这么坏，我们的国家损失了多少东西！我那一点点算得了什么呢？我还是从头来吧！《人民文学》本年第七期发表的《杜晚香》（散文），就是我过去被抄走现在又重写的。

　　我现在要写的主要是一个长篇，《在严寒的日子里》，已经写了十六七万字了；最近要在安徽的《清明》上发表头几章，约十二万字，是《太阳照在桑干河上》的续篇。这本书从刚解放时开始写的，已经二三十年了。我这个人多灾多难，我的书也是多灾多难，因此常常搁笔。周总理逝世时，我曾想：这一辈子大概就这样了。永无翻身之日了，我的书也永远不会出版了。但是，我能就这样活下去吗？不能。我得写，得把这本书写出来，活着不能出版，死后也许能出版呢！所以我就继续写。今年一年没写了，因为党要给我平反了，这是很不容易的，可不容易平静啦。我现在唯一的想法就是下去，找个安静的地方——到庙里当尼姑也行——写我的长篇。自然，这当中我也可以写一点短篇。有人对我说："你不要写这个长篇了，就写你自己的一生吧。"我也想，写自己还是比较容易的，也可以写；但我自己毕竟不重要，还是写活在我脑子里的那些老百姓吧。前些日子，我在医院里随笔写了一点我在"牛棚"里的生活。现在有"伤痕"小说，我看过一部分，这是在文艺上继续深入揭批"四人帮"的罪恶，是很有现实意义的。我写的牛棚小品不是当作伤痕，而只是抒写当时环境下个人的感情，我把这当做有趣的东西来写。

三

　　最近，有的小青年给我来信，说他从过去的《文艺报》上找到我的《"三八"节有感》，全文抄在自己的笔记本上，并说文章写得好，要学习。我个人看，如果现在把这篇文章再发表，相信读者不会觉得有什么问题。这篇文章曾经翻译成外文，外国人看了觉得实在没什么，不理解为什么要批评，后来还说是反党的毒草，并作为把作者定为右派的一条理由。这对于外国人来说，恐怕是很难理解的。我以为，对于事物总得了解它的历史和环境，《"三八"节有感》我已不记得全文了，大约替女同志说了几句话，给男同志提了一点意见，特别是对那些扔掉"土包子"老婆另找年轻、漂亮老婆的男同志提出了一些批评，也反对了一礼拜跳一次舞的人洋洋得意的宣扬。这就得罪了一些人。事情是这样的，有两个我认识的女同志离了婚，在我面前发牢骚，我对她们有同情，当时我对于事情缺乏全盘的调查了解，也未考虑影响和后果。因此，报社晚间来信约我写稿，说第二天要发表，我就一挥而就，连看都没再看，便匆忙送给编者。文章发表后，得到了好多人拥护。但过了几天却来了意外的批评。

  第一次听到对我的批评是在延安的高干学习会上。有同志说："我们在前方打仗，后面竟有人骂起领袖来，那不行！"我还想，这是在说谁呀？听来听去，原来是说《"三八"节有感》。当时，有的同志怕我受不了，坐到我旁边来，问我："怎么样？"朱总司令戴着一副老花眼镜也不放心地看着我。当然，会上不只是批评了我，还批评了《野百合花》。但在总结的时候，毛主席还是保了我，这是大家不曾知道的。但这是事实，当时与会的同志可以证明。毛主席说："《'三八'节有感》和《野百合花》不一样。《'三八'节有感》对我们党、对我们的干部有批评，但也有积极的建议，我们要不同地看待它们。"这次会后，我被调到文抗机关领导整风，担任机关学习委员会的负责人，这就是说当时我这个问题不严重。我在延安整风学习时检讨了这篇文章有立场问题，而延安从来也没有把《"三八"节有感》打成什么反党毒草，更没有把写文章的人打成反党分子。可是一九五七年再把这篇文章拿出来批判时，说它是反党文章，是反党分子拿它向党进攻的。为什么？理由我就说不清楚了。

  当时，我们对首长、对领导都是忠心耿耿、佩服得五体投地。因为要是没有他们，我们就不可能生存下来，就会打败仗，革命会完蛋。因此，我们队伍里面的东西，哪怕一根草也是宝贵的。可以有批评，但一定要考虑历史条件，并要注意方式方法。我们的延安，我们的敌后根据地，在那么艰苦的条件下，坚持抗战，吃了那么多苦，干了那么多好事，你不说好，倒说不好，挑毛病，我听了也会不高兴。那时正在和日本帝国主义打仗，我们条件不好，敌人有大炮、有飞机，我们只有小米加步枪，还得从敌人手里夺来。国民党反动派又封锁延安，天天骂延安。因此，我们工作上如有缺点，可以向组织上提意见，可以在适当的会议上批评；公诸文字，帝国主义、反动派就会拿去利用。后来毛主席曾对我说："我们要不要自我批评？要的。如果一个党没有自我批评，这个党的生命就停止了。但是你要进行批评，先得肯定人家的好处，说他怎样艰苦，怎样打胜仗，怎样有功劳；说我们这个党是了不起的，是伟大的，光荣的。然后再说我们还有一点缺点，还有封建残余，一些男同志对女同志的看法还不一样。你开门见山就说女同志受压迫、受歧视，人家就受不了啦。"这话说得我很信服。以后我再批评人时，就学着先估计到人家的优点、长处，然后再说缺点。现在要从文字上来评论《"三八"节有感》是不太好评论的。当然，现在没有人再说这篇文章是反党毒草，写文章的人是反党分子了。不过，我自己想来，这篇文章也确实有一个大毛病，它有点仅从妇女本身来谈问题，说妇女要奋斗，要独立，要有见解，就不怕男同志离婚了，这是不足为法的。因为你再强，他同你没有感情，要离婚还是得离。妇女要真正得到解放，得到自由，得到平等，必须整个社会、整个制度彻底改变，否则是不行的。

　　同学们问我"一本书主义"。过去有人说我是"一本书主义"。我没讲过这句话，也从来没有拿我的某一本书去向党、向人民要什么。但我确实在几位青年作家面前这样说过："一个作家，如果一辈子能写出哪怕只是一本好的、有用的书，也是好的。"一个作家，如果尽写一些不好的书，有什么意思？过去曾经和一个外国作家聊天，他说："一百双皮鞋不太好，我们可以欢迎；但是对于作品，我们宁肯要一篇好的，也不要一百篇不好的。"他着重的是质，而不是量。我至今还没有写出这样一本好书来，我还要为写出这样一本好书而努力奋斗。我的朋友很多，我要写的人也很多，但我并没有很好地写出来。我想挤一点时间，磨几个人物出来，才对得起人民，对得起我这一辈子。

　　根据大家提出的问题，今天就谈这些。讲得不周到，请原谅。

（原载1979年10月10日《北京文艺》第10期）

写在《到前线去》的前边

前些日子，我为四川人民出版社，或者毋宁说为一位热情而能干的编辑同志编选这本小集时，一种甜蜜的感情涌上来，充塞在我心头。多么令人怀念的过去呵！一个人一生要经历各种各样的感情。我这一生也经历了各种各样的感情。欢乐的、幸福的生活总是使人感觉轻松，好象浮在五彩缤纷的而又透明的纱似的云雾上；而痛苦则使人如堕入黑暗的深渊，背负着重载爬行。天呵！编辑同志！我真感谢你让我回到我仅有的、为时不多的一段日子里。那是1936年冬天，我在党的帮助下，逃出了黑暗的南京，投奔到光明的苏区，当时党中央的所在地——保安。

保安，党中央驻的这个寨子，是被反动地主武装烧毁过的，只剩有一座比较整齐的大院是外交部的所在地，李克农同志住在这里。我同几个从白区来的年轻人也住在这里。中央首长和工作干部都住在靠山的大小窑洞里。我第一次见到毛主席、周副主席等领导同志，就是在一间大窑洞里举行的欢迎我的晚会上。这是我有生以来，也是一生中最幸福最光荣的时刻吧。我是那末无所顾虑、欢乐满怀的第一次在那末多的领导同志们面前讲话。我讲了在南京的一段生活，就象从远方回到家里的一个孩子，在向父亲母亲那末亲昵的喋喋不休的饶舌。后来我又走进了毛主席的窑洞，周副主席的窑洞，林老的窑洞，徐老的窑洞，听徐老给我们讲长征的故事。毛主席问我："丁玲！你打算作什么呀？"我回答："当红军。"毛主席说："好呀！还赶得上，可能还有最后的一仗，跟着杨尚昆他们领导的前方总政治部上前方去吧。"我的心都飞了。"啊！上前线去，当红军，打最后一个仗……"

当红军也不是那末简单的，临起程的那天早晨，参谋部送来了一匹马，有一只脚是跛的；一个饲养员，这个人在我的记忆里，没留下什么印象。到了前方，任弼时同志送了我一匹枣红色的草地马，我这才尝到骑马的滋味，后来我又把它留在前方了。任弼时同志还问我几次要不要把它送回来，我那时不懂得有马的好处，谢绝了。还派来一个勤务员（十二岁），行军常常掉队，每到宿营地，我都站在村口等他。半路上他洗脸，把我的脸盆弄丢了，我就得自己跑到司令部借用任弼时同志的脸盆。这些我都不在意。只是欢欢喜喜地跟在队伍里面，一天走六七十里。脚打泡了，学老红军的样子用根线沾点油穿过去，第二天照样走。有时候，管理员说我和另一个从白区来的小汪没有建制，就没有给我们号房子。管它呢，我们有时住在伙房，有时住在马号，通夜通夜听着马嚼草，或是半夜里弄火煮饭。我也从不介意。中午，管理员也常常忘了给我们发干粮，我看见大家都在吃东西，就躲开了。有人问我为什么不吃，我就说不饿，不想吃。几天之后，到了前方，我要求给我分配工作，答复是：我没有组织介绍信。我很奇怪，难道我是一个什么人，你们都不知道吗？我不是毛主席叫来的吗？怎么还要介绍信？说老实话，那时我对红军的生活，连党的组织生活，什么也不懂。老红军同志对我这个人，也的确不了解，甚至有些人会看不惯。好在我自得其乐，既无具体工作，我就四处串门，谈谈讲讲。这时期虽说我写得很少，但对我一生却留下了不易磨灭的印象，和很深刻的教育。

1937年春天，我陪同史沫特莱从前线回到了延安。毛主席又问我，你还打算作什么，我说还是当红军。毛主席又同意了。亲自写了一封信给后方总政治部罗荣桓同志，指定我担任中央警卫团政治部的副主任。这是多么难得的好条件呵！我实在应该从这里开步走，好好当红军。毛主席教育我首先要认识人，一个一个地去认识。我在政治部当了一个月的副主任。那里的团长、政委、主任同我朝夕相处，我至今仍然记得他们的音容笑貌。这一个月，尽管我什么也没有做，什么也不会做，也做不好，但这一个月的经验，却在我以后的工作中产生了影响。我在搞土改工作时，就是按照一个一个地去认识人，去了解人开始的。这时我在感情上开始了很大的变化。

　　我真正当兵是在1937年秋天到38年秋天的一年多时间里。不过不是红军，而是八路军了。我是十八集团军西北战地服务团的主任，后来又兼任党支部书记。我们是八路军，是兵，我们随军开赴抗日前线，我们不打仗，只做着许多为兵服务的工作。在山西，曾经有一个作家在西北战地服务团住过几天，他有所感的对我说："你就这末天天行军，搭舞台，拆舞台的吗？"是的，我那时就是那末单纯的、神圣的、愉快的同一群年轻人，天天行军，搭舞台、拆舞台、开会、讲话、演戏、唱歌……，做着许多我过去不曾做过的事，做着为兵服务的事。1938年西安生活书店出版了一套西北战地服务团编的战地丛书（约十来册），详细记录了那一年中的生活。四十多年逝去了。生活的重载年复一年，我的确有了点年纪了。现在重新整理这些早已淡忘了的片断记载，真象翻看夹在书页中的瓣瓣落花，不仅引起了甜蜜的回忆，而且还重温旧时的余香。我感谢编辑同志。我编这本小集时，几乎忘了现实，而重回到我的青年时代，我一生很可贵的那段幸福的时代。

　　这本集子里的前部分，是1936年、1937年我当兵时的生活记录。《左权同志谈山城堡战斗》当时曾在苏区的一个文艺刊物上发表，西安的一个文艺刊物（当时是柳青当编辑）转载过，可惜这次无法找到。

　　1942年7月，抗战处在艰苦阶段，为了纪念抗战五周年，朱德总司令约了几位在延安的作家到桃林（总司令部）去看电报。总司令对我们说："这里不知有多少好材料，都是千真万确的事，请你们看吧，看了好写。"我在那里读了两天。说实在的，我从来不赞成作家没有生活，仅从文字中摄取材料来写小说，那是不易写好的。但我读了两天，前方那样多的英雄事迹，确实是很感动人的，我就不考虑我的小说的成功与否而选中了其中的一段故事，写成了《十八个》这篇短文。

　　延安文艺座谈会后，1943年冬天，中央党校发动部分学员写秧歌剧。我听了许多故事，从冀中平原回到延安的王凤斋同志讲了一个又一个，生动极了，我就试写了一个《万队长》。春节时，中央党校秧歌队去南泥湾慰问三五九旅，演出了两场。后来连底稿也丢了。《二十把板斧》也是这时写的。

　　1944年，我到了边区文协。为纪念抗战七周年，解放日报博古同志分配我写《一二九师与晋冀鲁豫边区》一文，这对我真是一个极好的学习机会，我访问了蔡树藩、杨秀峰、陈赓、陈再道等同志，他们提供了许多生动材料。特别是当我在浩繁的材料面前，无法动笔的时候，刘伯承师长热情给我明确指示和具体帮助，他的高超的军事指挥艺术，创造性地执行党的政策，在二万五千里长征中，在建立、巩固和发展敌后抗日根据地的战斗中所建立的丰功伟绩，早已驰名中外、有口皆碑的了。在指导我写这篇文章时，他表现出来的才智、细致，对于干部的爱护，对人民的负责，更给了我清晰的印象和深刻的教育。

《寄给在朝鲜的中国人民志愿军部队》是在抗美援朝初期，我献给我们人民军队的一支赞歌。

这本集子从艺术上看，我觉得是不成熟的，体例也不一致。但如果能从这本书里，稍稍体会到当年我们红军、八路军的艰苦的生活，卓绝的斗争，团结、紧张、严肃、活泼的革命作风，我也就能稍稍自慰了。这也许就是四川人民出版社刊印这本小集的用意吧。

一九七九年八月

（原载 1979 年 11 月 15 日《汾水》第 11 期）

走访丁玲

丁玲是中国当代著名的女作家，早年的作品有《梦珂》、《莎菲女士日记》、《韦护》等。曾参加左联，负责主编《北斗》。三十年代的代表作有《水》、《田家冲》和《母亲》。在抗战后曾到延安，组织"西北战地服务团"活跃于前线敌后，作品有《一颗未出膛的枪弹》、《我在霞村的时候》等。四十年代参加土地改革，代表作为长篇小说《太阳照在桑干河上》，曾获斯大林文学奖。五十年代任中国文学工作者协会副主席，主编《文艺报》。一九五七年被错划为右派，埋名二十年，文革期间入狱五年，备受迫害。今已恢复名誉，最近被选为中国作家协会副主席。目前正写作《太阳照在桑干河上》续篇《在严寒的日子里》，已开始发表。最近发现患乳腺瘤，仍勤于写作，希望争取以五年时间，将长篇创作完成。

问：见到你很高兴，丁玲女士。我在报上看到叶圣陶老先生赠你的词和叶至善先生的《〈六幺令〉书后》，连着读了三遍。我觉得，你还是那样，还是我们以前所熟悉的丁玲。

答：是吗？哈哈……。叶老是老前辈呵，我是他从来稿中发现的，还有一个彭子冈，三十年代很活跃的一个女新闻记者，也是叶老在很多来稿中发现的。当时，还不只是看到我的稿子就给予发表，而是第一篇（《梦珂》）就发了头条，第二篇（《莎菲女士的日记》）也是头条，第三篇（《暑假中》）还是头条，第四篇（《阿毛姑娘》）也还是头条，这给自己的鼓励大得很。发表四篇文章后，叶老给我写信，说可以出一本集子，帮我去交涉开明书店，出了一本集子：《在黑暗中》。所以朋友们就跟我开玩笑，说："我们是背棍打旗出身，你是一出台就挂头牌了，在这上面比我们运气好多了。"真是碰到了一个好编辑。

那天刘心武在这里，我跟他说了，他的运气跟我也差不多，一写文章就出风头了。这有一个好处：鼓励大；也有一定危险：写写没东西写了怎么办？而这时名又传了出去，结果名实就不易相符，就虚了。这要警惕，一自满，这作家就完了，很容易的。还要拼命，象爬山一样，不能说爬到了一个山峰就不爬了，还要拼命爬，一丝一毫都不能自满、松懈。

问：你在创作道路上的几次转折、突破，是不是基于这种思想？

答：我写了《在黑暗中》那几篇后，再写的东西就超不过那几篇了，还是在这个圈子里打转。自己感觉到了这一点，就一定要想办法，把这套东西放下来，另外再想一套东西。那时候，我放下短篇，暂时不写，着手搞长篇，写《韦护》了。这篇《韦护》突破了过去的一些东西，写了一些新的事新的人，那些人从黑暗逐步走向光明，而光明还没全部来到，有光明还有黑暗，因此有矛盾，就写这个东西。当然，在当时也并不是很明确的认为自己不行了，才改变的，而是后来回过头来看，发现是那么回事。我觉得《韦护》在我的写作上是比过去进了一步，当然，还没跳出恋爱啊、革命啊的范围，但它已是通向革命的东西了。

这以后写了《1930年春上海》，是写在时局的转换中，在新的条件新的环境下知识分子的转变和苦闷。

还有个突破是写《水》，我一定要超过自己的题材的范围，《水》是个突破。《水》以前是《田家冲》。写了《田家冲》不够，还要写《水》。这两篇小说是在胡也频等牺牲以后，自己有意识的要到群众中去描写群众，要写革命者，要写工农。这以后还有一些短篇：《消息》、《夜会》、《奔》都是跟着这个线索写的。

还有一篇，可惜我后来没继续下去，就是《母亲》。这是我在写这些短篇中间，觉得欧化了的文章还是不好，有意识的想用中国手法，按《红楼梦》的手法去写。我对自己的家庭生活比较熟悉，也比较适宜于这种写法，就写下来了。

问：《母亲》一书你原计划写三四十万字，出版的本子只有十万字，现在准备继续写下去吗？

答：有人建议我写下去。他认为这篇作品比较民族化，跟中国传统小说比较衔接，而现在不少小说多少有些欧化。并且他还认为，这本书里的人和事都是从旧到新，是从封建社会慢慢走过来的，也很有意思。而且是写自己，写来不必花费很多时间，应该是可以写下去的。

问：那你接着写下去，就可把自传也完成了？

答：我也考虑了，主要还是时间问题。要写出来，总是文艺性的，是文学作品，总得花脑筋。虽是真实的生活，但究竟还要提炼。

问：当年你为什么选择了写作这条路？

答：因为对社会不满，自己生活无出路，有许多话要说，却无处可说，也找不到人听，很想做些事，也找不到机会，于是为了方便，提起了笔，为自己来给社会作一个分析。

问：从1926年开始，你已经写了五十二年，你感觉自己最得意的是哪一部作品？

答：都不满意。人家说我"一本书主义"，我说我什么时候满足过我有一本书？我总觉得我没有写好。你说我写了一篇文章，如果觉得不好，为什么还拿出去发表呢？我说老实话，写的时候，我对它还是非常有感情的，喜欢得很。我自己的东西写出来后差不多都记得，因为总是写了又看，看了又写，有兴趣得很。可是过了一个时期再来看，便会发现许多东西没有写下去，又觉得不够了，不好了。还有，在我脑子里头，生活里面，新的人物又出来了，我觉得一定可以写出个更好的人来。所以，我总觉得我没有写好一本书。

我现在觉得，《在严寒的日子里》或许我可以把它写得好一点。因为这样一些人和我一起生活了三十年，虽说这当中我没写他们，但我在想他们，总是在想他们，不是想这个就是想那个，什么时候他们还有什么事，都不停的在脑子里转着，所以我非把他们写出来不可。但是是否真的能写出来呢？很难一定呵。文学这个东西是没有底的。比较缺少经验的人容易满足自己，但是写多了的人他总是不满足，他需要不断有新的东西。对写作真正发生兴趣的人，也不会轻易满足自己的。总还要想写好的、再好的。我自己就是这样。

问：《在严寒的日子里》是《太阳照在桑干河上》的续篇？

答：怎么说呢，应该说是姊妹篇吧。《在严寒的日子里》写的是土改以后，也是那个地区的生活，从时间和斗争内容来说是《桑干河上》的姊妹篇，但人物已完全不是《桑干河上》的老样子了。

问：记得 1956 年曾经发表过一部分，全书准备什么时候完成？

答：这本书是多灾多难。全国解放以后我就想写，可是一直不太顺利。我参加过好几次土改，对土改中从完全没觉悟、到有觉悟、到掌权的贫雇农是深有体会的。我写的虽是桑干河上的贫雇农，但我的人物不单是那里的模特儿，是抗日战争、解放战争的那些年在农村中生活积累下的人物。那些时候，我花了很大的劲，和一些老太婆，邋里邋遢的、身上长虱子的，睡在一个炕头上，讲村上的事，山西人叫访古，一聊聊半夜，我总是听得很有兴趣。那里的很多年轻人也愿跟我谈心，有些村干部就是我拨弄出来的。

问：你很会交各种朋友啊。

答：这很重要。在延安中央警卫团政治处当副主任时毛主席就教我："你开始做工作就是要认识人，一个一个去认识他们，了解他们。"那时我还不懂这话的道理，但搞土改时就懂得了。一个村子千把人，非得一个个人去认，才能认识、了解。我天天串门，一个个去认识，跑得多、深，对很多人有着深厚的感情。所以这本书现在要我不写也不行了。

全国解放后，我就想动手写，但组织上要我来北京工作，只好暂放下。1953 年我把全部工作推掉（1952 年就开始因腰痛养病），跑桑干河，跑河北，找那些老熟人。1954 年动笔写了一点，但老开会，写一点就从外地叫回来，进展不大。1955 年胡风问题出来，以后又扯到"丁陈反党集团"，那就没什么心思写作了。

1956 年发表了写好的头四万字。

1958 年再下去。一直到 1970 年我都在东北农场。

1965 年遇见一位场长，是个老红军，他答应给我条件，让我写作。我忙里偷闲，挤时间写了一些短篇和长篇。长篇好容易才写十二万字，到文化大革命却统统都丢了，命运就是这样！

问：那时候你有点灰心吗？

答：原稿全部丢失是在我们到了山西以后才知道的，那时我和老陈两人身体都不好，只是看点书。周总理一逝世，邓小平一下台，我真的有点灰心了，我想我大约没有希望了。以前总想，虽然我的"帽子"大一点，但总有一天中央会帮我解决问题的，毛主席、周总理，还有许多中央同志总是了解我的。但是万万没有想到总理逝世，邓小平又下台，我想邓小平还下台，我还能存什么希望？我什么也不想了，算了吧，写书，写《在严寒的日子里》。一定要把它写出来，活着出版不了，死了交给儿子女儿。我把1956年发表过的四万字找来，从头再写，写了十六七万字。

打倒了"四人帮"，我又有了希望，一有希望心就活了，一下反倒安定不下来，也写不下去。问题解决以后，心里踏实了，真想好好多干点、多写点，但事情很多，进度也不快。

这本书真要写完得有八十万字，所以我负担很重。现在我计划不写那么长，尽可能写五十五万字，基本完了就可以了。

问：对你早年的一些作品，如《莎菲女士的日记》、《我在霞村的时候》、《三八节有感》等，你现在有什么看法？

答：这几篇曾被认为是毒草文章。但我相信广大读者的鉴别能力。

关于"莎菲"，我以为还是茅盾说得对，茅盾说莎菲女士是"心灵上负着时代苦闷创伤的青年女性的叛逆的绝叫者"。她是一个叛逆女性，她有着一种叛逆女性的倔强。有人说那是性爱，莎菲没有什么性的要求嘛，她就是看不起那些人，这种人她看不起，那种人她也看不起，她是孤独的，她认为这个社会里的人都不可靠。那么她是不是就这样活下去呢？她得活下去，必得活下去，还是要活，怎么办呢？最后，她说：悄悄地活下来，悄悄地死去吧！但她的精神，她的心灵并不甘心，所以她是苦闷的。她叫喊：我要死啊，我要死！其实她不一定死，这是一种反抗。那时候，这种女性，这种情感还是有代表性的。她们要同家庭决裂，又要同旧社会决裂，新的东西到哪里去找呢？她眼睛里看到的尽是黑暗，她对旧社会实在不喜欢，连同生活在这个社会中的人她也都不喜欢、不满意。她想寻找光明，但她看不到一个真正理想的东西，一个真正理想的人。她的全部不满是对着这个社会而发的。

这是1927年写的东西，谁想到三十年后忽然发现这是一颗大毒草，哈哈……

问："梦珂"也是和"莎菲"同类型的人吧？

答：对，但她没有那么集中，对旧社会的不满不如莎菲那么强烈。她也是不安于庸俗，她最后甩脱了那些人，但以后到哪里去也还是不可知。

问：《我在霞村的时候》是一个真的故事？

答：这是我听当地一个做妇联工作的女同志告诉我的一件事，我并没有直接见到这个人。我觉得这个女人牺牲很大，但是她没有被痛苦压倒，她也是向往着光明的，我就是想写这样一个人。这种人，这样的事在当时抗日前方的村子里是不少见的。

《三八节有感》嘛，我想如果现在发表也许不会有什么问题了。那时主要批评它攻击了领导，诬蔑了边区。其实我说的只是一个妇女问题，只不过是离婚再结婚嘛，那有什么了不起，现在的很多问题比那时可严重多了。

问：你认为写一个好作品最重要的是什么？

答：最重要的就是要写出人来，就是要钻到人心里面去，你要不写出那个人的心理状态、不写出那个人灵魂里的东西，光有故事，我总觉得这个东西没有兴趣。

社会总是复杂的，有各种各样的人。一篇小说，里面也应该有各种各样的人，这个人，那个人，这些人的互相关系，你总得写得跟生活中的真实一样，那才能动人。比如《红楼梦》，都是些女孩子，长得都很漂亮，可是如果把林黛玉和薛宝钗写得毫无区别，这个小说怎么能动人呢？我们有些作品就是不能达到这样，没有个性，只是指点读者：这是好人，那是坏人。实际生活中的人岂能是那么简单的呢？人总是不一样的，写出这个不一样，人物就有血有肉，就活了。相反，则只是个骨架子，读起来完全没有趣味。

人与人的关系也要注意好。作品是反映社会、表现社会的，作家必须自己走到这个社会里面去，留心观察，把各种错综的关系准确地表现出来。

我们的作品还要使我们的读者有所激动，健康的激动。要让读者看着这个故事同我们的社会、同我们每个人都是有关的，连得起来的，能激动人，这样的作品就是好作品。这也是我个人现在的奋斗目标。比如写"伤痕"小说，有的人赞成，有的人不赞成，这有什么赞成不赞成呢？社会里有那个事你就可以写嘛。但这里面有一个问题，就是要注意别写得哭哭啼啼的，别把政治性当作口号去说教，政治性就在实际的生活里面，是意会出来的东西，读者从这里面得到启发，得到恨，得到爱。爱的是好的东西，恨的是坏的东西。作品在人家感情上起这种作用，而不要老叫人家读教科书——哦，原来是这样呵——读完了也就完了，没有回味。

问：你是怎样看作家的社会责任的？

答：作家应该是一个时代的声音，他要把这个时代的要求、时代的光彩、时代的东西在他的作品里面充分地表达出来。时代在变，作家一定要跟着时代跑，把自己的生活、思想、感情统统跟上去，这样才能真正走在时代的前列，代表人民的要求。要是不能做到这一点，不是说你不是作家，你还是作家，不过不算是好的作家。

问：但是怎样才能做到这一点呢？

答：还是要到生活中去，参加生活里的斗争，记住自己是大众中的一个。

作家应当写自己熟悉的生活、熟悉的人物，不仅仅写工农兵，还要写知识分子、专家，写上层政治家。作家也应当经常下去，去熟习我们尚不熟悉的生活，去熟悉那变化着的新生活。人民是最朴实最伟大的，要深入下去，写出他们心里的东西。

作家应该深入到生活里去，理论家、批评家、编辑、领导文艺工作的同志们，也应该注意解决这个问题。

问：对文艺写真实的问题你是怎么看的？

答：文艺就得真实，不写真的还写假的？典型化的人是不能脱离真实性的。《母亲》是真人真事，但写成文学作品还需要提炼，要写出特点来，才能生动。

"暴露文学"这个提法是不科学的。张志新是个最光明的人，但写光明难道就能不写黑暗、不鞭打黑暗吗？写一个反封建的人能不写到封建吗？看不到两者的辩证关系，我们的脚就走不动了，写英雄就成了毫无缺点的人物。主要的还是在于作家的立场，站在什么立场去写光明与黑暗。

想不写伤痕是不行的,但要写得气壮山河,不光是同情、悲痛,还要乐观、要有力量。作家是有自觉的人,不能光是叹气、受苦,还要引导。

现在有不少的新作家,他们敏感,有感受,思想解放,敢于提出问题、回答问题,他们是我们文艺的希望。

问:你创作有什么习惯?构思时间长吗?每天能写多长时间?

答:我不习惯打提纲。脑子里有个大致的人物谱,这些人物的层次、布局,做些什么事,怎么发展,都在脑子里酝酿。然后就一面写一面改。酝酿的够了,写来改动就少,否则改动就多。

我也不习惯作记录,素材都装在脑子里。喜欢的用得上的东西我听进来了就再也不忘;不重要的,当时就排除了。大约因为我很年轻就开始写文章,至今经历了五十多年,虽说最近二十年放下了笔,但因从年轻时就写,多少养成了一种职业性的习惯和能力,比较能够摄取和记住生活中的一些素材,甚至有时一句话一个动作印象都很深。但因为不做文字记录,光凭脑子,一些有用的、好的素材被忘掉,也是常有的。特别在年纪老了的时候。

我现在总是早上写,下午看书、来人,晚上看看报休息。写四五天就要休息,完全不去想它了。前几年我们在山西时,过几天我们就爬山去,到处走走看看。那可是个很好的休息。

问:最后,还希望你谈谈你的创作计划,这两年正在出版你的什么书,你还准备为读者写些什么?

答:人民文学出版社正在重印《太阳照在桑干河上》。我正在重编《短篇小说集》、《散文集》、《论文集》,也都由人民文学出版社出版。另外,我把过去写的有关部队的文章选编了一册《到前线去》,由四川人民出版社出版。我还想把《母亲》写完。最大的工程是《在严寒的日子里》,这个长篇无论如何是要把它写完的。我想,只要时间允许,我会尽我的力量多写一些的。(冬晓)

(原载香港《开卷》杂志 1979 年第 5 期)

关于《杜晚香》
——在北京图书馆组织的与读者见面会上的谈话

杜晚香是实有其人，是我们农场一个有名的女标兵，我在写这篇散文的时候，才给她改叫杜晚香的。

一九六四年夏天，麦收快结束的时候，我从另外一个农场到这个场来参观，场长领着我跑生产队，特别给我介绍第七生产队的女标兵，这位杜晚香同志。我急于要见到她，白天去她家一次，她不在。晚上亮灯了再去，她在家，一家人正围着炕桌吃饭。杜晚香亲亲热热地招呼着我，同时又殷勤地给炕上的公公婆婆添饭舀菜，嘴里十分甜蜜，看来是一位很贤惠的女人。

这年年底，我调到了这个农场。那时没有适宜于我的工作，就把我的编制放在工会文化宫。农场党委同意我自己的要求，负责组织职工家属们的学习。正好杜晚香也从生产队调到场部工会担任女工干事，我从领导和同志们那里听到了她的更多的先进事迹。我想，我在垦区六年多了，现在到了一个新的农场，还要继续深入生活，广泛接触群众，改造自己的非无产阶级的思想感情，而有这样一个先进的真正的英雄人物在自己的身边，正是自己学习的好机会，我便把她当做一个好老师，抱着学习的态度来接近她。场长、工会主席希望我帮助她学习文化，提高政治。他们又对杜晚香说："老丁是老同志，经验丰富，你好好跟她学习，学文化、学政治、学解决问题的方法。"我们两个人几乎天天见面。白天我们一起跑家属区（场部有八个家属区），夜晚她到夜校扫盲班听我教课。那时，我没有急于要写她，而只是接近她，了解她，学习她，同时也帮助她了解我。

我们想在各个家属区办黑板报，可是到哪里弄木板呢？总不能什么事没有做就先让家属们摊款吧？按过去的习惯，我一定慷慨得很，拿钱买就是了。这种事过去做的多了，并不见得好，有时反要挨骂。我没有吭声。杜晚香呢，她也一声不响，跑到文化宫舞台后楼，找着木工师傅，在一些废旧木堆里翻寻着，自己还掏了两元钱，到木材厂买了一些下脚料，请木工师傅拼拼凑凑，钉成几块木板，然后分给八个家属区，让家属们自己抹灰刷黑。不几天，黑板报就都挂起来了。杜晚香虽说在工会当女工干事，但每月工资也不过只有四十来块钱。

职工家属中有不少人愿意上工，参加劳动，但因为孩子牵累，无法解决。场部办得有幼儿园、托儿所，但容纳的儿童数量有限，不能满足要求。家属们学习一阵之后，要求上工参加劳动的心更急切了，叽叽喳喳，怎么办呢？有人提出，自己办托儿所，向总务科商量借两间房，但农场又没有闲房。大家说，好吧，自力更生，白手起家，自己动手，盖吧。盖什么样式呢？"拉哈辫子"的。就是把草编成辫子，沾上稀泥，一层一层编垒上去，涂泥抹光，就成墙了。这要用很多的草。大家商量好，变工互助，留几个人在家看孩子，尽可能多的人都去二十里外的地方割草，来回四十里，自己带饭。我动员大家去，可是我却不能去，我掂量自己，六十多岁的人了，不会骑自行车，也不能让人家带，来回走路，再割一天草，我是不行的。我心里很难受，一夜睡不好，半夜听到起风了，心更不安。第二天一清早，我赶到家属区。大冷天，零下二十多度。一问，早出发了！能去的人全去了！一个六十多岁的老太太也去了！一清早，天还没亮，杜晚香就来了，集合着人，她带头走在最前面，走了。她的职务只管女工工作，家属工作是我的事，但她却不分家，她领着大家奔向二十里外的草原割草去了。

我常和她同去家属区开会，谈话，也常一转眼就不见她了。一找，她正为一户家属修炕，或者正为妈妈病了的孩子们洗衣服。我每天和她在一起，都很容易从她身上发现这些极平常极不打眼的小事。那时我帮助她学习《为人民服务》、《纪念白求恩》，她就认真做到"毫不利己，专门利人"，她心里时时想到群众，眼皮下面总看到有自己的工作。

文化大革命开始不久，我们的来往中断了。我受到冲击是不消说的了。杜晚香呢，她的命运怎样呢？我听到造反派在大喇叭里点她的名，说她是保皇派，是黑标兵。渐渐又听说大字报上有人责问她，称我这个大右派叫大娘是什么立场！？等到我关进牛棚以后，这些点滴消息也听不到了。我只有时透过我的窗户，望见广场上，一群住学习班的人在那里跳"忠字舞"，那里面就有杜晚香的身影。她穿得很臃肿，动作跟不上节拍，跳得实在不好看。我想到一次在批斗我的会上，革命小将恶狠狠骂我，"你知道吗？在这个农场，你连累了多少人"？！我想起和我一同跪在地上挨斗的老场长，我再望望广场上杜晚香那无可奈何的身影，那失去笑容的朴素的面孔，我心里象扎着无数的钢针。可是，有什么办法呢？！

　　现在，粉碎四人帮已经三年多了。林彪、"四人帮"推行的反革命修正主义路线，已经得到了清算和纠正。在党中央的亲切关怀下，加在我个人身上的不公正的、错误的结论也已经改正，党组织恢复了我的政治生命，大家在团结起来向前看的号召下，努力实现四个现代化。我想，杜晚香同志，还有其他曾因我的冤枉而受到多少牵连的一些同志们大概也已经得到了改正，从而使我一直获罪不宁的心情能稍稍得到宽慰吧。

　　我从牛棚出来以后，被放到生产队劳动。最多的时候一天劳动十四个小时。光是体力劳动，自己咬咬牙，拼点命，干多干少，还可以对付，而精神上却实在难熬。我到生产队是去接受革命群众的专政，监督劳动。在林彪、"四人帮"的封建法西斯统治下，大家都明白这意味着什么。那时我和十几个女青年住一间房，她们睡炕，我的身份只能睡一张木板床。她们可以午睡，我不能。每到晚上我瞌睡得厉害，但来自大城市的、接受过文化大革命洗礼的青年小将们，却正是精神百倍，他们唱流行歌曲、唱样板戏，热闹得很。她们一见我闭眼、听见我打鼾，就踢我的床，说："我们都还没睡，你怎么就睡了？"要我写保证书，保证以后不打瞌睡、不打鼾。天哪，我有什么办法呢？我找队上的保管："给我一点麻吧，我利用晚上的时间，给队上搓麻绳。"我只好用这个简单的劳动来暂时赶走我每晚的瞌睡。这伙小将们并不以此为止，她们命令我，早晨除了例行的清扫之外，还得给她们倒尿盆。我心里很不高兴，我很反感。我可以为国家劳动，为农场劳动，手破了，脚裂了，都可以。为什么要侍候你们个人呢？你们年青有为，你们朝气蓬勃，你们向往真理，你们追求革命，你们离别家庭到边疆来屯垦戍边，你们吃苦耐劳为国家创造物质财富，为什么要我来侍候你们呢？难道这就是你们心目中的革命吗？你们将来总有一天会恍然大悟的。我不能侍候小姐们。但是，隔壁大宿舍的女将们，大概要和她们比赛革命性吧，也命令我，每早给她们也去倒。正在我思想矛盾的时候，我想起了杜晚香，她不是主动地、心甘情愿地给一些知识女青年扫地、铺炕、叠被子、也倒过尿盆吗？这些人开头歧视她，看不起她，嘲笑她"土"，但不久，大家便亲热地叫她"杜姐"。现在这帮小将把我看成反革命，当做敌人，支使我干这干那，但无论如何我不能把她们当敌人。这些人的本质原也不坏，她们总有一天会觉悟的、会明白的。和杜晚香一比，我做什么便也不在乎了。后来，队上一些懂道理、识大体的人们知道了，反映上去，有些造反派头头出来制止，我就再不给她们干这些了。

还可以说一件，有些头头分配我打扫队上的公共厕所。那是夏天，每逢下雨，粪池总是满满的，走进厕所，人人都皱眉头。我便在粪池旁边，顺着地势，挖一道小沟，通到食堂的菜地，绑一个瓢在长竿上，舀呀，舀呀，粪水顺着小沟流向菜地，到二、三百下，便停下来喘口气，舀到两、三千瓢，粪池浅下去一截，我还笑哪！真是立竿见影呐！可是隔两三天，一下雨，粪池就又涨满了，我便又去舀。我想起了希腊神话里的一个故事：一个神得罪了宙斯，被罚去打井。宙斯命令他，什么时候把井水淘干，对他的处罚便算完结。他每天不停地打那井里的水，今天快掏干了，明天又涨满了，他就这样无休止地打下去。每到这时，杜晚香的影子便走出来，鼓励我；还有，五十年代的北京掏粪工人时传祥和他的徒弟小齐，也一起来鼓励我，想到他们的榜样，我的心情平静了，我默默地数着数目、一瓢一瓢舀下去。

现在我说说我怎样写她的。

我和杜晚香相处了一个时期，文化大革命前，我记录了一些她幼年的生活。对西北高原的土地、风沙，我是有感情的。因为有一段时间，我随着红军司令部，天天在这些塬上行军。塬和塬之间，对面相见，隔沟闻声，但上沟下沟，从这个塬到那个塬，却要走七、八里，十来里，有时要走半天。我从周围的同志、朋友，以及自己几十年的生活经历上，体会到人们要生存、要工作、要胜利，实在艰难得很，得经过很多斗争，要在荆棘丛生的地方开辟道路，要在石板样的覆盖、重压之下，破土而出，承受阳光雨露，象塬上的野草，象沟边的红杏，只待春风吹拂，便能茁壮成长。我体会到杜晚香幼年的艰辛便正是这样的。

我写了杜晚香对北大荒的无限深情，也同时抒发了我对北大荒、对党的事业的热爱。我是戴着大右派的帽子到那儿去的，那里的人们自然对我会另眼相看。我不管这些，我一到垦区的第一站——密山的时候，便被一种新的冷冽而热烘、紧张而从容、陌生而热情的气氛所吸引，着军装的，穿制服的，人们互相来往、交谈、办事，只有一个内容，就是垦荒！垦荒！我记得王震同志跟我谈的一句话："部队的同志，在战争时期，立了汗马功劳。现在要转业了，我希望他们都有欢乐的晚年，到这里来开发边疆，建设社会主义，过共产主义的生活。"我便满怀信心，满腔热情地投入这个豪迈的事业，在这里开辟，在这里创造。不止是我，很多人都是这样。我的老场长，就是介绍我认识杜晚香的、文化大革命中受我牵连、同台批斗的那位场长，最近因公来京，我们见面，回顾往事时，他依然豪情满怀地笑着说："我只要一看到土地，心里就什么问题也没有了。"一九五八年和我并肩战斗过的老兵们来信告诉我："很多人走了，更多的人留在这里。我们是父子兵，正在创建新农场，新成立了二十多个连队，最后一个连队是在一片幽静的桦树林里，我们含笑选定留给自己的一席地，把血汗洒在这里，把尸骨葬在这里，永远守望在这里！"我写杜晚香对北大荒的感情，实际也是我自己的感情，也是北大荒人共有的感情。尽管我写的不够，但如果我自己没有这样的感情，我是写不出杜晚香的。

我和杜晚香相处只两年多，但我在北大荒却生活了十多年。作品中的人物是长期从生活中积累出来、创造出来的。我在生活里接触各式各样的人，这些人在自己脑子里慢慢地在变，在揉合、融汇，张三、李四等揉合在一起成为王五了，这个王五不是张三、李四的照片，不是生活里完全真实的人，而是创作出来的新人，是从许多真人里面升华出来的新人。这种新人在作家提笔之前，在没有见诸文字的时候，就在作家的头脑里不断地出现，融汇。写一本书，写一个长篇，一个短篇，如果只有事件，没有人物，总还不是文学。故事多了，这个故事会与那个故事混合，但人物却应该留给读者清晰明确的印象，而且令读者感到亲切。作者要使自己创作出的人物进占读者的心灵，自己首先要进据人物的内心，要了解他、熟习他、体会他，也就是要向他学习，把自己的感情提高，否则你就不能写。我这里说提高，也就是说要突破自己生活的旧圈子，要不断突破自己的生活旧圈子。我的家庭出身不算很好，虽然很穷。我小时候受到一些进步的教育，愿意革命，但也受到封建社会给我的许多旧东西。二十年代末，我在上海开始写文章，有点劲头。写来写去就停滞在一个地方了，再不能前进了，为什么呢？就是因为我只生活在那样一个小圈子里，我所接触的人，我能体会到的东西就只限于那个小圈子，我没有突破它。后来我命令自己、压着自己、勉强自己，跑跑工人区，到工厂，到工人宿舍，虽说跑得很少，但跑一点，就突破了一点。后来，我到了陕北，突破就更多一点。我随着党经历抗日战争，解放战争，乃至一九五八年到东北垦区，这一连串就是几十年，这几十年对我有很大的好处，我没有离开人民，在这些普通人里面，我认了很多老师。这些老师经常活跃在我的脑子里，挤呀，压呀，我非写他们不可，这不是"一本书主义"。

今天就谈到这里。身体不好，刚出医院，没有很好准备，请大家原谅，如有不恰当或错误的地方，请大家批评指正。

再见！

（原载 1980 年 3 月 15 日《北方文学》第 3 期）

写在后边（《丁玲近作》后记）

　　这个集子里的绝大部分文章是去年回北京后，应报纸、杂志编辑部的要求而陆续写的一些短篇。只有《杜晚香》、《我读〈东方〉》是一九七八年我在长治乡下写的。给一个文学青年的信也是那时写的，但它只是私人来往信件，不是讨论创作的公开信。《汾水》的编辑同志看到这封信，一再要发表才发表的。这信原可以不收入集，不过为了感谢编辑部的同志，当时他们发表这封短信，不能不说是冒了一点小的风险，冲了一下禁区的。现在虽然寒流已过，春天来临，然而有时空隙来风，流言蜚语，写文章、讲话还不是不会碰到暗礁险滩的。编辑同志十分热情，敢于承担责任，发表一篇小文章，看来很平常，但我对他们是怀着异常的感谢之情的。另一篇《三访汤原》是陈明同志读了我的《"牛棚"小品》以后，有感而写的，等于是《"牛棚"小品》的续篇。但在事件的程序上，《三访汤原》倒是在前，是在一九六七年。

　　这些文章，自然很能说明我的心情，也可以稍稍告慰于许多好心的读者对我的关切和鼓励，同时还可以减轻一点一年来我没有给一些读者及时复信或竟然没有复信而引起的内疚。我希望得到读者的谅解和指正。

一九八〇年二月二十八日

丁玲谈自己的创作

我生在农村，长在城市，是小城市，不是大城市，但终究还是城市。我幼年因为逃避兵患战祸，去过农村，但时间较短，所以我对于农民虽然有一些印象，但并不懂得他们。我很早就写过农村，一九三一年我的短篇小说《田家冲》，不知你们看过没有，就是写的农村。再有我的《母亲》里面也写了一点农村。那时的农村，表面上比较平静，但实际封建压迫沉重，农民挣扎在死亡线上。我写了地主老爷随便打死佃户，写了农民自发起来参加大革命，但对于生活在农村里面的人物，真正农民的思想、感情、要求，我还只是一些抽象的表面的了解。我的《水》也是写农村，写农民，写农民的悲惨命运和斗争，同自然斗争，同统治者斗争。发表的当时，较有影响。并不是说它写得很好，主要是题材不同于过去了。过去，一般作家都喜欢写个人的苦闷，对封建社会的不满，大都以小资产阶级知识分子为主。而《水》在当时冲破了这个格格。写了农村，写了农民，而且写了农民的斗争。我小时居住的常德县，在沅江下游，人们经常说："常德虽好，久后成湖。"那里离洞庭湖很近，洞庭湖附近好几个县，如华容等，都是沅江冲积下来的泥沙淤积而成的。原来沅江上游，地势很高，水流很急，每到春夏，就要涨水。一涨水，常德县城就象一个饭碗放在水中，城外一片汪洋，有时都和城墙一样高了，城内街巷都要用舟船往来。老百姓倾家荡产，灾黎遍地，乞丐成群，瘟疫疾病，跟踵而来，因此，我对水灾后的惨象，从小印象很深。所以，我写农民与自然灾害作斗争还比较顺手，但写到农民与封建统治者作斗争，就比较抽象，只能是自己想象的东西了。

　　后来我到了延安，到了陕北。环境变了，那个地方周围全是农民，延安就是农村环境嘛。延安城小，留在那里的党、政、军人数也不算多，一走出机关，不论你干什么，总要和农民打交道。农民，特别是贫苦农民，是拥护共产党、八路军的，但是你自己若和农民不打好交道，仅仅依靠八路军的声誉，你想吃顿饭也不容易。所以，你必定得同农民搞好关系。陕北是山地，比较闭塞，农民过去文化低，思想比较保守，他如果不了解你，可以半天不和你讲话，你想吃顿饭，想找个地方住，非和他交朋友不可。弄得好了，农民就把你当成他自己家里人了。因为他们的子弟也参军了，也是八路军，八路军到他们家里来，他们非常欢迎，欢迎子弟兵，就象他们自己的孩子们回来了一样。那么，一到这样的地方，你也好象到了自己的家，那种关系，就使得工作很顺利，使得八路军和老百姓之间的关系更加融洽。在解放区，在抗日战争时期和解放战争时期，到农民那里去是比较容易的，现在知识分子要下乡就不大容易，农民生活比过去改善了，但吃的还是不好，比城市差的很远。那时候正相反，老百姓吃的尽管不如现在，但比我们要好一点。那时我们八路军每顿吃的小米饭，常是陈米，土豆菜也不削皮，或者只是咸菜，又没多少油，可是到老百姓那里，同样吃小米，他们的小米弄得好；同样是土豆，很少油，他们家里用小锅做得好。他们欢迎公家人去，怎么样也要想办法，弄点好东西给我们吃，吃点面条，吃点杂面。那时到农民那里去吃一顿饭，我们还叫做"改善生活"。陕北有一首流行歌，唱："陕北好地方，小米熬米汤。"小米确实很好吃，初吃吃不来，慢慢就习惯了。这样，我们要去接近农民，就比较容易了。

　　从延安出来，我到晋察冀乡下的时候，站在一家农民的房门口，因为是从前没有去过的地方，便在门外站一会儿，看一看，欢迎不欢迎我？欢迎我，我好进屋去呀！这时，屋里边的老大娘就嚷开了：你瞧什么？屋里有老虎呀？意思是说：你怎么还不进来呀，屋子里没有老虎，会吃你吗？在战争环境中的一个普通的农村老大娘，她就是这样说话，把你当成家里人一样，这是非常亲热的表示，说明人民对我们是无间的。至于我写《太阳照在桑干河上》，那是一九四六年，党中央发下"五四"指示,要在农村中进行土地改革,我参加了晋察冀中央局组织的土改工作队,去河北怀来县、涿鹿县工作。有些情形,在这本书一九四八年的序言和一九七九年的重印前言里已经讲到了。我在涿鹿温泉屯村里参加了一个月的工作,经常和老乡们在一块儿。今天和这个聊,明天又找那个聊,我在工作上虽然本领不大,却有一点能耐:无论什么人,我都能和他聊天,好象都能说到一块儿。我和那些老大娘躺在炕上,两个人睡一头,聊他们的家常,她就和我讲了:什么儿子、媳妇啊,什么闹架不闹架啊,有什么生气的地方啊,有什么为难的事情啊;村子里谁家是好人啊,哪一家穷啊,哪一家不好啊。我可以和老头子一起聊,也可以和小伙子一起聊……不论对什么人,我都不嫌弃他们,不讨厌他们。变革中的农村总是不那么卫生的。记得我在陕北下乡时,一回机关,首先就得洗头发,因为长虱子了。那时不比现在,现在农村的老百姓干净得多了,过去农村老百姓长虱子并不稀奇。陕北水很少,住在山上,要到山下挑水,一上一下好几里,怎么能嫌老百姓脏呢?有些知识分子替农村搞卫生计划:规定一个月洗一次被子。心是好心,可是完全不符合实际,没那么多水,更没那么多时间,而且也不觉得有那么脏。就是我,在黑龙江农场也不能做到一个月洗一次被子,我们不过是一年洗个二次三次的。对农民,不要嫌他们脏,不要嫌他们没有文化、落后,农民的落后是几千年封建社会给造成的嘛。要同情他们保守落后,同情他们的脏(自然不是赞成这些)。这样关系就搞好了。

我刚才讲,我是个土包子,现在也是。我好象一谈到农民,心里就笑,就十分高兴,我是比较喜欢他们的。在桑干河畔,我虽只住了一个月,但由于是同农民一道战斗,同命运共生死,所以关系较深。因此,一结束工作,脑子里一下就想好这篇小说的轮廓了。当我离开张家口,到了阜平时,就象我说过的:需要的就是一张桌子,一个凳子,一本稿纸,一支笔了。这本书写得很顺利,一年多就完成了。这中间还参加了另外两次土改,真正写作时间不到一年。

有人问我,书里面那些人物是不是真人呢?说老实话,都不是真人。自然,也各有各的模特儿。我后来曾到桑干河上去了几次,去年又去了。我以前去时,那儿有些人找我,说我写了他们。那个妇女主任对我说："哎哟，你写我写得挺好的，可怎么把我的名字给改了呀？"当时的支部书记也认为我写了他。前个月，他还来北京，要到医院去看我。小说中的那些人，好象有些是真人，但并不完全是具体的真实的人，而是我把在别的地方看到的人，也加到这里的人的身上了。脑子里有很多人物的印象，凡是可以放在一块儿的，都放到一块儿，捏成一团，融成一体。现在我在写《在严寒的日子里》，有些人问我：是不是还是《太阳照在桑干河上》那些人？我说：大体都不是了，但也还有那里的人的影子。因为我后来到别的地方工作，很多人都是另一个地方另一个环境的，我把他们搬家，搬到老地方来。这些人在我脑子里生活的时间长了，很多很多的，有时候我自己也搞不清了，到底是真人，是"假人"，比如那个支书到底叫张裕民，还是叫曹裕民，还是别的什么名字？但我脑子里总是有这么一群人的，这些人经常生、经常长，是原来的样子，又不是原来的样子，他们已经变了。变了的人，在另外一个人身上出现了，但是，事实上根子还在这个人身上。这好象有些玄乎，实际上就是这个情况。

一九五七年的时候，有人批判我，说我是资产阶级生活作风，家里三日一小宴，五日一大宴；说我家里的客人很多，连什么工人、农民都有。我想，人家讲这话，大约是表扬我，不是骂我罢？我这个人，有个脾气，宴会倒是没有的，只是与朋友来来往往，但不是冠盖云集，普通朋友，遇事随便，见茶喝茶，遇饭吃饭，因此，有几个乡下朋友。他们想来北京瞻仰，那时我在北京有个小四合院，房子多两间，他们来了，就到我家来住。我没有多的时间，就让公务员带他们逛天安门呀，参观故宫呀，看电影呀，看戏呀，回家来很简便，吃顿饺子就是农村过年吃的东西了。来我家的这些人是不少的。前几天有人来看我，我说：如果不写你们，我舍不得。我舍不得丢掉你们这些朋友，因为我们是在下面一起战斗过的。尽管他们还有这样那样的缺点，一个人谁没有缺点呢？可是他们是那样朴实，那样真心实意，我们又彼此那样关心。我和这些人的关系是不会断的。

我在北大荒的时候，照惯例是不容易找到朋友了，因为我那时是个大右派，谁要和我在一块儿，将来会挨整的。但是，有这样顾虑的人哩，大部分是知识分子，农民是不怕的，工人是不怕的。他们觉得，我不管你们什么派不派，我看实际，我看着谁对心思、谁好，我就和谁来往嘛。他们肩上没有包袱，既不是官，也不保乌纱帽，他们没有什么要保的东西，没有很多个人的东西。这样的人，他们对我很好，我当然对他们也好，我们之间建立起了了解、信任和感情。现在我们有好长时间不在一块儿了，可我们还是有感情啊！自然我要写他们的时候，就觉得很容易了。我脑子里有许多这样的人，这些人使我喜欢他们，爱他们。比如杜晚香，就是这样的例子。

我有个体会，就是在接触人时，决不可以有架子，你得先把自己的心，自己全部的东西，给人家看，帮助人家了解你。只有人家了解了你，才会对你不设防了，这样，他才会把全部的东西讲给你听，那么，你就可以了解他了，你就可以写他了。如果不是平等坦率地和人相处，那么，人家也就不会对你讲什么真话了。所以，我总是这样，如果人家开始不说话，那我就再说，想办法把自己的心、自己的一切，交给别人，让你们来说我，批评我。你们对我好，对我坏、冷、热，那没关系，我都不在乎。一个人写文章，搞创作，就必得要体会社会上复杂的、各种各样的人的内心活动，你不了解他，你就没有办法去反映他。

你们问《太阳照在桑干河上》里面的文采有没有模特儿，过去也有人问过我：文采是不是写的某某人？我说：你说有模特儿，就有模特儿。谁要自己对号入座，我也不反对。象文采这样的人物在知识分子中现在还有不少，随便去找，眼前就有。教条主义、主观主义、自以为是，脱离群众、高高在上，喜欢训人、指挥人，这样的人啊，多得很，实际上对农民一点儿都不了解，也没有兴趣，更谈不上热情。他们看了书先问是不是写谁呀？真有意思。《桑干河上》的文采没有大错误，没有大问题，还算比较好的。他无非是装腔作势，借以吓人。他在农村里是那样，在另外的环境里，他还会那样！而且能把人唬住，会有人相信他哩。这种人可以改好，但也可以变得很坏，变成一根打人的棍子。

关于作者与《莎菲女士的日记》中的主人公的关系问题，是个有趣的问题。过去已经有许多人发表了不少高明的见解。一九五七年有个叫姚文元的小编辑，投左倾之机，写了几篇文章，得到某些人的欣赏而跃上了文坛。他判决莎菲是玩弄男性。居然有些理论家和少数落井下石的人，跟着狂叫了一阵。直到现在还有人说，说得稍微好听些，莎菲是鼓吹性爱。我不明白这帮人口中的性爱是指的什么！当年莎菲也曾被围攻、批斗。有的图书馆现在还保存着这类材料。我真希望这些塞在莎菲档案里的材料可别毁了，因为它可以供以后年青的研究莎菲的人翻阅、引用、借鉴。现在也确有不少爱读书、肯用脑子的人，为莎菲鸣不平，想为莎菲平反，但自然还是阻碍重重。这些事我个人不想插手，我相信："千秋功罪，自有人民评说。"也有人说那个玩弄男性或者讲性爱的莎菲就是作者自己，要我去受莎菲的牵连，这很可笑。有些人读文学作品，都习惯从书中找一个影子，把自己或者把别人贴上去，喜欢对号入座。一部作品同作者本人的思想是否有因缘呢？一定有。作品就是作家抒发自己对人生、对世界、对各种事物的认识、感觉和评论，通过描述具体的人、事的发展来表达。主人公不过成了作家创作中的一个工具，作者借他（或她）让读者体会出作者所要讲的话，怎么能简单地去猜测这是写的谁，而且就肯定是谁呢？一个作品里的人物是各种各样的，一个作家一生的作品里所描写的人物就更多了，即使是主要人物，也存在着千差万别的，怎么能恣意挑选，信口胡说，把作品中的人物贴在作家脸上去呢？我相信世界上有不少人会懂得创作，懂得作品与作家本人的正确关系，懂得通过创作去理解作家的心灵深处和作品的成败得失。至于个别心怀叵测的小丑，就让他们披着皇帝的新衣去跳舞吧。

　　还有人说黑妮是莎菲；也有人问我黑妮这个人物是从哪里得来的，我不得不替黑妮说几句话。

　　我在怀来搞土改的时候，看见过一个小姑娘，在地主家的院子里晃了一下，我问人家，这个女孩子是谁呀？人家给我讲，她是这地主家的侄女，说她很可怜，他们欺负她、压迫她，实际是家里的丫环。这个人在我面前一闪而过，我当时并没有把这个女孩子仔细地观察，就这么一点影子，却在作家的脑子里晃动了：她生活在那个阶级里，但她并不属于那个阶级，土改中不应该把她划到那个阶级，因为她在那个阶级里没有地位，没有参与剥削，她也是受压迫的。所以，写黑妮的时候，并没有什么具体的模特儿，而是凭借一刹那时间的印象和联想，那一点火花，创造出来的一个人物。就是这样简单，值不得理论家去探索，去联系：莎菲是作家本人，黑妮也一定是作家本人。哈……

我是一个搞创作的人，很少从理论上，而更多是从现实生活里去认识社会。三十年代的时候，年纪轻，参加群众斗争少，从自己个人感受的东西多些。等到参加斗争多了，社会经历多了，考虑的问题多了，在反映到作品中时，就会常常想到一个更广泛的社会问题。我写《我在霞村的时候》就是那样。我并没有那样的生活，没有到过霞村，没有见到这一个女孩子。这也是人家对我说的。有一个从前方回来的朋友，我们两个一道走路，边走边说，他说："我要走了。"我问他到哪里去，干什么？他说："我到医院去看两个女同志，其中有一个从日本人那儿回来，带来一身的病，她在前方表现很好，现在回到我们延安医院来治病。"他这么一说，我心里就很同情她。一场战争啊，里面很多人牺牲了，她也受了许多她不应该受的磨难，在命运中是牺牲者，但是人们不知道她，不了解她，甚至还看不起她，因为她是被敌人糟踏过的人，名声不好听啊。于是，我想了好久，觉得非写出来不可，就写了《我在霞村的时候》。这个时候，哪里有什么作者个人的苦闷呢？无非想到一场战争，一个时代，想到其中的不少的人，同志、朋友和乡亲，所以就写出来了。到现在，这还是一篇没有定论的东西，有人批评它，说它同情汉奸；也有人说女主人公是莎菲的化身；自然也有人说是写的非常深刻，非常好。我照例不受这些所左右，我仍是按着我自己的思想，继续走着我自己的创作的道路。

因为斗争经历得多了，于是就从整个社会、整个运动、整个结果去看一些人，去想一些人。至于这是不是现实主义，是不是已经超脱了自然主义，我没有考虑。作品要达到一个什么样的政治目的，这不是主观愿望所决定的。作品写出来了，就一定会产生政治效果，究竟是鼓舞人心，还是涣散人心，在我看来，这种效果并不是作家在动笔前或在写的时候依靠主观愿望而能得到的，它是由作家自身的思想、感情来决定的，是根据作家生平的社会实践、个人的修养和写作能力来决定的。

至于讲到我们同现实生活的关系，我认为：不可否认，有些现象是令人很痛心的,我们不能说我们现在是很好了,我们看到了许多坏的东西,特别是我们一代人、两代人的思想里封建余毒,"四人帮"的流毒还很深广,资产阶级的腐朽思想还在影响我们。我们的国家问题多得很,怎么办?要不要有人挑担子,是不是大家都不挑,只顾自己?象我们这样的人,说来似乎完全可以不去管那些事了,"你这么大年纪,操那么多心干什么?你的生活也可以,养养老,过个幸福的晚年算了"。可是不行啊,国家的问题太多,总是要有人来挑担子,作家也应该分担自己的一份。一个作家,如果不关心这个困难,不理解挑担子的人的难处,你老是写问题,那么,你的作品对我们国家民族有什么好处呢?对老百姓有什么好处呢?对年轻人有什么好处呢?在这个问题上,有人说我是保守派,说我不够解放。难道一定要写得我们国家那么毫无希望,才算思想解放吗?我不懂了,那解放有什么好处?有什么用处?这能给人民带来一点福利吗?人民的生活能提高,没有房子的能有房子住了吗?你不帮忙,你在那里老是挑剔,那有什么好处?人家又说,你这个人嘛,过去挨了批评,你是怕再挨批评,心有余悸啊。并不是这样的。正因为我挨过批评,我跟党走过很长的艰难曲折的路,吃过很多苦,所以,我才懂得这艰难。我们国家的四个现代化难得很,你不调动千千万万人的思想,再好的办法也搞不成。你有这么好那么好的计划,可是人们不积极干,那你就落空了。我们文学家应该理解这个困难。

我写的《三八节有感》提出的问题很小,现在实际上要比《三八节有感》的问题多了。《三八节有感》不过是指责了随便离婚而已,把那个土包子老婆休了,另外找一个知识分子,现在看来,实在没有什么了不起。离婚自由,双方没有共同语言,没有爱情,当然可以离婚。《三八节有感》就是表现这么一点,里面有一点批评,也不多,不过是替少数女同志发了点牢骚而已。那时在延安也没有掀起批判的浪潮,当时毛主席讲话,对我还是保护的。只是到了一九五七年才改变调门,把它打成反党作品。最近我编选杂文集,把这篇杂文也选进去了,这不是一篇了不起的好文章,留在那里,也为了保存材料,让后人再批吧。

问到我最喜欢的作家,这很难说,过去有人说我最喜欢莫泊桑,受莫泊桑的影响很大，可能有一点，不过说老实话，那时候，虽然法国小说我看得很多，喜欢的不只是莫泊桑、福楼拜，也喜欢雨果，也喜欢巴尔扎克。但很难说我具体受哪个作家的影响。英国小说家我喜欢狄更斯，真正使我受到影响的，还是十九世纪的俄国文学和苏联文学，还是托尔斯泰、屠格涅夫、高尔基这些人。直到现在，这些人的东西在我印象中还是比较深。我看书的时候，都觉得很好，但你说我专门学习哪一个人、学哪个外国作家，没有。我是什么书都看，都欣赏。而他们也是各有特色的嘛！

我比较更喜欢我国的《红楼梦》《三国演义》。看这些书，看他们写人和人的关系，写社会关系，可以使人百读不厌，你可以老读它老读它，读完了再读。《三国演义》写那么多大政治家、历史上有名人物，写他们的关系写得那么复杂，那么有味道，我觉得很少有的。但是，现在是不是就能够照他们的那个样子写呢？继承它的好的地方是必要的，我们现在也还没有很好继承。可是，我们的社会变化太快，生活变化太快，表现那个时代的手法，和今天的社会相差太远，两方面结合起来不是很容易的。

我想，我最喜欢的还是曹雪芹，贾宝玉、林黛玉、王熙凤……都写得太好了。但现在象这样的人物都不多了，自然象贾雨村这样的人物还是够多的。现实更复杂了，须要用一些更为宏伟的章法来写了。但过去的有些手法还是值得我们今天借鉴的。

（原载1980年《新苑》第4期，是根据丁玲1980年6月与几名英国、日本、突尼斯留学生的谈话，由孙瑞珍、尚侠、王中忱整理的，曾经丁玲审阅、订正。）

丁玲研究论文选编

(一)

(1929—1948)

丁玲女士

毅 真

　　丁玲女士是一位新进的一鸣惊人的女作家。自从她的处女作《梦珂》、《莎菲女士的日记》、《暑假中》、《阿毛姑娘》等在《小说月报》上接连地发表之后，便好似在这死寂的文坛上，抛下一颗炸弹一样，大家都不免为她的天才所震惊了。

　　关于作者的身世，我们知道的很少。我们只知道她是湖南人，现在住在上海，从作品中看来，作者的性格当然是非常深刻的。

　　女作家笔底下的爱，在冰心女士同绿漪女士的时代，是母亲或夫妻的爱；在沅君女士的时代，是母亲的爱与情人的爱互相冲突的时代。到了丁玲女士的时代，则纯粹是"爱"了。爱被讲到丁玲的时代，非但是家常便饭似的大讲特讲的时代，而且已经更进了一层，要求较为深刻的纯粹的爱情了。

　　丁玲女士的创作集已经出版的是《在黑暗中》。《在黑暗中》共包含小说四篇，《梦珂》是描写一个女子被环境压迫因而堕落的故事。女主人公梦珂幼年的环境便是与一位失意的老父相处，每日过那喝酒下棋的颓废生活。到了学校，那黑暗的学校生活，压迫得她只得退了学寄住在姑母的家里。然而姑母家里的更黑暗了一层的生活，她是更受不了的，最后，迫得她走头无路，便往社会的大漩涡中深深的堕落下去，而去作那所谓"电影明星"的生活去了。

　　《暑假中》是描写职业女子的苦闷的，背景是武陵县的一个小学校，人物是几位富于感情的女教师。以女子写女子间的高度的苦闷，那样周到、深刻、透贴、细腻，我们除了惊服之外，真是没有什么话可说了。

《莎菲女士的日记》是描写一个患有肺病的女子的心理的；《阿毛姑娘》是描写乡村妇女的心理的。

这四篇之中，最能代表丁玲女士的作风，同时，也最能代表她在时代上的位置的，也就是她的作品中一篇最精采的，自然要推《莎菲女士的日记》了。

《莎菲女士的日记》的主人公即是莎菲女士，一个患有肺病的女子，她的恋爱的故事，绝不是平平凡凡的你爱我，我也爱你的故事，也不是你爱我，我不爱你，或我爱你，你不爱我的 Trouble，更不是简单的几角恋爱。她的爱的见解，是异常的深刻而为此刻以前的作家们所体会不到的。以前我们所引的原书的句子太多了，这里似不能再多引，但是，我们要了解莎菲女士，我们要了解作家，这些引句是绝对的不能免掉的：

"我真不知怎样才能分析出我自己来。有时为了被风吹散了的一朵白云，会感到一种渺茫的不可捉摸的难过，但看到一个廿多岁的男子，（苇弟其实还大我四岁）把眼泪一颗一颗滴掉到我手背时，却象野人一样的在得意的笑了。苇弟从东城买许多信纸信封来我这里玩，为了他的快乐，和笑，我便故意去捉弄，看到他哭了，我却快意起来，并且说：'请你珍重你的眼泪吧，不要以为姊姊是象别人一样脆弱的受不起一颗眼泪。……''要哭，请你转家去哭，我看见眼泪就讨厌！'自然他不走，不分辩，不负气，只蜷在椅角边老老实实无声的去流那不知从那里来得那么多的眼泪，我自然得意够了，是又会惭愧起来，于是用着姊姊的态度喊他洗脸，抚摩他的头发。他镶着泪珠又笑了。"——第八十七页

"什么那嘴唇，那眉梢，那眼角，那指尖……多无意识！这并不是一个人所应需的。"——第八九页

"我要着那样东西，我还不愿去取得，我务必想方设计的让她自己送来。是的，我了解我自己，不过是一个女性十足的女人，女人是只把心思放在她要征服的男人们身上，我要占有他，我要他无条件的献上他的心，跪着求我赐给他的吻呢。"——第九十一页

"我应该怎样来解释呢。一个完全癫狂于男人仪表上的女人的心理！自然我不会爱他，这不会，很容易说明，就是在他丰仪的里面，是躲着一个何等卑丑的灵魂！可是我又倾慕他，思念他，甚至于没有他，我就失掉一切生活意义的保障了；并且我常常想，假使我有那么一日，我和他的嘴唇合拢来，密密的，那我的身体就从这心的狂笑中瓦解去，也愿意。其实，单单能获得骑士一般的人儿的温柔的抚摩，随便他的手尖触到我身上的任何部分，因此就牺牲一切，我也肯。"——第一三一页

这些率直的女性的心理的描写，真是中国新文坛上极可骄傲的成绩。我们只要读了上面所引的几小段文字，对于近代的新女性，已经了然大半了。

可惜作者的文字不熟练，有时写得颇不漂亮。作者好叙述，而少发抒。例如作者最喜用"是……"的句子，即是告诉读者是怎么怎么一回事儿。譬如："然而阿毛更哭了，是所有的用来作宽慰的言语把她的心越送进悲哀里去了，是觉得更不忍离开她父亲，是觉得更不敢亲近那陌生的生活去。"这么一小段里，在句子上竟用了三个"是"字，这种句子带有告诉的语气，而缺少感情的成分。在她的作品中，我们几乎随便翻开那一页，都可找到。作者那样高的天才，不幸为不十分流利的文字所累，真是令我觉得有些美中不足。

（节选自1930年7月1日《妇女杂志》第16卷第7期《当代中国女作家论》一文）

丁　玲

钱谦吾

我想介绍一位最擅长于表现所谓"Modern Girl"的姿态，而在描写的技术方面又是最发展的女性作家。

这就是因着她的《莎菲女士的日记》（1928）的发表，而"震惊了一代的文艺界"，最近又发表了她的长篇《韦护》（1930）的——丁玲。

丁玲的创作，已经辑集的，有《在黑暗中》（1928），《自杀日记》（1929），《一个女性》（1930）和最近才在杂志上发表完结的《韦护》（1930年《小说月报》第21卷1至5号）。

这几部创作，是一贯的表现了一个新的女性的姿态，也就是其他的女性作家的创作中所少有甚至于没有的姿态，一种具有非常浓重的"世纪末"的病态的气分的所谓"近代女子"的姿态。

这一种"Modern Girl"的新姿态，是在丁玲的创作中得到了一贯的发展。

她也是在这一方面获得了她的成就。

这种姿态里已经没有丝毫的封建意识存在。

她所表现的女性，可以说是典型的资产阶级的"近代女子"的姿态，而这一种姿态，正在各大都市里发展着……

所谓"世纪末"的病态究竟有些什么特征呢？

请看如次的说明：

"在颓废的近代的倾向之中，陷于怀疑苦闷的，和心意常常被悲哀锁住着，专门寻欢求乐的倾向，要算是第一了。

"从'世纪末'的颓废所生的变质者,第一,肉体上已有和常人不同的特征,自我观念很强,容易为一时的冲动所动摇。第二个特征,容易动情绪,对于毫不相干的事,笑着哭着。第三特征,依其人的周围状况,或为厌世悲观,或对于宇宙人生的种种生恐怖心,常常象困惫,倦怠,烦闷。第四的特征,活动上表现很忧郁的状态。第五的特征,作无止境的梦想,不能注意于一事,来判断追求统一思想的脑力,因此专耽于漠然,暧昧,无顺序,断片的妄想。第六是怀疑的倾向,对于种种问题,怀抱疑惑,诠索其根底,而不得解决烦闷者。最后一个特征是神秘狂,即 Mystical delirium 的状态。

"近代人歇司迭里亚的病的状态。第一无论什么事,他们受印象很敏捷,被暗示容易感动。近代人贪刺激的心非常炽甚,专求肉感的方面很强的刺激。"

这虽仅只是浮面的观察所得到的结论,但因着资本主义的发达而产生的"世纪末"的病态的表征,大体已是很详尽了。

这就是"世纪末"的病态。

所谓"近代女子"就是在这样的精神状态之下产生出来。

反映在丁玲的创作里的女性姿态,就是这样的一种姿态;他们拼命追求肉的享乐,他们把人生看得非常阴暗,他们的感受性非常的强烈,他们追求刺激的心特别的炽怪,他们容易为感情动摇,她们大都是抱着"即时行乐"的意念;这些女性人物可以说全是在这种情态之下被描写出来。

同时,在有一些地方,是特别的说明了,这一切倾向的产生,是由于经济职业的种种高压的结果,是与整个的经济制度是有密切的关联的。

丁玲就是描写这一种姿态的作家。

这里,我们可以从她的作品里来证实这种种的倾向,来考察反映在她作品里的她的思想。

我们先说她的第一个创作集《在黑暗中》。

从《在黑暗中》所表现的看法,作者的脚尖已不仅是踏入了社会的门限,对于社会有着了了解,并且触着社会的经济困厄的现实关键,把握到现代人中心的苦闷,虽然她离开生活的象牙之塔还不怎样的遥远。

这从她对生活的愤慨可以看将出来。

然而，这如作者在《后记》里所说，这终不免是"伤感主义者所最易于了解的感慨"，在每一篇里，都涂着很浓厚的伤感的色调，显示出作者的对于"生的厌倦"而又不得不生的苦闷灵魂。

于是，作者创作里的女主人公，便完全脱离不了一个"固定的伤感的型"，对社会表示绝望，只生活在生的乏味与死的渴求的两种心理之间，甚至放上一个死亡的结束，如《阿毛姑娘》。这样，《梦珂》便不能带着创伤"隐忍的继续着到这纯肉感的社会里去，忍受到非常无理的侮辱"，"莎菲"也就有了"悄悄地活下来，悄悄地死去"的结论了。至于"嘉瑛"她们，生涯是这样的无聊……

总结这一部创作，作者只送出这样的一种哀喊，"社会是黑暗的，生是乏味的，生不如死"，所以，这些人物，便乐意的把"生命当做自己的玩品，要尽量的浪费掉"，而把一切的幸福看作"水月镜花"。

但是，作者不曾指出社会何以如此的黑暗，生活何以这样的乏味，以及何以生不如死的基本原理，而说明社会的痼疾的起源来。

作者所表现的人物，对宇宙是不求解释的，大都是为感情所支配着的小资产阶级的个人主义者。他们需要感情，她们需要享乐，她们需要幸福，同时也需要自由。然而，社会什么都不给与，无往而不使他们失望。她们只有极强烈的感受性，没有坚强的抗斗的意志；她们只有理想的欲求，不肯在失败的事件中加以深邃的原理的探讨。结果，便自然的产生了厌世的倾向，在有生的时候，把自己的生命尽量的玩弄一回——这就是作者从客观方面所表现的人生。

"但我知道在这个社会里面是不会准许，任我去取得我所要的来满足我的冲动，我的欲望，无论这是于人并不损害的事"。作者只有社会的现象的认识，没有深入的看到这种现象的成因。

"我迫切的需要这人间的感情，想占有许多不可能的东西"。作者只有主观的愿望，没有顾到社会的客观事实。

所以，他们对于所谓"幸福"，根本上起了消极的怀疑。她们起始以为无论怎样的"幸福"，结果是归入于"空"。到后来，是更进一步的感到"宇宙间到底有什么？什么也没有"，"本只以为幸福是不久的"，现在却以为"根本就无所谓幸福"了。

于是，她们作践自己，"好在这宇宙间，我的生命只是我自己的玩品，我已浪费的尽够了，那么，因这一番经历，而使我陷到极深的悲境里去，似乎也不成一个更大的事件。我决计搭车南下，在无人认识的地方，浪费我生命的余剩"。她觉得，"我还没有享得我生的一切。我要使我快乐，无论在白天，在夜晚"。他们便这样的陷于颓废，厌世的状态，轻视生命，拼命享乐。根据所表现的看来，作者最低限度是同情于这个主张。

"这个生是太乏味"，"自活确是凄凉的可怕"，于是她"灰心而又想到死"，"多无意义啊，倒不如早死了干净"。作者对生命是摇起了这最后的丧钟，所以一切的人物，不是死去，就是生活在半死的状态的里面，《暑假中》这一篇最足以代表。

终结，《在黑暗中》里的人物，就是在消极一方面说，也还是懦弱的，还没有站在社会的面前，公开的作践自己而无悔的勇气。对于社会是绝对了，把人生是看得那样黯淡，然而，站在社会的面前，终不免于颤抖。他们的生活，从这一点看去，似乎还没有正式敌视社会的精神，而挣扎冲突在矛盾的现象之中。

而她们的感情与理智也时时的在冲突。前面说过，她们都是为感情所支配着的人物，在最后，都是感情战胜了理智，事实征服了理想，命运打败了创造，虽然她也送出最后的挣扎，如"莎菲女士的日记"。

我看了莎菲之与凌吉士，我有了《灰色马》里的佐治抱住女人在膝上的怀疑的联想。作者的思想，确实的有着无政府主义的倾向。

引一节，可以看到这样人物的内心生活的全体：

二月二十四日

——当他单独在我面前时，我觑着那脸庞，聆着那音乐般的声音，我心便在忍受那感情的鞭打！为什么不扑过去吻住他的嘴唇，他的眉梢，他的……无论什么地方？真的，有时话到口边了："我的王！准许我亲一下罢"，但又受理智，不，我就从没有过理智，但受另一种的自尊的情感所裁判而咽住了。唉！无论他的思想怎样坏，而他使我如此癫狂的动情，是曾有过而无疑，那我为什么不承认我是爱上了他呢？并且我敢断定，假使他能把我紧紧的拥抱着，让我吻遍他全身，然后他把我丢下海去，丢下火去，我都会快乐的闭着眼等待那可以永久保藏我的爱情的死的来到。唉，我竟爱他了，我要他给我一个好好的死就够了。

这可以象征《在黑暗中》人物的全体，她们的生活完全是包含在灵与肉，生与死，理智与感情，幸福与空虚，自由与束缚，以及其他一切的这样的现象的挣扎冲突之中，而终于为物质的诱惑所吸引，在苦闷的状态的内里，陷于灰心，丧志，颓败，灭亡……

这是关于《在黑暗中》的考察。这是我在《在黑暗中》出版当时所写的一篇短评。这篇批评，在现在看来，自己是感到不怎样的健康。不过，在大体上，是已经究明了她所表现的"世纪末"的女性的倾向，以及这种人物的生活与思想，虽然当时没有在这一点上加以发展的研究。

不但她的《在黑暗中》所表现的如此，就是她的第二创作集《自杀日记》，和第三创作集《一个女性》里所表现的，也是同样的一种姿态。

尤其是《一个女性》一集，里面的肉的气息是特别的浓重。这一部小说集一共收了六篇创作，差不多就有五篇是专门描写肉欲的追求，人类的丑恶。《一个女人和一个男人》的女主人公薇底是如此，《他走后》的女主人公丽娴也是如此，《野草》里的女主人公野草同样的是这一种人物。至于《少年孟德的失眠》里的男女主人公，也全都是肉欲的追求者。《在一个晚上》篇里，则男主人公是肉欲追求的人物，而《自杀日记》里的《庆云里中的一间小房里》表现女性的变态的肉的追求更特殊的强烈。这一切都表示了作者创作中所特有的气氛，所特具的"世纪末"的病态的反映。这些伤感型的人物，都是在追求着肉欲，以安慰排遣她们自己的灵魂上的苦闷。

关于这，《自杀日记》可以作为思想上的正面的说明，这一篇充分的说明了"世纪末"的病态的人物对于人生观察的暗淡。

所以作为《自杀日记》的主人公，她觉得"生活很无意思，她固执的屡次问自己"说："顶好是死去算了"！她以为："我毫不好奇，我毫不羡慕自杀的美名，也没有什么理由会使得我觉得自杀有什么不对的地方。我死去，我的心是很平静的，世界也仍然保守平静。"她把一切都看得异常的空虚。

因此,《野草》的主人公野草想:

"她想到三年前的春日,她不是正被挟在那人怀里,一到了夜,便来公园里玩。她想起她倒在别人怀里时,只希望能立刻死了的那心,是多么能领受快乐的年青的心啊!而且,不是吗,她也曾捉弄过人,玩弄着别人激荡着的心以为满足,然而,现在呢,过去了,一切!"

这是表现了多么伤感而且享乐的倾向哟!
然而,这是她第一期的作品。
长篇《韦护》所表现的就不同了。
《韦护》所描写的,是革命与恋爱的冲突,虽然它的重心是落在恋爱的一面。作为它的主人公的,一个是革命的领导者之一的韦护,一个是非常近代化的女性丽嘉。他们俩因相识而陷于恋爱,终至同居起来。可是,为着结婚,与沉浸于热恋的生活里的关系,他怠工了——非常厉害的妨害了工作。因此,恋爱与革命引起了他的内心的冲突。他苦闷了。最后是,他果决的留了一封信给丽嘉,他离开了他们共同的所在地。他继续的去努力他的工作。这里所描写的,可以说完全是一个 Romance。

全书描写丽嘉是最出色的,把她的近代化的生活与性格,表现的活泼而且生动。丽嘉是一个"热情的,有魔力的"女性,"她的血管中,是常常的有着诗人的浓厚的苦闷",她欢喜追求生活上的"刺激",她"聪明"而且"豪迈",行动很"放任",她把人生看得如"演戏"一般。她的"性格上有很多的美丽",不过,在行动上,总往往的"令人不可捉摸"。她很美丽。

我们可以引一节关于她的姿态的形容:

"……于是她只好将那雪白的臂膀伸出来,让他在手弯上接一个吻。他便看见了那丰满的,没有束着的胸,微微有两条弧线凸出贴身的衣服来,而那胁下有着稀稀几根可爱的毛。"

她的身体，是具有很强烈的诱惑的力量的，从这里就可以想见。这个人物，在全书里，是被描写的很优秀，很动人，很有力量。她完全是一个 Modern girl 的姿态的典型。

韦护本来是一个很罗曼谛克的青年，"以流浪和极端感伤虚度了他的青春"。但后来因着"新的巨大的波涛"的推动，"他有了研究社会主义的趣味"。"他跑到那北方的寒国，那俄罗斯，他更坚定了他的意志。他是完全换了一个人。他耐苦，然而却安心的做了三年工作。他又回国来。他用他明确的头脑，和简切的言语，和那永远象机器一般的有力，又永久的精神干起事来"。后来，他就遇着了那非常罗曼谛克的丽嘉。他不自觉的陷于恋爱。

这恋爱的结果，便产生了许多的如次的优秀的场面：

"早晨，一让阳光透过了纱帘，照到房里时，韦护便先醒了。他只痴痴的望着那拂在他手臂上的黑发，和黑发下的白的，腻人的项脖。有一种醉人的暖香从她那每一个毛孔分泌出来，是还有一点象乳的气味的。他希望她多睡一点，她睡熟的像是更美，是更使他在身体上有一种快乐的痛苦滋生的。但是，只要他轻轻的转动一下，她便惊醒了。她撒娇的喊着，'爱！韦护！爱！你抱我呀！'于是她张开了眼。他们紧紧的拥着，又狂乱的接吻。他们为他们这幸福的一天的开始颂赞起来。在枕头上，她的眼睛是显得更大，他有几次强逼的要吻她的眼珠，使她的泪水都流出来了，她是没有生他的气。"

"白天，那温暖的太阳光，便从那窗户里洒了进来。他们便坐在这里。他们的眼光，是没有离开过，而嘴便更少有停止了。有时是话说得多。有时是接吻得更多。丽嘉常为一些爱情的动作，羞得伏在他身上不敢抬一抬头。但她却因为爱情将她营养得更娇媚，更惹人了。"

"一到夜静的时候，他们便将那两盏灯关掉。只剩一盏架灯在沙发的头前。沙发是长的，丽嘉便靠在上面，有时有点冷，韦护便将那幅软毡披在她身上。他呢，他枕着她。他从她手上取了一张诗稿，用一种愉快的心情去读他往日写下的悲凄的诗，那灯光便正落在那纸上，还和他的软柔的，微微棕黄的发上。他读完一首，她便要给他一个吻。或者让他吻一下。诗并不是了不得的好。但那是他爱情的自白，所以他们会常为里面的一些句子动心，常常要打断，要停止下来。因此倒更有现在是好了，是充实了的感觉。"

这是他们的狂热的恋爱生活的一部。他们是共同的沉浸在这种环境之中而无法自拔。韦护放弃了非常重要的工作。所以，接着这甜蜜的生活而来的，便是他内心的事业（革命）与恋爱的冲突。

他在留别丽嘉的信里写着：

"……于是斗争便开始了。一面是站在我不可动摇的工作上，一面是站在我生命的自然需要（指恋爱）上。我苦斗了好些时。"

他经过了许久时期的内心的斗争，最后是离开了丽嘉，他跑到广东去。他这时是在苦痛中感觉着充实。

他在信里写着：

"……而我呢，虽说是离你而走了，但即使是当枪弹打倒我时，我也可以感到充实，因为我是爱你的啊！"

而丽嘉呢，她也醒悟了，她感叹的结束这一个 Romance 道：

"唉！什么爱情！一切都过去了！好，我现在一切都听凭你（指她的唯一的女友珊珊）。我们好好做点事业出来吧！只是我要慢慢的来撑持啊！唉！我这颗糜乱的心！"

于是，这一个 Romance 便闭幕了！……

丁玲的这一部七万余言的长篇，不成问题的，在内容方面还有许多缺陷；但她能够在很短的期间里，突破她第一期的思想，而走向革命，这已是证明了她的飞速的进展。

譬如说，这一部长篇的主旨，很显然的，是"革命的信心"克服了"爱情的留恋"，这一个概念就是很正确的概念，是她在前期所绝对不会如此主张的概念。具有那样"近代女性"的性格的丽嘉，在最后，也不免振作起来，要努力的去做一点事业，这也就足以证明这一概念的胜利，对于她过去的一贯的 Modern Girl 的姿态的否定。

这是她思想上的发展。

在描写技术方面，不但全部创作的局面的开扩，令读者无丝毫局促的感觉；就是那种非常大胆的，性欲的，热恋的描写，也是特殊的优秀；此外，如他所独有的特殊的作风，语句的紧严的结构，用字的清新适当……一切在小说的描写的技术方面，我认为她是在所有的女作家中最发展的一个。

至于反映在创作里的她的缺陷，简单的说，那就是这一部长篇依旧是一部恋爱小说，与革命并没有怎样深切的关联。

所以，对于丁玲，我们一面感到无限的欢喜，一面是仍然的感到不满，而希望她"百尺竿头，更进一步"！

一九三〇年九月六日夜

（选自1931年8月北新书局版《现代中国女作家》）

丁玲论

方 英

丁玲，一个在逐渐的和革命艺术密切的联系起来的名字，是伴着她的最初的《在黑暗中》，出现在一九三〇年的《韦护》，以及最近的《一九三〇年春上海》，在广大的读者中间植立了她的深厚的影响了。

在出现于女性作家作品之中的女性姿态，丁玲所表现的是最近代的；而这些近代的女性的姿态，在她几年来的作品里面，又是不断的在发展。

这一种姿态的发展，就是从所谓典型的"Modern Girl"的姿态，一直展开到殉道者的革命的女性的受难。

从十年前震慑了文坛的，出现于谢冰心笔下的封建资产阶级的女性（我想说是资产阶级与封建社会的混血儿还比较正确些）看来，丁玲所表现的"Modern Girl"的女性姿态，正给予了她们以一种强烈的对照，表现着一种广大的时代的距离，反映着中国的近十年来的社会，是怎样闪电般的在变革，以及这些变革了的社会形态又是怎样的转变了近代女性的意识形态，造成了她们生活上的一种绝大的旋风。

所以，那"悄悄的活下来悄悄的死去"的"可怜"的莎菲，那"隐忍力更加强烈，更加伟大，至于能使她忍受到非常无礼的侮辱"的梦珂，以及"不为什么，就是懒得活，觉得早死了也好"作为自杀的理由的阿毛姑娘，到最后，她们是以另一种姿态出现了，这就是《韦护》的女主人公丽嘉所说的，"唉，什么爱情！一切都过去了！我们好好做点事业出来吧！"以及《一九三〇年春上海》之一里的女主人公美琳的投身革命。

她们，这些女性的典型人物，因着社会的不断的变革，是不断的从个人主义的形态里，伤感主义的形态里，以至于无政府主义的形态与极其平凡的生活里，逐渐的一一的转变过来，终于，把握得了生活的光明面。

丁玲，从她几年来的创作里看去，她是深触在"Modern Girl"的典型的生活里面，而抓住了这一种生活的核心；不过，这些女性的生活，还不是完全资本主义化的，大部分是局限于女性的智识阶级层里。因此，在她的创作里面，是找不到最富丽的新装，看不见不断变幻着光色的跳舞场，也看不见金醉纸迷的大宴会；同时，也没有家备的Moter car，自动的电话机，金刚钻，画眉笔，以及香槟酒。

她所表现的人物，大都是住在亭子间，寄宿舍，学校，以及普通前后楼面的，《一九三〇年春上海》之一是一个例外，她所住的是一楼一底的房屋，女性智识阶级层；这些女性人物，在生活上是时时受着饥寒的袭击，在思想上是时时感觉着矛盾，她们的精神是不时的在为人为己受难，她们的行动是出生在病态的因子的内里……

但是后来，因着社会的不断的变革，她们的环境也就日渐的变换了颜色，她们的生活也就逐渐的获得了开展。从她们所接近的人物说起，最初，作为她们的人物的环境的，都是些无主张的大学生，和一般的智识分子；后来却不然了，那些人物是以有思想有主张的姿态出现了，他们的一部分，成为非常积极的革命运动者，他们的思想一天一天的尖锐了起来，虽说其间的倾向也有不正确的。同样的，那些女主人公，也从个人主义的姿态里蜕化出来，成为了革命的同情者，比较深入的了解得出现在社会层里的一切现象的根源，不象前此的那么悲观，而相当的了解得人类的必然的前途，丽嘉就是这一倾向的最主要的代表人。

通过了这一时代，那些女性人物，在社会变革的激浪里面，是更坚强的生长起来。所以，丽嘉在韦护离开了她以后，她就意识的要去做一点有意义的事业。因着这一决定，另一种姿态便继续的产生了。那就是《一九三〇年春上海》之一里的女主人公美琳的出现。美琳是一个女性，不但意识的否定了她自己的当前的具有享乐倾向的生活，否定了统治着她的精神的她的丈夫子彬的思想,不但同情于革命,而且是比丽嘉更进一步的走向革命,参加工作,艰苦的为着广大的群众的利益而斗争。

这是反映在几年来的丁玲创作中的女性姿态最高的发展。在这些意识形态发展的过程的把握之中,她虽没有显出非常缜密的辩证法的解释着这复杂的不断在变革着的社会现象的一种巨大的力量,但在已有的少数的优秀的创作之中,这不能说不是一幅逼真的轮廓的有力的剪影。

在这剪影中,丁玲,她不但指示了女性姿态的生长,同时,也描写了从农村到都市的广大的地域,从反对封建社会的意识到反资本主义的意识的开展。

在她的创作里,人们可以看到帝国主义对于中国农村的侵略,农村一般的破灭的危机,封建社会的崩溃的音响,同时,也可以看到动的力学的都市,闪烁变幻的光色,机械马达的旋风,两个对立的阶级的肉搏,地底层的巨大力量的骚动……

阿毛姑娘是一个憧憬于都市生活的人,但是她,是死在这一个憧憬的不能实现的苦闷之中。阿英,她是走向都市了,但她所把握到的,只是资本主义社会的丑恶。梦珂,她是感到了生活难,但这"纯肉感的社会"给予她的是什么呢,只是"非常无礼的侮辱"。美琳,她是很安定的生活在都市了,可是结果,她所理解的,是对于她的当前生活的否定……

一切的丁玲的创作,是一贯的说明了她的主要的思想,那就是,在农村里的人是憧憬着都市,而生活在都市的人,又都感觉着生活的苦难,资本主义社会里的生活的丑恶。不但阿毛、阿英、梦珂、就是《莎菲女士日记》里的莎菲,《自杀日记》里的伊萨,《暑假中》里的女学生的一群,也都是共同的在受着资本主义社会里的生活的磨难,而极端的理解着生活在这样的社会里的苦恼与平凡。

她们,那些创作中女主人公的思想,甚至于发展到这样的形式:"——她本只以为幸福是不久的,务必被死所骗去,现在她仿佛又以为根本就无所谓幸福了,幸福只在别人看去或羡慕或妒嫉,而自身是始终也不能尝尝这甘味"。这就是她们生活在现实的资本主义社会里的刻骨的苦闷。

反映在丁玲的创作中的人物，一般的说来，在从农村一直到都市的了解里面，她们是否定了封建社会的生活，批判了资本主义社会里生活的不合理；中间，经过了由苦闷而陷于享乐倾向的一阶段，她们是把握得理想的憧憬，理解得生活应如何才能合理了。

于是，在她的创作之中，她产生了从这种倾向里转变过来的丽嘉，从都市生活的否定里面转变过来的美琳……

生活的深入认识与理解建筑了丁玲创作中人物的思想的转变，这是在她创作中的最尖端的描写，所以，在目前，在这些人物的新的生活方面，还不能有若何的认识，只能提出她们的为封建社会以及资本主义社会所蚀丧了的苦闷的断魂的哀叫，来为她们作一回关于过去的总结。

这就是普遍在丁玲作品中每一个女主人公的内心里的一种倦于当前的生活而又不得不生活以至陷于享乐倾向的灵魂。

可以用《自杀日记》里的女主人公伊萨来做一个具体的说明，看她在日记里是如何的表白了这一倾向。

"生活很无意思，很不必有，顶好是死去算了。……我决定了，总有一天我会自己死去的。死，死于我是很自然的事，我自己很知道世界上也不会有一个人来惊诧。我不是生活得很长了吗？而且毫无乐处，永无乐处。"

"我死去了，就在今天。这是找不出理由来加解释的。我一切都灰心，都感不到有生的必要。我毫不好奇，我毫不羡慕自杀的美名，也没有理由会使我觉得自杀有什么不对的地方。我死去，我的心是很平静的，世界也仍保守平静。……生活于我是太乏味了。"

这是伊萨的话，象这样墓场一般的空气，是反映在丁玲的创作之中，尤其是初期的作品。如《在黑暗中》一集，无论是《梦珂》，是《莎菲女士的日记》，是《暑假中》，是《阿毛姑娘》，就都建筑在这样的础石上面，形成了一种统一的精神，……

因此，莎菲最后的结论是："总之，我是给我自己糟蹋了，凡一个人的仇敌就是自己，我的天，这有什么法子去报复而偿还一切的损失？好在在这宇宙间我的生命只是我自己的玩品，我已浪费得尽够了，那末因这一番经历而使我更陷到极深的悲境里去，似乎也不成一个重大的事件。我决计搭车南下，在无人认识的地方，浪费我生命的余剩。"

这就是丁玲创作中女主人公们的生活。但这种生活，这种趋向绝灭的精神，是追随着她们的意识的发展而逐渐的淡漠了下去。这在美琳的转变里完全的可以看将出来，她要向子彬作"理性的谈话"，要和他"互相很诚恳很深切的批判一下"，她想"她应该好好的努力"。这是非常显明的说明了一种旧的生活的批判，一种新的生活的开始。

丁玲的创作，是很有力的描写了这样的为不合理的现实的社会生活所损害的女主人公们的心理上的矛盾与冲突，以及她们怎样的突破了绝灭的理想，走上了新的生活的大道的全部过程，这是她的创作中女主人公们的思想的发展的一般的形式……

固然展开在丁玲创作里的地域，是从乡村一直到都市，但作为她的描写重心的，还是都市的生活。她描写了生活在都市里的智识分子的男男女女，这些人都是"都市使她厌倦，但她不能不拘留在这里"的人，她发展的刻画了这些人物的生活的内心生活方面以及物质生活方面。

所以，在丁玲的作品里面，反映的都会性是特殊的强烈的，她的作品的脉搏，和都市的动态也是完全的合致。

她描写了那"高耸几十丈以上的层楼，静静的伏着，各以锥形的顶，衬于青空，仿如立体派画稿，更以烟囱中之淡烟为点缀"的早晨的都市；她也描写了那"满马路奔走着的男女，在晚霞与电灯光交映的光辉中，尽浮着会意的微笑"的黄昏都市，她更描写了那"每个四方形的房子里，是刚刚才灭了那艳冶的红灯，在精致的桌上，就狼藉着装了醉人的甜酒的美杯，及残了的各种烟烬。软椅上的垫枕四散着。人倦了，将娇嫩的四肢，任情的摊在柔滑软被上"的都市的夜生活。

在她的作品里面，不仅展开了如此的都会的场面，也细致的描写了那在"很暗的马路上，找不到生意，边唱着长气，边摇摆着两股"的卖淫的少女，和那在天亮时"从各人的瘦饿的妻的身旁起了身，用粗蓝布的工衣的袖口,擦脸上的污垢,粗乱的发蓬着,鞋子破了,露出从袜缝中钻出的脚趾。而且大众都急忙的出了门,在临着臭沟的乱泥路上奔着,去到那为压榨成万工人以赚钱的工厂去"的男女工人群众……

她描写了都市生活的各方面,她绘影绘声的描写了在都市里的各阶级阶层的人物,她从动的都市里了解得这"不停顿的宇宙"。

在一切方面,她用一种很明快的手法,不断的表现了它。明快的手法,这也就是丁玲的技术方面的主要特色之一。在她的所有的作品里,都反映着她的明快的手法的独特的精神。

"车急骤的转了一个大弯,车身猛烈的震动了一下,于是她俩便清醒的分开了,他还慌张的去扶那摇摆得很凶的小箱子。他从前面的小块的圆镜子里,看见车夫的一付忍俊不住的笑容,他有点生气,又有点难为情,却也只好向那镜子中的刁滑的笑脸笑一下"。

这是《一九三〇年春上海》里的一节,是一幅很有兴味的街头小景,从这里,可以想见她的手法是如何的明快,如何的表现了那动的力学的都市的精神,这一种描写,在《韦护》里,在其他的短篇里,是随处可以碰到。

从这一幅街头小景里,暗示的说明了丁玲的特殊的手法的另一种,那就是映画的手法,在很多的被描写的地方,若果稍一停顿,稍一思索,便有一幅动人的优秀的映画显现出来,这是研究丁玲的创作时所不能忽略的。

即如《一九三〇年春上海》第一篇的开始,"电梯降到了最下层,长的甬道上蓦然暴乱的响着庞杂的皮鞋声。七八个青年跨着兴奋的大步,向那高大的石门走出去,目光飞扬的,互相给与会意的流盼,……跳上电车,车身摆动的利害,他一只手握住藤圈,任身体荡个不住,眼望着窗外的整齐的建筑物,而一切大都会中的情形都纷乱的揉起又纷乱的消逝了"。这样的描写,不仅表现了都市的动的力学的精神,又展开了机械旋转般的明快的映画的技巧,这种技巧是最近代的,最发展的工业的形式,是艺术与机械的一种交流的形式。

一般的说来,丁玲的创作的技术的特色,是她的关于两性生活以及人物性格的描写,但这还不是一种深刻的认识,实际,是应该特殊的认取她那与都市脉搏合致的，明快的，电影的，与机械一同旋转的，一种新的描写的手法……

这就是丁玲，这就是丁玲的创作，这就是在当初散着"也有着自己烧饭，自己洗衣，自己呕心呕血去写文章，让别人算清了字给一点钱去生活，在许多高的压迫下还想读一点书的女人，——而把自己在孤独中所见到的，无朋友可与言的一些话，写给世界，却得来如死的冷淡，依然又忍耐着去走这一条已在这纯物质的，趋图小利的时代所不屑理的文学的路的女人"的喟叹，而现在已经"懂得人应当怎样生活了"的丁玲……

丁玲，在她的过去的创作之中，虽然具有着很多优秀之点，但在新的表现上，究竟还只是一个开始。她的力量，描写 Modern girl 是游刃有余，表现革命的力量却深感不足。在革命的认识上，她要有更深入的而不是止于概念的理解；在生活上，也应该显示出她的丰富的经验；至于技术，新的方式适应新的题材是必要的，她必须创造，要完全的突破那为一般读者所认为优秀的文学的传统形式；丁玲，在今后的发展中，她应该在这一切方面建立她的创作的新的基础，以获得她的文学事业的新的展开。

总之：在新的创作的开始上，她还没有展开她的新的有力量的成就，这主要的原因是由于她并没有从新的革命的生活中走出来，所以，作为她的今后的主要的事件的，她必须走向新的革命的生活里去，她必须在尖锐化了的现代的斗争生活中去不断的锻炼她自己，这样，新的作为斗争的有力量的作品才会产生，这是对于丁玲的创作应有的理解。

一九三一年八月二十三日

附记：我曾经写过一篇《丁玲论》，收在北新版的《现代中国女诗人与散文家》里，印成重校，自己觉得非常的不满意，所以另作此篇，一面说明我对于丁玲创作最近的理解，一面作为我自己对于原先的那一篇的批判——作者。

（原载 1931 年 8 月 10 日、24 日、31 日
《文艺新闻》第 22、24、26 号）

关于新的小说的诞生
——评丁玲的《水》

何丹仁

丁玲的《水》，在《北斗月刊》上登完的时候，就有许多人认为是一篇"好的作品"。我懂得那意思，那是说：这是我们所应当有的新的小说。

我们将会同意这些评价，不过我想如果更妥当点说的时候，不如修正为这还只是新的小说的一点萌芽。

我们现在已经有许多立志要作新的小说家的人，青年的，中年的，以及老年的，但多半是预约，还很少有"现兑"。《水》可以算得一点小小的现兑。

《水》所以引起读者的赞成，无疑义的是在：第一，作者取用了重大的巨大的现时的题材。题材对于小说，总是占着重要的地位，而是象水灾这样动人的，时事的，照出整个中国社会生活的题材，虽然多得"收之不尽"，却还不能使许多作家抛去穿屈的虚伪的"身边琐事"的时候，则作者快捷的加以取用，就会引起读者的热情的注意是一定的。并且也就在这点上，有着他这一种特别的意义。但是，最主要的还在：第二，在现在的分析上，显示作者对于阶级斗争的正确的坚决的理解。第三，作者有了新的描写方法，在《水》里面，不是一个或二个的主人公，而是一大群的大众，不是个人的心理的分析，而且是集体的行动的开展（这二点，当然和题材有关系的）。它的人物不是孤立的，固定的，而是全体中相互影响的，发展的。

这三点，我说得非常抽象的，过于概观的，但应当是许多读者所共抱的意见吧。

可是这意见是对的话，则《水》的最高的价值，是在最先着眼到大众自己的力量，其次相信大众是会转变的地方。这些，在知识分子的作家是往往不能办到，因为他们最会蔑视大众，常以为大众是渺小的，是盲从的，下意识的保存着"民可使由之"的孔子思想。这些用不着怎样的证明，只要注意到全部的主旨，就可明白。小说的开始，就是大众英勇的和洪水抗斗的一幕。这是和天灾——其实，如作者所示，并非天灾，是军阀混战和地主官僚的剥削的结果——斗争，大众用原始的巨力和自然斗争，小说结尾的时候，则是灾民大众和饥饿斗争，用开始向于组织的力量和剥削者及其机关枪斗争。每一个地方，却显出灾民的农民大众的自己的伟大力量，只有这个力量将能救他们自己！这些灾民的农民大众的反抗对象的转变，那过程是最单纯的，然而是最伟大的——一个艺术家，如果能够理解这最单纯的转变，他将能创造伟大的作品。

于是，如果这是主要点，如果这是《水》的生命，那么其他各点却不必说，同时不拘它还有很多的缺点，这无疑的已是我们的艺术的一点小小的现兑。我们所应当有的新的小说的一点萌芽。

同时，如果以上所说是对，我们也就得到新的小说或新的小说家的定义的主要部分吧。在现在，新的小说家，是一个能够正确地理解阶级斗争，站在工农大众利益上，特别看到工农劳苦大众的力量及其出路，具有唯物辩证法的作家：这样的作家所写的小说，总算是新的小说。

因此，丁玲的《水》，如果它确是新的小说的一点萌芽，对于我们就还有另外的重要的意义。首先，它将要证明一个进步的知识分子的作家，可能成为我们所需要的新的作家，只要他理解了新的艺术的主要条件，而逐渐克服着自己；而一个"半新"的作家，有时的确往往不能为真的新作家，如果他不理解新艺术的主要条件，不厉行自己的清算。证明这意义在现在是很重要的，而丁玲便是一个适当的例子。

且说丁玲原来是怎样的一个作家呢？丁玲在写《梦珂》，写《莎菲女士的日记》，以及写《阿毛姑娘》的时期，谁都明白她乃是在思想上领有着坏的倾向的作家。那倾向的本质，可以说是个人主义的无政府性加流浪汉（lumken）的知识阶级性加资产阶级颓废的和享乐而成的混合物。她是和她差不多同阶级出身（她自己是破产的地主官绅阶级出身，"新潮流"所产生的"新人"——曾配当"忏悔的贵族"。）的知识分子的一典型。在描写一个没落中的地主官绅阶级的青年女子，接触着"新思潮"（"五四"式的）和上海资本主义生活时所显露的意识和性格的《梦珂》里，在描写同样的青年知识女子的苦闷的，无耻的，厌倦的不健康的心理状态的《莎菲女士的日记》里，在说述一个贫农的女儿，对于资本主义的物质的虚荣的幻灭的可怜的故事《阿毛姑娘》里，任情的反映了作者自己的离社会的，绝望的，个人主义的无政府的倾向。

丁玲原来以这样的作家在不久之前出发到文学上来的。这样的作家的运命却很可悲，决定运命的前途者只有一件事：作家自己在社会的转动中是否有觉悟，是否愿意去看见社会中的新的生命，而努力从灭亡的自己的阶级及思想的倾向脱离出来。因此，丁玲仍不失为一个进步的作家，因为她有觉悟，当然也有悲哀，她跟着社会的变动而前进。《韦护》虽大体还是属于第一期的东西，但有一点不同，就是已经有一条朦胧的出路了。仿佛已在社会中看见新的东西了，在《韦护》里，作者有意无意的想把无政府主义的思想和青年知识分子的浪漫的生活埋葬，于是再下去，在《一九三〇年春上海》及《田家冲》等作品里面，作者已不再回看那些厌倦的，紊乱的个性和生活，而是在反帝反封建的革命高潮之下，首先在自己所接近的阶层——青年知识分子中看取动摇分化及转变的现象。如在《田家冲》里，则描写农村中的残酷的阶级斗争，甚至使一个地主的女儿也变成布尔塞维克。

这样，从《梦珂》到《田家冲》的中间，已不仅只被动地反映着社会思潮的发动，并且明显地反映着作者自己的觉悟，悲哀，努力，新生的了。

丁玲所走过来的这条进步的路，就是，从离社会，向"向社会"，从个人主义的虚无，向工农大众的革命的路，好多的进步的知识分子同走过来的路，是不能被曲解为纯是被作用，或只是惨暗的消极的觉悟的结果。我们必须理解这是作者被新思想所振荡，就据这新思想来作用，觉悟了自己阶级的崩溃，就更毁坏着自己的阶级，感到了自己的倾向，就进一步的向它斗争的表现。

可是，这自然还不够。——《田家冲》至多不能比蒋光慈的作品更高明。作者在《田家冲》之后要能写出《水》来，她必须更经过更其坚苦的对于自己的一切旧倾向旧习气的斗争。同时她要能够从这枝萌芽长大更必须不断的对自己的一切旧的残余及一切新的障碍严行斗争。

为什么呢？因为如果我们上面所说的新的小说家的定义大体上并不错误，那么如果只是概念的从离社会走到向社会，从个人主义的虚无走到工农大众的革命，而不是作为艺术家，从观念论走到唯物辩证法，从阶级观点的朦胧走到阶级斗争的正确理解，特别是从蔑视大众的，个人的英雄的捏造走到大众的伟大力量的把握，从浪漫蒂克走到现实主义，从旧的写实主义，走到新的写实主义，从静死的心理的解剖走到全体中的活的个性的描写，则不论是谁，不能是一个新的作家，至多只是一个半新的作家罢了。

丁玲的《韦护》，不能这样办到，《一九三〇年春上海》及《田家冲》，有着观念的观察和理解，浪漫主义的曲解。这些是同样的要不得的。因此，在《田家冲》和《水》之间，是一段宝贵斗争过程，是一段明明在社会的斗争和文艺理论上的斗争的激烈尖锐之下，在自己的对于革命的更深一层的理解之下，作者真正严厉的实行着自己清算的过程。那结果是使她在《水》里面能够着眼到大众自己的力量及其出路。自然，丁玲还不能即刻是簇新的作家，也还没有更大的现兑。

但是，这说明了什么呢？这不仅说明了在工农阶级出身的作家还在我们培养中，而知识分子作家所分担到的新的作品的创造的任务非常重大的现在，这任务乃是可能；尤其说明了使自己成为一个作家乃是一种非常艰苦的任务，但在现在，这样的新作家的源泉之一，却是作家们对于自己的一切坏倾向坏习气的斗争，对于自己的脱胎换骨的努力。这不仅说明了作家的自己清算，并非消极的事，而是积极的任务；尤其说明了现在我们所有的作家却还是很不纯粹的，一切布尔乔亚的艺术的影响，一切同路人的，观望的……浪漫蒂克的，机会主义的等等性质，现在统统却还在阻碍我们的作家的新的作品的诞生。

于是，在这样的意义之下，只有在这样的意义之下，最后我们指出《水》的许多缺点，也就很必要。第一，象这次这样巨大的水灾的题材，作者只造成了近于"速写"的二三万字的短篇，是分明没有完成这题材所给与的任务的。实际上，《水》是应该续写下去的。

其次，《水》里面灾民的斗争没有充分的反映着土地革命的影响，也没有很好的写出他们的组织者和领导者，这是一个最大的缺点。请读者不要误解，以为我在预先定出一个版型，要每一个作家都照样画葫芦；不是的，这是事实，灾民的伟大的斗争是在土地的革命的影响之下，在革命者的领导之下发展的。看来，作者对于这点是理解的，但没有写得好，不充分，她在小说的结末处，使一个对群众煽动的农民出现，但非常不明确。这应该是作者缩小了题材的结果，因为作者过速的结束了小说，这些都没有法子发展了。

第三，作者曾有意无意的将灾民群众中的一二雇农（长工），写得特别明确和有强力，这是对的，但后来就没有发展了，这也是缺点。

关于《水》，我们还无从知道工人读者的意见，但可以断言：《水》的文字组织是过于累坠和笨重，就使我们读起来也很沉闷的。

这些缺点，都使《水》只能是新的小说的一点萌芽，而不能有更高的评价。

（原载 1932 年 1 月 20 日《北斗》第 2 卷第 1 期）

女作家丁玲

茅 盾

　　大约是一九二一年罢，上海出现了一个平民女学，以半工半读号召。那时候，正当"五四"运动把青年们从封建思想的麻醉中唤醒了来，"父与子"的斗争在全中国各处的古老家庭里爆发，一些反抗的青年女子从"大家庭"里跑出来，抛弃了深闺小姐的生活，到"新思想发源"的大都市内找求她们理想的生活来了；上海平民女学的学生大部分就是这样叛逆的青年女性。

　　我们的作家丁玲女士，就是那平民女学的学生。那时候，她不叫作丁玲，叫做丁冰之。按照中国的习惯，她应该用她父亲的姓——蒋；但是她戴了她母亲的丁姓，因为她觉得男女既是平等的，那么子女们也可以用母族的姓氏。这也是那时候很普遍于青年男女间的一种思想。

　　在平民女学的丁玲女士是一个沉默的青年。她有两个很要好的朋友，王剑虹女士和王一知女士。前者是四川人，后者和丁玲同乡，也是湖南人。王一知不久就倾向了××主义，而且加入了××党，但当这三位青年女性做好朋友的时候，她们全有很浓厚的无政府主义的倾向。

　　平民女学的创办者（陈独秀和他的朋友）因为种种困难，不能使这学校按照他们的理想；丁玲女士她们大概感到失望，所以不久就退学。以后一年中间，她大概没有正式进学校，她和她的朋友王剑虹女士曾在南京住过一些时，过"自修"的生活。一九二四年，她又正式进学校，仍旧和王剑虹在一处。这学校便是后来在"五卅"运动中很起了领导作用而且产生了不少革命人才的上海大学的中国文学系；她好象对于政治还不感多大兴趣,思想上她还是近于无政府主义。

在上海大学大约一年光景,丁玲到别处去了。那时,她的好朋友王剑虹女士也象先前的王一知女士那样倾向于××主义了,而且不久就因为肺病死了;也许丁玲因此感到寂寞,因此要换环境了。

一九二七年,丁玲发表了她的第一篇小说,那时她始用"丁玲"这笔名。这个名字,在文坛上是生疏的,可是这位作者的才能立刻被人认识了。接着她的第二篇短篇小说《莎菲女士的日记》也在《小说月报》上发表了,人们于是更深切地认到一位新起的女作家在谢冰心女士沉默了的那时以一种新的姿态出现于文坛。在《莎菲女士的日记》中所显示的作家丁玲女士是满带着"五四"以来时代的烙印的;如果谢冰心女士作品的中心是对于母爱和自然的颂赞;那么,初期的丁玲的作品全然和这"幽雅"的情绪没有关涉,她的莎菲女士是心灵上负着时代苦闷的创伤的青年女性的叛逆的绝叫者。莎菲女士是一位个人主义,旧礼教的叛逆者;她要求一些热烈的痛快的生活;她热爱着而又蔑视她的怯弱的矛盾的灰色的求爱者,然而在游戏式的恋爱过程中,她终于从腼腆拘束的心理摆脱,从被动的地位到主动的,在一度吻了那青年学生的富于诱惑性的红唇以后,她就一脚踢开了她的不值得恋爱的卑琐的青年。这是大胆的描写,至少在中国那时的女性作家中是大胆的。莎菲女士是"五四"以后解放的青年女子在性爱上的矛盾心理的代表者!

但那时中国文坛上要求着比《莎菲女士的日记》更深刻更有社会意义的创作。中国的普罗革命文学运动正在勃发。丁玲女士自然不能长久站在这空气之外。于是在继续写了几篇以女性的精神苦闷(大部分是性爱的)作为中心题材的短篇而后,丁玲女士开始以流行的"革命与恋爱"的题材写一部长篇小说了。这就是那《韦护》。这是一部八九万字的长篇小说。在这里,丁玲企图描写她那已故的好朋友王剑虹女士的思想转变。书中的主角丽嘉就是王女士的影子,而男主角韦护是一个老牌的××党员。这两个人的恋爱结合很有几分 Romantic 味,特别是在女主角那方面。丽嘉的思想性格,多少有些和莎菲女士相象,她的恋爱的发生与其说是由于男主角那方面来的思想的感应,还不如说由她那少女的好奇心和浪漫的热情。所以在结合后,丽嘉虽然接受了××主义，却终不免因为恋人的忙于工作而夺去了他俩的温柔蜜爱的时间而感到戚戚。直到那男主角觉得"恋爱"已经无形的妨害了工作精神而决然舍去的时候，丽嘉方始觉悟，也说要决心投身于实际的革命工作了。而这小说也就在此完结。在这结尾，丁玲特地改变了她的故友的事实，表示了革命战胜了恋爱，但是在全体上，除写了丽嘉那种热情的狷傲的个性以及模糊的政治认识而外，那位男主角韦护是表现得并不好的。那时候（大约是一九二三年——二四年罢）的社会情形没有真切的描写也是一个缺点。

如果《韦护》这小说是丁玲思想前进的第一步，那么，继续着发表的《一九三〇年春上海》，就是她更意识地想把握着时代。这也是将近十万字的长篇小说，以一九三〇这年上海的群众运动为题材。知识分子的主角是懒惰的不革命者，闹烘烘的左翼。学生运动对于他并没有多大影响；但是他的妻——书中的女主角，却积极的参加了工人运动。于是在动摇矛盾的丈夫和极革命的妻中间，发生了"革命与恋爱"的冲突。结果那个妻为了革命而舍去了恋爱。所以在题材上，这《一九三〇年春上海》大约和《韦护》相仿佛；不过作者努力想表现这时代以及前进的斗争者——这种企图，却更明显而且意识的。

一直到这时候丁玲好象尚未加入中国左翼作家联盟，虽然她爱人胡也频已经是那联盟中的积极分子了。接着就是胡也频与其他四位作家的被捕被杀。丁玲女士个人对这××恐怖的回答就是积极左倾，踏上了那五个作家的血路向前！

从一九三一年夏起，丁玲再不是中国左翼作家联盟阵外的"同路人"而是阵营内战斗的一员。那时中国的左翼刊物悉遭封闭，出版左倾书报的书店都受严重的压迫，左翼作家联盟在整顿阵容，改变了战略以后，乃有《北斗》杂志出版。这是当时全中国在左联领导下的唯一的文艺刊物。丁玲女士当了编辑。她的短篇小说《水》就在这刊物上发表。《水》在各方面都表示了丁玲的表现才能的更进一步的开展。这是以一九三一年中国十六省的水灾作为背景的。遭了水灾的农民群众是故事中的主人公。他们和洪水奋斗，和饥寒奋斗，最后，逃到城市的时候，又和欺骗他们的官吏绅士放赈员奋斗，终于和自己队伍中的动摇思想奋斗。全体的农民就革命化起来，这是一九三一年大水灾后农村加速度革命化的文艺上的表现。虽然只是一个短篇小说，而且在事后又多用了一些观念的描写，可是这篇小说的意义是很重大的。不论在丁玲个人，或文坛全体，这都表示了过去的"革命与恋爱"的公式已经被清算！

　　沿着这路线，丁玲又写了许多短篇小说。上海的革命斗争是那些小说的题材。为要充实她的生活经验，她在九一八以后参加了许多实际斗争。左翼作家联盟所积极进行的工农通讯员运动，丁玲也是实际工作者和指导之一。在左联的干部中，她是一个重要的而且最有希望的作家。他的××，不用说是中国左翼文坛一个严重的损失。

　　他的最近的作品是短篇小说《奔》，发表在五月号的《现代》。这是描写了农村经济破产下的农民到大都市里来找工作，可是大都市也挤满了失业者，于是他们不得不再回老家去，可是他们坚决的说：不能再忍受地主的剥削了！此外，丁玲又写了长篇小说《母亲》，据说尚差万把字没有完篇可是她就××了！

（原载1933年7月15日《文艺月报》第2号）

丁玲的《夜会》

杨邨人

丁玲的《夜会》共有七个短篇小说，这七个短篇小说，在情绪与风格的表现上并不一致，虽然在思想上都是差不多，第一篇《某夜》汹涌着令人兴奋的革命罗曼谛克的气氛之泉，她的成功的地方就是令人读了这篇小说之后，思想与情感都起了共鸣，这是她用了革命的罗曼谛克作为表现的手法的缘故，我问了一位看过《夜会》的青年爱那一篇，她说是《某夜》最好，其他的不觉得什么，这就证明了《某夜》用了革命的罗曼谛克这具有启发性和鼓动性的手法是怎样地成功了。在作为纪念一九三〇年一起牺牲就义的二十五个战士的作品，在这篇小说里头，胡也频是被表现着一个"年轻的"热情的诗人。"忠实而又努力，"对于刽子手"他要扯碎那面孔，也要捣毁那声音"，"一个奇怪的思想来到他脑中。他在他自己的眼睛看到另一双眼睛，那永远是常常看到他灵魂的一双可爱的难忘的眼睛"。他在怀念着他的爱妻同志，"他清清楚楚的觉得有一个什么东西，夹在他心的深处，刺着，又连肉带血的撕了开去，一寸一寸的那末痛着，""他这个年青的人，强忍住欲狂的，将要破裂的绝叫，牙齿用力咬着嘴唇，在一种不能发泄的盛怒之下，禁不住的打着战，凝住了那被恨火烧得发痛的眼光，四方的望着，要吞噬了一切的去找着什么，望了这个又望那个。"……"忽然，他找到一个熟的亲切的面孔了，那面孔给了他一个……只有同志给同志在殉难的时候所能给与的慰藉和鼓舞的表情。于是，所有的愤恨和怀念，都无形的消去了大半。……他回答那表情的，是一个勇气百倍的坚决的领首。"他们慷慨就义地唱着英特纳逊奈儿的歌，直到歌声随着子弹的增多而减少，消灭。这是多么感动读者的表现，令人满腔热血在沸腾！最后还愤恨地暗示着地写着这么一句，"天不知什么时候才会亮。"这一篇作品，可以说是革命的罗曼谛克成功之作。第二篇《法网》——这一篇作品论技巧是成功的，论思想那就越出轨道了。第三篇《消息》还比较令人满意，取材新颖，描写也细腻深刻，其所以令人兴奋的原因，第一自然是材料本身令人不禁神往，第二却又是于写实主义中带有革命的罗曼谛克的气氛十分浓厚。临末那一句，"呀，真好！老太婆们也组织起来了呀！"正正是革命的罗曼谛克那一种理想主义的表现。第四篇《诗人亚洛夫》表现着白俄在上海作公共汽车工人的劲敌，和公共汽车工人怎样地和厂主与厂主的狗们斗争，而最后却以表现白俄怎样在上海破坏中国工人的罢工与工作为结束，这一篇作品完全是写实主义的手法，描写白俄的生活与思想行动，可以说是成功了的。而描写着一个白俄舞女（或私娼）怎样的忠于旧帝国，而恨中国工人，也用丽莎这名字，这是作者有意要说明蒋光慈所作《丽莎的哀怨》的主人翁丽莎的表现是错误的这一意见。光慈的《丽莎的哀怨》所表现的那一种理想主义自然是有错误的，但《丽莎的哀怨》也属于被禁售的书，又是青年爱读的书。那末，光慈所用的革命的罗曼谛克的手法，那一种启发性和鼓动性的效果，却是不能够否认它（《丽莎的哀怨》）的价值。这里不便多说，及此而止罢了。第五篇《夜会》是表现着工人反日帝国主义赞助民族战争的义勇军的思想表现的一幕喜剧，取材也是新颖，竟至于理想的想象出工人在自己演剧教育自己娱乐自己的一幕喜剧，这里所表现的工人是有朝气的，不觉得生活如铁鞭在敲打着的苦痛的，是快乐不过甚至于放浪形骸之外的……一种有如在阿托邦太平世界里头的无产阶级，这一篇作品又是一篇有着理想主义的骨干的革命罗曼谛克的作品。却还在宣传工人要不忘记"九一八"；要懂得"九一八"是什么。这一篇作品最好是用读书的方法，在工人区讲给工人听，那便"有意想不到的效力了"。然而，这一篇作品却是纯粹的民族的思想。第六篇《给孩子们》是一篇童话，所表现的手法也是革命的罗曼谛克。文笔的流畅优美，真是可爱；情绪的安详温柔尤其是表现赤子之心，这一种风格，在童话作品里实可以说是最适合儿童的爱好的了，而且是教育儿童的成功之作，丁玲这母亲，是在用她慈爱之光普照着万千个儿童啊！而且这一篇作品所表现的思想也是前进的，尤其有价值，我以为最好是将这一篇作品，印成单行本，作为儿童的读物。第七篇《奔》表现着农村破产的农民挤到城市来。扑了个失望，开头描写乡下人天未亮就到车站等火车，以及买票，上车，慌做一团，有如电影的画面，这一群在农村生活得透不过气来的农民，幻想着"上海大地方，比不得我们家里，阔人多得很，找口把饭还不容易么？""只要找得到事做，总不怕他那孙二疤子，妈的这东西，到夏天我们归帐时，一人三石谷算在一块，便宜点，亩把田又差不了好一些了"，"只要归得上，再多点也不要紧，就怕……"不料到了上海，奔那个，"带着老婆来上海"总算找着了一条出路，听说他也有十多块钱一月的"有幸福的人"，希望着，"要有这么一个事也心满意足了"。却听他说，"机器把一身都榨干了，上海实在找不到工做，活不下去，你看，我一歇下来就两个多月，"他的老婆又说："家里还好吧，饭总有得吃，我又小产了，那天厂里闹罢工，我摔了一交，"他又说，"我们还是想回去！你帮忙我们打听点生意好不好"——"你到底来干么的？"失望之火焰，把这一群农民烧得痛恨后悔，开口不得！到茶馆去，又听了一些做工的苦痛，还给了一顿讥笑，"怕上海饿死的人不够么？要你们赶着来送死，几十万人在这里没有工做啦……"结果有的横着心去送死，有的赶着月亮走路回家了。这是一篇写实主义的作品，但末了也用了理想主义在暗示着光明，技巧上思想上都算是成功了的。

（原载 1933 年 7 月 30 日《时事新报·星期学灯》第 40 期）

丁玲的《母亲》（节录）

钱谦吾

《母亲》，在丁玲的创作计划中，是早就该完成的著作了。一九三一年，她把孩子送给在湖南的母亲抚养，回到上海的时候，已经有了写这部小说的决心。她不止一次的向我们说起，并且把字数确定在三十万。每次说时，在她"圆大清澈"的两眼里，总燃烧着对这部书的无限的希望。……

这一部小说，是"包含了一个社会制度在历史过程中的转变"，反映了从前清宣统末年至最近的社会变革，第一部写的是辛亥革命前夜的事。这就是这部小说所写的是什么时代问题。在我看到的关于《母亲》的批评文字里，有一部分，在这一意义上，是指出"太模糊，太不亲切"的缺点。如此的认识，我认为是不对的，《母亲》一书，"时代的描写"事实上是很明显。一个新的时代的孕育，在当时社会种种不安的现象之中，是在什么地方也令人会感觉得到。党人的兴学、办报，组织，活动，家庭间的分崩，离析，封建势力的动摇，不稳，广大青年的苦闷，转变：这一切，都成了新的时代，辛亥革命要来的预言，这预言，在《母亲》一书里，什么地方不到呢？如果说，"辛亥革命表现的模糊，不亲切，"那见解，是说明了批评者的理解太机械，没有理解得"艺术形象化"的意义，而作者，就根本上没有正面描写到辛亥革命的意思，也没有可能。然而，丁玲虽没有正面的或者强调的写辛亥革命的史实，《母亲》却仍不失其为一部时代的革命史，这是很明白的事。

《母亲》所要描写的，就是在这样的时代里，大家庭必然衰落的形势，以及在这将要崩溃的旧的础石下面的新的力量的生长。《母亲》里，可以使我们看到家庭间的思想，在当时是如何的冲突，经济的关系是如何的矛盾，革命的要求，真是在什么地方都冒着熊熊的火焰。"江家"就是一个很好的例。从幺妈向老于说的一番话里，可以看到这一家人三代的经过，和它是怎样逐渐衰落下来的情形，真是所谓"在悲伤中支持着"。在这样的形势下面，当然是一部分人继续的做着"在悲伤中的支持"者，但另外一部分，却因着光明的欲求，毅然决然的，冲破一切的困难，排除一切的阻碍，而走向新的时代。当然还有一种人徘徊于二者之间，比较的倾向着新的方面。这一些人物，在《母亲》里，丁玲是都描写到了，当然，也是必然，她强调了曼贞——毅然决然走着新的路的"母亲"——的一条线，《母亲》所要写的，也就是这一条线的在二十年来的发展。

所以，要问《母亲》主要的是写什么，那就是"以曼贞为代表的我们前一代女性，怎样挣扎着从封建思想和封建势力的重围中闯出来，怎样憧憬着光明的未来。"曼贞所走的路是非常艰苦的。什么决定了她走这样艰苦的路呢？以及在进行的途程中，不断的遭受了打击，又怎么增加了她的勇敢呢？曼贞的思想转变，是有着许多条件的，并不单纯的由于她弟弟的影响，主要的还是大家庭的经济崩溃，以及依附着经济制度而产生的种种社会生活现象的激动。丁玲，在这一点上，理解得是很充分，她很有力的写着曼贞经过些什么事，这些事怎样不断的影响她的思想，感情，使她走上新的道路，必然走上的新的道路。她更发展的写出在曼贞的迈步向前时，又遇着了些什么样的困难，和她怎样的一一克服它。这样的创作方法，是非常正确的。同时，在《母亲》里，丁玲不仅写了曼贞一个人，一样的是用了很大的力描写了围绕着曼贞的其她女性，初进学校的这一班女性的情形，入学后的对革命的同情，进一步的要求参加革命，在学校内的组织活动，这一些"活生生的现象"，都一一的如实的映在我们的眼前。总之，在《母亲》里，曼贞是不断的在发展，这发展，并不是脱离社会的超现实的发展，而是真实的和着时代的发展合致的向前进。读《母亲》，在这些地方，是应该加以注意的。

那么，丁玲的《母亲》整然是一个很成功的创作么？这也不然。《母亲》虽然有这一些优点，也有相当的缺陷。上面所说，主要的只是指出丁玲对于这一部书创作方法上的正确，而且有了不少的成果。如曼贞的思想转变，有些部分，写得固然很充分，有的部分，却非常的简略。曼贞转变的一部分动机，在作者的叙述里，是曾经涉及了，却没有发展的写。于辛亥革命的事实，反映在武陵方面的太隐约，就已刊行的《母亲》看，可以如此说，但因为本书缺乏最后一章，我们是不能肯定的说的。在全书中，第二章写得最成功，诗的气氛很重，是可以作为一章抒情诗读。第三，四两章，学校生活，女性的思想转变，部分的显出冗赘。第一章，是最松弱的一章！这连系到前几节所叙述的丁玲创作生活情形去看，原因是很了然的。不过，这些缺陷是说明了作者不能如一般大家的关在屋子里精心的写作，对于《母亲》这一部书的存在是没有妨碍的。《母亲》虽然有些缺点，但这缺点并不能掩藏它的优点，在一九三三年的中国文坛中，毕竟是一种良好的收获。

（原载1933年11月1日《现代》第4卷第1期）

编完之后

（《丁玲选集》后记）

蓬 子

  编完了《丁玲选集》之后，我要说几句和此集选编有关系的话。
  作为丁玲初期作品的代表作，本来想选《莎菲女士日记》及《阿毛姑娘》；但为了所占的篇幅过多，恐怕妨害《在黑暗中》一书的营业，不得已只好割弃了后一篇。《自杀日记》及《一个女人》二书，其中杂凑着一部分也频的小说，是动手写《韦护》之前，可说丁玲整个创作生活中最沉闷时期所陆续写下来的。《自杀日记》里我选了《过年》，并非为了这小说有什么时代的意义，而是由于丁玲曾经和我谈起，母亲曾写信给她女儿，读完这小说时，禁不住流下眼泪，当年自己挣扎着抚育儿女的光景，又重新浮到老景肖条的眼前了。所以《过年》可说是丁玲童年时代的自传的一节，可以帮助读者对于丁玲所出身的环境及其幼年生活有所了解。《一个女人》里实在无可选，但终于也选了一篇。《一九三〇年春上海》（之一）是丁玲意识地转向于运用新的题材的开始，在丁玲的写作过程中，同时也是到今日为止的她的全部生活中，这是一个很重要的分水岭。昨日的文章还是颓唐的，忧郁的，今日的便已生气勃勃的乐观的了。《水》是她脱胎换骨的自己改造的过程中的一个最大的收获。而《消息》和《奔》，是收集在《夜会》这一崭新的短篇集中最优秀的两篇。
  丁玲始终不曾系统的发表过她的文艺的主张。所以我把她的二个小说集的序文，一篇创作经验谈，一篇关于文艺大众化的讨论的结论，作为附录之一编在后面,读者多少可以从这几个短文中看出丁玲的艺术观念的演变。

　　《我们的朋友丁玲》一文,本来预备写得再长些,至少可以有三万多字。如也频小时在一个银楼里当学徒的情形,以及后来被报纸上的国家大事和新思潮所刺激,所鼓动,于是一个人大胆的冒险的逃到上海以后的情形,又如一九三一年之后的丁玲的生活的大概,一个知识分子克服旧的积习的艰苦和困难,本来都想叙述一些的;但为了书店急于出版,在书店主人的不断的催促下,我只好匆匆收束了。

一九三三年,十二月。

（选自1933年12月天马书店版《丁玲选集》）

丁玲女士的创作过程

王淑明

一

女作家丁玲的出现于文坛上，乃是在一九二八年前后的事，她的第一篇小说《梦珂》发表，就惊骇了世人的耳目，而被许为新人，接着不时地，有新作发表，作风是时常地在变换，而每个变换，却象给这社会投下了一颗炸弹。但是很不意地，是这颗炸弹的响声，终竟寂然无闻了。

作为作家的她，其一生，实足代表一个进步的知识分子的女性的典型。这样，关于这位女作家，在目前，给她在创作过程上，和作品与社会二者的联系上，作一番考察，倒不是无意义的事，而这，也正有人，并且已经有许多人在做过了。

有一个批评家，他从丁玲的作品里，看出她的求生的精神来，并以为从她母亲那里，禀受了刚强的向上的气质，我以为这大可不必。❶这不必，她的一生，正是一个最好的说明。出身于没落的地主阶级的她，在一些时候，看不清自己的出路，而堕于绝望的深渊，实是当然的事，而幻灭，颓丧，也正是初期的她的作品底主要特色。我们却怎么也看不出她的求生的精神来。

别处一个批评家，却把她的作品，视为表现世纪末的病态，但同

---

❶ 见《丁玲选集》。

时他又说:"在有一些地方,是特别的说明了,这一切倾向的产生,是由于经济职业的种种高压的结果,是与整个的经济制度,是有密切的关联的。"❶然而他虽从她的作品里来证实这种种的倾向,却并没有抉出这些倾向之社会的根源,也更没能解明着与整个的经济制度,有着怎样的密切关系。

在本篇里,我想把它分成三段来说明:一,丁玲的创作与社会关系的考察;二,关于她的创作过程的考察;三,总结。

以下就想根据这个进程来加以说明。

二

据沈从文说:"丁玲女士包含在《在黑暗中》的几个短篇,有两篇是在一九二八年前后写成的。"❷同时,我在别处又看见一个人说过那就是《梦珂》和《莎菲女士的日记》。在这里,我们不要忘记一九二七,是大动乱的一年,有许多青年知识分子,在这残酷的事实面前,都感着惊惶失措,而沉入于没底的悲哀。他们茫漠于当前的事实,看不清未来的前途,也许以为未来是一个无底的黑暗,因而女主人公莎菲说:

"社会是黑暗的,生是乏味的,生不如死。"

形成丁玲这样的生活哲学,决不是偶然的。出身于没落的地主阶级的她,在其阶级的趣味和感情的本质上,本就容易和颓废,幻灭的情绪接近,而况她所经历的那时代,又是一个异常变动的巨大时代,以脆弱,善感的她,而震骇于这当前的事变,茫漠的找不着方向,实是当然的事。我想:再没有比她自己的说明,是更适当的了。在《我的创作生活》里,她说:

"我那时为什么去写小说?我以为是因为寂寞。对社会的不满,自己生活的无出路,有许多话须要说出来,却找不到人听,很想做些事,又找不到机会,于是为了方便,便提起了笔,要代替自己来给这社会

---

❶ 见黄英《中国现代女作家》。
❷ 见沈从文《记胡也频》。

一个分析。"❶

所谓"对社会的不满,自己生活的无出路",这情形在她那时期,实不仅她一个人为然,却是一般青年知识分子共感的痛苦。不过她感到,而却能便提起了笔代替自己来给这社会一个分析罢了。

本来象作者主观的自白这些资料,多分是靠不住的东西。不过象她的这样说明,将她与客观的社会事实相印证,则正相适应,又作为没落的地主阶级出身的她,而在初期的作品里,取着享乐的颓废的倾向,实是无足疑的事,从这里,又可反证出她那是忠实之自白。

然而一个出身于没落的地主阶级底青年知识分子,就不容许他有阶级的转变吗?这又不尽然。可是这虽是一个可以通过的过程,却是一个艰苦卓绝的过程:这却不管作者的意欲如何,而却要看取他的客观的社会底实践。

《在黑暗中》的作者,从这以后,因为往来知友的加多,社会关系的扩大,她的生活的内容,就渐渐的丰富起来,虽说尚未能采取正确的理论而加进现实的斗争里去,虽说她的人生观,尚包含着许多深刻的矛盾,而未能积极的清除掉,然而我们只要把她的《韦护》,《一九三〇年春上海》,取出来看,很明显地是可以看出这两部小说,是在作者的创作生活上,又前进了一步。

在这两部小说里,不管她的女主人公,是仍旧的过着享乐颓废的生活,但和《在黑暗中》的几个短篇的不同处,是在于:一,题材的转换;二,女主人公虽然享乐生活然而却对生活是取了执着的态度。观于《韦护》中的丽嘉说:"唉,什么爱情?一切都过去了!好,我现在一切都听凭你。我们好好的做点事业出来吧:只是我要慢慢的来撑持啊!唉!我这颗糜乱的心!"

这里的女主人公,已不愿"悄悄地活下来,悄悄地死去",而是这样的说出:"我现在一切都听凭你,我们好好的做点事业出来吧!"可见两个女主人公,是在前后的思想上,已有了不同的显明的转变。这转变的迹象,却又可以从作者自己生活的实践中找出来。

作为最好的说明,我想在这里借用蓬子先生的《丁玲选集》里的

---

❶ 见《创作的经验》。

自序一下：

"丁玲因为小频在肚里，不方便做事情，差不多天天都少出来。但他的感情也比较平静多多了。虽然那朋友为了工作上的必要，时常进出于他们那里。而且看到那个人，丁玲也不免心内感到'每次我们的遇见，你都在我心上投下一块巨石，使我有几天不安，而且不仅遇见，每次当也频出去，预知他又要见着你时，我仿佛也就不安的又站在你面前了'。但另一方面，此时丁玲已很会理性的克制自己，'我不愿扰乱你，也不愿扰乱也频，我不愿因为我是女人，我用爱情来扰乱别人的工作（见《不算情书》），这时她以痛苦的宝贵的努力，当旧感情抬头起来的时候，用理性的力量重新又压下去。"

因为行文的方便，我不想多征引下去。只是丁玲在这时候，虽则未参加现实的斗争，而以一个革命的同情者底身份在其作品中间出现，却是千真万确的事。

佛里契评左拉，惠特曼，佛尔哈仑谓："在这三位作家的艺术之中，布尔乔亚，（中）小布尔乔亚，普洛列搭利亚——其中间的契机（中小布尔乔亚的）明居优越的地位——象三条线一般地交错着。"我以为在丁玲的作品里，从《在黑暗中》过渡到《韦护》，《一九三〇年春上海》，是普洛列搭利亚的契机，明居优越的地位，而一向进出于其作品中的颓废倾向，却被后来对于生活的执着态度替代了。

然而这只不过是一个契机，从同路人到投身于斗争的激流，这确是一个实践的行程。作者从她的爱人死后，自悲痛的哭泣里，抬起眼睛，想计划着明天的生活，这样的阶级意识的获取，却是经过一段刻苦的自己斗争来的，而这过程也异常显明的在作者的作品里反映着。

《田家冲》中的女主人公，作者在《我的创作生活》里说"田家冲有许多人批评过，这材料却是真的。失败是在我没有把三小姐从地主的女儿转变为革命的女儿的步骤写出。"我从前在写《田家冲》[1]批评的时候，曾疑心过她是作者幻想出的人物，今经她自己的说明，才知道原来是实有。但我又要疑心这材料，是否就是在写着她自己？也许这猜测为不错，失败是在她自己没有把三小姐从地主的女儿转变为革

---

[1] 见《同人周刊》的我的《田家冲》批评。

命的女儿的步骤写出来。

至于《水》则在题材上，选取着一九三一年中国本部大水灾这样现实的题材，为作品构成的筋肉。人物的行动，已易个人而为群体，易心理描写而为斗争过程的表现。到这时候，作者已很显明的放弃从前同路人的态度，游移中立的态度，而以一个英勇的青年战士的身分，一个崭新的青年作家的姿影，在我们面前出现了。

综括的说：丁玲的生平，实如我在前面所说过的，就是她自己的最好的说明。她是在她的创作中，给这几年来的历史的特征之姿态附与了筋肉。给她的威力与弱点，都附与了很好的说明。我在上面所说，并不是想有意的给个人与社会关系二者作机械的联系，相反地，却是作者她那短促的生涯，处处都表示出她是一个杰出的进步的女性，而献出全生命，以把自己刻进历史的齿轮里去底苦斗的一生。

三

自然创作的社会关系与创作过程，这二者是相关的，我这样的将它分开来说，有些近于机械的论法之嫌，然而我只不过为行文的便利而已。在本段里，关于她的创作过程之分析，仍时刻地要照应到她的社会背景的。

为说明的便利起见，我把她的创作过程，分为三个时期。《在黑暗中》，《自杀日记》，为第一个时期，《梦珂》，《莎菲女士的日记》，都属之。《韦护》，《一九三〇年春上海》，为第二个时期。《水》，《夜会》，《母亲》，为第三个时期，《田家冲》，《奔》，都属之。不待说所谓三个时期者，也并没有什么显明的界限的。

丁玲的作品，自从她的第一篇小说《梦珂》发表出，就被人视为不易得的女作家，她那作风的清新明快，是一直保持到了她的最后作品《母亲》里，还未失掉的。她以一个出身于没落的地主阶级底女儿，自发的阶级底悲哀，引导她蹈入绝望的深渊里去。因而在她的初期作品里，充满着享乐的气氛，悲哀的气氛，肉的气息，颓废的情调，实是当然的事。佛里契曾分析凯柴的三部曲，谓在社会两极间压灭了的中间阶级，这种阶级的立场（一时的）结果一定是绝望的。可见丁玲在初期的作品里，涂满着颓废的色调，实在是在一方面为其阶级的主观所限定，而另一方面却又茫漠于她那时代的社会当前事变。不过前者却成为其主因，而特异地是每个人的阶级编置，却可以因其自己的获取着前进的意识，而更新地改变着的。

从《在黑暗中》到《韦护》，《一九三〇年春上海》，这在作者的创作阶段上，是一个不小的进步。不但是在形式上作者从一向的身边琐事的描写，走进到革命的浪漫谛克的题材，而且又是在后者的女主人公对于生活的执着的态度上。自然，后者底作品内容的进步，与题材也是不无关系的。

在《韦护》里，女主人公丽嘉，虽然也想好好地做一点事下去，但在那里面，却充满着虚无主义的思想，对于安那其的信仰。在《一九三〇年春上海》里，玛丽不愿她的望微为工作所羁绊，虽说也参加过一次他们的集会，然而终究感到异常的乏味无聊；末了，终于这样说了："若果望微不是玛丽的，则玛丽宁肯一人吃苦。"这里的女主人公又是把爱情看得重于一切的。

此外，它的缺点，是作者虽然在题材的转换上，前进了一步，却究竟未能跳出革命与恋爱的公式圈子。这好象是一个定则，说得好些是这好象是一个过程，每一个青年知识分子的作家，如果他的作风有着新的转向的话，则不可免地有一个时期，他会在他的创作中，采取着革命的浪漫谛克的题材，而后来又从这慢慢的跨过了去。

这里所说的丁玲，也正是这样的一个具体的例子。从《韦护》，《一九三〇年春上海》，到《水》，《夜会》，《母亲》，又是一个进步，在作者整个的创作过程上，实占着最重大的意义。而包含在《水》里面的《田家冲》，又是在这一创作阶段上，占着过渡性的重要地位。

《田家冲》里面的故事，是写一个叫三小姐的在农村间展开革命行动的故事。但作者开首的写乡村风景，却似一篇乡居随笔，写人物的行动，又每每失之想象，而不适合于真实。这当然如作者自己所说：题材虽是真的，而她却未能正确的把握着这事实，更将它有力地表现出来。

《水》这一篇就不然。农民的斗争过程，从动摇而趋于高昂，这一个客观现实的发展，被作者很敏活地又很正确地表现出。而且在作者自己，这样的描写群体的斗争生活，却还是第一次。在《水》里，作者由一向的从全体割离了的各个人的描写，而转向于群体的斗争描写，又没有招致着各个人被埋没于集团之中的危险，却将灾民中的一二雇农，写得特别明确而有力，很有进一步的描写着从属于集团的个人之萌芽。这不能说不是在作者全部的作品中为比较最优秀的一篇。

至于《母亲》，她的缺点，我已在别一文中说过。❶不过它和《田家冲》那篇，却还有着一个共同的缺点。那就是她太爱描写农村风景了。《田家冲》的首段，和《母亲》的开篇，那几节乡村景色的素描，真是美丽而且出色的很。但也正因为太美丽了，它在全篇里，会成为突出的一点，而容易使一般读者为其文字的魅力所导引，而看落了本文中的积极底主题。作者对于农村的这样的偏爱，我想和作者所出身的阶级，不无多少主要的关系。小土地所有者，他的对于土地的粘性，农村风景的爱好性，这却是很浓烈的包含于他们的脉管中，而不容易洗涤掉。这，作者自己也曾说过：

"因为我爱农村，而我爱的农村，却还是比较安定的农村，加之我的那种和农村的感情，又只是一种中农意识。这种意识到现在还留在我的身上，我想可以克服过来的。"❷

可见这种小土地所有者对于土地的粘性，和农村风景的爱好性，就在她自己，也是承认着的。

四

话说完了。在这里作了一个总结。

丁玲的作品，如上面所说，不是没有缺陷的，即使到了她的最后，也仍然保留着许多残余的不好倾向，而没有完全克服净尽，但这却不是说这些部分的缺陷，如果经过了作者自己的努力，就不会超越过去的。不幸的，是作者在计划中的两个长篇，我们都没有完全的能够看到她的完整的制作。

---

❶ 见《现代》三卷五期我的《母亲》批评。
❷ 见《创作的经验》。

至于她的后期作品里，除了上面我所指摘的几个缺点外，例如蓬子先生在《丁玲选集》的自序中所说的"如题材的积极性，还没有提高到可以和这残酷而复杂的现实的斗争的正面配合起来，小说中的人物也还不是活生生的战士，多少带着想象的成分等等"，皆是。除了这，我以为还有感伤的气氛，浪漫谛克的气氛……不时地在她后期的作品里出现着。

　　作为女作家的她的作品的重要性，毋宁是她的人格更为重要些。从没落的地主阶级的女儿，终于超过了自己阶级的制限，而走上了新的道路，这样生长的过程，是很明显地通过了她的一生，而反映于她的作品里。关于这位女作家，我们能将她和那个比较着才适合呢？近代的日本作家小林多喜二吗？这倒很有些相象。他们在创作的地位上，在实践的行程上，都差不多，就是有些微殊的地方，也是大同小异。还有末了，他们的命运是相同的。在他俩短促的生涯中，我们都没有看到二人最后完成的著作。

　　然而对于这，我们又能说出些什么来呢？

七，三，一九三四。夜稿

（原载 1934 年 6 月 1 日《现代》第 5 卷第 2 号）

"人……在艰苦中生长"

——评丁玲同志的《在医院中时》

燎荧

（一）

《在医院中时》的主题，作者自己有一番叙述：——

"新的生活虽要开始，然而还有新的荆棘。人是要经过千磨百炼而不消溶才能真正有用。人是在艰苦中生长。"

这是说，这篇小说要告诉给读者的是"人"经过磨炼，遭受"艰苦"，遇着"荆棘"，而不被它们（"磨炼"、"艰苦"、"荆棘"）所"消溶"，继续地前进、"生长"，只有这样的人，才会"真正有用"。

那末，作者怎样来表现这个主题呢？作者是用的一个人，一个刚从抗大出来的青年共产党员（知识分子出身的）到一个也是共产党办的医院做产科医生，在这个医院里她遇着"荆棘"，引起一场纷争，差一点被"消溶"，后来，受了另外一个人的启示，她懂得了这个真理，她的"新的生活"又要"开始"了。

小说的主人公陆萍，照作者所说的，是二十岁，有些自恃聪明，富于幻想而不浪费感情，想做政治工作者而也能受党的调动，爱文学而能做"不适当"的工作，有强烈的服务心和学习热忱，别人做不好的事情她往往自己代替，发表意见不懂看人脸色，在诽谤中，她也有愤激，也想报复，但她也容易醒悟。

这个人物活动的环境是这样的：它是一个医院，距延安四十里路，它的院长是个长征老干部,照作者的意思大约是个事务主义者,在他领导下,有"绅士风"的产科主任,有"仙子临凡"似的小儿科医生,有"一副八路军青年队长神气"刚见面就说困难的指导员,有用"敌意眼睛看人"的化验室技术人员,有"糊涂懒惰"的文化教员,有对工作"无兴趣""无认识""毫无服务精神"的看护,"很顽固"要"别人把她们象小孩子看待"的产妇……在这里主人公只有两个朋友,"结实、单纯、老练"的外科助手黎涯,和"沉默"、"严肃"谈闲天时话就很多的外科医生郑鹏,而且,就是和她同房的人也是"没有感情"、粗鲁下流的骂着人的。

它是这样的医院:肮脏、无秩序、设备不完善,病人营养差,用具破了无人管理,病房不温暖,大家忙而又闲,流言纷起……

一个热情但不知世故的青年,在这样的环境中工作,矛盾和纠纷是不可免的吧?

(二)

作者对于她的人物,是有着同情和责备的。在小说中,它是表现得很明显。

作者相当地熟悉她的主人公,她细腻地刻划着陆萍的心理,她喜欢的和讨厌的,她希望的和不愿意的,她接近的和隔离的,甚至她的一点微小的感情,一点对于事物的小小的反映。我们看见她"有意的做出一副高兴的神气,睁着两颗圆的黑的小眼,……欣喜的探照"着,我们听着她带着一点"讨好的声音"向事务人员说话,而在她遇见林莎时,"心里想:'我会怕你什么呢,你敢用什么来向我骄傲?你会认识我?'"的一段描写不是活鲜鲜的吗?当一个新出来工作的青年,在晚上睡不着而想着许多事,不是也曾经"竭力安慰自己,鼓励自己,骂自己,……替自己建筑着新的希望的楼阁"吗?它是这么亲切,这么对于我们熟悉的。

作者跟着她的主人公,她向我们介绍着,她以她的对于她的同情来感染我们,她赞扬她的对于工作的积极性,她为她的冤屈辩护,她告诉我们,陆萍的"这种习惯了的道德心,虽不时髦,为许多人看不起,而她却在很小的时候,就已经被养成"。她为我们揭开了一个企图来感动你的一幕,她描画着她"脸都冻肿了",脚后跟裂着口,而却"在寒风里,束紧了一件短棉衣,从这个山头跑到那个山头"。

然而陆萍被"大多数"人看成"小小的怪人",这为什么呢?这是因为大家对于自己工作的缺点,"谁也不会感觉得有什么抱歉",这是因为她"不懂得观察别人的颜色,把很多人不敢讲的,不愿讲的都讲出来了"。而且,作者还向我们解释:"其实她的意见也并不是行不通,不过太新奇了,对于已成惯例的生活就太显的不平凡。但做为反对她的主要的理由便是没有人力和物力。"

郑鹏"大开刀"黎涯和陆萍晕倒的一节,是有着手术室里的气氛的。这显然是整个故事的高潮,是作者所安排的矛盾的爆发点。它让陆萍"感到衰弱"起来,它使陆萍想到同志中"缺少爱",这里从陆萍的思索中有着作者自己的观察:"院长为了节省几十块钱,宁肯把病人、医生、看护的生命来冒险",这里,含着多少委屈、多少孤零的感情呵!这一切都是别人造成的,这与陆萍没有关系,她还在"问她自己"哩!

陆萍"衰弱"了,大家都造她的谣,诽谤她,支部批评、院长谈话、指导员责问,这一切都接踵而来。这篇小说告诉我们:环境是这样"残酷"无情地磨折着人的。

这就是"磨炼",就是"艰苦"与"荆棘"。

(三)

陆萍是一个革命的青年,对于她,我们给予同情与希望,是应该的。

一件文学作品,它是通过形象来表现现实生活,来表现作者对于现实生活的认识,他的对于它的"川流"和"细流"的观察,他的感情和思想的。无疑地,艺术有其客观性,一个作家的创作过程,他不特是一个观众,同时也是一个裁判者,他是站在他的阶级的尖端,来否定与肯定的。作家,不能是现实斗争中的第三者。

新现实主义之所谓真实,不能只是对于现实生活之表面的现象的精确的描写,必须抉发对象的本质,区别其主要的与部分的,把握它的过去与未来。

因此，作者在小说里面的环境的安排，便是不正确的。

作者为了表现她的人物，她是过分地使这个医院黑暗起来。在这里，它显现它是一个恶劣的足以使人灰心堕落的环境，它是一个绞杀进步改革志愿的保守的环境，它是一个把人的"生命来冒险"的环境。我们看不出它的将来，我们不知道它这样是因为什么。作者显然忘记了一个事实，忘记了他是在描写一个党的事业的医院，作者有意地不告诉我们：我们现在无论那一方面都是真正地忍受着"人力和物力"的缺乏，作者反而把它（"没有人力和物力"）当作荒唐的搪塞。因而，作者是在描写出了一个比以牟利为目的的旧式医院还要坏的医院。

作者对于她的主人公的描写，是促其前进的，是动的；而对于环境的描写，是静的，不变的，没有前途的。

陆萍从非无产阶级走进无产阶级的队伍，应当把她当作改造过程来描写。假如我们脱离一般知识分子的缺点来考察她，我们仍是可以找到她的意识上的缺点的，其最明显的一例就是她的对于她周围同志的观察。而我们不能不指出的就是作者对于她的主人公的本身的缺点的消极的态度。

作者借着主人公的感觉来描写了她的周围的人物，这些人物，我们看不见他们的心灵的活动。随着主人公的判断、的印象，于是就抹煞了他们的一切，而造出了一个差不多是不可救药的一群。这是非常有害的客观主义的描写。

然而，作者有着她的同情和责备——前面已经说过，下面的一段叙述，正显露了这种"客观"的不客观的实质：——

> "……可是她们不能不工作。新的恐慌在压迫着。从外边来了一批又一批的女学生，离婚的案件经常被提出。自然这里面也不缺乏真正觉悟，愿意刻苦一点，向着独立做人的方向走，不过大半仍是又惊惶，又懵懂。"

这是作者自己的话——不是主人公的。可是，这是说明着怎样的事实呢？显然地，作者忘记了她是在写一群互称为"同志"的人群，忘记了她是在写革命政党的党员。

对于她的主人公,作者是同情的,无批判的;对于她的主人公的周围的人物,是责备的,否定的,同样静止地描写的。

因此,这篇小说的艺术价值从这里便破坏了,作者是将个别代替了一般,将现象代替了本质。

(四)

作者并不是完全没有意识地受着他的主人公的支配,这在上面的分析中可以看到的。然而作者也明确表示着她达到主题的目的的努力,从断腿同志的一段话中,我们是可以看到她的努力的。

在这样恶劣的环境与这样磨损人的事件中,作者就只有借助于这个"冤冤枉枉"把"双脚锯了"的同志了,他不得不把"虱子很少"的现在来比较过去,不得不以这同志的似乎没有"本身的荣枯……感觉"来感动陆萍,而且也不得不突然抬出"伙夫"们来表明这医院中还有较"明白"的人。

然而,"荆棘"终究还是"荆棘"呵,断腿同志说,院长、指导员,"是的,他们都不行,要换人,换谁?我告诉你,他们上边的人也就是这一套。"而且,告状也罢,"但也没有什么了不起的用处"的。——这里不是暗伏着"还有新的荆棘"吗?

"你也得看什么环境与条件",这并不是同意"没有人力和物力",而是说,所以这样我们的医院比起人家赚钱、敲竹杠,真正地拿生命冒险的"漂亮的医院"要黑暗落后,而且暗暗地默认它是黑暗落后。

作者在这里借着断腿同志的口说出陆萍的失败是为了"没有策略","策略",这是什么呢!这是要用方法来对付这些"不行"的人,这就是说,对于这些"不行"的人是必须用方法对付的,这除了使读者更轻视这些"不行"的人外,还有什么呢?

你们看,闹到这样的地步,就是因为"没有策略"呀!

是的,陆萍没有缺点,例如把"眼睛老看在"黎涯、郑鹏"几个人身上"而脱离群体(原文如此!)之类,只是"没有策略"——作者是太庇护她的主人公了(但是,作者只是轻轻地说,陆萍把"眼睛老看在几个""不行"的人"身上",默认其余许多人都是已经下了结论的败类。)

陆萍被控告,这是表示着对于这样的环境"没有策略"的结果,同时也表示着作者的对于这个医院和这许多人的否定的认识的结果。陆萍的离开医院,是作者在无可奈何下的处理,因为作者只是把希望放在陆萍一个人身上的。作者在这里也忽略了她是在描写一个共产党员而不是描写普通人,是在描写一个共产党的事业机关中的事件而不是一般社会中的事件。在这样一个集体中,个人的命运是不能与集体的命运分离的,个人只有和集体一同前进。对环境的进步冷淡,对这些"不行"的人(其实都是叫做"同志"的人)的进步故意漠不关心,而高谈个人的进步,这样的处理方法,是反集体主义的,是在思想上宣传个人主义。

这就是告诉读者说:不管集体,你也可以进步,可以"生长",可以"真正有用"!

而新现实主义的方法,则是:与旧现实主义不同,强调个人与集体的不可分离的。

这样,这篇小说的题材和主题发生了裂痕,从而表明了主题的不明确性。

(五)

作者的技巧是成熟老练的。对于陆萍这个形象的表达,不能不算是这篇小说的成功的一点。下面,只举出两个景物描写上的错误:第一,在第一节第一段,"十二月的末尾……冰冻了的牛马粪堆上……几个无力的苍蝇在那里打旋";第二,是在第三节第一段,"院子里四处都看得见用过的棉花和纱布,养育着几个不死的苍蝇"。在粪堆已经结了冰的情况下,还有苍蝇"打旋",在描写景物中,而却主观地肯定"不死"(苍蝇不是已经冻死了的吗?)这是不现实的。

然而这些都不过是苍蝇似的小小的错误,而我们应该着重的还是整篇小说的缺陷。

如我们所分析的,这篇小说的主要缺点是在于主题的不明确上,是在于对主人公的周围环境的静止描写上,是在于对于主人公的性格的无批判上,而这结果,是在思想上不自觉的宣传了个人主义,在实际上使同志间隔膜。

　　作为现实之真实的反映的文学作品,是不可以也不应该从属于现实之后,确切地说,不是从属于"现实的部分的(眼前的、个别的、片面的)事实"之后的。《在医院中时》的作者,是被部分的现实(现象)所俘虏了,是被和她自己相同的人所俘虏了。她是站在小资产阶级知识分子的立场上,象陆萍就只有和她自己相同的朋友,带着陈腐的阶级的偏见,对和自己出身不同的人作不正确的观察,甚至否定。

　　作者对于这些不和自己相同的人,显然只有表面的了解。同时,延安与那黑暗得太浓的社会究竟离得远些,因此也难免把个别缺点看得严重。而且,作者所熟悉的旧的现实主义的方法也起了限制的作用。这就是为什么《在医院中时》失败了的原因。

　　我们要求的是更真实地描写现实。

(原载 1942 年 6 月 10 日《解放日报》)

大风暴中的人物

——评丁玲《我在霞村的时候》

骆宾基

一

中国的农民久已失去了依靠，容忍着一切，无目的的生活着，为生活所激荡着，零零散散的随处飘，艰难、困苦、疾病是他们常靠岸的码头，东风就向西去，西风就往东游。不知道哪一个方向是幸福，那一个航线到达平等和自由。几世代的生活就是这样过去了。现在是遇到二十世纪四十年代到五十年代的大风浪了，不自主，就要被毁灭，被撞碎，或者被冲到浅滩上搁浅了。

在这个大风浪冲击之下，中国农民又一次感受到飘荡的恐惶了，从前风浪一过还可以回去，回到自己的土地上，然而现在这大风浪长期的冲击着整个世界，中国的全部人民，在这漩涡里想生存下去，不只要巩固自己的生命小舟，而且要冲着逆流达到所要到达的地方，这样，首先在中国人民生命上所抽芽的种子，就是信心，自主的信心。中国的农民自然不会例外。

大风浪中有阳光降临的地方，那信心发芽就较比早，而且一天天壮实了，因为现实生活的土壤培育着它。丁玲《我在霞村的时候》这本短篇小说集子里，一篇题名作《夜》的，就表现出这把握住人类生活的航程路线的人——何华明，又怎样带他这周围的农民，顺着这条路线走，而且又是怀着一种怎样的心情，负着怎样的痛苦，——为旧时代新加到他头上的一种沉重的负担。

在这本短篇小说集的另外一篇，《新的信念》里，作者又雕塑了一个农村老妇有着倔强灵魂的塑象。那灵魂是早已锈蚀的，在大风浪的冲击之下，开始剥落，开始透明，开始带着锈蚀斑痕而发光了。她——陈新汉的母亲，金姑的奶奶，也是容忍着一切，飘荡在人类社会生活之内的一个，然而在作者笔下展开的她的生活里，我们可以知道她又是怎样的走回个人之外的社会生活的核心，同样，她背后也追随着一群人。在这里，我只提出这两篇来谈谈，让我们先说第一篇吧。

二

老太婆——陈新汉的母亲，金姑的奶奶，是从村子外边忽然响起一阵枪声那天晚上，被丢在家里没有逃出去的人，可是等到陈新汉五天之后回来，她已经失踪了。

你看，她是怎样回来的吧！

"这时在原野上只有一个人在蠕动，但不久又倒下去了。雪盖在上面，如果它不再爬起来，本能的移动，是不会被人发现的。渐渐这生物移近了村子，认得出是一个人形的东西。然而村子里没有一个人影，它便又倒在路旁了，直到要起来驱逐一只围绕着它的狗……狗已经不认识这个人形的东西了，无力的却又恋恋不舍的紧随着它……"

到了陈新汉的院子里：

"然而它却瓦解了似的瘫在地上。它看见了两只黄的，有着欲望的眼睛在它上面，它没有力量推开它，也没有力量让过一边去……这时从那墙口的缺处却出现了另一条狗，'唔……唔……'的哼了两声，于是这边的这条狗便跳了过去，示威的吠了起来……"

这就是那个老太婆——陈新汉的母亲,金姑的奶奶,她失踪许久之后也回到村子里来了。她遭遇了一些什么?你可以从作者的叙述里知道:

"她把自己的耻辱也告诉别人,她在敬老会里什么事都干过,她替他们洗衣服,缝小日本旗,她挨过鞭子,每逢一说到这里,她总勒上她的衣袖和解开她领际的衣襟,那里有一条条斑痕;而且她还给他们睡了,有一个中国老头子也睡了她,他是被逼迫的,那些日本鬼子站在周围看他们,那老头子的眼泪滴在她脸上,他咕噜的说:'你别恨我'!"

"于是她对家里的女人讲:'那姑娘叫,喊,两个腿象打鼓似的,雪白的肚子直动……'她吓她的孙女似的:'三个鬼子就同时上去了,那姑娘叫不出声音来,脸变成了紫色……她拿眼睛来望我,我就命令她:咬你的舌根,用力咬,我以为她死了好些。'"

她看得实在太多了,拿作者的话来说:"她一生看见过的罪恶也没有这十天来的多。"于是:"她去了,满村子巡礼,指点着那些遭劫的地方,一群群的人跟在她后面。儿子媳妇们开始讨论这事,说:"咱们家出了疯子呀!"她"并不是爱饶舌的老太婆。"然而"在她说话所起的效果中,她感到一丝安慰,在这里她得着同情,同感,觉得她的仇恨也在别人身上生长,因此她忘了畏葸。"有一天,当那老婆子在人丛中宣讲时,她的大儿子陈新汉也走了过去听。

"老婆子正讲着她自己的事,他感受到自己几乎要疯狂起来,做为儿子的血,在浑身激流着,他不知道还应该喊几句好呢?还是跑过去抱着他娘好,或者还是跑开。他又象被噤住了在那里发抖,而这时,那做娘的却看见了儿子,她停止了故事的述说,呆呆的望着他,听的人也回过头来,却并没有人笑他。他感到从来没有过的伤心,他走过去,伸出了他的手,他说:'我一定要为你报仇!'老太婆满脸喜悦,也伸出了自己的手,但,忽然又缩了回去,象一个打败了的鸡,缩小着自己,呜咽的钻入人丛中,逃跑了……"

这是使人颤栗的一个负辱而痛苦的灵魂。她站在人丛中的那种庄严姿态，是她不自觉的，然而从她回过头来呆呆的望着陈新汉的脸色上，读者就可以知道，她怀的是一种怎样沉重的心情，而那些听众，并没有笑，又可以知道他们是以一种怎样庄严的姿态站在那儿观望，怀着一种怎样沉重的心灵，去接受他们母子俩人的相望，而老太婆忽然缩小了自己，象一个打败的鸡，缩小着自己，呜咽的钻入人丛中，逃跑了。这印象将深刻的留在读者脑子里，永远不忘。

唯正是因为她是"象人形一样的东西"，在雪地上被两只贪馋的狗恋恋不舍的追随着爬回来，这一种疲倦而半死的姿态，才加重了读者们开始的同情，对于那悲惨境遇的追问，她的那种悲惨姿态的出现，就是以后知道她的遭遇的憎恨的加深，在这里，作者的真挚情感和她作品中人物的情感是融和的，正如读者和老太婆——陈新汉的母亲，金姑的奶奶所怀耻辱和仇恨同样的起着共鸣。作者的天才是可惊的，然而在这篇上却不圆润。

作者在这篇上所显示的宇宙，仿佛是崇高的峙立深涧两旁的峻峰，那峡谷之间有一条险道，而这险道又临着危崖，走入这境界的读者，只全神贯注在这条险道上了，那么所有的溪水，峻岭，沙石，草地和树木，以及阳光，水色和那水流的音韵，都似乎是多余的存在了，被注意力所不及的忽略了，固然没有它们就失去了险要性，而有它们的存在并没有更有力的现出这宇宙的奇突和惊险。

在这种类似的创作方法上，罗丹是大胆的，巴尔扎克的塑象只是一个头颅的面型，和不完整的胸部，然而正因为这种不完整才现出了它的完整，因为他只从那一个面型上，就表现了巴尔扎克的全体，正如他的《走路人》一样，虽然只是两只腿，然而从那赤裸的膝部的嶙峋的肌肉和筋骨之间，就现出了它的生命，它的力，那确实也就是全体。

自然这是对丁玲的独特的苛求，这并不能和一般的那些所谓中国的名流作家剧作家所可比拟的，对于他们，我们除了叹息，是没有别的可说的。

作者最后使这负辱的，怀着仇恨火种作为社会生活之内的个人的老太婆——陈新汉的母亲，金姑的奶奶，走向个人之外社会生活核心去，向周围燃烧这一过程，也是以不同的表现方法表现的。

当两个妇女工作者访问她，而且要求她加入妇女会的时候，她就说："我是不懂那些的，你们要我，我就入，我也不怕你们骗我，我三个儿子有两个上了游击队，一个入了农会，我再入一个会也没有什么，横竖我也吃不了什么亏，不过，我入了，我的孙女也得入。"这"不怕"和"横竖我也吃不了什么亏"，就是她的自信心的坚实，她已经有了战斗的能力，已经不是一个中国旧式的一般的老太婆了。虽然她的灵魂还带着锈蚀的斑痕，然而却被同时从那灵魂上发出的光辉所反射而不显明了；不久自然会给风浪冲击得更亮，一点斑痕都不会存在了。作者，让她带着一颗仇恨的火种，向她的周围去燃烧。这已经是一个新的老太婆了，新的陈新汉的母亲，新的中国农村妇女。

三

《夜》是一篇完整的，有光润的作品，正如一颗透明的带着一点微瑕的玉珠。由于这乌黑是透明的，读者就会象戴着墨镜一样，走入作者所布置的星夜的境界，那在这境界中展开的何华明的幽暗的家庭生活，是清清楚楚现在读者的眼前。并且还感觉到那农村夜晚的调和的气息。

正因为这篇作品的谐和，圆润，就显出第一个出现的赵家大姑娘那人物和全篇的韵律不调和，然而这仍然是一篇成熟的作品，完整而且有光润。

何华明现在是一个乡村指导员。"当他挟着一个小包袱去入赘在老婆的家中，那时他才二十岁，虽说她已经是三十二岁了。"过去他是以怎样的姿态在生活的海里飘荡，读者是难想象的。他在这块地方"来来去去生活了几十年了。""二十天来，为着这乡下的选举，他回家的次数就更少，简直没有上过一次山，因之相反地就是当他每次回家之后听到的抱怨和唠叨就更多。"

在他回家的路上，"他想着那几块等着他去耕种的土地，而且又意识到在最近无论怎样都还不能离开的工作，总是说不出的苦痛"。"他奇怪为什么这半天他几乎完全把他的牛忘记了"。他的那条母牛，就在这两天要生小牛了。

这是何明华双层的苦恼，个人之外的社会工作和社会之内的个人的工作的矛盾，由于这个苦痛，就加深了他和长于他十二岁的老婆之间存在已久的痛苦。假如何华明没有在这中国历史中的大风浪冲击之下生出自己的信念，有了自己对生活的重新认识，不择定自己的航线，那么何华明不会有两种工作的矛盾，不会回家的次数少，不会忘记他的将要生产的母牛，更不会荒着他的地二十多天没有耕，而比他大十二岁的老婆，唠叨就少，他的痛苦就单纯，说不定他意识不到什么是痛苦，只是我们中国的庄稼人所说："不顺序"而已。他是会忍受的，而忍受中叹息，在叹息中生活，麻木的，毫无意识的一天天过下去，直到生命被击沉。

然而现在他是有了他的生活目标了，而这又是他那老女人所不明白的。

当他第二次从牛栏回来。她凝视着他，忍着什么，不说话。而他也从"她脸上的每条皱纹里，"看出都埋伏着风暴，习惯使他明白，除了披上衣，赶快出门是不能避免的，然而已经时间很晚了……他嫌恶地看着她已开始露顶的前脑……只好不去理她，而且在他躺下去时便说："唉，实在熬!"这是一句怀着怎样痛苦的心情说的呢!何华明对他老婆是一种怎样的姿态，作者从这一句简短的话里就表现出来了，那脸上的皱纹，皱纹间所含的风暴，那秃顶，以及那秃顶之内的脑子里所有的意识，一切都是过时了，表示的不单只是形态的衰老；他，一个乡村指导员，一个感觉到两种工作矛盾的人，一个又要"谈问题"又要"作报告"，又念着将要生产的母牛，又总是想着"那几块等着他去耕种的土地"的人，怎么能会被他理解呢? 他对她能说些什么呢?

于是，"一滴什么东西落在地上了，女人在哭，先是一颗两颗的……她轻轻埋怨着自己，而且诅咒：'你是应该死的了，你的命就是这样坏呀! 活该有这末一个老汉，吃不上穿不上，是你的命嘛!'……"

可是"他不愿说什么"。这就是使她更难过的原因，有什么还比"越来越厉害的沉默"在夫妻间更为可怕的呢!"以前他们也常吵架"，然而那还表示出她自己还有一种不能使对方沉默的力量，沉默就是屈服，然而现在这沉默是蔑视了。"她感受得他离去的更远,她毫不能把握住他。""更其令她伤心的,是她明白她老了,而他年青……"她希望能激怒他,越发咒的厉害,而且"捶打着什么,大声咒骂……而他却平静的躺着……"。

他想:"把几块地给了她,咱也不要人烧饭,作个光身汉,这窑,这锅炉,这碗碗盏盏全给她,我拿一付铺盖,三两件衣服,横竖没娃,她有土地,家具,她可以抚着个儿子,咱就,……"然而当他怕她跑过来,溜下炕,心里还在睹气地说:"牛,连小牛都给你。"跑到牛栏边,遇见那个诱惑他的侯桂英的时候,他的这一念头又在一次燃烧下熄灭了。

"不行的,侯桂英,你快要作议员了。咱们都是干部,要受批评的。"他推开了她——那个"一手撑在牛栏的门上,挡住他出来的路的,"二十三岁的嫁了一个十八岁丈夫的青联主任的妻子。在月亮地下,她是敞开领口,"牙齿轻轻的咬着嘴唇"望着他。

在这里作者提出的是一个严肃的问题,一个被旧时代迫害的农村家庭社会的男女,在这历史的大风浪时期又接受了新的生活意识,生长了对于生活的追求欲和信心的交岔社会学的问题。

那以后怎样呢?何华明象"经过了一件大事后的那么有着应有的镇静……"回到炕上去了。她还在哭。

"于是他喊她的老婆:睡吧,牛还没有养好呢!怕要到明天。"老婆看见他在说话了,便停止了哭泣,吹熄了灯。

"这老家伙终是不成的,好,就让她烧烧饭吧!闹离婚印象不好。"

何华明的念头,就这样熄灭了,这是四十年代到五十年代的中国历史过渡期的人物,背负着旧时代所给予的枷锁,而开垦新时代的农民。跨着两个时代,两种农村社会生活,不牵就那些旧的过时的农村人民的观念,他是没法把他们聚集到周围,率领他们过渡到新的有生活标帜的航程线上来的。我以为这里有着真真天才的光。

作者的写法，所以说是圆润，透明，正因为作者表现他的主观世界的成功，那些产自客观的现实生活里的人物的自然性和社会性的矛盾，两个生活意识世界的生活感情矛盾都在作者的主观世界里以完整姿态再现了。我以为这里有着真真天才的光。

何华明的老婆，哭的那么厉害，而且大声诅咒，可是，何华明一开始说话，（实际是完全与她的哭闹无关的，）她就停止哭泣了……躺在他身边唠叨的问："明天还要出去吗？什么开不完的会……"读者可以听出这声音是怎样柔顺，唠叨中的柔顺，同时就感觉她是怎样的可怜，一个过时的永远不会理解她丈夫生活意识的那种农村妇女的命运的可怜。同时更深一步窥见埋潜在何华明闪光的灵魂里的一点阴影。

他的对于老婆的蔑视里，就正是对于他自己的工作的尊重的表现，他之所以不理她，主要的不只是她的形态的衰老，倒是她那可嫌恶的意识的陈旧，那意识表现的具体形态，读者从她那捶打着哭，大声诅咒自己，渴望能激怒丈夫，使他多少注意到自己就可以认识了。她的生活，就是要丈夫关心自己，她是永远拖住他衣角，不放手的，即使用怜悯眼光望望她，在她就得到无限的安慰。

作者望着何华明的背负着中国旧时代的赐物走向新时代——正象背负着过时的棉衣在春日的旅途上的旅人——还潜伏着对于中国农村的往日妇女的叹息，也正象对于那旅人所负的过时的沉重棉衣的叹息。

一九四四，九，四，冥山下舍

（原载 1944 年 12 月《抗战文艺》第 9 卷第 5、6 期合刊）

从《梦珂》到《夜》
——《丁玲文集》后记

冯雪峰

因为作者不在上海，出版者就请托我来编这个文集了，我自然应该承受的，但我现在仍不能好好地负起这个责任来，原因之一是我一时找不到作者的全部作品，过去的大半都在绝版中，最近几年的更不易弄到手。因此，这里的七篇，一半还是书商偷印的材料，一半则都选自《我在霞村的时候》一集子中，这一集子是现在读者可以买得到，而且也只收到一九四一年的作品为止的。这样，应当先声明一句，这并不是可以代表作者全部作品的所谓选集。

不过，这七篇（《梦珂》、《莎菲女士的日记》、《水》、《新的信念》、《入伍》、《我在霞村的时候》、《夜》），照年代先后的程序读起来，读者也可以得到关于作者的一个大致的轮廓，明白作者所经过来的奋斗与创作的路程的。例如《梦珂》，是作者开笔第一篇小说，作于一九二七年，闪耀着作者的不平凡的文艺才分，惹起广泛读者的注意，却也更透明地反射着那时代的新的知识少女的苦闷及其向前追求的力量，逼迫着读者的。第二篇问世的《莎菲女士的日记》，是《梦珂》的一个发展，艺术手段也高得很远了；但这发展，同时也就是一个不能再前进的顶点，面临着一个危机了。那就是从《梦珂》开始，现在达到了一个伤感主义了，而这伤感主义又是由绝望与空虚所构成的。作者把莎菲这少女（她的前身就是梦珂）的矛盾和伤感，的确写得可谓入微尽致，而且也的确联带着非常深刻的时代性和社会性，并非一般的所谓

"少女伤春"式的那种伤感主义,那是不用说的,即托庇"五四"运动的力量,从封建家庭冲出来的地主等阶级的知识男女青年及一般所谓小资产阶级知识青年,把恋爱自由、恋爱的热情,以至所谓恋爱至上主义,看作所谓"人生追求"的神圣的或唯一的目的,正是他们的阶级的性质的一种,同时也是当时时代的一种特征,并且这还被看作他们的时代觉醒的一种主要的表现的。尤其在这一类的青年女子,往往要通过女性之觉醒,去体验着她们之"人"的社会的觉醒。这是当时的实际情形。可是,这所谓恋爱自由、热情,以至恋爱至上主义,又是什么呢?它只能是资产阶级的东西;同时也应该有新的资产阶级的东西去填满他们的要求。但在我们的时代,它却只是一个空虚。因为这恋爱的自由、热情、至上主义等等,在资产阶级最初革命期,即所谓"人"的觉醒期所产生,由资产阶级的革命的社会力所充实,赋予了强烈的生命和光辉的,例如莎士比亚剧本中那种强烈的热情典型所表示;但在资产阶级没落期,所谓恋爱至上主义却只是资产阶级和小资产阶级中某些所谓厌倦于生活者的"逃避所"了,这些"厌世"者在这里寻求所谓刺激、麻醉、自杀,或玩世、颓废,一句话,从资产阶级的社会的空虚和堕落逃到所谓醇酒妇人的空虚和堕落。而其他的人们,则过着另一种的堕落生活,满足于他们的庸俗不堪的家庭,以及欺骗与遗弃,买卖婚姻和公娼制度,等等,等等。在我们,可并没有象欧洲文艺复兴后的那种革命的资产阶级,然而有资本主义在殖民地和半殖民地所传播的那种最庸俗和最堕落的资产阶级的"恋爱文化"。所以,由"五四"运动所叫醒的青年们的恋爱的自由与热情,就只有被当时开始大发展的人民大众的革命斗争的社会力所充实,才能具有强烈的生命。否则,就只有空虚而不得不绝望;或者满足于庸俗和自私,不得不无声无色地立即枯萎下去;此外,则所谓才子式的颓废,表面上是资本主义式的,实质上则依然是封建士大夫的嫖妓与娶妾的那一套。

梦珂与莎菲所追求的热情,虽然都很朦胧,但实质上可说她们都是恋爱至上主义者。假如她们把她们的解放与前进的要求和当时人民大众的解放要求联在一起,把她们的热情向着当时另一些青年的革命热情的方向发展,那么她们将更明瞭她们自己,她们的热情和恋爱力也将更明确和更强大罢。但她们在主观上是和当时的革命的社会力隔离的，因此，一则她们自身虽都十分善良和纯洁，而她们所意想的恋爱至上主义却已经是带着颓废和空虚性质的东西，这是她们从当时跟没落期的资本主义输入进来的资产阶级颓废期的文化上接受来的；二则，那时留在她们周围来充当她们追求的对象或材料的人们，由她们看来也就不能不或者十分的平凡，或者十分的卑浊不堪了。这样，梦珂就不能不苦闷、彷徨，莎菲不能不十分伤感而绝望了。莎菲的绝望，是对于平凡卑浊的周围的绝望，同时就联带而对于她自己所抱的恋爱至上主义的绝望。她的空虚，是恋爱至上主义本身的空虚，同时也就是她因而自觉到她这个人生活上本身的空虚。所以，莎菲的空虚和绝望，恰好在客观上证明她的恋爱理想固然也是时代的产物，却并没有拥有时代的前进的力量，而她更不能依靠这样的一种热力当作一种桥梁，跑到前进的社会中去，使自己得到生活的光和力。

这是我们可以从这篇作品得到的一个观感。

因此，和莎菲十分同感而且非常浓重地把自己的影子投入其中去的作者，在这上面建立自己的艺术的基础的作者，我们觉得碰着一个危机了。这危机可以有三种出路，一是照旧发展下去，依然和社会的前进革命的力量隔离着，写些在恋爱圈子内的充满着伤感、空虚、绝望的种种所谓灰色的游戏的作品；但这些作品将越写越无力，再也无法写出第二篇和《莎菲女士的日记》同样有力的东西来，那也是一定的，在她以前或同时就有类似的例子了。二是，不能再写了，就是说搁笔了。三是，和青年的革命力量去接近，并从而追求真正的时代前进的热情和力量（人民大众的革命力量）。这第三种是真的出路，并且也和已往的恋爱热情的追求联接得起来的，因为恋爱热情的追求是被"五四"所解放的青年们的时代要求，它本身就有革命的意义，而从这要求跨到革命上去是十分自然，更十分正当的事。所以，这应当是一个转机。

从反映这一种时代意义上说，把《莎菲女士的日记》和鲁迅的《伤逝》加以一番比较，也很有意思。《莎菲女士的日记》，可以说是从一个恋爱追求者的少女所感到的恋爱本身的空虚，来说出"五四"后那种脱离现实的恋爱自由的空虚，而莎菲的绝望也简直是对这类恋爱追求者自己的一种讽刺。《伤逝》则深广得好多倍，作者掘出很深很广的社会的根源，从依然存留着的封建势力与现实的经济压力来宣告了纯洁的理想的恋爱自由的死刑，使读者沉痛和悲愤，却明白只有击毁现社会的压力和有这样的大勇的战斗者才能实现恋爱自由的理想的。

在一九二七年以后，新文艺界也就有过所谓"革命与恋爱"的流行的主题，实质上就是从这一种时代的矛盾所产生的。自然，那些流行的作品，大致上不出所谓"革命就不能恋爱，恋爱就不能革命"，或"革命不忘恋爱，恋爱不忘革命"之类的公式，仅仅千篇一律地在所谓小资产阶级分子的一些意识的纠纷上兜圈子，并没有深掘到这些小资产阶级的意识上的冲突实在反映着时代的矛盾根源和阶级的关系，只把革命与恋爱对立或调和起来，却不追究恋爱本身在那时代中有它深刻的矛盾，青年们对于革命的态度上各有着阶级意义上的差异。但在客观上，所谓"革命与恋爱"的主题却可说是在鲁迅的《伤逝》所开示出来的那一个根本的矛盾的上面的，即反映当时时代所指出来的一条历史的道路：青年们的恋爱理想非加入摧毁现社会的斗争是不能实现的；而恋爱自由，惟恋爱主义等等，也非被现实所批判不可。

作者在《莎菲女士的日记》之后，也有过《韦护》（类似的"革命与恋爱"的主题）那样的作品。

于是，由于作者本身是不能不向前发展的，更由于社会和时代的剧变，人民革命的大踏步的进展，以及在这剧变和进展的大动荡中的作者的种种遭遇与种种苦斗和前进，这就写了象《水》似的与前不同的作品了。

《水》，以艺术对现实对象的深度和艺术的精湛而论，反而大不及以前的《莎菲女士的日记》，当然更不及后来的她的一些更坚实的作品，它的不满人意的地方，照我看来，是在于以概念的向往代替了对人民大众的苦难与斗争生活的真实的肉搏及带血带肉的塑像，以站在岸上似的兴奋的热情和赞颂代替了那真正在水深火热的生死斗争中的痛苦和愤怒的感觉与感情；这样就使我们只能感到作者自己的信念和热情，而不能借这一幅巨大的群众斗争的油画心惊肉跳地被人民的力量所感动。这作品是有些公式化的，同时也显见作者的生活和斗争经验都还远远地不深不广。

但我们可以当作作者创作发展上的一个过渡来看，把它当作她的一个新的起点。她的那种向人民的向往，当作作家的一种前进的倾向看是正确的，她的热情也是诚恳的。从这起点出发，《水》里面所表现的缺点和不足，就由她后来的实践上和创作上坚实的成就来填补了。那却是一段相当长的非常艰苦的斗争历程，并且一步不离地和人民的艰苦的长期斗争在一起才能达到的，决不象我们在《水》里面所感到的那般容易。但这个容易，作者是以后来的克服艰难的战斗来克服了，所以《水》依然是作者发展上的一个标志。同时也是我们新文艺发展上的一个小小的标志。

因此我以为如果把《莎菲女士的日记》和《新的信念》、《我在霞村的时候》、《夜》等篇加以比较的研究，尤其把《水》和这些后来的作品加以比较的研究，则有很大很深刻的意义。那意义是在于这之间标明着一个更大的距离。这距离，首先自然是中国人民在这之间经过着空前地艰苦的和克服无数困难的胜利的斗争，终于成就了决定中国历史的伟大巩固的基础，以及人民的意识形态领域上有真正新的东西在广泛地生长。其次是，作者跟着人民革命的发展，不仅作为一个参与实际工作的实践者，并且作为一个艺术家，在长期艰苦而曲折的斗争中，改造和生长，而带来前后这么大的距离。一个进步的小资产阶级的作家，成为真正人民的无产阶级的革命作家，需要在艺术上有他的标志，作者和别的一些这样的作家一样，她的意识的改造、思想的发展、艺术的成长，都要和革命的斗争历史、革命人民的意识成长史放在一起去研究的。

后来的这些作品，可以作为作者对于人民大众的斗争和意识改造及成长的记录，也可以作为作者自己的意识改造及成长的记录，这样就作为人民的战斗的艺术创作而有了真实的成绩。

从意识或思想上说，一个革命者必须见诸实践，才能证明他的世界观上的改造和到达。从实践上说，一个革命者必须有思想意识的真实的改造和成长，才能证明他的实践的真实。从艺术创作上说，一个革命作家必须有艺术的实践成绩，才能证明他的改造和成长是真实的。

深入现实人物的意识领域，作者原是开始就赋有这种诗的天才的，这是社会解剖和艺术塑像所首先需要的条件，但这决非所谓技术问题。

所以，从莎菲到《新的信念》中的陈老太婆和《霞村》中的贞贞，这两种对象的不同，是两个世界的不同，并非作者用同一个主观可以同样去打入的；作者必须在新的对象的世界中生活很久，并用这新的世界的意识和所谓心灵，才能走得进去。作者并且必须拥有这个世界及其意识和心灵，才能够把这世界和人物，塑成使人心惊肉跳的形象，用感动力而不是用概念或公式的说教，去感服读者，使他们也走进新世界。在《水》里，作者还未能够走入《水》中人民的世界里去，所以也未能送出使人心惊肉跳的塑像来。但《新的信念》、《我在霞村的时候》、《夜》等篇，是已经走进去，而且也已经送出来了。我以为这就是所谓艺术到达上的主要的一点。

《新的信念》，不免使读者感到有革命浪漫主义的色彩。但姑不论革命浪漫主义是否需要的问题（当然需要的），我们如果不忘记敌人的残暴所引起的仇恨心的深浩，人民战斗热情的疯狂般的沸腾，则所有战斗的人民包括我们自己在内，就都是在那样浪漫谛克的战斗气氛中的浪漫谛克的人物。这革命浪漫主义恰正就是最真实不过的战斗的现实。倘不是生在这样的战斗的世界中，我想就很难把握住这浪漫谛克的战斗的现实罢，而现在作者把握住了，我以为这也正是革命现实主义的一个胜利。

《我在霞村的时候》，作者所探究的一个"灵魂"，原是一个并不深奥的，平常而不过有少许特征的灵魂罢了；但在非常的革命的展开和非常事件的遭遇下，这在落后的穷乡僻壤中的小女子的灵魂，却展开出了她的丰富和有光芒的伟大。这灵魂遭受着破坏和极大的损伤，但就在被破坏和损伤中展开她的象反射于沙漠上面似的那种光，清水似的清，刚刚被暴风刮过了以后的沙地似的那般广；而从她身内又不断地在生长出新的东西来，那可是更非庸庸俗俗和温温嗳嗳的人们所再能挨近去的新的力量和新的生命。贞贞自然还只在向远大发展的开始中，但她过去和现在的一切都是真实的，她的新的巨大的成长也是可以确定的，作者也以她的把握力使我们这样相信贞贞和革命。

《夜》，我觉得是最成功的一篇，仅仅四五千字的一个短篇，把在过渡期中的一个意识世界，完满地表现出来了。体贴而透视，深细而简洁，朴素而优美。新的人民的世界和人民的新的生活意识，是切切实实地在从变换旧的中间生长着的。

　　以上，是我把七篇照原来程序排列了以后，顺手写了下来的一个轮廓，算是把它们联贯起来的一点线索，也许可供读者做一个参考。但这只是到一九四一年为止的，此后有她的新的更大的发展，这里不谈了，且请读者和作者原谅我越分地写了这许多字。

一九四七年十月二日上海

（原载 1948 年 1 月《中国作家》第 1 卷第 2 期，

原题为《从〈梦珂〉到〈夜〉》）

(二)
(1949—1981)

丁玲的《太阳照在桑干河上》

陈 涌

一

中国伟大的土地改革运动给文艺创作带来了无限丰富的内容，《太阳照在桑干河上》便是最初出现的反映这个运动的长篇小说。

这部小说所写的范围是土地改革初期，即一九四六年中共中央"五四指示"到一九四七年九月全国土地会议以前这一个时期。从全国土地会议以后，中国土地改革的具体政策曾经有过一些改变，中国农民为取得土地而进行的斗争也积累了更丰富的经验，由于历史的限制以及其他方面的限制，这部作品在现在看来还存在着一些缺点。但只要是一部大体上比较本质的反映了当时运动的作品，我们便应该承认这是一部正确的现实的作品，这样的作品，便不但在当时能够教育读者，而且在今天也不会丧失了它的根本意义。也因为这样，《太阳照在桑干河上》这部在当时是比较成功的作品，也和别的比较成功的同类作品一样，被国内和国外的读者视为可以从它们理解中国土地改革运动的代表作品之一。

《太阳照在桑干河上》的故事发生在华北一个叫暖水屯的村子。按照作者原定的计划，这作品还有第二和第三部，目前我们所见的第一部还只表现到斗争了一个为群众所最痛恨的恶霸地主，还只是斗争告一段落。我们从这第一部里，便看到作者安排了一个比较宏大比较繁复的结构，这种比较宏大繁复的结构，是和农村土地斗争的规模和它的复杂的性质相适应的。作者在这里正面的展开了农村阶级斗争的各种场景，希图在尽可能正面的客观的描写里，使读者对土地改革的过程有一个比较丰富、完整的认识。应当承认，要完成这样一个复杂的任务并不是容易的，在这方面，作者也同样留下了一些缺点，但就是达到了我们现在所见的程度，也需要我们的作者有较高的艺术修养、政治水平，以及较丰富的农村斗争的知识。而这部作品出于一位亲身参加过土地改革的我们前一辈的作者，并不是偶然的。

二

我们有些反映农村土地改革斗争的作品，往往令人感到没有充分的表现农村斗争的复杂情况。例如我们很少写到地主阶级内部的差别和矛盾；在表现地主和农民的关系时，往往也容易公式化，往往过分简单的去看农村的剥削和被剥削的关系，没有看到农村各个阶级之间的错综复杂的社会联系，而这种错综复杂的社会联系正是使农村的阶级关系无限复杂化的。这样的作品自然不能真实的反映我们复杂丰富的现实。当我们看过了不少过分简单的表现现实的作品以后，《太阳照在桑干河上》是会给我们稍为不同的印象的。

这个作品最使我们不能忘记的，正是作者注意到了农村阶级斗争的复杂性，注意到了农村复杂的阶级关系。作者在这里表现了两个不同类型的地主：一个是胆小绝望的，在优势的革命力量面前一下子便感到自己的威势完全崩落的李子俊，他在土改工作团下乡不久便带了自己的财物逃到城里去了；另一个则是这作品所写的地主的主要代表钱文贵，他是一个阶级感觉敏锐的镇静而有经验的人物。他在当地解放以后便把自己的儿子送去参军，使自己成为一个"军属"；为了分化农民队伍的目的，他还希望诱使自己的一个侄女去和原来自己的一个雇工，后来成了农会主任的程仁去结婚。在这里，如果李子俊可以给我们这样的启示：一切反动势力都终于会和他一样绝望而崩溃，那么，钱文贵便告诉我们，要彻底消灭我们周围的封建势力，我们还需要经历许多复杂严重的斗争。

但在作者的笔下，地主钱文贵这一切作法，在这个地主家庭内部，也遇到了不同的态度。儿子被送去参军，媳妇二姑娘是感到恐惧和苦痛的。她还没有生过孩子，同时她还要常常担心着她公公那淫邪的"咄咄逼人"的眼光；另一方面，被钱文贵视为工具的侄女黑妮，原是一个没有地位的孤儿，她并不是永远忠实于她的伯父的。而且，和黑妮本来便有着恋爱关系后来成了村农会主任的程仁，是一个忠心于人民解放事业的雇农。因而在这里所写的他们之间的关系便要比有些作者所设想的复杂得多。

作者告诉我们，虽然黑妮并没有按照她伯父的意旨去进行破坏活动，但在紧张尖锐的阶级斗争面前，程仁对于一个仍然附着于地主家庭的少女不断的怀念，不能不增加了他的顾虑，也不能不降低了他的斗争锐气，他的内心经常停留着迟疑不决的阴影。作者在这个事件中间放进了深刻的意义，而越出了通常所谓"美人计"的公式。

作者在这作品里也写到了一个富农家庭的复杂关系。这个叫顾涌的富农的家庭关系是这样的，他的大女儿嫁到另一个村子的一个富农家里；她的二女儿（也就是我们前面提到的二姑娘）嫁给了地主的儿子钱义；他的一个儿子参加了人民解放军；他的儿媳妇出身是一个贫农；而他的另一个儿子顾顺就在村子里当青联主任，是一个不坏的干部。我们看到，是这样错综复杂的阶级关系，这简直是没有身历其境的人所想象不到的。

但使农村的阶级斗争增加它的复杂性，因而也增加了这个作品的现实性的，便是这里还加进了在革命方面的干部不纯的问题。现实的斗争证明而且还要继续证明这个问题在土地改革过程中是占着重要位置的。在这里我们看到，村治安员张正典成了地主钱文贵的女婿，后来又凭借自己以及他丈人的力量压倒了被他强夺土地的一个叫刘满的贫农，便逐渐的坠入地主的阵营中去。这是十分突出的一例。此外，作者也还涉及某些干部的自私、骄傲自满等问题，但大约是由于篇幅也由于作品的主题关系，这方面的事件并没有得到充分的展开。

当然，就整个作品来说，作者更主要的是写农民反封建的斗争，一部正面反映土地改革的作品所要求的这个重心是没有被作者模糊的。作者在这里所表现的农村干部，大部分基本上都是好干部，这在表现到他们和张正典的完全分裂的那一章里看得十分清楚。这是符合解放区农村的基本情况。作为两个阶级的生死搏斗，作者是从多方面注意到它的复杂性、尖锐性。她把这个斗争在一种严肃、紧张而微妙的气氛下加以描写。可以说，在这方面，我们目前还很少别的作者象她表现得这样真实。

三

在整个说来，作者对表现人物还留下很大的弱点。作者在这里表现的一个主要人物是雇农张裕民，他有着沉着、老练、忠心等等特点。但这个人物的色彩是不够丰富不够鲜明的。作为一个农民中间的先进分子，他的行动的积极性，是表现得不够的。他后来曾经在斗争中表现的多疑、犹豫等缺点，也被作者写得相当模糊。虽然立波的《暴风骤雨》的英雄人物赵玉林也是有点单薄的，但由于作者对他表现得比较鲜明，也赋与他以更多的行动的力量，因此他给我们的印象也比较强烈。创作典型的人物，首先是新人物，一般说来仍然是我们今天创作的一个重要问题，也是《太阳照在桑干河上》的一个重要问题。

但在表现人物方面，作者显然也有值得我们学习的地方。如同作者不把农村的阶级关系写得太过简单一样，作者表现新人物的方法也并不太过简单，作者把她心爱的、对他充满同情的人物，也放在最残酷最尖锐的斗争中加以考验。在她看来，象程仁这样在本质上是正派的干部，也需要经过十分艰难苦痛的自我斗争才能最后摆脱小生产者的动摇、不坚定的缺点。这个作品清楚的告诉我们，在紧张、尖锐的阶级斗争面前，人们想站在斗争之外是不可能的。阶级斗争考验每一个人的立场、态度，真是洞若观火。雇工出身当了农会主任的程仁，就因为不能迅速抛弃那点个人的顾虑，便使他没有力量勇往直前。在很长的发动群众的过程中，他都变得比别人矮小，"他没有勇气，他常常想要勇敢些，却总有个东西拉着他下垂。"而群众的斗争热情是逐渐高涨起来，斗争是无可避免的了，胜利也是必然的，正当这时候，钱文贵的老婆想利用他和黑妮的关系来收买他，但却遭遇到他的拒绝。作者描写程仁的毅然转变不仅由他自己主观的思想准备所决定，同时也是由于当时整个群众斗争的形势所决定。这是十分合理的。作者描写程仁经过最后剧烈的内心斗争斥责和拒绝了钱文贵老婆这个场面，和作者在其他地方对程仁的矛盾心理的分析，都是真实、动人的。在这些地方，我们有可能来认识作者的艺术修养、她对人物内心的观察的深度，以及她已经达到的表现能力。我们就举一个例子看看作者怎样描写程仁在转变以前的心理活动吧：

"程仁跟着大伙儿走回家去，显得特别沉默，人家高声说话，笑谑，人家互相打闹，碰在他身上时，他也只悄悄地让开。他无法说明他自己，开始他觉得他为难，慢慢成了一种委曲，后来倒成为十分退缩了。仿佛自己犯了罪似的，自己做了对不起人的事，抬不起头来了。这是以前从没有过的感觉。他听章品说了很多，好象句句都向着自己，他第一次发觉了自己的丑恶，这丑恶却为章品看得那样清楚。本来他是一个老实人，从不欺骗人，但如今他觉得自己不诚实，他骗了他自己。他发现自己从来说不娶黑妮只是一句假话，他只不过为的怕人批评才勉强的逃避着她，他疏远她，只不过为着骗人，并非对她的伯父、对村上一个最坏的人，对人人痛恨的人有什么仇恨。他从前总是问心无愧，以为没有袒护过他，实际他从来也没有反对过他呀！他为了他侄女把他的一切都宽恕了呀！他看不见他过去给大伙儿的糟害，他忘了自己在他家的受苦，和剥削了。他要别人去算帐，去要红契，可是自己就没有勇气去算帐！他不是种着他八亩旱地二亩水地么！章品说不应当忘本，他可不是忘了本！他什么地方是为穷人打算的呢。他只替自己打算，深怕自己把一个地主的侄女儿，一个坏蛋的侄女得罪了。他曾经瞧不起张正典，张正典为了一个老婆，为了某些生活上的小便宜，一天天往丈人那里凑过去，脱离了自己兄弟伙子的同志，脱离了庄户主，村上人谁也瞧不起他，可是他呢，他没有娶人家闺女，也没有去他们家，他只放在心里悄悄的维护着她，也就是维护了他们，维护了地主阶层的利益，这还说他没有忘本，他什么地方比张正典好呢。"

深刻细致的分析人物的心理，作者的这个特长，在写到别的人物时也是可以看到的。当然，这种看来是成功的心理分析，在这个作品里还只是片断的，暂时还未能贯彻到作品的所有各个部分中去的。但这些片断终究是容易使我们记起的片断。例如写到一个年青、对革命无限忠心的干部杨亮遇到一个贫苦农妇的情景：

"'呵！你就是村副家里的？'杨亮不觉望了这个半裸的女人，她头发蓬乱，膀子上有一条一条的黑泥，孩子更象是打泥塘里钻出来的，杨亮从心里涌出来一层抱歉的感情，好似自己有什么对不起他们母子似的，用手去亲爱的抚摸那两个孩子，同时答应她回来时一定来看她——"

不但对于革命方面的人物，就是对于反革命的地主阶级方面的人物，作者也同样表现了她这个特长。我们曾不只一次的听说过，我们的创作里写旧生活和旧人物，胜于写新生活和新人物，就两者一般的加以比较，这个看法是正确的。但对于旧生活旧人物，我们是否就已经写得很好了呢？我们往往惯于把反面的人物，写成只是一个可笑的丑角；我们往往只知道在地主身上罗列许多罪恶的事实，却很少比较深入的去发掘作为一个剥削者和压迫者的地主的心理过程。我们有些作者往往喜欢简单，往往因为自己写的是一个阶级敌人便用轻率的嘲弄来代替严肃的现实主义的描写。高尔基曾经说过，一个作者在描写吝啬者的时候，不能不把自己想象为吝啬者；在描写贪欲者的时候，不能不把自己想象为贪欲者。每一个愿意自己的人物真正具有艺术生命的作者都不能忘记的这个意见，却是往往为我们有些作者所忘记的。因此我们也就很少写出深刻的地主阶级的典型。

就全体说来，《太阳照在桑干河上》也没有满足我们创造地主阶级典型这个要求，钱文贵作为一个丰富的典型的个性来看，也仍然是不够的。但作者在表现地主阶级的时候，也注重严肃的客观的描写。作者并没有也不能隐蔽自己对敌人的憎恨，但现实主义却要求她把这种憎恨的感情，和严肃、精确的描写结合起来，因而作者便给我们留下一些足以作为范例的片断。

我们就拿地主李子俊的女人来说吧，在这个人物身上，主要是描写她家里的果园被没收时她的心境,是很可以看出我们作者的特性的。作者显然并不满足于表面的描写,显然努力使自己设身处地的体会这个地主女人的灵魂的秘密,因而真实的写出了她在失势以后的绝望的怨恨:

"这个女人便走到这一点的地方坐下来。她望着树,望着那缀在树上的红色的珍宝。这是他们的东西,以前,谁要走树下过,她只要望人一眼,别人就会陪着笑脸来解释的。怎么如今这些人都不认识她了,她的园子里却站满了这末多人,这些人任意上她的树,践踏她的土地,而她好象一个不相干的讨饭婆子,谁也不会施舍她一个果子。她忍着被污辱了的心情,一个一个的来打量着那些人的欢愉和对她的傲慢。她不免感慨的想道:'——好,连李宝堂这老家伙也反对咱了,这多年的饭都喂了狗啦!真是事变知人心啦!'"

"她不是一个怯弱的人",作者接着这样介绍她的这个地主女人说。虽然从一年前她的娘家被清算起,她便"从不显露她和这些人中间有不可调解的怨恨"。这个地主女人,在她认为是"被掠夺"的果园里,在那一群充满欢乐的,她所不能理解的在她看来是"劫掠者"的面前,我们的作者为我们展示了她全部心理的秘密。这里同样显示了作者丰富的经验和无可置疑的创作才能:

"到中午时侯,人们都回家吃饭去了。园子里显得安静了许多。她又走过来,巡视着那些顿时失去了灿烂的绿叶,连不大熟的都被摘下来了。她又走过那红色的小丘,这在往年,她该多么的喜悦呵!可是现在她只投过去憎恨的视线。'嗯,那树底下还坐得有人看着呢!'"

她通过了自己的园子,到了洋井那里,水汩汩的响着,因为在水泉突出的地方,倒覆了一口瓦缸,水声便更清脆,再从缸底下流出一条小渠来。这井是他们家开的,后来一道卖给顾老二了。顾老二却从来没有改变水渠的道路,也就是说从来没有断绝它的水源。这条小渠弯弯曲曲的绕着果子园流着,它灌溉了这一带二三十亩地的果子。她心想:'——唉,以前总可惜这地卖给别人了,如今倒觉得还是卖了的好!'"

"顾涌的园子里没有人,树上结得密密层层,已经有熟透了的落在地上了。他的梨树不多,但他的红果却特别大。这人舍得上肥和花工呵!可是,还不是替别人卖力气。她感觉到这三亩半园子也被统制了,她不禁有些高兴,要卖果子就谁的也卖,要分地,就分个乱七八糟吧。"

如前所述,作者在她的作品里注意到地主家庭内部的矛盾和差别。她给予地主家庭内部不同处境的人物以不同的倾向和特征。例如作者这样描写丈夫被送去参军后她的恐惧和苦痛:

"钱义去参军,她不愿意,并非全为舍不开他,只是说不出理由,她哭了。钱义忍心不下,想着她年青,没有儿女,可是父亲一定要叫去,钱义心一横就走了。"

这位媳妇在家里还要经常担心着她公公——钱文贵那淫邪的"咄咄逼人的"眼光。作者这样写道:

"公公的眼光已经落到个姑娘的手上,手腕上套了一副银镯子,粗糙的手在这种咄咄逼人的扫射下,很拘束,她卷着衫角,雪白的洋布短衫便把那黑红色的手盖住了。"

"顾二姑娘是一个种庄稼出身的女人,她欢喜在野外活动,愿意做费劲的简单的事,现在却只能烧烧饭,做做针线,侍奉公婆,她实在觉得闷。曾经要求和黑妮一道去识字班,也没有被准许。——其实这都不是使她生活不安的理由,她主要是怕,她怕什么呢?这是连她自己也不敢对自己说的,她怕,她怕她公公。"

这个媳妇便这样过着烦闷的恐惧不安的生活,在某种意义上,她是地主阶级的牺牲品。作者在这里写得很简单,同时也很细致,很含蓄,这个地主家庭生活的腐朽以及它内部的一出悲剧是呈现出来了。然而这位媳妇,在阶级斗争发展到十分尖锐,已经威胁到她所依附的阶级的生存的时候,她却本能的做出了维护她所依附的阶级的工作。

"……顾二姑娘平日是恨她公公的,只有这次她却做了他的忠实传达者,她听见她公公说这次村子上要是闹斗争,就该轮到顾老二了,她害怕得要死,觉得要是不把这些话传给家里,她就是个没良心的人。……"

在这里,我们是很可以看到作者的严峻的现实主义的态度的。

此外,我们还应该提到,作者分析张正典走向叛变的道路,也是颇近情理的,深刻的。她认为他起初对钱文贵同情,"实际也的确是因为他年轻、没有经验,没有阶级觉悟受了丈人的欺骗",但后来却"为了自己的安全,有意识的明白自己需要凭借一种力量来把刘满压住,不准他起来",于是他便"不得不更关心和极力活动来保持他丈人在村中的势力"。作者在表现他最后完全和其他村干部决裂而完全投到钱文贵那里去的场面,是使我们深深感到生活的逻辑力量的。

四

说到一个作品的缺点,通常都是可以从思想上和艺术上加以讨论的,但对于我们目前这个作品,一般读者似乎首先感到的是艺术方面的问题,我们这里也不妨首先从艺术方面谈起。

艺术的形式,对一个作品是起着重大作用的。我们过去的经验也证明了这点。《吕梁英雄传》、《新儿女英雄传》这些作品,尽管它还有着缺点,但有生动丰富的行动性、故事性,却是使这些作品获得广大读者的重要原因。许多读者都共同感到,《太阳照在桑干河上》不少地方是令人感到沉闷的。在这个作品里,并不是每一个重要的地方都达到同样完满的地步,贫乏的令人厌倦的部分和深刻的成功的部分往往并列在一起。在前面大约三分之一的篇幅里,这类地方更见明显。在这里作者主要的注意是介绍每一个重要人物的身世和特点,以及他们对土地改革的态度。介绍的方法通常都采用单调的缺少色彩的叙述，并且附带还有若干不必要的景物的描写。作者也围绕着土地改革问题描写了农村生活的一些侧面，但事件的进行也太过缓慢。只有大约过了三分之一的篇幅直接表现农民对地主的紧张的斗争行动以后，作品才开始发生较大的吸引读者的力量。

不少读者认为《暴风骤雨》在思想性方面，在反映现实的深度方面，较之《太阳照在桑干河上》是有逊色的。然而《暴风骤雨》也自有其优点，其中也有一些为《太阳照在桑干河上》所不及的形式上的优点。《暴风骤雨》几乎完全排除了那一切引不起艺术效果而相反的会引起读者厌倦的叙述，它也追述每一个重要人物的过去，但我们看到的也往往是和对于现在的描写同样活跃的镜头。加之作者善于描摹农村日常生活的动态，甚至没有忘记在现实生活中间存在的那许多幽默的有趣的细节，而且这一切都出之于单纯、明快、简洁的语言形式。许多同时读过《太阳照在桑干河上》和《暴风骤雨》的人表示，《暴风骤雨》更使他感到亲切，这里的原因自然很多，但它在形式上的优点是起了重大作用的。

也许有人说，一个作品要写得活泼有趣，要更能吸引读者，要有生动、丰富的行动性和故事性，这是迎合群众的"低级"、"落后"的心理，它和我们所要求的思想性是矛盾的。这个看法并不正确，因为过去在历史上也并不是每一部著名的有思想的作品都是使人昏昏欲睡的，相反的，过去大多数成功的有思想的作品都同时具有一个使人满意的可供欣赏的形式，有着简直无可抗拒的艺术的魅力。问题只在于我们在这方面还研究得很少，我们还未能具体的解决思想性和艺术性、思想性和群众性这样的问题。

自然，这个问题往往是和作品的语言问题连结起来的。在吸收群众的语言方面，作者在这里显然有着更加自觉的努力，单是比较起文艺座谈会以前大部分是描写群众生活的《我在霞村的时候》来，在语言方面也可以看到从知识分子的习惯中得到更多的解放。它也吸收了更多的群众的语汇，但整个说来，它自然并不就是群众的语言，也还不是在群众语言基础上经过自然的加工和提高的那种艺术的语言。它一方面已经抛弃了原来知识分子的旧套，但另一方面，还缺少群众语言的光彩和魅力。它看来是一种尚未成熟的处于过渡阶段的语言。

这里我们可以举一个例子来加以说明：

"'鬼话可多呢。'李昌又接下去了。他们三人边朝老韩家里走着，李昌又说：'真也奇怪，今天早晨在她家里出现了一条蛇，蛇又钻到屋檐下去了，她一早就下了马，她是个巫婆，说那是她的白先生显原身——呵，白先生你们不懂，那就是她供的神嘛！白先生说真龙天子在北京坐朝廷了，如今应该一统天下，黎民可以过太平日子了，百姓要安分守己，一定有好报，……她就常编这末些鬼话骗人，今天好些人都跑到她家里去看白先生，刘桂生的老婆抱着娃娃给他瞧病，她说白先生说的村上人心不好，世道太坏，不肯发马，药方也没开，把那个女人急得要死。'"

这里是一个农民在说着村里一个惹人注意的迷信故事，这里没有显著的知识分子所谓"欧化"的句法，而且作者显然还努力模仿着农民说话的口气——使这个说话者就真象一个农民在说话一样。但我们读完了这段本来应该很有趣的话以后，却感到这样平凡，这样缺少光彩。每一个稍有经验的读者，只要把它和自己经验过的农民说话的情形比较一下，便会感到，作者在这里还没有完全把握到群众语言的精神与实质。

只要我们注意一下，便发现知识分子习惯的想象，还不时侵入到关于农民生活的描写中去，知识分子的语汇也就不时的出现。特定的语汇，表现特定的生活的气氛。如果承认，象这里一样，用"内疚"、"忧郁"、"寂寞"、"年青的豪情"、"这个穷女人却以她的勤劳，她的温厚稳定了他"这类的语汇和语句来表现普通农民的感情和生活是不适合的，那么，象下面似的描写雇工张裕民接近了共产党以后的内心的变化，是完全不适合的了：

"他觉得他们对他是如此的关心，如此的亲切。当一个人忽然感到世界上还有人爱他，他是如何的高兴，如何的想活跃着自己的生命，他知道有人对他有希望，也就愿意自己生活得有意义些，尤其当他明白他的困苦，以及他舅舅和许多人的困苦，都只是由于有钱人当家，来把他们死死压住的原因，从此张裕民不去白娘娘那里了。"

对于一个知识分子的作者说来，学习群众的语言，大约总是要经过许多困难和摸索的。我们的《太阳照在桑干河上》的作者，在语言方面，要想突破现有的界限，大约还需要下更多的功夫。

五

我们已经说过，《太阳照在桑干河上》是表现一九四六年中共中央"五四指示"到一九四七年九月全国土地会议以前解放区农村斗争的情况的。从"五四指示"到现在，土地改革的政策曾经有过一些变化。但只要是一部比较本质的反映了当时运动的作品，它便不但在当时能够比较深刻的教育读者，而且也不会因为以后若干具体政策和情况的改变，便丧失了它的根本意义。这里所谓比较本质的反映当时的运动，主要的就是正确的反映运动中各个阶级的面貌和它们之间的关系。如前所述，作者在这方面是有了比较深刻的表现的。然而也就在表现农村的阶级关系方面，作者还留下一些比较重大的缺点。作者在这里所写的富农，是并没有具备富农这个阶层的特征的。在这里我们看到，作为富农代表人物的顾涌，他全家十六口人完全参加劳动，他实际上只有轻微的剥削，他自己还受过地主的压迫，对于农民反封建的斗争，他一方面是有顾虑，一方面又是同情，乃至拥护的。这样的一个人物，作者一方面说他是富农，一方面许多地方又都只能引起读者的同情。这中间是存在着矛盾的。

当然，如大家所知道的，富农在不同的时期也是有不同的政治态度的。但作为一个剥削阶级，富农和他的被剥削者的矛盾是不可调和的。而且中国富农一般地还带着浓厚的封建与半封建剥削的性质。他们大都兼收地租并放高利贷，其雇佣劳动的条件也是半封建的。在目前"保存富农经济"的政策下，自然不应该强调富农和贫农、雇农之间的矛盾，而应该首先强调地主和农民这个主要矛盾，只有这样，才能达到孤立地主和中立富农的目的。但是不论过去和现在，隐蔽或模糊了事实上存在着的矛盾，甚至把富农一般的描写成农民反封建斗争的拥护者和参预者，都是不对的。

我们可以这样设想，或者《太阳照在桑干河上》的作者对于富农有着不正确的看法，或者她在这里实际上表现了顾涌是一个被划成富农的中农。据说，作者自己曾经向人表示，正是属于后一种情形。如果这样，那么，也应该承认我们的作者在当时还未能对这问题有确定的认识，至少在作品里没有得到确定的表现。作者在作品里没有用适当的方法表明，把顾涌划成富农，这是一种错误。虽然关于顾涌的成份问题，作者也曾提起过工作团中间引起的一次争论，但作者对于这个争论的描写，可说是客观主义的：

"……干部们和评地委员已经又开了一次会，他们把全村的庄户，都重划了一次阶级，一共有八家地主，以前有几家是订错了的，大伙对于他的成分，争论很多，有人还想把他订成地主，有人说他应该是富裕中农，结果把他划成了富农，应该拿他一部分地，……"

如果作者有意把顾涌写成是一个被划成了富农的中农，那么，为了真实，为了更好的教育读者，作者似乎还需要把当时造成这种"左"的错误的原因和这种错误所造成的影响更好的加以描写，这就是说，需要进一步的反映当时领导的问题以及一般中农的问题。在这作品里，我们可以找寻到一些造成这种"左"的错误的领导方面的原因，例如从县上到村里来指示方针和解决问题的章品，他自己的政策思想便是模糊的，缺少团结中农的观念的。下面都是他说的话：

"'不管，错了我负责任，土地改革就只有一条，满足无地少地的农民，使农民彻底翻身，要不能满足他们，改革个卵子呀！'有时有些富农来献地了，也会有些人说这个富农不错，不能拿得太多，怕影响中农，可是他也总说：'要拿，为什么不拿呢，还要拿好地。'他是很坚定的人，虽然他的坚决同他稚嫩的外形并不相调衬。"

"只要老百姓乐意怎样，就能怎样。……"

但作者对于当时是代表领导机关的章品这一类表现，是作肯定的描写的。虽然作者也曾认为章品有他的"稚嫩的外形"，但当他完全忽视中农问题的时候，作者还是认为他是"坚定"的。

而且，问题还不仅在于章品说过的这几句话，问题还在于这作品里工作团的同志平常都很少把中农问题放在自己的视线之内。当然，作者是写到过一般中农问题的。在处理顾长生的娘的问题上，我们看到工作团正确的稳定了中农，其它几个地方作者也通过工作团的干部解释过关于中农的政策。但这仍然是很简略而且多半是出于被动的。在这里，工作团从未见讨论过中农的问题，甚至听到村里有"斗倒富农斗中农"的谣言出现以后，也没有看到他们把它当作一个重要的问题加以处理。共产党对中农的政策是完整的积极的，它要求不仅在经济上，而且在政治上、思想上、组织上贯彻巩固的团结中农的方针，而对于这样的一个完整的积极的方针，在这个作品里是没有得到充分的反映的。当然，在当时的运动中可能正是有过对中农问题注意不够的情形的，因此，我们不能要求作者把一切都表现得很美满，但既然是当时工作有缺点，那我们是需要批判的加以表现的，但作者在这里却是不自觉的不加批判的反映出来了。

因此《太阳照在桑干河上》这方面的问题，并不是处理某一个个别人物或个别形象的问题，而且关系到整个农村阶级关系和阶级斗争的问题。问题是重要的，但问题本身也是十分复杂的。如果在今天它便比较容易看得清楚，那么，作者在写这本小说时（一九四六年九月——一九四七年夏天）没有能够把这问题完全澄清，是多少受到当时的历史条件限制的。当然，如果一个作者是一个有更高的理论修养和更丰富的革命斗争经验的作者，是一个已经能够更好更完全的独立思考问题的作者，也并不是不能较早的采用自觉的批判的精神来对待当时运动中的偏向的。在这方面，我们当然也可以得到有益的教训。

新中国有关土地改革的文艺作品还很少表现到我们运动中的错误和偏向。但是有些错误和偏向在一定的历史条件下是不可避免的，我们要想深刻的反映一个历史的运动，也就很难避免接触到这些错误和偏向。有些人认为反映这些错误和偏向是"不适合"的，是违背浪漫主义的原则的。这是一种把浪漫主义和现实主义对立起来的看法，是对于浪漫主义的抽象的庸俗的看法。浪漫主义并不是离开强固的现实基础的什么独自存在的事物，它是从现实中间派生的，是现实主义的一个有机部分。逃避现实中的困难，简单的陶醉于目前的胜利，而不敢正视现实中的困难，并且从困难中看到克服困难的信心和条件；逃避现实中的本质的事物，而不是客观的反映现实中的本质的事物，这样的浪漫主义并不是无产阶级的浪漫主义。在这方面，我们目前有些作者，是可能迷误的。

我对于《太阳照在桑干河上》的意见以及有关的一些创作的意见，暂时说到这里为止。《太阳照在桑干河上》的优点和缺点，自然还可以说得更多，但我所能看到的，主要的就是这些。

（原载 1950 年 9 月 1 日《人民文学》第 2 卷第 5 期）

《中国新文学史稿》（节录）

王 瑶

第二编第八章 多样的小说

丁玲的第一个短篇集《在黑暗中》是一九二八年出版的，其中包括她的处女作《梦珂》和曾经引起广大注意的《莎菲女士的日记》；接着又出了短篇集《自杀日记》和《一个女性》，内容大部是以女性的精神苦闷为中心题材的。她自己说：

> 我那时为什么去写小说，我以为寂寞。对社会的不满，自己生活的无出路，有许多话需要说出来，却找不到人听，很想做些事，又找不到机会，于是为了方便，便提起了笔，要代替自己来给这社会一个分析，因为我那时是一个很会牢骚的人，所以《在黑暗中》，不觉的也染上一层感伤。因为我只预备来分析，所以社会的一面是写出了，却看不到应有的出路。
>
> （《我的创作生活》）

茅盾曾在《女作家丁玲》一文中说：

> 初期的丁玲的作品全然和这"幽雅"的情绪没有关涉，她的莎菲女士是心灵上负着时代苦闷的创伤的青年女性的叛逆的绝叫者。莎菲女士是一位个人主义，旧礼教的叛逆者；她要求一些热

烈的痛快的生活；她热爱着而又蔑视她的怯弱的矛盾的灰色的求爱者，然而在游戏式的恋爱过程中，她终于从腼腆拘束的心理摆脱，从被动的地位到主动的，在一度吻了那青年学生的富于诱惑性的红唇以后，她就一脚踢开了她的不值得恋爱的卑琐的青年。这是大胆的描写，至少在中国那时的女性作家中是大胆的。莎菲女士是五四以后解放的青年女子在性爱上的矛盾心理的代表者。

这些话其实是可以概括她初期许多短篇的内容的。其中虽然有一些虚无色彩的感伤情调，但一种追求光明的力量仍在暗中潜伏着；感觉到了生活的苦闷，就没有办法不寻求出路，于是她写了以革命与恋爱为题材的长篇《韦护》。男主角韦护是共产党员，女主角丽嘉仍是莎菲型的女人，丽嘉因为她的爱人忙于工作，无暇温柔，因而感觉到不快，韦护却觉得恋爱已经影响了工作，要忍痛舍去了。于是丽嘉觉悟了，也投入了实际革命工作，革命终于战胜了恋爱，故事便完结了。这表示了她思想上的进步，但书中对女主人公的性格写得要比韦护好得多，除了故事外也缺少社会背景的描写。接着她又发表了长篇《一九三〇年春在上海》，也是以革命与恋爱的故事来写上海的群众运动的，这回是女主角为了革命舍弃了爱情，但在写群众斗争方面，在赞美革命者献身工作的精神上，都比《韦护》进了一步。一九三一年她编辑左联的刊物《北斗》，发表了中篇《水》，这是以一九三一年全国十六省大水灾作背景，来写遭了水灾后农民群众斗争的。这里已经清算了革命恋爱的公式，不但是她个人，也是当时左翼文学的一大进展。何丹仁（冯雪峰）说：

  《水》所以引起读者的赞成，无疑义的是在：第一，作者用了重大的巨大的现时的题材。……第二，在现在的分析上，显示作者对于阶级斗争的正确的坚决的理解。第三，作者有了新的描写方法，在《水》里面，不是一个或二个的主人公，而是一大群的大众，不是个人的心理的分析，而是集体的行动的开展。(这二点，当然和题材有关系的。)它的人物不是孤立的，固定的，而是全体中相互影响的，发展的。

(《关于新的小说的诞生》)

作者也显示了所谓"天灾",其实是军阀混战和地主官僚剥削的结果,因而和天灾斗争实际是要以集体力量向剥削者斗争的。虽然其中仍有许多观念的描写,文字也颇累坠;但在当时的确是可宝贵的收获。沿着这条路线,她接着又写下了《夜会》一书中的几个短篇,完全是新的题材和风格,如《奔》一篇写农村经济破产后农民被迫离开了土地,挤进都市,但都市里也充满了失业者,他们不得不转回去;可是他们坚决的说:不能再受地主的剥削了。另有未完的长篇《母亲》,是从辛亥革命前夜写起,包含了一个社会制度在历史过程中的转变。写前一代的女性是怎样从封建势力的重围下挣扎过来的。她自己说:

> 这书所包括的时代,是从宣统末年写起,经过辛亥革命,一九二七之大革命,以至最近普遍于农村的土地骚动。地点是湖南的一个小城市,几个小村镇。人物在大半部中都是以几家豪绅地主做中心,也带便的写到各种其他的人。但是,为什么我要把这书叫着《母亲》呢?因为她是贯穿这部书的人物当中的一个,更因为这个母亲,虽然是受了封建的社会制度的千磨百难,却终究是跑过了。在一切苦斗的陈迹上,也可以找出一些可记的事,虽说很可惜,如她自己所以为憾的,就是白发已经满鬓,不能做什么事,然而那过去的精神,和现在属于大众的向往,却是不可卑视的。所以叫《母亲》来纪念这个做母亲的。
> 再是关于写的形式,我想也还是只能带点所谓欧化的形式,不过在文字上,我是力求着朴实和浅明一点的。
>
> (《致〈大陆新闻〉编者信》)

在《我的创作生活》一文中,她曾说:"我母亲不特讲许多故事给我听,她的自身,她的对于生活的勇敢,虽说我是非常幼小,却也是很大的刺激。"她受她母亲的影响很大,这就是《母亲》一书题材的由来;也正因为如此,描写封建世家的家庭生活时笔墨就不免有些繁冗,也不自觉地渗入了一点感伤情调。她的作风清新明快,不缺乏细腻的描绘,这作风一直保持下来;更重要的是因为有进步的内容,她的作品赢得了许多青年读者的爱好。

第三编第十三章　战争与小说

丁玲的《我在霞村的时候》，收短篇小说七篇，此外尚有些未收集的作品，如《文艺阵地》上的《在医院中》。作者在解放区生活已久，这些作品也就有了不同的明朗的色彩。例如《我在霞村的时候》写在落后农村中生长着的一个小女孩所放射的光芒，她在被侮辱与被损害中滋生出了新的力量；离开了家，走向可以学习的新的地方。《在医院中》写一个女医生的知识分子的转变过程，为了追求光明，她从上海走到延安，派到产科医院服务。虽然她已勇敢地摆脱了旧的繁华生活，但小资产阶级的习性还很深。她不惯于周围的一切，如那些种田出身的院长等，她觉得受了委屈，只能以服务的热诚和未来的遐想支持自己；但在那样的环境中，她终于在别人的批评中觉悟了，解决了这个矛盾，心境就很快乐了，转变的过程虽然有点突兀，但的确写出了一个小资产阶级女性走向革命的心理和过程。这些小说都朴素而优美，写出了新的人民世界和生活意识从旧的中间生长发展的历程。

第三编第十五章　报告、杂文、散文

丁玲的《一颗未出膛的枪弹》中包括六篇作品，其中《到前线去》和《南下军中之一页日记》是通讯性质；《彭德怀将军速写》是印象记；《警卫团生活一斑》是作者做政治处工作时所见到的一般生活；《一颗未出膛的枪弹》记一个孩子的爱国故事；《东村事件》是追忆的散文。这些作品大都也是报告性质，它真实地记录了前线及抗日根据地的战斗生活，给人以强烈显明的印象。

第四编第十八章　新型的小说

伟大的土地改革运动彻底地摧毁了封建的土地所有制度，彻底地打垮了地主阶级，因而也就给文艺创作带来了无限丰富的内容。丁玲的长篇《太阳照在桑干河上》是最初出现的写土地改革运动的小说。

这是以一个叫暖水屯的村庄为背景写华北土改初期的情形的；主要是描写群众怎样起来斗争了一个恶霸地主钱文贵；同时也写出了农村复杂的阶级关系以及土改工作干部的作风问题。故事发展的时间共一个月，正是激烈的一系列的阶级斗争的真实反映；它说明了必须先把为群众所痛恨的恶霸斗倒，才能使群众相信自己的力量，消除变天思想，热烈地进行土地改革斗争。譬如钱文贵，他用尽了各种方法来保卫自己，把儿子送去参军，把女儿嫁给了干部，还企图用侄女来俘虏农会主任程仁，说明了地主是会不择手段地为他那阶级的灭亡命运挣扎的。作者另外还写了一个因胆小绝望而逃走的地主；对于地主家庭内部的人物，作者也根据他们不同的处境来给以不同的倾向和特征；同时她又写了一家富农的和农村各种阶层相联系的复杂关系，也写了村中干部们的不纯问题。这说明作者处理题材的态度是完全现实的，她写出了农村中的复杂的阶级关系，和这些人在尖锐的斗争面前的不同的表现。在工作队的干部方面，面貌也是彼此不同的，队长文采是一个主观主义的自高自大的人物，他不从群众的实际需要出发，因此工作也就不能作好；而另外的干部如对革命非常忠诚的章品，就和他完全不同。在村干部方面忠诚老练的雇农张裕民是作者着意写出的正面人物；程仁的从动摇到坚定，张正典的蜕化和叛变，作者也都经过深刻细致的分析。她写人物一般都从他们过去的历史和社会关系叙起，然后把他们通过目前正在进行的尖锐的阶级斗争来写出，因此那面貌是非常鲜明真实的。作者原来的计划很大，她说"原计划分三个阶段，第一是斗争，第二是分地，第三是参军"。现在这书主要是写斗争，分地和参军已成了结尾，而且后半写得较前边"压缩"，大概是因为写作中途改变了计划的关系。作者在书的最后说。"暖水屯已不是昨天的暖水屯了，他们在开会的时候欢呼，雷一样的声音充满了空间。这是一个结束，但也是开始。"这话是对的，这正是新中国诞生前的叙事诗。这书现在已经是驰誉国际的名作，它反映了中国人民的改写历史的伟大激烈的斗争。

（录自1951年9月开明书店版）

《太阳照在桑干河上》
在我们文学发展上的意义

冯雪峰

丁玲的这一本为广大读者所重视的作品,是我们一个重要的收获;我现在想来谈一谈,也就是关于这一个收获在我们文学发展上的意义。

这本小说,大家都明白,是写土地改革的,它的内容,读者都熟悉,这里不必再叙述。但我们现在要来谈论它,就不能不回想起它的情节和内容来。因此,我也得先讲一讲我的印象。

大家都记得,小说是从一个后来被"马马虎虎""划成了富农"的富裕中农顾涌开头的。这个顾涌,作为象他这样的一个富裕中农,是被作者写得很成功的。还有一个胡泰,富农兼小商人,是顾涌的亲家,在小说中关系很少,但轮廓是清楚的。这两个人是小说中出现的富农及接近富裕中农的人物。这是作者所布置的一条线索,在这条线索的开头我们就注意到几点:第一,顾涌从他的亲家胡泰家里,同他的大女儿回到自己的村子暖水屯去,是驾了一部胶皮轮车的,这部胶皮轮车不仅联系着胡泰和顾涌两人的阶级意识,而且也联系着当时的环境与时代,因为这原是胡泰听到了土地改革的风声,怕被没收而偷偷地叫顾涌带回来寄存的。这正是蒋介石想进攻解放区,而我们正在开始并要迅速完成这一带地区土地改革的时候。第二,顾涌和他的大女儿一路上谈的是路旁的肥沃的土地和庄稼,而这个顾涌是以怎样地羡慕的、含着无尽止的欲望的眼光望着这一带的土地呵。第三,以顾涌和村中的恶霸地主钱文贵的亲戚的关系，也展示了这个富裕中农和恶霸地主之间的矛盾。作者从这条线索开始，以舒徐的富有诗意的笔，深刻地展开着这个富裕中农的灵魂的同时，也就布成了影响及于全书的一种气氛，使你感觉着地主、富农、中农、贫雇农各自对于土地的深切的关系，感觉着他们之间的阶级的矛盾；感觉着时代与环境的空气（暖水屯的土地改革是比它的四邻村庄稍后开始的，因此在开头它被一种暴风雨的预感笼罩着，就在这种预感中村中各阶级人物开始展开出来了）。

恶霸地主钱文贵，这是一条重要的线索，因为钱文贵是暖水屯地主阶级的代表人物，是村中农民要斗争的主要对象。他联系着全村中所有的人物，并且也从他身上反映着当时的时局。为了展开这个有政治意识和谋略才能的地主的性格和特征及其活动，作者特别替他创造了一个人物——小学教员任国忠。这个充当地主分子的狗腿子的小知识分子，作为独立的一个人物也写得相当成功的，但他主要地是为了钱文贵，一部分也为了地主李子俊而创造的。还有钱文贵的侄女黑妮，是作者主要地为了雇农程仁而创造的，但一部分也为了钱文贵。地主江世荣及"破鞋"白娘娘也因为和钱文贵有联系而显得重要。在这条线索上，作者展开了农民阶级与地主阶级的主要矛盾，同时也展开了地主与地主之间的矛盾及地主们的家庭生活。

但我们特别注意到，对于这个浑名赛诸葛的奸诈的地主钱文贵，作者既没有把他丑角化，也没有把他写得非常的穷凶极恶。作者只是依照这一类型的恶霸地主原有的实际情况来处理，同时在描写中也尽力守着严格的现实主义的态度。作者写这个人物写得成功，证明她对于农村有深刻的观察与分析，因为这一个"深谋远虑"的恶霸地主，早已有"应变"的准备，使自己成为"军属"，并且收买了村干部，态度又镇静而且表面上显得"开明"。同时他土地也不多，而他秘密进行的破坏活动也不算最为穷凶极恶的，连土改工作组的组长文采都被骗而把他看成为中农了。然而只有他，沉重地压在农民群众的心头，他们甚至于不敢提到他的名字。正是钱文贵，才是地主阶级几千年来的统治权力的缩影；同时也正是他，才是一条还没拔除的、通到国民党反动政权去的蔓藤的根。这个缩影和这条根，就是农民们的种种个人的顾虑、变天思想、宿命论观念的现实根据。而农民们的种种个人的顾虑、变天思想、宿命论观念，也都要成为地主阶级还存在的"威势"而起作用。所以，钱文贵，虽只是一个中等的恶霸地主，他的势力可并不小。因此，我觉得，作者在依靠其它具体的条件之外，又着重地从地主阶级权力在人们心理上的这种影响来看问题，这种观察是深刻而正确的。作者描写这个地主时着重地注意到这种影响，描写农民时也着重地注意到这种影响，并且都写得深刻，这是这部小说及其人物写得成功的重要的原因之一。农民和钱文贵的面对面的斗争，是在一直以后的事情。钱文贵开头就进行破坏活动，当初农民们也还不知道，但农民们也都在开头就在心底里感觉到了这是他们主要的敌人。因此，阶级斗争，很早就在两方的心理上开始着，而后一步一步紧张起来。我以为，作者这样安排，很符合于实际情况，同时也带来艺术上的效果，逐步展开她的主题，使这个阶级斗争的发展过程能写得深刻。

地主江世荣的面目及其在地主阶级中的地位，也是写得明确的。不仅因为他和钱文贵属于同一阶级，而且因为他和钱文贵相互勾结，所以他是属于钱文贵的势力。

本身不是地主分子的"破鞋"白娘娘，被写在小说中，不仅为了写社会，为了表示这是旧社会的一角；同时也不仅为了写地主；而且也为了写斗争，为了写农民群众。她在小说中是有机的存在；她联系着地主阶级，也联系着农民群众，而且在阶级斗争中也有她的作用；她和小学教员任国忠是占的同等地位。

地主李子俊，写得极少；但这个地主是怎样一个人，读者是明了的。不过，非常写得出色而成功的，还是李子俊的老婆。全书中，有好几个人物写得最有特色，这就是其中的一个。

但是，钱文贵的侄女黑妮，我却觉得没有完全写好。对于这个人物，作者的注意力似乎有一点儿偏向，好象存有一点儿先入之见，要把这个女孩子写成为很可爱的人以赢得人们（书中人物和我们读者都在内）的同情，但同时，关于她与钱文贵的矛盾的联系和这个性格的社会根据及其本身的矛盾，却不够加以充分的注意和深刻的分析。因此，这个人物和小说中故事的联系虽然是有机的，但说到以她的性格去和她的环境、事件及别的人物相联系，则其有机性就不够充分和深刻。作者描写人物，一般都能把人物内心的矛盾作为客观现实的矛盾之反映去写，所以大都不把人物性格的发展脱离事件与客观的矛盾斗争的发展而孤立地表现，这是作者写性格成功的根本方法。这方法，我们平日就称为现实主义的方法。作者差不多对所有人物都能这样做到，但对于黑妮，我觉得她没有完全做到。

再说第三条线索，是从区委会派下来的土地改革工作组。工作组的组长文采，是一个不务实际的、完全不接近群众因而非常不了解群众的浮夸的知识分子。其它两个青年，杨亮与胡立功，虽然也缺少经验，但能够比较地深入群众，逐步地了解了村干部和农民群众以及全村的实际情况。作者固然用了工作组来展开农民群众斗争的步骤，但也借助于杨亮、胡立功与组长文采之间的意见的分歧，来烘托农民群众的思想与情绪以及斗争的困难与阻碍的症结之所在。这三个人物都被写得生动，而且作者对于文采的批判和对于其他两人的描写，对于读者也都有教训的意义，但我们可以看的出来，作者在这部小说中是不以写这些干部为主的，这些人物在这部小说中只是被放在次等地位上的角色。关于他们，我们的印象也是深刻的，但可以不多谈了。

全书最主要的一条线索当然是以张裕民（暖水屯党支部书记）、程仁（农会主任）、赵得禄（副村长）、张正国（民兵队长）、董桂花（妇联会主任）以及其他许多人组成的一群村干部，他们是农民群众的领导人物。这些干部和农民群众是这部小说的主角。作者生动地描写了所有村干部以及和他们相联系的许多农民。谁都知道，这部小说是以写农民（村干部当然在内并为其代表者）为主的。

在这条主线上，作者深刻地解剖了张裕民、程仁以及其他许多人的思想意识，使干部们与农民群众展开了自我思想斗争。作者把农民的这个思想斗争的胜利，看得和对地主斗争的胜利同样重要。作者的中心意图是写农民，但更正确地说，是写农民怎样在斗争中克服自己思想中的弱点而发展和成长起来。在这里，作者在社会的深广的基础上写了农民因自觉而发展的力量。我们知道，假如在反动政权还在高压地统治着的时代与地区，那么，农民起来斗争不容易，主要是因为他们自己的力量还不够；但在已经解放，并且经过几次斗争的地区，他们的力量要斗倒地主阶级是绰绰有余，可是斗争仍不容易发动起来，这时候就最容易了解他们脑子中的个人顾虑、变天思想和宿命论观念等包袱的实质及其势力了。这些思想上的包袱，无疑一方面是有历史的根据，一方面又是现实上地主阶级的势力还存在的反映。所以，要拔除这些思想，自然必须要拔除现实上的根，斗倒地主阶级，但必须用农民自己的力量去斗倒它。如果不是农民自己觉悟，用自己力量去斗倒，则即使地主们已被打倒了，而农民们的脑子里还有变天思想等存在，那就是地主阶级的势力还残存在农民的脑子里。这样，要斗倒地主阶级真不是一件简单的事情，第一，不能由别人代替，而必须由农民群众亲自动手；第二，要农民亲自动手，则农民就非在现实上进行阶级斗争的同时，也在自己脑子里进行阶级斗争不可了。只有脑子里的阶级斗争也胜利了，农民才算真的觉悟了，同时也才算是真的绝对地打倒了地主阶级了。作者对农村社会与阶级关系及农民思想有深刻的了解，对党在土地改革中的群众路线的指示也有深切的体会；所以，从以土地的关系决定了农村的阶级关系这一个根本点出发，关于人们对于土地的依存性的深刻，关于地主阶级从各方面对于农民的影响与束缚，关于农民的斗争的出发点及其力量的来源，以及关于各阶级各阶层的人们相互关系的复杂性，都能够有具体而深入的分析与描写。作者对于农民们，了解得深刻，是由于她同时了解了土地改革这阶级斗争的复杂性与深刻性的缘故。她在社会的、历史的深广基础上和生活的复杂关系中，去看阶级斗争及农民自身的思想斗争的展开，于是农民群众的面目及其很实际的力量就亲切地展开在我们面前了，使我们只觉其真实，而找不出其虚假的地方。

　　从写人物说，作者的精神也更其贯注在农民干部和群众的身上。以个别的形象而论，几个主要人物，如张裕民、程仁、赵得禄、张正国、李昌等人，都以真实而有各自的特色的性格给予我们深刻的印象。而农民妇女中的董桂花和周月英，则实在写得生动、出色，使读者不能不叫好。但我们可以看得出来，比起写个别人物，作者是更其注意写一群人。除了对于张裕民和董桂花，作者多给他们一些分析、叙述与描写，使读者觉得她在写他们以外，对于其他一切农民群众，读者都没有这样的印象，只觉得作者在分析斗争的发展，描写斗争的发展，而并不是在写人物。但就是对于张裕民、董桂花，也只是因为故事需要他们出场的时候多一点，所以作者用笔的机会也就多一点的缘故，作者也并不曾为了要写他们而使他们多出场。可是，虽然作者没有对各别的人多写，而几乎所有的这些农民干部和群众，不管重要不重要，只要在书中出现过，即使占的篇幅极少，都能留给我们清楚的印象；就是说，几乎所有的人都有清楚的个性，这确实是作者成功的地方。

自然，这是因为人物多的缘故。人物少，就自然可以对每个人都多写了。就是人物多，假如布局不同，则至少对于主要人物仍可以多写。这是由作者根据需要决定的，我们也不是要谈这一类问题。

我觉得可注意的，是这样一种精神：显然，作者写人是为了写斗争，也就是为了写社会或写生活：就是说，写人是服从于写社会或写生活的目的，在这里，就是主要地服从于写农村阶级斗争（土地改革）的目的。文学作品必须写人，如果没有写人，则这样的作品的价值是很低的；但必须写人仍然是因为人的内容是社会，是人在生活着，人在斗争着的缘故。社会上的一切都是经过人的。在文学上，不写人就写不出社会来。所以，文学上的所谓形象，主要的就是指的人。这样，无论文学的目的，或文学的手段，都规定了一种必经的道路，就是：从社会和生活的基础上，从斗争的发展上，去写人。这是文学的任务，也是文学的根本的方法，也就是现实主义的创造典型性格的方法，如恩格斯规定的有名的公式（"典型环境里面的典型性格"）所指示的。《太阳照在桑干河上》这本小说，作者在写人物上面，已经相当成功地掌握了现实主义的方法了。

我们现在，有不少的作者还不善于写人，还不能写出富有生活或社会内容的真实的人来。同时又有不少的教人如何写性格的非现实主义的见解还在发生影响，例如有的是教人找外在的特征去写个性，而把个性和典型性分离开来，并且只限于个人的身体上的外表或没有什么意义的细小的习惯（如个子长短肥瘦与说话时爱摸衣扣子之类）。有的则脱离社会目的的也脱离实际生活地谈典型。这两种说法都会使人物——典型，脱离其应该反映的社会本质，特别会使个性脱离社会意义。因此，我觉得象《太阳照在桑干河上》的作者这样写人物，值得我们注意的。

其实，这也是最实际的办法。照我看来，作者在这方面有这么显著的成就，不外是：对生活有比较深入的体验，对社会有过研究，看人看得比较多而且比较熟悉他们，比较知道他们的生活和斗争，他们在斗争中怎样行动和思想、起什么作用，于是在社会与生活的基础上，在斗争的发展中去写他们。我看，作者很遵守这一条规律：人物性格的发展要一步一步跟着斗争的发展，要紧紧地联系着斗争；人物的特征只选用其重要的、有社会内容的，而凡是和斗争的发展规律不相符合或没有有机地需要的行动、说话与思想，都不勉强放进人物身上去，否则就是不适合，失去有机性或多余了。但如此说，人物并不是处在被动的地位上，还是用不到解释的，因为斗争是人在进行的，而人是在矛盾斗争中发展的。这样，人物就能反映他的社会的本质而构成他的典型性了。

作者笔下的人物都有个性，也或多或少地都达到了典型性。典型性就在个性中表现出来，也当然只能在个性中表现出来。所以能够有个性又有典型性，只是根据一种平常的办法，就是：一个一个的人我们看多了，我们就看出了他们的个性，同时也看出了他们的共同性（阶级性是其主要的内容），她写个性写典型性，都同是根据你所知道的现实的人物。只要你是根据现实的人，写出他来，当然就有个性也有典型性；而你越写得好，那么，典型性也就越明显越深刻了。

作者还没有在这本小说中带来非常成功的典型人物。但是，她已经现实主义地写了真实的人，这是我们文学成长上不可少的必要的基础和第一步，也就是高大的典型人物的创造所必需的基础和第一步；同时也不能否认这本书中已经有不可磨灭的典型。对于我们现在的文学水平和文学能力，达到这必要的基础与第一步，意义是重大的。

加以这些真实的人，是农民群众。如果作者只会写文采似的知识分子，而不会写农民，那我们就不象现在这样注意了。又如果她成功地写了钱文贵，写了李子俊老婆，又写了顾涌及其两个女儿，却不能成功写出张裕民、程仁、赵得禄、张正国和董桂花、周月英等人来，那我们也同样不象现在这样注意了。

还有一层，我们是把作者的这个显著的成就，当作我们文学上一些成就的一种代表看的。近十年以来，我们的社会主义的现实主义文学在成长着；几个比较优秀的作家，已经逐渐能够写真实的人，丁玲的这一本小说是这一方面的一个更为显著的成就。我们注意到这一个成就，同时也注意到了所有比较优秀的作家们的成就，为的是要肯定与发展我们文学上正在成长着的这种现实主义。

这个作者在这本书中应该做而没有做到或做得不充分的地方，假如留心找起来，那也一定会有的；但我们注意的是根本的路线。我只留心到了一个人物，她没有完全写好，那就是黑妮，我在上面已经说过了。关于黑妮，我觉得，这也许和作者初期所受的旧现实主义的影响有关系。旧现实主义（即资产阶级古典现实主义，或称批判的现实主义），通过人物的内在矛盾与心理分析去写人物，这在基本上是正确的，是我们可以取法的；但旧现实主义作家，在进行分析时也常有把人物的心理脱离社会而孤立起来的那种错误，这就和无产阶级的现实主义不同。自然，我也觉得，关于这一点，如果我说的合于事实，对于我们的作者已经并不严重，只要留意到就能够克服了。

此外，还有一点，我们也注意到了，就是在这本小说中，作者是根据于农村阶级斗争的内在的联系，把党的领导（即无产阶级的领导）和农民自身的斗争相结合，当作农民之阶级的要求及其革命力量成长的历史条件来写的；这样，就是说，党的领导就不会被写成为对于农民没有内在的历史联系的外在力量了。这也是这本书很重要的一个优点。（为什么很重要呢？就因为有不少人只从表面上认识到没有共产党的领导，农民就不能翻身，于是甚至于会把农民看成为纯粹的被解放者，好象农民是本来不革命、不斗争似的；却没有认识到农民阶级是革命的、斗争的阶级，无产阶级——共产党的领导对于农民的革命斗争是有内在的历史联系的。这样，要认识共产党的领导的必要性，就必须认识工农两阶级相互间的这种内在的历史联系；就是说，必须认识工人阶级的领导及工农联盟是有其强固的内在的历史联系的必然性的，而不可以认识为两种相互没有内在的历史联系的外在力量的相加。于是，有的人离开阶级去看个别农民，这是缺少阶级观点；有的人不从历史的发展及相互关系上去看革命及工农的关系，这是缺少历史观点，因此都可以发生错误，把工农并立起来，而把共产党的领导看成为对于农民的外在力量，把农民看成为纯粹的被解放者。但实际上是：工人阶级是把农民的革命力量算在自己的力量之内的，农民也把共产党的领导当作自己的力量的；共产党解放了农民，同时又是农民解放了自己。)

这样，在这一条主线上，我们看见的，是作者在写真实的社会与真实的阶级斗争的基础上，写出了一些真实的农民。

组成这小说的最后的一条线索，是县委会的宣传部长章品。他来到暖水屯，既很晚，而停留的时间又很短，我想，正如俗话所说，"万事具备，只欠东风"，作者不过请他来在已经堆积如山的柴草上擦一根火柴罢了；就是说，作者用了章品的口，最后点破了主题思想，指出了农民的真实的历史性的胜利。因此，章品虽然是一个对于暖水屯土地改革斗争有头等作用的指导者，同时作者也用了不多的笔墨就把他的高贵的品质和可爱的性格生动地写出来了，但他仍然不是这部小说的主角，——主角是村干部和农民群众，我已经说过。

以上就是我对于这本小说的印象。当我回想全书的内容和述说我的印象的时候，也不能不时刻感觉到作者的可说已经到了高强地步的艺术的表现手腕。没有她的艺术表现的高强手腕，当然就没有这一本小说的象现在这样的成就。作者在这本小说中，用的可以说是油画的手法。但是，在以语言的彩色涂抹成的画面上，景色的明丽还是居于第二位的，那居于第一位的是形象性的深刻、思想分析的深入与明确、诗的情绪与生活的热情所织成的气氛的浓重等。全书当作一幅完整的油画来看，虽说还不是最辉煌的，但已经可以说是一幅相当辉煌的美丽的油画了。

对于这种油画式的表现手法，和对于炭画式的表现手法，我们在语言上的要求，应该采取有分别的态度。我也希望作者更多注意语言的洗练和文字的大众化等功夫，但必须同时保证刚才所说的这些艺术上的优点不受牺牲。对于这作品，我个人是首先注意到它的油画性的形式以及它的诗的性格。象书中《果树园闹腾起来了》这一章，这样美丽的诗的散文，我相信没有一个读者读了不钦佩的，这是在我们现在还很年轻的文学上尚不多见的文字。

总之，这部作品，带来了象我们已经接触到的这样的真实性和艺术性，使它对于我们伟大的土地改革，也已经在一定的高度上成为一篇史诗了，虽然它的规模并不宏大，写成之日又在全国大部分地区都还没有被解放，也就是大部分地区都还没有进行土地改革的时候。

说是在一定的高度上，当然有这意思：对于我们伟大的土地改革来说，如果说是应该有史诗来记录它，那么，这部作品，当然还不是最辉煌的巨大的史诗。因为我们的国家是这样的大，全国解放后进行土地改革的地区是这样广阔，所牵涉到的社会关系是如此复杂，这个阶级斗争的历史意义又是这么巨大。——对于这样伟大的土地改革，现在人民还在期待着能够更综合地、更高瞻远瞩地反映它的全部的纵横关系和它的全貌的作品的出现，这是我们可以理解的。但这里，主要的是人民对于文学的更高的要求的表示。

我们现在已经出版的几种写土地改革的作品，也都已经为人民所重视；而且人民重视土地改革这样伟大的题材，根本上还是因为重视我们这样的伟大的历史时代的缘故。只要能够反映我们的历史时代，则这样的作品将都有史诗的意义，人民所重视的也就是这样的作品。因此，象《太阳照在桑干河上》这作品，对于我们所以是一个重要的收获，就不仅因为它是几部写土地改革的作品中更为优秀的一部，在一定的高度上反映了土地改革，而且还因为这标记着我们的文学在反映现实的任务上已经有一定的成就和能力，标记着我们文学的一定的成长的缘故。

以上就是我对于这部作品的印象和看法。

那么，什么是这部作品在我们文学发展上的意义呢？在上面，我的意见也差不多都说了。

我认为这一部艺术上具有创造性的作品，是一部相当辉煌地反映了土地改革的、带来了一定高度的真实性的、史诗似的作品；同时，这是我们社会主义现实主义的最初的比较显著的一个胜利，这就是它在我们文学发展上的意义！

这部作品的这个现实主义的成就，主要地表现在这几点上：第一，从对于人民的生活与斗争的深入的观察、体验与研究出发，对于社会能够在复杂和深广的基础上进行具体的和比较全面的分析，而排斥那从概念（不管那一类概念）出发以及概念化的道路。第二，从写真实的生活和社会的要求出发，对社会的内在的矛盾斗争的复杂关系进行具体的分析，同时也这样地分析人的思想与行动及相互关系，以为真实的人，从而奠定了现实主义的写人和写典型的基础。第三，艺术的表现能力已达到相当优秀的程度。

因此，这个现实主义的成就，对于我们文学发展的意义，可从两方面看：

一方面，这本作品的成就只是更为显著的，而决不是孤立的。我们现在的一些优秀的和一些更年轻的有前途的作家们，各人都在无产阶级现实主义文学上有或多或少的建树：我在这里也不必一一列举作者和作品的名字，有成绩的这些同志们一定每一个都知道自己是在这里面的。因此，这有代表或标记无产阶级现实主义文学的初步的成长的意义。

这些作家都是毛泽东同志亲自教育、改造、培植出来的。因为我们这里说的（无产阶级现实主义）作品，只能从一九四二年延安文艺座谈会以后算起，而不能从鲁迅算起。鲁迅后期的杂文，作为艺术的创作看，当然是无产阶级现实主义的作品；但以小说和剧本等为代表的文学创作，则在延安文艺座谈会以前，并没有有创造性的可称无产阶级现实主义的作品。因此，这方面的意义是更为重要的，这是说，在工农兵的方向之下，在创作路线上也有了初步的成就。

又一方面，我们目前文学创作界依然有脱离生活和脱离群众的现象，同时也存在着反现实主义的、主要是概念化的创作路线。不少空洞说教的理论和不少简单化的批评，也在赞助和"开辟"反现实主义的、主要是概念化的创作路线。这是一条有害的、我们应该反对的创作路线。因此，把《太阳照在桑干河上》以及别的一些比较成功地反映了现实的作品的现实主义的创作方法与路线，加以明确化，则在我们纠正目前创作与理论批评中的反现实主义的错误倾向的工作上，也是有作用的。

一九五二年五月十四日，北京

（原载 1952 年 5 月 25 日《文艺报》第 10 号）

《中国现代文学史略》（节录）

丁 易

第九章第二节　反映社会生活各方面的小说

丁玲的第一个短篇小说集《在黑暗中》是一九二八年出版的，接着一九二九年出版了《自杀日记》，一九三〇年出版了《一个女人》。

作者这一时期的作品充满了"五四"以来的新女性要求解放的精神，大胆的描写了这些女性的精神苦闷以及由苦闷而带来的冲决一切的情绪。这可以她的《莎菲女士的日记》（收在《在黑暗中》）为代表。这小说中主角"莎菲女士是心灵上负着时代苦闷的创伤的青年女性的叛逆的绝叫者。莎菲是一位个人主义者，旧礼教的叛逆者；她要求一些热烈的痛快的生活；她热爱着而又蔑视她的怯弱的矛盾的灰色的求爱者……莎菲女士是'五四'以后解放的青年女子在性爱上的矛盾心理的代表者"。这种思想，很显然混杂着资产阶级颓废享乐的浪漫主义的成分，是一种不健康的思想倾向。但是，从另一方面看，这种新式的叛逆的女性出现在一位女作家笔下，在当时也显然带有和旧社会挑战的意味的。敢于挑战总还是勇敢的，不过是在挑战以后，无论是胜利或是失败，总不能没有出路的，然而，《莎菲女士日记》中却没有解决这一重要问题，这样，作者就陷入了一种绝望的、感伤的虚无主义倾向之中了。这一点，作者自己也曾有过分析，她说："《在黑暗中》，不觉的也染上一层感伤，因为我只预备来分析，所以社会的一面是写出了，却看不到应有的出路。"

但是，以作者的冲决一切，敢于向旧社会挑战的勇气，和追求光明的欲望，在当时的汹涌的革命浪潮之中，在革命文学运动激荡之下，是不难找到出路的。终于作者思想有了初步的转变，写出了《韦护》，再进一步写出了《一九三〇年春上海》和《田家冲》。

　　这三篇小说显然是在当时的初期革命文学的影响之下写成的。《韦护》是一个革命与恋爱的故事，男主角韦护是一个共产党员，女主角丽嘉的思想仍是莎菲女士型的，他们结合以后，丽嘉因为爱人忙于革命工作无暇和她温存而感不快，而韦护却感到恋爱无形中妨碍了他的工作要决然离开丽嘉了。这时丽嘉方才觉悟，也表示要决心从事实际革命工作。革命终于战胜了恋爱，故事就此结束。作者对于丽嘉的思想个性有着很多的描写，但政治认识仍嫌模糊，转变的根据也不充分，而男主角韦护则写得很概念，对当时革命形势社会情况描写也不够。这是由于当时作者并未参加实际革命工作，因而对革命形势了解不多，对革命者也不熟悉，多半只是凭想像写出来的原故。《一九三〇年春上海》也是以革命与恋爱为题材的，却更有意识地想把握着时代，透过上海群众运动来写出。男主角子彬是一个不求进步的小资产阶级知识分子，一切革命运动对他都不能发生影响，他的妻——女主角美琳却倾向革命，思想上经过几度矛盾斗争之后，终于参加了实际革命工作。为了革命，牺牲了爱情。在创作方法上，和《韦护》大致相同，但作者对革命的认识却更清楚了一些，初期的那些不健康的虚无感伤的个人的情调已经不复存在了。《田家冲》则更进一步描写农村中的阶级斗争，甚至连一个地主的女儿也变成了共产党员。虽然还带有若干浪漫主义色彩，但作者思想意识却是向前跨进了一大步。

　　一九三一年，作者发表了著名的《水》，这篇小说是以一九三一年中国十六省大水灾作背景，故事中的主人公就是遭了水灾的农民群众，他们开头和洪水斗争，后来又和饥寒斗争，最后逃难到城市，在死亡和地主官僚的欺骗中逐渐觉悟到"起来是要起来的，可是不是抢，是拿回我们的心血，告诉你，杂种，只要是谷子，都是我们的血汗换来的。我们只要我们自己的东西，那是我们自己的呀"，终于在"天将蒙蒙亮的时候，这队人，这队饥饿的奴隶，男人走在前面，女人也跟着跑，吼着生命的奔放，比水还凶猛的，朝镇上扑过去"。

《水》的发表，引起当时的重视，并不是偶然的。首先，作者采用了当时广大人民中所发生的极普遍的而又关系到生死存亡的重大事件——水灾作为题材，并正确的站在革命的立场，用了阶级斗争的观点去分析理解，指出了所谓"水灾"，其实是军阀混战和官僚地主剥削的结果，因此斗争的目标就应该是后者。其次，作者不仅采用了农民作主人公，并且是一群农民群众。因此，书中着力描写的，就不是个人的心理的分析，而是集体的行动的开展，在这开展之中显示了农民群众的伟大力量，只有这力量才能挽救他们自己。在小说的结尾，这力量并逐渐趋向于组织化。第三，在这小说中，作者完全抛开了过去的"革命的浪漫蒂克"的气息，虽然还不能说就是社会主义现实主义作品，但已开始向社会主义现实主义迈进，这就作者个人来说，固然是一大进步，但更重要的，还是她以具体的创作实践批判了当时流行的那些"革命加恋爱"的公式主义作品，和与她同时的张天翼一样，给"革命文学"带来了新的内容，因而推动了"革命文学"更向坚实的道路上前进。

　　但是，由于作者那时对农民生活体验的还不够，对革命斗争生活也还没有深入，因而描写这样一个巨大现实事件，就不能具有更大的规模，只用两三万字写成了近乎"速写"的作品，没有很好的完成这巨大题材所给予的任务。此外，象这样巨大的农民群众的斗争运动，在当时是不可能不受苏区土地革命运动的影响的，作者在书中没有显示出这影响来，而这个斗争中的领导者和组织者也缺乏明确的形象，这应该都是这篇小说的缺点。

　　这以后，作者陆续写下了一些革命文学作品，《某夜》是写共产党员在英勇就义的时候高呼口号，感到"展在眼前的是一片灿烂的光明，是新国家的建立"那种英雄气概和高贵品质。《消息》是写一些工人的母亲，一群穷苦的老婆子，对于革命的倾心向往和由衷喜悦。真实生动，很有感动人的力量。《诗人亚洛夫》则是写白俄怎样在上海破坏工人运动，很显然是对蒋光慈的《丽莎的哀怨》的批判。《奔》是写一群农民在地主的高度剥削下无法生活跑到都市谋生，但都市也充满了失业者，他们不得不转回去，但都坚决地说出："孙二疤子（压迫他的地主），你等着！"这样雄壮的话来。

作者这时还写了一部未完成的长篇《母亲》，那是写一个前一代的女性，怎样从封建势力重围中挣扎出来的过程，书中包括的时代，从满清末年起，经过辛亥革命，第一次国内革命战争，一直到作者执笔时，规模相当阔大，但现实的战斗意义却不够强。

抗日战争爆发后，作者到了延安，更深入地参加了实际革命斗争。一九四八年她写出了反映伟大的土地改革的长篇小说——《太阳照在桑干河上》，一九五一年荣获斯大林奖金。

第十一章第三节　丁玲和周立波的小说

一九五一年，中国有两部小说获得斯大林奖金，这就是丁玲的《太阳照在桑干河上》和周立波的《暴风骤雨》。这是这两位作家的光荣，也是中国现代文学史的光荣。

这两部作品都是一九四八年写成，一九四九年出版，都是反映土地改革的长篇小说。

一九四六年到一九四八年两年时期内，解放区各地进行了土地改革运动，这对于中国革命是具有极伟大的历史作用的。在这样巨大的农村变革中，身受数千年压迫的农民，在中国共产党领导下站了起来，经过激烈的、曲折复杂的斗争，打倒了地主阶级的封建统治，分配了土地，并在斗争中锻炼了自己，使自己成为新的农村的主人。这是一个翻天覆地的大变化，在这大变化的农村中出现了许多新的人物，新的农民英雄，就是这些新的英雄在党的领导下，推动了这个变革，推动了历史的前进。《太阳照在桑干河上》和《暴风骤雨》就是反映这一个具有伟大的历史意义的农村变革的。在这两部作品出现之前，中国还没有过象这两部作品一样，从整个过程来反映土地改革的作品，全国解放以后，中国共产党和中央人民政府领导全国农民在全国范围内进行了土地改革，反映在文学创作上也出现了不少的作品，但到目前为止，仍然还没有一部能超过这两部作品所达到的水平。因此，这两部作品至今仍是中国反映土地改革的代表作。

这两部小说的特点和成就并不相同，但两位作者的基本认识和立场都是一致的。这就是他们都是站在无产阶级立场，以无产阶级社会主义的观点来写他们的题材和人物的。他们表现了在中国共产党领导之下的农民的革命斗争，及其生活地位的变化和思想觉悟的过程，他们作品中的农民积极分子和共产党员，已经不是普通的农民，而是在农村的工人阶级的先锋队。因此，这两部作品就都是属于社会主义现实主义的文学的范畴了。

丁玲的《太阳照在桑干河上》写的范围是土地改革初期，即从一九四六年中共中央"五四指示"到一九四七年九月全国土地会议以前这一时期。故事发生地点是在华北一个叫暖水屯的村子，作者通过农村中许多不同阶级的人物：共产党员，土地改革工作组干部，村干部，贫雇农，中农，富农，以至地主恶霸，单是主要人物就是三十几个，展开了一个规模比较宏大，性质也比较复杂错综的农村阶级斗争。

由于作者对人民生活和斗争有比较深入的体验，对社会阶级关系有过较长时期的研究，对于社会能够在复杂和深广的基础上进行具体的和比较全面的分析。在这部作品里面，作者不象一般反映土地改革的作品把农村的剥削和被剥削的关系看得过于简单，她看到了农村中各个阶级之间的错综复杂的社会关系，看到了这联系使农村的阶级关系无限复杂化，以及因此发生的农村阶级斗争的复杂性。作者十分透彻地分析了这些复杂关系，所以在这部小说里面就非常明晰地展开了这一复杂画面：有各种不同类型的工作干部，有各种不同类型的贫雇农，也有各种不同类型的富农和地主。而这所有的人彼此之间的复杂关系，又简直是没有身历其境的人所想象不到的。这里且以富农顾涌为例，顾涌的家庭关系是这样的：他的大女儿是另一个村子里的富农媳妇，二女儿则嫁了地主的儿子，他的一个儿子参加了人民解放军，儿媳妇出身贫农，另一个儿子在村子里当青联主任，差不多农村中所有的阶级阶层都和他有着密切关系。这是原有的复杂关系。另外还有故意制造的复杂关系，例如地主钱文贵是一个阴狠狡猾，富有经验，不动声色的恶霸人物。他在当地解放后，便把自己的儿子送去参军，使自己变成"军属"，为了分化农民队伍，他又让他的侄女黑妮去和原是自己的雇工后来成为农会主任的程仁去恋爱，企图达到结婚的目的，而他的一个女婿张正典则是村治安员，一个坏干部。象这些种种复杂关系，作者都十分明晰地给描绘了出来，并且正确地反映了这个复杂的阶级斗争，因而这部小说的现实性就特别突出，而不是那种从概念出发，一般化概念化的作品了，这是这部小说的主要成就之一。

这篇小说另一主要成就，是在人物塑造方面。首先，作者在这部小说中创造了一些新的农民英雄人物，由于作者对农村社会和阶级关系的复杂性有着深刻的认识，对党在土地改革中的群众路线的指示也有深切的体会，所以她对农民的思想、情感以至性格都有深刻的了解。他生动地描写了暖水屯党支部书记张裕民，农会主任程仁，副村长赵得禄，民兵队长张正国，妇联会主任董桂花，副主任周月英，以及其他一群村干部。作者描写这些新人物的时候，都是把他们安置在一定的斗争中来描写的，她着重写出这些新的农民英雄是怎样在斗争中克服了自己思想上的弱点而发展成长起来。例如雇工出身的程仁，是一个正派干部，在一开始时，他有个人顾虑，勇气不够，有些动摇，一方面自己内心也在进行着痛苦的斗争。等到群众斗争热情逐渐高涨的时候，他终于克服了自己的弱点，当地主钱文贵的老婆想用他和黑妮的关系来收买他，他毅然拒绝了。在这些地方，作者非常成功地塑造了新的农民英雄形象。此外象张裕民、赵得禄、董桂花、周月英等，都写得十分生动，出色，都以真实而有各自的特色的性格给予读者深刻的印象。作者除了写出这些新的农民形象而外，也生动地塑造了一些地主阶级的形象。地主钱文贵是写得非常成功的，作者并没有把他写成一个丑角，也没有简单地只写他的表面上的穷凶极恶，而是深刻地从一个地主阶级的心理过程去发掘，写出他的深谋远虑和随机应变，例如使自己成为"军属"，收买村干部，装出很"开明"的样子等等，以致连土改工作组的文采都把他看成中农了。作者通过这样深入的心理发掘，以及农民群众对于钱文贵的心理感觉，和钱文贵的地主权力在人们心理上的影响，很饱满地表现了这样一个恶霸地主人物。这里充分说明了作者对于农村有深刻的观察和分析。其他地主如江世荣、李子俊以及他的老婆，都写得各自有其特色，特别是李子俊老婆写得更为生动。至于其他人物，如区委会派下来的土改工作组文采、杨亮与胡立功，叛变了的村干部张正典，钱文贵的狗腿子任国忠，以及通过地主家庭矛盾来表现的一些地主家庭成员，都写得相当成功。诚如冯雪峰所说:"只要在书中出现过,即使占的篇幅极少,都能留给我们清楚的印象,就是说,几乎所有的人都有清楚的个性,这确实是作者成功的地方。"

(录自1955年7月作家出版社版)

《中国新文学史初稿》（节录）

刘绶松

第三编　第七章
第一节　沿着社会主义现实主义的方向前进

丁玲的文艺创作也是从一九二七年开始的。……她的第一篇小说《梦珂》、第二篇小说《莎菲女士的日记》（均收在短篇集《在黑暗中》）很真实地体现了作者这时期的思想感情。作品中的人物——梦珂和莎菲，都是具有着一颗苦闷的然而是倔强的、向前追求的心灵的女性。她们之所以苦闷，是因为她们不满意于社会而又看不到应有的出路。充塞在她们心灵中的，是由五四运动所唤醒起来的青年的自由恋爱的热情，然而这种热情，在那样的时代，却永远只给人们带来幻灭与空虚的感觉，永远是一个无法满足和无法实现的理想的泡沫；因此，尽管她们是那样勇猛而大胆，但不可避免地，这种热情，会给她们带来苦闷，也带来感伤。这种情形，毫无例外地出现在梦珂和莎菲的生活境遇中。从《梦珂》到《莎菲女士的日记》，一方面显露了作者创作才华的惊人进展，另一方面，书中人物的（也就是作者的）苦闷和感伤也一步步地濒近了绝望的深渊。在日记的结尾，莎菲是如此地告白了她自己的心情："莎菲生活在世上，所要人们的了解她体会她的心太热烈太恳切了，所以长远的沉溺在失望的苦恼中，但除了自己，谁能够知道她所流出的眼泪的每一个点滴，是在莎菲心上，才觉得更切实。然而这本日记现在是收束了，因为莎菲已无需乎此——用眼泪来泄愤和安慰，这原因是对于一切都觉得无意识，流泪更是无意识的极深的表白。"这真是"心灵上负着时代苦闷的创伤的青年女性的叛逆的绝叫"（茅盾《女作家丁玲》）。其中有着追求和反叛的精神，但也抹上了绝望的阴郁的暗影。作者的愤世嫉俗的心情和时代的充满了血腥的斗争，要求着作者更加勇猛地面向现实。作者的生活前途和写作前途，在一九二八年春天来到上海之后，是"慢慢走上了一个新的方向"了。

来到上海以后，作者连续地写了两个长篇小说《韦护》和《一九三〇年春上海》。这两篇小说，虽然都是以当时流行的革命与恋爱的公式为主题（用作者的话说，是"陷入恋爱与革命的冲突的光赤式的阱里去了"。——《我的创作生活》），但很显然地可以看出作者这时对于革命斗争和群众运动的热烈向往之情。这两篇小说，特别是《一九三〇年春上海》，在作者创作进展的历史上，是有其不可抹杀的重要意义的。

但真正作为丁玲的伟大跃进的开始的还是她的中篇创作——《水》。《水》是在一九三一年写的，就登载在丁玲自己主编的《北斗》杂志的创刊号上。它以一九三一年的全国十六省大水灾为背景，描写了旧中国农民的无穷尽的灾难和他们最初的觉醒、团结和反抗。从以小资产阶级知识青年的生活为写作题材到以广大工农群众的斗争生活为写作题材，这中间标志了作者前后创作思想的显著的差异和进展。而尤其重要的是，这种差异和进展，正好代表了我国新文学发展的一个主要趋向：从为小资产阶级到为工农兵，从写小资产阶级到写工农兵。《水》的出现说明了它的作者的创作道路正是沿着这样一个正确趋向在发展着的。在描写手法上，作者在《水》中运用了一种新的方法，这就是"《水》里面，不是一个或二个的主人翁，而是一大群的大众，不是个人的心理的分析，而是集体的行动的开展。（这二点，当然和题材有关系的。）它的人物不是孤立的，固定的，而是全体中相互影响的，发展的"（冯雪峰《关于新的小说的诞生》）。所有这些，都使《水》这篇小说，无论在作者创作的前进路途上或者是在我国新文学的发展历史上，都应该把它当成是"一个新的起点"来看待。

但是由于作者当时生活和斗争经验的不足，也给《水》这篇小说带来了无法避免的缺陷：它还缺少一种使读者强烈感动的真实饱满的艺术形象。此外，它描写农民的团结和反抗；只是单纯地强调了自觉自发的一面，而没有提到党对于农民的启发和领导，这也是不符合于历史真实的。

继《水》之后，丁玲在一九三二年写了短篇《某夜》和《消息》。《某夜》是为纪念一九三一年二月七日殉难的二十五位烈士而写的，里面塑绘了烈士的宁死不屈的崇高形象，也渗透了作者对于敌人的无比仇恨。《消息》以工人斗争生活为题材，其中洋溢着劳动群众对于自由解放的渴望。在这不久（一九三三年），正当丁玲的文学事业大步前进，她的一部自传性质的长篇小说《母亲》尚未完成的时候，她就遭到敌人的非法逮捕，度过了四年的长期的囚禁生活。后来在抗日战争时期，在毛泽东文艺思想照耀之下，丁玲深入了生活和斗争，她的创作事业是有了更光辉更巨大的成就了。

第四编　第五章
第二节　工农兵斗争生活的真实画幅

在本时期解放区的许多重要作家当中，我们首先应该提起的是在第二次国内革命战争时期便已经为我们所熟悉的革命作家——丁玲。

丁玲在一九三三年，当她的创作活动正在长足进展的时候，就在上海遭到了国民党的非法逮捕，在监狱中度过了四年不自由的生活。抗战爆发后，她设法由北京逃到山西，转赴延安。抗日战争期内，她一直在解放区，从事文艺工作和群众工作。在抗战中她写的主要是短篇小说。这些小说是她在一九四一年以前写下的，都收在《一颗未出膛的枪弹》和《我在霞村的时候》两个集子中。论数量来说，是不能算多的，但它们在丁玲创作发展的历史上，却占有着重要的位置与不容忽视的意义。无论在题材的选择上、人物性格的刻划上和艺术风格的熔铸上，这些小说都显露出了与作者上一时期作品的新的不同的风貌，而且也预示了作者在下一时期的更为重要的发展。

不同于上一时期象《水》那样的"以概念的向往代替了对人民大众的苦难与斗争生活的真实的肉搏及带血带肉的塑象，以站在岸上似的兴奋的热情代替了那真真在水深火热的生死斗争中的痛苦和愤怒的感觉与感情"，本时期丁玲的这些小说是在她真正地和火热的斗争生活有了比较深入的接触，对于在斗争中成长起来的新的人物有了某种程度的熟悉之后写下的。斗争锻炼了作者，因而也使得她的作品和上一时期比较起来，有了显著的距离：这些作品，是显得更为坚实而有力了。

　　现在我们就拿后来经过作者选择、收入在《延安集》中的五个短篇小说来看吧。《一颗未出膛的枪弹》是在抗日战争开始前（一九三七年四月）写下的，它描写一个脱队了的红军小鬼以他的爱国主义的英雄行为在一个白军连长的内心里唤起抗日要求的动人的故事，反映了党的团结抗日的号召，在全国人民当中产生了如何普遍伟大的影响。《新的信念》（写于一九三九年春末）通过一个被日寇侮辱践踏过的老太婆的遭遇和觉醒，对于从无边的苦海中站立起来的中国妇女和从民族斗争的烈焰中所熔铸出来的新的反抗的性格，作者给予了热情的颂赞。《我在霞村的时候》（写于一九四〇年）展示了一个叫做贞贞的、灵魂和肉体都曾遭受过极大损伤和破坏的、穷乡僻壤中的青年女性的深广的性格，从她身上，作者发掘了而且深刻地表现了一种强大的新生的力量，显示了她的未可限量的革命前途。读者从这两篇小说——《新的信念》和《我在霞村的时候》——中所可能接触到的，不仅是中国两代女性所共同遭受的悲惨命运及其必然要有的革命发展，而且还不难从其中获得对于抗战和革命的胜利前途的坚强信念。《入伍》（写于一九四〇年）一篇以伤病员杨明才的朴厚勇敢与"新闻记者"徐清的卑怯懦弱的两种不同性格作为对照，无情地批判了小资产阶级知识分子的市侩主义的生活态度，同时也是一首对于劳动人民的高贵品质的颂歌。《夜》（写于一九四一年）以四五千字的一个短篇，很圆满地细致地写出了在一个共产党员、乡村干部的身上所呈露出来的完美的精神世界：他全心全意做着党和人民所需要他做的事，公而忘私，劳而忘倦，正直而严厉。这样一个优美的形象以说不出的动人力量紧紧地抓住了它的读者，让读者不自觉地受到感动，受到教育。

　　这样的五篇小说很清晰地说明了作者在思想上和在艺术上较之上一时期有着何等重大的进展，而同时，我们从这五篇作品发表的时间先后，也不难看出作者在本时期开始几年中进展的印迹来。首先，我们所感到的是，这些作品是作者走入了广阔而丰富的人民群众斗争生活后所写出的,因此,它们丝毫不缺乏那作为一篇优秀作品的真实的生活内容,那里面有生死存亡的民族斗争,有在血泊中站立起来的觉醒的人民,也有领导人民走向团结和胜利的共产党员;这些都以不可动摇的真实性证明了作品的反映现实的艺术力量。其次,我们看出了也感受到了洋溢在这些作品中的作者的政治热情。很显然地,作者是被她所亲历过的生活和接触到的人物(也就是她在作品中所要表现的题材和所要塑造的形象)所强烈地感动了,然后才拿起她的创作的笔来的。从生活的真实感受进到艺术的再现和创造,这就是丁玲本时期作品较之上一时期更为成功的主要原因。冯雪峰说:"深入现实人物的意识领域,作者原是开始就赋有这种诗的天才的,这是社会解剖和艺术塑像所首先需要的条件,但这决非所谓技术问题。所以,从莎菲到《新的信念》中的陈老太婆和《霞村》中的贞贞,这两种对象的不同,是两个世界的不同,并非作者用同一个主观可以同样去打入的,作者必须在新的对象的世界中生活很久,并用新的世界的意识和所谓心灵,才能走得进去。作者并且必须有这个世界及其意识和心灵,才能够把这个世界和人物,塑成使人心惊肉悸的形象,用感动力而不是用概念或公式的说教,去感服读者,使他们也走进新世界。在《水》里,作者还未能够走入《水》中人民的世界里去,所以也未能送出使人心惊肉悸的塑像来。但《新的信念》、《我在霞村的时候》、《夜》等篇,是已经走进去了,而且也已经送出来了。我以为这就是所谓艺术到达上的主要的一点。"(冯雪峰《〈丁玲文集〉后记》)这一段批评是非常深刻地说明了本时期丁玲的思想和艺术的进展的。

当然,丁玲本时期的小说在语言方面还不是那么大众化的,在表现手法上有时也失之过度曲折和晦涩。原因是这些小说是在延安文艺座谈会以前写下的,而且作为作者创作发展的一个必经阶段来看,这些缺点也是在所难免的。在一九四二年以后,本时期最后两三年中,作者卷入了整风学习的热潮,就很少写小说了,写得较多的是短篇的报道文章。作者说这是她有意识的在写这种短文时来练习她的文字和风格(《〈陕北风光〉校后记所感》),它们在作者创作进程上所占的位置显然是相当重要的。(这些短文我们在第七章中还要提到它们,这里不再作评介。)

第五编　第二章
第二节　小说

　　荣获一九五一年度斯大林奖金的丁玲的长篇小说《太阳照在桑干河上》，是我们社会主义现实主义文学的一个带有决定性质的巨大胜利。它是"一部艺术上具有创造性的作品，是一部相当辉煌地反映了土地改革的、带来了一定高度真实性的、史诗似的作品"（冯雪峰《〈太阳照在桑干河上〉在我们文学发展上的意义》）。作者在一九四六年七月，参加了怀来土改工作团，后来转到涿鹿，在回到阜平以后，就计划动笔写这本小说，原计划分三个阶段，第一是斗争，第二是分地，第三是参军。但是作者后来改变了原定计划，只用了较大力量写了第一阶段，即闹斗争这一部分（《太阳照在桑干河上·写在前边》）。但从已经完成的第一部分看来，它的本身就是一个具有宏大规模和严谨结构的完整圆熟的艺术作品。

　　小说所反映的历史范围，是土地改革运动的初期，即一九四六年中共中央发布"五四指示"到一九四七年九月全国土地会议以前的这一段时间。故事发生在暖水屯这个地方，为时不过一月，但在北中国原野上进行着的轰轰烈烈的反封建斗争，从土改工作团下乡，群众的觉醒团结，一直到没收地主的土地财产分给农民，和农民为保护自己的土地而英勇地参加战争，都在小说中得到了深刻而准确的反映。小说真实地描写了斗争进行中的农村社会的错综复杂的阶级关系，描写了广大农民在党领导下战胜封建势力和贫穷生活的胜利道路。如果我们说，丁玲在一九三一年写下的中篇小说《水》，表现了那时在全国范围内由于蒋介石集团和地主阶级的疯狂掠夺而造成的农民群众的深重灾难与他们最初的反抗，那么，在一九四七年所写下的这个长篇所显示的，就是由于党的领导和农民自身的革命要求相结合后长期斗争的胜利成果。从《水》到《太阳照在桑干河上》，这中间不仅刻镂了差不多二十年来丁玲的创作思想和创作成就的发展道路，同时也明显地记录下了中国人民革命经历过的悠长曲折的斗争历程。

作者把她的丰富的政治热情主要地倾注在关于农村中先进分子的刻划上。她使这些在现实生活中本来已成为主导力量的人物，在作品中也依然保持着他们的不可战胜的坚强意志和战斗威力，同时也毫不掩饰地描写了人物的因为各种错综复杂的社会关系而形成的内心的矛盾和斗争，使他的人物在斗争中得到考验，更加鲜明。例如从雇工出身、后来当了农会主任的程仁，作者就十分仔细地描写了他因为地主侄女黑妮的关系，而"常常想要勇敢些，却总有个东西拉着他下垂"的矛盾挣扎的心情。后来随着斗争形势的进展，程仁的阶级觉悟提高了，这才毅然批判了自己思想里的危险倾向，拒绝了地主老婆的收买，而坚决地站在农民一边，与地主阶级作殊死战斗了。在创造和介绍某一人物的时候，作者常常用恰当的篇幅来追述他的过去的历史，使读者了然于这个人物性格所由形成的社会关系和生活基础。例如在介绍张裕民这个领导人物的时候，在"第一个党员"一节里，作者都特别郑重地交代了这个"胆大心细"、"在暴日寒风中锻练大的人"过去"受压抑和冤屈"的困苦、孤零零的岁月，和他的成为共产党员的非常离奇却又非常自然的经过事实。这样写法，就使得她笔下的人物不仅各自具有他的性格特征，而且这些特征也显得异常鲜明而真切。

作品是以多么饱满的情感和笔力来凝铸她书中的人物的啊！这是一段关于第一次看守自己的果园的看园老人李宝堂的描写：

当大地刚从薄明的晨曦中苏醒起来的时候，在肃穆的，清凉的果树园子里，便飘着清朗的笑声。鸟雀的欢噪已经让步到另外一些角隅去。一些爱在晨风中飞来飞去的有甲的小虫，便更不安的四方乱闯。浓密的树叶在伸展开去的枝条上微微蠕动，却隐藏不住那累累的稳重的硕果。看得见在那树丛里还有偶尔闪光的露珠，就象在雾夜中耀眼的星星一样。而那些红色果皮上的一层茸毛，或者是一层薄霜，便更显得柔软而润湿。云霞升起来了，从那重重的绿叶罅隙中透过点点的金色的彩霞，林子中回映出一缕一缕的透明的淡紫色的，浅黄色的薄光。梯子架在树旁了。人们爬上了梯子，果子落在粗大的手掌中，落在箥篮子里，一种新鲜的香味，便在那些透明的光中流荡，这是谁家的园子呀！李宝堂在这里指挥着。李宝堂在园子里看着别人下果子，替别人下果子已经二十年了，他总是不爱说话，沉默的，象无所动于衷的不断工作。象不知道果子是又香又甜似的、象拿着的是土块，是砖石那末的毫无喜悦之感。可是今天呢，他的嗅觉也和大地一同苏醒了过来，象第一次才发现这葱郁的、茂盛的、富厚的环境，如同一个乞丐忽然发现许多金元一样，果子都发亮了，都在对他映着眼睛呢。……

在这段描写中，我们可以看出作者是真正地和她笔下的人物共同着脉搏和呼吸，共同着喜怒和哀乐了。她和她的人物一起带着苦痛和愤懑忍受过从前漫长的灾难的时日，现在又和他们一道以战斗和兴奋的心情来感受眼前这个沸腾着的崭新世界了。毛主席《在延安文艺座谈会上的讲话》中，曾经谆谆教诲我们："知识分子出身的文艺工作者，要使自己的作品为群众所欢迎，就得把自己的思想感情来一个变化，来一番改造。没有这个变化，没有这个改造，什么事情都是做不好的，都是格格不入的。"丁玲在长期深入工农斗争之后，不仅具有了丰富的农村生活经验，而且思想感情也得到了改造和变化；因此，出现在她的作品里的人物，就能够带有那样丰厚的血肉和明晰的面貌，使读者受到强烈的感染。这种感染的力量，在书中几个先进、积极的人物（例如张裕民、董桂花、张正国、赵得禄、刘满等）身上，我们毫无例外地都可以感受得到。

作者批判地描写了文采这个从知识分子出身的干部身上所存在着的某些缺点，但也写了他怎样在实际斗争中逐渐克服这些缺点而与群众取得了进一步的结合。这个人物的出现，给了许多读者以深刻有益的教育。

在关于地主阶级人物的描写上，作者也没有落入一般化的窠臼中。书中创造了两种不同类型的地主。一类是李子俊和他的老婆。李子俊当革命的风暴即将笼罩全村的时候，他就胆怯逃走了，而他的老婆则想竭力隐蔽自己对于革命和群众的刻骨仇恨，打算用伪装的眼泪来软化农民的正义行动。在"果树园闹腾起来了"一节中，作者给了这个地主老婆以异常出色的描写，同时也丝毫没有掩蔽自己对于这个狡猾卑贱的女人的憎恶。然而作者所着意刻划的，还是另外一个类型的地主钱文贵。钱文贵这个人物，毒辣阴狠，而且还有着颇为深远的算计。土改的浪头打来了，他企图保存自己的反动势力，以待美蒋的卷土重来。他叫儿子参军，使自己成为"军属"；另一方面又用分化引诱的手段来对付农村干部，使他们背叛自己的阶级。他利用自己的女儿收买了村治安委员张正典，又想利用自己的侄女去进攻农会主任程仁；他叫小学教员任国忠散布谣言，破坏土改。他在表面上似乎没有什么煊赫的势力，但他的确是压在农民头上的一块沉重的石头。这个人物的存在，说明了非常重要的一点：要在广大农村中彻底推翻封建统治，并不是一件轻而易举的事，它还需要农民的更紧密的团结和更坚决的斗争。

然而，历史的奔腾的洪流是必然地要冲坍阻碍它前进的任何力量的，觉醒和团结起来了的农民的威力是可以掀动天地的，任何反动派的阴谋诡计是不会收到丝毫效果的。县上的宣传部长章品同志打桑干河涉水过来了。这个从不满十九岁起，就为了老百姓，为了穷人"拿生命去冒险同死亡做了邻人"的年青部长给农民们带来了更高的觉悟和更大的力量，"决战"的时机一到，钱文贵所代表的封建地主阶级终于在群众的愤怒和复仇的火焰里全部灭亡了！这是《太阳照在桑干河上》这部长篇小说的全部事实，也是它被国内和国外的读者视为可以从它们理解中国土地改革运动的杰出作品之一的真正原因。

虽然《太阳照在桑干河上》还不免有着一些缺点（譬如说在人物的塑造上，张裕民的行动的积极性，还缺乏足够的鲜明的描画；在整个故事的发展和安排上，书的前面一部分使人读起来略有沉闷的感觉，而后面的结尾则又嫌过于匆促），但这只是一些较小的缺点，它们没有损害到整个作品的现实性和完整性。

（录自 1956 年作家出版社版）

论《太阳照在桑干河上》（节录）

竹可羽

一

《太阳照在桑干河上》，全书约有二十万字，写了四五十个人物，其中大半是农民。人物多，是这部小说的重要特点之一。依照冯雪峰的评论，除了黑妮这个人物有缺点以外，是成功地、现实主义地描写了所有人物的。在这里，我也将以论小说中的人物为主，而且将用这小说中的人物互相对比的方法，来说明一些问题。有一句俗话："不怕不识货，只怕货比货。"用对比的方法，也许容易看得清楚质量的高低。

我第一个要谈的人物是侯忠全。这个老头，我以为是这部小说中写得最好的农民形象。

侯忠全，按他年青时候的情况，象是中农。他受了地主侯殿奎家的长期折磨，从一个伶俐的小伙子，渐渐地变成了一个归依宿命论的穷老头。他"把一切的苛待都宽恕了，把一切的苦难都归到自己的命上"。村上斗争侯殿奎的时候，他怕下世变牛变马，不敢出来参加斗争。农会要他去侯殿奎家算帐，他勉强走进院子去了。可是一经侯殿奎在里间一问，他连忙叫着"二叔"，找了把扫帚在院子里打扫起来。农会主任程仁因此笑他是一个"死也不肯翻身的人"。斗争侯殿奎以后，农会分给他一亩半地，他悄悄地退了回去。他说，八路军的道理讲得好，可是几千年了，从来没穷人当过家的。

后来，随着斗争的发展，他的心也在动荡。清算地主果园卖果子的时候，他悄悄地向老婆打听这事。恶霸地主钱文贵被扣起来以后，他不敢相信，忍不住站到门口去望。听说该个死罪，他真是又惊惶，又欢喜。啊，"报应"总是逃不脱的，"坏人，总有坏报"，这是他所能找到的解释。他跑出去了，到了戏台前，看见人太多，转身躲到一边去敲火链。可是真不幸，刚刚敲了一下，也许还没有敲下去，他看见了老乞丐一样的侯殿奎坐在墙角落里，而且正在悄悄地看他。这投过来的眼光，就象鞭打了他一样，他不自觉地垂下了手，弯着腰，逃走了。

就是这样一个可怜的灵魂！

钱文贵被斗争以后，侯殿奎一清早跑到侯忠全家里。他从来没有来过。这使侯忠全受惊了，连连招呼，请进屋来。侯殿奎跟到屋里，把侯忠全往炕上按住了，自己扑通跪下，向他磕头求告起来。"侯忠全给吓住了，连忙拉他，也拉不起来，……好容易那老头才起来，怎么也不肯坐炕，蹲在地下。侯忠全也就陪他蹲着，两个人都老了，都蹲不稳，都坐在地下了。"

一个已经垮下来了，一个还没有醒来，看着这一对坐在地下的老头，你不能不替侯忠全感到难过。

等到侯殿奎交出了两张地契走了以后，侯忠全老两口子"互相望着，他们还怕在做梦。他们把地契翻过来翻过去，又追到门口去看，结果他们两个都笑了，笑到两个都伤心了。侯忠全坐到院子的台阶上，一面揩着眼泪，一面回忆起他一生的艰苦生活来"。

他想起他生病时候，几乎死去，他觉着死了还好些，因为活着比死更难。

他想起他在沙漠地拉骆驼，踏着无尽的沙丘。

他想起他怎样受骗、怎样相信起"命"来。

他想起他的伶俐的青年生活怎样失去的。想起他一生中第一个转折点，想起他年青时候的女人……

在这里，我们在侯忠全这个生动的画象上面，看到了非常刺眼的奇怪的一笔，作者在写到他年青时候的老婆时说："只怪她水性杨花，和侯鼎臣的大儿子殿奎竟勾搭上了。"侯忠全的一生的以后的命运，是从这个转折点开始的。作者的这一笔，仿佛是在说，侯忠全的一生受折磨的最初原因，该"怪"这个女人，我们仿佛听到在这一类事情上为地主阶级辩护的一种常有的舆论。也许侯忠全是很容易接受这种舆论的；象他很容易接受宿命论一样。但是，难道他从来也没有怀疑过这点吗？难道他不会想起更多的农村妇女来，他的亲亲戚戚的，他的邻村邻县的，他看到过的，他听到过的，现世的，"几千年"传说下来的千万农村妇女的命运吗？

当然，在这里，如果作者愿意，这奇怪的刺眼的一笔，原是很容易抹去的。

没有人特别地去接近这个老头，他自始至终站在这个斗争的旁边，但整个时代在教育他，他所属的阶级兄弟的斗争在推着他前进，这就是这个人物形象本身所说明的意义。

以侯忠全为中心，我们还看到了郭柏仁、郭金、李宝堂、老吴等一群老头儿。每个人物留给读者的印象是清楚的。……侯忠全的形象，帮助我们透视这一群老头过去的生活，而这一群老头又帮助我们看到侯忠全感情和性格的解放。虽然作者还没有写出他的被宿命观念压得深深的仇恨，但如果让他继续走完他生命的道路，他终将用他个人所特有的一切，用他生命的最后几年参加新的生活、参加劳动，使他幸福的老年生活和他伶俐的年青时代衔接起来。他不光会笑着看年青人打霸王鞭，他会自己重新唱起来、跳起来。如果需要，他会痴痴地笑、嘻嘻地笑、结结巴巴地向每个人说出这是个甚么时代，用他自己的一生来证明，这世道真的变了。

这个人物形象，部分地道出了剧变中的农村社会，道出了中国农民一生曲折生活的真理。也使我们约略地看出共产党和农民的历史的内在联系。作者并不忙着作介绍，作分析，而是让人物自己行动，让形象本身说话，没化多少笔墨，把这个人物生动地写出来了。

冯雪峰的论文中有名有姓地评赞了很多人物，但奇怪的是恰恰溜掉了这个老头，连姓名也没有提到一下。

现在，我们来看暖水屯中的年青一代，这次土改斗争中的青年积极分子们。我们先看一看这两代之间的对比。

在青年积极分子中，化的笔墨最多的是刘满，似乎是这次土改斗争中一个很重要的人物。他的父亲和钱文贵合伙开磨坊，被钱文贵介绍来的一个伙计，卷走了二百块本钱，把他父亲气死了。他的二哥，钱文贵硬要他当了三个月甲长，受气成病，变疯了。他的大哥，因为钱文贵使的鬼计，给绑上拉去当兵，以后就没有信息。他自己，还受钱文贵的女婿村治安员张正典的欺侮，以致他的党籍也被停止了。这个人物，在小说的先进农民中，是唯一比较具体地写到受钱文贵的害，有斗争钱文贵要求的人。

这个重要的青年积极分子，他向工作组杨亮"诉苦"的时候，作者不让他的苦真的诉出来，留给人一种很不自然的感觉。这样做，似乎是为了让刘满在斗争钱文贵时去诉出来而不致造成重复。上述他家的三件事情，就是后来斗争钱文贵以前，他在群众面前"搥着自己的胸脯"诉出来的。在钱文贵出来以后，他又曾跳上台去一件一件追问钱文贵，钱文贵都答应了"有！有"。就在这最重要的时候，我们看不到他的精神状态，看不到一个在急风暴雨中积极斗争的形象。他的二哥刘乾，作者不过简单地勾了几笔，那"两个大眼深凹下去，白眼仁一闪一闪的，小孩在夜晚遇着他都会吓哭的"形象，留给我们的印象要深刻得多。对于刘满，虽然他在瞪眼睛，大声叫，搥胸脯，我们都感不到他真有什么仇恨。这个原来似乎十分重要的人物，到头来又似乎无关轻重。

小说中其他青年积极分子，郭富贵、王新田、侯清槐和顾顺等人，就更没有分量，都是互相差不多的人物。

……

现在，再看关于农村妇女方面的情形，小说中写了周月英，董桂花，赵得禄老婆，顾长生娘等人，她们和上述的老头儿们和青年小伙子们构成了一个相当有趣的三角对比，小说中关于她们的描写，比起关于青年积极分子们的描写来，显然要生动得多，她们有个性，有精神面貌，并不概念，读过以后，也有较深的印象。所以在冯雪峰的评论中，提到周月英和董桂花时说道：这两个人"实在写得生动，出色，使读者不能不叫好"。

那末，她们和老头儿们之间又存在着甚么不同呢？

是的，我认为，在这两群人物之间，是存在着很大的差别的。这就是我在这一章中要说明的主要的内容。

周月英，妇联副主任，也可以说是妇女中唯一的一个积极分子，这是这样一种妇女性格。她除了"丈夫的拳头，就没有什么可怕，也没有什么可以慰藉"，她"常常显得很尖利，显得不可忍受"，她在村子里吵嘴打架都来，最敢说话，"常常有一群人团结在她的激烈之下"。斗争钱文贵以后，作者重新告诉我们：她是妇女里第一个领头去打了钱文贵，她"抢在人中间，挥动着她的手臂，红色假珠的手镯，随着闪耀，那样粗糙的手，从来都只在锅头、灶头、槽头、水里、地里，一任风吹雨打的手，却在一天高高举了起来，下死劲打那个统治人的吃人的野兽，这是多么动人的场面啊！这个也感动了她自己"。这个人物的确是生动的，然而我总觉得这个人物在作者的笔调里，渗透着一种带点欣赏的讽刺的味道，而且就在这个打钱文贵的场面里，我们在作者的笔下看见了"红色假珠的手镯，随着闪耀"，却看不见她的眼色和面部表情。我们不知道她是否有对地主阶级的什么仇恨一类的感情。当一个满怀仇恨地在打一个敌人的时候，是不会同时出现知识分子式的那种自我欣赏，又感动起她自己来的。我们看到了某一类不大正常的妇女性格，而实际上这不过是一些很表面的现象。

董桂花，这位"妇女主任"，出现在识字班的时候，作者写她"第一次吃惊"自己如何的同她的群众有了区别，因为只有那些无忧无愁的年青的媳妇们和姑娘们欢喜识字班！写她"陡的有了一种奇怪的感觉"，她不懂得她为的是什么，因为她们并不需要翻身，也从没有要什么平等。写她对"丰富的丰"字的解释起反感以后"第一次"很早离开了识字班，"心里好象吃饱了什么一样的胀闷，又象饿过了时那样空虚"，似乎这个贫雇农妇女，今天突然用一个知识分子的眼光在看这个识字班和农村青年妇女了。后来，在工作组下村召开第一次群众大会"会后"，董桂花回家去，受了丈夫李之祥的一顿埋怨。原来她担任妇联主任只是因为丈夫"想有一二亩地"，有了地种以后，还想填秋后的"窟窿"。丈夫受了谣言的影响，要她少出头，她也只是一个女人见识，心也动摇了，因为她们是受苦的老实人，很安于贫贱，得罪不起人。她想来想去，也想不出一条路，于是她"以后也不打算去开会了，没意思"。在这里，作者把她的本来面目还给她了，给我们的感觉是比较自然的。那个识字班上的妇联主任，和这个安于贫贱的贫雇农妇女是多少难以调和！

这个人物，直到章品出来以后，我们又见到她几次，但再也不见她的活动了。我们始终不了解她和这次土改斗争有什么必要的关系。和写周月英的情形一样，作者在这里只是着眼在写农村中的某一类妇女性格罢了，她善良，然而安于贫贱。

至于赵得禄老婆，这个赤贫的贫农妇女，我们仅仅看见她在这个斗争中的一点可怜的愿望，和这个愿望的得到满足。在赵得禄打老婆的事情上，作者没有让一个贫农不受诱惑的品质正面给我们看看，却突出地展览了他老婆的狼狈不堪的形象，她穿着已经撕破的地主老婆的花衣，坐在地上，露出两个脏稀稀的奶子，以至人们看见她时"不能不发笑"。至于中农妇女顾长生娘，我们仅仅看到一个"嘴厉害，缠不清，常惹人厌"的一般的老年妇人，这两个人，我们同样看不到她们和这个土改斗争之间，有什么内在的联系。

这一群农村妇女，虽然写得生动，但是却并不深刻，是根据一些相当浮面的观察写出来的，这一些妇女，在农村中当然是有的，但是，在这里看不出有什么必要来写她们！

在侯忠全等老头的形象中，他们的性格是和这个斗争无法分开的，是为这个斗争所显示，并在这个斗争中展开的。而周月英等妇女的形象、她们的性格是可以离开这个斗争独立存在的，在这个斗争中是没有发展，与这个斗争是没有什么内在联系的。如果说，这小说是写农民的成长的，那末，在前者的形象中是可以看到这一点的，在后者的形象中是看不到的；如果说作者写人物用的是现实主义方法，前者是可以这样说的，后者却无法这样说的！"典型环境中的典型性格"这句话，对侯忠全等形象说是可以清楚的，但对周月英等妇女形象来说，却无法说得通，她们可能有"或多或少"的典型性，但决不是"典型环境中的典型性格"。而奇怪的是在冯雪峰的论文中侯忠全连姓名都不提起，对周月英和董桂花则绝口称赞。

二

我已经谈了一个三角对比，现在我要谈另一个三角对比。谈地主、村干部和工作组。这三群人物是这次土改斗争的中心人物，比起前面三群人物来说，要重要得多，他们间的相互关系也要复杂得多。我在前面，还可以清楚地分开谈了一群再谈另一群，在这里，要这样谈，我就感到了困难。

《太阳照在桑干河上》，描写以钱文贵为中心的地主阶级群象，除江世荣外，形象是相当突出的，语言是性格化的，这是比以侯忠全为中心的农民老头们更为成功的人物形象。虽然，关于这群地主的描写，并不是没有缺点的。

小说中写到农民和地主的面对面的斗争，先后有四次：一次是斗侯殿奎，一次是斗李子俊老婆，一次是斗江世荣，最后是斗钱文贵。

地主侯殿奎今春上群众斗了他，是因为大家顾虑多，才选上他这个已经躺在炕上的软老头儿。可是斗争时也只有几个积极分子跳脚，出拳头，群众也跟着吼了，却都悄悄地看蹲在后面的钱文贵。侯殿奎赔了一百石粮食，折成四十亩地，分给二十几家农民，有的喜欢，有的不安，侯家大门外也不敢走；如侯忠全就悄悄地把地送了回去。这里，是在写地主的"威势"。

斗李子俊老婆时，这女人匍伏在地上，哭了一阵，"那群雄赳赳走来的佃户"同情起她来。队伍溃退了，只剩下农会派去的郭柏仁还痴痴地站在那里。他做出一副难受的样子说："你别哭了吧，咱们都是老佃户，好说话，这都是农会叫咱们来的，红契，你还是自己拿着，唉，你歇歇吧，咱也走了。"

这个郭柏仁，事先动员他时，他一再回答说："地是人家的么！"

这里，也是在写地主的"威势"。

斗江世荣的一次，江世荣说献地，大家跟着王新田荒荒唐唐地跑出去以后，又被工作组同志挡了回来。因为"地是咱们的"，拿着红契就跑，人们说咱不讲理。

人又多了，大家又壮起胆，郭富贵就和江世荣算起帐来，"看热闹"的人在窗户外面叫着助威，三个"本来不想说话的"老佃户也"和尚念经"地嚷了起来。

于是江世荣不敢再强了，"好汉不吃眼前亏"，他心一横，把地折价，交出了一百二十七亩红契。大家看他低了头，原来就没有进一步的计划，拿了红契，便打"退堂鼓"走了。这就是"初胜"。

在这个"初胜"中我们感到的仍旧是地主的不倒的"威势"和农民的落后可笑,而不是农民的"威势"。

现在,最后斗钱文贵了,我们期待着农民的威势的出现。

钱文贵被押上戏台的时候,他两手向后剪着,眯着细眼,他的两颗曾经使人害怕的蛇眼,仍旧能够镇压住许多人心。

小说中写道:"这时,只有一个钱文贵,他站在台口,牙齿咬着嘴唇,横着眼睛,他要压服这些粗人,他不甘被打下去。在这一刻儿他的确还是高高在上的,他和他多年的征服力量,在这个村子里是生了根的,谁轻易能扳得动他呢?人们心里恨他,刚刚还骂了他,可是他出现了,人们都屏住了气,仇恨又让了步。这种情形,就象两个雄鸡在打架以前一样,都比着势子,沉默愈久,钱文贵的力量便愈增长……"

这样一种力量,使我们读者也屏住了气,象台上的主席李宝堂一样,为这个场面着急,也等待着急风暴雨的到来。

很可惜,这"让了步的仇恨"并没有真正爆发出来。

作者在这里,安排了农会主任程仁跳上台的戏。但是,这以后的整个斗争过程,仅仅是在写场面,有些热闹,有些趣味,有些气氛,但看不见人物,看不见人物的内心活动。作者在写了"让了步的仇恨"以后,作者的艺术力量,也"让了步"了。

钱文贵在这个斗争中,我们并没有看到他真正垮下来。这一类地主,他对整个局势,有较远的关心;他对群众的吼叫,能掂得出有多少实在的力量。仅仅捆绑、下跪、打,并不能真正打垮他;仅仅戴顶高帽子、丑角化,也并不能造成他的真正的精神崩溃。这一切因为这个恶霸地主,并没有看到强大的农民的"威势"。

作者在小说中,比较深刻地写了地主的威势,反映了农村阶级斗争的复杂性;这也说明了农民翻身的艰苦性,这正是这小说的重要优点之一。关于这,冯雪峰的评论中说:"……因此,我觉得,作者在依靠其他具体条件之外,又着重地从地主阶级权力在人们心理上的这种影响来看问题,这也是非常深刻而正确的。作者描写这个地主(钱文贵)时着重地注意到这种影响,描写农民时也着重地注意这种影响,并且写得很深刻,这是这部小说及其人物写得成功的重要原因之一。"

应该说，这一段话，是说得不错的。

但是，我以为仅仅这样说，也还是不够的，钱文贵等地主形象，所以写得成功，除此以外，更重要的一点，是因为作者在描写地主阶级的相互关系中，揭示出了这个阶级在土改斗争中另一种更本质的精神面貌。

地主侯殿魁春上被斗以后，他并没有真正被斗垮。他还悄悄地出来，坐在墙脚前，披一件夹衫，装着晒太阳，看风色，偷听几句话来放在心里捉摸。他关心着钱文贵的动静，也注视着农民对钱文贵的动静；他不用，也不会看更远更模糊的他所掌握不住的事物。他只看住这村中的钱文贵这根"旗杆"，看他倒不倒，因为他和他是血肉相连的，只要这根旗杆不倒，他们在这村中的天下也没有垮；等到这根旗杆一倒，他才知道他自己也全完了，他才真正垮下来了。这是这一回地主垮下来的真实过程。

小说中侯殿魁和钱文贵之间的这种关系和侯殿魁垮下来的过程，不仅使我们看到钱文贵的威势，也使我们感到钱文贵和暖水屯整个地主阶级的末日已经到来。

另一个是有钱无势的地主李子俊，他躲在他的黝黑的果园里，为将要到来的风暴蜷伏起来，连说话的声音也不敢提高。"别嚷了，有事吗？""有甚么消息吗？我住在这里，就象个死人一样，啥也不知道。"他问小学教员任国忠。经任国忠一吓唬，心里就十分无主，"眼睛望着四周，就象有许多人埋伏在黑暗处，只等时间一到，就要来抓他似的"。他沉不住气，第二天就逃跑了。

在这里，我们不仅看到了李子俊这类地主的性格特征和精神状态，而且同时因为钱文贵企图在风暴中牺牲李子俊保全自己，也就看到钱文贵这类地主的性格特征以及他和李子俊同样的一种精神状态。

李子俊老婆，这个管家妇，在作者笔下显得机警，坚强，干练，担当得起风暴，她在果园里看见黑妮的时候，那种不仅对共产党，而且对钱文贵家的恨恨心情，反映出了这两家地主之间的矛盾。而这种矛盾，也同时反映出钱文贵所代表的整个地主阶级的一种死亡前的情景和精神状态。

在钱文贵，李子俊夫妇和侯殿魁等地主相互关系中，我们看到已不是这个阶级固有的威势,而是一种摇摇欲倒的威势,而且因此,也就反映出了,也使我们感到了,这个农民运动的威势,和这个运动中农民的威势。

我以为主要的正是在这点上说出了作者在地主阶级群象创造上的成功,主要正是在这一点上,使这一群地主成为土改斗争中的地主,成为"典型环境中的典型性格"。

但是,我们为什么只能从地主阶级相互关系中感到农民运动或农民的威势呢?而不能从地主和农民的矛盾斗争关系中直接看到农民运动或农民的威势呢?

这正是这部小说的中心问题所在。这需要观察作者直接描写村干部们时的情形,问题的全部情形才能完全看得清楚。

以张裕民、程仁为首的村干部们,按理说,他们是这小说的中心人物,是这个暖水屯农民中的领导人物,是这个阶级中的先进分子;他们是已经觉醒的农民,是具有比较强烈的阶级仇恨和土地要求的农民。可是,小说中的实际情形并不是这样。这部小说写得最失败的地方,恰恰是在这些人物上。

农会组织张步高,小说中突出地写了他用脏话"洋洋得意地"羞辱了一顿积极分子郭富贵;支部组织赵全功,到小说已经快完了,突出地写了他和工会主任钱文虎因分地闹了一场"自私";村副赵得禄,因为怕误工,把村长位置让给了地主江世荣,还突出地写他打了一次老婆。这些人物和周月英、董桂花一样,也是除了他们的干部职务以外,很难认出他们是村干部的。似乎是作者由于对那些语言,那些情节有所偏爱才写下来的。

支部宣传李昌,民兵队长张正国,村合作社主任任天华,都干着他们职位上的事情,有点象村干部了,他们是能给读者一点印象的,但感不到他们是有阶级仇恨和土地要求的。

村干部中最重要的人物是支部书记张裕民,治安员张正典和农会主任程仁三个。

支部书记张裕民,是村干部中的中心人物。他在这次土改斗争中表现出来最主要的一点,就是有很大的个人顾虑。"他过去领导过两次斗争，都觉得很容易，他觉得老百姓很听他的话。这次当他听到不仅要农民获得土地，而且要从获得土地中能团结起来真正翻身，明了自己是主任，却是一件很难很难的事。因此他显得更为慎重，同时在工作中又发生许多困难，他就甚至觉得很苦恼。"这个雇农出身，今天仍没有隔夜粮食，也没有脱离最苦生活的群众，"诚实而能干"，"稳重而痛快"的雇农，竟是一个十分中农气味的人物。他知道"大伙不恨的人，要斗也斗不起来，大伙恨的人，要包庇也包庇不来"，可是正是他，在张正典和刘满的争执中，支持了张正典，并停止了刘满的党籍；正是他，根据张正典的意思把钱文贵划为中农；正是他，开始"动摇了"以后，"觉得钱文贵是抗属，不该斗"，而且，认为即使斗了，怎么也没个死罪，老百姓总还有变天思想，怕报复。

他和杨亮谈村干部情况时，谈了别人的，却没谈他自己。在章品出场后的党员大会上，他"把自己数落一阵"，说他过去两次在会上都没提钱文贵的事是因为"怕提出来不顶事，他怀疑过一些同志……区上的人也不相信，他说他自己这种不放手的作风如何如何不好，说自己如何违背了群众利益"。接着，他就代表"咱们"检讨起来了，可是一直没提他自己的主要的思想情况，没提他对张正典的顾虑，也许所有一切都包括在作者的"如何如何"里面了，可是我们读者无法了解。而这以后，张裕民却算是已经转变了。

不管作者对张裕民作了多少分析，这个人物的性格，始终是模糊的。看不见"诚实"、"能干"、"稳重"、"痛快"，看不见他有什么阶级仇恨和土地要求，看不见他对这次土改是否真"抱着很高热忱"，当然更谈不上"赴汤蹈火的气概"。关于他的过去，作者写他带点流氓气，曾经去过白娘娘处的情形，用的是正面描写；写他一生中最初最重要的转折点，与这个农民的成长关系极大的、第一次碰到党的队伍的情形，只是简单的几句交代。因此我们不能具体了解他是怎样成长起来的。

村治安员张正典，原来也是个吃不好，穿不暖的受苦人，一样受财主狗腿、汉奸甲长的气。他脾气暴躁，不能受气，敢和有钱人抬杠。自从村上有了党以后，张裕民就发展了他。他一进来就很积极，但以后做了钱文贵的女婿，被钱文贵的甜言蜜语、陪送和老婆俘虏过去了。在这次斗争中，他替丈人通消息，并且靠丈人的势，讹刘满的地。这人直到最后还是相信钱文贵，害怕钱文贵，"使他不得不把自己和钱文贵系到一根命运的绳子上去"；于是，他在党员大会撒谎、逃避，"那么多的同志的诚恳，也抵不住一个钱文贵"。这一切，都是作者叙述给我们听的，似乎也有些道理，因为贫雇农被地主收买的事，在土改斗争中总是有的。但是，我们仍旧不能具体了解张正典这个具体的人，不了解他的性格，不了解他在他丈人面前和老婆面前是个什么样子，不了解他的精神变化的具体过程。因为关于这个人，只有叙述，没有形象。

总之，张正典已投降了敌人，是一个已经叛变的农民干部。

三个重要村干部，一个动摇了，一个叛变了，第三个程仁呢？

程仁曾经是钱文贵的长工，现在是他的佃户，是农会主任，又是暖水屯最早的党员之一。可是他也有很大的问题。他不坚决，不积极，因为他和钱文贵的侄女黑妮有感情上的牵连。我们看到他在很多地方说话，在做农会的事，派人去斗争地主，讲侯忠全的故事。可是在斗争钱文贵的事情上，一直到斗争钱文贵前的党员大会上，还是没有表示意见。因为他念念不忘黑妮，"他想人家也是受压迫的，偏又住在他家里……没有想到这倒可以解放她"。

党员大会后，钱文贵就被扣押起来了。在程仁回家的路上作者揭开了他内心的秘密："他发现自己从来说不娶黑妮只是一句假话，他只不过为的怕别人批评，才勉强的逃避着她，他疏远她，只不过为着骗人，并非对她的伯父，对村中的一个最坏的人，对人人痛恨的人没有什么仇恨。他从前总是问心无愧以为没有袒护过他，实际上他从来没有反对过他呀。他为了他侄女，把一切都宽恕了呀。他看不见他过去给大伙儿的糟害，他忘了自己在他家的受苦和受剥削了……"

这个晚上，钱文贵的老婆到他家里企图用黑妮来收买他，作者写了他不准她说黑妮这个名字，并把她赶出门去，然后他"突然象从噩梦中惊醒"了。

这个黑妮，压得他多么沉重啊！

但是，难道我们不怀疑一个贫雇农的这种精神状态是真实的吗？

如果程仁是一个已经觉醒的，有强烈的阶级仇恨和阶级要求的贫雇农，仅仅不知道斗争钱文贵反可以解放黑妮。那末，这种如此沉重的精神状态，决不是属于这样一个贫雇农所有的。

如果这个程仁，根本还没有觉醒，对钱文贵没有仇恨，那么作者这种似乎深入灵魂的分析当然也同样落了空。

而且不论是那一种情况，我们都希望知道，这个贫雇农程仁，对地主钱文贵到底有着什么样的阶级仇恨呢？然而不论在什么地方，作者都不曾告诉过我们这一点，因此我们就永远也不能理解这个贫雇农的如此复杂的精神状态，到底根据什么？他到底凭什么样的内心力量，战胜他对黑妮的如此沉重的感情上的牵连？

第二天，斗争钱文贵的时候，程仁跳上台去，作者写了他很多外形动作。而没有写他的内心活动，这只是一个没有灵魂的躯壳在行动而已。我们仍旧看不到他对跪在他面前的地主有着甚么仇恨。如果有人说，他在这里只不过是为了逃避某种个人嫌疑，拿黑妮来洗刷他自己，我不知道作者将如何去为他辩护？

很清楚，这个程仁，如果离开黑妮，他就只剩下农会主任这个头衔，如果联系上黑妮，他只是多了一个知识分子的灵魂而已。

三个主要村干部的情形就是这样，一个动摇了，一个因为钱文贵的女儿叛变了，一个因为钱文贵的侄女忘本了。

因此，我们就只好到地主阶级相互之间的关系中去寻找农民运动或农民的威势了。

这就是地主群象和村干部群象之间的对比，是地主威势和农民威势（！）之间的对比，这个对比已经足够说明作者写村干部的无法逃避的失败的情形了。这种情形还在读者中造成一种印象：感到作者过分强调地主阶级内部的相互矛盾，因此影响了地主阶级的形象在读者中的效果。然而冯雪峰的评论却说："作者生动地描写了所有的村干部。"又说：这是在描写他们"在自己脑子里进行阶级斗争"，"是在写农民怎样在斗争中克服自己思想中的弱点成长起来"。而且还替这种描写找到了现实根据，说"在已经解放，并且经过几年斗争的地区，他们的力量要斗倒地主绰绰有余，可是斗争仍不容易发动起来，这时候就容易了解他们脑子中的个人顾虑、变天思想和宿命观念的实质及势力了"。原来如此说来，写农民脑子里的阶级斗争，写农民脑子里个人顾虑的势力就成为这个土改斗争的主要的事情了。难道这样说是正确的吗？能够说得过去吗？

侯忠全知道几千年来，穷人没有当过家，似乎不知道几千年来，农民一直是反抗过来的，难道作者和评论者的情形也是这样吗？

《湖南农民运动考察报告》中有一段话："乡村中一向苦战奋斗的主要力量是贫农。从秘密时期到公开时期，贫农都在那里积极奋斗。他们是最听共产党的领导，他们和土豪劣绅是死对头，他们毫不迟疑地向土豪劣绅营垒进攻。"二十年后的中国暖水屯的土改斗争中，却没见到一向积极奋斗过来的贫雇农，难道不使人觉得奇怪吗？难道暖水屯不是一个中国的农村吗？

有人说，当时暖水屯的农民确是那样的。最近我读了张雷的小说《变天记》，恰巧也是一部写桑干河西岸农民的小说。偏偏写了"七七"事变前后那里农民对地主的密云样的仇恨，火一样的复仇的心。奇怪的是在小说《太阳照在桑干河上》一书中，在中国人民和国民党反动派斗争最紧张最残酷的时候，在"已经解放并经过几次斗争的地区"，这种暖水屯农民的仇恨和复仇的心反而看不见了！

也许，这些贫雇农，都是真有其人的，如雪峰所说是"一些真实的农民"。但是，难道这样就能够说是"现实主义地"写出来的人物吗？能够说是"典型环境中的典型性格"吗？不，是无法这样说的。"自由主义地"写出来的人物也常常是真有其人的。这里的根本问题是：作者写不出农民的强烈的阶级仇恨和土地要求，自然就无法写出积极斗争的贫雇农民的形象来。因而也就不能很好地写出翻天覆地的中国农村的变化来。

在这里，在这个对比中，我们可以清楚地看到它和作者生活实践之间的关系，看到作者的艺术才能和生活限度之间的矛盾。而这，正是这小说的一个中心问题，在下面，我们还将看到，这个问题不仅影响了作者写地主的情形。而且也影响到小说的整个的艺术结构的。

暖水屯的土改工作组，不算区工会主任老董，一共是三个人。其中胡立功的工作情况是模糊的，只是一个影子。主要是文采和杨亮两个人。

文采，工作组的组长，是一个浮夸的知识分子党员。作者对这个人物，极尽讽刺的能事，一刻也不放松暴露他的丑恶的灵魂。他在群众大会上夸夸其谈，一个人谈了六个钟头，他瞧不起杨亮，自以为是。在工作无法开展时，寂寞无聊，又善于安慰自己，许多地方是糊涂可笑的：因为李昌和李子俊同姓，就看作有耍私情的嫌疑；"毫无理由的"不信任张裕民，把他偶然去白娘娘家赌钱的事情，夸为流氓和江世荣的狐群狗党。作者还出人意外地这样写道："'聪明人'是不容易碰钉子的，即使在群众运动面前也常常会躲闪，会袭击，事情出岔子的时候，便插科打诨，轻松地把责任卸在别人头上。不论什么时候，都要摆出一副正确的架子。这种人表面上常常很积极，很灵活，也很能一时的把少数人蒙混得以为他倒比较有用，但在群众眼中，常常觉得很难与那些隐藏在革命队伍中的投机者分开。"这段叙述中的聪明人，和具体描写中的文采的形象，实际上有很大距离，但作者是在指文采说的。这个人物，实际上是一个否定人物。小说中后来说他开始"转变"了，但这个人物既然没有一点正面的因素，自然就不能有合理的转变过程，也不能有"转变"后的正面形象。这是"生动的落后描写加概念的转变尾巴"那个公式的最早的例子。

　　杨亮，是作者作为一个和文采对比的正面人物在写的。他是"农村出身"的青年，读过几年书，做过图书馆工作。作者告诉我们：他有一种细致的、爱用脑子的习惯。表面上看来是比较平静的，内底子是一个肯思想、有自己见解的、要求上进的青年。在这次土改中，说他工作踏实，能深入了解情况，能帮助干部解决问题，能和文采进行不断的斗争。……但是这一切，主要是作者在介绍，并没有深刻的具体描写。

　　在土改斗争中，工作组下村来的主要工作是发动农民、消灭地主阶级。但是，因为作者实际上并不熟悉贫雇农，并不熟悉贫雇农的觉醒过程。因此，写一个虚夸漂浮的文采时，还有可写的情节；写一个细致踏实的杨亮时，就变得无用武之地了，了解了这一点，下面的一些情形就很容易了解了。

　　小说中写到斗江世荣这次所谓"初胜"的领导人是文采，而不是杨亮。写文采的这次领导是为了讽刺他，斗争前，写他"装腔作势"地做启发工作，斗争后，写他的机械教条和自我欣赏，"觉得这都因为有他的布置"。

在这次"初胜"以前,写了这部小说中最出色的一章"果树园闹腾起来了"。在这里,有很多生动的人物出现,但就没有生动的杨亮的形象,而对文采仍是讽刺的描写。

有关斗争钱文贵的几个主要问题,都是章品出现以后,算是章品解决的,与杨亮无关。

杨亮和文采,在斗争钱文贵的问题上,似乎是针锋相对,一直在进行着斗争。但是,并没有一次具体描写过这种斗争,其实也是没有什么具体内容的。

等到章品一出现,杨亮就更没有什么可做了。

杨亮这个人物,整个地是概念的。

小说中在写地主阶级有关的全部文字中,可以清楚地看到一个中心人物,这就是钱文贵。作者曾经有两次,集中地具体地写了他,同时,通过他,从政治关系,经济关系和亲族关系中,通向土改斗争的各个角落,让我们看到了一条条联系的线,看到了整个农村社会。而且也从各个方面,各种社会关系中看到了他这个中心人物的比较完整的面貌。这是反映了复杂的农村社会的,也是反映了土改斗争的真实情形的,这也就是作者写钱文贵和其他地主成功的地方。

但是,在实际土改斗争中,自然还存在着另一个更重要的中心,土改斗争是根据这个中心发出动员和组织进攻的,整个土改斗争中的农村社会,首先是受这个中心所影响、所推动而卷进这个斗争中来的。土改斗争中有两个敌对的中心,正象战争中有两个敌对的司令部一样。但是,我们在这部小说中看不到这个更重要的名符其实的司令部,也没有名符其实的司令员。因为文采是作者实际描写所否定了的,杨亮是作者实际描写所没有树立起来的。

这是这小说全书没有中心人物的真正原因。

由于工作组组长文采,实际上是个否定人物,而肯定的,正面人物杨亮是一个概念的人物,表现在工作组下村后的工作上,可以说是一种近于空白的状态。

小说中,在工作组下村后的最初几天的情形中,作者用了整整四章的篇幅,写了农民群众受地主谣言影响的情形。但是,因工作组下村而引起的,早就"盼望"土改斗争的群众情形,就根本没有正面接触。工作组开了群众大会，作了个别访问，对干部的影响，除了在合作社有过一次关于斗争对象的争论以外，就没有别的影响了。作者就写他们的脑子里的阶级斗争了。对群众呢？作者写道："文采他们来了之后，虽然由于对土地的要求，使老百姓起了各种企望，但又由于选择斗争对象的犹疑，和村子上一些谣言，又使老百姓的兴趣低落了。"原来是这样就已经低落了！

小说中，从三十一章以后到章品出现，写了两次斗地主，一次卖果子，这是斗争钱文贵前的很重要的部分，应该是这小说中工作组人物最活跃的部分。可是这十章恰恰是小说中结构最混乱的部分。这十章中，除了"争论"一章相当空洞地集中写了工作组，此外，只是零零碎碎地写到了一些文采和杨亮的情形。这十章中，写了很多独立的镜头，独立的场面，其中有写得很生动的，有写得枯燥无味的，有的似乎出于作者的某种偏爱，如赵得禄打老婆的插写；有的似乎出于交代政策上的需要，如顾长生娘和复员军人的插写。在这些场面，镜头和其他情节相互之间，是看不到内在的联系的，是没有发展的清楚的脉络可寻的。如果把有些节目加以颠倒，或抽去几个，并不会发生什么影响。而且所有这些节目和斗争钱文贵这个高峰，也大都没有多大必然的联系。

这十章中，在写了斗争江世荣的"初胜"以后，群众似乎在动起来了，在清算江世荣的家产，在想过去的苦日子了。但小说中写道："这只是激动了群众的情绪，这还不能说，群众已完全觉悟，形成了一个运动。"接着小说中就写了刘满和张正典吵起来了，"几天来的努力，几乎完全被摧毁"了。

小说中，写了一个小知识分子任国忠，受了钱文贵这个中心的指使，在钱文贵家，李子俊家和白娘娘处跑来跑去，作者用的都是正面描写，占去了很多篇幅。但小说中再也找不到受另一个中心所领导的同样活跃的人物了。农民积极分子，因为有的被逼疯了，有的被关在家里了，有的被误解了；村干部，因为有的当了干部"也不知做什么"，有的光做着一些职务上的事，有的被种种个人顾虑束缚住了；而工作组的第三个同志，因为"常常在老百姓家里和地里转"，让墙壁和庄稼把我们读者给挡住了。由此种种，任国忠就成为这次土改斗争中唯一活跃的"积极分子"了。

写到这里,在这两个敌对中心的对比中,我们已可以看到小说的艺术结构的情形以及它同土改斗争的现实生活之间的距离了。而这里的根本原因,是因为作者不熟悉土改斗争中满怀仇恨的积极斗争的先进农民。

这就是它不仅影响了作者写地主阶级,而且也影响到作者写工作组、写整部小说的情形。

三

关于这部小说,极大部分人物已经在上面两个三角对比中谈过了。读者可以看到,我还遗漏了几个很重要的人物。我还没有谈到章品、顾涌和黑妮,不谈这三个人物是不完全的。他们在这部小说中占着特别重要的位置,有着特别重要的意义,我现在要继续谈下去,而且要用对比的方法进行到底。

冯雪峰的评论中关于章品这个人物,很简单地提到了几句:"他来到暖水屯,既很晚,而停留的时间又很短,我想,正如俗语所说,'万事皆备,只欠东风',作者不过请他来在已经堆积如山的柴草上擦上一根火柴罢了,就是说,作者用了章品的口,最后点破了主题思想,指出了农民的真实的历史性的胜利。因此,章品虽然是一个对于暖水屯土地改革斗争有头等作用的指导者,同时作者也用了不多的笔墨就把他的高贵的品质和可爱的性格生动地写出来了,但他仍然不是这部小说的主角,——主角是村干部和农民群众,我已经说过。"

是的,这个人物是写得生动的,这个人物对小说的主题思想来说,有很重要的关系。

这个人物出场停留的时间虽然很短,但他的行动贯穿了六章,而且是有整整两章的篇幅交给了他的。

关于他的过去,我们已可以得到很清楚的印象。有一次,他在一个地主伪甲长的家里,刚好敌人进村,在大街上找甲长,甲长忙把他带到后门,叫他从后门逃走,可是他不走,反叫甲长把儿子叫来,他抓住这个甲长儿子,一起爬伏在房中窗户后面,举枪等着。他告诉地主："敌人什么时候进院子，咱就什么时候打死你儿子。"结果地主就不敢害他。

章品在暖水屯出现以后，在群众当中和大家随便地招呼和应答，那种坦率的风度，使拘束的人在他面前会自然起来，知心话会自然地向他流露出来。不用问他的年龄，可以听出他年青的声音，不用查问他的历史，可以确信他正是从他们当中长大起来，生活过来的。

他的出现，使杨亮的形象，在他面前显得更暗淡无光，使文采碰到了真正的对手，有了足以对抗的形象。他的出现，使小说的描写从松散沉闷的调子中解脱出来，带来了一些明朗清新的气息。

但当然这些并不是他出现的任务。

他的出现，是为了把钱文贵扣押起来，交给群众斗争。他的出现，结束了工作组中文采和杨亮间空洞的争论，结束了村干部们的变天思想的发展，结束了暖水屯工作的混乱情况。他的出现，突出了小说斗争钱文贵的中心，完成了小说的反霸的主题思想。然后，在斗争钱文贵以前，他匆匆地走掉了，正象一阵风一样地来了又去了。

但是，在他出现后的短暂的时间里，并没有做更多的事，似乎也不能做更多的事，作者并没有交给他更多的任务。

例如，支书张裕民认识到的困难："不仅要农民获得土地，而且要从获得土地中能团结起来，真正翻身，明确自己是主人。"这个任务，以及这个任务有关的种种问题解决了没有呢？这都是并没有解决的。

章品曾经向农村干部们解释过，象这种新解放区第一步是拔尖："不碰钱文贵，老百姓就不敢起来说话。"

在这小说中，既不是斗一个地主，发动一批群众，逐步发展到全村性的大决战去，也不是从反霸斗争开始，迅速造成土改斗争的顺利环境，再进而迅速启发群众的觉悟，进行土改斗争。这小说在写了反霸斗争以后匆匆结束了，而在这以前写的几次斗争，都在于说明第一步反霸的必要。

在这里，我们就可以看到，这部小说，一般地说是一部写土改斗争的小说，但更确切的说，应该说是写土地改革中的反霸斗争的。反霸斗争常常是土改斗争的第一个步骤，但当然并不等于土改斗争。

在这里，我们可以再看看，这个反霸斗争的主题思想如何贯穿在全书中，它是在什么样的思想结构和艺术结构中表现着的。

首先，这小说特别着重写了恶霸地主钱文贵的威势，他在农民面前的威势，他在农民脑子里的威势，以及他在地主阶级之间的威势。

对照着这一点，这小说着重地写了老百姓不敢起来说话的情形。从群众到干部，写了他们的宿命观念，变天思想和个人顾虑，写了他们的落后和可笑，动摇和叛变。写了村干部在选择斗争对象上的犹疑不定，写了工作组在斗争钱文贵问题上的长时间的争论，写了群众的已经激起（！）的对土地的企望，如何迅速地低落下去！群众的已经激起（！）的斗争情绪怎样地烟消云散。

而且，作者在写几次农民对地主的斗争时，也是在写群众的没有阶级觉悟，没有斗争要求。

而且，作者在写识字班中的一些年青媳妇和姑娘们的时候，写她们都是无忧无愁的，都是并不需要翻身，也从没有要什么平等的。

而且，作者在写一个，可以说是唯一的一个积极分子刘满的时候，使他处在村干部的叛变和动摇的压力下面，压得透不过气来，实际上已不成其为积极分子。

所有这一切，当然都是符合章品所说出的反霸斗争这一主题思想的要求的。

小说在章品出现以前，群众当然并没有发动起来，章品出现以后，主要问题是斗不斗钱文贵，不是要不要发动群众。结果钱文贵被扣押起来交给群众斗争了，这当然也是合乎反霸斗争这一主题思想的要求的。

不过斗争钱文贵的时候，总需要有人带头诉苦，总要有人带头跳上台去，于是小说中就有了刘满和程仁。

等到钱文贵一被扣押起来，群众就不用发动，也在动起来了，虽然他们都象侯忠全一样，用一种不相信的口气和惊骇的声调在谈论。

等到斗争了钱文贵以后，侯忠全的感情解放了，知道这世道真的变了；顾涌决定献地了，知道共产党帮助穷人并没有不对了；程仁看到了黑妮的"解放"，自己也成为"自由的战士"了。所有这一切，当然更是这个主题思想所不能够缺少的了。

这就是反霸斗争这个主题思想贯穿在这部小说中的全貌，这岂不是很完整的吗？

但是，就在作者这样掌握的主题思想下面，很多重要的东西见不到了。

一向反抗过来的，积极斗争过来的贫雇农形象不见了。

贫雇农的强烈的阶级仇恨和强烈的土地要求也不见了。

和贫雇农站在一起，和地主阶级积极斗争的中农形象，自然更不会有了。

工作组中的同志们，变得几乎无事可作了，他们主要的事情，就只好限于了解一些情况，限于争论是否斗争钱文贵了。

土改斗争中的正面的领导人物的形象也就同样不见了。

这就是这部小说关于反霸斗争这一主题所表现出来的全部情形。

到这里，我们就可以看到章品这个人物的限度了。我们所看到的这个章品，主要是拿枪杆出身的，比较优秀的一般群众工作者的形象，他和土地改革斗争，实际上看不出什么关系；而他在反霸斗争上，给我们的感觉，则正象作者借来用一下的一阵风，留给我们的印象，正象亮了一下就扔掉了的一根火柴一样。

到了这里，我们就不能不看到作者在这一主题思想掌握上的片面性。

作者在反霸斗争这个主题思想中，片面地抓了农民的宿命观念和变天思想这个中心，然后从这个片面看法出发，把她在土改斗争中看到的大量有关的表面现象，尽量组织在这个中心周围，写在斗争钱文贵以前和以后的篇幅里面，从农民宿命观念和变天思想这个中心来说，这些人物和情节，似乎并不是多余的。但从写反霸斗争来说，我们就会觉得，小说中的很多人物和情节，和这个斗争是没有什么必要和内在的联系的。

到了这里，我们就同时可以看到，在小说的具体描写中，反霸斗争这一主题思想实际上已经降到次要地位，农民的宿命观念和变天思想，实际上已变成小说的中心内容了。

关于这点，作者丁玲在《生活、思想与人物》一文中曾这样说："当时是在那样的情况下，战争马上要来到这个地区的情况下，全国解放战争马上就要燃烧起来的时候，如何使农民站起来跟我们走，这是一个最大的问题。所以我在写作的时候，围绕着一个中心——那就是农民的变天思想。"

这个作者的主观意图和思想线索的说明，对我们了解这部小说是有帮助的。但是，我们不能从小说中感到"农民站起来跟我们走这是一个最大的问题"。循着我上面的分析，我们看到作者在创作过程中实际存在的意图和思想线索，与上述作者自己的说明之间，是存在着很大的差别的。我们看到小说所反映的作者心目中的中国农村社会，与实际上的中国农村社会之间也是存在着很大的距离的。

　　这就是这部小说关于主题思想上的全部情形。这就是章品出场以后所点破的主题思想的实际存在的情形。而对于章品这个人物形象的全部意义，我们也就更加清楚了。

　　现在，再谈顾涌。

　　富裕中农顾涌，在这部小说中的情形，是很特殊的，是这小说第一个出现的人物，是冯雪峰评论中指出的第一条人物线索，而且冯雪峰认为这是以"舒徐的富有诗意的笔"开始的。这是作者用极其明显的同情的笔调写着的人物。而且是作者怀着同情在描写的唯一的一个农民。

　　这个顾涌，从小和哥哥一起"兄弟俩受了四十八年的苦，把血汗洒在荒瘠的土地上面，一年一年的过去，他们经过了一个朝代又一个朝代，被残酷的历史剥蚀着。但他们由于不气馁的勤苦，慢慢地有了些土地，而且在土地上抬起头来了。因为家属的繁殖，不得不贪婪地去占有土地，也更由劳动力多，全家十六口人，无分男女老幼，都要到地里去，大家征服土地，于是土地的面积，一天天推广，一直到不能不临时雇上一些短工。于是穷下来的人把红契送到他家里去，地主家的败家子在一场赌博之后，也要把红契送给他，他先用一张纸包契约，后来换了块布，再后来就做了一个小木匣……。"就是这样，作者描写了一个上升到富裕中农的农民对土地的无尽止的欲望，正如冯雪峰评论中所说："顾涌和他的大女儿一路上谈的是肥沃的土地和庄稼，而这个顾涌是从怎样地羡慕的，含着无尽止欲望的眼光望着这一带土地呵！"

　　是这样勤苦的发起来的农民，可是在这次土地改革中，竟把他划成了富农，要他献地，儿子出去参加群众大会，站岗的民兵不让他进去，因为他家的土地多。全家被土改空气激动得惶惶不安。董桂花觉得有些迷迷糊糊，"假如顾涌家也被斗争，那不就没有安生的日子了"？

因此种种，所以作者同情他。用同情的笔调描写他，这又有什么问题呢？

这需要研究这种同情的性质。这并不是很难发现的事。我们可以看得到，作者对顾涌的同情，主要不是从地主阶级和他的矛盾关系而来，而是从贫雇农和他的矛盾关系而来的。因为，是贫雇农村干部马马虎虎地把他划为富农，是贫雇农村干部要他献血汗换来的地，是民兵不让顾顺进去开会。钱文贵家的梨树压弯顾涌家的柳树已经多少年了，并没有妨碍顾家的人财两发，并没有妨碍顾涌对土地的无尽止的欲望。但土改斗争一来，就搞得他全家惶惶不安，就要他献出地来，就妨碍了他对土地的无尽止的欲望。这不是很清楚的吗？

由此，我们就可以看到下面这样一个对比的意义：

作者在这部小说中独独描写了这个富裕中农对土地的无尽止的要求，而且写得多么细致，多么强烈！可是，作者写了那么一大群贫雇农，并没有描写出一个也有同样强烈的土地要求。侯忠全在失去土地以后，归向宿命论了，不敢有多大的土地要求了；赵得禄老婆，满足于一件花衣，似乎还没有对土地的要求；董桂花夫妻，虽然想有一二亩地，可是也并不强烈，因为他们都很安于贫贱。在第五十五章的"翻身乐"里，作者极其简单地交代了分地的情形，看来既然没有贫雇农对土地的要求，自然也就没有得到土地以后的欢乐。看来作者是了解一个走向富农的上升过程中的农民的强烈的土地要求的，但是并不了解一个在地主阶级残酷剥削下失去土地过程中的农民的强烈的土地要求的。作者看到了一个中农的强烈的土地要求，却没有看到一个贫雇农的强烈的土地要求。事实就是这样。

到这里，在这个暖水屯的土改斗争中，并没有一个跟地主阶级积极斗争的中农形象，我们就并不奇怪了。

在这里，我们还可以发现，如果把暖水屯的村干部看成中农成分的领导，我们就会感觉得比较自然些了。

在所有这一切当中，我们就会发现，顾涌这个人物，已经泄漏了作者对于土改斗争，对于贫雇农在阶级感情上的距离了。

这种阶级感情上的距离,在下面谈到黑妮的时候,我们就会看得更加清楚。

黑妮这个人物,在这部小说中的情形是非常特殊的。这个钱文贵的侄女,是作者笔下最主要的抒情人物,是作者怀着最赤裸的同情、写得最富于诗意的人物。她有"一对水汪汪的眼睛"、有"两颗大黑眼珠"、"她的嘴唇上发出带银质的声音"、"她常常待人都很好"、和钱文贵一家"有着本能的不相投,她很富有同情心,爱劳动、心地纯洁,……她一年年长高,变成了美丽的少女,但她自己并不懂得、也不注意那些年青男人为什么在悄悄的注视她"。

"果树园闹腾起来了"这一全书最精采的一章,如李子俊老婆、周月英、李宝堂、文采等写得生动的人物,都在这个果园里出现了。但这一章里写得最生动的,不是别人,正是这个"美丽的少女"。

"黑妮正挂在一棵大树上,象个啄木鸟似的往下边点头呢。树林子又象个大笼子似的,罩在她周围,那些铺在她身后的果子,又象繁密的星辰。鲜艳的星星不断地从她手上落在一个悬在枝头的篓子里。忽然的,她又缘着梯子滑了下来,白色的长裤就更飘飘晃动……"

真可以说有点飘飘欲仙的样子。

我们在这小说全部描写农村妇女的地方是永远也找不到这样富有"诗意"的文字的。

作者特别着重描写的是她和农会主任程仁的恋爱关系。写她"被猜忌"、"被防闲"、人们对于她的"美丽和年青"也"发生憎恶",写她的"不调和的忧郁"、"深沉的痛苦"、"求怜的、热烈的、怨恨的眼睛"。

作者为了我们读者不致误解,向我们交代,有些村干部,"认为她,也是被压迫的",钱文贵他们是"把她当一个丫环使唤"的。因此斗争钱文贵,就是解放了这一个"可怜的孤儿"。

但是,关于这个"美丽的少女"的爱劳动的生活和受压迫的生活,描写在什么地方呢?在这小说里是没法找到的。相反的,我们看到这个美丽的少女是七岁到了钱文贵家的,十岁就开始上学念书的,而且念了四年。钱文贵还因为她长得漂亮,想从她身上捞回一笔钱的。周月英看见黑妮等一群年青女人时就说:"咱就见不得这群狐狸精,吃了饭，不做事，整天浪来浪去的。"钱家的长工程仁不知道她的"被压迫的"丫环生活。这个纯洁可爱的少女，似乎是完全靠她的"本能"抵抗了这个地主家庭的各种恶劣的影响的，而是没有什么生活基础的。

要我们读者相信这样一个劳动妇女和被压迫妇女，会没有困难吗？我想是非常困难的。

作者把别的农村妇女写得那么落后，那么可笑，那么乖僻，而独独把黑妮写得那么纯洁，那么可爱，那么美丽。这个极其鲜明的对比是这小说中向我们提出来的一个谜。也许只有作者自己才能详细地解答这个谜。从《太阳照在桑干河上》这小说中看来，这个美丽的少女，决不是钱文贵家的"丫头"，因为这是难以想象的。而且也不大象是钱文贵这样一类地主家庭中的女儿，倒有点象从李子俊家里长大起来的。那个李子俊家的机灵的小女孩，正是黑妮幼年时代的影子，而李子俊老婆，正是从黑妮这样的少女变成主妇的。无论如何，这个美丽的少女和周月英、董桂花、赵得禄老婆等人的生活和命运是无法联系起来的。试把"被压迫""爱劳动"等凭空加在黑妮身上的字眼去掉，就可以还给黑妮的本来面目。

但是这样一来，岂不是成了生活限度以外的问题了吗？这和我们对地主家庭的子女应当有别于地主的某些政策条文（见《生活、思想与人物》），又有什么关系呢？

这就是冯雪峰的评论中认为描写有缺点，没有完全做到现实主义方法的唯一的一个人物。评论中说：对于黑妮，"作者的注意力似乎有一点儿偏向，好象有一点儿先入之见，要把这个女孩子写为很可爱的人，以赢得人们（书中的人和我们读者在内）的同情，但同时，关于她与钱文贵的矛盾的联系，和这个性格的社会根据及其本身的矛盾，却不够加以充分的注意和深刻的分析。因此这个人物和小说中故事的联系是有机的，但说到她的性格在和他的环境，事件，及别的人物相联系，则其有机性就不够充分和深刻"。

这里，用的字眼是"似乎有一点儿"，"好象有一点儿"，"不够充分"。

冯雪峰又说："关于黑妮，我觉得这也许和初期受的旧现实主义的影响有关系⋯⋯旧现实主义作家，在进行分析时，也常有把人物的心理离开社会而孤立起来的那种错误……自然我也觉得，关于这一点，如果我说的合乎事实，对于我们的作者已经并不严重，只要留意到，就能够克服了。"

原来这是由于作者没有"留意到"的缘故，而且连这也不一定"合于事实"。在这里，冯雪峰的评论，表现得多么谨慎啊！这和陈企霞式的粗暴批评又是何等鲜明的对比啊！

可是就连如此温和的仅有的一点批评，从《生活、思想与人物》一文中看来，作者丁玲也认为是不能接受的。

我以为，在作者的这个"偏向"里，这个"先入之见"里，这个想"赢得人们的同情"里，我们所看到的情形，并不是如此轻淡的一回事，这个"把人物的心理离开社会而孤立起来的那种错误"，其实也是一种自然主义方法的错误。

黑妮这个人物，在这小说中的出现，决不是一种孤立的现象，它和顾涌，和章品这两个人物分析中所看到的情形，是互相联系，互相印证的。而且，正象谎话一样，它越是生动和美丽，我们读者就越是容易被迷惑。

同时，自然主义方法的问题，也并不是一个黑妮形象上的问题，从黑妮和农村妇女形象的对比中，从顾涌和一大群贫雇农形象的对比中，特别是从作者对农民的落后面貌和落后情节以及脏话的偏爱中，我们都能闻到浓厚的自然主义的气息，那侯忠全形象上的刺眼的一笔，在这里也可看到，它并不是偶然划上去的。从章品形象分析中看到的情形，正好可以看到这种自然主义气息的思想上的来源，正好足以说明，创作方法和思想观点的不可分的联系。自然主义方法的倾向，是不能从个别人物形象和个别情节的描写上看出来的，而是从小说的全面分析中看出来的。

循着我在这篇评论中所进行的一连串对比，到了这一章，我们已不仅可以看到，贯穿在这小说中的现实主义方法和自然主义方法的错综复杂的同时又清浊分明的两种因素的对立；不仅看到了作者的生活限度与这个对立的不可分的关系；而且，我们已经可以看到作者的旧的思想观点和旧的阶级感情，如何地影响着这部小说的创作过程，给小说和小说中的人物创造带来了多大的损害的情形。

我已经谈完了要谈的全部人物了，当然，可以谈的问题，还是很多的，但是，我准备要结束这篇评论了。

我觉得冯雪峰的评论方法，似乎是把小说的优点和缺点拉成一条平线，而一起加以评赞。这种评论方法，看来不仅是掩盖了作品的缺点，而且似乎也是掩盖了作品的真正优点的。这种评论方法，对于一部小说，是不可能得出正确的评价的。

如果说评论方法中也有自然主义和现实主义的分别，那末我在雪峰的评论中也闻到了浓厚的自然主义气息的。

如果说这小说是一幅"相当辉煌的油画"（雪峰语），那末，这幅油画中，比较生动的形象，主要是以钱文贵为中心的地主群象。而村干部们和积极分子们，不是用没有表情、没有光采的眼睛望着我们，就是用他们的背脊对着我们。

如果说这是一部"一定高度上的史诗"（雪峰语），那末，它所缺少的，恰恰是这个历史时代的主人公。而诗意也并不浓厚。相反的，多数读者读这部小说是很难读得下去的。冯雪峰在谈到语言问题的时候说："对于这种油画式的表现手法，和对于炭画式的表现手法，我们在语言上的要求，应该采取有分别的态度，我也希望作者更多注意语言上的洗练和文字上的大众化，但必须同时保证刚才所说的这些艺术优点不受牺牲。"在语言的洗练和大众化的要求上，需要提出这样令人吃惊的严重的"保证"来，也足见它的诗意的缺乏了。

如果从一九四二年以来的情形说，在反映中国农村的巨大变化，反映农民和地主阶级斗争的比较大的文学作品，一般地说《白毛女》是有它的代表意义的。决不是雪峰评论中的《太阳照在桑干河上》。我觉得我们文艺界对于《白毛女》在中国现代新文学上的意义和它的深远的影响，是至今还没有给予适当的评价的。如果从反映中国的土地改革斗争来说，那末我觉得《暴风骤雨》，整个地说，比起《太阳照在桑干河上》来，要全面，要广阔，要深入得多。

当然《太阳照在桑干河上》，也有它独特的成就：它在地主形象创造的成功上，我以为是比较显著的。侯忠全的形象，也是成功的。这小说在这些地方，仍然表现着作者在人物创造上的很大才能，说明着作者在开始走向社会主义现实主义的创作领域，而章品这个人物形象也正象一阵风一样，似乎给我们带来了，作者在社会主义现实主义创作方法上的全面胜利的一个消息。但是，作为一部描写中国土地改革的小说，它没有写出农民的强烈的土地要求，它没有写出农民对地主阶级的仇恨，没有写出一个比较成功的新的农民形象，没有写出土改斗争中的党的领导形象，这不能不说是一种致命的缺点。而作者所给予明显的同情的两个人物，一个是地主家庭的美丽的少女，一个是在土改斗争中惶惶不安的富裕中农，这不能不说是一种严重的错误；而特别是作为一部描写中国土改斗争的小说，在实际上已成为一部描写农民的落后、动摇、和叛变为主的小说，这不能不说是一种最大的失败。它是有独特的成就的，但主要是一部失败的作品，这就是通过具体分析得出的我的一个简单的总的看法。

　　这小说同时也反映了，作者在生活上，并没有深入到土改斗争和农村社会的最底层去，在感情上和贫雇农民还存在着很大的距离，特别是作者还不熟悉这个时代的新英雄人物，作者在思想观点上还并不真正了解我们的农村社会，并不了解中国农民的历史，对中国农村，对中国农民，还存在着严重的资产阶级，地主阶级的观点，这就是通过具体分析我所看到的招致小说失败的真正的原因。

　　中国的"土地改革斗争"这一主题，必将在以后很长的年代中，吸引中国作家创造力的注意，他们也必将在《太阳照在桑干河上》等初期作品中，学习他们的重要的创作经验和教训。

　　这就是《太阳照在桑干河上》所说明的"在我们文学发展上的意义"。而它的中心的一点，仍旧是深入生活实践的问题，是真正的深入生活实践的问题。只有真正的深入生活实践，才能使作者的艺术才能和现实主义方法有用武之地，才能真正理解世界观和现实主义间的不可分的关系，才能真正克服自然主义或旧现实主义的倾向，才能够创造出这个历史时代的英雄人物，创造出伟大的史诗来。而深入生活实践，创造新的英雄人物，在社会主义现实主义的创作领域中，在文艺创作上的千题万题中，仍将永远是一个中心问题。

一九四九年十月第一次稿
一九五六年七月重写

附记：这论文，第一次稿写于一九四九年十月间。当时《人民文学》编辑部不同意我的看法，没有同意发表。这以后，在一九五〇年、五一年两年间，一直没有得到发表的机会。批评界如冯雪峰，曾经激烈地反对我的看法。一九五二年，我从广东回来，看到了冯雪峰的评论，我就想针对他的文章重写我的论文。但是这以后四五年中，因为种种原因，一直没有写起来。直到一九五六年七月间，在读了陆定一的《百花齐放，百家争鸣》的论文后，我才决心把这论文重写好了。八月初交给《人民文学》，九月间他们告诉我，稿子决定要发表，但因某种特殊原因，发表时间要拖迟一些。这样就拖了一年。在这一年中，我陆续作了一些文字上的修改；这次发表前，也作了一些修改，但整个论点，对小说人物的看法，都没有变动。在丁陈反党集团已经败露以后，我这论文中的不少地方，可能需要重新考虑的，我希望能够得到大家的批评。

一九五七年九月二十二日

（原载1957年《人民文学》第10期）

关于莎菲女士

张天翼

丁玲的《莎菲女士的日记》出世的时候，正是第一次国内革命失败以后。可是莎菲女士所生活着的这个世界里，简直没挨着一点点大革命的风暴。她不关心什么世界大事，也不去操心什么有关人民群众的问题。她固然也动脑筋，也苦闷，也追求什么，可这都是为了她自己。在她的世界里只有以她自己为中心：她争取活着，只是为的要多享受些，"我要使我快乐"。她任性，无所事事，而把主要的精力花费在玩弄恋爱上面——这可以说是她的唯一事业。在这里，作者用第一人称精细地描写她怎样耍弄老实的男孩子，怎样琢磨所谓"爱的技巧"，接着又充满热情地描写她怎样设法追求一个思想俗不可耐而"丰仪"好得迷人的美男子，而她在这样的"恋爱"里又怎样感到了矛盾和痛苦，因为她想起她"临时失掉了我所有的一些自尊和骄傲"。这篇小说的结局就是一个自我中心主义者的悲剧：她玩弄别人；结果是玩弄了自己。

这么一种的心理，性格，现在一般青年都不很容易理解了。可是在那个时候，很多青年知识分子是熟悉莎菲这号人的。有的否定她，鄙视她。有的却肯定她，同情她。当然，同时也有的是感到新奇有趣，因为中国作品里还没有出现过这样的女人——来这样现身说法，来这样精细而又大胆地写自己的情欲，写出自己怎样玩弄恋爱，怎样卖弄风情。

至由作者自己，那是肯定和同情这个主人公的。不但如此，她还简直是在借莎女士的嘴来说自己的话。冯雪峰在《丁玲文集·后记》(《论文集》第一卷 101 面)中这么样提起作者："和莎菲十分同感而且非常浓重地把自己的影子投入其中去的作者,在这上面建立自己的艺术的基础的作者"。我以为这是很了解丁玲的讲法。

那么,作者"把自己的影子投入其中"的这位莎菲女士,究竟算不算是一种进步人物,在当时?

莎菲女士这号人也是一种时代的产物:她同当时的大革命运动虽然不通气,可到底也是五四以后才会出现的角色。这么一个"五四以来的新型女性",她所表现的思想和感情,要求和苦闷等等,在当时有没有一些进步意义?我们现在谈起五四青年当年那种反传统的斗争来,总是带着几分敬意的。哪怕其中有一部分男女青年只不过是为了自己个人而斗争——为了个人的自由,为了要使个性得到解放,斗争对象不过是自己的封建家庭。可是他们到底从一定的方面,在一定的程度上打击了封建主义。所以这在当时也起了一定的进步作用。那么莎菲女士呢?

莎菲女士出世得晚了些,离五四运动已经八、九年了。在这八、九年中间我们中国社会经过了那么多事变,经过而且还正在进行那么多斗争——思想文化斗争,政治斗争,一直到武装斗争,——我们的历史整整跨过了一个时代。这么着,这个晚出的莎菲女士,同五四运动时期的青年知识分子一比,那精神面貌就很不一样了。

这里我想起了一篇较早的作品来:淦女士在《创造周报》上发表的《隔绝》。这在当时也是很受注意的一篇作品。也是用女主人公的第一人称口气写的。那个缥华女士(女主人公)就是五四时期对旧传统作斗争的那号青年。她为了争取自由——具体说是争取自己的恋爱的自由,而同封建家庭作斗争。她身子被囚禁住了,但她精神没有被囚禁得住。她说"身命可以牺牲,意志自由不可以牺牲,不得自由我宁死"。虽然这"意志自由"的含义在她还不明确,而所谓"自由",不过指的是个人生活上的要求(没有推及一般被压迫者的自由),可是她究竟是严肃地对待生活的:有所追求,有所斗争。而她和爱人的恋爱是"纯洁神圣的",并由此而"永久的承认人们的灵魂的确是纯洁的"。

莎菲女士可就完全没有这种思想这种精神,也没有这种对生活的严肃态度。在莎菲女士看来，那缦华女士之为人就未免太天真太老实了。那种人物已经显得陈旧了，过了时了。

这简直是两代人。出世的时期不同，人也就不同，因此对当时历史所起的作用也就各不相同。

那么，从前一代怎么样发展到莎菲女士这一代来的？

看看前一代——象缦华女士那一代的青年知识分子，在各方面都还幼稚，还没有成熟，没有定型。他们要挣脱旧传统的束缚，只是为了争取个人的自由，争取个性的解放，至于解放了以后将来要成为怎么样的人，这时候还不很明确，或者还简直没有想到。比如说，缦华女士要从封建家庭里挣脱了出来，胜利是胜利了，以后怎么办呢？这一对成功了的爱人以后仍然得在这个社会里生活下去，那他们会有怎样的思想，会有怎样的行动？他们的生活同那个社会制度之间会有些什么矛盾，而他们又将怎样对待这些矛盾？他们在这个社会里会起什么作用，会演一个什么角色？

这一切都还不知道。可是他们一走出家门，一接触到当时社会的现实生活，就碰上这些问题了——看他走上一条什么路。

有种种道路。有的走得通，有的走不通。他总得走上一条，不管他自觉选上的也好，或是胡里胡涂碰上的也好。

于是在五四时代的这些青年知识分子中间，起了一个大变化。这些青年本来就来自各个阶级各个阶层的，又是各有各的出发点。一参加到斗争（文化思想斗争以至政治斗争），各个阶级的界线就越斗越清楚，各个阵营越斗越分明了。同时就看见"一个怪影"在中国游荡着——共产主义的怪影。无产阶级思想开始取得了领导权。于是有的就走上了中国历史所要求的这条必然的道路——就是我们现在的青年都知道了的，就是走向我们新中国的革命的道路。而有的没走上这条路，或根本反对走这条路，就落到了别的一些道儿上了。

且说其中有一条，是资产阶级的道儿。五四时期也曾从外国介绍和接受了一些资产阶级的思想文化，那多半是些资产阶级革命期或是上升期的东西，在当时拿过来是起一定的进步作用的。可是这个阶级的战士在中国的阶级斗争经过了几个回合之后——尤其是经过了第一次国内革命之后，就对一切进步的革命的东西都害怕起来，甚至站到反对的那一面去了。这时候，那早已走末运的反动的世界资产阶级的那些颓风，就刚好对上中国这个阶级的口味。这么着，中国的资产阶级思想（包括"人生哲学"什么的），观点，兴趣（包括美学趣味什么的），就也在当时中国社会的矛盾斗争当中，一套一套地定型了，成熟了。而在生活作风上面，除开染上了一般世界资产阶级末运不可免的颓废气和腐烂气而外，中国资产阶级还有中国资产阶级自己的特点——这是当时半封建半殖民地的中国社会条件的产物：家长气和流氓气。

有了这么些肥料，在当时反动的政治气候里，于是就有各种样式的当令的资产阶级人物——阶级本质虽是同一的，但总也有各种不同的流派，方式，姿态等等——成长了，出世了。

而莎菲这个人是其中的一种样式。

所以莎菲女士比起缃华女士那样的前一代来，就简直是两号人物。我们在莎菲女士身上，固然看不到五四青年身上所不免带着的那些旧礼教束缚的痕迹，同时也看不到她有一点点五四时期的那种斗争性，那种因斗争而有的严肃性，以及那种深究一切，要把所有传统东西都重新估价的革命精神。

莎菲女士在她这个时候所演的角色，一点也不象五四青年在当年所演的角色，莎菲女士一点也没有相当于五四青年在当年所多多少少起过的那些进步作用。

这个人没有什么理想，没有什么精神生活，也没有什么原则。她只是想到自己。想要使自己快乐，使自己能够享受些什么。她之所以怕死——"不，不是我怕死，是我总觉得我没有享有我的一切"。她从来不关心别人，只是在需要的时候支使一下别人，并且凭自己的喜怒任意对他们发脾气，撒娇，扯谎，以至玩弄他们。可是她要别人关心她，体贴她，她要享有人家的"友情"，因此她经常怪人家"不了解"她，而使她不满，流泪。她不爱苇弟那样的老实男孩子，可是她享受他的爱慕，并从中享受一些逗弄他而使他痛苦的乐趣。

然而光只是这样还不行。她感到这生活太空虚太平庸了，总得有点儿新的什么玩意儿才好——"只是新的，无论好坏"。人生在世，总得不断追求一点儿新的什么来满足自己的欲望——例如利欲，名欲，虚荣心，"权力意志"，以至情欲，——而最后这一门恰恰是象她现在这种地位和这种年龄的女人所要专门从事的。于是她——"一个女性十足的女人"总是这么着——要去"征服"凌吉士那样的"美"男子。

她自己承认她是个"硬心"的自私的人。她用直述语气提到了这一点，就好象一个人提到自己的生理特征似的那么客观。原来在莎菲女士出世的那年头儿，"自私"这个词儿听起来已经不显得那么触耳了，不比往年——往年胡适提倡"个人主义的人生观"的时候还不免要遮遮掩掩，不好意思承认他和"自私自利的为我主义"（这才是实质）是一家。莎菲女士的为人就正是这种"人生观"的实践，只是她较为晚出，这种人生观也就在矛盾斗争当中更往前发展了些，因而它那个实质也就更暴露出来了些，竟不妨直言无讳就是了。

这当然不是说莎菲女士曾经研究过这号"哲学"，或是一定曾经读过《胡适文存》之类。莎菲女士也许很少读这类书籍，也许她根本任什么书也不大读（大概读过一些当时的翻译小说，这从她日记里所用的那号文体可以看出来）。那并没有关系。她虽然没研究过，可她率性而行，也会自发地达到这一境界。因为那个根子，也就是"率性"的那个"性"，是同一的。不过人家是博士，有学问，所以讲得出一番道理，而名之曰"哲学"，好拿来对人布道宣讲。而莎菲女士呢，她是用自己的为人，用自己的生活，来体现出那种思想那种精神的——这就是我们常说起的：形象化。

现在我们再来看看她所做的事业：看看她怎么样闹恋爱。

冯雪峰说莎菲女士是个"恋爱至上主义者"。这大概由于看见这个玩意儿几乎成了她生活的唯一内容，此外即无所事事，所以就送她这么一顶帽子的吧。那当然没有什么不可以。不过她这个"恋爱至上主义者"至少有点儿特别。首先，我们看见她专喜研究"男女间的小动作"，研究自己怎么才能维持住"自尊之心"，自己在什么场合该取什么姿态，撒娇呢还是扯谎呢，还是该怎么着。这就是说，她爱钻研"爱的技巧"——她在这方面的确显出了她的才能，她的思维能力以至艺术表现能力。只是她太爱钻研这个了，以至于有点舍本求末：她自己说，因为对"男女间的小动作"似乎"看得太明白了"，太"懂得了"，对于"爱"本身就反倒"迷糊"起来，并且还"会怀疑到世人所谓的'爱'"。那么，她这个"恋爱至上"已经是流于恋爱形式至上了,好象那些只讲求艺术技巧而对思想内容反而迷糊起来的人一样。这是一种形式主义搞法。形式主义也是走到末运的资产阶级文化的产品之一。

其次,莎菲女士对待这个"至上"的恋爱可从来没有认过真,没有一点点严肃的态度。这号人缺少那种从心底里出来的真正的爱。她对凌吉士的确动了心,可那并不是爱——

自然我不会爱她,这不会爱,很容易说明,就是在他丰仪的里面是躲着一个何等卑丑的灵魂!

可是她要"占有他"——不爱他,但要"占有他"——"要他无条件的献上他的心"。于是她所有的智力都拿来服务于这个大事业。"我是把所有的心计都放在这上面用,好象同着什么东西搏斗一样。我要着那样东西,我还不愿去取得,我务必想方设计的让他自己送上来。"

干么要这样?就因为"那高个儿可真漂亮",是个灵魂"卑丑"而肉体无处不"美"的男人。所以"无论他的思想是怎样坏",她却也"如此癫狂的动情"。她死都愿意,"假使他能把我紧紧的拥抱着,让我吻遍他的全身,然后把我丢下海去,丢下火去……"于是她忽然发现:"唉,我竟爱他了。"那么,这又是什么样的一种"爱"呢?她自己说,这是"被一种色的诱惑而堕落"。等事情发展到顶点的时候,她看见他的眼光"被情欲之火燃烧得如何的怕人",她就作好了这样的精神准备:"倘若他只限于肉感的满足,那末他倒可以用他的色来摧残我的心。"——可是不料那个男的却认起真来了,"哭声的"向她说:"莎菲,你信我,我是不会负你的!"这位莎菲就"竟忍不住而笑出声来"。

这就是莎菲女士的"恋爱"态度和实践:征服别人,占有别人,玩弄别人,来满足自己的情欲(哪怕是一时的也好)。她对于"爱"的内容原来早就有了她自己的看法:她曾经嘲笑一对因为怕生小孩而不住在一起的夫妇,说他们是"禁欲主义者"。她诧异:"宇宙间竟会生出这样的一对人来!"她想不通:"为什么会不需要拥抱那爱人的裸露的身体?为什么要压制住这种爱的表现?"所以她"不相信,恋爱是如此的科学,如此的理智!"——准此,"宇宙间"生出的人自必该按照本能办事的了。她的所谓"恋爱至上主义"就只是这么一种自私的满足自己的情欲的东西。这也是走到末运的堕落的资产阶级文化的征候之一。

我们再看看她在"恋爱"中所感到的矛盾和苦闷吧。

问题在于那个恋爱对象。那个男人，不论他有"何等卑丑的灵魂"，他的形体总是"美"的。她所"迷恋"的就是这个。这么说来，她之所以看上这个对象，也只是凭形式的了。她简直有点儿象唯美主义者。然而她有痛苦。她觉得这是损害了她的"自尊之心"。"他，凌吉士这样一个可鄙的人，吻我了！"——一方面她爱他的肉体美，一方面又因他的"卑丑的灵魂"而使她感到自己给贬低了。这里就有了矛盾。这是难怪的：一个人尽管不理会一切事物的内容而只问其形式，可是事物的内容总归是存在着，而且甚至还要起决定作用的。所以无论他高兴不高兴，他终于不得不跟那个内容打交道。正好象一个作家尽管不问思想内容而只讲艺术性或艺术技巧，可是总归有一种思想在那里指导他写作（也指导他发表这么一号美学理论），总归会表现出一定的思想内容来。莎菲女士在这里也就接触那个男人的"可怜的思想"。例如，他需要的"是金钱，是在客厅中能应酬他买卖中朋友们的年青太太"。他的所谓爱情，只"是拿金钱在妓院中，去挥霍而得来的一时肉感的享受"。他的志愿是"留学哈佛，做外交官，公使大臣，或继承父亲的职业，做橡树生意，成资本家……"他甚而至于不看谈话对象，连对莎菲女士也"说着那些使他津津有味的卑劣享乐，以及'赚钱和花钱'的人生意义"。他对莎菲女士讨好的时候，居然还说出这样的话："我以后要努力赚钱呀。"——真蠢极了！

瞧，就这么一位大少爷。就这么庸俗，而且庸俗得这么幼稚。然而他真"美"：他不单是有"颀长的身躯，白嫩的面庞，薄薄的小嘴唇，柔软的头发"等等，并且还"另有一种说不出，提不到的丰仪来煽动你的心"，还有一副"娇贵的态度"，而"眼神，举止"也都美，总之是"一种高贵的模型"。……怪不得莎菲女士要叹气了："唉，可怜的男子！神既然赋与你这样一副美形，却又暗暗的捉弄你，把那样一个毫不相称的灵魂放到你人生的顶上！"

上帝不仁，竟造了这么一个内容和形式绝对相矛盾的美人！……

可是且慢！这个人究竟是怎么一种"丰仪"？——这就叫人很难捉摸了。这是凌吉士这个人物的重要所在。可是没有描写出来。莎菲女士大概是太注意自己了，太爱表现自己了，所以只有写到自己的时候，以及写到自己对周围事物的反应的时候，才写得道地，生动，技巧也不错，虽然语言文字上还有些疙里疙瘩（这从我们引用不多的原文里也可以看出来）。除此以外，她可就懒得去认认真真写它了。所以在这部《日记》里，除开莎菲女士自己一个人而外，所有的人物都写得模糊，写作技术也忽然不见了。好象这些人只是为莎菲而生存于世，而没有自己的存在似的，——可怜凌吉士也逃不出这一命运。可见写作技巧往往也不免随着一个作者的思想感情的变化而有所变化的。

话再说回来。要是真有这么一位男人——在莎菲女士看来，他的"丰仪"能"煽动你的心"，"态度"，"眼神，举止"都很漂亮，是"高贵的模型"，而认为这个人光只是"肉体美"，那可就不对头了。因为一个人的"丰仪"，"态度"，"举止"等等（这和"白嫩的面庞，薄薄的小嘴唇"之类不同），不是别的，恰恰正是他的思想，性格品质，生活习惯，教养等等的总和而表现于外的东西。象凌吉士那么一个庸俗得非常露骨的资产阶级大少爷，莎菲女士和他接触之下，不但一点也没有感到他那"丰仪""态度"里面有什么令她生厌的东西，倒是觉得"高贵"美丽而令她着迷，那么，一定是凌吉士那号人本人——他内在的一些什么东西，正好合上了这位莎菲女士的口味。她"灵魂"里面恰好有和他同调的玩意儿。否则，就不合理。

不过这一点她没有自觉到，即或觉到了她也不肯承认。怎么，她不是分明憎恶他的庸俗的么？虽然他的庸俗并不是她感觉出来的，而是凌吉士自己表白出来的，可是她一经听取而知道了他有这一个特点之后，她立刻就采取了一定的态度，不是么？

不错。凌吉士的那种庸俗实在太露骨了，太表面化了。也就是说，他庸俗得太幼稚了。这是莎菲女士这号自以为高明的人所受不了的。尤其是她本想征服这个男人，却不料反而被这个男人所征服，这简直是侮辱了她的自尊心，就更加受不了。这就是矛盾的所在。

其实呢，这个矛盾并不难解决。用不着莎菲女士改换什么生活的道路或"人生哲学"，就可以解决。比如说吧，要是凌吉士稍为学得聪明点儿，改变一下子谈话的方式，别口口声声"赚钱花钱"什么的——当然，钱是要有的，要不然穷得面黄饥瘦，那莎菲女士决看不上眼，但不妨雅一点，虽有钱而"口不言钱"，象古之富翁一样，而改称之"阿堵物"之类。至少在莎菲女士面前要收敛一些，别显出她是在与俗物为伍。此外最好还在谈话里经常使用"人生"呀，"爱情"呀，"寂寞"呀，"不了解我"呀，"宇宙之间"呀这些个词儿，但同时又千万要注意，别傻里不机地真去谈什么人生问题以及其他认认真真的什么问题。总之，要摸一摸莎菲女士的脾气，要考究一下"爱的技巧"。这么着，这个凌吉士——其美貌和"丰仪"，"态度"，"举止"等等原封不动，生活地位，性格，思想，品质，教养等等也原封不动（否则就不会有这样的"丰仪"），只是俗得含蓄一点儿，不那么表面化，那么事情就好办了。那么莎菲女士就不至于以"迷恋"这号人为丢脸了，剩下的问题就只是怎么样去"征服他"而"占有他"。至于她要是取得胜利以后，又将会有怎么样的生活情况，那自又有一种矛盾要发生，可那是另一个主题。但目前这个矛盾却总不再存在了。

原来资产阶级大少爷们虽然全都不免庸俗（这是他们的本质），但其庸俗的表现形式，是各有不同的。莎菲女士这回碰到的这位角色，是其中表现最幼稚最露骨的一种。这不过是个偶然的遭遇。这是建立在偶然和个别事件上的矛盾冲突。这并不是问题的真正的内部矛盾。她可能偶然遇到这一种凌吉士（就会感到有矛盾），也可能偶然遇到另一种凌吉士（就不会有矛盾）——这都不相干，总之她爱的是有这种"丰仪"，"态度"的漂亮大少爷（这一点是没有矛盾的）。

但当然，即使这不过是一种偶然的表面的矛盾冲突，而它一发生在莎菲女士个人的小"宇宙"里，却也会显得是了不起的重要问题。在莎菲女士这种人的眼皮子下面，这总该是一个作家应全力以赴的重大主题了。冯雪峰说："作者把莎菲这少女的矛盾和伤感，的确写得可谓入微尽致，而且也的确联带着非常深刻的时代性和社会性"。这第一个"的确"容易了解。至于第二个"的确，"那大概也是待在莎菲女士那个小"宇宙"里，并用了莎菲女士的那套观点，心理，眼界和趣味来看这个问题的一种讲法，——决不是我们通常所说的"时代性和社会性"的那种概念。

要说莎菲女士这种人物之所由形成和存在，是"联带着时代性和社会性"，那倒是讲得通的。这我们已经讨论过了。在那时的确是有过象莎菲女士这样的人。这倒的确是生活的真实。但作者怎样对待这样的真实？他有怎样的看法？他采取什么态度？

我们知道，莎菲这号人虽说是五四以来的新产物，可是在她身上连一点点五四青年在当时或多或少的那种进步气都没有了，有的是末路颓废的资产阶级气味。因此有人否定她，鄙视她，——但同时正因此而也有人肯定她，喜欢她。让这两种人写起这同一个生活的真实来，就会写出大不相同的两种作品，而作品所起的作用也就大不相同。而《莎菲女士的日记》的作者是属于后一种人，并且是"和莎菲十分同感"的。而这篇作品是在这么一个时候出世的，刚刚在国内第一次革命战争失败之后，参加革命或是倾向革命的知识分子（一部分原是五四青年）中间，有的跟上了队伍，投入更艰苦更复杂的政治斗争，思想文化斗争，以至武装斗争，而有的则动摇，消沉，颓废，甚至叛变了革命，——这一股同资产阶级那股颓风正好合上了流。这是当时正相对立的两种势力，两个阵营。这两者正为争取中间势力（大部分是小资产阶级性的知识分子）而展开了文化艺术的斗争。在这么一个时候，在这么一种情势里，《莎菲女士的日记》这么一种作品起的作用就不是进步作用，而恰恰是相反的作用。

莎菲女士这号人以后会怎么样？出路如何？她会不会去参加革命？有人指出过，她只有去革命。冯雪峰在《〈丁玲文集〉后记》里也就有这样的意思。

她可能去参加革命。不过这号人要真去参加革命的话，那我们知道，她必得脱胎换骨地另做一个人才行。不但她那套资产阶级的"人生哲学"，个人中心主义思想之类都得彻底去掉，——这可不容易；还有更重要的，她得把浸透了她整个"灵魂"的那种资产阶级心理，兴趣，精神状态，及其表现在生活上的那种种作风，对人对事的态度，习惯等等，也要通通洗掉，——这可就更难些了，因为这往往是在不知不觉之间渐渐发展，而至于定型，形成了她的性格的。要是她没有改或是改而没有改好，或是虽然改了某些方面而根子没有动，或只是表面上收敛了一些而骨子里依然如故，要是这么着，那她将会怎么样？

这是同集体生活斗争生活正相矛盾的,那她怎么样过这种生活?她在革命困难的时候会怎么样,在革命顺利的时候又会怎么样?

况且我们所说的这个"不动","依然如故"等等,只是说她的思想意识没有转变,并非真正停滞不动。它会要动,会要发展,只是在同周围的这种矛盾冲突中,它不得不用更曲折更复杂的方法和方式来求得自己的发展就是了。同时,其表现形式也当然和从前的不同了。那就完全是另一个题材,另一种主题:问题的性质不同了。

那么,这个莎菲女士将会怎么样呢?

那么,近来在反对丁陈反党集团的一连串会议上所揭露的关于丁玲思想言行的那许多材料——当然还远不完备——可以说是《莎菲女士日记》的续篇。

(原载1957年10月15日《人民日报》)

文艺战线上的一场大辩论（节录）

周 扬

在全国反击资产阶级右派的斗争中，文艺界揭露和批判了丁玲、陈企霞反党集团及其他右派分子，并且取得了很大的胜利。这是文艺战线上的一场大是大非之争，社会主义文艺路线和反社会主义文艺路线之争。这场斗争，是当前我国无产阶级和资产阶级、社会主义道路和资本主义道路的斗争在文艺领域内的反映。

一、大风浪中的考验

……

丁玲、陈企霞、冯雪峰等人的反党活动，并不是现在才开始的。十五年前，正当革命处在极艰苦的年月，全世界面临法西斯的奴役，希特勒的军队侵占了苏联大块国土，延安被国民党反动派重重封锁，敌后根据地的人民和军队正和日本侵略者进行着最残酷的斗争，正是在这个时候，丁玲、陈企霞等人在延安和王实味、萧军等坏分子串通一气，在他们主编的报刊上连续发表了《野百合花》、《三八节有感》等一系列反党文章，从背后向革命射击。他们的这些文章很快受到了国民党反动派的喝采。与这同时，冯雪峰在国民党统治区支持胡风集团，同样向人民放出了反党、反马克思主义的毒素。他们在不同地区，却挑选了同一时机，互相呼应，向党进攻，这事正说明了一条历史的规律：当阶级斗争到了尖锐化的阶段，革命到了转折的关头，总有一批混在党内的阶级异己分子和不坚定的分子在大风浪中经不住考验，暴露出他们的原形来。……

二、两种不可调和的世界观

人们也许要问：丁玲、冯雪峰都是老党员，老左翼作家，他们怎么堕落成为右派分子的呢？从他们的事件中，我们可以吸取一些甚么教训呢？……

在对待资产阶级个人主义的问题上，两种人的态度是截然不同的：一种人在长期的革命过程中，经过党的教育、实际斗争的锻炼和自我改造，逐渐成为集体主义的战士。他们决心丢掉个人主义的包袱，改造自己的思想，决心服从无产阶级集体事业的利益。他们的思想感情经历了从一个阶级到另一个阶级的革命转化。丢掉个人主义的包袱，并不那么容易。他们常常是在碰了壁，摔了跤之后，才慢慢丢掉的。丢掉了包袱，人就轻松愉快了。他们就能够和集体打成一片，同党一条心了。他们在集体身上找到无穷的力量。这样，把个人利益服从于集体的利益，他们才觉得不是勉强的，而是自然的，应该如此的。从此，他们在任何情况下都能对人民的事业忠心耿耿。另一种人却不是这样。他们始终丢不掉个人主义的包袱，纠缠于个人得失，个人恩怨；即使碰了壁，摔了跤，包袱也还是不肯丢，反而越背越重。他们不肯按照集体主义的精神改造自己，却总想按照个人主义的面貌改造党，改造我们的革命事业。他们一切以自我为中心，和集体格格不入，同党不是一条心。他们稍有成就，就居功自满；而当他们犯了错误，受到了批评的时候，就怨气冲天。他们经不起任何严重的考验。到了重要关头，他们不惜背叛工人阶级。

在我们党内，第一类人以及愿意努力去作第一类人的占大多数。但第二类人也不少。丁玲、冯雪峰就属于第二类人。在1955年作家协会党组扩大会上，我曾经说，一个共产党员最重要的是对党忠诚。丁玲对这句话颇有反感；她在1957年大鸣大放期间气势汹汹地质问我为什么要提"忠诚"这些话。丁玲自己心里当然明白。原来作贼心虚，她怕听"忠诚"二字。丁玲正是一个彻头彻尾的个人主义者，一个一贯对党不忠的人。

许多同志提到了《莎菲女士的日记》。要了解丁玲的性格和思想，读一读她三十年前的这篇成名之作，倒是很有帮助的。书中的主人公是一个可怕的虚无主义的个人主义者。她说谎，欺骗，玩弄男性，以别人的痛苦为快乐，以自己的生命为玩具。这个人物虽然以旧礼教的叛逆者的姿态出现，实际上只是一个没落阶级的颓废倾向的化身。当然，作家可以描绘各种的社会典型；问题在于作者对于自己所描写的人物采取甚么态度。显然，丁玲是带着极大的同情描写了这个应当否定的形象的。如果说这篇小说表现的是她早年的思想，那么她入党很久以后，特别是在革命根据地生活了几年以后，却写了象《我在霞村的时候》和《在医院中》这样的作品，就说明她的极端个人主义思想后来不但没有改好，反而发展到和工人阶级，和劳动群众尖锐对立的地步。《我在霞村的时候》这篇小说，把一个被日本侵略者抢去作随营娼妓的女子，当作女神一般地加以美化。值得注意的是，冯雪峰在《丁玲文集后记》中，却说作者所描写的这个"灵魂"，是如何如何的"丰富和有光芒的伟大"。这就看出，他们的口味是如何相投了。丁玲在1941年写的《在医院中》，更是集中地表现了她对工人阶级，对劳动人民的敌视。这篇小说是丁玲的极端个人主义的反动世界观的缩影。小说把一个有着严重的反党情绪的年轻的女共产党员陆萍描写为一个新社会的英雄人物，仅仅是因为组织上分配工作的时候没有满足她的不切实际的幻想，作者就忍不住替她的主人公抱不平，把党和革命的需要咒骂为套在脖子上的"铁箍"。在个人利益和集体利益发生抵触的情况下，陆萍对延安的一切投以仇视的眼光，并且在医院中展开了一系列的反党活动。小说把革命根据地劳动群众写成愚蠢的、麻木的人，把延安写成一个残酷无情、阴森可怕的地方，延安的革命干部从上到下都是没有希望的。因此，作者支持她的女主人公"同所有的人"作斗争。丁玲写道："她寻仇似的四处找着缝隙来进攻，她指摘着一切。她每天苦苦寻思，如何能攻倒别人，她永远相信，真理是在自己这一边的。"丁玲这篇小说，正是宣传了她反党、反人民的"真理"，狂热的资产阶级个人主义的"真理"。从莎菲开始，在丁玲所描写的不少女主人公的经历和性格上都有作者自己的影子。她十分欣赏莎菲式的女性。她对臭名昭著的右派分子林希翎的赞赏决不是偶然的。她把这种类型的女性当作最可爱的坚强性格加以颂扬。可以说，多少年来，莎菲女士的灵魂始终附在丁玲的身上，只是后来她穿上了共产主义者的衣裳，因而她的面貌就不那么容易为人们所识别，而她作起坏事来危害也就更大了。

顽强的个人主义者，在革命斗争中，一遇到严重的考验，就变成极脆弱的人了。丁玲早在1933年在南京向国民党自首，从特务机关的阶下囚一变而为他们的座上客，背叛了共产党和工人阶级，就是这种脆弱性的表现。后来丁玲到了延安，隐瞒了这段历史，骗取了党的信任。1942年，她发表《三八节有感》一类的文章，和王实味、萧军等人共同反党，表现得十分顽强，这可以说是她叛党行为的继续和发展。党对她进行了坚决的斗争。但是当她表示愿意改正错误的时候，党仍然努力挽救她，鼓励她到群众中去改造自己。《太阳照在桑干河上》就是在党的这种帮助之下写出来的。

全国解放和一本《桑干河上》给丁玲带来了名誉和地位。她在解放后一两年内多少作了一些工作。但她的个人主义也随着更加发展了。她忘记了党对她的批评和教育，变得骄横不可一世，她利用党和人民所交托的岗位，极力培植自己的小圈子，企图实现她的称霸文坛的野心，她和陈企霞、冯雪峰把他们当时主编的《文艺报》变成了独立王国。1954年党和文艺界检查《文艺报》工作中的错误，这就大大地触怒了他们。他们的"王国"是谁也碰不得的。从此，他们怀恨在心。他们的反党小集团的活动愈来愈露骨了。反革命的胡风也把他们当作可以争取合作的"实力派"。1955年作家协会党组揭发了丁玲、陈企霞的反党活动并对他们进行了不妥协的斗争。当时，他们作了后来自称是"言不由衷"的检讨。正如陈企霞所自白的，他们心中充满了"疯狂的报复主义"。到了右派进攻的时候，他们的反党活动就达到了顶点。

这就是丁玲在南京、延安、北京的三个时期，在每个重要历史关头的表现。……

丁玲、冯雪峰虽然有二三十年的党龄，但从他们的世界观和长期的言行看来，他们实际是党内的资产阶级的文学贵族，是党内的资产阶级个人主义野心家。他们在敌人面前表现得十分脆弱，在革命内部却经常兴风作浪。他们拒绝按照党和革命的要求改造自己的思想，反而要按照他们的资产阶级个人主义的面貌来改造党，改造我们的社会，而首先就要改造人民的文艺事业。

许多同志正确地批评了丁玲的"一本书主义"。这是很有意义的。这是两种世界观的斗争，是对待文艺事业的两种根本不同的态度：究竟是把文学事业看成整个人民事业的一部分呢，还是把它当作个人猎取名利的手段呢？究竟是用前一种态度，即共产主义思想去培养青年作家呢，还是用后一种态度，即资产阶级个人主义思想去培养青年作家呢？……

一个作家，如果从事写作只是为了赚稿费，为了想一举成名，如果写出一两本小书就沾沾自喜，骄傲起来，这样的作家就未免太可怜，太渺小了。这样的作家就决不是人民所需要的。至于写出了一两本书就用来当作反党的资本，那就更加不能容忍了。但是野心家们为了拉拢青年作为供他们驱使的工具，竟不惜利用青年的弱点，利用他们的缺少经验和好胜心来向他们灌输骄傲的思想，引导他们走上反动的道路。丁玲、陈企霞等人就是这样腐蚀青年的。这应该引为我们的教训。

（录自1958年3月2日《人民日报》出版社版
《活页文选》新31号）

《文艺报》编者按语

再批判什么呢？王实味的《野百合花》，丁玲的《三八节有感》，萧军的《论同志之"爱"与"耐"》，罗烽的《还是杂文时代》，艾青的《了解作家，尊重作家》，还有别的几篇。上举各篇都发表在延安《解放日报》的文艺副刊上。主持这个副刊的，是丁玲、陈企霞。丁玲的小说《在医院中时》，是在 1941 年发表在延安的文艺刊物《谷雨》上的，次年改题为《在医院中》在重庆的《文艺阵地》上重新发表。

王实味、丁玲、萧军的文章，当时曾被国民党特务机关当做反共宣传的材料，在白区大量印发。萧军、罗烽等人，当时和丁玲、陈企霞勾结在一起，从事反党活动。丁玲、陈企霞等人在此后的若干年中进行了一系列的反党活动，成为屡教不改的反党分子。

丁玲、陈企霞、罗烽、艾青是党员。丁玲在南京写过自首书，向蒋介石出卖了无产阶级和共产党。她隐瞒起来，骗得了党的信任，她当了延安《解放日报》文艺副刊的主编，陈企霞是她的助手。罗烽、艾青在敌人监狱里也有过自首行为。

这些文章是反党反人民的。1942 年，抗日战争处于艰苦的时期，国民党又起劲地反共反人民。丁玲、王实味等人的文章，帮助了日本帝国主义和蒋介石反动派。

上述文章在延安发表以后，立即引起普遍的义愤。延安的文化界和文艺界，针对这些反党言论展开了严正的批判。15 年前的那一场斗争，当时在延安的人，想必是记忆犹新的。去年下半年，文艺界展开了对丁玲、陈企霞反党集团的斗争和批判。许多同志在文章和发言里，重新提起了他们15年前发表出来的这一批毒草。

1957年，《人民日报》重新发表了丁玲的《三八节有感》。其他文章没有重载。"奇文共欣赏，疑义相与析"，许多人想读这一批"奇文"。我们把这些东西搜集起来全部重读一遍，果然有些奇处。奇就奇在以革命者的姿态写反革命的文章。鼻子灵的一眼就能识破，其他的人往往受骗。外国知道丁玲、艾青名字的人也许想要了解这件事的究竟。因此我们重新全部发表了这一批文章。

谢谢丁玲、王实味等人的劳作，毒草成了肥料，他们成了我国广大人民的教员。他们确能教育人民懂得我们的敌人是如何工作的。鼻子塞了的开通起来，天真烂漫、世事不知的青年人或老年人迅速知道了许多世事。

为了帮助读者理解这些文章对于我们有些什么教育作用，毒草何以变成肥料，我们发表了林默涵、王子野、张光年、马铁丁、严文井、冯至同志的六篇批判文章，而把每一个批判对象的原文附在批判文章的后面。当然，这个再批判还是不够的。我们希望文艺界利用这个材料，在各地的文艺刊物上发表深刻的批评文章，给读者以更多的帮助。

（原载1958年1月26日《文艺报》第2期）

《太阳照在桑干河上》
究竟是什么样的作品(节录)

王燎荧

一、"坏作家的好作品"

《太阳照在桑干河上》是不是丁玲所自认的那样"一本好书"呢?它究竟是怎样的"好书"呢?

关于这部作品的好处,我们过去看见的几篇评论文章,都是加以夸大了的。最早引人注意的是陈涌,当他还没有成为右派分子以前,还是在一九五〇年,他就在《人民文学》二卷五期上,竭力称颂它是怎样反映了"农村阶级斗争的复杂性",惊叹它"简直是没有身历其境的人所想象不到的",并且把它拿来当作反对他所谓"公式化"作品的范例。这样,过了两年,我们又看见《文艺报》(五二年第十号)上冯雪峰那篇有名的谈论它"在我们文学发展上的意义"的文章。现在看起来,那不过就是向自己的好朋友借机献媚之作。……和冯雪峰之间我们固然没有共同的是非可言,但不能不估计到他给这部作品所造成的超乎实际的影响。……

二、丁玲作品中的较好作品

(略)

我们对丁玲延安时期的作品已经很熟悉了。从《我在霞村的时候》里，我们看到她把她的一个腐烂透顶的灵魂高置于群众之上，对群众犹恐骂之不及，哪能谈到对群众切身利益的关顾。而《在医院中》呢，我们记得，那更是一个反党分子全部反革命冲动的宣泄。但是在这里，我们却几乎很难发现这些东西。应该说，在这部书里，作者表现出她在基本上是拥护党的土改政策的，赞成农民翻身的，显然也是主张斗争地主的——虽然出发点很值得我们研究。

这个出发点我们放在后面再说，这里还是先从她的作品中出现的地主说起。说起来也令人奇怪，素来号称"革命作家"的丁玲，竟对革命的对象谈不上认识，从来没有写出过一个真正的地主的形象。她的第一篇小说《梦珂》（一九二七年）里的退职风流太守，她是以同情来写的，表现出一个地主女儿对于她父亲的怀念。她在土地革命高潮（一九三一年）中所写的《水》和《田家冲》里，也没有正面出现过一个地主形象。《田家冲》里借三小姐的口概念而又概念地说明地主是"虎狼"，但为什么是虎狼还是说不清楚。如果这还算有进步意义，那才不过一年，我们就在她的长篇小说《母亲》里，看到她通过一个雇农，声称"老辈子"的地主是有"良心"的，只不过"这一辈子的老爷们"比较"难讲"罢了。不错，这部作品是正面地写了一个地主女人，但她是"仁慈宽厚"的，是个人奋斗的模范。作者取材于自己的母亲，她在解放后的一篇叫做《我怎样飞向了自由的天地》的演讲里，就表示对这地主女人永抱感谢之忱。自然，这种"飞"是脱离了地面的，所以，一九三六年，当她南京"转向"之后，在小说《团聚》（见《意外集》）里，出现的就不只是"仁慈宽厚"的地主，而且是"靠着一点租田拖延着日子"的可怜的收租生活者了。

这在《桑干河上》却有了极大的进步。提起它里面的地主形象，有个钱文贵总还是给人印象较深的。作者多少想给他一些个性。他占有土地不多，但是很阴险。一方面，人们都"躲着他些，怕他看你不顺眼，在什么看不见的地方就来害人"；另一方面，"他害人可便当，不拘在那里说几句话，你吃了亏还不知道是他的过"。他又是个政治上的两面派，在外面是革命军人家属，回到家里却口口声声想念"中央军"。他搞假分家，造谣破坏土地改革，设法转移斗争目标，弄美人计等，在都使我们想到土改中地主搞的那一套。他不再是空洞抽象的"虎狼"，也一点不"仁慈宽厚"，说他是"农民的死对头"并不为过。象他这样，当然是在打倒之列。他毕竟成为作者笔下第一次出现的作为革命对象的地主。

但是他却谈不上是什么"不可磨灭的典型"，他的个性是用叙述交代出来的，就连性格化的描写也很难谈到。他的私房密语，是一般死心塌地的地主都说得出来的；他对刘满一家的迫害，也是差不多的地主恶霸都做得出来的，不是他特有的，并且没有正面描写；他的柳树压倒顾涌的梨树，还要顾涌倒赔他的柳树，诚然是恶霸行为，但并不是"在什么看不见的地方就来害人"；在土改工作组要扣他的前一刻，他还叫他老婆去收买程仁，以致很快被揭开，这就更是蠢笨而不是"说话办事都有心眼"了。至于其他诡计阴谋，我们更是在土改中司空见惯，看不出他有什么更厉害的手段。他给我们较深的印象，是因为作者把他当作全书的中心、全书实际上的主角，特别是通过许多农民对他的恐惧，通过工作组对他成分问题的争论，整个地烘托出来的，她在对他的描写上并不见长。

至于书中另一个地主——李子俊老婆的形象，就不同了。她是一个次要人物，但作者在"败阵"一场中没有费多少笔墨就使她活了起来。她利用她是"妇道人家"的有利条件，一口一个"大爷"的征服了来向她要地契的佃户们。她不仅不表示反对土改，而且还责骂她的地主丈夫"没出息"、"靠不住"，她"如今就投在大爷们面前"，听起来她居然还站在农民一边。她的几个动作也是性格化的，和语言也配合得极好。她捧着地契叩头，让孩子在旁边吱哇的哭，当有人心软叫她"有话起来说"时，她就趁势坐在地下，叫孩子给"大爷"送地契。她看见佃户们已经退缩了，却反而更厉害的数说丈夫的不是。等佃户们都快走光了，她还要把地契"请大伯带给农会去"。她自始至终都要交出地契，但自始至终却保住了地契。这种以退为攻、以柔克刚的把戏，非心机极深、脸皮极厚的女人不能办到。作者说："她只施展出一种女性的千依百顺，来博得他们的疏忽和宽大"。这真算是深懂"逆来顺受"权谋的一个女人，我们在现实中不是没有见过。

象这样几百字就写活一个人物，在作者其他的作品里还举不出来。

除此之外，作者写的其他地主，虽然都不如这写得好，但也给了一点起码的个性。我们看到，李子俊是属于软弱无能的败家子的类型，侯殿魁是被打倒的地主，江世荣是被斗过但又被起用作了村长，他们之间大致总有点差别。这些，都给人一种印象，好象作者不图简单化，她要写一群地主而不是写一个，她要写中小地主而不写家业特大穷凶恶极的大地主恶霸，在当时写土改的作品中似乎别开生面。

我们指出作者在这本书中不是站在地主一边，是很必要的。因为这，就决定了它的基本趋向，使它在一定方面超过了作者过去的其他作品。虽然，这并不是冯雪峰说的什么"高度真实性"。

但是，要我们现在来说作者在这本书中，写农民也有了很大进步，那就很勉强了。进步是有些的，但是极有限度。也令人奇怪的是，作者也很不懂得农民，不仅没有写出真实的农民形象，也没有写出过象样的农民，她过去的作品就是这样。从她那些作品，我们可以得出这样三类农民形象：一、属于莎菲类型的假农民，这方面有早期的阿毛（《阿毛姑娘》），以及后来的贞贞（《我在霞村的时候》），陈老太婆，（《入伍》）等；二、作者想象中的革命农民，这见于她三一年间的作品，如《水》里的暴动领袖竟把农民群众叫作"杂种""饿鬼"，《田家冲》里的农民觉醒过程，显然是出于想象；三、从外表上加以丑化农民，这是作者到了革命根据地之后，她用"鱼的眼睛""老鼠似的嘴巴""破布似的脸""母鸡尾巴似的头发"等丑恶字眼来形容农民（见《在医院中》、《入伍》等小说）。这三类农民形象也代表作者的几个时期，看得出她和革命的关系。只有莎菲类型的人物才是她的真实爱好，这类人物贯串着她的创作的全部，最后是作为她丑化的农民形象的对立物而存在，如贞贞之与群众相抗。我们现在谈到这些，就是企图能有一个比较，以便看出作者在这部作品里，在描写农民上，哪些算是进步了，哪些还保持着她原来的方式。本文将更多的来探讨这个问题，整个说来情况是并不妙的。

这里只先谈谈作者在这方面的个别地方的进步。关于这部作品的构思，作者拿曾在一篇叫做《一点经验》的文章中说："我觉得农民要自觉的起来，团结在一起，跟着共产党勇往直前，实在不是容易的事，不是宣传宣传就可以作到的。"因此，她是要在这本书里写发动农民的

"不容易"，她认为这是她在土改工作中体会到的"更深刻的问题"。也正是如此，所以我们在她这本书里就出现了大量的关于农民落后面的描写，这些也正是那所谓"农村阶级斗争的复杂性"、"农民在自己脑子里进行阶级斗争"等说法的来由。但也因为作者是亲身地参加了土改，有着现实的材料可以利用，所以，她在描写农民的落后面时，个别地，也接近于现实中农民的落后面，比起她惯用的从外表上加以简单丑化的手法似乎高出一等。

例如前面谈到的"败阵"一场，就是包含有许多丑化农民的成分在里面的。那里佃户们的代表郭柏仁，除去某些夸大的可笑的成分，也还可以在他的个别语言和动作表情上，看得出是象一个不觉悟的农民。我们不能说没有觉悟的农民对地主不会发生同情心，但是这个软弱的人究竟是生平受尽了什么窝囊气，他是否曾因为受了地主的小恩小惠而划不清界限，我们却始终不大了然。谈起另一个落后农民侯忠全就大有区别，作者曾对他有着较多的介绍和描写。他是书中的主要人物之一。我们看到他的生平，看到他的思想的形成，看到他对土改的整个态度，也还看到他的发展——最后终于欢天喜地的拿了土地证，表示他的"醒悟"了。指出这一点是必要的，因为这也表现了作者基本上赞成农民翻身的态度，并且她还说明了这个人物的宿命观念是来自地主。此外作者写他的个别插曲也确是生动，例如他到侯殿魁家扫地和对侯殿魁陪跪的两个插曲，不是完全凭想象能够制造的。关于这种人物的事迹我们可以从土改初期的工作汇报中看到，当时是用来研究如何发动群众，同时也用作教育群众的反面材料。在千百个村庄中，难免不会有这样一个孤单的人，他被群众称之为不肯翻身的"顽固堡垒"。

但是这个人物究竟距离"典型"还很远。竹可羽同志在他那篇论文里曾精细地分析了他，认为作者写他时过分地强调了他的漂亮老婆对他一生的影响，同时也没有写出他的埋藏极深的仇恨。这是的确的。这里还得强调一下，就是作者没有从这个人物的错误观念下面，看出劳动人民固有的热爱劳动的一面。相信命运的人，认为"外财不富命穷人"，但决不将自己的劳动所得，看作"外财"。因而对自己辛苦垦殖出来的土地，从心底里有着强烈的渴望。

还需要在这里一提的，是作者不只写了落后的农民，她也写了一些必不可少的积极分子，这方面的人物有：郭柏仁的儿子郭富贵，侯忠全的儿子侯清槐，老头子李宝堂和郭全，以及善编顺口溜的老吴等。这些都是次要人物，作者也没有什么出色的描写，但是他们总比作者过去想象中的革命农民，更有现实的影子。他们的出现，至少也给人一种印象，表示这本书中并不全都是落后农民，而且还有敢和地主斗争的人物存在。作者通过了书中著名的人物文采，写道："他们敏捷、灵巧，他们轻松、诙谐，他们忙而不乱，他们谨慎却又自如。平日他觉得这些人的笨重、呆板、枯燥，这时都成了自己的写真。"这些话自然是有些道理的，它表明了劳动人民身上存在着巨大的威力，当他们稍有表现的时候，也会使一个素来把骄傲看作"美德"的人，在刹那间觉得自惭不如。

不是么，要是没有土改的群众斗争，我们是否能在作者作品中，看到这样虽稍嫌空洞，但还算是对于农民的赞扬呢？

同样地，作为这本书的支柱的那十几个人物的小传，那些人物的身世经历，如果不是由于土改提供的现实材料，作者就是挖空心思也想不出来。这里指的是地主钱文贵的小传，几个村干部如张裕民等的小传，县区干部章品和老董的小传，贫农侯忠全、董桂花、刘满的小传等。只是得把完全出于作者制造的，如黑妮的小传除外。这些人物小传，差不多都是经过作者采用笨拙的静止地叙述的方法，一一介绍出来的。但我们得充分估计它们对于全书的作用。我们看到，作者要来描写这样大规模的群众运动，她的生活准备是还远远不足的。所以，她很少能够从行动中描写人物，而在多数场合下，都只能用叙述来代替；或者利用所谓"心理描写"——作者主观的变相叙述。结果很多章节都整整地形成过程的交代，多数场面是一般的、灰色的、不生动的。许多人物都行动不起来，或者一写行动就露出了生活贫弱的马脚。上述钱文贵就是一个例子。再如斗争钱文贵的主角刘满，作者写他"冲天的仇恨"，不是"抱拳头"，就是"瞪眼睛"，每次出场都真是"象要吃人似的"，简直象一个疯子。但从他的传记中，我们却可以相信他是一个苦主。又如董桂花，作者实际上把她写成"丈夫的应声虫"，但关于她的身世——关南人，前夫被日本人抓走，没法过活，被公公卖给做小买卖的，这人又死了，最后逃荒到这里，现在的丈夫图不花钱才娶了她，平日靠做鞋贴补日子等——就很象访贫问苦中得来的关于一个贫苦妇女的现成材料。因此，这些小传虽然是和人物在书中的实际表现存在着矛盾，许多还经过作者不真实的加工，但个别地看起来却很象一个个现实的人的经历身世。作者就是依靠了他们，才得搭起全书的架子，使我们觉得有很多人物在活动，大体构成一个土改中的村庄的状貌，似乎各类人物应有尽有。冯雪峰吹嘘作者什么"油画的手法"，说全书是"一幅完整的油画"，那纯粹是欺骗。

从以上这些来看，作者确是向生活走进了一步。从土改政策方面来看，我们似乎也找不出她的破绽。许多地方都使人觉得她是站在拥护土改的立场。上面还没有提到的，如工作组中的争论，看起来作者是表扬了杨亮和章品的密切联系群众的工作作风，同时又批判了象文采那样的不切实际的知识分子。通过张裕民和老董的自我检讨，作者似乎是在说明个人顾虑是不对的，应该积极斗争地主。通过张正典，使我们看到蜕化变质的干部对土改的阻碍。通过顾涌和胡泰，表示了党的土改政策对待富裕中农和富农的正确性——自然这是作者本人的认识。其他再如"果树园闹腾起来了"、"翻身乐"、"中秋节"等几章，都可以算是表现了农民翻身的喜悦。提到"果树园"，也使人想起她的几段风景描写，应该说，它们是引人注意的，是这本书写的较好的部分。但也不是象冯雪峰说的："这样美丽的诗的散文……在我们年轻的文学上尚不多见。"其实他还不敢说，作者更有比这"美丽的诗的散文"，那是《母亲》中写地主奶奶被女管家扶着视察灵灵溪的一段，它被写的更有色调，"热情"也更充沛。这里不过由于全书结构的沉闷，叙述过多而呆滞，就使那几段显得特别活泼罢了。

总之，作者的这本书告诉我们，他是写出了具有一定规模的一部作品，这种规模是她过去所没有的，并且也有它的一些长处。它使没有参加过土改的人看起来，觉得象是正在进行土改的样子；使参加过土改的人看起来，觉得有些地方象是他看见过的。这在反映土改的作品较少的时候，它就显得突出。但是，我们现在来谈它的一些优点，却并不是要给作者争回一点什么。只不过是说明，过去一般地认为它是一部好作品的人，并没有什么错误，因为它也存在着它本身的一些因素。

土地改革是一场卷进一切的深入社会里层的斗争，许多人和事都比平日富于鲜明的色彩，有的简直就是现成的写作材料。它又是一场壁垒分明的斗争，凡参加者都必须警惕到立场问题，无论如何不允许对地主采取同情的态度。谈到这里，我们还不能忘记延安整风对于作者所起的作用，它至少也使她这种人不得不暂时收敛，不得不"自我克制"，因而服从一些很显然的革命道理，并在书中宣传它们。在写《桑干河上》时，正是她在延安被批判之后，又是在她和陈企霞等尚未勾结进行新的反党阴谋之前，她正徘徊在前进与后退的十字路口上。但也正是因为这样，难道我们能说她在这时已彻底换作了一个新人，她的思想深处丝毫没有保留她过去的肮脏的东西，而这些东西在这么一部大部头的作品里，就丝毫不会表现么？所以，我们在谈到这部作品时，就不能不谈到它的严重的缺点。这些缺点正是她的肮脏的反动的思想流露。如我们已经看到的，我们还没有接触到作者的其他许多主要人物，特别是她对于党员干部的描写。这些，就将使我们发现更多的问题。

三、"脑子里的人物"和"组织观念"

冯雪峰说："不能否认这部书中已经有了不可磨灭的典型。"这是胡风的"从一粒沙看世界"的翻版。他们都认为个性即是典型，冯雪峰说，"只要你是根据现实的人，写他出来，当然就有个性也有典型"。照这说来，随便什么都算典型了。这不只是取消了艺术概括的重大作用，更是取消了典型的社会时代意义、思想意义和教育作用。他们是始终反对文学艺术中的思想性和党性的。其实，《桑干河上》的一些主要人物，不仅不是典型，就是是否"根据现实的人"也很值得怀疑。这最明显的就是著名的文采和黑妮两个人物。

现实中并不是没有那种浮夸虚骄、自以为是到荒唐程度的知识分子，也许就会有人认为文采这个人物是相当典型的了。但是，作者的实际描写却告诉我们不是这样。首先这是作者极端丑化的一个人物，他给人印象最深的莫如这样可笑的事：其一，是他瞎谈茅盾的作品，

"以为别人要打他了"，才承认从未看过；另一件事，是他把古元的木刻肖像当作收藏者的父亲的像，厚着脸皮大谈和古元的交谊。且不说这种漫画式的夸张并非"严格地现实主义的"——如冯雪峰所说，而且就是作者写他，也越来越自相矛盾。作者一面写他如何不懂实际，作六个钟头的大报告，群众都听不懂他的话，但才过不了几天，他却出乎意料的训练起农民如何和地主进行说理斗争来。他一反而成为非常懂得实际的人物，极有效地模仿地主的声口，向农民发问，其中每句话都是符合实际的，又是很当地化、群众化的，连农民都佩服他"真能成"。而当群众未经说理就拿回地契时，他就立刻发现了问题，又更显得是非常的精明能干，和作者说明他的昏庸糊涂截然相反。不但如此，作者多方地说笑这个人物是只能"机械地抱住几条政策"，但是他在管制果子的问题上，不同意把中农的果子管制起来，却无论如何是别人错了。作者把他作为杨亮的对立面，显示他在执行政策上，在对待几个关键问题上，特别是在斗不斗钱文贵、和处理刘满的问题上，有着偏差，但是，作者自己的描写却是不能自圆其说的。第一，她写他错误地把钱文贵划成中农，但她自己却没有把钱写成地主。她写钱文贵还有一个儿子叫钱礼，"自己还种着三亩葡萄园子"。我们知道，一家有一人参加主要劳动（这在当地"果木之乡"就是如此），全家占有土地不超过中农（按书中所写钱的土地占有情况也是这样），是不能划成地主的。这是文采错了或是作者错了呢？其次，她又写文采把刘满当成"神经失常"的人，不相信钱文贵对他有恶霸行为，但她却的的确确把刘满写成了一个经常"要吃人似的"的疯子模样。第三，她又写文采不斗钱文贵而想斗富裕中农顾涌，这问题且放在下面再说。总之，作者写钱文贵的政治态度，写他是必须拔掉的一个"尖"，都是对的，但她想在这本书中的关键性情节上丑化文采，自己却站不住脚。

关于这个人物的缺乏现实根据，这也有作者自己的话为证。她在一九五五年三月号的《人民文学》上，一篇叫做《生活、思想与人物》的文章里，就说过这是她的一个"脑子里的人物"。她对这个人物的来历是这样说的："在《梦珂》里有的人物，后来出现在《入伍》里，而在《太阳照在桑干河上》中就又有了文采。"这真是不打自招地道破了此中秘密。原来，这不过是作者一九二八年的一个人物的变形。那么，她为什么要写这个人物呢？这又是她的一种"寻仇"的心理在作怪，故意用来丑化她不满意的人。她写文采"不论在什么时候，都要摆出一副自己很正确的架子、做出一副只有她才能掌握政策的样子"等等，都是有所为而发的，这只要看她的《陕北风光》后记："有些人是天生的革命家，有些人是飞跃的革命家，……有些人从不犯错误……"这就够了。因为她生平最恨"掌握政策"的人，恨"不犯错误"的人。谓予不信，那么我们也可以反问一句：她的一九二八年的人物，到底和"掌握政策"等等有什么联系呢？而且据她自己说，她在竭力丑化这个人物的时候，她还是在"努力克制自己"的，"总想笔下留情，我不愿意他的形象压倒其他的人"。那么，她的仇恨为什么这样深呢？难道是对她廿年前一个书中人物的仇恨？

其实，就是在杨亮身上，我们也能嗅出这股怪味儿。已经有人指出，她写这个人物除了访贫问苦而外，在书中并没有起到什么积极的作用。斗争钱文贵是由章品来决定的"小的胜仗"是在"不会有妨碍于任何人的自尊心"之下进行的。他只是作为一个戳穿文采的人物而存在，作者把他写成一个把"自己伙里"的"麻烦"看得更甚于其他"麻烦"的人，给他一种阴暗的"只有用痛苦两个字来形容的心情"。而且作者还给了他一个极其严重的无组织无纪律的行动，写他私下布置斗争钱文贵，打算斗起来才让文采知道，表面作出群众自发行动的样子，这种"预谋"，他在章品来后也没向章品讲述，反而要求检讨工作，简直近于政治上两面派的行为。难怪文采会想："什么叫组织观念，唉！这都还算党员！"

土改队伍是有严密的组织的，上有当地党委和工作团的领导，下分工作组，随时检查工作。这里表现了作者对"组织观念"的一定反感，但他的描写确是"努力克制"的，差点没有把杨亮写成陆萍。

书中第二号属于作者"脑子里的人物"，就要算黑妮了。这里不打算来分析她，只谈谈作者产生她的奇怪的经过。她在上述文章中说："我在土改的时候，有一天我看到从地主家的门里走出一个女孩子来，长得很漂亮，……那眼光表现出复杂的感情。"重点就在这"很漂亮"、"那眼光"，不在土改政策对地主子女如何处理。据说作者原来就是把她写成地主女儿的，但由于受到当时土改领导同志的劝告，才把她改写成地主的侄女。她在书中的地位很值得注意。如果文采是作者丑化的第一个人物，她就是作者理想的化身。作者永远给她保持着一种优越感，处处都不惜给她涂上光圈，她让贫农妇女董桂花对她甘拜下风，又让羊倌老婆周月英对她的年轻漂亮发生嫉妒。她为什么这样喜欢她？据作者在同一文章中说，就是因为她是她"曾经熟悉过的人物，喜欢过的感情"。换句话说，这就是莎菲那样的人物，莎菲那样的感情，也就是"在沉重的压抑下，在没有援助的情况下，在很孤独的心情中，她也要想办法活下去"的那种人物和那种感情。这并不奇怪，我们知道，作者在延安的时候，她也是自认为是"在沉重的压抑下""没有援助"而心情"很孤独"的，所以她就写了莎菲的继任者贞贞和陆萍。而现在，她的这个莎菲的新继任者黑妮，又是处于同样的情况，不过环境是放在钱文贵的家中，同时作者又"把为她想好了的好多场面去掉"，因此就使人不大容易发觉，也使我们没有更多好戏可看，只看到一个和全书极不调和的怪状人物。冯雪峰在评论到这点时说，这是由于作者的"旧现实主义"，其实是在打掩护。

　　但是这个人物身上，那种莎菲式的"女性的权威"，"女性的控制力"以及什么"女性的魔力"，还是依然存在的。在莎菲那里，我们看到一个苇弟；在贞贞那里，我们看到一个夏大宝；现在，在这个黑妮的脚下，我们又看到匍伏着一个过去的雇农、现在是佃户的，农会主任和共产党员的程仁。作者的"女神"真有无边无际的"控制力"，对于他的膜拜者永远是压倒一切。作者解释说："唉，人心都是肉长的呀！"于是，这个共产党员心上就始终叫"女神"占据着，走到那里都拖着这个鬼影。想起来总觉得是"对不起人"，"也很痛苦，也很内疚"，"对她是亏了心的"等等，好似欠了什么命债。对于斗争钱文贵，在他看来就是拿黑妮来"洗刷自己"，想到"就更过意不去"。如此看来，这已经是一个丧失革命意志的党员了。可笑的是，作者还布置了他的"转变"。那段心理描写，如"第一次发现自己的丑恶"呀，"如今觉得自己不诚实"呀，就象直接抄自《莎菲女士的日记》。他"转变"后，作者又写他不接受钱文贵的贿赂。令人奇怪的，是他开始并不拒绝，只是当人家说出黑妮两个字时，他才跳起来说，"不许你说这个名子"！黑妮对他竟如此神圣！斗争钱文贵，他又把自己看成"没良心的人"，反省自己"没援助她"。直到最后，当他看见黑妮"快乐"，他才算"解放"了，"于是象一个自由了的战士"！

所以，在这个"自由战士"身上，"女神"观念就胜过了他的作为一个党员的"组织观念"。和这差不多的，是另一个人物治安员张正典。他是钱文贵的女婿。作者是正面地把他作为一个蜕化分子来写的，但他却是一个背叛了党、背叛了阶级的所谓党员。作者对他的一段描写也很反常，她把他的背叛原因说成是"老婆和婚姻的关系"、"不自觉的"、"年轻，没经验，没有阶级觉悟"，说他只是为了"把刘满压住"，才"不得不更为关心，和竭力活动来保持他丈人在村子中的势力"，才"不得不背叛了张裕民"。这完全是一派辩护之言，叛徒的哲学。最后这"不得不"就更值得注意，为什么一个人明明背叛了党，却偏要说他是"背叛了张裕民"呢？究竟是叛党，或者是叛个人呢？难道这不是作者的"组织观念"吗？

关于这点我们将逐渐明白，这里还得顺便提到一下陈涌，因为他把这些地方看成是作者的什么"生活的逻辑力量"、"深刻细致的分析人物心理"等，这说明一个人会堕落成为右派，不是偶然的。

现在我们已经看到作者的"喜爱过的人物，喜爱过的感情"在这书中的作用。我们已经看到，我们正在进入作者写的党员干部的行列。我们大致还没有忘记，作者过去是怎样地写我们的党员干部的，特别是在《在医院中》里，她是怎样把他们写成自私、保守、狭隘、庸俗、愚蠢、总之是丑恶的一群。在这本书中，也并不例外。文采是她着意丑化的，但就是对象章品这样的飘然而来、飘然而去的人物，她也不知道为什么一定要给他加上"急躁"的毛病，简单地对待党的政策的缺点，"马马虎虎"的作风，"卵子"什么的说着粗话，和"稚嫩的外形——跟《在医院中》的指导员和《入伍》里的团长一样。这还算好得多的，对区村干部的描写就尤其厉害。

对干部中，除了上述农会主任和治安员外，工会主任钱文虎，也是个没有丝毫政治觉悟的人。他做了工会主任，"也不知做什么"。和地主划不清界限，"井水不犯河水"。刚决定要斗争钱文贵，他就赶紧声明："咱在大会上可不说话呀！……咱说不过他呀！"就是这么胆怯而又愚蠢。副村长赵得禄，也是自私和胆小怕事的。他为了怕误工，就让地主江世荣当了正职,还偷偷地接受江世荣给他的贿赂。听到叛徒张正典公开宣传"谁保得住八路站得长",他明知不对也"不愿得罪人"。党支部的组织委员赵全功,对土改要不要斗争地主都闹不清楚,分地时却"尽拣好地",和钱文虎打架,在自私上起带头作用。村民教、党支部宣传委员李昌,作者说他"容易接受新事物",但又给他加了个"缺乏思考"的毛病,使他很冒失地擦掉了反动分子任国忠的反动证据。合作社主任任天华,作者处处说他"积极",但在刘满忍不住揭露张正典的老底时,他却把张正典劝走,又在钱文虎、赵全功打架时大嚷"咱不干了"! 看来是个调和派和怕困难的人物。农会组织委员张步高,用极下流的话骂群众。只有民兵队长张正国,作者才交代了他一件不自私的事情,但他却认为自己"是出力卖命的",所以并不出力斗争地主。

这些都是党员干部,另外还有几个非党的干部。青联主任,富裕中农顾涌的儿子顾顺,对土改也没有起到什么积极作用,他要父亲献地,反而把空气弄得更僵了。妇联主任董桂花,是被"拉"来当干部的,也是"什么都不懂",斗争地主是"不得不"跟着喊叫。她又跟着丈夫一起怕土改,怕变天,还在地主的闺女媳妇们面前感到自卑。她就是和上述那些党员们很少区别。不过妇联主任周月英却有些例外。这个妇女,作者写她"常常很尖利,显得不可忍受",原因却在于丈夫常常不在家,所以当她丈夫常在家的时候,她的"温柔"就增多了。看来这个女人的性格又是"性烦闷"造成的。

站在这群党员和干部们的众峰之顶的,是党支部书记张裕民。借用作者的话来说,其他的人对于他,都是"背棍打旗"的龙套。他是这村中的第一个党员,又是八路军教导出来的"能干人",据说钱文贵也拿他没办法。群众关系似乎也不错,因为"穷人们有事便来找他"。但是他的这些优点我们在他行动中都看不见,只看见他的莫名其妙的许多"顾虑"。他的这些顾虑总括起来有以下四方面:对工作组的领导,是"怪自己没办法去攀上他们";对群众,是"总觉得……糊涂……常常动摇,常常会认贼作父,只看见眼前的利益";对自己领导下的干部,是唉声叹气,"唉,这几个人呀,各有各的藤藤绊绊";对党的政策,是怕纠偏,"觉得钱文贵是抗属,不该斗"。总而言之,"怕"就是他的"第一条道理"——"又怕下边不闹,又怕闹出乱子",还怕"扳不倒"

地主，"白给咱丢脸，又要受批评"。他就是这么一个"攀"高的人，和群众对立的人，毫无领导办法的人，什么都"怕"的人，还得加上一个爱面子的人。他还有其他可疑之处，流氓气不说，就是为什么忽然主张要斗钱文贵，也看不出原因来：一、钱文贵的地主成份，是他"依照张正典的意思给改了"的；二、刘满的党籍，也是他"说好话"给停止了的。他还很怕刘满"揭穿"他的什么底细，甚至想打刘满。大概正是由于张正典的包庇地主和欺负好人的行为，都是跟他有关系的吧。

所以这个支部书记真是集中了他所属的干部党员们的一切坏毛病之大成。但尤有胜者，是区的工会主任老董。按作者说，他的思想是"接近"张裕民，但又"更小心，更多犹疑"的。其实这个老董，还不止于"怕"，他的自私和愚蠢，更令人不可忍耐。作者把这个雇工出身、经过战斗锻炼、做过党的工作的人，写成一个只会象文采一样作"长篇大论的演讲"的人，所谓"赖泥下窑，烧不成东西"，毫无用处。他并不关心土改，他热心的却是去分占农民的胜利果实，和娶老寡妇做老婆。他和张裕民一样，也做了所谓"检讨"："咱脑子笨……咱是个背棍打旗的人……唱正台戏就上不得台啦！"他的想法都很庸俗不堪，作者对他可说已经丑化到极点。

这就是作者所写的干部党员们的全部。还有一个胡立功，工作组的成员之一，参与杨亮"预谋"的一个人，他在书中不见什么活动，就不说了。

这里我们不需要来讲很多大道理，如干部党员是群众中的先进分子之类。因为，从大的范围看，当社会革命进入到一个新的阶段，某些停留在过去阶段的干部党员就会成为阻碍。同时也不能说，在这些人中就没有蜕化分子、动摇分子、丧失革命意志的人。所以并不是没有需要整顿的村支部，并不是没有需要再教育甚至必须撤换惩处的干部和党员。问题是在这里，作者这样来写党员干部是为什么？是她认为党员干部们本来就是如此呢，还是作为批判的对象？而她用来批判的正面的东西又在哪里？但是从这本书来看，作者却是属于前者。至少在她的眼光中，一切干部和党员们，都不如她的黑妮那么"漂亮"、那么"纯洁"、那么"值得同情"、那么"高贵"。而且更重要的是，作者对于党的看法，对于"组织观念"的看法，对于农村支部的看法，和我们是大有距离在。

还是先来看这个村支部。上面已经提到，作者把张正典的叛党行为叫做"背叛了张裕民"。这不是一句独立的话。作者也通过张裕民说："咱们入党都起过誓的，咱们里面谁想出卖咱们……咱张裕民就不是个好惹的。"这位"张三哥"真是一个什么头儿，他仿佛不是依靠党的纪律，而是依靠他这个"三哥"的牌子来维持局面。而事实也是，作者正是把他当作这样一个团结的核心来写，代替他的党员的阶级觉悟水平的却是什么"义气"。他在入党时是觉得八路军"讲义气，够朋友"，他对刘满也是"哥待你不差，你要维持关系"。所以程仁会觉得"咱们兄弟义气相投，为什么这一晌老是象隔一座山"。刘满说："可是咱也是讲义气的！"张正国要别人参加民兵，也说："同姓便算一家，就认了兄弟吧！"的确，到处除了这片"哥子、兄弟"的喊声外，我们再也找不到什么。因为这样，当然，叛党就等于背叛个人，谁对谁有意见就等于"拆"谁的"台"了。

当然，"义气"在一定条件下也不是坏事情，梁山泊的英雄好汉就是靠"义气"投合的。但是，我们也知道，地痞流氓、土匪小偷、甚至恶霸地主、国民党特务，也都利用"义气相投"作为组织集团的条件。而在新社会条件下，在党内，居然有人用"义气"来团结人，把一个组织单位看成自己的"台"，那我们就无法说他们不是少数人利益的结合，不是宗派集团了。然而问题也就在这里，作者并不是把这个农村支部，当作宗派集团来批判地写，而是在她的眼光中，看来当然如此。如我们已熟悉的，象作者这样一个顽强的极端个人主义者，她就不能不是用个人关系来看事物。不能不从个人关系上来看党的组织，不能不把党员之间的关系看成个人之间的关系，把对组织的服从看成个人对个人的服从。这具体到一个村支部，就是把他们看成拜把兄弟式的结合。对她说来，人们的阶级自觉性、组织性、纪律性等，都是无法理解的。

由此，再加上前面杨亮的"预谋"，程仁、张正典的"女神"观念压倒了组织观念，以及作者对"掌握政策"的人的痛恨，我们就明白了她的"组织观念"的一个大概。至于她为什么非要把刘满写成一个被停止党籍的人，写成疯子状态不可，我们也能看出一点缘由了。

谈到这里，也许有人会问，难道这不是一部反党作品吗？为什么过去没有看出？但是，一、我们已经说过，它的基本趋向是集中在斗争地主，不是向着党，而是旁敲侧击；二、如她所说，她曾"努力克制自己""总想笔下留情"，所以结果只是她的反党情绪的流露；三、如果我们不很了解她，也没有分析她的全部作品，特别是她的几篇反革命性质的作品，就很难看出这些问题。所以，过去一般认为这是较好作品的人，还是没有错误，但我们现在对这些问题却不能有所忽视。

四、关于"农村阶级斗争的复杂性"以及作者的真实立场

这样，我们就看到所谓"农村阶级斗争的复杂性"的一个内容——根本不能领导农民群众进行土改的干部党员们和党支部。我们在前面也只是谈到作者所写的个别落后农民，和群众中的积极分子，但还没有谈到她笔下的整个农民的面貌——作为运动中的农民群众的全貌。

冯雪峰强调什么农民"在自己脑子里进行阶级斗争"，又是胡风的"精神奴役创伤"的翻版。他的这种说法，恰好也是对作者蔑视农民的观点作了很好的注释。他们这些人，骨子里都是不会相信农民的阶级自觉意识的，所以作者把"农民要自觉的起来……实在不是一件容易的事"，说成是她体会到的"更深刻的问题"，因而认为"不是宣传宣传可以作到"。但是，当进行土改时，难道大家都认为不需要访贫问苦、扎根串连、倒苦水、追穷根、以及以贫雇农为骨干团结中农组织农会等等艰巨的工作，只是"宣传宣传"吗？难道只有作者才能"体会"到那"更深刻的问题"？这一点却被冯雪峰一语道破了，他在谈到农民"脑子里进行阶级斗争"的同时，曾说，作者是把这"斗争""看得和对地主斗争的胜利同样重要"。这一点作者也从未否认过。

把对农民缺点的"斗争"看得和对地主的"斗争"同样重要，这就是把农民也看成土改中的斗争目标了。在上面我们也已经谈过，并不是现实中不存在农民落后面的问题，而是作者如何丑化了他们的问题。退一步讲，有思想缺点的农民、决非阶级敌人，决非敌我问题。

正因为这样，所以我们认为，作者骨子里，在对待农民的态度上，依然保持着她在延安时的那种"嫌厌"。

正是由于她这种"嫌厌"态度，她在这本书里就不能真正的反映群众斗争，不能反映出群众为什么能够发动起来的真实原因，也就是不能真正地看到群众力量的所在。通过作者这种眼光看出来的"农村阶级斗争的复杂性"，也就只能是她"脑子里"的"复杂性"，而非现实里的"复杂的阶级关系"。她可以堆砌收集来的有关农民落后面的材料，写出个别的落后农民，写出一些农民不觉悟时的可笑举动，但是她却只能写出假的群众斗争，由军队和政府硬撑着搞出来的、纯粹"恩赐"的社会改良。重说一句，作者根本不能理解农民的阶级觉悟。

她特别抒情地来写"果树园沸腾起来了"，一个重要的原因就是她把"分果子"看作书中群众发动的关键。她是这样来看群众起来的原因的，她说："……财主家的果子叫穷人们给看起来，给拿到城里去卖。参加的人一多，那些原来怕的，好象怀了什么鬼胎的人，便也满不在乎了。……河流都已冲上身来了，还怕溅点水沫吗？大伙儿都下了水，人人有份，就没有什么顾忌，如今只怕漏了自己，好处全给人占了。"这还不明显么？就是翻遍全书我们也找不到任何别的解答。这就是说，群众由"怕"到"不怕"，是由于"大伙都下了水"。群众"沸腾"起来，是由于"怕漏了自己"，"好处"给别人全占了去。"怕"，是出于自私。"不怕"，也是出于自私。但还剩一条"怕"，就是"怕"自己得不到"好处"。这也就象作者写文采，想利用分配江世荣的浮财，"来使别的佃户都着急"一样，就在充分利用群众的自私来发动群众。作者看农民，出发点是自私，归结点还是自私。自私，这是作者认为群众起来的真实原因。

所以，作者在最后几章中，更给这自私以特殊的位置，尽情地写起农民的自私来。用她的话来说，就是："在个人得失上，总是希望太多，……都想多分点。"这样，这些农民们就去"扰乱"评地委员会的工作，干部们为争地就打起架来。连李宝堂这些老汉们，也认为"应该论功行赏"了。如果说，这也许还有点什么批判的性质，那么，再看看作者写的"翻身乐"吧，那哪里是什么"翻身乐"呵，那是对于农民的自私、狭隘、目光短浅等带蔑视意味的欣赏！"见了桌子想桌子，见了椅子想椅子"；"领到的东西不如意，眼睛望着更好的"；拿了好的，就"笑逐颜开"，逢人夸耀，在《暴风骤雨》里，我们也看到两次分配胜利果实。但那里是"金子一般"的舍己为人的品格，在发着闪光。并非由于两个地区农民的不同，而是作者各人的观点立场有异。在这里，却仿佛和"这伙"农民对照似的，在他们之上，忽然出现了一个"快乐"的黑妮，她"好象不是这伙人一样"！

这就是作者笔下的群众斗争，作者笔下的农民群众的面貌。他们和上述干部党员们一样，完全属于愚昧、怯懦、狭隘、自私、和蠢笨。他们没有任何觉悟，盲目地受着外来力量的支配。他们好象并没有土改要求，原来和地主也没有阶级的矛盾和对抗。他们如今是在上级命令下、在党的土改政策下，勉强地、被迫地、糊里糊涂地"翻身"了，由"下了水"而不得不更"下水"，由得到了一点点"眼前的利益"而满足。但是，这是什么土地改革呢？它的伟大的革命意义又何在呢？

也许作者会说，我写的是在国民党进攻威胁下的土改呀，难道当时农民不怕变天吗？难道没有"煮夹生饭"，工作搞的不透的村庄吗？是的，这是有的。但是，按作者所写的农民的情况，是不能这样来解释的。有属于曾经经过多次民主改革的老区、半老区，那里新中农较多。也有个别土地特别分散的新区农村，那可能老中农较多。由于阶级关系上中农比例较大的缘故，在这类村庄中进行土改，就和贫雇农较多的村庄呈现出不同的情形。而作者所写的这个村庄，都基本上是没有进行过什么改革的，贫雇农占很大比例，干部们也都未曾翻身，他们又久对解放军和共产党有着联系，并建立了党，哪来那许多"顾忌"？难道过去都不怕而现在却怕了吗？如果作者要写煮夹生饭，那也尽可以这样写，但作者却明明在写土改，写由"卖果子"到斗争钱文贵的成功经验，写自己"深刻"的"体会"。说到国民党进攻的威胁，那当然会引起变天思想，但《暴风骤雨》中的那个村庄的农民，不是更直接受到地主土匪武装的进攻吗？为什么他们那么勇敢？当然这还是书中的土改，但从现实中来看，当时所有的解放区，所有进行土改的地方，何尝不都受着国民党进攻的威胁？难道都得煮夹生饭？说来说去，还是作者自己看农民的观点在作怪。

现在，我们就来探讨作者的真实立场了。显然地，她不是站在地主立场。但她这样来看农民，我们又说她基本上赞成农民翻身，说她基本上拥护土地改革，不是自相矛盾吗？不。因为我们还留下了两个人物未谈。一个是顾涌，一个是胡泰。顾涌这个富裕中农，是作者除了黑妮之外，最衷心热爱的一个人物，他没有其他农民和干部党员们的那些缺点。他的"顾忌"只是由于干部们把他误划成了富农——因他占有土地比钱文贵还多。作者深深地同情他的这种遭遇，同情他由"不气馁的勤苦"而增加许多财富。她处处借书中人物的口替他抱屈，并且象对黑妮一样，用所谓"美丽的诗的散文"来写他。由于土改必须团结中农，因而我们不易发现她的用意。但这个中农的思想问题却必须由富农来解决，倒使作者露出了马脚。为了说明问题，这里择要地来引证一下她对胡泰如何帮助顾涌的一段叙述："胡泰到了他们家里，他们足足谈了一夜。胡泰说，象他们家拿几十亩地出去不算啥，……跑买卖好，……如今讲的是平等，有话就能说，有什么不好？他们定了我个富农，管他呢？……说不献地是不对的，……帮穷人一手是应该的。……他们又谈到战事。胡泰说……大同一拿下来，咱们买卖就好做了，……胡泰又说老蒋不行，……八路军，一个个都神气，……国民党……正规军，还顶不上咱们游击队呢。"就是这样，作为富农的胡泰，他是如此"坦然"，如此豪爽，如此慷慨，如此懂得许多大道理。他认识到要"帮穷人一手"，认识到"如今讲的是平等"，还很认识时局，认识革命的力量。凡作者写干部党员时没有给的好东西，这次一下都给他了。作者说，他们碰见了"好世道"，他们在新社会里生存，"是只有更容易的"。因为"买卖就好做"。所以胡泰的道路就是顾涌的道路：发展资本主义经济。这就明显的告诉我们，作者是站在哪一方面来看土改的。

……正是由于作者是用一个剥削阶级——资产阶级的眼光来看土改，她就一方面表现出拥护土改和赞成农民翻身的态度，另一方面却对农民群众和农民群众的斗争带着极其蔑视鄙薄的意味。这部作品之所以发生种种矛盾的现象，其根本的原因就在这里。

由此可见，象作者这样的人，有时也可能在某一点上和党一致，但究其根本，还是不同的。

五、"史诗"和"无产阶级现实主义"

这样,我们就能明白地看出这是一部什么样的作品了。如上所述,这不是一部反革命性质的作品,甚至还是丁玲全部创作中较好的一部作品,但它也是一部具有严重问题的作品。这些严重问题,过去也曾有同志发现过,只没有写成文章公诸于世,一般读者不知道而已。

一般地认为它是"好作品"的人,是和冯雪峰之流有着本质的区别的。冯雪峰之流吹嘘这部作品,除向好朋友献媚之外,还有借机宣传修正主义反动文艺思想的卑鄙意图。他的"典型"论和"脑子里进行阶级斗争"的说法,我们已顺便驳斥了,但还没有涉及到他对这本书的总的结论。不过根据我们对这本书的看法,它的荒谬之处就不难发现。世界上有属于资产阶级思想的"无产阶级现实主义"吗?有丑化农民群众及其干部、和流露反党情绪的"工农兵方向"吗?冯雪峰之流就是干着偷天换日的勾当,在美丽的幌子下反对马克思主义。他们千方百计地抵抗马克思主义进入文艺领域,取消文学创作中的思想作用和文学作品的思想教育意义,以便他们的资产阶级思想在这领域内自由驰骋。他们假借"现实主义"的名义,装做"保卫艺术特性"的样子,争取资产阶级客观主义的合法存在,使"暴露"人民的"黑暗"或"阴暗面"的作品好公开贩卖。他们宣扬他们的作品,并借《桑干河上》里面的有严重问题的部分,加以种种美化大肆宣扬,实质上不过就是进攻真正的无产阶级现实主义和工农兵文艺方向。

至于这本书是不是"史诗似的作品",这还需要多费几句口舌。我们知道:"史诗"必须具有巨大的艺术概括性,和深刻的历史内容。以前不说,就从党开始领导起,我国的土地改革,就经过第一次国内战争时期的农民运动、十年内战时期的土地革命运动、抗日战争时期的减租减息运动,从抗日胜利起,单是解放战争时期,就有反奸清算、"五四指示"、"双十纲领"等阶段,全国解放后新区的土改还不算,请问作者作了什么概括?概括不是材料的堆积,它是和一个作者的高度思想修养、正确的观点立场分不开的,"史诗似的作品"更必须具有高度的思想性。现在,我们的广大农民,在党的领导下,和工人阶级结成坚固的同盟，已不止胜利地用巨大的代价勇敢地完成了民主革命，完成了社会主义合作化，还建立人民公社，他们正以冲天的干劲建设社会主义，并且在他们的中间已出现了共产主义的萌芽。这才是顶天立地的英雄，丁玲等辈何能望其项背？我们现在回头来看她所写的农民的落后相，真不禁觉得又可笑，又可恨。她把地主写成土改中实际的主角，把地主的"威势"写得压倒了农民，就在这里也能看出她和"史诗"距离之远。在我们这样的国度里，未有不认识农民伟大的革命力量而能写出"史诗"的。她本人就是一个最好的例子。她从写颓废主义的文学作品出世，在土地革命高潮中"转变"，凭想象写了几篇农民暴动的小说。但她根本就不认识农民！所以"转变"就不牢靠，很快叛变革命。她到革命根据地后，又极度鄙薄农民。但农民却不停地前进，而她却倒了下来。她对农民的关系，也决定了她的命运。她的"名气"很大而实际成就却很小，她的三十年的文学生涯，在将来的文学史上也会有其地位，但不是由于她写出了"史诗似的作品"，而是因为，她本人和她鄙薄农民的作品，本来就是一个负数。真正的史诗似的作品，将由深深地认识农民革命力量的人写出来，它们已经出现，将来还要不断出现着。而象她这种死也不肯向农民投降始终用资产阶级眼光来看农民的人，就已经而且还要一次又一次地受到时间的无情冲刷，最后留下一个白点。冯雪峰以《〈太阳照在桑干河上〉在我们文学发展上的意义》为题，写了他的那篇文章，但如果我们现在也来谈它这种意义，那么就在它从反面证明了，一个作家的思想意识、观点立场，对于他的创作的重要。

事情也很凑巧，丁玲那篇有名的《到群众中去落户》的演讲，正好也暴露出了她不少的修正主义观点。她在那篇演讲里，主张取消文学创作的思想性，公然抵制马克思主义，反对研究党的政策。这次她是借用了"生活"的名义，她说："关于'生活'，我们平常谈得很多。但我感到现在似乎有些人在过分强调对生活的分析和研究，并且把分析研究和生活机械地分开。……老实说，我不同意这种看法。对生活当然必须有分析和研究，可是以为我们已经够了，而问题在于马克思列宁主义、政策思想的问题，我觉得不是这样。"这里她耍了点花腔，好象是在反对脱离生活，但既是"对"生活分析研究，怎么又是"机械分开"呢？她才是一个长期脱离生活、很不重视工农兵生活的人。接着她谈徐光耀的《平原烈火》，说只是"凭着感受写了"的，就显出她的真实用意。下面更明显了，"一切理论、政策、技巧、创作方法、文学作品，凡可以提高我们的东西，都是公开的，它们在什么地方都可以得到"。这些话用不着多解释，因为它是如此明白，"公开"地认为到处都有马克思主义和党的政策，不需要学习，不需要用这去分析研究生活，"凭着感受写"就行了。在这篇演讲里她还主张作家脱离领导去"独立生长"，强调文学创作的"个人"方式，这里就不多说。总之，她的修正主义和冯雪峰等是一致的。

一九五八、八、十五

（原载 1959 年 2 月 25 日《文学评论》第 1 期）

丁玲的再现

冯夏熊

> 在一切苦斗的陈迹中，也可以找出一些可纪的事，虽说很可惜，如她自己所以为憾的，白发已经满鬓，……然而那过去的精神和现在的属于大众的向往，却是不可卑视的。
>
> ——《母亲》

两次死讯

或许是少见多怪——我不知道在世界上是否还有另外一位女作家，在象丁玲这般反复经受磨难之后，在七十五岁的高龄，仍然能够活着，而且提着笔再现于文坛。

关于丁玲的死的消息，曾经两次流传于世间。头一次是在四十五年前。那时候，国民党政府将丁玲秘密逮捕监禁，在她突然失踪后不久，就传出了她的死讯。当时，如著名文学家鲁迅、茅盾诸位先生都曾经在文章里对她表示过哀悼，许多作家也曾专门著文追念她，而广大的青年读者当时是忍着悲愤承受那个消息所带来的精神上的创伤的。

第二次是在八九年前，我们听到丁玲的死讯的时候，正是中国当代"女皇"——江青在北京的舞台上极为得意之际。中国的作家群读者群，要么是由于对丁玲已经完全陌生，没有听进耳去；要么是由于自身就窒溺在苦难的深渊之中，因此这种悲哀的信息，并不曾十分地震颤本来就已经悲哀透了的心。丁玲仿佛真的默默离世了。

不过她仍然活着,在消失了二十年后,她仍然活着。最近发表的小说《杜晚香》,就是报信丁玲活着再现的"一枝红杏"。

中国有句古话,说:"大难不死,必有后福。"我们愿意这一句话得以应验,对丁玲是这样,对中国人民也是这样。

多难的作品

1927年冬在灰暗的北京,在老一辈文学家叶圣陶先生的欣赏与提拔下,丁玲发表了《梦珂》、《莎菲女士的日记》等最初的几篇小说。中国文坛和广大读者立即受到震动,随即推崇她为中国新兴的一位女作家。自那以后,丁玲在中国文坛上所处的地位,虽几经冲击,但实质上始终没有动摇过。

在五十年期间,丁玲写了大约一百四十篇长短文章,总计近一百四十万字。但其中有三年多她在国民党的监禁中,而从1955年开始到1976年期间,她由于种种原因而不能不搁笔,因此可以说这不算是个小的文字数量。

在介绍丁玲的命运和分析她的作品之前,先说一说这位女作家的作品在长达半个世纪里的遭遇。

1934年初,也就是在丁玲被逮捕监禁之后,第一次流传着她的死讯的时候,国民党中央党部下令查禁了一百四十九种文艺书籍。丁玲的七部著作被列在内,也就是说她当时的全部作品均被查禁了。其实,从国民党蒋介石建立全国统治那天开始,直至1949年人民共和国诞生,丁玲的所有作品在国民党统治区均属非法。因手持丁玲写的书而被捕监禁的,不乏其人。

从1957年开始到江青等人倒台的二十年间,丁玲的作品受到严厉的批判,她的全部著作一概受到封禁,因丁玲的书受株连被惩罚的青年不在少数。

这一长达五十年的历史事实,大概可以说明,丁玲的作品是属于人民的,因为这位女作家和她的作品,有着和人民同一的多难的命运。

不间歇的追求

1904年丁玲出生在湖南西部常德地区一个没落的封建望族家庭。她的父亲曾留学日本，但一无作为，在丁玲四岁的时候就死了。他留给年轻妻子的，还有一个遗腹出生的多病的男孩，数不清的债，精致的象牙鸦片烟盒，及一个寡妇的头衔。

在封建的中国，妇女的地位本来就很低下，通常寡妇则受到更为苛刻的待遇。但是这位母亲却带着孩子们从叔伯族人虎狼般的包围中，从世态炎凉中，勇敢地走出来，终于走上了自立的道路。这固然是由于要挣脱彻底破产所带来的经济重压，但更为重要的是因为这位知书识字的女人已经受到新思潮的影响，有了新的向往。在刚刚脱下孝服之际，三十岁的她就带着六岁的女儿，一同迈进了常德有史以来的第一座女子学堂，在师范科学习。在那里她不但放开骨折畸变的小脚，而且忍着剧痛和歧视在广场上跑步出操。两年后，她成为小学教师，后来，她又成为小学校长。娇弱而聪明的儿子的夭亡，对她又是一个重大的打击，但等女儿刚到十五岁时，她并不缚之膝前，反而支持、鼓励她飞向广阔的世界，并终生关切着女儿的事业。母亲所赐与的恩惠，使丁玲终生受益。

当然，给幼年丁玲以影响的决非母亲一个人。迫于生活，她不得不长年寄人篱下。她懂得珍惜母亲短暂的爱，也敏感于亲戚们的种种脸色、举止，以及他们后面的真情，她的眼睛学会了观察，她的心学会了分析，她自幼学会了自重自强，甚或孤傲。

她在很多时间里更象是孤儿——实际上就是孤儿，因此常常相依于人家的奶妈、丫头和长工佣人。因为她异于一般少爷小姐主子，就形成了他们之间有较多平等的感情关系。幼年的丁玲也能目见耳闻到一些可悲的事情，例如地主少爷如何一门杠把来交租的老头打死……

但是投入心灵的不仅仅是黑暗，也还有光明的火花。

1911年孙中山为推翻满清帝国的封建统治而发动的革命，在常德也有反响。丁玲听见了枪声，她还和母亲一起曾为一个在起义中牺牲的亲戚（也是她的校长、她父亲的朋友）举哀。当她看到为庆祝中国末代皇朝的覆灭而燃起的火炬、灯笼，洪流般地从眼前隆隆滚过而消失在天际时，她的心，由于播进了种子，而萌芽了希望。

1919年5月4日，青年学生在北京天安门前呼出了"打倒孔家店"、"不当亡国奴"、"'赛'先生（科学）万岁"、"'德'先生（民主）万岁"，声音响彻云霄，犹如第一声春雷，震撼了古老的土地，迎来了第一个春天，唤醒了古老的民族。

在这激愤人心的年头，丁玲作为桃源女子师范预科学生，为了表示与封建传统决裂，对来自各方面的冷嘲热讽置之不顾，毅然剪了辫子。她积极参加辩论会，激昂掷词如何免当亡国奴、妇女怎样求解放，她以与书桌几乎等高的身量，投身到王剑虹、王一知（她们是丁玲的大同学、好朋友）等主持的学生会举办的贫民夜校，当最小而又几乎是最热情的教师。当年，丁玲又嫌本地偏狭，知识落后，转而去湘江之岸的省府长沙，进周南女子中学。在那里她阅读了许多新小说、新诗和翻译的小说（都德的《最后一课》就很打动她的心），从而对文学发生了浓厚的兴趣。她开始试写诗、散文和小说，其中有两首小诗发表在她的老师主编的《湘江日报》上。但是她还是要向前"飞"。

1921年丁玲随王剑虹和王一知沿扬子江东下到上海。她进了共产党人办的平民女子学校，并和当时中国共产党人物陈独秀、李达、瞿秋白等有过接触。由于她还年少幼稚，人们还把她当作一个单纯热情的女孩子看待；再由于这些先进人物当时也还未把先进的思想转化为伟大的性格力量，所以这些交往虽然在以后对丁玲曾发生深远影响，但在当时，并未能吸引住她，使她当即走上康庄之路。而十里洋场，封建主义加半殖民地的上海，更使她深深感到失望。

那时，古都北京是学习的城，是新文化的发源地。1923年丁玲"飞"到了北京。原先她幻想着能到青年们心目中的圣地、全国最高学府——北京大学去听大师们的讲课。但是，北京也不是一个能为她敞开大门、给她以温暖的地方。她只得自己读书，也学习过绘画，一面过她的艰难窘迫、流浪者似的生活。

1924年夏天她遇见了胡也频。这位首饰铺学徒出身的青年诗人，具有和丁玲不一样的思想、性格、感情，他的勇猛、热烈、执拗、乐观和穷困使丁玲大为惊异。丁玲觉得自己发现了一个少有的"人"——

有着最完美的品质的人，虽然有些简单，有些蒙昧，有些稚嫩，但这是一块未经过雕琢的璞玉——而不是那些丁玲一向嗤之以鼻的光滑的烧料玻璃珠子。他们一下子就有了很深的友谊，深深地相爱着。起初他们象一对大孩子，在坎坷的路上徘徊着，然后就一起向前走去，始终紧紧地挽着手，直到其中的一个把自己的鲜血洒尽在土地上。

但是圣地北京也仍然是封建的堡垒。1927年，由国共两党联合发动的讨伐封建军阀、解救中国的革命战争，由南向北发展到扬子江流域，这一轰轰烈烈的人心所向的大革命，由于国民党蒋介石的叛变而宣告失败。在南方，青年的血流成河。北京也毫不犹豫地树起了绞刑架。

"许多我敬重的人牺牲了，也有朋友正在艰苦中坚持，也有朋友动摇了，……我恨北京！我恨死的北京！我恨北京的文人！诗人！……我精神上苦痛极了！除了小说我找不到一个朋友，于是我写小说了。"这是丁玲对当时的心绪的回忆。

艺术家的本色

丁玲创作的最根本的特色，是在主人翁的身上倾注着深厚的感情，她对他们完全诚实坦白。因此读者在受到感动、与之共鸣的同时，往往认为自己看到了作者心灵深处的秘密，甚至断定某个主人翁或者某个片断写的就是丁玲本人。这当然是一种误解，不过从此也可以看出丁玲的真挚的爱和艺术的真实。随着时代的进展，随着实际生活的变迁，丁玲的感情自然也有深化转移，作品的题材也有大的变换，在作品中自然也不断出现新的人物，但是她的创作却前后一贯，始终保持着这样一个根本特色。

丁玲不注重描写人物的行动举止和他们的外形特征，也不注重于写人物的对白言谈，但是她的笔触细腻而又大胆，生动而又简朴，深刻而又无雕凿之嫌。后来丁玲承认了写作上的一个秘密，那就是在创造一个人物的时候，她始终把自己放到角色的地位上，爬进小说中每一个人物的心里，替他们想，反复考虑，仔细捉摸，周密分析，直到自己觉得合情合理，觉得满意了，才着笔去写。因此我们看见的是一个个活生生的各有不同性格特征的人物，我们仿佛听见了他们各自从心灵里发出的呼唤。

不论是短篇，或者是中篇长篇，一般说来，丁玲不讲究结构和形式，更不追求情节的离奇，她看重的是塑造人物剖析人物，以及围绕着人物的意境。因此她的作品从外表上看去，象流水一样，似乎是淡淡的；象星斗一样，似乎是散散的。但是从她的小说里面我们可以感到深深的情意，可以读到极美的散文，可以品出极浓的诗意。

但是，最为重要的，是丁玲的作品里都贯穿着一个共同的主题，那就是爱——对人民的爱，尤其是对中国不幸的女性的爱。由于爱，她流泪，她欢笑；出于爱，她诅咒，她祝福；因为爱，她遭难，她幸福。

那么，丁玲，以及在二十世纪上半叶出生的中国人，最大的精神上的不幸是什么呢？这个不幸的共同根源又是什么呢？那就是封建意识。在长期的革命斗争中，伟大的革命者摆脱了历史重负，成为人民的指望和中华民族的脊梁。但是还有那么一些人乔装打扮：起初，加上了一些资本主义的佐料，抹上了一层资产阶级的脂粉；后来，甚至打起了社会主义的旗号，穿上了无产阶级的外衣。从1919年5月4日成万成万青年人在北京天安门前发出第一阵呐喊开始，到1976年4月5日成百万成百万青年人重聚北京天安门前，用自己的血和泪抗议封建法西斯统治，要求社会主义民主为止，中国人的可歌可泣的悲欢离合，其实都是为了挣脱这个枷锁。而这就是中国人民奔向解放的血的洪流。

丁玲的作品和她的功过，她的艺术风格的形成和发展，也只有放在这个背景之前来分析，才能是公正的。

苦闷与向往，痛苦与搏斗

1927年丁玲在苦闷之中开始写小说。1928年底她和胡也频就离开了他们所憎恨的北京城，前往上海，——那里正在兴起"普罗"文学运动。在那里丁玲加入了以鲁迅先生为首的左翼作家群。她一面继续写小说，一面参加学生运动，在学生集会上发表讲演；她和工人聚会，并参加他们的示威游行。1931年春，蒋介石国民党杀害了丁玲的丈夫以及包括她的许多朋友在内的一大批青年，迫使她怀抱着刚满三个月的婴儿，挺直腰杆，成为一个革命者，义无反顾地投身到中国共产党的战斗行列。从此她结束了人生的长期摸索和苦闷，开始了新的更伟大的追求。到1933年丁玲被国民党逮捕为止，她在这个期间的代表作是《莎菲女士的日记》，《韦护》，《水》，《母亲》——可惜的是这一中国体裁中国作风的长篇因为蒋介石的扼杀而没有写完。

《莎菲女士的日记》，是丁玲的成名之作。它首先披露了年轻女作家的艺术天才。在这部日记体小说里，描述了一个生肺病的知识分子少女在极其灰暗的日子里，怀着伤感和热望去追求理想的爱情，而终至绝望。

在中国文学史上，很难见到象《莎菲女士的日记》这样受到过如此之多的赞扬，而后又受到了如此之多的非难的作品。二十年代小说中人物莎菲的苦闷和伤感，追求和爱情，痛苦和绝望，都曾经是五十年代、六十年代以至七十年代丁玲的罪状。有人断定莎菲即是丁玲本人，她在追求资产阶级个性解放，她灵魂丑恶，她思想反动。其实，莎菲的苦闷和伤感，恰是对中国封建世俗的一番最刻毒的诅咒；她的追求和爱情，恰是对中国知识分子青年的一记火辣辣的鞭策；而透过她的痛苦和绝望的背面，恰恰显示了已在中国的地平面上升起的光明与希望。

在这里应该指出一点：不幸得很，在二十世纪初才登上舞台的中国资产阶级在精神上贫乏得很，他们从西方资产阶级那里除了拣来几句早已过时的口号之外，什么实质性的东西也没有学到，在他们的绅士风度和西服装饰之下，骨子里还是中国土产的封建老套。一心要分割中国、要让中国人当亡国奴的列强，除了鸦片、武器和一些商品而外，他们也不准备送来太多精神的东西——他们很快就发现中国封建老套在中国才真正实用并且顶用。

莎菲女士在吻了有骑士风度的那个新加坡青年之后而产生的完全的绝望，正是由于看穿了中国资产阶级的真实面目——她所憎恨的封建意识。丁玲在这里既鞭挞了封建黑暗势力，又揭露了资产阶级精神实质及其个性解放等等在中国的荒谬。

中篇《韦护》写的是"革命与恋爱"，即"革命就不能恋爱，恋爱就不能革命"。韦护爱上了一个少女，爱得很热烈，因此妨碍了自己的革命活动，后来他痛苦地割爱出走。这位少女在痛苦中也决心投身革命。这部作品表明作者已经看清自己的方向，摆脱了绝望情绪。此外，这里所描述的"革命"和"恋爱"，不论就其内容还是方式来说，都是对封建势力的一种彻底的叛逆。

《水》这篇小说，是丁玲的艺术成长完成其一个阶段的标志，它体现着丁玲新的向往，表明她已向劳苦大众大大地靠拢了一步。在这篇小说里，丁玲描绘了一群农民在与水灾、与趁机压榨他们的土豪劣绅作生死搏斗中成长起来的情景。在这一篇作品中和在另外几篇作品中，丁玲把起来斗争的工人和农民群众作为主角，这在中国新文学史上在当时还是一种新现象。

在这一个时期的作品中，《某夜》是特别应该加以介绍的。

1930年11月8日，丁玲生下了一个男孩。年轻的父亲激动地哭了。他们穷，为了初生的婴儿，把两个人的大衣都送进了当铺。但是，他们对家庭、对事业，却都体会到了一种新鲜的情感。1931年1月17日，胡也频被捕，2月7日夜晚，他和另外二十四位伙伴一起被国民党秘密杀害于上海龙华。其中胡也频等五位（包括一位女性）是青年左翼作家，鲁迅的著名散文《为了忘却的纪念》所追念的就是他们。

丁玲的《某夜》写的就是这样一个风雪和鲜血交融的黑暗的夜。被仇恨所充填了的心——年轻斗士的心，年轻妻子的心，年轻母亲的心，是多么坚强，多么可怕而又多么伟大呵。

在新的土地里生根，在新的心灵中成长

1936年秋，丁玲"飞"向了新的更为广阔的自由天地——中国共产党领导下的红色民主根据地，揭开了生活中崭新的一页。

这块新土地，美国记者斯诺称之为"红星照耀下的中国"，确实是一个全新的世界。这里聚集着经过二万五千里长征从南部中国转战而来的坚强战士；这里集结着从全国各地自动"飞"来的怀着崇高理想的有为青年；这里以农民为主体的劳苦大众已经初步摆脱封建压迫的枷锁，正在成长为具有新的人性的新人。他们是中华民族的精华，在

他们身上寄托着全民族的希望。

这块新土地对丁玲个人来说，更有深一层的新的含义。那就是这儿是农村，而且是北方的农村，在这儿生存着的绝大多数人是农民。而在中国，城市与农村之间，城市居民、特别是城市知识阶层与农民之间，存在着极其巨大的差距。明摆着的事情是要求丁玲自己来逾越这条鸿沟。因此丁玲必须在自己身上作一番严肃的新陈代谢。

丁玲追忆说："我曾经经历过很多的自我战斗的痛苦，我在这里开始来认识自己，正视自己，纠正自己，改造自己。这种经历不是用简单的几句话可以说清楚的。我在这里又曾获得了最大的愉快。我觉得我完全是从无知到有些明白，从一些感想性到稍稍有了些理论，从不稳到安定，从脆弱到刚强，从沉重到轻松，……走过来的这一条路，不是容易的，我以为凡是走过同样道路的人是懂得这条路的崎岖和平坦的。"

在以后的十多年时间里，她的足迹遍布于西北、华北、东北广大地区乡村的土地上，她的心则与农民的心交融在一起。她说："这些人真使我感动，我不能不深深地望着他们，心里拥抱着他们而把眼泪洒在这难走的乱石涧上，洒在这片土地上。"

不久前，我有机会有幸得以亲自验证在那些岁月里丁玲和农民之间的那种鱼水关系。这是一个华北的乡村，三十四年前丁玲曾在这儿工作生活过几十天。在这里，四五十岁以上的农民几乎都还记得并且挂记着"老丁"，而年青一代人，也几乎都知道有一个未曾见过面的姓丁的"姑妈"。

丁玲在新的土地里生了根，在新的心灵中得到成长。当然，这也要归功于她自己对人民的爱和她本人的艺术家的天赋。这可真是她艺术实践的黄金时代！

丁玲在这个时期的著作很多很多。《我在霞村的时候》，《夜》，《太阳照在桑干河上》等，可以认为是代表作。

短篇《夜》，最好地反映出丁玲的艺术风格。体贴而透视，深细而简洁，朴素而优美，短短的篇幅就把一个新世界、一种新精神如何从旧境界的变更中成长着，描绘得一清二楚。

在前面说过，在封建旧传统的统制之下，妇女处在最低下的地位。

习以为常地娶大媳妇、买童养媳，就是一个活生生的证明。妇女不过是和牲畜一般的劳作和生育的工具，还得是能早劳作、早生育并且价格便宜。至于男女之间的爱情，那是不能去想的。应该指出，妇女所受到的凄惨待遇，同样给男人造成可悲的境状，犹如在一根线上拴着的一对蚂蚱。《夜》里的乡指导员，所承受的正是这旧习俗所造成的后果。

乡指导员，实在是个过渡中的人物。"他是有很久的历史，很多可纪念的事同这条凶险、幽僻的深沟一道写着的。"如果他是个完全旧式的农民，他要么就是和已开始露顶的老婆一块儿吞声着向苦难屈服；要么就是怀着嫌厌的情感甩脱那个"不会下蛋了的母鸡"，甚或与那年轻的妇联会委员、参议会的候选人发生性的关系。如果他是个完全新式的农民，那他就不会产生自己的生命与自己的那块土地、那条牛不能分离开来的感觉，也不会有那么多的痛楚、烦躁和重压。然而，他已经在生活中领悟到了一个朴素的真理，那就是要想让自己、让自己的老婆、让参议会的候选人，以至让那个地主的女儿，从旧生活中摆脱出来，就必须把农村弄好，共同走上新的路。这，已经不单单是个人的爱情问题了，而是怀着新的感情去创建一个新世界的问题了。

1948年完成的长篇小说《太阳照在桑干河上》，曾获得1951年度斯大林文学奖金二等奖，这在当时是颇为轰动之事。这本书写的是在与封建势力搏斗之中，农民群众怎样成长并争得解放的故事。它是丁玲十年来心血所结成的果实，是她心灵所开放的花朵，是她的艺术发展的结晶，也是丁玲文学创作的高峰，甚至在它被封禁以后，还仍然是文学青年们所秘密传阅的书籍之一。

欢快与陶醉

1949年中华人民共和国成立前后，丁玲回到了阔别已经二十多年的北京。这时她已经是一位闻名国际的作家了。她用很多时间从事编辑、国际交往、文学讲座以及参加会议等等。这个时期她的作品仍然不少，但大部分是评论、讲演、杂文之类。

有的时候丁玲也到她喜爱的农村去生活一个时期，或者到全国各地去走一走。每逢这种时际，她总会写下一些优美的、赞美歌式的散文。例如1954年写的《记游桃花坪》就是其中突出的一篇。它的欢快的调子是那么迷人，简直是在叫读者去和作者一块儿陶醉："这里不只是有了湖南秀丽的山水，不只是有了明媚的春光，不只是因为看见了明朗热情的人，而且因为一切都是新的呵！一切都使我充满了欣喜，充满了希望，使我不得不引起许多感情。"丁玲眼看着那些与自己二十年来生死与共的农民兄弟姊妹们脸上开始露出满意的笑容，她的心陶醉了，她自己也满足了。

在一片光明之下，我们的作家，不再象曾经在海空中呼唤过暴风雨的海燕；不再象曾经在崇岭深谷之上盘旋傲视的山鹰；甚至不再象曾经在春日里催耕催种而日夜啼血的杜鹃。现在是在炊烟冉冉的村前村后呢喃飞舞、在柔软的柳丝间和平静的水面上穿梭掠影的紫燕！

而这，我们就会看到，这就是丁玲的悲剧所在。

含泪的笑容

1955年丁玲突然受到严厉批判，被定为"反党集团"的头目。不久，这个结论被宣布为不能成立。

但是在1957年丁玲受到了变本加厉的公开批判斗争。不久，丁玲被驱逐出中国共产党，和她同时被驱逐出党的还有著名诗人艾青、著名文学评论家冯雪峰以及一大批作家。

在1979年，中国共产党已经陆续地改正了对丁玲等人的错误决定，恢复了他们的党籍，恢复了他们的政治名誉。

那么，这一场几乎置丁玲于死地的斗争风暴，仅仅是一场误会么？

丁玲同情在封建黑暗中痛苦地挣扎着的人，不仅用自己的泪；她鼓吹对封建势力的不顾一切的叛逆，不仅用自己的言语；她歌颂突破封建传统而勇敢地成长着的新人，不仅用自己的理想；她欢呼对封建阶级的造反风暴和伟大胜利，不仅用自己的呐喊；她追求在封建的废墟上建立起社会主义的新中国，不仅用自己的心血。她对封建阶级、封建势力、封建意识是那么势不两立，以至她时常不能自制，甚至去诅咒、用牙去咬、用指甲去撕抓，就象一个狂怒的拼命的女人。

但是，这一回，在斗争的风暴面前，丁玲却是完全被动的。丁玲作品的历史存在，和她本人已经扩大了的影响，已为复活着的混杂于新中国清新空气里的旧封建意识残余力量所不容。

我认为，旧封建势力残余加诸于丁玲头上的报复，并不是出于哪个具体的人，正象它加诸于已经获得解放而刚启步迈上社会主义道路的中国人民身上的报复，不是出于哪个具体的人一样。

这本来是一种历史现象。迷信，偏执，专横，特权，个人意志以及宗派主义、门户之见等等，只不过是旧封建意识残余的一些具体体现罢了。而这，也只不过是在六十年代后期和七十年代前期，打着社会主义旗号、穿着无产阶级外衣，加在中国人民头上的封建法西斯专政的前兆罢了。丁玲本来没有什么可多加抱怨的地方，因为在这封建历史复辟浪潮面前，首当其冲的仍然是她的母亲——反帝反封建的伟大领导者中国共产党，丁玲只不过在承受时间上早一些长一些而已。

1958年丁玲带着"资产阶级右派分子"的帽子，来到东北的垦区——北大荒。在这里她劳动、工作、挨批斗、被隔离共计十二年。在起初八年，她受到王震将军的多方照顾。她先后在养鸡场、养猪场、大田里工作过，也当过扫盲性质的文化教员。在精疲力竭的劳作的空隙，丁玲写了几十万字的笔记和十几万字的小说初稿。

1966年文化大革命开始后，丁玲的家先后被查抄几十次；她多次被戴上高帽子游街示众；她常常被押上高台子弯腰九十度挨批判斗争，然后再从台上推下来；她常常挨打，有一次她的腰和脚被厉害地打伤了；她长时间地被关在牛棚里，不见天日，营养不良，终至患上了夜盲症。

1970年丁玲被关进北京附近的某监狱。在那里她受到了"政治犯"的待遇。对这五年的监狱生活，除了感到深度的寂寞外，丁玲还是比较满意的，她生病了能得到治疗，生活也比较平静，特别是能够读书。

1975年丁玲被送到山西的一个山村里，每月领取八十元人民币的生活费，并且享有在这个公社范围内活动的自由。在这里她留居了三年多。然后回到告别二十年的北京。

1976年初周恩来总理的逝世给丁玲以最沉痛的打击——她感到了真正的绝望，她觉得自己再无出头之日。但是三个月以后，她却拿起了笔——这年清明节天安门前青年们的血和泪唤醒了丁玲，把希望和热情再度注进了这个孤苦和绝望的灵魂。

丁玲的丈夫——电影剧作家陈明，始终和她在一起（只是在监狱里是分开关的），这是她相依为命、得以生存到今日的有力支柱。

她对这二十年生活，只有两件事情感到惋惜。第一件是在垦区写的所有稿件和笔记被查抄而遗失了。第二件是，照丁玲自己的话说："我现在要是六十五岁就好了！"

丁玲对自己的一生作了充分的思考——有这样的机会对作家来说是不容易的。丁玲遇到了非常之多的好人，往往是在特殊情况下一下子就闪出了人的黄金般的本色，她就象在黑暗之中看见明灯一样，对中国人保存着希望，丁玲从被歧视者的角度、从被虐待者的视界，观察了社会，体验了人生。总之，她到达了一生不断追求着的目的——与苦难的战斗的人民的完美的结合。

我们看到，每逢一个历史关节，总会造成丁玲的人生道路上的一个转折，而且在她的艺术发展上总是因此酝酿着一个新的突破。1919年"五四"运动，促成丁玲从一个偏窄的地方飞向了宽阔的天地，与此同时，使她对文学发生了浓厚兴趣，播下了一粒作家的种子；1927年大革命的失败，给丁玲以极端的孤苦和忧伤，培育她成为一个作家；三十年代初的白色恐怖，促使丁玲成为一个共产党人，成为一个革命作家；在三十年代末期民族存亡的关头，丁玲投身于劳苦大众争生存求解放的火热斗争之中……1976年"四五"运动，终于挽救了丁玲，使她复活再现！

毋用多言，展现在这位白发满鬓的女作家面前的，是怎样绚丽多彩的宽阔的前景！

门敞开了，久处于幽暗之中的人！一股清新的空气，使她的心脏一阵急剧跳动；一缕明朗的光线，使她的眼睛一阵眩晕。她向前奔扑着，却又觉得双腿麻软、顾虑着不把两脚踩空；她急迫地要对人诉说，而沉默久了的习性又使她哽咽；她对未来充满着希望，但对过去的追忆却又涌塞着她的心头。面对着眼前的一切，她欢笑着，可是泪花又模糊着她的视线；她深感幸福，可又不仅仅是幸福……

1978年秋完成的《杜晚香》，大概就是丁玲的这样的心境的产物——一位七十多岁的老女作家的奉献。

我引了丁玲早先说的一段话作为本文的开头,现在再引一段她后来说的话,作为全文的结尾。

"祖国!人民的祖国!你是多么富饶,多么广袤!你蔚蓝的明朗的天空,你新鲜柔嫩的草原,你参差栉比的村庄,你浓荫护盖的绿色林带,你温柔多姿的河流,你雄伟的古城和繁花似锦的新都,……。"

——《杜晚香》

(原载1979年《延河》第12期)

褒贬毁誉之间

——谈谈《莎菲女士的日记》

袁良骏

《莎菲女士的日记》是老作家丁玲同志的第二篇作品，发表于一九二八年二月出版的《小说月报》第十九卷第二期，距今已是半个世纪有余了。

在中国现代文学史上，丁玲是一个异军突起、一鸣惊人的女作家。她的第一篇作品《梦珂》(发表于一九二七年十二月出版的《小说月报》第十八卷第十二期)，就表现了突出的才分。而《莎菲女士的日记》更显得才华横溢，并且形成了自己独特的艺术风格。因此，它的发表，"好似在这死寂的文坛上，抛下一颗炸弹一样，大家都不免为她的天才所震惊了"❶。即使鲁迅、茅盾、叶圣陶等老一辈作家，也无不为这个文坛新秀的出现而高兴。这篇作品不仅给丁玲带来了巨大的荣誉，而且，可以说，也奠定了她文学道路的基础。但是，伴随着丁玲坎坷不平的人生道路和文学生涯，这篇作品也历尽沧桑，经受了许多连作者也始料不及的褒贬毁誉。也许，在中国现代文学史上，评价的截然相反、意见的尖锐对立，恐怕没有任何一部作品可以出于《莎菲女士的日记》之右吧？

本来，文学作品一旦问世就是一个客观存在，就要经受实践的检验。而仁者见仁，智者见智，同一个作家、作品，不同的读者和批评

---

❶ 《中国当代女作家论》，1930 年 7 月 1 日《妇女杂志》第 16 卷第 7 期。

者会有不同的认识和评价，这是符合事物发展规律的正常现象。即使同一位读者或批评家，随着时代的前进、社会的发展以及个人阅历、知识、世界观等等的变化，他对于同一个作家、作品的看法，也会有发展变化，这也同样是正常的，不足为怪的。但是，对《莎菲女士的日记》的褒贬毁誉，却远远超出了这种正常的界限。《莎菲女士的日记》在中国文坛上的升降浮沉，究其原因，与其说是文学的，不如说是政治的。从一九五五年开始，丁玲同志在政治上遭受打击之后，《莎菲女士的日记》也不断受到指责和贬毁，而且特别集中在一九五七、五八年两年中。今天，经历了二十多个年头的艰苦岁月磨炼之后，丁玲同志终于又回到了党的温暖的怀抱；《莎菲女士的日记》也就具备了恢复本来面目的客观条件。

综观对《莎菲女士的日记》的否定意见，百分之九十是集中在莎菲女士的形象上。有的说：莎菲女士"是一个可怕的虚无主义的个人主义者。她说谎，欺骗，玩弄男性，以别人的痛苦为快乐，以自己的生命当玩具。这个人物虽然以旧礼教的叛逆者的姿态出现，实际上只是一个没落阶级的颓废倾向的化身"❶。有的说："莎菲是一个自我中心论者，她玩弄男性凌吉士，她得意她的'愚弄'别人、'扯谎'和不诚实"❷有的说："《莎菲女士的日记》表现的是世纪末的病态、虚无的倾向"，而莎菲就是这种倾向的化身❸；有的说：莎菲是"当今的资产阶级人物的一种"，她"没有什么理想，没有什么精神生活，也没有什么原则"，她只是想"征服别人，占有别人，玩弄别人，来满足自己的情欲"；❹也还有的说：莎菲是一个有着女性的"病态心理"的厌世主义者，她"既苦闷又残忍，既无耻又虚伪"，她的"恶劣的性格"在今天"只能赢得人民的唾弃"。❺如此等等。把这些意见归纳起来，一言以蔽之，莎菲是一个必须彻底否定的反面人物典型。我认为，这样的论断是不符合马列主义的文艺批评原则的。事实胜于雄辩，还是让我

---

❶《文艺战线上的一场大辩论》。
❷《保卫和发展马列主义的文艺事业》，见《人民日报》1957年8月30日。
❸《从对党的关系上揭发反党分子丁玲、冯雪峰的丑恶》，见《人民文学》1957年第10期。
❹《关于莎菲女士》，见《人民日报》1957年10月15日。
❺摘自一次《莎菲女士的日记》课堂讨论记录。

们具体分析一下莎菲女士的形象吧。

小说一开篇，作者就将这样的一位莎菲女士呈现在读者面前：她身患肺病，严重失眠，在一个举目无亲的公寓中，百无聊赖地"混"日子。为了打发难耐的岁月，她甚至将煨牛奶、看报纸都当成了无聊消遣的手段。而当牛奶没得可煨、报纸没得可看时，却"想不出能找点什么事做，只好一个人坐在火炉旁生气"。周围的环境则只能更加败坏自己已经很坏的心绪。一句话，对于客居小公寓、缠绵病榻的莎菲来说，"真找不出一件能令人不生嫌厌的心的"事物。而这时的莎菲才刚刚只有十九岁！这就不能不使我们十分关切这位莎菲女士的命运了。

善良的读者也许要问：莎菲为什么要滞留在这令人烦厌的公寓中，为什么不回到自己的家乡去，在父母兄弟的照看下去休养自己的病体呢？这十分自然的一问，立时就触到了问题的关键——时代的症候！莎菲并非没有一个可供养病的家庭，她也未尝不是一个从温柔乡中过来的女子。但是，在时代潮流的激荡下，莎菲"从小便离开家，在外面混"。她象她同时代的那些数以千万计的女伴们一样，毅然决然地冲破了封建礼教和世俗社会的羁绊，抛却家庭和亲人的温暖，去寻求社会的解放和个人的幸福与自由。即使莎菲卧病在床、百无聊赖的当儿，即使她接到父亲和姊姊们充满骨肉情谊的来信的当儿，她也没有萌生哪怕是一丝一毫的对于封建家庭的眷顾。仅此一端，足以证明，莎菲是一个坚定的封建礼教和世俗社会的叛逆者。如果说这就是"当今的资产阶级人物的一种"，那么，从反封建的意义上说，在莎菲女士生活的时代，并没有失去她的进步意义。而就莎菲实际的社会经济地位而言，她充其量也不过是一个相当穷愁潦倒的小资产阶级知识妇女。她有的只是"破烂的手套"，"破旧的拖鞋"和"一些旧的小玩具"。而她的思想意识，她的孤寂、苦闷、感伤、颓废……甚至她的一颦一笑，简直无一不可以从她的这个实际的社会经济地位中找到根据和解释，无一不和她的这个实际的社会经济地位有着千丝万缕的联系。

她是那样的多愁善感，"有时为一朵被风吹散了的白云，会感到一种渺茫的，不可捉摸的难过"。她又是那样的悲观厌世，她常常闪过这样的念头："多无意义啊！倒不如早死了干净……"她甚至慢性自杀，借酒浇愁。她是那样的孤高、矜持，她"从不曾给人拜过一次年"，她又非常厌恨自己所"不喜欢的人们的苌献……"。她又是那样的愤世嫉俗，她"厌恶那些惯做的笑靥"，不愿理睬那些矫揉造作、虚情假意的同乡小姐，也看不上因怕生孩子而不敢结婚的女朋友。莎菲女士的这些性格特征，使人们很自然地会联想起《红楼梦》中的林黛玉。的确，莎菲和林黛玉显然有某些相似之处。但是，她们却有着根本的不同之点。尽管她们有着同样的肺病，同样的的孤苦和愁烦，但她们的多愁善感、悲观厌世、孤高、矜持、愤世嫉俗……已经有了迥然不同的时代色彩，也有了截然不同的阶级内容。林黛玉虽然也是封建礼教的叛逆者，但她和莎菲女士之间，毕竟隔着几百年的距离。如果说她的叛逆性格还只是表现在对自己爱情生活的追求和挣扎中，那么，莎菲女士的叛逆性格就有了远为深广的社会内容和意义。莎菲女士已经不再是寄居在荣国府中、足不出户的娇小姐，而是经历过"五四"运动陶冶的有着抱负的新女性。她的性格，有着鲜明的时代特征。别的且不说，即以她的感伤和颓废而言，便是她在黑暗社会里、反动势力压迫下抱负不得伸展时的感情"折光"。我们尽可以指责这种情调是消极的、不健康的，但是，归根结蒂，这种情调的造成不能（也不应）由她本人负责，这个无依无靠、徒有凌云壮志的少女何辜？她难道不是罪恶社会的畸零儿？她难道不是反动势力（包括北洋军阀和国民党新军阀以及他们的附庸）的受害者？当我们对这个少女横加指责的时候，难道不正在为欺压她的反动势力、社会积习张目或开脱吗？这里，我们不禁想起了鲁迅先生的一段名言："倘使对于黑暗的主力，不置一辞，不发一矢，而但向'弱者'唠叨不已，则纵使他如何义形于色，我也不能不说——我真也忍不住了——他其实乃是杀人者的帮凶而已。"❶更何况，所谓"世纪末"情调，指的是没落阶级的哀鸣，又怎能扣到莎菲一类的因抱负不得伸展而一时犹疑动摇的年轻人身上呢？她们不仅不是什么没落阶级的代表者，恰恰相反，她们是没落阶级的叛逆者，她们理应划入以无产阶级为代表的新兴势力一边。其实，她们具有极大的可塑性，她们是不难引导的。她们的不健康情调比起她们的革命素质来，不过是九牛一毛！即使这位被某些同志目为罪不容诛的莎

---

❶ 《花边文学·论秦理斋夫人事》。

菲女士，她也同样不难在正确力量的引导下，走上无产阶级革命的道路。有人喜欢引用小说结尾时莎菲女士的心理独白，借以说明她已经沉沦在"极深的悲境里"而不能自拔，说她是不可能走上革命道路的。其实这段感人肺腑的独白，其艺术力量几乎可以媲美于林黛玉的《葬花词》。是的，无论是莎菲还是林黛玉，在这"极深的悲境里"都是不能自拔的。但是，莎菲毕竟比林黛玉幸运得多！如果说，在残酷的封建礼教禁锢下，林黛玉的感情寄托者贾宝玉只能是泥菩萨过江——自身难保，根本无力改变黛玉的厄运；那么，在"五四"运动之后、新民主主义革命蓬勃开展的条件下，不能自拔的莎菲则完全可以遇到从"悲境"里将她搭救出来的强大革命力量。这种力量一旦在莎菲身边出现，她就完全可能从这种"悲境"中摆脱出来。到那时，她的生命就不再是"自己的玩品"，而将变成革命的财富；她会充分利用自己的锦绣年华，为革命贡献自己最大的力量。这并不是我们的异想天开，而是莎菲性格发展中本来就有的可能趋向。果然，作者在六年之后（一九三三年）写成的《莎菲日记第二部》中，莎菲真地从"悲境"中得到了救拔，在一位革命青年的带领下，她以焕然一新的精神面貌投入了沸腾的新的生活。当她重新打开几年前的日记时，"自己觉得在那黄了的纸上所留下的影，是与自己完全判若两人了"。这《莎菲日记第二部》虽然只记了两天，但它却清楚地记录了莎菲前进的道路。原来，她当时并未"乘车南下"，去"浪费自己生命的余剩"，她留在了北京，而且"在偶尔的机会中，遇到了一个十九岁的男孩，两人都没有一点犹疑，在快得使人不能相信的相识中，就住在一块了"。这个十九岁的男孩，正是一个"年轻有为的"革命者。在他的帮助下，莎菲"审判"了自己，"克服"了自己，"改进"了自己，她们"抱着一个目的，一种希望，……向着一个方向走去"❶，两人生活得"充实"而"快乐"。

下面，让我们再看一看莎菲性格的另一个重要侧面：她与追求自己的男性的关系，她的恋爱观——莎菲最受人责难的一个方面。

"五四"之后，中国新女性的重要标志之一便是冲破包办婚姻的桎梏，追求自己的恋爱自由。这个重要标志，不仅成了当时一个举世关

---

❶ 引文均见《莎菲日记第二部》，载《文学》第一卷第四期，收入《意外集》。

心的社会问题，也是文艺作品中一个十分习见的主题。不少人提到过的淦女士的《隔绝》和鲁迅先生的《伤逝》，便是这方面的有代表性的名篇。较之它们，后出的《莎菲女士的日记》无论在内容上还是在艺术上都有了新的特色、新的发展。《隔绝》歌颂的是男女青年之间的纯真的性爱，宣扬的是不加掩饰的恋爱至上主义，对顽固不化的封建家长进行了揭露和鞭挞。《伤逝》不同了，它虽然更有力、更深刻地批判了封建势力，但它同时也批判了恋爱至上主义。它要提醒人们注意的是：如果没有一个社会制度的根本变革，恋爱成功的喜剧也终将变成悲剧！鲁迅噙着热泪将子君从涓生的身边"夺"走，而将她送进了"坟墓"。丁玲没有沿着鲁迅的路子写下《伤逝》的续篇，正面回答《伤逝》提出的问题。对于当时刚刚步入文坛的年仅二十二岁的女作家来说，无论在思想上还是艺术上，她都还没有做好回答这些问题的准备。但是，沿着她自己开辟的《梦珂》的路子，继续探索新女性在爱情生活中的悲欢离合并由之作出对社会的剖析和鞭挞，对作者来说，倒是颇为游刃有余的。《莎菲女士的日记》正是这样成了《梦珂》的最亲近的姊妹篇。在这里，已经越过了封建势力布下的罗网，莎菲苦恼的是找不到"知音"，找不到从仪表到心灵都能使自己感到满意的情侣。

不少人异口同音地指责莎菲是一个"玩弄男性"的恋爱至上主义者。这种说法，至少是既不全面、也不准确的。所谓恋爱至上，乃是将恋爱摆在高于一切的地位，置一切于不顾，为恋爱而恋爱。而且往往表现为单纯追求对方的仪表、姿容，而不大顾及对方的思想、品德、金钱、地位和权势。从反封建的意义上说，恋爱至上并不是一件坏事。莎菲有没有受恋爱至上主义的影响，或者说是不是一个恋爱至上主义者呢？不必讳言，她是有这方面的性格特征的。她虽然年仅十九、二十岁，但她已经饱经了情海风波。她对凌吉士这个美男子的"丰仪"的倾慕和不能自持，也都表现了恋爱至上的特点。但是，如上所说，恋爱至上主义并不是损人利己主义，对于女性来说，它也并不是"玩弄男性"的代名词。对于莎菲来说，情况正是这样。请问，莎菲都"玩弄"了什么人呢？是"一年前曾骚扰过"她的那个"安徽的粗壮的男人"吗？显然不是。对于这种"骚扰"者，她从来不曾爱过。她说："我真肉麻那满纸的'爱呀爱的'！我厌恨我不喜欢的人们的苋献……"

能够把这种"厌恨"叫做"玩弄"吗？那么，在小说中正面和莎菲发生恋爱关系的两个人呢？首先和莎菲发生恋爱关系的是苇弟，这是一个忠厚而笨拙的情人，他对莎菲真所谓体贴入微，但唯独不了解莎菲的心。在莎菲面前，他只会"把眼泪一颗一颗掉到"莎菲的手背上。显然，这个一点也没有男子气的男人是无法使莎菲称心如意的。不仅莎菲不爱他，而且我们几乎可以断言："五四"时期的新女性恐怕爱这种人的不多。但是，他的忠厚和真挚，毕竟博得了莎菲的感激和信任。他对莎菲的关怀和体贴，也极大地温暖了莎菲的心。因此，莎菲对他的态度是相当复杂和矛盾的。从根本上说，她对他不仅毫无恶意，而且祈愿着他能找到自己的幸福，祈愿"有那末一个真诚纯洁的女郎去饱领苇弟的爱；并填实苇弟所感得的空虚"。莎菲说："其实，我算够忠厚了，我不相信会有第二个女人这样不捉弄他的。并且我还在确确实实的可怜他，竟有时忍不住想去指点他：'苇弟，你不可以换个方法吗？这样是只能反使我不高兴的……'"但是，苇弟还是只会哭。大概，这就是所谓的"玩弄男性"吧？其实在恋爱的青年男女中，这种真真假假、亦嗔亦喜的小插曲，难道不是常事吗？

于是，就剩了一个凌吉士。这个来自新加坡的美男子，一下子便追魂摄魄般地取得了莎菲的爱悦，抓住了莎菲的心。如果这个丰仪非凡的美男子表里如一，同样有一颗高尚纯洁的心，那么，毫无疑问，莎菲会毫不犹豫地把自己的一切都奉献给他。可惜，这是个金玉其外、败絮其中的人面禽兽，莎菲很快就看透了他的"可怜的思想"！他需要的是什么呢？"是金钱，是在客厅中能应酬他买卖中朋友们的年青太太，是几个穿得很标致的白胖儿子。他的爱情是什么？是拿金钱在妓院中，去挥霍而得来的一时肉感的享受，和坐在软软的沙发上，拥着香喷喷的肉体……"而他的"志趣"，更离不开升官发财、吃喝玩乐八个大字。在他的曾使莎菲倾心爱慕的"高贵的美型里"，安置着的却是"如此的一个卑劣灵魂"！他给莎菲的那些热吻和亲密，"还值不了在他从妓院中挥霍里剩余下的一半多"！这个行尸走肉带给莎菲的不能不是极度的悔恨和伤心。在对他的形体的爱和灵魂的恨的几经冲拒周折之后，莎菲终于冲出了凌吉士用他的"色相"布下的情网，并决心惩罚一下这个美型的"市侩"，"决心让那高小子来尝一尝我的不柔顺，不近情理的倨傲和侮弄"。在她一度吻了他的"富于诱惑性的红唇以后，她就一脚踢开了这位不值得恋爱的卑琐的青年"❶。如果说这就是所谓"玩弄"，那么，这个"玩弄"实在没有什么不好。对于凌吉士这种以玩弄女性为能事的满脑铜臭的市侩，难道不需要狠狠地惩罚他一下吗？！那些指责莎菲"玩弄男性凌吉士"的人，究竟还有没有哪怕是一丝一毫的正常人的善恶美丑、是非曲直的概念呢？！

看到这里，那些莎菲形象的否定者也许要跳出来厉声责问：照你这样说，莫非莎菲形象的塑造就连一点缺点也没有吗？莫非莎菲女士是一个值得学习和仿效的正面形象吗？当然不是这样。中外古今的文学史告诉我们：任何作品（包括优秀作品在内）都很难说是完美无缺的，都难免有它的历史局限。《莎菲女士的日记》自然也不例外。但是，在具体论及这篇小说的某些缺陷之前，却必须认清它们和小说巨大艺术成就之间的比例关系，而不容许轻重倒置甚至黑白颠倒。至于说学习和仿效，那么，休说莎菲，就是比她纯洁百倍，也很难说是什么值得学习和仿效的正面形象。社会主义时代的青年男女，难道还需要向"五四"时期的新女性去学习什么恋爱之道和叛逆性格吗？共产主义的人生观、恋爱观不是比她们的思想境界要高出千倍、万倍吗？！但是，一个文学形象的价值，并不单纯取决于她（他）是否值得学习和仿效，而在于作者是否深刻地挖掘了她（他）的灵魂，是否通过她（他）充分展示了社会生活的复杂性，从而发人深思并给人以强烈的美感享受。正是从这个意义上，莎菲这个既背叛封建旧礼教、又惩罚"市侩"灵魂恶的叛逆女性，在中国现代文学史上便有了不可或缺、不能取代的典型意义。无疑，这个形象的塑造，大大丰富了我国文学艺术中各种典型人物的千姿百态的画廊。

有这样一种意见，认为莎菲身上"连一点点五四青年在当时或多或少的那种进步气都没有，有的是没落颓废的资产阶级气味"，有的只是"自我中心主义"。因此，《莎菲女士的日记》所起的"就不是进步作用，而恰恰是相反的作用"❷。有的人甚至以《伤逝》为例，印证《莎

---

❶ 茅盾《女作家丁玲》，见《文艺月报》1卷2期。
❷ 《关于莎菲女士》，见《人民日报》1956年10月15日。

菲女士的日记》的消极、"反动"作用。这种意见具有很大的迷惑性，因为它似乎很注意到了莎菲出现的时代条件，似乎颇有那末一点历史唯物主义的味道。其实，恰恰相反，这种意见是对历史唯物主义的歪曲。如前所说，莎菲这个典型形象的进步意义是显而易见的，她的感伤、颓废情调是不能由她本人负责的。至于"自我中心主义"的大帽子也完全扣不到这样一个飘萍一般无依无靠的女孩子头上。即使她有些好强、有些孤高、有些矜持，那都应该看作是她的优点而不是罪过，因为正是这些东西成为她重要的精神支柱，使她能以在一定的阶段上抵制那个社会恶的引诱，不与那个腐败社会同流合污。莎菲是小说的主人公，其他次要人物很自然地围着她打转，照顾她的病，安慰她、体贴她、追求她……这就是她的"自我中心主义"吗？与其说是她的"自我中心主义"，倒不如说是作家的"莎菲中心主义"。而这个"莎菲中心主义"，正是作品成功的重要关键。试问：如果《莎菲女士的日记》不以莎菲为中心，难道还要以苇弟或者凌吉士或者其他次要人物为中心吗？

　　至于说到时代特点和社会作用，这种论断也完全与事实不符。如前所说，丁玲没有沿着《伤逝》的路子走下去，她回答的不是《伤逝》提出的问题。但这并不排斥《莎菲女士的日记》的时代特点和进步意义。"五四"运动的高潮过后，虽然无产阶级领导的新民主主义革命事业向前发展了，但是，"五四"新文化运动统一战线的分化，一些"五四"风云人物（如胡适、罗家伦、傅斯年等）的右倾，也的确给激进的小资产阶级革命派以一定程度的不良影响，甚至使他们在一个时期内看不到革命的力量和前途。即使文化革命的主将和旗手鲁迅，不也经历了一度的苦闷和彷徨吗？而且，他的《伤逝》，正是这苦闷彷徨期中的产物。丁玲的莎菲女士，也正是苦闷彷徨期中的新女性的代表。既然当时的新女性中确有莎菲这样的人物（这是否定莎菲形象的同志也不否认的），既然这种人物正是"五四"时代的产儿，那末，作家为什么不可以以这样的人物为模特儿？为什么不可以在作品中塑造这类人物的形象？这类人物的形象为什么就失去了时代特点和进步意义呢？当然，我们希望在文艺作品中看到先进人物的叱咤风云的英雄形象；但是，难道文艺作品中只能出现这一种形象吗？红花虽好，还须绿叶扶持。如果文艺作品中只剩了这一种形象，即使他再"高大"、再"完美"，不也有点单调吗？我们的文艺，吃这种"高大"、"完美"的亏，被所谓"三突出"窒息得难道还不够吗？！

还有一种意见，认为《莎菲女士的日记》发表在一九二八年，写在一九二七年"四一二"大屠杀之后，当时全国一片白色恐怖，作家不去描写革命者与反动派的浴血奋战，而将莎菲女士带到了文坛上，这是作家作品的"耻辱"。❶ 恕我直言，这是一种砍杀一切的教条主义的文艺批评。按照这种逻辑推导下去，应该否定的不仅有《莎菲女士的日记》，而且有茅盾的《幻灭》、《动摇》、《追求》，巴金的《家》、《春》、《秋》、《雾》、《雨》、《电》，曹禺的《雷雨》、《日出》，老舍的《骆驼祥子》……文坛上就会只剩下"革命文学"家们所写的直接鼓吹武装暴动的"革命文学"作品了。试问，这该是一种多么可怕的景象！那种直接鼓吹武装暴动的文艺作品我们见识得还少吗？这些作品尽管有良好的革命愿望、澎湃的革命热情，但它们却有共同的致命伤，那便是犯着革命的急性病，用空想代替现实，受到左倾教条主义思潮的较大影响，而在艺术上又往往比较粗劣。如果我们要认真总结一下这一段"革命文学"创作的历史，倒可以找出不少宝贵的经验教训——但这显然不是本文的命题。我们只想指出：指责《莎菲女士的日记》的作者为什么不去写浴血奋战的革命者而偏偏要写莎菲，这正如指责曹雪芹为什么不去写《西游记》而偏偏要写《红楼梦》一样，是毫无道理的。文学批评的任务不是指挥作家写这写那，而是要认真分析作家创作上的成败得失，从而指引作家在创作上的更大发展。

文艺作品既然是文艺作品，就要有文艺的特点，就要有艺术的魅力。在这方面，《莎菲女士的日记》应该归入中国现代文学史上当之无愧的第一流作品之列。作家为了塑造莎菲的典型形象，成功地运用了多样的艺术表现手法，特别是"心理独白"的手法以及高度性格化的艺术语言，将一个莎菲写得栩栩如生，跃然纸上。这不仅表现了作家突出的艺术才能，也表现了作家严肃的创作态度。

谈到小说的缺点和局限，我们十分同意冯雪峰同志当时向作者表

---

❶ 《从对党的关系上揭发反党分子丁玲、冯雪峰的丑恶》，见《人民文学》1957年第10期。

示的意见。这个意见，在他一九四七年所写的《〈丁玲文集〉后记》中作了进一步的阐述。他写道："梦珂与莎菲所追求的热情，虽然都很朦胧，但实质上可说她们都是恋爱至上主义者。假如她们把她们的解放与前进的要求和当时人民大众的解放要求联在一起，……她们的热情和恋爱力也将更明确和更强大罢。但她们在主观上是和当时的革命的社会力隔离的，……这样，梦珂就不能不苦闷、彷徨，莎菲不能不十分伤感而绝望了。……莎菲的空虚和绝望，恰好在客观上证明她的恋爱理想固然也是时代的产物，却并没有拥有时代的前进的力量，而她更不能依靠这样的一种热力当作一种桥梁，跑到前进的社会中去，使自己得到生活的光和力。"❶冯雪峰同志还正确地指出：《莎菲女士的日记》对丁玲来说，既是她创作上的"危机"，也是她创作上的"转机"。如果作者继续沿着这篇小说的路子走下去，就将"越写越无力，再也无法写出第二篇和《莎菲女士的日记》同样有力的东西来"；但是，如果作家能够从那个伤感、空虚、绝望的圈子和氛围中走出来，而和人民大众的革命力量结合，那末，她就找到了自己创作的"真的出路"，她就会很自然地跨到革命的路上去了。丁玲同志没有辜负读者和时代的期望，在《莎菲女士的日记》之后，她虽然在一九二八、二九年继续写了一些从情调上说是和《莎菲女士的日记》属于同一个范畴的作品，但她终于在一九三〇年迈出了新的步伐，成了无产阶级领导的革命文学战士，并陆续写出了《韦护》、《一九三〇年春上海》、《水》、《田家冲》、《奔》等更富时代特色的革命文学作品。而且在后来的岁月里，写出了《太阳照在桑干河上》那样的长篇文学名著。

（原载 1980 年 1 月《十月》第 1 期）

---

❶《论文集》第一卷第 100—101 页，又见 1947 年版《丁玲文集》。

丁玲早期的生活和创作（节录）

宗 谌　尚 侠

……

在上海，约一年多的时间里，丁玲连续发表了十余个短篇小说，先后收入《在黑暗中》、《自杀日记》、《一个女人》三部创作集中。在这些作品中，作者细腻地刻画了热恋中的少女在情人走后那种频喜频忧变幻不定的微妙心理（《他走后》）；描绘了武陵小学教员节大姐被男性欺骗并因此被校方解雇的凄清境遇（《小火轮上》）。《在暑假中》，则通过武陵女学教员之间暑假中的复杂矛盾纠葛，从一个侧面反映了小资产阶级知识女性的思想情绪。还有的作品，只是随意拈来的一个生活片断的速写，如《潜来了客的月夜》，然而其中的大多数篇章，还是通过侧重于小资产阶级女性生活的描写，概括了一定的社会生活的面目和内容。

作家这时的艺术视野，也开始注意到了下层劳动妇女的遭遇和命运。《阿毛姑娘》，描写质朴的山区姑娘嫁到西湖边上的农家，因羡慕上层社会的生活而不满于自己的低下地位，于是想用堕落的手段去与命运抗争，最后郁郁地死去。《庆云里中的一间小房里》刻划了妓女阿英的生活。作者对这个心安理得于卖淫的、原本是勤劳能干的农家妇女，寄予了一定的同情。这类作品的数量很少，人物形象也多为消极的、薄弱的。

丁玲曾说，她是借用小说代替自己给社会一个分析，但也正如她自己所说："不过在那时候，所观察和经历依着我的环境，是很有限的，我只是集中知识阶级中，所以对于大众的生活，是没有经验。"❶因此，这些作品虽然就某些篇什而言，写作技巧似乎圆熟了些，但总的说来，在反映生活的深度上，作品的格调和艺术造诣还没有超出、有的甚至还没有达到《梦珂》、《莎菲女士的日记》的水平。由于革命的深入，她所叹吟的感伤情调再也无法引起《莎菲女士的日记》发表时那样强烈的震动了。

　　到此为止，我们为丁玲一九二七至一九二九年的全部创作生活，勾勒了一个初步的轮廓。可以认为，丁玲的早期创作是她着力描写不幸的、病态的女性时期。作者含着泪水，在自己的笔下刻画了不同阶层，主要是知识阶层的妇女形象。作品中的女主人翁，大都压着因袭的重担，发着"我所负担的苦，实在是太重了"（《自杀日记》）的呼喊，因而不觉的也染上一层伤感。但是，有人据此把作者说成是"资产阶级或上层小资产阶级世界的"，是"感伤主义者"，这就不免有些武断了。作为丁玲早期创作的总的基调，凄楚与希求，感伤与抗争，是紧紧地交揉杂织于一处的。作者虽然无力为自己笔下的人物提供明确的社会理想，指出具体的新生道路，但又决非是安于感伤中而不能自拔的，而是在无力的抗争中上下求索，寻找着有力抗争的武器，表明作者的小资产阶级幻梦破灭后，即不甘于现状，又无从把握未来的一种暂时的、变化着的情绪。列宁在分析一九〇五年革命失败后社会异常剧烈变化的情况时说："既不是偶然现象，也不单是'外界'压力的结果。"因为"千百万人骤然从长梦中觉醒过来，一下子碰到许多极其主要的问题，他们是不能在这个高峰上长久地支持下去的，不免要停顿一下，不免要回转去复习基本问题，不免要经过一番新的准备工作、好'消化'那些极其丰富的教训，使无比广大的群众更坚决、更自觉、更自信、更坚定地前进。"❷当时俄国的状况，与我国第一次大革命失败后的社会状况固然有许多不同，但基本特征却是类似的。丁玲和她所塑造的人物形象一样，无不处于由高峰转入低潮的"复习"与"消

---

❶ 丁玲《我的创作经验》。

❷ 列宁《论马克思主义历史发展中的几个特点》，《列宁选集》第二卷。1960年人民出版社版第401页。

化"的阶段。丁玲的作品中的消极、悲伤的情绪，毕竟是暂时的。它是作家旧的生活旧的理想的幻灭，却不是对社会体察和前进途程的终结。它孕育着新的探索，是作家明辨方向，迂回前进的过渡历程。经过灵魂中痛苦的搏斗和挣扎，在革命形势的影响下，丁玲很快地走上了革命文学的道路。这种思想转机，在一九二九年下半年已见端倪。这年七月的《红黑》杂志第七期上，发表了胡也频的中篇小说《到M城去》的部分章节（即《到莫斯科去》）❶，刻画了"现代新妇女的一个特色女人"，"未来新女性的典型"——素裳。她在一个共产党员的影响下，抛弃了国民党新贵族生活，投奔了革命。这是胡也频的思想由小资产阶级向无产阶级转变时期的作品，而丁玲则是这部作品的第一个推崇者，认为它是此前十年文学创作中的一篇不平凡的杰作。在同期的《红黑》杂志上，就有她的书评《介绍〈到M城去〉》。其中特别强调说：

"《到M城去》——只要知道这M城是一个什么地方，就可以想见这一篇小说的思想所集中的焦点了。"

丁玲以自己真挚的热情，表明了对社会主义的强烈向往，也表明了她与胡也频生活中的共同的新的方向。而且当时革命正处于低潮，这不能不说是弥足珍贵的。现在我们回过头看一下，丁玲从塑造苦闷感伤的莎菲，到讴歌勇敢奔向莫斯科的素裳，不是可以听到作者在思想上和艺术上艰苦探求的足音吗？

遗憾的是，过去的一些研究者评论者，由于某种政治上的原因，往往在论及胡也频的创作的时候，有意规避他与丁玲在思想与创作上的相互联系与影响，使得他们走向文学、以至走上革命和革命文学道路的历史，一直没有得到实是求是的说明。这委实是不应该的。实际上，丁玲与胡也频，不仅是生活，也是从事文学事业的志同道合的伴侣。因此，当她看到自己的战友在思想和创作上迈进了一步，不仅将欣喜的心情形诸笔端，用精辟的评论宣传这部作品的进步内容，并且

---

❶ 丁景唐，瞿光熙编著的《左联五烈士研究资料编目》一书中《胡也频著作系年目录》一九二九年条目下，未系此部作品；瞿光熙《关于胡也频两部革命小说发表的周折》(《新民晚报》1965年5月26日）一文认为：这部小说写成没能够在刊物上发表，而是在一年后，即一九三〇年单行本发行的。均误。

在其后不久，便将革命内容带进了自己的作品，开始了新的创作方向。

就创作方法而言，丁玲自创作伊始，就是遵循着现实主义原则的。其中的原因，固然是复杂的，但恐怕主要是与她的创作意图以及所反映的社会生活内容有关。

> "这天，她是正有着很大的懊恼，因为她将小说中的一个极冷静理性的女人，写得过分有了热烈的感情，而且很带了一层淡淡的忧愁进去。这实在不是她的理想人物，然而又正是她最能理解出的女人的短处。她不知怎样才好……"

这是丁玲在小说《野草》中，描写女作家野草在主观意图与人物性格的客观逻辑发生矛盾时的情形。野草当然不能看作是丁玲的自状，但是，这一段关于创作过程的描写，却无疑是渗透着丁玲本人的切身体验，寄托她力求真实地再现生活的艺术主张。如果把作家的生活经历和文学创作相互印证，可以看到，在题材的选取上，丁玲总是把最熟悉，感触最深的生活纳入作品中。虽不能说她这时的许多作品就是自传体的，但是，通过作品中的形象，却分明可以看到作家本人及其朋友们的影子。当时的丁玲，看不到自己的正确的生活道路，也不肯幻想有一条道路出来以自慰。她只是真实地再现了这种苦闷的生活，黑暗的现实。从作品中流露出来的忧郁的、病态的对生活的看法，证明了她的艺术真实是承受着心灵的痛苦，付出贵重的代价才换来的。尽管她"看不到应有的出路"❶，但由于执着地不肯牺牲现实，"社会的一面是写出了"❷。

丁玲早期的作品，一般没有曲折的故事或离奇的情节，在表现方法上，她是以细腻委婉的笔触，去极力探索人物心灵的隐秘的。她自己说："我爬进小说中每一个人物的心里，替他们想，那时候该有那一种心情。"❸在探索小资产阶级女性的内心世界方面，丁玲表现了独到

---

❶ 见丁玲《我的创作生活》。

❷ 同上注❶。

❸ 见丁玲《我的创作经验》。

的艺术才能。她以自己的主观，进入人物的意识领域，她那细致的心理描写，给人以惟妙惟肖的感觉。即如《莎菲女士的日记》一类日记体小说，莎菲和伊萨的心理，忽喜忽忧，内心的痛苦和矛盾，在一时三变中淋漓尽致地表现了出来。而在以第三人称出现的小说里，如《他走后》，风雨之夜，丽娜并没有平静下来，她感到空虚，感到不应该叫秀冬走，她甚至"真的以为适才她是要他走的话，只不过是一句诳话，所以她颠倒恨起他来，恨他真个狠心就走了"。表现这样一个少女的心，小说可谓曲尽其情了。

为了更好地刻划各种不同人物的复杂心理，作家总是力求抓住一个中心，浓墨重彩地加以点染。丽娜内心活动的焦点是"爱他不爱他"（《他走后》）；"生不如死"则是伊萨思绪的纽结（《自杀日记》）。这样，尽管小说中病态女性的意识似乎不规则、无线索地流动，以至于神经质般地跳荡，但仍然由于中心的牵引而形成的内在联系，使其错综而不杂乱，变幻而有层次。

人的主观活动，归根结底是客观事物触发和影响的结果。因此，即使是在日记体的小说中，丁玲也很注意穿插一些必要的事件来推动人物性格的发展变化；安排适当的景物描写衬托人物的心境作为感情的寄托。在大段大段的心理描写中，穿插进许多带有那一时代、那一阶层生活中所特具的细节，既避免了心理描写的冗长、呆板，又有力地强化了作品的时代感和社会意义。莎菲无缘无故地伤心，伊萨和窗外的喧闹赌气，与她们所发出的"我所负担的苦，实在是太重了"的呻吟联系起来，不是可以使人明晰地看到时代与个人心理上的联系么？

现实主义文学是凭借它的客观性来表现作品的深刻性的。然而，"客观性完全不是冷淡无情：冷淡无情是破坏诗意的"[1]。丁玲的早期作品，在平静的叙述中，在人物肖象和动作的描写中，当然更包括作品的直接议论抒怀，都可以感受到深沉浓重的抒情色调。但是，她更多的是在安排人物命运和塑造整体形象时，把感情渗入其间。在某些日记体的作品中，作者甚至以抒情的线索安排结构，而对某篇布局不

---

[1] 别林斯基《莎士比亚的剧本〈汉姆莱脱〉》，《别林斯基选集》第一卷。

很注意，移散文手法于小说之中。作品中的艺术形象，之所以能引起读者共鸣，不仅在于细致的心理剖白，而且在于强烈的感情色彩。当然，其中所流露的情调，及其艺术感染力，是需要作些认真分析的。这些作品中所抒发的情感，既有健康的进步的成份；也有灰暗的消极的因素。这种浓烈的情感，在作家后来的革命文学创作中，亦一直保持着，但却有了本质的变化。

丁玲的早期创作，在艺术上当然还存在着不足，有些缺欠或可是当时的某些作家所没有的。然而重要的是，她毕竟是带着缺欠，表现了与众不同的才华，初步显露了独特的细腻委婉的艺术风格，并以此丰富了中国现代文学的内容。

（原载1980年《东北师大学报》第3期）

也谈《太阳照在桑干河上》

赵 园

《太阳照在桑干河上》这部三十年前问世的长篇小说，正在与它的作者一道，重新获得它理应得到的文学史的地位，这是值得庆幸的。这部小说问世不久，就出现过关于它的很有见地的评论，这里我首先想到的是陈涌同志写于一九五〇年的《丁玲的〈太阳照在桑干河上〉》一文❶。陈文对这部小说所作的估价是实事求是的。然而此后，世事沧桑，以至到今天，"重新认识"的问题，又提到现代文学研究者的面前。本文中，笔者只想就几个既新又"老"的问题，谈一点浅见。

一

以近些年来流行的标准衡量，毫无疑问，《太阳照在桑干河上》（以下简称《桑干河上》）应属于写"重大题材"的作品。土地改革，是新民主主义革命与社会主义革命之交中国农村社会的历史性大变革，这样的题材，对于创作者吸引力之大，自不待言。即使不说与《桑干河上》几乎同时问世的《暴风骤雨》这样的杰作，其他以土改为题材或包含着这方面内容的各种样式的文艺作品，也层出屡见。然而《桑干河上》并没有被同类题材的作品淹没，历时三十余年，仍能保有其艺术魅力，稳固地占据"中国反映农民土地斗争的代表作品"❷的地位，

---

❶ 载《人民文学》1950 年第 5 期。
❷ 见陈涌《丁玲的〈太阳照在桑干河上〉》。

这就使我们不禁要思考——究竟这部作品向文学提供了什么属于自己的独特的东西。

《桑干河上》所以经受住了时间的淘洗，首先由于这部作品真实地描写了"现实关系"，提供了比较完整的那一时期中国农村社会的图景。

这种提法，很容易被视为现成的理论"套子"。然而，只要注意到下述事实，就不难理解，为什么正是小说的这一方面，特别值得称道。

陈涌同志在他的评论文章中已公正地指出："……在《太阳照在桑干河上》和《暴风骤雨》出现之前，中国还没有过象这两部作品一样的、从整个过程来反映农民土地斗争的作品，这两部作品的出现，无疑是我们文学上的'新的现象。'❶这两部作品的出现所以是"新的现象"，重要的原因当然在于它们的描写对象本身，就是中国历史变迁中的"新的现象"；反映这种"新的现象"，表现在民主政权下推翻地主阶级土地占有制这种巨大变革期农村的阶级关系，在中国文学史上，是没有前例可循的。《桑干河上》的写作，开始于一九四六年，完成在一九四八年，几乎与当时土改运动同一进程。其间没有时间的距离，以从容地沉淀、过滤所取得的生活印象；没有历史的间隔，以利于对运动、对事件进行更充分的分析、评价。所写是"当时当事"。这种情况必然向创作者提出更严格的要求，要求勇气和气魄，要求明敏的洞察力和远见卓识，要求对现实的清醒认识和批判态度，要求对生活中真相与假象、本质与非本质、正确与谬误的鉴别，要求对生活素材的独特的选择与提炼……大约就是在这种意义上，作者笔下所进行的土地改革，甚至"比现实中的土地改革更困难"❷。正是在面对这种复杂困难的任务的时候，丁玲显示了她的深刻的思想力，和优异的创作才能，正确地把握了"现实关系"，完整地展现了土改时期中国农村的现实主义图画。

向《桑干河上》这样题材、主题、规模的长篇小说提出"完整"的要求，是决不过分的。文学作品固然不是政治经济学教科书，但文学作品为了再现一个历史时代的面貌，揭示历史运动的本质，必须用

---

❶ 见陈涌《丁玲的〈太阳照在桑干河上〉》。
❷ 见丁玲《一点经验》，载《文艺学习》1955年第2期。

形象的手段，力求全面地反映为特定时代的经济结构所决定的社会关系，在"广泛的总的联系"❶中把握各个阶级各种人的动态，描写出"由种种联系和相互作用"❷交织而成的现实生活画面。

无可怀疑，地主与贫苦农民的矛盾是土改时期乡村的主要矛盾。但主要不等于唯一，否则就不成其为生活。《桑干河上》的作者，力图使小说中的生活内容，象实际生活那样丰富和开阔。她用以观察社会历史过程的眼光，决不狭窄。小说既以农民与地主钱文贵的矛盾为贯穿全书的主线，同时围绕这一主要矛盾，安置了多种性质的矛盾冲突，在有限的篇幅内，尽可能地表现了生活固有的复杂性，容纳了错综交织的矛盾斗争。这里所说的"复杂"、"错综交织"的具体含义，从作品的实际看，大致包括这样两个方面，即同一阶级、同一营垒的人们之间，存在着种种差异；不同阶级、营垒之间，表现为相互的渗透。

丁玲笔下的暖水屯的阶级关系，不是根据某种"标准式样"设置的。象存在着千差万别的生活本身那样，这里的地主之间，有着剥削方式、实际政治表现的差别和相互间的明争暗斗，地主与富裕中农间有着利害的冲突和政治态度的歧异，贫雇农有觉悟程度、觉悟迟早的不同，工作组与村干部之间、村干部相互间有着矛盾纠葛，甚至彼此间的对立……实际过程永远比它的理论形式丰富和多样。理论工作通过对对象的科学的抽象，达到对本质和规律的揭示，文学，要达到本质，却不能抛开丰富的感性形式，不能借口"选择"、"提炼"，而对生活本身的生动性和丰富性掉头不顾。

在小说中，不但属于各个阶级的人们之间存在着种种差异，而且阶级、营垒之间也非绝无关联。暖水屯的村干部中有治安员张正典这样的败类，被地主钱文贵收买利用，地主钱文贵家也有黑妮这样心地纯洁、光明的少女。正所谓你中有我，我中有你。这种表现，符合生活本身的辩证法，符合生活的逻辑。

正是在这种真实地反映出的阶级关系的基础上，作者写出了农民推翻压在他们头上的地主势力的曲折过程，写出了人们确定主要斗争

---

❶❷ 见恩格斯《反杜林论》。

对象的回环往复的认识过程，写出了他们为从实际出发执行政策而与教条主义、主观主义斗争的过程。这种对阶级关系的反映和对运动过程的描写，使小说较之那种图解政策的作品，当然具有更充分的现实性和典型意义。

《桑干河上》的这一特点、优点，突出地反映了丁玲的创作特色。她敢于面对复杂现实，敢于对生活进行独立的分析与思考，敢于怀疑流行的意见与作法，敢于"对当时当事有所批评"❶。与此相联系，她在艺术上追求独创性，力求使自己作品的主题和人物，出于自己对生活的发现。

小说的整个艺术构思，都体现着这一特色。打开小说，第一个印象就是那样新鲜：作者表现如此重大的事件，竟以一个极其普通的村子作为描写对象。在小说中的暖水屯，地主既非通常所谓"罪大恶极"的，农民中的先进分子也远非成熟的革命者。这里的一切都很平凡，缺乏"戏剧性"。然而唯其"平凡"，才更深刻地体现着"普遍"。暖水屯的个别性，更有力地证明了一般规律，丰富了人们对于共性的认识。这里，独特性没有表现为追求表面的文字效果，而在于以自己的方式把握个性与共性、现象与本质的联系。这种特色在人物描写中有更鲜明的反映。最能说明这一点的，是顾涌这个人物。

富裕中农顾涌，是小说中第一个出场人物。小说的第一章，就把这个人物推上前台，而且从一个特殊的角度——顾涌与钱文贵的区别与矛盾，揭开了小说矛盾冲突的序幕。作者在一系列的文章中谈到，在她创作这部小说的当时，并没有关于富裕中农的阶级成分的政策规定，她是在实践活动过程中，发现了这种实际存在着然而政策、理论尚未作出说明的现象，把它写进小说的❷。问题就在这里发生了——当着生活现象与政策规定不相一致，当着实际问题尚未从理论上解决时，是从生活出发，真实地描写现实生活，还是删夷枝叶，把生动的生活内容纳入政策、理论的框子？应当承认，三十年来，一些作者宁选后者，避开复杂现象，避开对生活的独立的解释，走一条较为便捷的路。

---

❶ 丁玲《从群众中来，到群众中去》（收入《跨入新的时代来》）。
❷ 丁玲《生活、思想与人物——在电影剧作讲习会上的讲话》，载《人民文学》1955年第3期。

这也就是为什么有过那样多"应时"的作品，当政策被实践所修正，它们也随之泯灭；当生活前进一步，它们也因之被遗忘。这种"浪费"，实在是惊人的。

在丁玲那里，成熟的政策思想，深刻的认识能力，支持了现实主义的文学实践；提出问题，批评"当时当事"，帮助了她直面生活，更正确地表现生活。《桑干河上》表现的阶级关系，在中国历史经历了如此巨大的动荡之后，仍令人感到真实可信，就是有力的说明。而同时期的某些作品（甚至比较成功的作品），也正是在这一方面，现出了与《桑干河上》的差别。在那里，对阶级斗争的复杂性，有时表现得不够充分，在一定程度上，把"现实关系"简化、"规范化"了，把阶级、营垒的划分绝对化了。这种情况的造成，反映了对于"革命现实主义"的片面理解。例如有的作者，也如丁玲一样注意到土改中"好多地方曾经发生过偏向"，然而却以为这种情况"不适宜在艺术上表现"，因而这样地使用了作家"选择"的权利："没有发生过大的偏向的地区也还是有的"，于是"就省略了前者，选择了后者"❶。这种处理对作品的现实性的损害是必不可免的。因为"本质"不只包含在体现了正确思想的正面典型中，也常常包含在"偏向"中。而这种问题在我们的文学创作中决不是个别的。长期以来，在倾向性和真实性、政治要求与现实主义原则的关系问题上的形而上学的理论观点，不可能不对文学创作造成有害的影响。也正因此，《桑干河上》的这一特点更为可贵。

如果我们仅仅谈了上述的这个方面，无疑还不够。因为在文学作品中，作者的认识是附丽于艺术形象的。《桑干河上》使人感到，尽管它的作者有着较强的认识能力，但对于她所反映的土改运动这一历史性变化来说，她的生活素材的准备，显然不够充分。小说缺乏那种饱满到要溢出来的生活，缺乏浓郁的泥土气息、活泼泼的生活情趣。由于生活积累的不足，小说在不少地方，不能不以冗长沉闷的叙述代替具体生动的描写。在这一方面，同时期同类题材的作品，比如《暴风骤雨》，要略胜一筹。讳言这一点完全没有必要。由此是否可以引出这

---

❶ 周立波《现在想到的几点》，载《生活报》第76期

样的教训——作家的思想力、认识水平对于创作固然有其重要性,然而只有在有了丰厚的生活积蓄的前提下,才有可能使自己对于现实的认识成为艺术。

二

作为较早出现的表现中国农村的新的现实的作品,《桑干河上》在形象创造方面所达到的艺术水平,在某种程度上被后来的写农村题材的作品超越了。这也是不可否认的。即以同为周立波所创作的《暴风骤雨》、《山乡巨变》而论,后者在人物性格的多样性方面,就超出了前者。这是文学发展中合乎规律的现象。然而一部成功的或基本成功的文学作品,也一定有着不可替代不可模仿的东西,一定有着烙印着作者的艺术个性的人物形象。作品的艺术生命的久暂,在相当大的程度上,取决于这些形象的典型意义、艺术价值。

《桑干河上》这一长篇,出场人物众多,但形象创造方面所达到的实际水平,却有差异。为全面估价小说在形象创造方面的得失,以小说中的主要矛盾为线索,研究构成两个主要营垒的代表性形象和形象群,当然是必要的。这一工作,以前的评论已作得比较充分。在这里重复别人一再阐明的观点是没有意义的。使我感到兴趣的则是这样一个问题:小说中究竟有哪些人物形象可以称之为作者的"艺术发现",正是这些形象,更鲜明地从思想和艺术两个方面,体现着作者创作的独特风格。解决这一问题,文艺批评所习用的套子,写批评文章的惯常的程式,似乎不那么够用了。仅仅着眼于题材,着眼于人物对于题材的主次轻重,似乎也不完全恰当。因为对象是文学,而不是社会科学论文。在文学作品中,形象的典型程度,并不总和人物在作品中的地位成正比,也不总和作者在人物描写中使用的力量大小、笔墨多少成正比。我以为,这里的关键在于,是否真正从作品的实际出发,从作品所提供的艺术形象出发,联系作者的独特的创作意图,独特的艺术构思,作实事求是的研究。

无论初读,还是重读,以至多次翻阅,这部小说活跃在我的记忆中最生动的形象,是文采、黑妮这样的人物。我决不认为这样说,就减损了作品的思想意义，贬抑了作品在形象创造方面的实际成就。我将说明自己的理由。

《桑干河上》的读者，大概很难忘掉小说中"文采同志"、"六个钟头的会"这样的精采章节。工作组长文采，连同他的仪态、"风度"，他的主观武断，他的空疏自是，他的极庸俗的虚荣心，以至他的那副自以为是洋洋自得的神态，都会生动地活在你的印象里。文采无疑是小说提供的一个比较成功的讽刺形象。就全书看，作者用于刻划这个形象的笔墨并不太多，而且艺术处理也不无缺陷，例如在小说的后半部，这个形象比较薄弱，甚至性格不够统一等。但在小说的前半部，就其个性的鲜明性而言，的确超出了其他形象。由于作者对于这类人物把握得精确，理解得深刻，由于作者那种捕捉人物微妙的心理特征的能力，每当这个人物上场，只消几个细节，略加点染，就使人物"活"了起来。比如小说中关于文采与村干部张裕民的关系的处理。小说第十一章，文采一行来到暖水屯。这个知识分子出身的、毫无实际工作能力的工作组长，在接触雇工出身的村干部张裕民之初，就仅仅凭借自己肤浅的经验，马上作出了不负责任的判断。小说中写道："文采看见他（张裕民——笔者）敞开的胸口和胸口上的毛，一股汗气扑过来，好象还混合得有酒味。他记起区委书记说过的，暖水屯的支部书记，曾有一个短时期染有流氓习气，这话又在他脑子中轻轻漾起，但他似乎有意的忽略了区委书记的另外一句更其肯定的话：这是一个雇工出身诚实而能干的干部。"于是，文采就从自己片面的感觉经验出发，把需要证明的东西当作依据，对张裕民立即下结论道："这人胆子小，还有些哥老会的作风。"此后，他就满足于以自己感到兴趣的"事实"来补充这个印象，加固自己的偏见；以至蜕化分子村治安员张正典，看准了文采思想作风的弱点，伺机乘隙，当文采来到村供销合作社时，别有用心地向文采暗示张裕民"常在"合作社，而自以为聪明的文采就又立即发生了他所特有的联想——他"看了一看柜子上的一个酒坛，觉得明白了许多"。这"觉得"二字，就下得极好。这些细节的讽刺意味，是阅读小说时不难领略的。这种讽刺，用笔含蓄，不温不火，不靠过分的夸张渲染，而靠对特征的精确把握。作者对这个主观主义的

"指导者"的批判态度是严峻的,而在具体的艺术表现上又不失之浅露。由于对人物有足够的把握,表现手法也能灵活多变。"文采同志"一章,较多地用叙述进行介绍(当然所选取的细节也很生动典型),但这种文字具有丁玲的语言特色:机智、含蓄、富于暗示,并不使人感到沉闷。而"六个钟头的会"一章,则描写生动,饱含着讽刺的辣味。小说写文采以六个小时"马拉松"式的空谈,对全村农民施以催眠术,使整个会场鼾声四起,台上台下睡意朦胧。

> 院子里黑沉沉的,灯油快干了,程仁挑了几次灯捻,胡立功又去文采耳旁说了几句,文采才结束了他的演辞,就这一下,许多人都清醒了过来,他们不等程仁宣布散会,就稀稀拉拉的往外走,程仁不得不大声通知:"明天晚上早些来!"
> 从识字班的教室里,走出了几个揉着眼睛的干部,李昌糊糊涂涂,莽莽撞撞的问:"散会了?散会了?"
> 张裕民伴着文采同志几人回去,一路上谁也不吭气,有几个农会会员走在他们前边,那群人也无精打采,他们大声的打呵欠,里面更有一个人说起怪话来了:
> "身还没翻过来,先把屁股坐疼了。"

读到这里,令人忍俊不禁。这种用笑声对于主观主义的思想方法、工作作风的批判,是有力量的。

然而这个比较成功的艺术形象,却常常被批评者所忽略,大约认为小说主要写农民与地主的斗争,因此这个人物在整个作品里无足轻重。这种认识不免失之片面。《桑干河上》固然是以土改为题材的作品。但应当注意到的是,作者从自己独特的艺术构思出发,从完整地表现运动正反两方面的情况,并"对当时当事有所批评"的独特的创作意图出发,把批评主观主义的工作指导作为小说的重要内容。小说以农民与钱文贵的斗争为主要矛盾,把对钱文贵的认识过程而非土改的一般过程(如挖浮财、分地等)作为情节主线,正体现了这种创作意图。而文采对于这一特定主题,是个举足轻重的人物,对于完成这一创作意图,有着不能轻视的地位。正是在此认识的基础上,我们谈论这个形象的成功，才是比较有意义的。

黑妮，是小说中另一个有特色的艺术形象。黑妮在小说中的地位，较之文采，是更为"次要"的。从作者对生活的理解，对人的理解看，作者完全有可能将这个人物写得更丰满些。这里有时代环境的限制。❶但即使象小说中现在这样，这个人物已足以引起人们的注意了。作者自己在小说出版后，就谈到过这种情况，她说，"虽然这个人物（指黑妮——笔者）在作品中不占重要地位，可是读者很喜欢她，因为这里面有东西。我收到读者的信，最多的是询问黑妮。尽管作者不注意她，没有发展她，但因为是作者曾经熟悉过的人物，喜欢过的感情，所以一下就被读者所注意了"❷。这种情况使人想到，黑妮这一形象，如何触到了生活中的敏感的方面。这样一个人物是不应当从研究者的眼底轻轻滑过去的。同文采的情况相似，写这个人物着墨不多，但凡写到之处，都不乏生动的细节。而"董桂花"、"翻身乐"等章节，刻划黑妮的笔触，简直象工笔画一样精细。我不同意那种认为这一形象的处理存在着较大毛病的看法。对于这样一个次要人物，指责作者没有将她的思想过程显示得更细致更具体些，是正当的。但这里更值得谈到的是，作者对于人的命运的关注，对于一种为人们普遍忽视的精神现象的敏感，以及这一形象包含着的对于执行政策中的"左"的倾向的批评。要求一个时期的政策解决所有问题，当然是不适当的。每一个社会运动都必然伴生着各种新问题、新矛盾，然而如果限制文学表现更丰富复杂的生活内容，就不是恰当的了。何况作者即使在对这一形象的描写中，也仍表现了"分寸感"。作者没有把这个人物放在更"显眼"的位置上，没有把围绕这一人物的矛盾，强调到不适当的地步，而且在小说的最后，让一种合乎情理的见解占了上风，黑妮这个寄人篱下的孤女，终于如愿以偿地离开了钱文贵的家，而与勤劳忠厚的大伯父生活在一起。这是作品本身提供的情节。然而即使如此，小说仍然未能避开严厉的指摘。小说对这个人物的处理（这里引起了"愤慨"的，主要还不是具体的艺术处理，而是竟然写了这样一个人物）被认

---

❶❷ 丁玲《生活、思想与人物——在电影剧作讲习会上的讲话》，载《人民文学》1955年第3期。

为是"严重的立场错误"❸。这样看来，我们的生活中不能向文学开放的领域似乎也太小了。

当然，这些都已是过往的陈迹。形而上学的批评，产生在形而上学流行的时代环境中，是容易理解的。然而也正因为这同一个理由，作者丁玲的严峻的现实主义创作态度，直面人生、正视现实的真正艺术家的勇气，更加令人钦佩。

还须提到的是，文采、黑妮这样的形象，所以能用力不多，而各自获得他们的生命，是由于写这样的形象，有作者长期的生活积累"垫底"。这样的性格，是联系于作者已有的生活经验的。作者对于知识分子思想性格的矛盾，有深入的了解和观察，表现文采式的精神特征（虽然文采的特征，还不能简单地归结为"知识分子的"）游刃有余。而黑妮这样的美丽倔强而又有点感伤气息的女孩子，如上引作者自己所说，是"作者曾经熟悉过的人物"，尽管"她"与同一作者所创造的"她们"并不重合，但有一定的生活根基，写来也自是轻车熟路。

关于小说中农民与地主两个主要营垒的代表人物形象，如前所说，以往的批评已较多论及。比较一致的意见是，小说在先进农民的形象创造方面，比较薄弱。同样的问题，在同一时期产生的《暴风骤雨》中有不同程度的反映。土改运动既是新的事物，对于涌现于其中的新人当然需要有一个认识过程。然而作品一经产生，人们也就完全有理由用艺术的尺子度短量长。《桑干河上》，由于作者未能更广泛地占有生活，因而不能在多方面的社会联系中刻划人物，使性格获得丰富性与复杂性，几个先进农民，如张裕民、程仁等，形象都不免苍白。一九五七年一篇评论文章在谈到小说中另一个人物（张正典）时所指出的问题，在其他形象的描写中（特别是对几个农村干部的描写），也有表现。这篇评论的作者认为，小说关于张正典这个人物的一切，几乎"都是作者叙述给我们听的"，这就使人们"不能具体了解张正典这个具体的人，不了解他的性格，不了解他在丈人面前和老婆面前是个什么样子，不了解他的精神变化的具体过程。因为关于这个人，只有叙

---

❸ 竹可羽《论〈太阳照在桑干河上〉》，载《人民文学》1957年第10期。

述，没有形象"❶。无论这篇文章的观点怎样反映着历史条件的限制，其中对于小说形象创造的得失的某些分析，还是不无道理的。使形象有血有肉，给形象一个灵魂，使人物自己行动起来，表现他们自己，非有坚实的生活基础不可。造成这种缺陷的，当然还有技术方面的原因，如情节与人物关系措置失当，人物的动作失去连贯性等等。即使在谈到这些缺陷的时候，我也想说到同一问题的另外一面，即在小说最薄弱的地方，我们仍然可以看到作者创作的特点和优点。读过小说的人们都会留意到，上述这些形象虽不够丰满，但作者的描写却始终不曾离开人物的基本特征。他们都是农民，有着为农民这种小生产者所可能具有的品格，以至局限。作者没有将他们拔出他们立脚的现实土壤。这里不妨谈一件有趣的往事。五十年代初，丁玲同志访问苏联的时候，曾有一位苏联作家不同意《桑干河上》对于章品这个人物的处理，以为既将这个人物作为一个"新的人物"，一个"优秀的共产党员"，一个"最正确的人物"，就不应再在作品中批评他"还没有学会耐烦的和各个人物详细商量的工作作风"。在这个问题上，还是我们的丁玲同志的意见更合于辩证法。她认为，由于章品这个具体人物的特殊经历，由于人物活动的特殊的环境条件，他"的确会有这样缺点的"❷。她力图从人物的具体生活方式，人物与环境的辩证关系出发，把握人物的性格逻辑，而不赞成把人物拔高。然而也应指出，即使章品这个人物，在小说中也比较干瘪。高尔基谈到托尔斯泰笔下的人物，使你似乎能摸到它们，感觉到人物的肉体的存在。《桑干河上》的有些人物，所缺乏的就是这种令人能触摸的具体性，缺乏"质感"。尽管作者关于典型问题有很好的见解❸，在创作实践中也努力反对公式化、概念化的倾向，然而张裕民、张正典等人物，仍不免是概念化的。由这里是否也可以引出教训：一个现实主义作家，当他对生活尚不能充分地占有时，创作中也会出现概念化的现象，尽管这种现象是作者所反对，主观上

---

❶ 竹可羽《论〈太阳照在桑干河上〉》，载《人民文学》1957年第10期。
❷ 丁玲《〈旗帜〉杂志编辑部给我的鼓励》(收入《欧行散记》)。
❸ 参看丁玲《生活、思想与人物——在电影剧作讲习会上的讲话》、《要为人民服务得更好》等文。

竭力避免的。

关于《桑干河上》形象创造的另一个一致的意见是，小说在反面形象的刻划方面比较好。例如钱文贵、李子俊老婆等。这些形象出现在当时的作品中，的确值得重视。但如果客观地衡量，仍然应当承认，它们并不是充分典型的。然而与正面人物描写中的情况相类似，这里的长处与短处，也相伴而生。小说没有将反面人物脸谱化，以对他们的"罪恶事实"的罗列代替性格刻划，甚至对于他们的"动机"的解释，也不是简单化的。如对李子俊老婆的心理过程的表现。这不是一个魔鬼，而是一个具体的人。在这个"具体"、"个别"的人物身上，作者发掘和表现了她所属阶级的本能。

除上述这些外，《桑干河上》值得称道之处尚多。比如小说在一些章节，一些人物的心理刻划中表现出的那种优美的抒情特征。这种抒情特征，使这些章节成为全书中最富于诗意的部分。对此，许多现代文学史著作都有分析，足以见出人们共同的审美感受。

"五四"以后的三十年间，现代文学在农村题材的创作中的收获，特别是建国以来文学创作在这一领域的丰硕成果，不可避免地使人们的眼光苛刻起来。本文关于《桑干河上》的缺陷的提法，或不免有吹求之嫌。这里我想重复说到的是：《桑干河上》所反映的生活，已经成为历史，而小说是对那一历史时期中国农村的成功的艺术表现；在文学发展的链条上，《桑干河上》接上了特定的一环，它以自己的成功，为农村题材小说创作的进一步繁荣，准备了条件。无论从哪个意义上说，这部小说在中国现代文学史上的地位，都是不可低估的。

一九八〇年九月

（原载《芙蓉》1980年12月第4期）

＊ 文中的着重号均系笔者所加。

现代文学史上的一桩旧案
——重评丁玲小说《在医院中》

严家炎

　　一些复杂的事物，往往需要人们反复研究，从各种角度加以探索，才能认识得比较清楚，比较准确。这种认识过程不但需要时间，有时还要付出代价。毛泽东同志自己就说过："为了判断正确的东西和错误的东西，常常需要有考验的时间。历史上新的正确的东西，在开始的时候常常得不到多数人承认，只能在斗争中曲折地发展。正确的东西，好的东西，人们一开始常常不承认它们是香花，反而把它们看作毒草。"又说："同旧社会比较起来，在社会主义社会中，新生事物的成长条件，和过去根本不同了，好得多了。但是压抑新生力量，压抑合理的意见，仍然是常有的事。不是由于有意压抑，只是由于鉴别不清，也会妨碍新生事物的成长。"❶丁玲作品《在医院中》三十多年来的遭遇，也许可以说正属于这种情形。这篇小说一九四一年在《谷雨》第一期上发表以后，第二年六月在延安文艺整风期间就被当作倾向不好的作品受到了批评。到一九五八年，它又进一步被升级为"毒草"，遭到了"再批判"。今天，时间又过去了二十二年，当人们经历了多少番风风雨雨，对中国社会的认识有了惊人的深化之后，再来重读这篇作品并回顾它的遭遇，就有可能得出比较全面、比较符合实际的结论了。

　　《在医院中》通过年轻女医生陆萍被分配到一座新建医院后的感

---

❶《关于正确处理人民内部矛盾的问题》。

受、遭遇，来展开作品的情节故事。因此，能否如实地看待女主人公陆萍，就成为正确评价作品的前提和关键。陆萍到底是一个什么样的人？是极端个人主义者？反党分子？还是一个入党不久的革命知识青年？如果我们从作品实际出发，并不难于找到正确的答案。她只有二十岁，原先遵父命在上海一个产科学校读书，"八一三"淞沪战争爆发后曾到伤兵医院热情服务，后来经过长途流浪，"受了很多的苦，辗转的跑到了延安"。抗大结业之后，尽管她并不愿意当产科医生，曾为工作不合志趣感到苦恼，甚至错误地把"党的需要"看作套在头上的"铁箍"，却仍然用自己的实际行动，服从了组织上的分配；并且"打扫了心情，用愉快的调子去迎接该到来的生活"，决不哭丧着脸走上工作岗位。她到达这个物质条件极其简陋的医院的第一个下午，就遇到了一系列不称心的事，正在这时候，几声初生婴儿的啼哭，却立刻振奋起她的心情。作品这样动人地抒写道：

> 这是她曾熟悉过的一种多么挟着温柔和安慰的小小生命的呼唤呵。这呱呱的声音带了无限的新鲜来到她胸怀，她不禁微微开了嘴，舒展了眉头，向那有着灯光的屋子里，投去一缕甜适的爱抚："明天，明天我要开始了！"

实际上，陆萍对自己未来的工作是那么有感情，那么充满着憧憬和希望，以致一开始投入进去，就几乎用了自己全部的身心。她不计较席地而卧、与鼠作伴的艰苦生活条件，也不计较自己是产科医生、并非护士的这种身分，一味做着各种各样琐细而又重要的医护工作，一切着眼于病人、产妇和婴儿的健康，表现出一丝不苟的科学精神和严肃认真的革命责任感。她对护士们经常督促，"守着她们消毒"，督促不成"就只好代替"，亲自"替孩子们洗换，做棉花球、纱布卷"，亲自为病人产妇换药。"她不特对她本身的工作抱着服务的热忱"，而且还充满幻想地学习"战争时期最是需要"的外科技术，准备着有一天"她可以到前方去，到枪林弹雨里奔波忙碌"。可以毫不夸张地说，小说中的陆萍，正是抗战初期千千万万投奔抗日民主根据地的革命知识青年的艺术写照，她身上所具有的可贵的工作热情、蓬勃的革命朝气、现代的科学知识，连同富于幻想、缺少锻炼、感情脆弱等等弱点，在当时的革命青年中都有相当的代表性；只是由于陆萍个人出身、教养等种种条件，这些优点和弱点，在她身上也许表现得更为突出、更为充分罢了。

陆萍这类虽然不免稚嫩而却富有对新事物的敏感，革命热情相当饱满的知识青年，如果处在一个领导核心坚强、群众基础良好的环境中，是能够很好地发挥作用并且顺利成长的。然而，幸乎，不幸乎，陆萍被分配到了一个新开办的各方面条件极差的医院中。据医院指导员介绍："这里的困难，第一，没有钱。第二，刚搬来，群众工作还不好，动员难。第三，医生太少，而且几个负责些的都是外边刚来的，不好对付。"四十年代一位评论的同志，则曾经这样概括小说中医院的状况："肮脏，无秩序，设备不完善，病人营养差，用具破了无人管理，病房不温暖，大家忙而又闲，流言纷起……"❶实际上，这些都还只是说了事情的表面，远未触及医院问题的实质。这样的一个环境，对陆萍真是严峻的考验。她可以有几种态度：一是从此热情衰退，锐气消失，随波逐流；二是独善其身，反正自己不是医院领导，不在其位，不谋其政；三是拿出共产党员改造世界的气概，发挥革命者的作用，积极推动医院的改革。陆萍所采取的，正是第三种。尽管她幼稚、脆弱，情绪有时不稳定，方法上也未能紧密依靠群众，但她忠于职守，积极热情，充分运用自己学到的医学知识，尽其所能地改进医院工作，改善病人、产妇的医疗卫生条件，这种精神是十分可贵的。作品这样写道："她陈述着，辩论着，倾吐着她成天所看到的一些不合理的事"；"她去参加一些会议，提出她在头天夜晚草拟的一些意见书"；她"照顾着那些产妇，那些婴儿，为着她们一点点的需要，去同管理员、总务处、秘书长甚至院长去争执。在寒风里，束紧了一件短棉衣，从这个山头跑到那个山头，脸都冻肿了。脚后跟常常裂口。她从没有埋怨过"。可以说，陆萍是这个医院中出现的名副其实的改革家。"总不满于现状"——这决不是她的过错，而正是她的一大优点，也是她的一大特点。

---

❶《"人……在艰苦中生长"——评丁玲同志底〈在医院中〉》，1942年6月10日《解放日报》。

那么，陆萍与周围环境的矛盾，究竟属于什么性质？真的是极端个人主义者与革命集体之间的矛盾吗？或者是主观上贪图安乐、害怕艰苦与客观上物质条件极端贫乏之间的矛盾吗？都不是！至少我们从作品中，看不到这些说法的客观依据。作品本身告诉读者，陆萍与周围环境之间的矛盾，就其实质来说，乃是和高度的革命责任感相联系着的现代科学文化要求，与小生产者的蒙昧无知、偏狭保守、自私苟安等思想习气所形成的尖锐对立。陆萍从幼年时起，显然受过现代文明的熏陶。作品写道："为了不愿使病人产妇多受苦痛，（陆萍）便自己去替几个开刀了的、发炎的换药，这种成为习惯了的道德心，虽不时髦，为许多人看不起，而在她却是在很小时候，就已经被养成。"来到延安并进入抗大以后，她又受到党的教育，更形成了高度的革命责任感。"她带着人去巡视病房，好让人知道没有受过教育的看护是不行的。她形容这些病员的生活，简直是受罪。她替她们要清洁的被袄，暖和的住室，滋补的营养，有秩序的生活。"陆萍做这一切，既不脱离艰苦的战时环境所造成的客观条件，也不为了达到某种个人的目的，而只是在环境许可的情况下，全心全意地为了尽早恢复病人、产妇的健康。但是，陆萍周围的一些人员状况怎样呢？那位同住一个窑洞的女伴，除了会骂极粗鲁的话语之外，就只对自己缝制的鞋面以及房东家的零食感兴趣；她对待新同志态度之冷漠，实在令人吃惊。其他许多护士原先也都是家属，"一共学了三个月看护知识，可以认几十个字，记得几个中国药名"，她们大半"毫无服务的精神"，只是"对于鞋袜的缝补、衣服的浆洗才表示无限的兴趣"。产妇们也"不爱干净"，经常把室内弄得很脏。……是的，陆萍身边并没有一个坏人，有的只是房东、同事、上级，他们都是自己的同志，他们也没有多么了不起的毛病和恶行。然而，由这些人物构成的环境，却使人感到窒息。这里各方面都呈现出混乱、无秩序，医疗卫生工作做得极差，而喊喊嚓嚓、闲言闲语则极多，"互相传播着谁又和谁在谈恋爱了，谁是党员，谁不是，为什么不是呢，有问题，那就有嫌疑！……"，"做勤务工作的看护没有受过教育，什么东西都塞在屋角里；洗衣员几天不来，院子里四处都看得见有用过的棉花和纱布，养育着几个不死的苍蝇"。当陆萍作为产科医生"只好亲自带上口罩，用毛巾缠着头，拿一把大扫帚去扫院子"时：

> 一些病员，老百姓，连看护在内都围着看她。不一会，她们又把院子弄成原来的样子了。谁也不会感觉到有什么抱歉。

读到这里，我们不禁会联想起鲁迅小说里所描写到的那些群众，联想起他们身上那种冷漠、愚昧、保守、自私的精神状态；虽然其间程度相异，但作为小生产者的思想习气则一。值得注意的是，这类小生产者的弱点，不仅在许多群众身上表现出来，而且在一些领导者身上，也还同样顽强地存在。小说中的医院院长，"种田的出身，后来参加革命"，他在陆萍前来报到时，竟以"象看一张买草料的收据那样懒洋洋的神气读了她的介绍信"，对一个新同志缺乏起码的热情。他"对医务完全是外行"，只单纯从经济上着眼，要大家"学着使用"全院唯一的那支已经弯了的注射针；在严冬进行的一次较大的手术中，"院长为节省几十块钱"，不在室内安装炉子而只生了几盆炭火，以至医护人员先后煤气中毒，几乎赔上几条人命，酿成大祸。这些难道不正是小生产者思想习气的另一种表现形态吗？《在医院中》就是通过主人公陆萍的亲身经历，揭露了小生产习惯势力同现代科学技术之间的尖锐矛盾，显示了这种思想作风给无产阶级革命事业所带来的危害，具体真切地说明了象中国这样一个经济上、文化上都很落后的国家，要进行先进的无产阶级革命，要推广先进的自然科学和技术，会遇到多少严重的有时简直难以想象的困难和障碍。陆萍从周围所遇到的一切，实际上是在一个封建传统很长、小生产占着支配地位的国家里，必然会遇到的。小说主题思想方面的这一积极内涵，使作品在努力实现四个现代化的今天，依然具有很大的认识意义和教育意义。

《在医院中》的可贵之处，在于不仅写出了小生产思想习气的危害，还进一步深入地写出了同这种思想习气作斗争竟是何等困难。陆萍所做的一切，归结起来，无非是要用现代的科学文化知识去改造环境，使病人、产妇、婴儿能获得较好的医疗护理条件。然而要做到这一点，真是谈何容易！困难不仅在于敌人封锁所造成的物力、财力的极端匮乏，更主要的还在于经济文化普遍落后以及与此相联系的小生产思想习气的弥漫。这种思想习气在我们国家里具有如此广泛的群众性，以致无产阶级领导的革命队伍也受到了它程度不同的侵蚀。小说中对陆萍心情的这段描述，是十分发人深思的：

> 是的，应该斗争呀！她该同谁斗争呢？同所有人吗？要是她不同他们斗争，便应该让开，便不应该在这里使人感到麻烦，那末，她该到什么地方去？……

这便是一个富于革命热情的青年知识分子内心苦恼着的问题。她曾经以"足够的热情和很少的世故"进行过斗争，得到过一些医生、护士、病员的同情和拥护，但同时也就"被大多数人用异样的眼睛在看着"。终于，她在矛盾冲突的高潮中招来了种种流言蜚语："有的说她和郑鹏在恋爱"，害着单相思；有的早就把她看作"小小的怪人"；"支部里也有人在批评她"；"甚至连指导员也相信了那些谣传而正式的责问她"。而这又"使她感到惊讶与被侮辱"，把她激怒起来：

> 她寻仇似的四处找着缝隙来进攻，她指摘着一切。她每天苦苦寻思，如何能攻倒别人，她永远相信，真理是在自己这边的。

这一段过去常被摘引出来指为"反党"、"反人民"的话，其实正是知识青年陆萍在普遍而顽强的小生产习气面前被激怒得近于疯狂而又束手无策的表现。陆萍"进攻"的方向不是别的，正是小生产者的思想作风和习惯势力。然而，她无疑不是这种强大的习惯势力的对手。这头雏鹰毕竟太稚嫩了！她的感情比较脆弱，经不住稍大的波折，身上小资产阶级的东西也还比较多。"她离家快三年了，刚强了许多，但在什么秘密的地方，却仍需要母亲的爱抚啊！"在外科动大手术而发生了多人煤气中毒、好友黎涯几乎牺牲这个严重事故以后，陆萍"一下就衰弱下去"。她在精神上经受了一次真正的手术。当她同失去双腿的革命老战士谈话以后，她开始意识到自己的最大弱点，是在不懂得很好依靠广大的最基本的群众。她总以为自己很孤立，不被人们了解，其实未必尽然。这位坚强的老战士就告诉她："你去问问伙夫吧。谁告诉我这些话的呢？谁把你的事告诉我的呢？这些人都很明白的，你应该多同他们谈谈才好。眼睛不要老看在那几个人身上，否则你会被消磨下去的。"的确，改造小生产思想习气是一场特殊的长期的斗争，既不能麻木不仁，熟视无睹，又不能操之过急，脱离群众；这是必须同发展经济、普及文化的整个社会改造运动联系起来才有效的，是应该依靠广大群众自身来进行的。小说结束时，陆萍经过艰难挫折，政治上终于逐渐成长起来，她从实际生活斗争中有了更多的体会，因而"要求再去学习"。"她离开医院的时候，还没有开始化冰，然而风刮在脸上已不刺人。她真真的用了迎接春天的心情来离开这里的。"《在医院中》正是由于从活实际出发，写出了同小生产思想习气作斗争的艰难曲折的过程，并且通过老战士的谈话，暗示了这类斗争应采取的正确途径和方法，因而显示了自己独有的思想深度。

有的同志以为，抗日民主根据地的医院不应该这样保守和混乱，因此责备作品写得"不真实"，"丑化"了革命根据地。其实，这是一种脱离实际的主观空想。白求恩在根据地医院里遇到的一些由于科学文化落后和小生产思想习气作祟而带来的问题，难道还少吗？难道不是比小说描写的在某些方面有过之而无不及吗？不是连批判这篇小说的同志，也承认延安地区确实存在着一个工作相当落后混乱、"作者可能取为背景的拐崞医院"[1]吗？小生产是中国社会里极其广泛的客观存在，怎么可能因为一有了共产党的领导，就不再表现出它的落后、愚昧、冷漠、保守等弱点呢！难道不正是因为有了无产阶级领导，才更需要也更有条件去改造小生产者的种种落后习性，把他们提高到现代科学和无产阶级集体主义的水平上来吗？应该说，丁玲的《在医院中》，正是站在无产阶级方面来揭露小生产思想习气同现代科学技术及革命集体主义之间的尖锐矛盾的。它继承了"五四"新文学的战斗传统，在共产党领导的区域内第一次提出反对小生产思想习气的问题。尽管小说在艺术构思和具体描述方面确实存在一些缺点，例如选取一个入党不久、仍有不少小资产阶级感情的革命知识青年陆萍做主人公，通过她的眼睛来观察周围事物，未免有不够准确之处；对她身上的某些

---

[1]《文艺报》1957年9月29日第25期。

弱点有时也要求不严，原谅过多；失去双腿的老战士出现得过迟，形象不够饱满；结尾过于仓促，因而使作品稍嫌压抑，影响了作者意图的充分体现；但是，从作品的主要方面看，从整个文学发展史上看，《在医院中》自有其不可磨灭的独特贡献。可以说，它是《组织部新来的青年人》这类作品的先驱。陆萍，正是四十年代医院里新来的青年人。在现代文学史上，象陆萍这样同周围严重的小生产思想习气作斗争的人物形象，毕竟是屈指可数的。这一切，就使《在医院中》具有了不可替代的重要地位。

作品最后是以这样一段意味深长的话语收尾的：

> 新的生活虽要开始，然而还有新的荆棘。人是要经过千锤百炼而不消溶才能真正有用。人是在艰苦中生长。

这里不仅概括了主人公陆萍已经走过并在继续走着的人生道路，而且也说出了意义远为普遍的生活真理。"经过千锤百炼而不消溶才能真正有用"，"人是在艰苦中生长"，这样的思想恐怕曾经使不少人在长途跋涉、困难挫折中受到过鼓舞（我甚至产生一种奇特的猜想，觉得连小说作者本人都未必是例外；如果移用这些话来形容丁玲的大半生，不是同样很恰当的吗）。即使在一九五七年，一位批评者也不得不承认有这样的事实："在延安时，笔者就曾听说过有人把它（指上面引到的小说最后这段话——引者）抄下来贴在壁头上当座右铭，而且据说有个机关的俱乐部还把它和列宁、毛主席的警句同等看待，用鲜红的长条大纸写着，……"❶可见，这篇小说当年在延安产生的效果并不算坏。既然如此，为什么《在医院中》长期以来的命运又会如此乖蹇呢？这个问题实在值得我们深思。

我以为，决不能用偶然的单纯认识上的原因去作出解释。问题的根源要远远复杂、深刻得多。中国是一个具有几千年封建制历史的国家，在这一漫长的过程中，小生产无论在经济方面或思想方面，实际上都只能成为封建宗法制度的支柱和附庸。"五四"新文化运动的先驱

---

❶ 《文艺报》1957年9月29日第25期。

者们在倡导民主与科学、反对专制与迷信的同时，就曾强调地提出了"改造国民性"中包括改造小生产的传统思想与习惯势力的任务。鲁迅的许多作品，怀着沉痛的感情揭露与批评了小生产者的愚昧、麻木、自私、冷漠等精神痼疾。先驱者们把改造小生产者的心理、习性，当作思想战线上反封建的一项重要使命来看待。然而，由于历史发展的种种原因，这项任务到后来实际上被搁置了下来。农村包围城市的革命道路，要求我们党必须时刻紧密依靠农民群众，必须十分强调知识分子与农民结合、向农民学习。而农民在中国新民主主义革命过程中所起到的无与伦比的伟大作用，他们所表现的感天动地的英雄气概和作出的可歌可泣的重大牺牲，也要求我们的文艺必须很好地加以表现。这一切，都是完全正确、非常必要的，它对新文学的发展——特别在促进新文学与群众结合、促进新文学的民族化群众化等方面，的确都起到了良好的作用，带来了文学史上划时期的变化。但也正是在这一时期，对农民作为小生产者的一些弱点，开始在根据地一部分同志中间有所忽视。随着思想警惕的放松，解放区一部分文艺作品，程度不同地受到了小生产者思想习气的侵袭和影响。有的作品通过主人公形象所赞颂的，实际上是长期封建社会中那种与小生产观念相联系的传统美德；有的作品所反映的，乃是"三十亩地一头牛，老婆孩子热炕头"式的小农心理；有些歌颂革命领袖的群众创作，也在某种程度上渗透着小生产者带有唯心史观色彩的狭隘眼光。在知识分子与农民的关系上，人们往往只肯定一部分以农民的良好品质为衬托而着重表现知识分子不健康思想感情的作品，对于有些真实地写到了知识青年长处和农民弱点的作品，则不能公正地给予评价。正是在这种历史条件下，丁玲的小说《在医院中》问世不久就受到了批评。也正是这同样的历史条件，使我们在建国以后一段时间内把农民小生产者看得似乎比工人阶级还先进，以致走了不少曲折的道路，吃了大亏。列宁曾经认为，在俄国这类"半亚细亚条件"的国家里建设社会主义，小生产以及其他封建宗法制残余如官僚主义等，要比资本主义更加危险。最近二十多年的历史证明，我们恰恰忘记了列宁的这个重要教导。有不少悲剧正是在这种情况下发生的。马克思在谈到十九世纪法国农民小生产者的政治和思想特点时，曾经明确指出："他们不能代表自己，一定要别人来代表他们。他们的代表一定要同时是他们的主宰,是高高站在他们上面的权威,是不受限制的政府权力,这种权力保护他们不受其他阶级侵犯,并从上面赐给他们雨水和阳光。"❶从这里,难道我们还不能联想到中国多少年来现代迷信所以盛行,其社会基础、思想基础究竟何在吗?难道我们在从事文艺评论时,还永远只去肯定那些写了知识分子向农民学习的作品,而不去同时肯定那些如实地批评了农民小生产者弱点、赞颂了知识青年某些长处的作品吗?我认为,这种片面性应该纠正过来。围绕《在医院中》发生的这桩公案,有必要重新审议。

经过林彪、"四人帮"制造的十年动乱,现在是到了我们应该醒悟,应该重新思考点问题的时候了!

(原载 1981 年 2 月 15 日《钟山》第 1 期)

---

❶《路易·波拿巴的雾月十八日》,《马克思恩格斯选集》第 1 卷第 693 页。

(三)

(港台・海外部分)

《中国新文学史》（节录）

[中国香港] 司马长风

第四编第二十一章　散文的泥淖与花朵

丁玲这位以小说成名的作家，散文也相当出色。她直吐胸臆的风格，有几分象徐志摩和郁达夫，但没有郁的委婉和徐的蕴藉，反之她更有男子气，长风破浪的豪放。她在收获期的散文作品不多，但她留下了一篇轰动文坛的文章，那便是一九三二年春天在《文学》月刊上发表的《不算情书》。

这可能是中国女性最赤裸的自白了。但没有一点肉麻和卑污的感觉，被她那纯洁的虔诚的情思所牵引，读着她遍历那哀欢交织、凄艳卓绝的精神历程。……可是在爱情上却十分认真和炽烈。

第五编第二十六章　长篇小说竞写潮

省察六十年来的新文学史，不禁再三惋惜，许多有才华的作家，都因卷入政治漩涡，以致艺术生命夭折；其中最可痛惜的是丁玲。但是这位出身湖南的女作家，生命力和斗志都特别强。她没有被国民党的屠杀和禁锢吓倒，也没有被马列主义者的无情斗争所屈服。

丁玲一九三六年抵达陕北，除了抗战初期，山西、武汉和西安之外，便一直在中共统治地区生活。虽然她在政治上选择了共产党，但是当她触碰了黑暗时，就勇敢的站出来反抗，当她艺术遭受鞭挞时，便顽强的维护艺术……一九四二年，她在延安《解放日报》副刊上发表《三八节有感》，为知识女性呼冤，在文艺整风中遭受批判；一九五五年因为抗拒党批判她主编的《文艺报》，而遭受停止党籍的处分，被批成反革命；一九五七年"鸣放"时，她不避锋镝再站起来，批判当道，致遭受二十七次公审斗争。据说，一度被下放新疆劳动改造，文革之前在武汉大学任教。

在战时战后时期，短篇小说集有《我在霞村的时候》，长篇则有《太阳照在桑干河上》，后者曾获史大林文艺奖。因为得了这个文艺奖，使她在中共文坛的地位一度直上云霄；也正因为得了这个文艺奖，这部小说一直得不到公允的品鉴，多以为是典型的政治小说，其实并不尽然。基本上虽是政治小说，主题在反映一九四七年前后，中共的土地改革，但是在人物、思想、情节诸多方面，都表现了独特的个人感受，颇有立体的现实感，读来甚少难耐的枯燥，具有甚高的艺术性。同时，作者贯注了全部的生命，每字每句都显出了精雕细刻的功夫。关于前者书中有这样的怪话：

"嗯，共产党总是说为穷人，为人民，这也不过只是些好听的名词，钱二叔，你没有去张家口去看一看，哼，好房子谁住着？汽车谁坐的？大饭店门口是谁在进进出出？肥了的还不是他们自己。钱二叔，如今是穿长褂子的可吃不开了。"

这虽说是"反动分子"的"怪话"，但是，能写出这样的对话来，只〔至〕少你不能说"人物概念化"。再看她的笔力：

"顾二姑娘离开了自己的家，就象出了笼的雀子一样，她又年青了。她本来才二十三岁，她是一棵野生的枣树，欢喜清冷的晨风，和火辣辣的太阳。她并不好看，却茁壮有力，涩里带点甜味。……"

这段文字该多朴实，多生动。

（录自香港昭明出版社 1978 年 12 月版）

《现代中国文学全集第九卷·丁玲篇》后记

[日] 冈崎俊夫

丁玲，本名蒋祎文，一九〇七年出生于湖南省临澧县（当时称为安福）的一个大地主家庭。幼时丧父，母亲性格刚毅，承担了养育的重责。当丁玲十三岁在桃源女子师范学习的时候，发生了"五四"运动。这是一个把从封建中国引向近代中国的巨大浪涛，它也波及到了这个内地的小城市。不久，她便转入省城长沙的女子中学，在那里，得到一位国文教师的指导，受到了新思想的洗礼，同时也扩大了她对于文学的视野。她在童年时代，常常伏在母亲的膝上，听讲《聊斋志异》或《西游记》之类的故事，在小学念书的时候，便开始读些林琴南翻译的西洋小说，在长沙女中，更进一步阅读了胡适翻译的都德的《最后的一课》、莫泊桑的《两个朋友》等作品，唤起了她激烈的民族感情。

一九二一年，为了进一步深造，丁玲便到了上海，一九二三年，又到了当时的首都北京。她本来打算进北京大学学习，因而便先在附设的补习学校中落籍。然而不久，她遇上了一位福建青年胡也频，陷入了热恋之中，并开始了同居。那时，她年仅十七岁。丁玲刻意模仿具有文学志向的爱人，还把当时读熟了的《包法利夫人》等作品作为样板，开始了自己的创作。她终于比她的爱人更早地在文坛上出了名。一九二七年，她在《小说月报》上发表题为《梦珂》的短篇，第一次使用"丁玲"的名字。第二年便出版了最初的短篇集《在黑暗中》。该集除《梦珂》之外，还收入了《莎菲女士的日记》、《暑假中》、《阿毛姑娘》三篇。这些小说，由于描述了冰心、庐隐等先一辈女作家们所未能观察到的新时代女性的分裂、矛盾的心理，从而受到同时代人的狂热的欢迎。尤其是《莎菲女士的日记》，成为确立丁玲在文坛地位的初期的代表作品。以莎菲女士为首，这一时期的主人公，同样地都不仅仅是自我觉醒的热情的新女性，而且，她们在生活中都碰到了现实的坚壁，挣扎、苦恼、最后陷入了绝望与颓废之中。这些主人公的心情，也可以说，正是作者的心情。

当丁玲创作这些小说的时候，正是北伐开始，继而蒋介石叛变，武汉政府分裂等等所谓的大革命变动时期，是很多文学家投笔参加革命的时期。然而，栖居于北京这块土地上、过着罗曼蒂克生活的丁玲，虽然她远远地听到了革命的鼓动，却只是焦躁不安，而始终没有投入这一激流的勇气。几年前，她在回忆胡也频的一篇题为《一个真实人的一生》的文章中，曾经这样说过："我那时候的思想正是非常混乱的时候，有着极端反叛的情绪，盲目地曾倾向于社会革命，因为小资产阶级的幻想，又疏远了革命的队伍，走入孤独的愤懑、挣扎与痛苦。"

为了摆脱这种生活，一九二八年，丁玲与胡也频共同移居上海。他们起初与沈从文等创办《红黑》杂志，丁玲写作了《自杀日记》、《庆云里中的一间小房里》、《过年》等短篇，不过，这些都是《在黑暗中》的延长。其后，在一九三〇年，丁玲发表了长篇《韦护》、中篇《一九三〇年春上海》。在这些作品中，她把当时很多作家所采用的"革命与恋爱"作为主题——他们的"革命"还仅仅是在头脑中的，然而，可以看出，作家在作风方面有了一个大的转换。《一九三〇年春上海》中的主人公美琳，不满意"虽然高雅，然而专制"的丈夫，她通过活跃于革命文学研究会里的自己丈夫的朋友，而倾向于革命。那位朋友说："我现在是明白了，我们只做了一桩害人的事，我们将这些青年人拖到了我们的旧路上了，一些感伤主义、个人主义、没有出路的牢骚与悲哀，他们的出路在哪里？只能一天一天更深地掉在自己的愤懑里，认不清社会与各种苦痛的关系。"这些言语，也正是作家投向自己的过去的。

一九三一年早春，胡也频被国民党政府逮捕，并与数名同志一起被枪杀。早先，胡也频曾一度赴济南的中学任教，从那时候起，他便积极地投身于政治活动之中。胡也频的思想与行动，对于丁玲的创作，无疑是产生了影响的，他的死，对于丁玲来说，无疑是一个极大的打击。在《一个真实人的一生》中，丁玲曾说，胡也频死了，她失去了支柱。这是一个柔弱的女性的告白。然而，她带着刚刚出生的孩子，必须坚强地生活下去，她必须在这条生活的道路上复仇，并继承她丈夫遗下的事业。她曾一度回到湖南，把孩子托给母亲。返回上海之后，便全身心地投入了于前年组成的"左翼作家联盟"的工作之中了。她编辑《北斗》杂志，并在创刊号上发表了小说《水》。这篇小说描写了当年发生的，洪水袭击了长沙沿岸，愤怒的农民从地主与官僚那里夺走土地的斗争。这是一篇强有力的小说，可惜生硬了一些，可是，这却是丁玲大步迈向人民的方向的作品。

同年，丁玲还发表了短篇《某夜》，它描写押赴刑场的青年，确信必定会有人继承自己的事业，于是，便勇敢地去死。可以认为，这是丁玲对于胡也频，也是对于其他许多烈士的誓言。一九三二年，作家以自己的母亲为模特儿，开始创作表现从辛亥革命前夜起，直至大革命止的巨大历史画面的小说《母亲》。但是，一九三四年，却突然传闻丁玲下落不明，一时谣传她已经死了，然而，抗日战争的前夕，她却在延安出现了，并且很健康。

在延安，她起初在马列学院讲授文学，同时在知识分子朋友中，组织战地服务团，巡回于前线，从事宣传教育工作。那时的主要作品集是《我在霞村的时候》。

丁玲在《新的信念》、《我在霞村的时候》等作品中，描写了处于日本侵略之下的农民，从苦难中奋起，并改变着自我，具有很强烈的感情。那位被日本军人奸污的霞村的贞贞、自己也觉得是一块"烂货"。她没有人同情，只有依靠自己的力量，寻求生活的道路，"我"同情她，可是，她却不企求"我"的同情。勿庸说，与贞贞的接触，"对我的学习与修养，是起了非常大的作用的"。

然而，这种感动，还只是一种从外侧眺望奋起转变中的人民的小资产阶级知识分子的心理，它不是人民本身传达给人民本身的感动。由于苦难，由于铁与火的斗争，转变中的人民开始要求表现自己，渴望新的人民文艺，因而，这就要求作家本身与人民大众共呼吸。关于这一问题，毛泽东于一九四二年五月在延安举行的文艺座谈会上明确地指出了。边区的许多作家热心于改造自己，丁玲，当然也行进在这一道路上。

丁玲在毛泽东讲话之后，写作了一系列的报告文学式的传记，其间有合作社的主任、民间的艺人、学徒出身的工段长等。这些作品，其后汇编为《陕北风光》。这些篇章与她的《我在霞村的时候》的各篇相比较，就作品而言，要逊色得多。她对于这些对象的了解，似乎都很肤浅，给读者以枯燥、平板的印象。然而，可以说，这当然也是作家必须要经过的道路，它为新的创作，练习了素描。丁玲所从事的这样一个一个的人物特写，在以后的《太阳照在桑干河上》中，便结出了丰艳的果实。

作家于一九四八年完成的这个长篇，是以土地改革为主题的。当时，中国共产党在解放战争的道路上，正在各地进行土地改革。这种土地所有关系，曾构成了所谓封建的基础，所以，没收地主、富农的土地，使耕地的农民成为土地的真正的主人，这种关系的变革，正是中国三千年来未曾见过的真正的革命。丁玲，她把这样一个伟大的历史作为描述对象。

关于这部小说，我首先不准备给予过高的评价。拿它与《我在霞村的时候》相比较，感情要淡薄一些；如果把同一时期描述土地改革的作品，例如周立波的《暴风骤雨》，拿来与《太阳照在桑干河上》相比较，那么，前者给人的印象要鲜明得多。至于作为文章来说，作家不仅试图采用中国传统的语法，而且也无法背离在长时间中已经形成的欧式文风，正是在这一方面，描写上有时给人并不一致的感觉。然而，如果认真地反复阅读作品，那么，感觉也就会变化。这部小说，仍然具有无法舍弃的魅力，完全可以说，丁玲在描写人物上是第一流的。她通过人来描写斗争，最终强调社会。在这方面，她的用力之处，在于人物的造型上，当然，间或也有失败。我认为，象张裕民、董桂花、钱文贵、顾涌等大多数的主要人物，在一定程度上都是成功的。这一部作品，使丁玲荣获一九五一年度斯大林奖金。

在新中国成立之后，丁玲于一九五一年创作了《粮秣主任》。之后，她便不再写作品了，转向评论，偶而写点游记。她作为作家协会的领导成员，为了培养下一辈，贡献出了自己全部的创作时间。她的评论是极为优秀的，水平很高。这些评论，收集在她的《跨到新的时代来》（一九五一年）与《到群众中去落户》（一九五四年）两本集子中。这些论著，不仅对下一辈，而且对已经有成就的作家们来说，都可给以很大的启示。

（据河出书房1955年版，译者严绍璗）

丁 玲 论

[日] 中岛碧

一

　　具有长期创作历史的作家，风格发生转变可谓毫不足奇。丁玲的风格也有过几次变化，而且是相当显著的变化。她的初期代表作《莎菲女士的日记》和后期的代表作《太阳照在桑干河上》，从题材到手法以至文体几乎都很不同。当然，由于作家所具有的才能不同，所以有些作家能够同时写出风格截然不同的作品，有些作家随着他本人的成长、成熟，逐渐发生变化。丁玲则不同。她的文学发生最大的转变是延安时代——一九四二年以后的事。在此值得注意的是，这个转变并不完全是由于作家本身的内在欲求而发生的，而主要是被情况所迫，必须做出最后的决断，即由于外界的因素而急速发生的。毫无疑问，这个转变与"延安文艺座谈会"、整风运动密切相关。

　　丁玲的文学是在"五四"的新思想、新文化中培育，在大革命低潮的混沌之中开花的。但是，其出发点，姑且不谈艺术方面，在政治思想上，她并不是一个英勇的"革命派"。反倒替在混沌的时代、闭塞的时代中寻求出路的青年们，彷徨惆怅的青年们代言，反映他们那种虚无、渺茫的心情。加入左联（一九三〇年）前后，她迅速接近革命，三六年向北方寻求光明，来到边区，成为解放区文艺工作核心骨干之一。在那里，要求他们文艺家直接为"革命"服务，创作成为"革命的螺丝钉"的文学艺术。这对于深受文学必须最忠实于表现主体的内在欲求这种近代文学观侵蚀的作家来说，是对自己的文学的否定。他们不得不从这里重新出发。

丁玲的文学道路将中国近代文学必经的这种"自我否定""自我变革"的过程用最快最生动的形态表现出来。

但是，我当前的目的并不是从总体上来评价超过半个世纪的丁玲的文学道路。在此，我想考虑的主要有以下两点。一是丁玲作为文学家，在前半生中表现出来的本质和可能性是什么；二是延安时代，知识分子、文学家应有的态度和存在的方式必须从根本探讨，阐明这些经验对她的文学有什么影响。

二

"我卖稿子，不卖'女'字。"

据说上海某杂志要出版女作家专号，也向丁玲约了稿，被她这样拒绝了。当时她只有二十三四岁，是刚登上文坛不久，初出茅庐的作家。后来她回忆起这件事，说自己当时的气概是应该的，否则在当时的上海，年轻的女子不迎合潮流、不堕落地生活下去是很困难的，她还说，那个"女作家专号"也不能说是为广大妇女群众、妇女解放运动讲话，并起了作用。（《写给女青年作者》——《青春》1980年11月号。）

"我卖稿子，不卖'女'字"，充分显示出年轻的丁玲的信心和矜持。当时她之所以这样讲，当然主要是关于自己的文学的价值，自己的作品不应套上"女流"的框框，即使用更普遍的尺度衡量，也是能符合的。也许她是出自这样一种心情吧，但是，同时这里一定有作为一个人，不愿因为是女子就接受特殊待遇（其实是歧视）的心理作用。

尽管如此，丁玲当时并非是妇女解放的斗士，相反地，当时的丁玲远远地站在这个圈子的外面。"五四"运动时，她只有十四五岁，无可非议，五卅前后全国性反帝爱国运动高潮期间，她正在北京，同辈的女学生们率先舍命向军阀政府抗议，她当时却并没有卷入波潮之中。她关起门来，作为一个诗人的幸福妻子，和爱人一起沉溺在文学世界中。

但是，根据这些就指责她既不理解也不体现时代的精神，她的主人公缺乏"五四"青年们的革命气概，等等，恐怕有些偏颇。时代精神并非一定要直接通过政治思想或社会行动表现出来，并非只有这些思想、行动最尖端的事物才能代表时代。丁玲最初期的作品充分表现了那一些较晚觉悟了的青年们的心情；他们没有参加从五卅到国民革命的终结这一社会激烈变革时期的政治行动，没能成为英雄烈士，又不想在升官发财方面寻求出路，因而怀着更深的抑郁心情度日。正因为这样，她的作品一出现，立刻就受到城市中的年青知识分子和学生们的热烈欢迎。

丁玲，通过描写受过较高的近代教育的年轻女知识分子的心理，迈出了作家生涯的第一步。无论是第一篇作品《梦珂》，还是使丁玲扬名的《莎菲女士的日记》，她的初期的作品中大半是以具有近代教养、在自我意识中觉醒、有敏锐的感受性而又无法找出人生的明确目的和方向，因而郁闷烦恼的年轻女性为主人公。她们没有清楚地意识到这一点，但敏感地觉察到了时代闭塞的状况，略微沾染了世纪末的颓废，在官能和理性的葛藤中痛苦烦闷而又无能为力，浪费着自己年轻的生命。一方面，她们爱孤傲，又眷恋人间；另一方面，又切望为人所爱，为人所理解。她们有这些青年时期特有的矛盾心理，即对异性的官能的恋情，而这又与高贵的精神欲求有互不相容的轧轹。但是她们又确信肉体的官能的欲求本身是人的正当要求，甚至是美好的，在这些欲求中，人实现自己的人性，所以不应该回避或蔑视。丁玲生动地把这些思想与年轻的女主人公的姿态、气息一起告诉了读者。在这些问题的描写上，丁玲比她先辈或同辈中的任何一位作家（不论男女）都出色。甚至可以说，敢于如此大胆地从女主人公的立场寻求爱与性的意义，在中国近代文学史上丁玲是第一人。茅盾说："莎菲女士是'五四'以后解放的青年女子在性爱上的矛盾心理的代表者！"（《女作家丁玲》，1933）钱杏邨更早就评论说：（丁玲是）"一位最擅长于表现所谓'Modern Girl'的姿态，而在描写的技术方面又是最发展的女性作家"。他还对丁玲笔下的恋人们不仅仅只是头脑中具有所谓精神恋爱的产物，而且是被描写为一个有肉体的人这一点给予相当高的评价。（《丁玲》，1930）这些评价没有错。

然而，丁玲并不仅仅对"Modern Girl"做了这样的描写，在从生长在偏僻乡村的农民女儿，嫁到城市郊外，接触了都市的繁华，憧憬居住在那里的人们的华丽、优雅的生活，失去了自己人生的目标，终于用自己的手结束了生命的《阿毛姑娘》中也可以找到同样的特点。这个小说是否象人们传说的那样，受《包法利夫人》的影响暂且不谈，她在这里也提出了男女之爱（或结婚）中精神的欲求和肉体的关系，及其乖离与一致的问题，这是毫无疑问的。这也许不是这篇作品的主题，但可以算为一个主旋律。

《莎菲女士的日记》、《阿毛姑娘》的这个主题或主旋律来自何处？女人的爱和性的含义，这些与生存的意义如何相联？……这个时期作家丁玲产生了这种兴趣，捉住了这个主题，决不是由于一般的时代影响或其他外在的理由，而是作为一个有生命的人，一个实在的女性丁玲本身所具有的。做出这种推断的一个材料就是《不算情书》。

《不算情书》究竟是否为小说（既是否为 fiction），与事实有多大程度的符合，这可以做出某种推测，但现在没有这个必要。此外，当时（1931）丁玲写这篇文章公开发表的真正目的也不值得追究。重要的是，她在此写到的胡也频与她的关系，特别是其心理、内在的状况，而这似乎非常接近事实。

她在这里写道：

"我不否认，我是爱他的，不过我们开始那时，我们真太小，我们象一切小孩般好象用爱情做游戏，我们造作出一些苦恼，我们非常高兴的就玩在一起了。……我们不想到一切俗事，我们真象是神话中的孩子们一样过了一阵，到后来，大半年过去了，我们才慢慢地落到实际上来，才看出我们是一个男人和一个女人，是被一般人认为夫妻关系的。当然，我们好笑这些，不过我们却更相爱了，一直到后来看到你。使我不能离开他的，也是因为我们过去纯洁无疵的天真，……"

我相信她的这番话。

在关于胡也频的回忆录《一个真实人的一生》（1950）的一节中写

过，两人刚认识时，她觉得胡也频"是少有的'人'，有着最完美的品质的人"。"是一块毫未经过雕琢的璞玉"，因此"我们一下也就有了很深的友谊"。

这一点我也相信。但是，回忆录中并非看不出她在内心深处的顾虑。与此相比，上一篇则可以看出她决心把自己的心情赤裸裸地、深刻地剔抉出来摆在世人面前的态度。

她在《不算情书》里也毫不顾忌地写出了"我"心中浮现的"性"的念头，对神话中的孩子一样天真无疵的"也频和我"的关系，"我"对于"你"的思念总不能与激烈的官能欲求分离开来。现实社会的道德观肯定要排除"我"的这种思念，但从人的本质来看，不一定"我"的思念就是不对的。"也频和我"的关系与这个问题难道是毫不相关的吗？不是在精神与官能完全一致的情况下才能形成真正的男女之爱吗？

她在语言上没有这么说，但我在这里感觉出她在对自己提出的这个问题进行回味。

从现实来看，由于她清算了这个"恋爱"，而胡也频也成为烈士死去了，再加之她自己的心情也有了转机，这个问题不久就消失了。作为文学上的问题也是这样。要想忠实于左翼文艺理论，以人民和无产阶级的革命斗争为主题，这种心绪就不得不从当前的主要位置退出。但是，这些思想，这些主旋律，尽管没有暴露在表面，至少可以说以后的一段时间里还贯穿在她的人生和文学之中，如同乐曲中的低音部那样流逝过去。从这个意义上说，丁玲是近代中国文学中最早而且尖锐地提出关于"女人"的本质、男女的爱和性的意义问题的作家。她不是从所谓在政治、社会中取得妇女解放、妇女权利的观点提出这个问题，她本身也不一定充分意识到了她自己的这些问题，但具有和人的精神和感性最深奥的自由与解放的问题联系起来的可能性。当然，其后这个问题充分深入与否，那就是另外问题了。

三

丁玲作为一个作家在写作上大概不算是精巧的。可以说她稍微粗放了一点。初期（1927—1931），她写的几乎全是短篇小说，其结构很难称为紧凑、无懈可击。往往是作者的主观和感情过剩，毫无掩饰地表现在作品中。虽然描写某种心情、气氛能够成功，但很少能够构筑起一个客观世界。

初期的作品既是很主观的，同时又是非常直感的。她不喜欢详细地描写人们的动作、会话，不喜欢拘泥于对各个具体事实的细节进行描写的方法。她把作家的主观、印象、感情直接投入到了出场人物身上，深入到人物心理的内部，从而进行描写；这是她的方法。从这个意义上讲，主人公总是作者的分身、代言人。其典型就是以《莎菲女士的日记》为代表的自我表白型的心理小说，喜欢用日记或书信体的第一人称进行叙述也并非与此无关的。这种自我表白型的心理小说作为丁玲文学创作的一个原型，一直延续到延安时代前期（1942）。

另外，丁玲似乎还具有象故事作者那样讲故事的才能。如以下要讲到的那样，青年时代的丁玲是个在生人面前沉默寡言、孤独乖僻的人，而在熟悉的朋友面前则往往给对方讲故事。当然并不是讲编造的故事或神话，而是讲她幼年时代或老家、家族的事。固然，漫谈中讲话的才能和写文章的才能不见得一致，但对于写作才能已经萌芽的人来说，将自己关心的题材作品化是毫不足怪的。长篇《母亲》的构思就大半形成于这些故事中。从这里我们可以看出丁玲文学创作的另一个原型，与自我表白型的心理小说不同的长篇客观小说的可能性。

然而，在研究《母亲》这个作品之前，我们需要对丁玲本身的历史和最初的思想、文学的变化稍加了解。

丁玲自己的历史、其成长过程和家庭，以及从自我觉醒的少女期开始的阅历都由她自己在她的文章中讲述吧。这些文章中的某些部分是经过漫长岁月以后回过头来写的回忆，伴随着时间的流逝，会产生净化作用和从她现在的立场、思想带来的一种合理化，但我们从中仍可以知道生活在本世纪（20世纪）中国的一位作家，一位具有杰出的理性和敏锐的感性的女知识分子是怎样产生、怎样形成的。

清末光绪三十年（1904），丁玲作为长女出生在湖南省临澧县的大地主家庭。父亲是个名副其实的地主少爷，但似乎头脑不俗，人品也很好。特别是他具有一种艺术才能的天赋，喜欢美丽的东西、热闹的事情，自己也在陶器上雕刻，做村里秧歌队的队长等。还由于自己经常患病，学了《本草纲目》，成了医生，开了一个药铺，对贫苦人赊帐卖药，最后，被店掌柜的偷窃了所有钱财逃走了。他在还没有觉察到这些都会使旧家业倾倒时就死去了，当时丁玲只有三四岁。可以想象出他具有这样一种侠气，是一个浪漫的（Romantic）人士。丁玲后来对父亲的看法很严峻，但实际上她对这位早逝的父亲似乎仍然抱着很亲切的感情。她的浪漫性格受父亲的影响不能说小吧。

相比之下，母亲也同样出身于旧官僚家庭，具有强韧的意志和实际行动的能力，而且是一个进取心强烈的人。丈夫活着的时候，她只是一个平凡、温顺的妻子，三十岁上成了抱着两个孩子的寡妇之后，她不顾周围的反对和偏见，寻求自立的道路，历尽困苦取得了教员资格，直到二七年受到大革命挫折的波及不得不退休为止，为湖南的教育事业做出了相当大的贡献。她不引人注目，却是个非凡的人物。在丁玲的生涯中，特别是在自我形成期，母亲对她具有相当大的影响力。丁玲不仅是单纯地作为一个孩子来炫耀这位母亲的一生，而是把她作为开辟时代的一位妇女典型写入作品，这种想法应该说是理所当然的。

不过，丁玲真正知道母亲的伟大是后来的事。总的来说，少女时代的丁玲似乎是一个文静孤独，易于感伤的内向的少女。她这种沉默寡言，似乎如同在编织梦幻一样——开始写小说后的很长时间也是这样——而且一旦热情燃烧起来就会狂热得不顾一切，有几分非现实的浪漫的性格，直到延安时代前期都没有发生本质性的变化。自我意识甚强，而且对自己的才能相当自负，但并不将这些外露或与实际行动直接联系起来。她相信自己的感觉，在自己的内部筑起观念的城池，并能埋没在其中度日。"五四"时她只有十四、五岁，没有受到很深的影响，这并不奇怪。而在母亲和朋友们的劝说下，从到上海后以至北京时代为止的数年生活中，尽管接触到了从环境来说是当时最激进的思想——包括政治和文学艺术方面——而且有一段时期确实几乎每天也参加了政治集会和街头活动，可这些对她来说并不是值得付出自己全部力量的事业。这表明丁玲从气质来看本来就是一个非政治性的人物。

刚到上海时代（1921—1924），使她为之倾倒的倒是与同性王剑虹的关系，以及想要和她一起学习文学的愿望。我认为，这位瞿秋白的第一位妻子和丁玲的关系，在丁玲的自我形成史上，具有仅次于母亲的重要意义。丁玲似乎对这个人带有一种难以分离的感情，具有一种姐妹、同志或更亲近的共同感。这是早熟的少女常有的事——尤其是社会的伦理禁止与异性自由接触时更是这样——简言之，她这时对王剑虹"恋爱"了。她在与王剑虹的关系上寻求并找到了青年们在最完全的友情中经常寻求的与对方的共同感、完全的互相理解和宽容。我们也可以想象到王剑虹是丁玲的精神保护者。《莎菲女士的日记》中的"蕴姐"大概就是她的化身。

由于王剑虹和瞿秋白的恋爱，她与丁玲一直持续的关系发生了变化。丁玲清楚地意识到自己的一个季节结束了，这不仅仅是失去了一个亲密的朋友、共同生活的伙伴。深信完全可以结为一体的存在不能结合了。作为朋友、姐姐或绝对的保护者、信赖不疑的人，对一个男人来说，仍不过是一个普通的女人。这种惊人的冲击，具有如此巨大力量的男女之间的爱的真相、恋爱中官能与肉体的作用……大概所有这些对丁玲来说都是使自己的存在从根本上发生动摇的新鲜经验。她只剩下一个人了，必须自立。

丁玲这个时期回到了湖南的母亲处。为自立寻找具体方法也可能是一个目的，而更重要的大概是丁玲需要精神上的整理和准备。

还有一点，王剑虹与瞿秋白的存在，我想，对于丁玲的意义是使丁玲认识到了自己的文艺才能。

上海时代，她已经接触了当代中国的新文学家们，例如茅盾、田汉、施存统等的机会，然而却看不出有从他们那里直接受到刺激的迹象，而倒是在与近旁的朋友们的谈话中积累了文学修养。其中最早的对象就是王剑虹、瞿秋白。与王剑虹共同搞文学的计划由于瞿秋白的出现受到挫折，但瞿秋白从与王剑虹不同的角度给她以刺激，唤醒了她的文学才能。与他们分别后，北京同宿的学生们、胡也频和他的朋友们，志同道合，成了伙伴。

丁玲是个喜欢文学的少女，但在创造这点上，她的才能并非早熟。处女作《梦珂》问世时她二十三岁，年龄并非不年轻。可是，如果是早熟的才能，在丁玲所处的环境下更早一些开花也不为快吧？丁玲与文学上的先驱者们接触，和年轻的文学志愿者们一起在浓厚的文学气氛中生活，却几乎五、六年间写不出象样的作品，而一旦开始动笔，就象决堤一样接二连三地发表作品。这表明她的才能是由花费时间而积蓄、成熟的。

可是，时代的急速进展和生活上的急剧变化使靠观念生活的这位年轻作家的意识也逐渐受到侵蚀。而给她以最直接的影响的还是胡也频的思想转变和他的死。

关于胡也频的生平和思想在此不便详谈，在与丁玲相识直到她作为作家问世为止，他似乎也是信奉无政府主义思想和近代的个人主义文学。他们两人数年间一直在生活上、文学上与沈从文交往密切。三〇年他单身从上海奔赴济南，在中学任教，在那里成了狂热的无产阶级文学的信奉者、鼓吹者。这样突然转变了方向是由于哪些内在的必然性引起的，不得而知。这是单独留在上海的丁玲无法预料的突然的急剧变化。胡也频几个月后又回到上海，随后他们参加了左联，胡也频成为最活跃的成员之一。丁玲对"革命"的觉醒大概也首先是因为这位最亲密的日常生活的伴侣思想上的变化。她以革命和恋爱的相克为主题的小说的出现，就是这个影响的一种流露。当然，这种对"革命"的觉醒仍是相当主观性的东西。当时她的文学观，写作方法，文学感性还没有发生本质的变化。她认为胡也频写的作品是概念性的，单纯的，自己的作品要好得多。

加入左联不到一年，1931年1月胡也频被捕，翌年二月被秘密处死。这时他已经是党员，他的去世与左联其他四人一样，不仅是作为一个文学家的死，而是作为时代先驱者的受难、烈士的死，受到社会上的注目。

为营救而四处奔走，疲惫不堪的丁玲接到噩耗后茫然自失了。那时她才真是觉得"我实在不能没有他"，没有这个人就无法活下去。这句话很确切地表现了她当时的心情。如加以解释的话，以前的胡也频对她来说是用深厚的友情结合起来的兄妹一样亲密的日常生活的伴侣，然而将自己完全抛出与其结为一体则觉得是个有些欠缺的伙伴。到了这时，她才深深感到此人对自己是无可伦比的宝贵存在。与失去王剑虹时恰好相反，此时她用前所未有的坚强认识到了胡也频的存在，不得不考虑他的存在与死对自己具有何等意义。停滞在观念的世界的"革命"带着实感迫近眉睫，也是由于这个原因吧。从她的文学天赋和个人的气质来看，这个时期她争取的方向并不拘于这一点，而她毅然地忠实于自己的感情，选择了继承死者们遗志的道路。

这个"选择"在胡也频死后数个月之间发生。结果至少以下两种形式表现出来。一是担任左联的机关杂志《北斗》的编辑，二是写作题材、方法皆与以往不同的具有新倾向的作品。

从前在实际生活中只与极少数人交往，一直关在家里的丁玲，担任了左翼文学团体机关杂志的编辑工作，踏入实际的社会活动中，这事本身就是一大变化。由于置身于这种场所，她的文学比从前更强烈地直接地受到时代的意识和要求的影响。就文学本身来讲，《水》的尝试和其背后的文学观的变化使人预感到作家丁玲本质的转变。

短篇小说《水》是描写一九三〇年泛滥十七省的水灾和不甘受水灾的迫害、地主的剥削而奋起的农民们的。这虽然仍然是那种观念领先、构思不完整、难以称为成功的作品，但这是以农村——中国社会的基层和其经济的基础——为舞台，将其弊病作为社会根本问题提出，不是通过一个主人公而是把群众的形象文学化。这与她以往的文学——自我表白型的心理小说——相比较，不能不说在题材上、方法上都是极大的变化。

在此还要注意的是，这个选择虽然有时代的影响，但首先大概是根据丁玲主体的内发欲求进行的。而具有讽刺意味的是，其结果她向着根据外在的要求衡量自己的文学的方向迈出了可靠的一步。

本来，创作这个行为本身就总是"自我实现"的行为。尤其对初期的丁玲来说，没有这一点则连创作的意义本身也都没有了。当时她不相信什么文学的社会效果、实际的作用。不用说能否成为赚钱的手段，就连文学是否为现实的其他行为的代替物都与她毫不相干。写出好作品，这本身给她以精神上的满足，所谓好的作品就是能使读者在精神深处受到巨大震动，作者只要专门按照自己的内发欲求，诚实地表现即可。她认为，要诚实地创作，必须写自己熟悉的世界。即使在胡也频死后，这种想法也没有马上转变。她想要广泛地寻找题材，打破自己从前只是囿于恋爱的作品世界的窄框，但也并不认为描写自己所不懂的世界——比如农民、工人的世界——就是对的。在《水》发表的仅仅三个月前——胡也频死后三个多月——的讲演（《我的自白》）中她这么说。然而，不久她就写了《水》这样的作品。这是对她自己以前的文学观的否定。她当时并非在数个月之间熟悉了农民们的世界而写作——虽然是做了调查，而是受别的力量摇动，即感到必须用这样的题材来写，所以才执笔的。

丁玲当时"选择"的是普罗文学的方向。进一步讲是以后成为"革命的螺丝钉"的文学方向。是在知识分子"自我否定"的名目下，强迫知识分子的作家"自我放弃"的道路。但当时肯定她——不，其他许多向往普罗文学的人们也一样——相信自己的"选择"是对的，这个"选择"本身也确实不是由于外界的强制，而是根据他们自己的意志进行的。他们做梦也没有想到这种"选择"不久就砸烂了他们作为文学家的主体性，内发欲求和感性。这在一定的政治、社会状况下是很容易实现的。

我所讲的丁玲的思想和文学的转变，就是指这点而言的。其后反复彷徨，而最终贯穿了她后半生的文学观，就是在这里萌芽的。

四

《母亲》是在一九三二年开始执笔，但这个题材从很早就抓住了丁玲的心。一九二四年，在北京的时候，她还没有想要当作家，就访问了父亲的老家，了解父亲的生平、为人和家族的历史，并抱有很大的兴趣。那次回乡，实际的目的是为了得到学费，然而有朝一日要把这个湖南没落的望族历史写出来的悄悄的愿望，大概已经在她心中发芽。材料多得如山积，长时间地在她胸中抱着。她往往是多么热情地讲述关于父母的人格和家庭，关于自己的幼年时代……

在经常回忆这些往事的数年间，她成了一个作家。而且最初的作品发表后仅仅三、四年间，就遇到了刚才所述的转机。能够回答新时代新文学的要求的题材和方法是什么？这个问题一定深深地缠住了她。她在《水》中的尝试受到了周围的相当高的评价，然而她并不满足。但《母亲》这个题材是她所熟悉的,而她认为这个题材也可以回答时代的要求。而且在方法上她不得不考虑到象以前写自我表白型的心理小说那样的方法是不好的,对这个题材是不合适的。她已经在三〇年用相似的题材——取材于自己的幼年时代——写了短篇小说《过年》,那也不过是篇习作性的文章。她想描写更大的世界。

虽然主人公只是"母亲"一个人,主要舞台只是一个旧官僚地主的大家庭和湖南的一个小城市,但是这是一部试图表现变革时期的中国社会整个动向的作品。关于执笔的动机和写法,她做了这样的介绍:

"开始想写这部书,是在去年(1931)从湖南又回到上海来的时候,因为虽说在家里只住了三天,却听了许多家里和亲戚间的动人的故事,完全是一些农村经济的崩溃,地主,官绅阶级走向日暮穷途的一些骇人的奇闻。这里面也间杂得有贫农抗租的斗争,也还有其他的斗争消息。而另外一方面,也有些关于小城市中有了机器纺纱机,机器织布机,机器碾米厂,和小火轮,长途公共汽车的,更和一些洋商新贵的轶事新闻,和内地军阀官僚的横暴欺诈。这些故事,我是非常有趣的听到了。……只是在一个家里,甚或一个人身上,都有曾几何时,而有如许的剧变。但这并不是一个所谓感慨的事,是包含了一个社会制度在历史过程中的转变。所以我就开始有觉得写这部小说的必要。"(丁玲《给〈大陆新闻〉编者的信》)

在描写一个人与一个家庭的命运的急剧变化的同时,表现出在历史转变中社会制度、阶级关系的变化,撰写这样一部长篇客观小说,则是丁玲的意图。

令人感兴趣的是,据说丁玲在写《母亲》时,脑海中浮现出《红楼梦》。这并不仅仅因为题材相似而使她产生这种想法,她是被《红楼梦》的人物形象所吸引。她从《红楼梦》中找出了这种方法:即不是赤裸裸地暴露作者的主观,而是通过具体的事实,通过客观、细腻地描写书中每个人物的语言、动作,使众多的登场人物——出身的阶级不同、性格也不同——成为分别带有个性的存在，栩栩如生地浮现出来，自然而然地可以感觉到作者的主观和感情。

方法的觉醒不一定马上体现在实际的作品中，而《母亲》是未完成的作品，不能象完成的作品那样下评语，但从实际写完的四章、七万余字——按当初计划的三十万字计算，约为四分之一——中，也可以看出她奋斗的方向和其方法。仅仅四章，登场人物就已达三、四十人，小说的舞台从年轻的户主——以作者父亲为 model——死后濒于崩溃的大家庭到成为寡妇的女主人公——母亲曼贞——的娘家，进而移到辛亥前夜，湖南小城市新设的女子师范。

关于《母亲》的方法，她又说："再，是关于写的形式，我想也还是只能带点所谓欧化的形式，不过在文字上，我是力求着朴实和浅明一点的。象我过去所常有的，很吃力的大段的描写，我不想在这部书中出现。"

如她自己所述，表现方法确实很平易，努力做了客观性的描写。在此，我不想滥用现成的现实主义或浪漫主义的词汇，只能说这是作家丁玲在方法上的现实主义的觉醒。她发现了自己作为故事作家、长篇客观小说作家的才能。

当时，她一方面可能是受到前几年兴起的文艺大众化论等的影响，另一方面确实说明她本身具有适合于这种方法的素质，即具有作为长篇作家的素质。这个天分在新方法的摸索中被她自己逐渐地察觉到了。

这种看法似乎和我上述对她作为作家的素质的见解有矛盾，然而我现在只能这样讲。如果上述的《莎菲女士的日记》那样的自我表白型的心理小说可算作丁玲文学的一个原型的话，长篇客观小说《母亲》将是她的另一种原型。丁玲的长篇小说后来有四八年的《太阳照在桑干河上》，以及被中断多年而七九年又开始写作的《在严寒的日子里》。作者称后者为前者的续篇，两篇在方法上都继承了《母亲》的系统。在上述两种原型中，《莎菲女士的日记》型作为不符合于普罗文学及解放区文学的文学观就抛弃了，《母亲》型则因为满足了这种要求，获得了生命力。丁玲大概只好在这方面发挥自己作为文学家的才能了。要完成未完的《母亲》的愿望至今仍在她的心中占据地位，这也说明这个题材和方法与她后期的文学观不是相违的。

五

一九三六年秋，丁玲逃出南京，经西安赴陕甘宁边区，到了解放区的保安。她说这次旅行是有生以来第一件愉快的事（《我怎样来陕北的》）。对她来说，这真是一次向着新天地寻求人的新生的旅行，向着解放的旅行。

和陕北边区所有人一样，丁玲也在前线与根据地之间东奔西走，非常繁忙。因为担任文化宣传工作，当然也在写文章，但大多是为跟随当时政策的实用性报道、宣传、通讯、报告、报告文学、杂文等，小说只限于几个短篇。

在陕北边区，她看到了什么？想到了什么？在写去陕北的旅行是有生以来最愉快的事的同一篇文章中，她这样谈了对陕北的最初印象：

"我们心里想，一定快到了，你看这情形完全不同，好象谁与谁都是自己人有关系似的。""他们（所看见的人都如此）都穿着新的黑色直贡呢的列宁装。……我以为这里的人很褴褛的，却不知道有这样漂亮。"

使她更奇怪的是：

"老年也好，中年也好，总之你总以为他是一个快乐的充满着青春之力的青年。"

这个印象可说是很诚实的。但引起我注意的是同一文章中的下面一节：

"我来陕北已有三年多了，刚来时很有些印象，曾经写了十来篇散文，因为到前方去，稿子被遗失了，现在大半都忘了。感情因为工作的关系，变得很粗，与那初来时完全两样，也就缺乏追述之兴致。"

她写"感情因为工作的关系，变得很粗"。这是指什么呢？难道不就是说"工作"以及边区的状况，在边区的整个生活中，也有使她的感情变得粗暴、生硬的东西吗？

这篇文章写于四〇年六月。这一年她写了《我在霞村的时候》。四一年写了《夜》、《在医院中》，四二年三月写了《三八节有感》，四月写了《风雨中忆肖红》。其中《霞村》、《在医院中》、《三八节》在五十年代批判丁玲时成了受攻击的主要材料。

这些文章都有共同的特点，是阴郁的气氛，或以曲折的表现，并通过这种表现感觉出作者的焦躁和郁愤。可以看出，她觉得解放区的现实与理想之间有很大的差距。她提出了问题，即"革命"和"人的解放"的应有的状态及其意义是什么？这些疑问日积月累，而且没有解决的办法，也不能直言。不是这种情况使她焦虑，使其感情变得粗暴、生硬的吗？《三八节有感》从时间上稍晚一些，然而这篇文章却是最直接地表明在此前后（四〇年到四二年初止）对所持问题的看法。她在开头部分这样写道：

> "'妇女'这两个字，将在什么时代才不被重视，不需要特别的被提出呢？"

特殊强调"妇女"这个词，这正是未解放的证明，表示了差别的存在，丁玲言外之意就在此。丁玲也尖锐地提出了：人的根本自由和解放与"性"的问题紧密相联，如果妇女不是作为一个人，而是作为第二性受到歧视的问题不能解决，那么就根本谈不上人的自由和解放。

当然，这种歧视是世界性的现实，应该正视这个现实。每年有一次"妇女节"，在世界各地集会，举行演说、致贺电、发表文章。这似乎还可以。但是，她想，每年一次的节日狂欢，声势浩大的标语、电报或纪念的文章，这些究竟对妇女解放有多少实际的本质的意义呢？更何况这里是"解放区"，应该是以革命和人的真正解放为目标奋战的集团。她觉得在这里当然应该从日常生活中，从平时的每个行动和实践中消除差别和偏见，解放人的意识，从阶级上，性别上追求平等和自由。该文的下半部是她在非常痛苦的思虑中，对与她的"理想"相隔甚远的延安的"现实"的揭露。她说："延安的妇女是比中国其他地方的妇女幸福的。"但延安的女同志却仍被歧视、被压迫。在结婚问题上，这种情况最直截地、最象征地出现了。女同志首先在选择对象这个问题上不自由。没有由于自由意志的选择，人就不能对自己的行动负责。但在延安，责任无情地加在女同志们的身上。她说：她们在生理的要求，和社会上的看不见的压迫之下结婚。"不结婚更有罪恶，她将更多的被作为制造谣言的对象，永远被污蔑。"这是整个社会意识的问题。

孩子的负担几乎全要加在女人身上。托儿所极少，她们的健康被损坏，她们冒着堕胎的危险。生活的疲劳使她们失去了爱娇，被看做"回到家里的娜拉"、"思想的落后者"，受到侮蔑和非难，甚至要受到离婚的威胁。连离婚的自由都不在女人一边。

丁玲认为这是不应该有的事。她并不是简单地愤怒。如果这是发生在旧社会的条件下，那么光发怒也就作罢了，但这里是"解放区"，对方不是"敌人"，而是"同志"。然而这种差别的本质似乎和旧社会丝毫没有变化，不，若从"理想"来看，这甚至更有过之而无不及。为什么有这种情况呢？怎样才能改变这种情况？她提出了疑问。她说：女人们的"落后"是社会产生出来的，在社会制度、物质条件发生变化的同时，人的意识也应该改变，改变的责任，女人本身固然也有，但首先必须由男人们，特别是"有地位的男人们"承担。

她还看到另一点，即在解放区，在力图消灭阶级差别的社会中，依然清清楚楚地遗留有差别与特权。

不用说，这是批判。是就她目前的"革命"和"人的解放"的方式提出的正当的、根本的疑问。

不过她讲出这话的口气决不是明快、直截的，也不是一味的攻击。从她的话里，我们可以看出她的失望、焦急、讽刺和自嘲。在文章开头已经反映出她深刻的失望和悲观心情来了。文章记叙三八节活动的空洞、延安妇女们的"幸福"的一段，体现了一种"杂文"式的委曲的讽刺。全篇笼罩着悲观和郁闷、郁愤。最后一段，向妇女们发出忠告，虽是从正面用非常直率的口吻写的，却仍然带有些自嘲的气味。

丁玲已懂得了，这样进行的批判和提出的疑问越是准确，锋芒越是尖锐，反响也就越大，又越会直接碰回到自己身上。《附记》里她说："不过又有这样的感觉，觉得有些话假如是一个首长在大会中说来，或许有人认为痛快。然而却写在一个女人的笔底下，是很可以取消的。但既然写了就仍给那些有同感的人看看吧。"这最直截了当地流露出了她的失望和自嘲，流露出了她正确地预感到自己公开发表的意见一定会引起的反应。

关于周围对这篇文章的反应和批判现在姑且不谈。——四十年后写的回忆中，丁玲虽说这时受到的只是轻微的提醒，没有什么本质的批判，(《回答三个问题》)但难以立刻置信。——但是要说一点，假设丁玲这篇文章有什么罪过的话，恐怕只能是战术上的，即在敌人严密包围下，根据地的任何细小缺点、矛盾都不能暴露给敌人，为敌人所利用。而且这意味着事情不从思想根源方面去探讨，而只局限于过渡政策的方面。这就是说，这篇文章所提出的批判和疑问，在本质上恐怕永远地被拒绝了。

《风雨中忆肖红》一文在内容上没有什么重要的事实，但从文章更暗淡的乖僻的笔调中可以看到《三八节有感》公开发表之后的一段时期里她更加暗淡了。

《三八节有感》下笔并非如前所回忆的那么轻易、草率。它写出了当时丁玲深深思考过的问题。因为我们可以看出《在医院中》《霞村》等作品里反复提出同一的问题。她在那里写道：解放区的人与人的关系、人们的意识构造，意外地留有深刻的旧的躯壳，很少有人想要积极地把它从根本上改变过来，因而他们被认为是异端。

《在医院中》的女主人公，有时以党的存在作为铁箍；党员和非党员之间，在社会的待遇上，有着明显的差别；来历不明、或有某些不光彩经历的人，永远也不会被作为一个同志受到信赖。"革命"本来是发自于对人类的爱，可人们甚至不能够爱自己身边的一个人；干部们对工作的无知和无能；各个岗位上人们的怠惰和迟钝；男女关系的依然如故，这一切对女主人公都是不堪忍受的。为什么会这样？她问，要打破它，象堂·吉诃德一样地勇进。这正描写出了小市民知识分子对"革命"、"人的解放"事业所抱的幻想和这种幻想的破灭。

毫无疑问，这是一篇文学作品，不象《三八节有感》是涉及实际问题的文章,因此要评论它,可有别的看法、评价。比如可以批评说,这有些太过份地只注意了解放区的现实矛盾,没有描写整个的情况,只肯定了城市出身的二三个知识分子,只赞扬他们的个人主义式的英雄主义,而完全没有写出人民的英勇斗争……。我不否认可有这种评论,但是也不能说,这篇作品提出的问题就是不正当合理、没有意义的,就是可以抹杀的了。

《霞村》不同于《在医院中》那样,它用直截了当的方式提出批评和疑问。从这里可以看到丁玲所思索的问题;即一个有缺点、矛盾的人犯了错误,还要再爬起来,这本身具有什么意义呢?社会又将怎样对待她呢?这对于"人的解放"至今仍然是一个有着重要意义的问题。女主人公贞贞,过去曾被日本军拉走,强行作过"安慰妇"。后来却利用这种机会,为游击队提供情报。她似乎对自己的过去没有感到特别的羞愧,对敌人也没有表现出露骨的憎恨,看起来很平淡。然而作者认为,这是由于她明白辩解无用,恰恰说明了她的心伤得很深。周围的人们没有意识到自己也有弱点、矛盾,却怀着一种无缘无故的优越感对犯了错误的人加以指责。精神上受伤的人只得沉默忍受。忍受着,向着自己的信念,忠实地锻炼、改造自己,仅此唯一的一条再生之路。作者通过贞贞的生活道路,说出了这番话。而且从想要重新站起来的贞贞身上,看到了人的伟大和尊严。

这里也许可以使我们看到,这是作者丁玲的心情的自我写照——特别是有关南京时代的。但勿宁说较之更重要的是,这里也与《在医院中》一篇同样地对人的本质、意识变革,提出了普遍的而且重要的问题。

《霞村》作为一篇作品,也不是写得很成功的。文章没有使读者能较清楚地了解贞贞过去的心理纠葛以及要重新站起来的自我变革的过程,也没有挖掘贞贞和周围人的关系——尤其是恋人夏大宝的认识和他对贞贞的感情等。但是丁玲在这里流露出的对贞贞的失去青春痛惜,和对她向新的世界起程由衷祝福的心情,令人感动。

"我自己是女人,我会比别人更懂得女人的缺点,但我却更懂得女人的痛苦。"

《三八节》中，丁玲这样说，不管是《在医院中》，还是《霞村》，并不仅仅是女人就是主人公。贯穿这两篇的是对作为具有被歧视、被压迫的"性"的女人苦痛表示深深的哀伤。她问：作为"性"的女人——她具有生理、肉体、生儿育女的能力——有什么意义呢？她又凝视着女人们的情形，就是说，能够爱这种能力本身，对女人来说，有时竟成为痛苦。这虽然不同《莎菲》那样直接表现的，但还是远远互相连通的。作为一个女人的存在，到怎样的社会才能够不受到歧视和压迫，而且让她的人性全面地发展呢？到什么时候人与人之间的关系是真正的自由、平等、解放的呢？我们现在所奋斗争取的社会将来能不能实现这一点？这不正是丁玲所深深探索的问题吗？

如果"解放区"的文学，不抛开这些问题的话，就是说，它如果能够一面描写出带着一些矛盾和缺点，一面要努力克服那些矛盾和缺点而向前进，并且如果"解放区"的情况能够容许这一切的话，那么"解放区"的以及解放以后的中国文学的道路恐怕就会跟现在的大不相同了。

六

然而这一切对丁玲来讲，究竟不过只是小市民的、个人主义的妄想吧？《忆肖红》一篇写完了后，她便参加了延安文艺座谈会，在整风运动中开始"自我改造"。其"自我改造""自我变革"是怎样进行的呢？她没有详细地告诉我们。她只作了这样的概括：

"'陕北'这个名称在我生活中已经成为过去了。……在陕北我曾经经历过很多的自我战斗的痛苦，我在这里开始来认识自己，正视自己，纠正自己，改造自己。这种经历不是用简单的几句话可以说清楚的。我在这里又曾获得了最大的愉快。我觉得我完全是从无知到有些明白，从一些感想性到稍稍有了些理论，从不稳到安定，从脆弱到刚强，从沉重到轻松，……走过来的这一条路，不是容易的。……有些人是天生的革命家，有些人是飞跃的革命家，一下就从落后到前进了，有些人从不犯错误，这些幸运儿常常是被人羡慕着的。但我总还是愿意用两条腿一步一步的走过来，走到真真能有点用处，真真是没有自

己,也真真有些获得,获得些知识与真理。"(《〈陕北风光〉校后记所感》,1950年)

概括起来就是这些,但我们很希望知道,既不是"天生的革命家",又不是"飞跃的革命家",只是往往"犯错误"的平凡人怎样能够改造自己,很希望知道,这些平凡人该有的"自我战斗的痛苦"的内容。将其写出来,这就是知识分子文学家的任务。因为他,一个知识分子文学家虽然只是一个普通、平凡的人,但又并不是一个普通、平凡的人,而是一个能够认识自己的本质和存在形态,并用语言表达出来的人。

但是丁玲没有向那个方向发展,或者应该说,是不允许那样做。她不得不选择这一条路,就是,丢掉作为小市民、知识分子的自我意识和感性,用人民群众的意识和感性写出人民中的英雄、人民的斗争,而把她自己作为一个"革命的螺丝钉"。这条路就是毛泽东《讲话》中所说的路。她选择了,坚决地使自己与这个方向同一步调地走。或可以说,只有如此,才能允许她作为文学家继续生存,以至于她的文学的本质也不得不从根本上发生变化。

一九四二年五月,她参加了文艺座谈会后,开始了新的起步。她在公开的地方做了自我批评。其后,她读了堆积如山的电报而描写革命烈士们;走访工厂、农村,描写人民中的先进人物。她说,开始她不能同意看了电报就写作品这样一种写作方法,但后来自己的内心起了变化,真正地有所感动了。以后,一九四八年,以河北的土改斗争为题材,写出了长篇小说《太阳照在桑干河上》。这部作品不仅表现了作家丁玲数年中"自我改造"的一个成就,而且成为《讲话》以后,解放区文学中的代表作品之一。关于这部作品来不及在这里详细论述,但作品里已经再没有她曾经提出过的那种"革命"和"人的解放"等根本性的问题了。也就是说,她的关于"革命"、"解放"或人的本质的看法已经变化了。在这里,"革命"的意义是自明的,为"革命"努力的人终归是正义的执行者,他们虽有小的迷惑,但没有本质上的矛盾缺陷。革命斗争是曲折的,但结局是胜利的;……诸如此类的信念和乐观构成作品的基调。于是,从其根底便产生了这样的人生观:即把一切人都能分成敌我双方、分成好人和坏蛋。人本来就是充满矛盾的，是"无条理的存在"，这种看法从这里消失了。这正是《讲话》的具体实践。

全国解放后，丁玲实际上成为文艺界的领导人之一，由于一九五七年的反右斗争被划为右派，受到批判，直到七九年一月为止，在东北边境的北大荒、监狱、山西乡下度过了二十多年。五八年到北大荒，据说完全是自己志愿，但作为一个作家的自由，至少是发表自由几乎等于消失了。文革中的直接迫害，连同不久伴来的年老，甚至差点儿夺走她仅仅作为一个人的生命。本来，这二十多年，无论是作为一个人，还是作为一个作家，正是她最成熟的、应该能收获的时期，却失去了这很长、很可贵的时光，这个情况，可以说对她是一种"极限状况"。

然而仅就结果而论，在这里她使迄今为止的"自我改造"进一步深化了。她的文学观、人生观，都再没有从本质上改变过。从这二十年的经验里，她得到了很多东西。如果她没有受到批判，一直是中央文艺界的领导人、高级文化官员的话，她决不能得到这么多的东西。这就是对"革命"、对"社会主义体制"和在这个体制中生活的人们的进一步的坚信和乐观。尽管她不认为，社会和某些人批判她、制裁她、放逐她是正当的。

不，也许真的不能断言。我们不能想象在她的心灵里就没有投下绝望的暗影。但是她，还是活到了今天，最后选择了这样的说法。

"很多同志和朋友们问我，这二十多年你身处逆境，为什么能活过来，而且活得好呢？我回答说：为什么不呢？这不止是因为我坚信社会主义优于资本主义，坚信经历了半个世纪复杂斗争的中国共产党的核心力量始终是健康可靠的，而且还因为我走到哪里，到处都看到纯朴善良的人民和欣欣向荣的社会主义事业，我走到哪里都是热烘烘的。……二十多年来，我生活在底层，和劳动人民在一起，我遇见很多实事求是、正直、诚实、勤劳、高尚人，我从他们那里得到很多同情、很多关心，很多鼓励、很多爱，因此我更爱他们。我在他们中间，什么时候也没有感到孤独。有人说我没志气，我说不当作家没什么了不起，我当农工，把本职工作干好，也满有兴趣。"（《我这二十多年是怎么过来的》，1980）

最后一句实在是象征性的。既然"革命"的意思是不言而喻，已经同意了把文学家看作"革命的螺丝钉"，那么根据情况，"不当作家没什么了不起"。不，假如没有这个前提，在"极限状况"下，也有作家不得不停止当作家，去作普通的老百姓，作为一个工人、农民、兵士生活。但是，在作为一个普通的老百姓，从"极限状况"中生存下来的作家，是否仍然有非他所不能完成的任务呢？

她说："我们文学工作者，作家有义不容辞的责任，我们在鞭挞黑暗的同时，有责任帮助读者，帮助青年去发掘本来就存在着的一切美好的东西。"（同上）但是，作家难道不应该必须写出"黑暗"和"美好的东西"怎样在人的本质中扎根，怎样和这个社会的构造、制度联系起来吗？描写在"极限状况"中，人怎样生存，尽管实现了"社会主义"，"党的核心力量是健全的"，有"很多实事求是、正直、诚实、勤劳、高尚人"，为什么会出现这种情况？怎样才能防止再产生这种情况？……提出这些问题，不正是活下来的作家们的责任吗？这才是对那些没有能够活下来的"屈死鬼"的慰藉，对默默无闻地生活在最底层的正直、诚实的人们，以及对摔了跟头、感到绝望的青年们的鼓励。而且这对我们，在不同体制下生活的异邦人，不也是一份能够共有的宝贵遗产吗？

二十年的沉默之后，现在，丁玲正以大海狂澜般汹涌的气势加紧创作。仿佛要挽回她失去的时光。这些文章是否可以证明，二十年来她不只是作为一个普通的老百姓生活，而的的确确是带着文学家的眼光在生活的？让我们以后再回答这个课题吧！

（原载［日］《飙风》1981年第13期，袁蕴华、裴峥译，严绍璗校）

《中国现代小说史》（节录）

[美] 夏志清

第二编第十一章　第一个阶段的共产小说

　　……在遭受整肃之前，丁玲一直是共产主义文学的中流砥柱。与蒋光慈不同的是，丁玲开始写作的时候是一个忠于自己的作家，而不是一个狂热的宣传家。在她写作的第一个阶段里（一九二六——二九），丁玲最感兴趣的是大胆地以女性观点及自传的手法来探索生命的意义。她的短篇小说集《在黑暗中》（一九二八）里那几篇，如《梦珂》及《莎菲女士的日记》等，都流露着一个生活在罪恶都市中的热情女郎的性苦闷与无可奈何的烦躁。很明显的，由于寂寞及心情混乱，丁玲在她的日记式的小说里，把她的怨愤和绝望的情绪都发泄出来。她的另一个以对性描写坦白而著称的小说《韦护》（一九三〇），是一本革命的浪漫主义著作。这部小说讲的是一对夫妇，其中一个的革命行动与认识，均超越了另外一个，因而两个人不能继续共同生活下去。在她的另外两篇短篇小说，《一九三〇年春上海》第一与第二两部分，丁玲继续发掘小资产阶级知识分子在面对无产阶级时候的混乱迷惑的经验。

　　一九三一年丁玲加入共产党，决心要成为一个无产阶级的作家。在她一个过渡性的短篇《田家冲》里，丁玲叙述一个都市长大的共产党员在湖南农民中工作的情形。她的长篇故事《水》描写受水灾逼迫下农民的叛乱。自从《水》这篇故事以后，虽然丁玲在一九四〇年代初期有时无法遮掩她对延安共产党政权的不满，而在她的著作中却短暂地回到她过去的颓丧、虚无主义的情绪，但她除了描写农人、兵士及共产党干部外，没写过其他的题材。她的关于土改的小说《太阳照在桑干河上》（一九四九），就是这类小说的大成。

……

丁玲在一九三〇年代的声誉，主要是基于她早期的小说。由于这些小说对性的问题比较开放的缘故，它们遂被认为比谢冰心跟凌叔华的较为含蓄的小说优越了。可是自一九三一年开始创作无产阶级小说后，这一点微带虚无主义色彩的坦诚态度也丧失了。剩下来的，只是宣传上的滥调。那篇一向被认为是共产主义小说最得意的作品《水》就是一个例子。在形式上及动机上，《水》跟其他早期的无产阶级故事没有甚么大区别，但是却可以看作是社会主义写实主义小说的前驱。韩侍桁在论沙汀一文中，有一段对社会主义写实小说的评论写得非常精彩：

  很少可疑，这作者是追随新写实主义的理论而写作。他企图在他的笔下强调起集团生活的描写，于是在他的作品里，不但没有个人生活的干骼，就连个性的人物都没有，而且他也没有象一向的小说中所取用的材料——即以某一事作为中心的故事的发展——而只有社会的表面的观察。……

  ……那些出现在他的小说里的人物，都是成群成伙的，一群兵士或一群难民，一群小商人或一群贫农，一群压迫者或一群被压迫的人，他们象走马灯似地，来了又去了，我们不能记忆住他们，我们捉不到他们的个性。他们虽有行动和言语，而虽然其行动或言谈的本身是真实的，然而那不是个别的人物的行动或谈话，都正是些"集体之无个性的一般化"之例。那言语，那行动，是不能作成一种完整的艺术的有意义的部分。他晓得在一般的情况下，一般农民是有着如何的行动或如何的言语，而某一个农民在某一种情况下，他的特殊的行动，他的特殊的言谈，他是不理解的，或者换一句话说，他是不会适当地想象出来。所以读者在其中记忆不住那一种行动是张三的，那一种言谈是李四的，就是作者自己也难于分得清楚而表现得明晰。于是他的人物都是有如此类的形容词：长子某，矮子某，胖子某，瘦子某，或者面上长着麻皮的，害着疟疾的等等，然而象这种描写法，既使人感到幼稚而又不能得到深刻的印象。

在强调集体和叙述的方式这两点上，《水》完全符合这种公式。《水》是一篇极端紊乱的故事，手法笨拙不堪。作者的声誉，即使在非左倾作家的圈子里面，也是相当高的，我们奇怪的是，那个时代的趣味怎么能够容忍这一类文艺上的欺骗？作为一个小说家，丁玲比蒋光慈及郭沫若都不如。蒋光慈与郭沫若虽然浅薄，但文字尚算干净。丁玲是属于黄庐隐这一类早期女作家群，她们连一段规矩的中文也写不出来。一看《水》的文笔就能看出作者对白话辞汇运用的笨拙，对农民的语言无法模拟。她试图使用西方语文的句法，描写景物也力求文字的优雅，但都失败了。《水》的文字是一种装模作样的文字。

在《水》的故事里，丁玲描写水灾对一群农民政治意识的影响。在某一个村庄里，农民竭力的防止洪水冲破河堤，可是没有用。那些在水灾中未被淹死的人也跟其他村子的水灾难民一样，逃到一个城镇去。最初，他们很安静很耐心地等在城门外，希望地方当局、乡绅及慈善人士能救济他们。但是他们甚么都没等着，而且不少人因此饿死。最后，经过不少日子的痛苦、忍耐，这些还活着的农民们认清了士绅及政府的奸狡无信，而决心去抢夺城内的粮仓。他们的领袖是一个半裸的黑脸农民。难得的是虽经过长期的饥饿，他还是够气力爬到一棵树上去，对那群农民们作了一番长篇演说。这番演说对这些灾民们立时引起极大的反应：

"是呀！哼，他讲得不错！……"
"二姐，真的是这样呢，唉，我们太可怜了……"
原野沸腾了起来，都喊着：
"我们得打算一打算好！……"
对面的树上也有一个人喊起来：
"为什么不打算呢，讲什么空话，眼前比什么还要紧呢。我们的人死去又死去了，我们的肚子空着，我们吃死人也不够呀！我们的皮肉是硬的，我们的心总还是人的，我们总不能吃活人呀！……"

"呸，操你的妈，你去吃活人吧！……"

"吃活人，有什么稀奇？"那裸身的人又说，"老子们不就是被人吃着？你想想，他们坐在衙门里拿捐款的人，坐在高房子里收谷子的人，他们吃的什么？吃的我们力气和精血呀！真是杂种！老子们被人吃的这样瘦了，把娘老子也吃去，还糊涂，还把别人当好人。等别人来施恩，还打算有人来救我们？哼！等着吧，把肠子也饿了出来，你看看可有米会送来？告诉你，我们的人这末多，饿死几千几万不算什么，还愁不剩下一些来作奴隶么！……"

"啊呀！真是怕人得很！我们被人吃得怕人呀……"

"怕什么人？起来！拼它一拼，全不过是死呀……"

"对呀！全不过是死呀……"

这种你来我往对答继续了很久（整个故事大半都是一些无名无姓的农民的声嘶力竭的呼喊），直到这些农民预备冲进城去为止。"于是天将朦胧亮的时候"，丁玲用一种典型的夸张手法结束她的故事，"这队人，这队饥饿的奴隶，男人走在前面，女人也跟着跑，吼着生命的奔放，比水还凶猛的，朝镇上扑过去"。自然，我们应该记得这群忿怒的农民，捱饿已不止一个礼拜（丁玲没有特别注明日数，可是大致的印象是这群农民已经忍饥受饿超过了一个礼拜），而且一直无间息的嘶嚷着：这些农民的呼喊跟步伐仍然能够比水还凶猛，真是一个马克思主义的奇迹。不过男人似乎比女人能耐些，那些女的尽管拼命的跑，还是落在男人的后面。

我对丁玲的讥笑并不是出于恶意的。她这篇故事，实在比大部分更无名的无产阶级或是新写实主义小说好些。因此这故事就值得我们注意。《水》所暴露的情形并没有甚么不对的地方。中国的农民经常遭受天灾而得不到有钱人及政府的救济。这个故事的主题具有重大的人性意义，如果处理恰当，不管作者的观点如何，这个故事应该能成为一个动人的悲剧。由于作者的重点落在马克思主义的宣传及文字的美化上，丁玲明显地忘记了在灾荒下灾民的心理状态。对于生理、心理及社会实况的盲目无知，是共产主义作家的一个基本的弱点，虽然，按理来说，这些作家实无理由对现实这样隔阂。也许，这类作家，由于对马克思主义过于简化的公式的信仰，使他们的头脑陷于抽象的概念，而对人类生存的具体存在现象，不能发生很大的兴趣。这一时期共产主义作家所写的无产阶级小说，几乎都是《水》的翻版，以无甚变化的乡村、工厂及军队作背景。象茅盾的《春蚕》这种例外，是产生于一个完全不同的创作动机的，所以对生命能有一种相当程度的感受。

（节录自香港 1977 年版中文译本）

不断变化的文艺与生活的关系（节录）

[美] 梅仪慈

　　反映丁玲关于文艺和生活关系的观点的作品包括两部长篇小说（其中一部未完成），一部中篇小说，几个不引人注目的剧本，寥寥可数的诗，几本文艺评论集和大约六十篇短篇小说。在丁玲的评论文章中，没有提出很多有价值的从理论上对她的文学思想进行阐述的观点。大家都知道，除了亨利·詹姆斯，几乎没有一个小说家提出过这样的详尽清楚的理论系统，它与作家在沟通文艺与生活关系中所起的中介作用相符合，也同他们自己对生活的理解相一致。丁玲远不是一个渊博的文艺理论家。她的评论文章大抵都是在四十年代末五十年代初写成的，而且基本上是为了应付特定的群众集会而搞出来的讲话或文章，并随时都紧跟文学上的"总路线"。这样一来，就使得这些文章作为研究丁玲思想的资料的实际价值更加有限。当然，零零星星地也出现过一些为人们所了解（多因后来遭到批判的缘故）的个人独到的见地。

　　短篇小说是研究丁玲对于作家作用的认识的最丰富最有意义的材料。这些小说中有许多我们可以摘录或引用的段落，直接涉及到文学创作的问题。丁玲许多短篇的重要人物都是作家和文学爱好者，从而为我们呈现了一幅幅多姿多彩的作家的肖像画，它们是随着她政治上的提高而不断变化的。我们还可以看到这些小说通过对叙述人的处理来达到的具体效果。透过这种虚构或暗扮的小说的叙述者，常常可以使我们对生活经历为什么以及如何转变到文学中去这个问题有一个深入的认识。

生活深入文学《两个例子》

　　丁玲常常把她生活当中的真人真事，个人的亲身经历照搬到小说中去，有时甚至原封原样不经过任何加工。她把这看成她的责任，因为她相信在男人、女人与作家，生活经历与艺术之间有一种相互依存的关系。她总是在作品中表现自己，即使在怜悯和愤怒的时刻也毫不踌躇，她把感情极脆弱的自我呈现在大众的面前。这种对于文学的创作冲动，绝非仅是乐于袒露灵魂的丁玲一人才有，它是普遍存在于"五四"时期作家中的一种现象。但是，她将个人的经历写成小说的手法却是与众不同的，是她自己所特有的。她丈夫胡也频被害，对她来说是个沉重的打击；两篇同样都以这件事为基础的短篇小说在她的创作方法上形成了鲜明的对照，更有意义的是，这两个短篇都同样揭示了文学作为生活的反映的重要性。

　　为许多选本收录的《某夜》，是在一九三二年，胡也频遇难一年零四个月之后出版的。这篇小说把一些无从考证的细节凑在一起，其中一些还只是在胡也频遇难的消息传出后不几天才刚刚拼在一块的。那是个凄凉的冬夜（她记得是二月七日，天还下着雨），二十五名青年男女在被监禁了二十多天以后，在龙华监狱的庭院中被敌人用机关枪杀害了。丁玲在小说中没有提到他们的名字，就连中心人物也只写成"一个热情的诗人，忠实而又努力"。她是这样描写他的，在临刑前几分钟，当他听到最后的死刑判决的那一刻，他失去了知觉，他先是表现出无法遏制的忿怒和心痛，接着冷静地镇定下来接受了即将到来的死，心里充满了和同志们生死与共的信念。这难道不是对这件她几乎无法忍受的事件的理想化浪漫化的再现吗？然而人们也许会问，当枪弹穿过他们胸膛的时候，这些死难者是否真的唱起了"国际歌"？

　　丁玲是在近二十年后写的一篇极其激动人心的文章《一个真实人的一生——记胡也频》中，才尽述了自己的悲哀和绝望的心情的。但是，在《某夜》这篇几乎写于当时的短篇中，由于她用虚构的方法再现了这个事件，他的死给她带来的痛苦或许就表现得不是那么强烈，个人感情的色彩也没有那么浓。这是丁玲将生活融于文学的方法之一。

虽然她没有让自己放过士兵用枪托打胡也频胸膛这一残忍的细节，但描写的格调却是冷漠的，没有加进个人的情感。当这些"犯人"听到判决之后被带上刑场的时候，她写道：

"天空是黑的，无止境的黑暗，从那黑暗里洒落着雨点和雪团，从那黑暗里，吼着北风的狂啸。大地是灰的，雾般的，积雪在夜里反映着死的灰色，人影是黑的，静静的在雪地上移动，押的，被押的，响着镣铐的声音，响着刺刀的声音，没有人说话，没有人哼，没有人叹息或哭泣，他们朝着广场那边，那秘密着，临时作为刑场的广场的一角不停的走去。"

在结尾的一句中，表现了对革命最终成功的希望，但这希望却又显得遥遥无期：

"在一些地方，一个，两个，三个……地方流出一些血来了，滴在黑暗里的雪上面，天不知什么时候才会亮。"

这句结尾的话引出了另一篇不如《某夜》那么有名的短篇《从夜晚到天亮》的篇名，这一篇实际上比《某夜》大概早完成一年多。一天夜晚，有个孤独的女人走在回"家"的路上，故事就从这开始。作者虽然没有明说她是谁，但小说本身所表现的却都是丁玲生活中的特定的人和事……

与格调冷漠、未受个人情感影响的《某夜》相反，《从夜晚到天亮》却保持了个人经历的本来面目，并将它不加雕饰地活生生地再现出来。这篇小说叙述的是一夜之间所发生的事，写了现实中的真人和真事，而偶然的巧遇、纷乱的思绪、难以平静的心情和茫然无着的举止，所有这一切都似乎在自然而然地发生着。最后，虽然仍旧怀着自我的疑惑，小说中的"她"（作者本人）却把这一切全都看透了，她战胜了自己。作者把这显然是一团混乱的事件巧妙地组织起来，使之成为表现人物内心活动并达到了美的统一的作品。丁玲在处理她对胡也频之死的反映时所采取的方法，展示了另一条将生活溶入文学中去的道路。

文艺与生活的关系问题是一个任何作家都无法给予完整的答复的问题，也是一个只有在特殊情况下，依靠日复一日、一个作品接一个作品的努力才能解开的谜。上述两篇小说都试图取得根本不同的效果，譬如丁玲使用叙述人的不同方法就是很好的证明。两篇都是用第三人称写的，但《某夜》中的叙述者虽是无形的，但却完全可以觉出她的存在，她自相矛盾地把一些她不可能亲眼见到的事当作亲眼所见加以表现。这种把生活事件抽出来加以不受个人感情影响的虚构的创作态度，使丁玲在塑造悲剧型的崇高圣洁的牺牲者的客观形象时，有可能摆脱掉由于胡也频被害而引起的强烈的个人感情，尽管这些感情是压倒一切的。

在《从夜晚到天亮》里，"主观第三者"成了戏剧化了的"意识中心"，而小说中所叙述的一切活动都贯穿在这个"意识中心"里。实际上，这个意识中发生的一切就是小说的情节。无论我们是否打算承认这一点，同《某夜》相比，这篇小说的叙述者要更接近于作者本人，所有事件也更具有"个人的"性质，更"符合生活的真实"，在这篇小说中，叙述者或作者是直接表现了生活在成为文学作品时的作用，并从那些似乎是杂乱无章的经历中发掘出道德上和艺术上的意义。而且，这篇小说清楚地阐明了丁玲对于文学的作用和重要性的看法。最后，经历了同生活中的苦痛的搏斗之后，她又重新回到自己的书桌旁，努力去填满那些空白的稿纸。她描写创作活动本身，也描写作为写作前提的条件和自我发现。而一经具备了这些前提，写作就成了振奋精神和重新鼓起人们勇气的一种力量。她写作的目的是要使自己（也觉得自己能够）重新面对生活，继续生活下去。

丁玲的许多短篇小说都是以主人公拿起笔来写作来结束最末了一段的，这一点十分明显。她（他）总是在克服了绝望的情绪，解决了矛盾冲突之后，将一切重新开始，或者已经取得了大众的公认和了解。写作活动总是要求对现实生活的复杂纷繁的状况的规律有新的理解。在塑造这种作家的形象方面，丁玲以自己的实践为中国现代文学所全力以求的方向树立了一个非常具体的榜样。

……

丁玲的文学生涯提供了一份有关中国现代文学史发展的特殊而又精确的记录，同时，也反映出一些关于文学的作用和文学的价值本身的有待解决的问题。丁玲将生活经历直接地用文字表现出来的初衷始终不渝，但是她所描写的那些历史的发展却经历了不同阶段的逐步演变，她的文学生活也是如此。

文学与主观自我

丁玲最初是个叛逆者和反对迷信的人，只是当她在经过了一段时期不间断的写作实践而确立了自己自由和反旧传统的生活方式的时候，她才决定投身于文学创作。这种生活方式在很大程度上决定了她所描写的内容……

她当演员未能如愿这件事成了她的第一个短篇《梦珂》的基础。梦珂是个天真无邪的姑娘，她头一次来到大城市，对什么都敏感。当都市生活中的伪善和空虚使她的梦幻破灭之后，她为了追求自立的生活从亲戚家跑了出来，尽管她屈身求职蒙受了许多羞辱，她到底还是当上了一名演员。不管丁玲是否想通过小说的主人公最终当上漂亮的电影明星——令"上海那些自封的作家、剧作家、导演、评论家以及取悦于他们的可怜的奴才们"垂涎三尺的角色这件事来享受一下她本人未能达到的成功的乐趣，她在描写梦珂必须学会越来越大的"忍受奇耻大辱的本事"这一点上肯定原谅了自己。

《梦珂》不是一个很成功的作品，但却具有形成丁玲早期生活经历中独特情景的主要成分：一个孤独的人同敌对的格格不入的世界相抗争，既热切地为认识自己的情感而努力，又为达到某种自我的理智而奋斗。丁玲在许多地方描述了她本人遭受挫折而失望的心情，并把这种心情同她早期的创作动机以及她所描写的各种人物联系在一起："我为什么在那个时候开始写作呢？我想是因为要冲破孤独境遇的缘故。我对社会不满，但仅靠自己的力量又不能找到一条出路，因而便有许多的话要说出来，可惜没有人听我的。我很想干一番事业，但没有机会，所以既然手中有笔，我何不拿起它来剖析这个社会呢！"丁玲在别的地方还说过，由于她的痛苦遭遇，她的"短篇小说不得不充满了对社会的卑视和个人的孤独的灵魂的倔强"。在后期的一篇作品里，她又重新写到了"构成我心目中的人物形象的那些'五四'时期的典型人物。这些人身受沉重的压迫，而且处于无援的境地，感到十分地孤独，但他们仍然为了寻找一条出路而奋斗。他们就是这样一种顽强不屈的人。所以，当我初写小说时，我就写了这样的人物"。

在这些倔强而又孤独的人物当中，莎菲女士是人们认识得最透彻的一个。她使丁玲获得了最早的名声，不过不幸的是，莎菲女士一直被认为就是丁玲本人。莎菲女士是一个在城里过着"自由"生活的女子，这一点可以从她的洋名字和她和家里毫无联系上得到证明。她的肺结核病一方面使她住进了医院，另一方面把她从有规律的正常生活隔开。她发觉自己被一位仪表堂堂具有"中世纪骑士风度"，但却有着一颗可鄙灵魂的男子所紧紧地吸引住了。她一方面沉缅于狂热的性爱的幻梦之中，一方面又始终不愿去征服他。这种感情冲动的自相矛盾和内心冲突在一次接吻中达到高潮，这次接吻既标志着她的胜利又标志着她的堕落；她打发他走了，却让自己在绝望中承受折磨。

这个作品最初产生影响的原因是因为对性欲和失意的毫不隐讳的描写达到了强烈的刺激效果。从某种意义上说，《莎菲女士的日记》和鲁迅的那篇著名文章一样，写的也是"娜拉走后怎样"这样一个问题。小说所考虑的仍然是在一个没有经历改革的社会里，当一个人脱离了以往有规律的生活环境之后，他所陷入的走投无路的窘境。鲁迅说，因为没有平等的经济权力，娜拉的前途只能是灰暗的。丁玲是在一片混沌的日趋崩溃的世界中探索着人的复杂性格，而在这些性格当中，无力抗拒情欲是最重要的一种现象。经过离开家、离开故乡的重大斗争，完全放弃自己的权力和已经过时的财产之后，这些走向半西方化的滨海城市的青年男女们，似乎已经获得了最大限度地放纵自己的情感与肉体的自由。然而，在真空中的自我沉醉只能导致毫无出路的绝望，对此，莎菲女士也无法谴责任何人："总之，我是给我自己糟塌了，凡一个人的仇敌就是自己，我的天，这有什么法子去报复而偿还一切的损失？"小说结束时，她打算到南方去"浪费我生命的余剩"，因为那里不会有人认识她。她对于自己的怜惜并非没有因为和认真的自我批评搅杂在一起而有所减轻，但无论这个人物有什么样的弱点，她的作者却大胆地断言,不管她是个什么样的人,她都是值得注目的。这种断言使莎菲女士成为丁玲在那个年龄时的病态的象征,并且由于她采用了"第一人称叙述者"的非传统手法而得以成立。

　　日记体、书信体或其他叙述体小说中的"第一人称叙述者"(其与作者的等同程度可大可小)的手法,是因为受到西方模式的启发而被介绍到中国文学中来的,譬如对风靡一时的《少年维特之烦恼》的翻译就是一例。这种方法的采用很快就成为"五四"时代作家中一种最有意义最突出的新现象之一。在传统小说中,受到高度限制的价值系统是由叙述人和读者共同掌握的。说故事的人是"我们中的一分子",他从故事以外的有利地形上来叙述和评价他的故事,依靠为人们所接受的对于人生经历的种种假设来打动读者。然而,对丁玲和郁达夫,郭沫若和鲁迅这些二十年代的主观主义作家们来说,他们笔下所描绘的世界的客观价值是令人觉得感动的,所以,一篇小说的真正主题思想是在于人物对于表面事件的带个性和带疑问的反映,而不在表面事件本身。他们对"'我'的戏剧化"标志着"在特殊条件下,在和自我以外世界的冲突,斗争以及从这个世界远走高飞的过程中的自我认识"。

　　"第一人称叙述法"使故事情节由描写人物的表面活动转到表现人物的内在生活上来。这时,人物的不幸往往是自我造成的,而正如莎菲女士一样,最终酿成悲剧的原因也正是存在于其自身之中。丁玲早期的其它短篇小说,即便是不那么以自我为中心的,也都把注意力集中于那些同样是由于本身自相矛盾的情绪和不屈服于周围逆境的倔强而招致不幸的人们——那些把往昔的生活幻想成另一番情景的妓女,那些被自己对于可望不可即的豪华的都市生活的向往所毁的乡下少女,那些仅仅为一些琐碎的小事就和爱人吵个不休的疲惫的女教师,那些因恋爱而受社会冷落并为情人所负的女子;另外一些小说还写了那些徘徊于总是遭受挫折的恋爱与打算自杀的欲念之间的妇人们。不管采用第一人称或第三人称,丁玲小说的写作手法就是将主观的带解说性的意识加以个性化。

　　如果说各种叙述手法旨在表达作者对于世界的自我意识,那么,当作者转变到某一特定的政治思想上去的时候,这些手法也就会随之而发生变化。一九三〇年，丁玲和其他许多文学界著名人物一起加入了左翼作家联盟，于是她的作品就来了个朝着"无产阶级"的决定性转变。她常集中描写个人的觉悟，尤其是在那些描写投向革命的知识分子或作家的小说里。但她的画面也越来越广，群众场面也越来越多。在《水》中，她试着采用普鲁谢克称为"点彩法"的叙述方法，以互不相连的瞬间一现的情景和身份莫辨的人物对话的只言片语来表现被饥饿和灾荒折磨得不堪忍受的农民群众觉悟的不断提高，但这些缺乏个性的"点"并没有联在一起构成一个能够产生效果的整体。在她最后一部主要作品《太阳照在桑干河上》中，她的技巧就要准确精当得多，她尽力把对人物的个性化描写和对某个小范围的社会集群中的代表人物的生活经历的叙述结合起来，从而使每个人物都能够在群众奋起向地主钱文贵进行斗争这一出现在最后几章中的戏剧性高潮之中恰当地扮演各自的角色。如果我们拿这部作品中的一段与早期的《莎菲女士的日记》中的一段作个对比，就可以看到丁玲由自我主义阶段最终转变到社会主义现实主义阶段所走过的道路。这两个段落标志着叙述手法上不同的两端，但都试图把塑造或介绍人物作为情节的前奏，然而，情节却发生在两个不同的小说的世界之中。

对莎菲女士说来，外面的世界几乎是不存在的，正是这种独立于外界的意识加速了她的自我认识，也更加加深了她的沮丧：

"好几天又不提笔，不知是因为我心情不好，或是找不出所谓的情绪。我只知道，从昨天来我是更只想哭了。别人看到我哭，便以为我在想家，想到病，看见我笑呢，又以为我快乐了，还欣庆着这健康的光芒，……但所谓朋友皆如是，我能告谁以我的不屑流泪，而又无力笑出的痴呆心情？并且因我看清了自己在人间的种种不愿舍弃的热望以及每次追求而得来的懊丧，所以连自己也不愿再同情这未能悟彻所引起的伤心，更哪能捉住管笔去详细写出自怨和自恨呢！"

这些又长又别扭的欧化句子，后面的修饰或否定前面的，是一种能导致精神麻痹的心烦意乱的内心自述。她无力说清自己是怎么回事儿，无力得到朋友们的理解，更无力采取实际行动。

莎菲女士是这样用日记的形式来"表白"自己的，而《太阳照在桑干河上》中的董桂花（桂花是农村妇女中极常见的一种名字）却是由代表了她周围大多数人的看法的作者客观地描写出来的。下面一段只比上一段稍长一点，却介绍了董桂花的身世、现时在村里的地位，以及她如何准备在即将到来的土改斗争中起到先进作用：

"这位妇联会主任在四年多以前从关南逃难到这里，经乡亲说合，跟了李之祥过日子。李之祥图娶她不花钱，她看见他是一个老实人，两相情愿的潦潦草草的结了婚。她是一个快四十岁的女人，很利索，配这个三十多岁的光棍也就差不多。两人一心一意过日子，慢慢倒也象户人家了。旁人都说李之祥运气好，老婆不错。她是吃过苦来的人，知道艰难，知道冷暖，过家有计算，待人没脾气，西头那一带土房子的人便都说她好。去年暖水屯解放了，要成立妇联会，便把她找了来，她说她不懂，又不是本地人，可是不成，她便被选上了。有事的时候，她便找人去开会。"

思想是通过风格来表达的，风格是人们认识世界和创造世界的一种方式。有关董桂花的基本情况，书中作了简单的介绍，而且，在一些场合由于用了方言口语，实际上使人物的生活语言更富有生气，对这些口语丁玲是下功夫学会了的，作为南方人，她没有别的办法。直来直去的句子结构，说明这样一种情况：与莎菲不同，董桂花被认为是牢牢扎根于她的生活环境之中，这一点是很清楚的，也是我们能够通过她周围的人的眼睛观察到的，而莎菲女士复杂乖张的精神状态却是连她自己也不能理解的，更不要说她那些心地善良的朋友们了。董桂花后来虽也有过一段迷糊的时候，但正如上述引文中所估计的那样，只要时间一到，她自然会很好地发挥作用，并且带动起她的丈夫。

尽管人与人之间的复杂关系以及扯不清的纠葛是构成丁玲小说的重要部分，但其主要情节还是集中于人们如何从迷乱的动机、落后的意愿、恐惧和踌躇开始，经过斗争而获得明确的政治觉悟。象董桂花这样的人是能够在生活中找到其原型的，在她们身上不光有局限性，也有潜在的能力，她们在四十年代华北反复进行的波澜壮阔的革命尝试中起了推动作用。在革命中，群众的团结一心与积极参加是个中心问题，但每个人的主观状态却也是极端重要的，虽然只限于明确表明的心理方面和经验的水平上。这位妇女会主任性格发展的动机是不同于帕尔西法尔（Parcifal）的性格发展的动机的，后者性格并不是为了自己的缘故而发展，而是"受到他想要发展的动机和取得的基督教骑士地位的限制"。如果把那些（一如莎菲女士所忍受的）情欲和类似的枝节删去，董桂花在革命觉悟上的进步会显得更清晰，也更具有典型性。

产生这些叙述形式上的变化的原因，是由于复杂和含混的主观觉悟在革命思想上毫无立足之地。作家个人决不再把自己放到个人同现实的危险冲突中去充当主要演员或观众。随着新世界的建立，作为标志着旧社会灭亡的典型的文学特征的那些东西都被淘汰。作家已成为概括了具体的经历的集体表演中的一个角色，所有的情节都是源出于对于发展集体感情的兴趣的有预见的灵感。投入到社会建设的各方面的个人精力的升华，摒弃了那些自我怀疑而又苦恼的小说人物，结束了中国小说史上的这一段主观主义的小小插曲。

但是，文学的分类总是不可能界限非常分明的。尽管丁玲曾努力朝社会主义现实主义发展，在一九五七至一九五八年的反右运动中，她还是因为被指责没有摆脱表现个人的倾向而遭到批判。当时的一个流行观点说，丁玲仍然是"莎菲女士的化身"，这种观点，混淆了文学与生活的区别。

"莎菲女士"的问题不光在于她是个"极端的个人主义者"，而且在于作为妇女，她也提出了许多具体的问题。女权主义至少是在对她的批判中有所暗示的问题。女权主义从一开始就形成了她文学生涯中有意识有意义的方面，虽然这毫无强加于她的意味。

文学与女权主义

女权主义正如"个人主义"，在社会主义的意义上是个含义丰富的词。在整个的社会革命中，对具体的女性觉悟应强调到何等的程度呢？

我在谈到丁玲的女权主义时，指的并不是妇女的权力，而是她们对于女性独特地位的觉悟以及丁玲作品中对这一点的描写。

丁玲个人的状况及她对于妇女解放的思想都是属于"第二代"的。她的母亲曾经为反对包办婚姻，裹小脚和毫无受教育的机会等等这些长久以来形成的极端罪恶的压迫妇女的形式而进行过最早的斗争，并且在某种意义上说，为丁玲她们赢得了胜利。有关这位不平凡的妇女的事迹在丁玲未完成的长篇小说《母亲》中作了部分描写：她三十岁守寡，带着两个孩子离开了绅士家庭，到城市里去学习并把自己培养成了一个教育家。母亲为了能在体操训练班里保持好成绩而作出的努力，以及她如何忍着刚放开小脚的疼痛跑步的情景，丁玲都曾作过激动人心的描述。而正是这些奋力的抗争，使得女儿能够在仅仅十三岁时就领导同学们到省政府进行争取妇女平等权力的示威。丁玲在她那一反传统观念的城市生活中所面临的是对妇女更加普遍也更加隐蔽的歧视。有些她是忍在心里了，为了使自己成为一个作家和一个真正的人，她同这一切进行了斗争……

到一九三一年为止丁玲的大部分短篇小说，都几乎令人忘情地集中表现了年青妇女怎样设法在女性的社会地位之上或超出这种地位来捍卫自己的权利。在上述早期的文学作品中，由于主人公通常是女性，对主观自我和女权主义的两种考虑便自然地溶为一体。对于自我和世界的联系的特殊认识可以用前面谈到过的各种不同的描写手法加以戏剧化；在这种思想的影响下，丁玲作品的"女权主义内容"同样经历了几个阶段的逐步变化。

丁玲早期短篇小说的特点是描写年青女子冲破传统的包办婚姻束缚的复杂多样的爱情纠葛。打破这种旧传统的一个迹象是她们掌握了自己的情欲。按照现在非社会主义的写作标准，这些春情勃发又无拘无束的年青女子的狂想性行为仅仅暗示了一下，也许显得很温顺，但对于和丁玲同时代的读者来说，这些狂想就太"大胆"、太"摩登"也太"现实"。她的确暴露了女性性欲的某些方面，而这些在以往和以后的中国文学中都没有得到描写。使丁玲作品突出地区别于"五四"时期对于爱情流露的一般描写的原因，不仅在于她是一个多少比其他人更直率更勇敢的女性，而且在于她时常将性解放主义同妇女个人的自我探索联系起来。她甚至还能取得在一定的批评标准下的两者颇有成果的结合。丁玲笔下的执着、自觉而又性感活跃的女子形象，和同她同时代的女作家的小说中所描写的消极、受尽了磨难而终于催人泪下地死去的、被损害了爱情的受害者们形成了尖锐的对照。

如果说她写的女子都是沉醉于恋爱的梦幻之中的话，她们也正是于其中捍卫了自己的部分权力。《一个女人和一个男人》中的"莎乐美式"卖俏的人明白，她是在无休止地做戏，直到"她看见另一个人的灵魂受到她的刺疼而在她的手心上颤动"。《他走后》里的姑娘在凌晨两点时将她的情人不容分说地赶回家，但品够了那证明她有力量征服他的快意之后，她羞愧地哭了。她痛悔自己象妓女一样卖弄风情，她藐视自己。另一篇小说描写的则是一位少女怎样把自己从恋爱之中解脱出来，重新去写她的作品。所以，正如女子在爱情的诱惑面前常常是不堪一击的，她们也总是把这看作是对自己的十分深入的检验。爱情的描写既是温情含蓄的，又是炽烈冲动的，譬如《年前的一天》里的那对吃不饱饭的作家，还有令人惊讶的发自心灵的呼唤（《不是情书》）。后一篇小说充斥着对唯一"让我的心燃烧"的男子的倾慕之情，然而为了胡也频的缘故，他终于被拒绝了。

要坚强，要捍卫自己的利益的理由就是：抵御女子特有的那种软弱性，那些多情善感，易于激动并常常因之而引起感伤或歇斯底里的女性的感情。丁玲写妇女就是因为她了解她们的弱点：

"但因为这个，产生了许多误会。实际上，我十分厌恶这些女子身上的弱点，然而，这就象法捷耶夫在《毁灭》中描写美谛克的情景一样，他虽然尽最大力量去揭露美谛克的所有缺点，但我们还是可以看出他对美谛克的同情来的。我对我作品里的女子是不同情的，但我不能全凭我的观点来写作……我所写的常常和我的本意截然相反。"

她既同情妇女，又批评她们，因为她认识到，她们不仅是社会的牺牲品，也同样是自我毁灭的感伤主义的牺牲品。在描写一个一边从缠绵的感情之中挣脱出来，一边又在写小说的女作家的短篇里，她提到女性感情对于写作的潜在的影响：

"今天，她（野草）生气极了，因为她给一个冷酷而又有理智的女人注入了热烈的情感，甚至还抹上了一层淡淡的抑郁。这当然不是她理想中的人物，但这种做法却又恰恰是她最明白不过的女人的短处了。她不知该怎样做，是把稿纸撕了，是重新再写，还是照样写下去而并不同情这个女人。她没法摆脱这件恼人的事，慢慢地她想到了使女子们过于动感情的社会环境，她想到女子是多么的可怜，想到这些，她恨起自己来了。"

但是，当野草那天晚上见到那个对她穷追不舍的恋人时，她却是那样坚决地摆脱了他的纠缠，虽然不是没有一点懊悔，她"高兴地哼着新写的小段（歌词）"回家写她的小说去了。

一九三〇年以后，爱情的描写被取消了，不是为了文学，而是为了政治情节的需要。在这个"恋爱与革命"的过渡阶段中的小说里，本应为人们所信仰的革命的本质是空泛而飘渺的，而应当摒弃的爱的欢乐却仍旧热烈、细腻而又令人陶醉。然而，一旦将爱情完全排除，丁玲小说的中心人物——那些住在大城市里过着自由生活，竭力要表明自己和男子有关的自我意识的未婚青年女子就会随着消失。在后来的作品里，出现了不同年龄、不同职业，背景也各异的妇女形象——有从洪泛区逃难的饱经战祸的赤贫农民，有在街上为人洗衣的工人妻子，有秋收时节帮人干活的学生，也有那些在宣传队工作，为小说收集素材的作家。对性本身的关心已经超出了原来的范围而被对灾难和紧急的集体任务的描写所替代，或者说降到了次要的地位。

然而，对丁玲来说，女子地位造成的悲剧仍然存在。在一九三六年到达延安后不久，她协助建立了全国妇女救亡委员会，从此积极投身于妇女活动。她不再写只表现个别女子内心斗争的东西，而是抨击妇女所遭受的苦难以及她们在社会上所受到的特殊歧视，虽然在她当时的作品中表现出来的那个社会是非常进步的。

《三八节有感》是丁玲一九四二年为《解放日报》写的一篇文章，她当时是该报编辑。她作为一个女性谈了妇女的状况，她认为妇女总是人们注意和品评的对象，譬如有没有结婚，有没有孩子，或有没有被丈夫给休了。在旧社会，人们会说她们"可怜"、"命苦"，今天人们却又说她们"自做自受"、"活该！"

"我自己也是个女人，我比别人更了解妇女的缺点，也更懂得她们的痛苦。她们不会走到时代的前面去，她们并不理想，也没有经历艰苦的锻炼。她们无力反抗社会的歧视和无声的压迫，她们每人都有一本血泪帐，也都有高尚的情操（无论得志与否，无论幸运与否，她们都照样孤军奋战或加入到集体中来）……我希望男人们，特别是那些有地位的，还有女人们自己应更多地看到妇女的特点和社会的联系。"

她的观点是，即使在她们被认为是与男子平等，并可以选择自己的婚姻地位的时候，妇女们也还是受压迫的。短篇小说《在医院中》可以说是延安的缩影，尽管那位年青的富于幻想的女助产士所面临的环境是悲凉和让人失望的，小说却还是在"在艰苦中成长"的肯定调子中结束的。《我在霞村的时候》中的女主人公同样也期待着更好的未来。然而，这篇深深地打动了人心的小说有一句借人物的口说出的话："做了女人真倒霉。"作者，也就是"我"和霞村的一位姑娘交上了朋友，这姑娘是在日军中呆了一年后刚刚回来的。她是在敌人进攻村子的时候被抓去的，从此便落入火坑。后来，她逃回家来，但不久又被派回到敌人那儿去搞情报。这时她已染上了严重的性病，所以又让她停止了秘密工作回来养病。她这一回来在村里引起了一阵风波。一些年青的乡亲觉得她作出这样的牺牲是很英雄的，而在另一些人看来，她却不过是（"一百个男人总睡过"的）让人发泄性欲的对象，是"比破鞋还不如"的东西……

十七年后，在反右运动中，这篇小说被攻击为替敌人营垒中的妓女涂脂抹粉，是丁玲本人不道德行为的公然表露。有人指控她在一九三三年至一九三六年被捕期间，曾出卖了共产党，并和一个国民党特务同居。于是，她本人也犯了失节的罪（这里指背叛和丧失贞操两种意义）。《在医院中》被批判成"极端的个人主义"，就象一篇批判文章的标题所说：它把"莎菲女士搬到延安"来了。于是"莎菲女士"的化身（丁玲本人便是其中之一）就在每一篇受到批判的作品中一个个地被找出来。她对性的理解是资产阶级颓废和虚无主义的一种反映，她对自我肯定的探求则不过是想"愚弄男子"的自私欲望而已，因为"事实早已证明只有反动阶级才压制妇女解放，而不是一般的男性"。如果在任何社会里都不存在对妇女的特殊压迫的话，那么，自然也就没有必要探讨异性之间的相互关系这个人类生活中的难题了。沉湎于性爱的梦幻之中则更是"麻醉青年的一种鸦片烟"，……他们会寻找莎菲从凌吉士身上得到的"幸福"，而完全忘掉现实生活中的阶级斗争。

正人君子们的怒潮所向，直指丁玲的私生活和她的作品。因为她早年的恋爱佚事在上海曾风传一时，所以人们对于现在对她的种种责难自然就深信不疑。这正是她不得不付出的代价，因为她在对于权威的叛逆和对自主的捍卫之中，把文学上的先锋派主义和政治上的直言不讳，还有更不可饶恕的性的解放结合在一起了。丁玲对莎菲女士的性爱幻想应负完全"责任"的关键在于她抹杀了文学和生活的界限，同时也就提出了有关作家作用的种种问题。

文学的政治作用

广义地说：丁玲所有早期作品，即从二十年代起到三十年代初写的所有作品已经带有相当的政治性了。即使那些最主观的感情流露也都清楚地反映了她周围不断出现的政治和社会的变化，提出了有关人生价值以及各种不同的社会态度的问题。由于人们对于中国各种问题的严重性以及有无必要最终解决这些问题的认识大大提高，从而加速了文学的政治化，而作家个人条件和文学条件中的诸因素也推动了这一进程。

写作在当时是毫无经济保障的，纯粹是一件靠侥幸过活的事，你得和小出版商讨价还价，还要躲避催命鬼般的女房主。在一篇早期的小说中，丁玲刻画了一个作家，她"自己做饭洗衣服，呕心沥血地写作，好让别人数数字数，然后给她一点维持生活的钱……"；

面对这象死一般冷酷而毫无变化的单调生活，她仍然耐着性子在文学的道路上走下去，虽然实利主义地花在追求微薄利润上的时间对于这个是不肯过问的。贫困和得不到社会承认使作家确切地明白了自己事业的社会意义，加深了他们对于当时的世界结构的不满，并把写作有何益处这样一个问题推到他们的面前，而且，他们自己也不得不问自己这样一个问题：自己所扮演的角色到底在多大程度上是装模作样的。

……丁玲在一段经常为人们所用的文章里，以颇有个性的直率直截了当地点出了作家自信心危机的关键所在。她小说中的人物描写都首先考虑到了文字对于读者的影响：

"对于文字的写作，我有时觉得便是完全放弃了也在所不惜。我们写，有一些人看，时间是过去了，一点影响也没有。那我们除了换得一笔稿费外，还找得到什么意义么？纵说有些读者是曾被某一段的情节或文字感动过，但那读者是些什么样的人呢，是刚刚踏到青春期，最容易烦愁的一些小资产阶级的中等以上的学生们。他们觉得这文章正合了他们脾胃，说出了一些他们可以感到而不能体味的苦闷。……可是结果呢，我现在是明白了，我们只做了一桩害人的事，我们将这些青年拖到我们的旧路上来了。一些感伤主义、个人主义、没有出路的牢骚和悲哀……他们的出路在那里，只能一天一天更深的掉在自己的愤懑里，认不清社会与各种苦痛的关系。他们纵也能将文字训练好起来，写一点文章和诗词，得几句老作家的赞颂，你说，这于他们有什么益？这于社会有什么益？所以我现在对于文章这东西，我个人是愿意放弃了。"

上段文字引自《一九三〇年春上海》，一篇属于"革命与恋爱"阶段的小说。丁玲的这些想法就象催化剂，把女主人公从爱情的对象转变成了积极的革命者。

中篇小说《韦护》（1930）是一部更广泛地反映了"爱情与革命"冲突的作品，但如果再给它加上一个副标题"为艺术家的革命者的画像"，也是非常合适的。韦护是一个刚从苏联回国的浪漫人物，他的革命活动比起他在文艺方面的兴趣要含糊得多,他穿一身蓝工作服,在姑娘们面前大谈萧邦和屠格涅夫,讲得她们眼花缭乱。他在动身前往香港组织革命活动之前,给情人写了绝情书,并把日记、文学笔记和诗稿留给她做纪念物。艺术与文学,还有爱情与感情都应该为了革命而抛弃。

《韦护》是个夸张得有些过分的浪漫故事,但另一方面丁玲也能够指出这位自诩的革命者是在装腔作势:

"在凄凉的大街上,他会感到愤愤不平,憎恨那些资本家,在这种时候,他一定能成为一个革命英雄。他认定革命是必要的,倒不完全是因为他没有钱经常去逛窑子,也没钱结婚,还因为街上还有许多身上只裹着破棉袄的人力车夫,他们仍在街头踯躅,不敢回家去见妻儿老小。确实,应该把那些有钱阶级统统斩尽杀绝的思想基本上是来自这些人力车夫。他当然也不会和许多其他与他有共感的人相差得太远。他也不过是在听别人说起人力车夫很可怜之后,才注意到人力车夫,也才很快地给某家杂志写白话诗来歌唱他们。然而,不管怎样,这些人力车夫还不曾认识到自己的重要,这真是幸事。"

谁都可以将鲁迅、郁达夫、巴金、老舍、张天翼等人写的短篇小说编成一本题为《作家与人力车夫》的集子,以此验证丁玲这样一个观点,作家对于革命的理解是肤浅的,他们沉溺在对这些"无产阶级"的唯一代表的完全发自自我的感伤之中,而在他们相对而言的特权生活中又总会和他们发生接触。她还写了几篇以作家为中心人物的小说,这些小说中的作家为克服本身的缺点和坚定其对于革命的忠诚而斗争。但在她后来的作品中,她笔下那些作家却又被刻画成妄自尊大、软弱、好空想、脱离了现实又远远地脱离了人民的人。在她政治上发生变化之后,所塑造的作家就放下了高高在上的架子,采取了新的谦虚的态度。她在一九三一年曾告诫说:"不要把自己脱离大众,不要把自己当一个作家。记着自己就是大众中的一个,是在替大众说话,替自己说话。"这个观点和其它几个《有关创作的具体意见》登在《北斗》杂志上的一篇社论中。《北斗》是一九三一年左联几个短命的刊物之一，当时由丁玲主编。

随着文学明显的政治化，丁玲文学事业中文艺与生活的关系问题就进入新的阶段。日趋严重的挑战，是如何把她承认文学在整个革命过程中的特定地位的观点同坚持文学本身的观念重新一致起来。她当然不认为文学是能独立存在的，作为职业作家，她相信文学的特殊性和特殊价值，对于这个，她总是不断地试图予以解释。她承认作家有责任同自己的小资产阶级的根子作斗争，到群众中去向群众学习，按照马克思主义的世界观前进和运用社会主义现实主义的方法论。她经过无数次的反复，一直不懈地寻求对作家到底怎样才能写出优秀的作品这个问题的答案。党内官员对这个问题的本质不过有个朦胧的了解，如果他们还承认这个问题存在的话。大多数的老作家对解决这个问题采取一种不以为然的态度。只是因为丁玲失败了，人们才认识到她对这个问题的探讨的本质所在。

甚至在她信仰马克思主义之后，当她开始将写作同她作为群众的代言人的身份一致起来的时候，她在文学实践上令人满意的先人一筹的思想倾向就已经很明显了。《水》在一九三一年一发表，就被誉为左翼文学向前迈出的一步，但也被批评为"这还只是我们所应当有的新的小说的一点萌芽"，因为它没有充分地反映出革命领导的情况。不可抗拒地，她的文学作品从此就总是纠缠那些政治事件和党的发展，并在这些方面受到评论。一个最典型的例子是一篇关于她未完成的小说《母亲》的文章。《母亲》计划写她母亲的一生和"在历史进程中社会制度的变革"，一九三三年在丁玲被捕和谣传被杀害之后，只出版了前三分之一的部分。作为对这部传记的感情激动的反映，这篇文章以下面这段赞扬的话来结束，其中的《母亲》指丁玲的母亲和关于她母亲的这本书，以及丁玲本人哺育别人而又勇于作出牺牲的"母亲般"的作家的职责：

"《母亲》是没有写完的，这只是一个残本；《母亲》的作者，是为着光明而牺牲她的一切了，二代的'母亲'却突破了'向往'而走入'实践'了，《母亲》在形式上虽是个残本，实际上，丁玲是用她自己的血把这部书完成了，还有什么书比这更宝贵，更有价值呢！满足吧，丁玲啊！你的血比你的笔更有力地教育了大众了！就是那一些懦弱的，也因你的牺牲而引起了自觉，而站立起来了！……"

这是个人生活同文学事业最完美最高度的溶和；在这里血与墨水在笔下同涌。虽然有关她牺牲的传闻最后被证明是假的，但丁玲在处在这样一个生死攸关的紧要关头的作家当中，仍是无人可以相比的，她实践了她所写的。命运和抉择好象总是把她置于正在发生的事件的中心。她以自己全部的力量冲过了生活中的每一个关隘，并在其中发挥作用。她死里逃生，在隐蔽的条件下于一九三六年化装成一名东北军士兵逃到延安。在那里，她把自己的精力和作品全都贡献给了战争和革命事业。抗战爆发后，她奔赴前线当了一名八路军的秘书。之后，她当了一支编演话剧和滑稽短剧的宣传队——西北战地服务团的团长。她把抗战的战况传遍游击区的城镇乡村，并从前线发回报告。她写的话剧从字面上看来是极粗糙的，但正是由于她和像她一样的人们为动员群众而作出了努力的结果，才巩固了文艺作为共产党"群众路线"的革命策略的不可分割的一部分的重要性……

反右运动的发动有几个因素——从三十年代的争论开始的文学上的派别活动，文艺界中争权夺利的斗争，以及把一位有名望的作家打成黑样板的种种政治花招。人们也许会怀疑，难道丁玲有关文学的思想本身能对社会主义建设构成威胁吗？当然，全面发动起来的群众舆论以及批判的激烈程度都远远地超过了她的过错的严重程度。丁玲最大的问题，是她仍然相信文学必定要附属于某种大于它本身的事业，相信文学仍旧保持了它作为文学的特性。她试图用文艺与生活的关系来说明这种特性。她每一次的讲话都始终敦促作家们打开眼界，"深入生活"，以防止迷信和写作上的"公式化"。她所说的生活，当然是指群众生活而言。一个作家不可能永久地住在一个村子里，但应当在精神上"到群众中去落户"。引号中的话是她一九五三年对文学工作者作的一次讲话的题目。

正象把《莎菲女士的日记》、《我在霞村的时候》、《在医院中》和

《三八节有感》列为批判她关于个性与妇女的思想的靶子，而不考虑她在其他地方就这些问题还讲过什么话一样，五三年的讲话也因为散布了有害于文学的思想而被点出来。她在讲话的开头就说，文学创作是个非常复杂的劳动，要写好一篇好作品需要许多先决条件。有的人过分强调了分析研究的必要性，认为这是如何理解马列主义政策和思想的问题。然而，创作中的问题是"把它和生活联系起来"，而不仅仅是只看到一些表面现象就拿来做素材……

她的观点就是强调要更加深入地到群众生活中去，但以上几段引文都是属于最要不得的观点。她之所以受到批判，是因为她把文学看作是个人天才的创造和达到名利双收的手段，而名与利则都是"资产阶级个人主义"的标志。更糟的是，她还搞出这个"一本书主义"（指写成功的文学作品），来反对党的领导。于是，反丁玲的反右运动就作为"捍卫社会主义文艺路线的一场斗争"开始了。

作家们的确容易对自己和自己的作品采取沾沾自喜的看法，而这正是他们常常要冒风险的原因。但是，除了丁玲讲话中热烈的半自信的口气，她并没有提到自己堪与大作家们相媲美的不朽声誉。她谈了文学作为一种传统而具有的各种出类拔萃的可能性，也谈到她个人对于以持久形式互相连在一起的生活和真理的认识。但她的批评者却认为，文学应当只为当前的紧迫需要服务。在经济的生存性和饥饿之间的界限仍旧很接近的情况下，文学应严格地尽自己力所能及的力量去唤起集体的力量来完成实际的目标。争论的焦点不在于要不要独立于党的控制之外的艺术主权，而在于两种不同文学观点的孰是孰非。

有限的立足于现实的文学观并不是随着社会主义革命诞生的，它是缺少对现代政治史上出现的所有文学传统的忠诚的一个结果。因为缺少这种忠诚，丁玲和整个五四一代人的反迷信的冲突无可挽回地要承担部分责任。在文学革命中，传统的文学，对邪恶过去的粉饰和拥护都得到全盘的否定。在文化损失和个人失意的基础上产生的新文学很快就根本幻灭。在新的环境中，严肃的文学对于解决急待解决的社会问题的关系仍然没有得到解释。五四时期从一开始就充满着对文学的种种期望，但对这样一个标志着现代中国历史的大动荡的社会变化和文化危机的时代里,人们也许会问:到底有无可能给一个严肃的作家阐明他的职责?

(原载美国哈佛大学东亚研究所编《五四时代的现代中国文学》,1977年出版,戴刚译。)

《太阳照在桑干河上》俄译本序言（节录）

[苏] Л.波兹德聂耶娃

中国女作家丁玲的长篇小说《太阳照在桑干河上》是描写暖水屯的土地改革的。事变的发展占时仅一月，但这是农村里紧张斗争、群众阶级意识觉醒，以没收土地和均分多余财产的方式来向剥削者提出清算的时期。

这个复杂的过程在小说里反映得深切而详尽。作者把作品的大部分献给新的人物、新的组织——农村里党的领导部、农会、妇会、民兵、合作社、学校——已经巩固地进入了解放区农村生活的一切，她对农村里的反动势力也给予了相当的注意，这些势力正在不择手段地想逃避它那无法逃避的灭亡。

中国农村里的地主之家直到最近还是真正的堡垒。周立波曾在他的长篇小说《暴风骤雨》中这样描写过：

"这里大门楼是个四脚落地屋脊起龙的门楼，大门用铁皮包着，上面还密密层层的钉着铁钉子。房子周围是庄稼地和园子地。灰砖高墙的下边，是柳树障子和水壕。房子四角是四座高耸的炮楼，黑洞洞的枪眼，象妖怪的眼睛似的瞅着全屯的草屋和车道，和四围的车马及行人。"

大炮警卫着封建主们生杀农民的大权。佃农把整年劳作所得的谷物全部献给地主，自己只吃些糠，但是地主还不满足。他们还强制佃农到他们家里去工作：男子磨面，劈柴，修理屋顶；女子烹饪和缝纫。许多地主认为他们有权杀死和强奸任何踏上他们土地的男女；有权带走女儿以偿父债；有权把村里任何有伤他们"风化"的居民送去当兵或做苦工。除了为地主作非人的劳动之外，农民还要应付村长（通常也是地主）的要求：送牲畜、谷物、农产去孝敬他。为了不让儿子被征去参加伪军，为了不掉在铁红山的矿洞里，农民们把自己身上最后一件布衫都脱下了。

但是丁玲在小说里提出的地主阶级的代表，在他们财产状况和道德轮廓方面，并不都是相同的。浪子李子俊渐渐地自趋破落，他花光了从父亲那里得来的遗产，怯懦地逃避开新的人民政权；他仿佛象征着那彻头彻尾腐化的封建制度。钱文贵是危险得多了，他积极为夺取自己的统治权而斗争，在美国的干涉中找出路。

这样的地主，用人民的谚语说，诸葛亮也要对之甘拜下风。他眯着小眼睛，装出若无其事的样子旁观着世界。但无论是各国帝国主义者所安排的傀儡和军阀统治中国，或者是日本帝国主义者的军队占领国土——对他都好，他在任何政权下都发财。甚至在解放之后，在组织了民主的地方政权之后，他还设法继续过着旧的生活，不过把儿子送到八路军中去当志愿兵，把自己的地移到儿子的名下（因为法律是保护战士的家属的），把女儿嫁给干部。而他自己却还是过着原来的生活，摇摇扇子喝喝茶，虽然他心里远不那末安定。他有一个希望——国民党快些带了美国大炮来！

但是现在地主统治的局面结束了。自从中国共产党在农村里实行了初步改革，至今已经有二十多年了。假使说在抗日战争中，为了保持民族统一战线，所以只实行限制剥削——减租减息，那末在日本投降之后，在肃清国内汉奸的时候，有许多为侵略者服务过的地主，就都被没收了土地和财产了。当蒋介石和美国干涉者发动了内战，每一个被人民解放军解放的区域里，都各照各的意思对地主进行了斗争。直到一九四七年九月，中国共产党召集的全国土地会议总结了全部土改的经验——特别最后两年的经验——拟定了统一的《中国土地法大纲》。中国解放区的劳动农民，带着这武器，在共产党、地方民主政权和农会领导下，向中世纪的残余、只占全部农村人口百分之十而占全国土地百分之七十至八十的人们，进行决定性的攻击。

被人民解放军从日本占领者手中解放出来的地区里的土地改革的实行，以非常复杂的形式在丁玲的小说中展开。"谁也不敢公开反对土改"——暖水屯支部书记张裕民想到，同时他承认，村上党工作者所面临的任务是非常复杂的。闭塞的、落后的农民，许多世纪来一直带着地主剥削的桎梏，束缚着家族的关系，围困着宗教信仰的纲——道教佛教关于因果报应和灵魂轮回的学说，基督教妥协的说教和一贯道的符咒——大多数还相信他们的压迫者很强大和不敢和他们斗争。

"那当然，地是人家的、地主的……"——当劝佃户郭柏仁到地主那里去取地契时，他对农会主席程仁这样说。农民的不自觉一至于此，甚至有农民把农会分给他们的土地偷偷地还给地主。所以，为了催醒农民的阶级仇恨，要他们认清他们生活贫苦的原因，当地的共产党人决定，斗争一定要佃户自己去进行。不让农会或它的主席去向地主拿回地契，而让农民自己——每一个佃户到主人那里去办理自己那一部分的事情。而这样的要求，只有带着这样的自觉性的人，才会提出：就是自觉到土地不是地主的而是人民的，他们是上掠夺者那里去要回自己的财产。这就是村干部和工作组所面临的任务的第一个困难——鼓动劳动农民起来向阶级敌人斗争和在这斗争中把他们团结起来。

第二个困难是华北的土改是在战时状态中展开的。

远在八路军刚解放北方一部分地区，蒋介石反动集团还占有着国家的大部分和使用着那以出卖祖国给美帝国主义者的代价换来的武器的时候，就已经进行土改了。地主及其代理人相当巧妙地以国民党将来报复的谣言恐吓农民，他们传布美国武器精良的夸大传说和敌人胜利的谣言。

"报纸上有什么国军打胜仗的地方，就向人讲讲，编几条也不要紧。"吸血鬼钱文贵教唆他的走狗教员任国忠。卖身投靠给钱文贵的张正典和另一个地主、日本人推出来的村长江世荣的忠诚的传声筒白娘娘也进行着同样的活动。他们一刻不停地暗暗地对最落后的农民说——想想将来，不要把地接下来，将来要用脑袋去换的。

当地的积极分子和区里派来协助完成任务的工作组，在唤起农民和消灭怀疑和动摇方面花费了许多力量。甚至在自己的圈子里，他们也要向文采的骄傲和空谈斗争，暴露背叛人民和党的张正典。大多数积极分子都很清楚：谁是新中国的朋友，谁是敌人，谁由于不自觉而还需要加以说服和鼓励。但是他们参加政治生活的经验还不够，所以对于处理老奸巨猾的反动政客的一切阴谋感到非常困难。

这里他们的老朋友也来帮他们的忙了，那就是远在游击战争时代就认识的县宣传部长章品："……一个年轻人，光着头，穿着白衬衫，肩上披着一件蓝布衫，裤脚管卷得高高的：仿佛他刚刚涉水过来……他一到村上，四面八方都叫他：——老章，好！事情怎么样？——好象没有和他分开过……大家称呼他'章队长'，或简直就叫他'老章'。但是无论怎么称呼他，农民们都同样的爱着他，他们是一同共着苦难来的……而且都看得很清楚，他一直都是为人民、为了穷人冒着生命的危险。"（大意）

他们接受章品的建议，逮捕了主要的吸血鬼钱文贵，直到这时候，全村才相信新秩序的巩固，甚至最落后的农民也走到法庭上去提出他们的控诉了。

还有一个困难是那已经起来斗争的佃户和劳动农民还没有自觉到自己的力量，他们还企图用农民起义的老方法来对地主作战，当他们不受无产阶级及其前卫共产党领导的时候，他们总是失败。共产党花了不少力量，向农民说明，现在时代不同了，政权已在人民手里，必须剥夺地主的经济基础和政治影响，在新民主主义秩序之下，地主的统治地位是没有的，而且也不会再有了。

小说《太阳照在桑干河上》的主要优点是中国农村中生活的人物的复杂而多样的现实主义的表现。依照中世纪中国小说的传统，丁玲给她的每一个主要人物以个别的一章来叙述他们的过去。此外，如果不知道今天的中国人在日本占领时期的所作所为，就无从判断他们的一切，因为人民所信任的只是那些曾经以不屈不挠的战士的姿态反抗过日本侵略和国内反动派——蒋介石集团及美帝国主义者的人们。而且唯有从可怕的过去中，才能彻底认清楚穷人生活中的伟大转变。穷人数世纪来做着地主的奴隶，现在成了土地的主人了。

"这是谁家的园子呀，李宝堂在这里指挥着。李宝堂……替别人下果子已经二十年了，……象不知道果子是又香又甜似的，象拿着的是土块，是砖石那末的毫无喜悦之感。可是今天呢，他的嗅觉也和大地一同苏醒了过来，象第一次才发现这葱郁的、茂盛的、富厚的环境……"

作者在小说中所强调的正是劳动农民的这些表示出了一种新因素的感情，这是由于他们战胜了剥削者和无穷尽的贫困而得到的。所以当敌军接近的时候，自然共产党和民兵的队伍会不断增大，新的青年的队伍会唱着新的歌走到城市周围去挖壕沟。农民们会团结一致地站起来保卫所取得的土地和民主政权了。

小说《太阳照在桑干河上》是丁玲创作中合乎规律的阶段。远在三十年代初，她就在中篇小说《水》中表现了国内许多地区由于地主压榨和国民党集团掠夺而破产、贫穷、成群死亡的可怕图画。假如说，那时候她的创作所反映的是斗争的开始，那末现在进行了许多年的战争，作者亲身参加了土地改革工作之后发表的新小说所描写的是实现"耕者有其田"这一口号时期的盼望已久的胜利果实。这是这位共产党女作家对共产党领袖毛泽东许多号召的答复，这些号召就是反对为剥削者和压迫者服务的文学，反对奴隶文化、奴隶文学，拥护最伟大的新文化战士鲁迅的理想，拥护建立无产阶级领导的人民大众的反帝反封建的文化；他的最具体的号召，就是他的有名的文章《在延安文艺座谈会上的讲话》。

鲁迅从二十世纪初叶直到他逝世那天止，一向号召中国作家向俄国文学和苏联文学学习，他一生紧张的活动中有不少是献给了翻译俄文作品、编校译本和援助其他翻译家，——到我们今天终于开始产生果实了。中国进步作家所以能提到真实地反映新中国农村的建设工作和工人的自由劳动，并且表现共产党在这过程中所起的领导作用，多多少少是由于他们仔细研究了苏联作家的作品。因此我们完全有理由说，中国作家向着毛泽东所指示的新民主主义现实主义道路的转变，所以能这样迅速完成，是由于已经在苏联创立了社会主义的文学和中国作家的努力向它学习。

最早的这些作品之一长篇小说《太阳照在桑干河上》，反映了中国广大劳动群众的狂飙活动，他们初次获得了自己着手建设自己生活的可能，——必须承认，这是创造真正的新民主主义现实主义文学方面的重大贡献。

在现代中国文学中，丁玲是并不孤独的。其他作家，如赵树理，萧洛霍夫的《被开垦的处女地》的译者周立波，一篇以复兴发电厂为题材的中篇小说的作者草明，也创造了许多献给新民主主义形成时代的书。这类著作目前还不多，但是它们已经指示出了其他作家的道路，而那些作家在他们的政治观点上属于民主阵营，但是在创作方面还大半是旧的资产阶级的批判的现实主义。

这些书的出现是解放了的中国的文学进入新的发展阶段的基石，这个阶段将引导到中国历史上空前的新的繁荣的道路上去。

（译文原载《人民文学》第1卷第6期，1950年4月1日，节译者陈冰夷。）

《中国文学》(节录)

[苏] H. 费德林

第二章 文学革命

丁玲属于三十年代末在中国最大政治文化中心上海登上文学舞台的中国作家之列。这些作家中的许多人的指导者和精神之父是鲁迅。他们的战友有胡也频、柔石、殷夫、李伟森、冯铿——1931年2月某夜被枪杀于上海龙华的五位烈士。鲁迅写道:"我们现在以十分的哀悼和铭记,纪念我们的战死者,也就是要牢记中国无产阶级革命文学的历史的第一页,是同志的鲜血所记录……"

丁玲的最初的文学作品在《小说月报》(文学研究会机关刊物)上发表后,立即引起了广大读者特别是青年学生、知识分子的注意。她的那些为维护中国妇女的利益大声疾呼的短篇小说《梦珂》(1927)、《莎菲女士的日记》(1928)、《庆云里中的一间小房里》(1929),引起了人们很大的兴趣,在中国进步报刊上受到好评。丁玲早期的一些短篇小说,尽管有各种优点和缺点,但它们更多的是作家的一种探索,是她阐述当时一个最尖锐的问题的一种尝试,是她寻找自己特有艺术手段以便反映从周围现实中观察到的事实和典型现象的一种尝试。

把丁玲早期短篇小说《梦珂》、《莎菲女士的日记》和《庆云里中的一间小房里》联结起来的基本主题和情节核心,是中国妇女在旧传统和吃人的封建礼教残余势力统治下,在社会和家庭中所处的无权和屈辱的地位的问题。

丁玲在处女作《梦珂》这篇短篇小说中，塑造了一个名叫梦珂的少女形象，这个少女与她的同龄人一样，在生活中努力为自己铺设道路。

……

……这个短篇小说的情节告诉我们：在半封建半殖民地中国的可怕的社会现实中，一个人的命运是怎样走上绝境的，丁玲的小说《梦珂》就是揭露这种可怕的社会现实的。

在第二篇小说《莎菲女士的日记》中，丁玲想要描写一个热心维护妇女在社会上与男子平等权利的女子的形象。

故事情节的核心是描写一个纯洁的、狂热地相信自己观点的女子。

……

在《莎菲女士的日记》中，与在短篇小说《梦珂》中一样，丁玲也触及了强者对弱者的不正当行为的问题。丁玲并没有表现女主人公们的什么成就。她只限于提出道德上的评价，限于对市侩的庸俗行为，对周围现实中天天发生的暴行和罪恶进行道义上的谴责。

在《庆云里中的一间小房里》这篇短篇小说中，丁玲继续对婚姻、家庭、中国妇女的社会地位的问题从艺术创作上进行进一步的分析。在这篇作品中，作者好象微微揭开了一点帷幕，进一步描写了妇女生活的另一个悲惨的方面——妓院中的妇女的命运。作者无情地揭露了把妇女推上这条屈辱而可怕的道路的社会环境，她表明：比起旧中国在中世纪残余条件下妇女被迫出嫁的悲剧或已婚妇女的奴隶般的命运来，这些妓女们的命运甚至还算不得最为不幸。

丁玲的早期短篇小说《梦珂》、《莎菲女士的日记》和《庆云里中的一间小房里》虽然具有情节上的新颖和独创性，有大胆揭露的性质，但也不是没有缺点。首先引人注目的是，在这些作品中，作者在触及社会生活的事实和现象时，常常只限于表达对现实的不满和愤懑。这些小说的女主人公（梦珂、莎菲、阿英等）的行为举动，常常具有委靡不振、软弱无能和悲观失望的特点。她们站在社会斗争的一旁不起什么积极作用，不是以自己的榜样吸引别人迈步向前的战士。作者确认社会制度的不公正，但并未揭露这一社会制度的阶级实质，没有指明反对这一制度的途径和手段，根本回避了这样一个问题：作者所要建立的正义的社会制度和社会上人们的相互关系该是怎样的。

谈到丁玲早期短篇小说的缺点时，也应指出，有时作者过多注意次要的细节，而影响了对主要东西的描写。过于频繁的重复只是起了减弱读者印象的作用，叙述有些冗长，而且有时还有自然主义因素，特别是在短篇小说《庆云里中的一间小房里》和《莎菲女士的日记》中。

但是，需要指出，后来在更晚一些的作品中，作者在一定程度上克服了这些缺点。在这方面有代表性的是丁玲于1930年写的短篇小说《一九三〇年春上海》。在这篇作品中可以看出作者有了明显的进步。她努力从更加广泛的角度说明现存社会制度的不公正的问题，谈到了（虽然还未大声疾呼）阶级斗争，试图表现劳动人民觉悟的提高。

在小说《一九三〇年春上海》中，中国妇女的社会解放问题第一次不是孤立地、脱离社会生活和社会斗争来考察，而是在互相制约相互联系中进行考察。虽然，这可能只是第一步，还不是完全大胆的一步，可是这一步是迈开了，迈得好，迈得自觉。

在小说《一九三〇年春上海》中，作者努力阐明个人和社会的问题，努力阐明以共产党人为首的先进社会力量，在中国革命的广阔背景下争取中立的和中间的分子成为自己思想上的支持者的问题……

丁玲1930年创作的长篇小说《韦护》，是写个人与社会的问题。在这部作者广泛运用个人对中国青年生活的观察所得而写的作品中，妇女解放问题不是狭隘地孤立地去考察，而是把它与充满尖锐思想斗争的社会生活错综复杂地联系起来。在《韦护》中，作者为我们展示了二十年代末至三十年代初中国青年一代的代表者进行斗争和痛苦的探索的一条有代表性的道路。这些代表者便是小说的男主人公韦护和女主人公丽嘉。韦护是一位坚信社会主义思想的青年人，而丽嘉则在许多方面令人想起丁玲的短篇小说《莎菲女士的日记》中的莎菲形象。韦护经过激烈的思想斗争后得出结论：夫妻关系的镣铐束缚了他的社会活动，影响了他的革命工作，他作了与他亲爱的丽嘉分离的决定。丽嘉也终于产生了同样的信念：她为了个人自由和参加革命活动，也毅然牺牲了自己的爱情生活。

1931年丁玲创作了新的作品——短篇小说《田家冲》，这是这位女作家的艺术创作的进一步发展。

小说女主人公的性格和行为的种种特点，她善于观察周围人们的心理，善于了解他们的精神气质的特点，善于找到他们容易听懂的语言——这一切作者都写得很真实。女主人公所去的那个地方的农民，虽然经过了犹疑，但终于明白了世界并不是一片空白，还是有人在努力要使他们挣脱奴隶的命运，摆脱沉重难忍的生活。

作者指出："终于出现了这么一个人，可以与他谈谈自己的日常琐事和艰难的生活，共享自己小小的快乐。可是这个人不但听听，还努力回答别人的问题，询问他们，并努力向他们说明：为什么他们生活得这么苦，活这么重，得不到劳动的报酬。她给他们带来了希望和信心，使他们相信自己的愿望定会实现，她开导他们，鼓舞他们。"

在这篇小说的叙述部分，描写了农民的艰难生活，这些农民以自己的才智，对真理的必胜的信心，道德上的纯朴和高度原则性等优秀品质与统治者们的专横跋扈形成了鲜明的对照。统治阶级对那些在繁重劳动中度日如年的农民进行灭绝人性的残酷压迫和无情掠夺的种种情景，深深地激怒了统治阶级中的许多青年人，激起了他们愤怒的抗议，使他们也起来反对对老百姓采取那种侮辱性的罪恶的态度，反对封建地主对农民的野蛮剥削。为父辈和亲人为非作歹、愚弄人民而产生的内疚感情和痛苦的良心责难，把那些剥削阶级出身的青年引上了社会活动和自我牺牲的道路——一条充满艰难痛苦的生活道路，并终于使他们无所畏惧地参加到革命斗争的行列中去。在这篇小说中，丁玲好象对读者说：那些受良心和真理的感召而牺牲自己的一切，为他们坚信的事业而不惜牺牲一切的青年男女们，他们是多么好！多么可敬呀！

在《田家冲》中，丁玲显示了巨大的艺术审美力，她以鲜明的色调热情地描绘了一幅幅农村生活、农民艰苦劳动的图画和一幅幅祖国大自然充满独特田野风光和森林景色的画面。

与丁玲早期短篇小说《梦珂》和《莎菲女士的日记》的结尾所具有的悲观主义和未能指明出路的情况相反，《田家冲》的结尾与整篇小说一样，显得自信和乐观。

"这家是比从前更热闹，更有生气的存在了。在这美丽的冲里，这属于别人的肥美的土地，不过，他们相信，这不会再长久的了，因为新的局面马上就要展开在他们眼前了，这些属于他们自己创造出来的新局面。"

《田家冲》发表后不久创作的中篇小说《水》，是丁玲的新的巨大的创作成就。这部中篇小说的问世标志着丁玲在思想上和创作上有了重大的发展。

丁玲的新小说立刻引起了广大读者的异乎寻常的兴趣，受到中国进步评论界的高度评价。冯雪峰在它问世后不久，便在左联机关刊物《北斗》上发表了《关于新小说的诞生》一文，他指出：

"《水》所以引起读者的赞成，无疑义的是在：第一，作者取用了重大的巨大的现时的题材；第二，在现在的分析上，显示作者对于阶级斗争的正确的坚决的理解。第三，作者有了新的描写方法，在《水》里面，不是一个或二个的主人公，而是一大群的大众，不是个人的心理的分析，而且是集体的行动的开展。它的人物不是孤立的，固定的，而是全体中相互影响的，发展的。"

在另一篇文章即《丁玲文集》的前言（实为《后记》——译者）中，冯雪峰又指出：

"《水》是丁玲创作道路上的重要里程碑，是对于中国新文学的重要贡献。"

以故事的真实性激动读者的中篇小说《水》，它的主要情节是真实的事件——一次规模和破坏力空前巨大的席卷了大半个中国的水灾。在这部中篇小说中，丁玲再现了中国农村遭受的极端可怕的灾难的情景。同时，作者（对她来说，艺术的真实就是生活真实的反映）向读者表明：中国农民的悲惨命运的真正原因不在于狂暴肆虐的自然力，不在于人的力量和智慧不能制服河水、预防水灾。农村悲惨境遇的真正原因，正如《水》所反映的，是在于社会制度的社会本质，在于中国当时存在着的农业关系的极端的非正义性，在于国民党统治时期统治阶级推行的全部政策的强盗般的掠夺性质。

作者以高度技巧、充满悲剧气氛地描绘了农民悲惨遭遇的各种画面，这些农民由于遭灾而成为无数可怕的饥饿的人群，同时也描绘了他们意识上的逐步觉醒。

……

对土地革命正在高涨的中国农村的生活进行客观的、唯物主义的分析的结果，使作者得出唯一正确的结论——彻底破产的、饥饿的、受尽折磨的和绝望的农民，不可避免地要进行起义！中篇小说的结尾写得十分真实可信。

……

第五章 第二节 关于《太阳照在桑干河上》

丁玲在描写中国农村生活和农村变化方面取得了不小成就。

在人民解放战争年代，丁玲置身于中国农村土地改革的前线。1946年，她直接参加了怀来和涿鹿两县的土地改革，在那些地方，她亲眼看见了一些具有重大历史意义的事件是如何在尖锐的阶级斗争情况下开展起来的。从艺术上反映这次土改就是长篇小说《太阳照在桑干河上》的基础。这是一部充满乐观主义的，对强大的人民革命力量充满信心的，具有重大艺术意义和社会意义的作品，它可以说是作家对亲身参加华北解放区土地改革并从艺术上概括自己对中国农村这一伟大改革过程的观察所作的创作总结。

中国报刊把这部作品看成是丁玲的巨大成就，并对此表示了真诚的喜悦。这部小说的评论文章的作者们指出：作家真实地反映了中国农民命运的历史性变化，并且，最可贵的是，作家怀着巨大的热情描绘了中国农村的新人形象。这样的书在农村进行革命性改造的斗争中能给人民以帮助，能鼓舞人民，召唤他们去夺取新的成就。

长篇小说《太阳照在桑干河上》对读者来说无疑是有很大意义的。主要在于：丁玲是作为第一批作家之一，以其所熟悉的材料为基础，广泛地反映了许多世纪以来决定着整个旧生活的封建关系是如何被摧毁的。换言之，丁玲作为一位作家，有幸在自己的作品中揭示出人民掀起的革命所具有的实际内容。书中有许多篇幅燃烧着当时中国农村正在激烈进行的斗争的烈火。

在《太阳照在桑干河上》这部长篇小说中，丁玲成功地塑造了这样一些难忘的农民的形象，他们在艰苦的流血战争中战胜了敌人——日本侵略者和国民党反动派，并在解放区建立了人民政权。丁玲没有采用把农民描写成某类怪人的那种根深蒂固的手法，没有把农民生活理想化，没有追求什么异地的农村情调。她的主人公不是农村里的怪人和倒霉的人，而是一些真正的人，劳动的人们的真正代表，有着他们的一切缺点和优点，带有旧社会的胎记和解放了的自由的人、自己幸福的缔造者、具有崇高目标的人、人民中国国家事务管理者的新特点。作家刻画了新人、人民英雄以及建设中国人民前所未见的新社会关系、新生活的真正革命者的形象。这是一些摆脱了小私有者和狭隘利己主义者的局限性，摆脱了贪婪、吝啬、脱离人民等劣根性的人，而摆脱这些局限性和劣根性则大大有助于发展他们所有的人的能力和才干。

丁玲在小说的俄文版前言《作者的话》中说："我描写了土地改革是如何在一个村子里进行的，村里的人们又是如何成长起来的，他们是如何斗倒地主的。"

小说讲的是桑干河上一个村子的事，但实际上小说所描写的事件包括更广大的地区。小说的基础是丁玲沿黄河下游旅行、特别是去察哈尔和河北农村生活期间的考察成果。作家曾愉快地谈到，黄河流域的田野是多么富饶，那里的草地是多么茂盛。与湖南、四川一样，这一地区是中国的粮仓。全中国的小麦和大麦半数在这里收获。

在黄河流域住着占全国整整四分之一的人口。在全国人烟稠密的地区中，这是最大的一个。它是中国最古老的农业中心之一。象稻米、高粱、花生这些真正的中国原产的作物都首先产于这些地方，然后再传播到中国南部和西部。这一个具有最广大的肥田沃土的地区却是经常发生饥荒的地区，多少世纪以来，移民从该地区涌向山东、江苏各地；这也是几百年来农民起义的战火不停的地区。如果不提察哈尔、河北两省农民的革命传统，那就不可能谈什么中国农民的土地斗争。

由于中国劳动农民的努力，这一地区在中国首先实现了土地改革。在1949年10月1日共和国成立前夕，这一带的农民都得到了土地。而且正是在黄河下游建立了中国的第一批大型国营农场，采用了从苏联运来的拖拉机和联合收割机。一些新的农业学校首先在这里开办起来，这不是偶然的。因此，黄河流域的田野，不论它们有多么广阔，对于正在进行土地改革的中国来说，是实验的场地。一个作家的使命是要理解这一试验的意义，并使它成为人民的财富。

女作家丁玲无疑是成功地找到了鲜明的色彩来反映当时中国农村的情景，在那里，劳动农民为了争取土地，争取享受自己劳动成果的权利而展开了一场决战。

丁玲的农村，是自由地、热情奔放地进行创造性活动的广大的新世界，这不是那个古代沿袭下来的、忠于古代陈规陋习的中国农村；这是这样一种农村，它摆脱了封建地主的旧世界的束缚，走上了集体劳动、发展社会主义关系的道路。而这个美妙的新世界中的人们，他们的命运和思想，给他们带来解放、并为热情奋发地进行创造性劳动和改造自己生活开辟了无限可能性的一切，都引起了现实主义艺术家丁玲的满腔热忱的关注。

丁玲既不简单化也不夸大地反映了包涵着全部复杂性和多样性的生活真实。也许作家的才能在这里表现得最为充分和多方面。这位语言艺术家所描写的暴风雨将临的情景是令人难忘的……

村里贫农的聚会和谈话，积极分子和党员每天耐心的工作，逐渐唤醒群众的阶级意识和对压迫者地主的强烈仇恨，一步一步地使无地农民意识到必须行动起来。

在这种背景下，作家以极大的表现力描写了共产党的先锋作用和领导作用。在读者面前站立起了昨日的贫农、今日已成为党支部书记的张裕民的形象，他牢记毛主席关于为人民服务的教导……

……

张裕民被描绘成具有很大抱负的人，始终如一的、有才干的、对党的事业深信不疑的人。

这一英雄人物是作家在实际生活中发现的，她勾勒起这个人物来是满有把握的，很了解这个人的心理，他的精神气质和他的坚毅的性格特征。

与张裕民一起的有共产党员章品，他是人民的忠实儿子，英勇无畏的游击队员，热情的宣传家，在劳动农民中享有威望：

"一个年轻人，光着头，穿着白衬衫，肩上披着一件蓝布衫，裤脚管卷得高高的：仿佛他刚刚涉水过来……他一到村上，四面八方都叫他：'老章，好！事情怎么样？'好象没有和他分开过……大家称呼他'章队长'，'章区长'或简直就叫他'老章'。但是，无论怎样称呼他，农民们都同样的爱着他……而且都看得很清楚，他一直都是为人民、为了穷人冒着生命的危险。"

其他一系列人民带头人、共产党员的形象也有鲜明的勾画，如：反对地主压迫的英勇的老董；要求严格的、勇敢的民兵队长张正国；能干的鼓动家和党的宣传员李昌。在读者面前展现了长篇小说《太阳照在桑干河上》的一系列人物形象，他们是令人难忘的、具有不同性格的人，但都是以统一的思想和志向把他们牢固地结合在一起的、诚实的、忠于革命事业和党的伟大事业的人。正是在这些完全当之无愧的人民之子、先进队列中的人们、共产党员的领导下，中国穷人的命运起了惊人的变化，农村发生了伟大的变革，人们获得了新生，他们面前首次出现了一个美好的新世界。

"这是谁家的园子呀！李宝堂在这里指挥着。李宝堂在园子里看着别人下果子，替别人下果子已经二十年了……象不知道果子是又香又甜似的，象拿着的是土块，是砖头那末的毫无喜悦之感。可是今天呢，他的嗅觉也和大地一同苏醒了过来，象第一次才发现这葱郁的、茂盛的、富厚的环境……"

正如许多创作于武装斗争和土地改革年代的其它文学作品一样，长篇小说《太阳照在桑干河上》自然也难免有某些缺点。中国报刊在对这部小说在总的方面作了肯定的评价的同时，也对它的弱点提出了批评意见。

比如评论家陈涌在《丁玲的〈太阳照在桑干河上〉》一文中指出，由于历史性质的局限和其它缺点，这部作品有某些不当之处，因为1947年9月召开的全国土地会议对土地政策有了修改，而且在该小说所描写的事件（1946—1947）之后，中国农民为取得土地而进行的斗争又积累了新的经验。

接着陈涌又指出:"在整个说来,作者对表现人物还留下很大的弱点。作者在这里表现的一个主要人物是雇农张裕民,他有着沉着、老练、忠心,等等特点。但这个人物的色彩是不够丰富不够鲜明的。作为一个农民中间的先进分子,他的行动的积极性,是表现得不够的。"

类似意见其他评论家也曾经指出过,其中有齐谷的文章《也谈〈太阳照在桑干河上〉》。

必须指出,虽然长篇小说《太阳照在桑干河上》塑造了不少各种各样的人物,但其中有一些人物缺乏鲜明的、特有的个性。丁玲努力塑造的既有先进人物,也有落后人物,可是他们并没有都成了艺术上富有表现力的、生气勃勃的、予人以深刻印象的人物。作者有时缺乏足够的技巧和创作勇气来鲜明突出地描绘主人公。丁玲本来有能力更为鲜明地在自己的小说中表现妇女形象,这在过去她就已经做到了。黑妮形象在小说开头描写得很生动,可是后来仅仅勾画出一个轮廓。妇联主任董桂花形象是很有意思的,但也没有充分展开。

程仁这一主要形象理应在更大程度上是积极因素的化身。在过去的雇农、后来的农会主任程仁这一形象中,能够体现出共产党在农村中所依靠的、凭着他们的努力和勇气能够实现土地改革的那些中国农民的带头人的特点。小说其他人物形象特别是富裕农民顾涌和贫农老董的形象较为重要。顾涌形象无疑是这部小说的一大成功,虽然顾涌的阶级成分写得不够清楚。他充满焦虑和疑惑在村子里奔跑,想要把自己多余的土地交给农会的那一章,是本书最好的篇章之一。它写得精炼,富有感情,有很好的心理分析。必须指出,结尾描写审判地主场面的那些篇章,写得富有热情,特别生动。

小说中事件的发展速度一章比一章快,而到审判场面则达到了紧张的高涨。如果对比一下本书的开头和结尾,那就更加明显了。在开头部分,事件故意缓慢的发展速度可与不慌不忙地开进村子的胶皮大车相比拟;而在书的末尾,则是描写暴风骤雨一样激烈的事件。小说开头叙述部分的缓慢速度显然是作家有意采取的,因为这种缓慢速度使作者有可能把本书所写事件的前史叙述出来。

同样不能不指出,小说结构上有些松散,作者在描写各种场面时有些啰嗦，有时被一些次要情节所吸引，从而掩盖了所要描述的基本主题。

但是缺点不会降低本书所起的教育作用。

小说《太阳照在桑干河上》的社会意义在于丁玲是最早真实地用艺术手段反映出，世代相传的、被统治阶级顽强维护的封建关系是如何被摧毁的，而中国农村健康的新关系又是如何打下牢固基础的作家之一。丁玲表现了中国人民生活中的伟大的历史性的变动，通过普通劳动者的人物形象揭示了人民的历史命运。

在这本描写中国农村的书中，有许多地方使我们想起过去年代的苏联文学——描写怠工、地主富农的奸诈和残忍、贫苦农民的英勇斗争以及描写共产党员的崇高品质、他们的勇敢精神和崇高责任感的苏联文学。什么力量、什么考验都不能妨碍他们完成党交给的任务。毫无疑问，苏联文学的活生生的榜样帮助了中国这位女作家创作了这部描写在中国发生的事件的扣人心弦的作品……

中国当代作家作品中所反映的中国共产党员的精神面貌，使我们想起苏联文学中的这样一些主人公，如高尔基的长篇小说《母亲》的主人公巴维尔·符拉索夫，富尔曼诺夫的长篇小说《夏伯阳》中的夏伯阳师政委费多尔·克雷奇诃夫，法捷耶夫的《毁灭》中的远东游击队长莱奋生，绥拉菲摩维支的《铁流》中的郭如鹤，萧洛霍夫的《被开垦的处女地》中的党派到农村的代表达维多夫，H.奥斯特洛夫斯基的长篇小说《钢铁是怎样炼成的》中的保尔·柯察金，等等。

这种相似完全是合乎规律的，因为在描写共产党人方面，苏联文学是首创者。苏联作家们最早在苏联现实的具体历史环境中，在与伟大的变命时代紧密联系中揭示并反映共产党人的特点，而苏联文学的经验是中国和全世界进步作家的榜样。

（译自1956年莫斯科国家文学出版社版，译者阮积灿。）

《当代东方文学》(节录)

[苏] E.齐宾娜

丁玲（原名蒋冰之），1907年生于上海附近的一个资产阶级家庭。还在上海念大学时，她就很快进入上海文艺界，与革命青年接近。1924年与共产党员作家胡也频结婚。

丁玲最早的一些短篇小说发表于二十年代末期，它们的特点是关注当代问题，但存在着艺术经验上的欠缺和个人主义、无政府主义的影响。短篇小说《梦珂》（1927）的女主人公是一个富裕的资产阶级家庭的青年女子，她从省里来到上海学习绘画。梦珂痛恨她所寄住的亲戚家庭的旧生活方式，也接受不了还处于年青阶段的资产阶级的道德。最后女主人公从她所痛恨的家庭出走，离开学校，拒绝了没有爱情的婚姻。梦珂的行为是一个诚实的、渴望自由的人的反抗行为，但同时也是以失败告终的个人主义者的造反行为。社会征服了这个执拗的女孩子。短篇小说《莎菲女士的日记》（1929）的女主人公在行动上更为彻底，她不昧良心，但她反抗社会的行为与梦珂一样受到个人问题的限制。

可以说：梦珂和莎菲是丁玲自己的姐妹，也是在她的作品的形成年代和中国革命知识分子的阶级意识形成年代丁玲周围人们的姐妹。但是丁玲创作上的真正转折点是在加入左翼作家联盟之后。正是她在左联中的工作和胡也频的影响，使她有可能对人民的政治斗争具有更深刻的认识，对革命文学的作用具有更深刻的理解。短篇小说《一九三〇年春上海》就是证明。女主人公美琳正如作者的前几篇小说一样，是美丽而温柔的青年女子。她得到了先辈妇女为之斗争的成果：由相爱而结婚，丈夫对她是关怀的，他是有教养的人，并被认为是不坏的文学家。但美琳不满足于自己的生活，她渴望积极参加活动，想成为对社会和百姓有用的人。随着她丈夫越来越深地陷入庸俗生活和追求财富的泥潭，美琳的抗议越来越激烈。她竭力追随那些创造真正文艺的人，与上海无产阶级共同斗争的人。她接受组织上交给的任务，到工厂工作。在五一游行中我们看到美琳已是幸福的人，因为她已在生活中找到了自己真正的位置。

丁玲的下一篇小说《水》（1931）使她牢固地享有新文学流派的代表的声誉。大概是丁玲首先在本族文学中揭示了中国农民的觉醒过程。受地主掠夺而彻底破产的农民奋起斗争，而他们的起义行动要比自然灾害——水灾凶猛得多，小说提到的事件就是在这种水灾的背景下描写出来的。

（译自苏联莫斯科大学出版社1977年版《当代东方文学》一书，译者阮积灿。）

丁玲著作年表

丁玲著作年表

梦珂（短篇小说）
1927 年秋作；
载 1927 年 12 月 10 日《小说月报》第 18 卷第 12 号，署名丁玲（以下凡未注明者，均署丁玲）；
初收 1928 年 10 月开明书店版《在黑暗中》。

莎菲女士的日记（短篇小说）
1927 年冬至 1928 年春作；
载 1928 年 2 月 10 日《小说月报》第 19 卷第 2 号；
初收《在黑暗中》。

暑假中（短篇小说）
1928 年春作；
载 1928 年 5 月 10 日《小说月报》第 19 卷第 5 号；
初收《在黑暗中》。

阿毛姑娘（短篇小说）
1928 年夏作；
载 1928 年 7 月 10 日《小说月报》第 19 卷第 7 号；
初收《在黑暗中》。

致戴望舒（书信）
1928 年 7 月 25 日作；
初收 1936 年 5 月生活书店版孔另境编《现代作家书简》，署名冰之。

素描（散文）
1928 年夏作；
载 1928 年 7 月 31 日、8 月 2 日《中央日报·红与黑》副刊第 3、4 号，署名毛毛。

潜来了客的月夜（短篇小说）
1928 年 8 月作；
载 1928 年 8 月 14 日《中央日报·红与黑》副刊第 7 号。
初收 1929 年 5 月光华书局版《自杀

日记》。

最后一页（序跋）
1928年9月8日作；
初收《在黑暗中》（后记）。

仍然是烦恼着（散文）
1928年9月作；
载1928年9月27日《中央日报·红与黑》副刊第33号，署名毛毛。

一个男人与一个女人（短篇小说）
1928年11月作；
载1928年12月10日《小说月报》第19卷第12号；
初收1930年4月中华书局版《一个女人》。

自杀日记（短篇小说）
1928年冬作；
载1928年12月1日《熔炉》月刊创刊号；
初收《自杀日记》。

庆云里中的一间小房里（短篇小说）
1928年底作；
载1929年1月10日《红黑》月刊创刊号；
初收《自杀日记》。

过年（短篇小说）

1929年1月11日作；
载1929年2月10日《红黑》月刊第2号；
初收《自杀日记》。

岁暮（短篇小说）
1929年2月作；
载1929年2月20日《人间》月刊第2号；
初收《自杀日记》。

小火轮上（短篇小说）
1929年3月作；
载1929年3月10日《红黑》月刊第3号；
初收《自杀日记》。

他走后（短篇小说）
1929年3月作；
载1929年3月10日《小说月报》第20卷第3号；
初收《一个女人》。

日（短篇小说）
1929年4月作；
载1929年5月10日《红黑》月刊第5号；
初收《一个女人》。

野草（短篇小说）
1929年5月作；

载 1929 年 6 月 10 日《红黑》月刊第 6 号；
初收《一个女人》。

介绍《到 M 城去》（论文）
1929 年 6 月作；
载 1929 年 7 月 10 日《红黑》月刊第 7 号。

韦护（长篇小说）
1929 年至 1930 年作；
连载 1930 年 1 至 5 月《小说月报》第 21 卷第 1 至 5 号；
1930 年 9 月大江书铺初版。

离情（书信）
1930 年 2 月作；
载 1934 年 6 月《文艺风景》第 1 卷第 1 期。

年前的一天（短篇小说）
1930 年 6 月作；
载 1930 年 6 月 10 日《小说月报》第 21 卷第 6 号；
初收 1931 年湖风书局版《水》。

一九三〇年春上海（一）（中篇小说）
1930 年 6 月作；
载 1930 年 9 月 10 日《小说月报》第 21 卷第 9 号；
初收 1931 年 5 月新月书店版《一个人的诞生》。

一九三〇年春上海（二）（中篇小说）
1930 年 10 月作；
连载 1930 年 11 月 10 日、12 月 10 日《小说月报》第 21 卷第 11、12 号；
初收《一个人的诞生》。

作者记（序跋）
1931 年 3 月 8 日作；
初收《一个人的诞生》（前言）。

从夜晚到天亮（短篇小说）
1931 年 4 月 23 日作；
载 1931 年 5 月 15 日《微音》月刊第一卷第三期，署名彬芷；
初收《水》。

我的自白（讲演）
1931 年 5 月作；
载 1931 年 8 月 10 日《读书月刊》第二卷第 4、5 期合刊；
初收 1933 年天马书店版《丁玲选集》（蓬子编）。

死人的意志难道不在大家身上吗？（讲演）
1931 年 5 月 28 日作；
载 1931 年 6 月 8 日《文艺新闻》第 13 号。

田家冲（短篇小说）
1931 年夏作；
载 1931 年 7 月 10 日《小说月报》第 22 卷第 7 号；
初收《水》。

一天（短篇小说）
1931 年 5 月 8 日夜作；
载 1931 年 9 月 10 日《小说月报》第 22 卷第 9 号；
初收《水》。

水（短篇小说）
1931 年夏作；
连载 1931 年 9—11 月《北斗》1、2、3 期；
初收《水》。

给我爱的（诗）
1931 年 8 月初旬作；
载 1931 年 9 月 20 日《北斗》创刊号，署名 T.L.。

无题（短篇小说，未完稿）
1931 年初作；
载 1933 年 7 月 31 日《文学杂志》第 3、4 期合刊。

杨妈的日记（短篇小说）
1931 年 1 月作；
载 1933 年 8 月《良友图画杂志》第 79 期；
初收 1936 年 11 月 25 日良友图书公司版《意外集》。

不算情书（散文）
1931 年作；
载 1933 年 9 月 1 日《文学》第 1 卷第 3 期；
初收《意外集》。

莎菲日记第二部（短篇小说）
1931 年作；
载 1933 年 10 月 1 日《文学》第 1 卷第 4 期；
初收《意外集》。

本刊征稿条例（启事）
1931 年 9 月作；
载 1931 年 9 月 20 日《北斗》创刊号。

编后记（随笔）
1931 年 9 月作；
载 1931 年 9 月 20 日《北斗》创刊号。

编后（随笔）
1931 年 12 月 10 日作；
载 1931 年 12 月 20 日《北斗》第 4 期。

多事之秋（短篇小说，未完稿）
1931 年冬作；
连载 1932 年 1 月 20 日、7 月 20 日《北

斗》第 2 卷第 1、3、4 期，署名彬芷。

"创作不振之原因及其出路"讨论小结（论文）
1932 年初作；
载 1932 年 1 月 20 日《北斗》第 2 卷第 1 期；
初收天马书店版《丁玲选集》改题《对于创作上的几条具体意见》）。

五月（散文）
1932 年 5 月作；
载 1932 年 5 月 20 日《北斗》第 2 卷第 2 号，署名彬芷。

编后（随笔）
1932 年 5 月 20 日作；
载 1932 年 5 月 20 日《北斗》第 2 卷第 2 期，署名编者。

某夜（短篇小说）
1931 年 7 月至 1932 年 6 月作；
载 1932 年 6 月 10 日《文学月报》创刊号；
初收 1933 年 6 月现代书局版《夜会》。

母亲（长篇小说）
1932 年 5 月至 1933 年 4 月作；
第 1 章前半部分连载 1932 年 6 月 15 日至 7 月 3 日《大陆新闻》；
1933 年 6 月良友图书印刷公司初版。

法网（短篇小说）
1932 年 3 月作；
1932 年 4 月 21 日由良友图书印刷公司收入"一角丛书"单行出版。

消息（短篇小说）
1932 年 6 月作；
载 1932 年 7 月 10 日《文学月报》第 2 期；
初收《夜会》。

给《大陆新闻》编者的信（书信）
1932 年 6 月 11 日夜作；
载 1932 年 6 月 15 日《大陆新闻》；
初收 1940 年 5 月良友图书印刷公司版《母亲》第 2 版（序言）。

代邮（随笔）
1932 年 7 月作；
载 1932 年 7 月 20 日《北斗》第二卷第 3、4 期合刊。

编后（随笔）
1932 年 7 月作；
载 1932 年 7 月 20 日《北斗》第 2 卷第 3、4 期合刊，署名编者。

夜会（短篇小说）
1932 年 9 月作；
载 1932 年 10 月 15 日《文学月报》第 3 期，署名丛喧；

初收《夜会》。

致《文学月报》编者的信（书信）
1932 年秋作；
载 1932 年 11 月 15 日《文学月报》第 4 期。

诗人亚洛夫（短篇小说，原名《诗人》）
1932 年 9 月 3 日作；
载 1932 年 11 月 1 日《东方杂志》第 29 卷第 5 期；
初收《夜会》。

我的创作经验（论文）
1932 年冬作；
载 1932 年 12 月 24 日《中华日报·文化批判》第 2 期；
初收 1937 年白光书局版《丁玲杰作选》。

致××先生（书信）
1932 年作；
载 1944 年 4 月《风雨谈》第 21 期；
初收《现代作家书简》。

致杜衡（书信）
1932 年作；
初收《现代作家书简》。

给孩子们（短篇小说）
1932 年作；

连载 1933 年 1 月 1 日《东方杂志》第 30 卷第 1、2 期；
初收《夜会》。

我的创作生活（论文）
1933 年 4 月作；
初收 1933 年天马书店版《创作的经验》。

奔（短篇小说）
1933 年 3 月底作；
载 1933 年 5 月《现代》第 3 卷第 1 期；
初收《夜会》。

松子（短篇小说）
1936 年 3 月作；
载 1936 年 4 月《大公报·文艺》第 130 期；
初收《意外集》。

幽居小简（书信）
1936 年 5 月 3 日作；
载 1943 年 12 月 1 日《万象》第三年第 6 期；
初收 1936 年 7 月开明书店版《十年》。

陈伯祥（短篇小说）
1936 年 5 月作；
载 1936 年 6 月 8 日《国闻周报》第 13 卷第 22 期；
初收《意外集》。

八月生活——报告文学试写（报告文学）
1936年7月作；
载1936年8月20日《今代文艺》第1卷第2期；
初收《意外集》。

团聚（短篇小说）
1936年8月13日作；
载1936年9月1日《文季月刊》第1卷第4期；
初收《意外集》。

《意外集》自序（序跋）
1936年10月11日作；
初收《意外集》（序言）。

鲁迅逝世时的唁函（书信）
1936年10月作；
初收1937年北新书局版《鲁迅先生纪念集》（附录），署名耀高邱。

刊尾随笔（随笔）
1936年11月作；
载1936年11月30日《红色中华·红中副刊》第1期。

广暴纪念在定边（速写）
1936年11月作；
载1936年12月28日《红色中华·红中副刊》第2期。

记左权同志话山城堡之战（速写）
1937年1月作；
载1937年1月29日《新中华报·新中华副刊》第5期。

彭德怀速写（速写并画像）
1937年初作；
载1937年2月3日《新中华报·新中华副刊》第6期；
初收1938年9月西安生活书店版《一颗未出膛的枪弹》。

一颗未出膛的枪弹（短篇小说）
1937年4月14日作；
载1937年4月24日《解放》周刊创刊号（题为《一颗没有出膛的枪弹》）；
初收《一颗未出膛的枪弹》。

文艺在苏区（通讯）
1937年4月15日作；
载1937年5月11日《解放》周刊第1卷第2期；
初收1938年1月上海南华出版社版《苏区的文艺》（代序）。

东村事件（短篇小说）
1937年5、6月间作；
连载1937年5月31日至7月5日《解放周刊》第1卷第5至9期；
初收《一颗未出膛的枪弹》。

到前线去（速写）

1936 年 12 月 13 日作；

载 1938 年 7 月 16 日《七月》第 3 集第 6 期（总第 18 期）；

初收《一颗未出膛的枪弹》。

南下军中之一页（速写）

1936 年 12 月 18 日作；

载 1938 年 7 月《七月》第 3 集第 6 期（总第 18 期）；

初收《一颗未出膛的枪弹》。

警卫团生活一斑（速写）

1937 年 3 月作；

初收《一颗未出膛的枪弹》。

日记一页（日记）

1937 年 8 月 11 日作；

初收 1939 年 3 月生活书店版《一年》。

在延安各界欢送西北战地服务团出发前线晚会上的答谢词（讲演）

1937 年 8 月 15 日作；

载 1937 年 8 月 19 日《新中华报》。

重逢（话剧）

1937 年 8 月作；

载 1937 年 12 月 16 日《七月》半月刊第 5 期；

1938 年由抗战文艺小册子刊行社单行出版。

成立之前（速写）

1937 年 8 月中旬作；

初收《一年》。

第一次大会（速写）

1937 年 8 月中旬作；

初收《一年》。

政治上的准备（速写）

1937 年 8 月中旬作；

初收《一年》。

工作的准备（速写）

1937 年 8 月中旬作；

初收《一年》。

我们的生活纪律（速写）

1937 年 8 月中旬作；

初收《一年》。

民先与文研（速写）

1937 年 9 月作；

初收《一年》。

河西途中（速写）

1937 年 10 月作；

初收《一年》。

游击生活（书信）

1937 年 10 月作；

初收 1938 年华中图书公司版《丁玲在

西北》。

临汾（速写）
1937年冬作；
初收《一年》。

冀村之夜（速写）
1937年冬作；
载1939年1月16日《文艺阵地》第2卷第7期；
初收《一年》。

孩子们（速写）
1937年冬作；
初收《一年》。

第一次的欢送会（速写）
1937年冬作；
初收《一年》。

杨伍城（速写）
1937年冬作；
初收《一年》。

忆天山（速写）
1937年冬作；
初收《一年》。

马辉（速写）
1937年冬作；
载1938年11月1日《文艺突击》第2期；
初收《一年》。

关于自卫队感言（随笔）
1937年冬作；
初收《一年》。

答三个未见面的女同志（书信）
1938年1月15日作；
载1938年2月6日《新华日报·星期文艺》。

从临汾寄到武汉（书信）
1938年1月16日作；
载1938年2月1日《七月》半月刊第8期。

短简（书信）
1938年作；
载1938年5月5日《战地》第1卷第4期。

河内一郎（话剧）
1938年作；
1939年7月由生活书店单行出版。

我们抵陕后的公演（速写）
1938年夏作；
初收《一年》（改题《关于本团抵陕后的公演》）。

写在第三次公演前面（随笔）
1938 年夏作；
初收《一年》。

适合群众与取媚群众（杂文）
1938 年夏作；
初收《一年》。

反与正（杂文）
1938 年夏作；
初收《一年》。

说欢迎（杂文）
1938 年夏作；
初收《一年》。

勇气（杂文）
1938 年夏作；
初收《一年》。

说到"印象"（杂文）
1938 年夏作；
初收《一年》。

讽刺（杂文）
1938 年夏作；
初收《一年》。

西安杂谈（杂文）
1938 年夏作；
初收《一年》。

最后一页（序跋）
1938 年 7 月 11 日作；
初收《一颗未出膛的枪弹》（跋）。

《河内一郎》后记（序跋）
1938 年 6 月 6 日作；
载 1938 年 7 月 5 日《战地》第 1 卷第 1 期；
初收《河内一郎》。

民先在战地服务团——简记受奖大会（速写）
1938 年秋作；
初收 1939 年 4 月生活书店版《西线生活》。

战地服务团出发前应有之注意（讲演）
1938 年秋作；
初收《西线生活》。

七月的延安（诗）
1938 年 7 月 10 日作；
初收《一年》。

略谈改革平剧（论文）
1938 年秋作；
载 1938 年 10 月 30 日《弹花》第 2 卷第 1 期；
初收《一年》（改题：《略谈改良平剧》）。

压碎的心（短篇小说）
1938年作；
初收《一年》。

写在前边（序跋）
1939年春作；
初收《一年》（序言）。

编者的话（序跋）
1939年春作；
初收《西线生活》（序言）。

新的信念（短篇小说，原题：《泪眼模糊中的信念》）。
1939年春作；
载1939年9月16日《文艺战线》第1卷第4期；
1942年7月由未明社单行出版。

县长家庭（短篇小说）
1939年9月作；
载1940年12月5日《七月》半月刊第27、28期合刊；
初收1944年3月远方书店版《我在霞村的时候》。

秋收的一天（短篇小说）
1939年秋作；
载1939年11月15日《中国妇女》第1卷第5、6期合刊；
初收《我在霞村的时候》。

真（文艺随笔）
1940年4月作；
载1940年4月15日《大众文艺》第1卷第1期。

作家与大众（文艺短论）
1940年5月作；
载1940年5月15日《大众文艺》第1卷第2期。

入伍（短篇小说）
1940年作；
载1940年5月25日《中国文化》第1卷第3期；
初收《我在霞村的时候》。

我怎样来陕北的（散文）
1939年作；
载1940年6月6日香港《大公报·文艺》第854期。

开会之于鲁迅（散文）
1940年8月作；
载1940年8月15日《大众文艺》第1卷第5期；
初收1979年10月湖南人民出版社版《我心中的鲁迅》。

我在霞村的时候（短篇小说）
1940年底作；
载1941年6月20日《中国文化》第2

卷第 1 期；
初收《我在霞村的时候》。

什么样的问题在文艺小组中（短论）
1941 年春作；
载 1941 年 2 月 25 日《中国文艺》第 1 卷第 1 期。

夜（短篇小说）
1941 年 6 月作；
连载 1941 年 6 月 10 日、11 日《解放日报》，署名晓菡；
初收《我在霞村的时候》。

战斗是享受（散文）
1941 年 9 月作；
载 1941 年 9 月 16 日《解放日报·文艺》副刊第 2 期。

材料（随笔）
1941 年 9 月作；
载 1941 年 9 月 29 日《解放日报·文艺副刊》第 10 期。

我们需要杂文（短论）
1941 年 10 月作；
载 1941 年 10 月 23 日《解放日报·文艺副刊》第 26 期。

《新木马计》演出前有感（杂文）
1941 年 10 月作；

载 1941 年 10 月 27 日《解放日报·文艺副刊》第 27 期。

在医院中时（短篇小说）
1940 年作；
载 1941 年 11 月 15 日《谷雨》第 1 期。

三八节有感（杂文）
1942 年 3 月 8 日作；
载 1942 年 3 月 9 日《解放日报·文艺副刊》第 18 期。

编者的话（随笔）
1942 年 3 月 10 日作；
载 1942 年 3 月 12 日《解放日报·文艺副刊》第 101 期。

风雨中忆肖红（散文）
1942 年 4 月 25 日作；
载 1942 年 6 月 15 日《谷雨》第 5 期。

关于立场问题我见（论文）
1942 年 6 月作；
载 1942 年 6 月 15 日《谷雨》第 5 期；
初收 1952 年人民文学出版社版《跨到新的时代来》。

文艺界对王实味应有的态度及反省（论文）
1942 年 6 月 11 日作；
载 1942 年 6 月 16 日《解放日报》。

十八个（报告文学）
1942 年 7 月 3 日作；
载 1942 年 7 月 9 日《解放日报》；
初收 1948 年 11 月新华书店版《陕北风光》。

十月革命节纪念（短论）
1942 年 11 月 7 日作；
载 1942 年 11 月 8 日《解放日报》。

万队长（秧歌剧）
1943 年春作（曾演出过，今佚）。

二十把板斧（报告文学）
1943 年底作；
载 1944 年 6 月 13 日《解放日报》；
初收《陕北风光》。

田保霖（报告文学）
1944 年 6 月作；
载 1944 年 6 月 20 日《解放日报》；
初收《陕北风光》。

一二九师与晋冀鲁豫边区（报告文学）
1944 年 7 月作；
载 1944 年 8 月 14 日至 19 日《解放日报》，副题为《解放区介绍之六》，未署名；
1950 年 7 月由新华书店单行出版。

老婆疙瘩（杂文）
1944 年 8 月作；
载 1944 年 9 月 12 日《解放日报》；
初收《跨到新的时代来》。

记砖窑湾骡马大会（报告文学）
1944 年 8 月作；
载 1944 年 9 月 17 日《解放日报》；
初收《陕北风光》。

谈鬼说梦的世界（杂文）
1944 年作；
载 1944 年 10 月 21 日《解放日报》。

民间艺人李卜（报告文学）
1944 年 10 月 20 日作；
载 1944 年 10 月 30 日《解放日报》；
初收《陕北风光》。

袁广发（报告文学，原题：《袁光华》）
1944 年 6 月作；
载 1945 年 1 月 12 日《解放日报》；
初收《陕北风光》。

三日杂记（报告文学，又名《陕北杂记》）
1944 年 11 月作；
载 1945 年 5 月 19 日《解放日报》；
初收 1946 年 7 月现代出版社版《报告文学选辑》。

阎日合流种种（报告文学）
1945 年 11 月 13 日作；

载1945年12月8日《晋察冀日报》。

介绍俘虏学习队（报告文学）
1945年11月13日作；
载1945年11月18日《解放日报》。

躲飞机（报告文学）
1945年12月作；
载1945年12月23日《晋察冀日报》。

窃国者诛（杂文）
1945年12月25日作；
载1945年12月27日《晋察冀日报》；
初收《跨到新的时代来》。

青年知识分子的修养（讲演）
1946年1月6日作；
载1946年3月《民主青年》第3期。

自掘坟墓（短论）
1946年2月作；
载1946年3月1日《北方文化》第一卷第1期。

"望乡台"畔（话剧）
1946年3月作；
连载1946年4月1日、4月16日《北方文化》第1卷第3、4期，署名丁玲、逯斐、陈明；
1949年12月由大众书店单行出版，易名《窑工》。

吊"四八"殉难诸同志（散文）
1946年4月14日作；
载1946年4月14日《晋察冀日报》；
初收《跨到新的时代来》。

我们永远在一起（散文）
1946年4月15日作；
载1946年4月15日《晋察冀日报》；
初收《跨到新的时代来》。

我怎样飞向了自由的天地（散文）
1946年4月17日作；
载1946年5月5日《时代青年》第一卷第5期；
初收《跨到新的时代来》。

创刊漫笔（随笔）
1946年5月下旬作；
载1946年5月27日《晋察冀日报·副刊》第1期。

谈大众文艺——纪念瞿秋白同志被难十一周年（散文）
1946年6月17日作；
载1946年6月18日《晋察冀日报·副刊》第23期；
初收《跨到新的时代来》。

丁玲等致电美国文化新闻界（电报）
1946年6月28日作；
载1946年7月7日《群众周刊》第11

卷第 10 期，署名丁玲、肖三、成仿吾等。

庆祝《时代妇女》发刊（随笔）
1946 年 7 月作；
载 1946 年 7 月 7 日《时代妇女》第 1 卷第 1 期。

"海燕行"（散文）
1946 年 7 月作；
载 1946 年 7 月 20 日《长城》创刊号；
初收《跨到新的时代来》。

编后记（随笔）
1946 年 7 月作；
载 1946 年 7 月 20 日《长城》创刊号。

奋斗到胜利（杂文）
1947 年 1 月作；
载 1947 年 1 月 19 日《晋察冀日报》；
初收《跨到新的时代来》。

果园（长篇小说《桑干河上》的一章）
1947 年春作；
载 1947 年 5 月 15 日《时代青年》第 4 卷第 1 期。

桑干河上（长篇小说）
1946 年 11 月至 1948 年作；
1948 年 9 月由新华书店东北总分店初版。

写在前边（序跋）
1948 年 6 月 15 日作；
初收《桑干河上》（前言）。

太阳照在桑干河上（长篇节选）
1946 年 11 月至 1948 年作；
载 1948 年 9 月《文学战线》第 1 卷第 3 期。

翻身大爷（长篇小说《太阳照在桑干河上》的一章）
1946 年 11 月至 1948 年作；
载 1949 年 2 月 1 日《小说》第 2 卷第 2 期。

同青年朋友谈谈旧影响（讲演）
1948 年作；
载 1949 年 3 月 11 日《人民日报》；
初收 1949 年 8 月读者书店版《论思想改造》。

记"东方语言学校"（散文）
1948 年作；
载 1949 年 1 月《文学战线》第 2 卷第 1 期；
初收 1951 年 6 月人民文学出版社版《欧行散记》。

法捷耶夫同志告诉了我些什么（散文）
1948 年作；
载 1949 年 2 月 14 日《东北日报》；

初收《欧行散记》。

儿童的天堂（散文）
1948 年作；
载 1949 年 2 月 20 日《东北日报》；
初收《欧行散记》。

应该从生活出发，而不能从形式出发（短论）
1949 年 3 月作；
载 1949 年 3 月 11 日《东北日报》；
初收《跨到新的时代来》（改题：《不能从形式出发》）。

批判肖军错误思想——东北文艺座谈会发言摘要（短论）
1949 年 3 月作；
载 1949 年 3 月 16 日《东北日报》；
初收《跨到新的时代来》。

世界民主妇联第二次代表大会的开幕（散文）
1949 年春作；
载 1949 年 3 月 24 日《东北日报》；
初收《欧行散记》。

十万火炬（散文）
1949 年春作；
载 1949 年 3 月 27 日《东北日报》；
初收《欧行散记》。

通过保卫和平宣言——在世界民主妇女联盟代表大会（报告文学）
1949 年春作；
载 1949 年 3 月 28 日《东北日报》；
初收《欧行散记》。

基斯维萨拉——多瑙河畔（报告文学）
1949 年春作；
载 1949 年 3 月 31 日《东北日报》；
初收《欧行散记》。

伊丽莎白（报告文学）
1949 年春作；
载 1949 年 4 月 11 日《东北日报》；
初收《欧行散记》。

作者的话（序跋）
1949 年 5 月 5 日作；
载 1949 年 5 月苏联《旗帜》杂志第 5 期；
初收 1949 年莫斯科国家出版社版《太阳照在桑干河上》俄译本（前言）。

永远活在我心中的人们——关于陈满的记载（报告文学）
1949 年夏作；
载 1949 年 7 月 20 日《新中国妇女》创刊号；
初收《跨到新的时代来》。

从群众中来，到群众中去（论文，全国第一次文代大会发言）
1949年夏作；
初收1950年3月新华书店版《中华全国文学艺术工作者代表大会纪念文集》。

《百万雄师下江南》赞（影评）
1949年9月作；
载1949年9月25日《文艺报》创刊号。

苏联美术印象记（报告文学）
1949年秋作；
初收《欧行散记》。

西蒙诺夫给我的印象（报告文学）
1949年秋作；
载1949年10月10日《文艺报》第2期；
初收《欧行散记》。

保卫和平，争取和平（散文）
1949年秋作；
初收《欧行散记》。

苏联人（报告文学）
1949年10月作；
载1950年1月10日《文艺报》第8期；
初收《欧行散记》。

塔娜索娃的安娜·卡列尼娜（报告文学）
1949年底作；
载1950年2月1日《人民文学》第3期；
初收《欧行散记》。

苏联的三个女英雄（报告文学）
1949年12月作；
载1950年3月《新中国妇女》第9期；
初收《欧行散记》。

在前进的道路上——关于读文学书的问题（讲演）
1949年10月作；
连载1949年10月22日、29日《中国青年》第23、24期；
初收《跨到新的时代来》。

谈文学修养（讲演，在"大众文艺星期讲演会"）
1950年初作；
载1950年2月10日《文艺报》第1卷第10期；
初收《跨到新的时代来》。

青年的恋爱问题（讲演，在清华大学）
1950年4月28日作；
载1950年5月20日《中国青年》第39期；
初收1950年6月中国青年出版社版《青年的恋爱与婚姻问题》。

谈"老老实实"（杂文）
1950年作；
初收《跨到新的时代来》。

《文艺报》编辑工作初步检讨（论文）
1950年作；
载 1950 年 5 月 10 日《文艺报》第 2 卷第 4 期，署名编辑部；
初收《跨到新的时代来》。

"五四"杂谈（杂文）
1950年作；
载 1950 年 5 月 10 日《文艺报》第 2 卷第 4 期；
初收《跨到新的时代来》。

恶耗传来（散文）
1950 年 5 月作；
载 1950 年 5 月 11 日《人民日报》。

《陕北风光》校后记所感（随笔）
1950 年 5 月作；
载 1950 年 6 月 1 日《人民文学》第 2 卷第 2 期；
初收《陕北风光》（后记）。

《我在霞村的时候》校后记（序跋）
1950 年 5 月 22 日作；
初收《我在霞村的时候》（后记）。

谈谈普及工作——为祝贺北京市文代大会而写（论文）
1950年作；
载 1950 年 6 月 10 日《文艺报》第 2 卷第 6 期；
初收《跨到新的时代来》。

加强我们刊物的政治性、思想性与战斗性（短论）
1950 年 6 月初作；
载 1950 年 6 月 10 日《文艺报》第 2 卷第 6 期。

《一二九师与晋冀鲁豫边区》自序（序跋，原题为《向英勇的人民解放军致敬》）
1950 年 6 月 30 日作；
载 1950 年 7 月 10 日《文艺报》第 2 卷第 8 期；
初收 1950 年 7 月新华书店版《一二九师与晋冀鲁豫边区》（序言）。

知识分子下乡中的问题（论文）
1950 年 7 月 15 日夜作；
载 1950 年 7 月 29 日《中国青年》第 44 期；
初收《跨到新的时代来》。

跨到新的时代来——谈知识分子的旧兴趣与工农兵文艺（论文）
1950 年 8 月作；
载 1950 年 8 月 25 日《文艺报》第 2

卷第 11 期；
初收《跨到新的时代来》。

再接再励——中国作家在和平签名运动中（短论）
1950 年 9 月作；
载 1950 年 10 月 1 日《人民日报》。

乌兰诺娃的青铜骑士（报告文学）
1950 年作；
载 1950 年 10 月 1 日《人民文学》第 2 卷第 6 期；
初收《欧行散记》。

《旗帜》杂志编辑部给我的鼓励（散文）
1950 年作；
载 1950 年 10 月 1 日《中苏友好》第 12 期；
初收《欧行散记》。

列宁格勒和保卫列宁格勒博物馆（报告文学）
1950 年作；
载 1950 年 10 月 21 日《中国青年》第 50 期；
初收《欧行散记》。

创作与生活（讲演，在中央戏剧学院）
1950 年 10 月作；
载 1950 年 10 月 25 日《文艺报》第 3 卷第 1 期；

初收《跨到新的时代来》。

莫斯科——我心中的诗（散文）
1950 年 10 月作；
连载 1950 年 11 月 5 日、10 日《人民日报》；
初收《欧行散记》。

一个真实人的一生——记胡也频（散文）
1950 年 11 月 15 日作；
载 1950 年 12 月 1 日《人民文学》第 3 卷第 2 期；
初收 1951 年开明书店版《胡也频选集》。

寄给在朝鲜的中国人民志愿部队（散文）
1950 年 11 月 30 日作；
载 1950 年 12 月 10 日《文艺报》第 3 卷第 4 期；
初收《跨到新的时代来》。

《欧行散记》序（序跋）
1950 年 12 月 19 日作；
初收《欧行散记》（序言）。

《跨到新的时代来》后记（序跋）
1950 年 12 月 28 日作；
初收《跨到新的时代来》（后记）。

寄朝鲜人民军（散文）

1950年底作；

载1951年1月10日《文艺报》第3卷第6期；

初收《跨到新的时代来》。

战斗的人们（电影文学剧本）

1950年12月27日作；

载1951年2月1日《人民文学》第3卷第4期。

战士史沫特莱生平（散文）

1951年4月作；

载1951年4月6日《人民日报》。

一个钉子（杂文）

1951年4月作；

载1951年4月25日《文艺报》第4卷第1期，署名晓涵。

支出和收入（杂文）

1951年5月作；

载1951年5月10日《文艺报》第4卷第2期，署名晓涵。

怎样对待"五四"时代作品——为《中国青年报》写（论文）

1951年5月作；

载1951年5月4日《中国青年报》；

初收1954年作家出版社版《到群众中去落户》。

读魏巍的朝鲜通讯——《谁是最可爱的人》与《冬天和春天》（论文）

1951年5月作；

载1951年5月25日《文艺报》第4卷第3期；

初收《到群众中去落户》。

《丁玲选集》自序（序跋）

1951年6月1日作；

初收1951年7月人民文学出版社版《丁玲选集》。

介绍《一年级小学生》（短论）

1951年6月作；

载1951年6月3日《人民日报》；

初收《到群众中去落户》。

作为一种倾向来看——给肖也牧同志的一封信（书信）

1951年7月作；

载1951年8月10日《文艺报》第4卷第8期；

初收《到群众中去落户》。

欢迎，欢迎你们的来临——欢迎爱伦堡、聂鲁达先生（散文）

1951年9月作；

载1951年9月12日《人民日报》。

我读《收获》（论文）

1951年11月作；

载 1951 年 11 月《文艺报》第 5 卷第 2 期；
初收《到群众中去落户》。

为提高我们刊物的思想性、战斗性而斗争——在北京市文艺界整风学习动员大会上的讲话（讲演）
1951 年 11 月作；
载 1951 年 12 月 10 日《人民日报》；
初收《到群众中去落户》。

中国的春天——为苏联《文学报》而写（散文）
1952 年 4 月作；
载 1952 年 5 月 1 日《人民日报》。

要为人民服务得更好——纪念毛泽东同志《讲话》发表十周年（论文）
1952 年 5 月作；
载 1952 年 5 月 24 日《光明日报》；
初收《到群众中去落户》。

荣获斯大林奖金后对记者的谈话（讲演）
1952 年 5 月作；
载 1952 年 6 月 1 日《新中国妇女》1952 年第 5、6 期合刊。

《朝鲜通讯报告选》序（序跋）
1952 年 6 月作；
初收 1952 年 7 月人民文学出版社版《朝鲜通讯报告选》。

果戈里——进步人类所珍贵的文化巨人（论文）
1952 年 7 月作；
载 1952 年 4 月 25 日《文艺报》第 8 期。

谈与创作有关诸问题——对参加"八一"运动大会的全体文艺工作者的讲话（讲演）
1952 年 7 月作；
载 1952 年 9 月 16 日《解放军文艺》1952 年 9 月号；
初收《到群众中去落户》。

谈新事物——1952 年 8 月 19 日在天津学生暑期文艺讲座的讲话（讲演）
1952 年 8 月 19 日作；
载 1952 年 8 月 24 日《天津日报》；
初收《到群众中去落户》。

我悲痛、我沉默、我宣誓（散文）
1953 年 3 月 6 日作；
载 1953 年 3 月 15 日《文艺报》1953 年第 5 号。

到群众中去落户——中华全国文艺工作者第二次代表大会上的讲话（讲演）
1953 年 9 月作；
载 1953 年 10 月 30 日《文艺报》第 20 期；
初收《到群众中去落户》。

给曹永明同志的信（书信）
1953 年 10 月作；
载 1953 年《人民画报》11 月号。

《延安集》编后记（序跋）
1953 年 11 月作；
初收 1954 年人民文学出版社版《延安集》。

粮秣主任（短篇小说）
1953 年 11 月 9 日作；
载 1953 年 11 月 20 日《人民日报》。

给陈登科的信（书信）
1954 年 2 月 22 日作；
载 1954 年 3 月 15 日《文艺报》1954 年第 5 期。

记游桃花坪（游记）
1954 年 3 月作；
载 1954 年 4 月 17 日《人民日报》。

文艺学习没有捷径可走（复一个青年读者）（书信）
1954 年 5 月作；
载 1954 年 6 月 21 日《中国青年》第 12 期。

影片《偷自行车的人》观后（影评）
1954 年 10 月作；
载 1954 年 10 月 15 日《文艺报》1954 年第 19 期。

春日记事（散文）
1955 年 2 月 1 日作；
载 1955 年 2 月 15 日《文艺报》第 3 期。

一点经验（短论）
1955 年 2 月 8 日作；
载 1955 年 2 月 8 日《文艺学习》第 2 期；
初收 1955 年中国青年出版社版《作家谈创作》。

生活、思想与人物（论文）
1955 年 3 月作；
载 1955 年 3 月 8 日《人民文学》第 3 期。

学习第一个五年计划的一点感想（杂文）
1955 年 7 月作；
载 1955 年 8 月 1 日《文艺学习》第 8 期；
初收 1956 年 1 月作家出版社版《五年计划颂》。

在严寒的日子里（长篇小说，选载）
1954 年至 1956 年作；
载 1960 年 10 月 8 日《人民文学》第 10 期。

看川剧《打红台》——成都通信（书信）
1957 年 2 月作；
载 1957 年 3 月 1 日《文汇报》。

重庆一瞥（散文）
1957年4月作；
载1957年4月5日《文艺月报》第4期。

致一位青年业余作者的信（书信）
1979年1月10日作；
载1979年3月15日《汾水》第3期。

"牛棚"小品（散文）
1979年3月作；
载1979年《十月》第2期；
初收1980年四川人民出版社版《丁玲近作》。

我读《东方》（短评）
1978年底作；
载1979年7月12日《文艺报》第7期；
初收《丁玲近作》。

悼雪峰（散文）
1979年4月末作；
初收1979年9月四川人民出版社版《作家的怀念》。

在严寒的日子里（长篇小说，选载）
1976年至1979年作；
载1979年7月《清明》创刊号。

"七一"有感（散文）
1979年"七一"前夕作；
载1979年7月1日《北京日报》；

初收《丁玲近作》。

杜晚香（报告文学）
1965年始作，1977年重作；
载1979年7月《人民文学》第7期；
初收《丁玲近作》。

《杜晚香》附记（随笔）
1978年6月作；
载1979年7月《人民文学》第7期；
初收《丁玲近作》。

《太阳照在桑干河上》重印前言（序跋）
1979年5月1日作；
载1979年7月18日《人民日报》；
初收1979年人民文学出版社重印版《太阳照在桑干河上》。

百家争鸣及其他（短论）
1979年8月作；
载1979年8月12日《文艺报》第8期；
初收《丁玲近作》。

一朵新花——读《第二次握手》（论文）
1979年8月作；
载1979年8月11日《中国青年报》；
初收《丁玲近作》。

《丁玲短篇小说选》后记（序跋）
1979年8月11日作；

载 1979 年 9 月《当代》第 3 期；
初收《丁玲近作》。

悼念刘芝明同志（散文）
1979 年 5 月作；
载 1979 年 10 月 12 日《文艺报》第 10 期；
初收《丁玲近作》。

一块闪烁的真金——忆柯仲平同志（散文）
1979 年 10 月作；
载 1979 年 11 月 14 日《光明日报》；
初收《丁玲近作》。

写在《到前线去》的前边（序跋）
1979 年 8 月作；
载 1979 年 11 月 15 日《汾水》第 11 期；
初收《丁玲近作》（改题：《〈到前线去〉序》）。

讲一点心里话（讲演）
1979 年 10 月作；
载 1979 年 12 月 2 日《红旗》第 12 期；
初收《丁玲近作》。

向警予同志留给我的影响（散文）
1979 年 10 月作；
载 1980 年 1 月 25 日《收获》第 1 期；
初收《丁玲近作》。

关于左联的片断回忆（回忆录）
1979 年 11 月作；
载 1980 年 2 月 22 日《新文学史料》第 1 期。

关于《杜晚香》（创作谈）
1979 年 12 月 12 日作；
载 1980 年 3 月 15 日《北方文学》第 3 期；
初收《丁玲近作》。

我母亲的生平（散文）
1980 年元月 15 日作；
载 1980 年 8 月《芙蓉》第 3 期。

我对《多余的话》的理解（论文）
1980 年元月作；
载 1980 年 3 月 21 日《光明日报》。

我所认识的瞿秋白同志——回忆与随想（回忆录）
1980 年元月作；
载 1980 年 2 月 20 日《文汇增刊》第 2 期；
初收《丁玲近作》。

也频与革命（随笔）
1980 年 2 月作；
载 1980 年 3 月《诗刊》第 3 期。

《记左权同志话山城堡之战》重发附记（随笔）
1980 年 3 月 1 日作；

载 1980 年《解放军文艺》第 3 期。

写在后边（序跋）
1980 年 2 月 28 日作；
初收《丁玲近作》。

一点补正（随笔）
1980 年 3 月作；
载 1980 年 8 月 22 日《新文学史料》第 3 期。

《周文选集》序（序跋）
1980 年 4 月作；
载 1980 年 6 月 10 日《读书》第 6 期；
初收四川人民出版社《周文选集》。

韦护精神（杂文）
1980 年 5 月作；
载 1980 年 6 月 21 日《中国青年报》。

她更是一个文学作家——怀念史沫特莱同志（散文）
1980 年 5 月 23 日作；
载 1980 年 6 月 4 日《光明日报》；
初收《丁玲近作》。

我这二十多年是怎么过来的？（讲演）
1980 年 7 月 10 日作；
载 1980 年 9 月 6 日《中国青年报》。

《西江月》序（序跋）
1980 年 6 月 22 日作；
载 1980 年 9 月 10 日《读书》第 9 期；
初收 1980 年中国青年出版社版《西江月》。

《小船，小船》序（序跋）
1980 年 6 月 26 日作；
载 1980 年 8 月 15 日《少年文艺》第 4 期；
初收 1980 年江苏人民出版社《小船，小船》。

赞《陈毅市长》（短评）
1980 年 7 月作；
载 1980 年 7 月 24 日《文汇报》。

谈谈文艺创作（短评）
1980 年 7 月作；
载 1980 年 8 月 10 日《文汇增刊》第 6 期。

为白刃同志短篇集写几句话（序跋）
1980 年 7 月 15 日作；
载 1980 年 11 月 10 日《文汇增刊》第 7 期；
初收湖南人民出版社《白刃短篇小说集》。

随谈
1980 年 8 月作；

载 1980 年 1 月 10 日《星火》第 1 期。

写给女青年作者（随笔）
1980 年 8 月底作；
载 1980 年 11 月 15 日《青春》第 24 期。

元帅呵，我想念您！（散文）
1980 年 11 月作；
载 1980 年 11 月 27 日《人民日报》。

沉痛地告别过去，勇敢地面向未来——致青年人（散文）
1980 年 12 月 2 日作；
载 1980 年 12 月 11 日《人民日报》。

给孙犁的信（书信）
1980 年 10 月 30 日作；
载 1980 年 12 月 11 日《天津日报》。

胡也频（散文）
1980 年 12 月作；
载 1981 年元月《文汇月刊》第 1 期。

北京（散文）
1980 年 12 月作；
载 1981 年元月《大地》第 1 期。

恋爱与文艺创作（文艺随笔）
1980 年 11 月 17 日作；
载 1981 年 2 月 1 日《萌芽》第 2 期。

丁玲著作目录

丁玲著作目录

（一）1928—1981 版本目录

在黑暗中（短篇小说集）

上海开明书店，1928 年 10 月初版。

目录

梦珂

莎菲女士的日记

暑假中

阿毛姑娘

最后一页（后记）

自杀日记（短篇小说集）

上海光华书局，1929 年 5 月初版。

目录

潜来了客的月夜

自杀日记

庆云里中的一间小房里

过年

岁暮

小火轮上

一个女人（短篇小说集）

上海中华书局，1930 年 4 月初版。

目录

一个女人和一个男人

他走后

日

少年孟德的失眠（胡也频作）

在一个晚上（胡也频作）

野草

韦护（长篇小说）

上海大江书铺，1930 年 9 月初版。

一个人的诞生（短篇小说集）

上海新月书店，1931 年 5 月初版。

目录

作者记（前言）

一九三〇年春上海（之一）

一九三〇年春上海（之二）

一个人的诞生（胡也频作）

牺牲（胡也频作）

法网（短篇小说）

上海良友图书印刷公司"一角丛书"，1931年4月版。

水（短篇小说集）

上海湖风书局，1931年初版。

目录

水

田家冲

一天

从夜晚到天亮

年前的一天

夜会（短篇小说集）

上海现代书局，1933年6月初版。

目录

某夜

法网

消息

诗人亚洛夫

夜会

给孩子们

奔

母亲（长篇小说，未完稿）

上海良友图书印刷公司，1933年6月初版。

丁玲选集（短篇小说选集，蓬子编）

上海天马书店，1933年12月初版。

目录

我们的朋友丁玲（代序）	蓬 子

莎菲女士日记

过年

他走后

一九三〇年春上海

水

消息

奔

附录一

最后一页

作者记

对于创作上的几条具体意见

我的创作生活

附录二

关于新的小说的诞生	何丹仁
女作家丁玲	茅 盾
关于《母亲》	钱杏邨
编完之后	编 者

意外集

上海良友图书印刷公司，1936年11月初版。

目录

自序

松子

一月二十三日

陈伯祥

八月生活

——报告文学试写

团聚

附录
莎菲日记第二部
不算情书
杨妈的日记

河内一郎（三幕话剧，西北战地服务团丛书之一）
生活书店，1938年7月初版。

一颗未出膛的枪弹（小说散文集）
生活书店1938年9月初版。
目录
到前线去
南下军中之一页日记
彭德怀速写
警卫团生活一斑
一颗未出膛的枪弹
东村事件
最后一页

一年（散文特写集，西北战地服务团丛书之一）
生活书店，1939年3月初版。
华侨书报流通社，1939年7月出版。
目录
写在前边
出发前后
成立之前
第一次大会
政治上的准备

工作的准备
我们的生活纪律
民先与文研
河西途中
在山西之点滴
临汾
冀村之夜
孩子们
第一次的欢送会
杨伍城
忆天山
马辉
关于自卫队感言
西安杂写
序《呈在大风砂里奔走的岗卫们》
《河内一郎》后记
关于本团抵陕后的公演
写在第三次公演前面
适合群众与取媚群众
反与正
说欢迎
勇气
说到"印象"
讽刺
西安杂谈
附录
压碎的心
七月的延安
略谈改革平剧

我在霞村的时候（短篇小说选集，胡风编辑，七月文丛）

远方书店，1944年3月初版。

目录

新的信念

县长家庭

入伍

我在霞村的时候

秋收的一天

压碎的心

夜

丁玲文集（短篇小说集，冯雪峰代选）

上海开明书店，1947年初版。

目录

梦珂

莎菲女士的日记

水

新的信念

入伍

我在霞村的时候

夜

陕北风光（散文特写集）

新华书店东北总分店，1948年11月初版。

目录

三日杂记

袁广发

民间艺人李卜

记砖窑湾骡马大会

田保霖

二十把板斧

十八个

校后记所感

太阳照在桑干河上（长篇小说）

新华书店东北总分店，1948年9月初版。

目录

写在前边（1948年6月15日）

一、胶皮大车

二、顾涌的家

三、有事就不能瞒他

四、出侦

五、黑妮

六、密谋（一）

七、妇联会主任

八、盼望

九、第一个党员

一〇、小册子

一一、从区上来的人

一二、分歧

一三、访董桂花

一四、谣言

一五、文采同志

一六、好象过节日似的

一七、六个钟头的会

一八、会后

一九、献地

二〇、徘徊

二一、侯忠全老头

二二、尽量做到的一致

二三、"下到群众里面去"

二四、果树园

二五、合作社里

二六、区工会主任老董

二七、"买卖果子"

二八、魅黑的果园里

二九、密谋（二）

三〇、美人计

三一、"炸弹"

三二、败阵

三三、好赵大爷

三四、刘满诉苦

三五、争论

三六、果子的问题

三七、果树园闹腾起来了

三八、初胜

三九、光明还只是远景

四〇、讹地

四一、打桑干河涉水过来的人

四二、县宣传部长章品

四三、咱们要着起来

四四、决定

四五、党员大会

四六、解放

四七、决战之前

四八、决战之一

四九、决战之二

五〇、决战之三

五一、胡泰

五二、醒悟

五三、加强组织

五四、自私

五五、翻身乐

五六、新任务

五七、中秋节

五八、小结

一二九师与晋冀鲁豫边区（敌后抗日根据地介绍）

新华书店，1950年7月初版。

目录

序（1950年6月30日）

初建奇功

发轫在太行山上

打破敌人的"囚笼"政策

向敌后抗日民主的军民"收复失地"

惊破敌胆的百团大战

建立起抗日民主的堡垒

经济战线上的斗争

军民同命战胜三年的灾荒

活动在敌人的心脏里

民族英雄与劳动英雄

今日之晋冀鲁豫

我在霞村的时候（短篇小说）

三联书店，1950年8月初版。

目录

夜

我在霞村的时候

入伍

县长家庭

压碎的心

秋收的一天

新的信念

一颗未出膛的枪弹

校后记

欧行散记（散文、报告文学集）

人民文学出版社，1951年6月初版。

目录

序

一、世界民主妇联第二次代表大会的开幕

二、十万火炬

三、通过保卫和平宣言

四、基斯维萨拉

五、伊丽莎白

六、苏联人

七、法捷耶夫同志告诉了我些什么

八、西蒙诺夫给我的印象

九、《旗帜》杂志编辑部给我的鼓励

一○、苏联美术印象记

一一、塔娜莎娃的安娜·卡列尼娜

一二、乌兰诺娃的青铜骑士

一三、记东方语言学校

一四、儿童的天堂

一五、苏联的三个女英雄

一六、列宁格勒和保卫列宁格勒博物馆

一七、莫斯科——我心中的诗

一八、保卫和平，争取和平！

跨到新的时代来（杂文论文集）

人民文学出版社，1951年7月初版。

目录

从群众中来，到群众中去

创作与生活

不能从形式出发

谈文学修养

关于立场问题我见

谈谈普及工作

《文艺报》编辑工作初步检讨

"五四"杂谈

批判肖军错误思想

寄给在朝鲜的中国人民志愿部队

寄朝鲜人民军

永远活在我心中的人们

一个真实人的一生

纪念瞿秋白同志被难十一周年

吊"四八"殉难诸同志

我们永远在一起

我怎样飞向了自由的天地

同青年朋友谈谈旧影响

在前进的道路上

跨到新的时代来

知识分子下乡中的问题

青年恋爱问题

谈"老老实实"

窃国者诛

老婆疙瘩

"海燕行"

奋斗到胜利

《陕北风光》校后记所感

《一二九师与晋冀鲁豫边区》自序

后记

丁玲选集（短篇小说选集）

开明书店，甲种本 1951 年 8 月初版。

乙种本 1952 年 6 月初版。

目录

自序

梦珂

莎菲女士的日记

庆云里中的一间小房里

过年

一九三〇年春上海（之一）

田家冲

水

某夜

消息

诗人亚洛夫

给孩子们

奔

一颗未出膛的枪弹

入伍

我在霞村的时候

夜

决战（节选自《太阳照在桑干河上》，吕灰节改）

华东人民出版社，1952 年初版。

斗争钱文贵（节选自《太阳照在桑干河上》）

人民文学出版社，1953 年初版。

延安集（小说特写集）

人民文学出版社，1954 年 3 月初版。

目录

三日杂记

袁广发

民间艺人李卜

记砖窑湾骡马大会

田保霖

夜

我在霞村的时候

入伍

新的信念

一颗未出膛的枪弹

一二九师与晋冀鲁豫边区

附录

《陕北风光》校后记所感

《我在霞村的时候》校后记

《一二九师与晋冀鲁豫边区》自序

编后记

到群众中去落户（论文集）

作家出版社，1954 年初版。

目录

作为一种倾向来看

为提高我们刊物的思想性、战斗性而斗争

要为人民服务得更好

谈新事物

谈与创作有关诸问题

到群众中去落户

怎样对待"五四"时代作品

介绍《一年级小学生》

我读《收获》

读魏巍的朝鲜通讯

《朝鲜通讯报告选》序

丁玲短篇小说选集

人民文学出版社，1954年9月初版。

目录

梦珂

莎菲女士的日记

阿毛姑娘

庆云里中的一间小房里

过年

一九三〇年春上海（之一）

一九三〇年春上海（之二）

田家冲

水

某夜

法网

消息

诗人亚洛夫

给孩子们

奔

一个小红军的故事（据《一颗未出膛的枪弹》改写）

少年儿童出版社，1956年3月初版。

太阳照在桑干河上

人民文学出版社，1979年12月重印。

目录

重印前言

……

到前线去（小说、散文、特写集）

四川人民出版社，1980年6月初版。

目录

写在前边

到前线去

南下军中之一页日记

广暴纪念在定边

彭德怀速写

记左权同志话山城堡之战

警卫团生活一斑

一颗未出膛的枪弹

西北战地服务团成立之前（原题《成立之前》）

河西途中

临汾

冀村之夜

孩子们

西安杂谈

压碎的心

马辉

入伍

十八个
二十把板斧
一二九师与晋冀鲁豫边区

丁玲近作（散文、论文、特写集）
四川人民出版社，1980年8月初版。
目录
杜晚香
牛棚"小品
三访汤原（陈明）

我所认识的瞿秋白同志
向警予烈士给我的影响
悼雪峰
悼念刘芝明同志
一块闪烁的真金
她更是一个文学作家

我读《东方》
一朵新花

"七一"有感
讲一点心里话
关于《杜晚香》
解答三个问题
百家争鸣及其它

《太阳照在桑干河上》重印前言
《新编短篇小说选》后记
《到前线去》序
写在后边

丁玲散文集
人民文学出版社，1980年11月初版。
目录
五月
彭德怀速写
冀村之夜
马辉
秋收的一天
三日杂记
田保霖
袁广发
记砖窑湾骡马大会
民间艺人李卜
永远活在我心中的人们
中国的春天
记游桃花坪
重庆——曾家岩
"牛棚"小品（三章）
寄给在朝鲜的中国人民志愿军
寄朝鲜人民军
开会之于鲁迅
风雨中忆肖红
纪念瞿秋白同志被难十一周年
吊"四八"殉难诸同志
我们永远在一起
恶耗传来
战士史沫特莱生平
一个真实人的一生
我悲痛、我沉默、我宣誓
悼雪峰
悼念刘芝明同志

一块闪烁的真金

向警予同志留给我的影响

我所认识的瞿秋白同志

校后记（陈明）

附录一　盗版书版本目录

丁玲选集（小说散文选集，叶忘忧、徐沉泗编选）

上海万象书局，1930 年出版。

现代创作文库序

目次

题记　　　　　　　　　　编者

丁玲传　　　　　　　　　白　云
丁玲著作编目（选自《丁玲评传》）
我们的朋友丁玲　　　　　蓬　子
女作家丁玲　　　　　　　茅　盾
丁玲　　　　　　　　　　钱谦吾
关于新的小说的诞生　　　何丹仁
丁玲的《夜会》　　　　　杨邨人
关于《母亲》　　　　　　钱谦吾

小说：
奔
消息
某夜
水
一九三〇年春上海
自杀日记

莎菲日记第二部

散文：
我的创作生活
对于创作上的几条具体意见
我的创作经验
我的自白
作者记
最后一页
不算情书
给丽嘉的信

丁玲文选（短篇小说选集，少侯编）

新兴书店，1936 年 4 月出版。

目录

莎菲女士的日记
莎菲日记第二部
水
奔
暑假中
过年
一九三〇年春上海
我的自白——在光华大学讲（孙晶旸笔记，附《记者附笔》）
不算情书
给丽嘉的信

丁玲文集（短篇小说选集）

上海艺文书店、青年文学读本上、中、下三册，1936 年 6 月 1 日出版。

目录

丁玲传	白　云
丁玲论	方　英
莎菲女士的日记	
莎菲日记第二部	
梦珂	
自杀日记	
庆云里中的一间小房里	
他走后	
一九三〇年春上海（之一）	
一九三〇年春上海（之二）	
野草	
消息	
水	
奔	
阿毛姑娘	
潜来了客的月夜	
过年	
一个女人和一个男人	
年前的一天	
日	
岁暮	
少年孟德的失眠（胡也频作）	
田家冲	
一天	
某夜	
法网	
诗人亚洛夫	
夜会	
我的创作经验	
我的自白	
不算情书	

给丽嘉的信
给孩子们

丁玲代表作选

上海全球书店，1937年出版。

目录
序（编者）
团聚
一月二十三日
水
奔

丁玲杰作选（小说散文选集）

白光书店，1937年5月出版。

目录
莎菲女士的日记
莎菲日记第二部
梦珂
自杀日记
庆云里中的一间小房里
他走后
一九三〇年春上海（之一）
一九三〇年春上海（之二）
野草
消息
水
奔
阿毛姑娘
潜来了客的月夜
过年
一个男人和一个女人

年前的一天

日

岁暮

少年孟德的失眠（胡也频作）

田家冲

一天

某夜

法网

诗人亚洛夫

夜会

我的创作经验

我的自白

不算情书

给丽嘉的信

苏区的文艺

上海南华出版社，1938年1月出版。

目录

序言（《文艺在苏区》）

一颗没出膛的枪弹

东村事件

重逢

一天（短篇小说集）

上海青年文化社，1939年9月出版。

目录

水

田家冲

一天

从夜晚到天亮

年前的一天

团聚（短篇小说选集）

艺流书店，1941年6月出版。

目录

莎菲女士的日记

莎菲日记第二部

一月二十三日

自杀日记

水

不算情书

团聚

丁玲代表作（现代作家选集第十二集）

三通书局，1941年8月1日出版。

目录

序（编者）

第一辑　　自叙传

我的创作生活

我的创作经验

第二辑　　小说

莎菲女士的日记

年前的一天

团聚

一月二十三日

水

奔

松子

给孩子们

他走后

泪眼模糊中的信念（短篇小说）
广西未明社，1942年7月出版。

丁玲佳作选（小说散文集，巴雷、朱纶之编选）
新象书店，1946年10月出版。
目录
丁玲小传（编者）
莎菲女士的日记
莎菲日记第二部
自杀日记
水
不算情书

附录二　收入合集或其他著作中的丁玲作品目录

现代作家书简　　　　　孔另境编
生活书店，1936年5月出版。
致戴望舒
致杜衡

现代情书选集
给丽嘉的信（录自《韦护》）

创作的经验
天马书店，1933年出版。
我的创作生活

十年
开明书店，1936年7月出版。

一月二十三日
鲁迅先生纪念集
北新书局，1937年出版。
鲁迅逝世时的唁函

时代剧选　　　　　　时代剧社编
时代剧社，1938年出版。
重逢

守住我们的家乡　　　　剧友社编
剧友社，1939年12月出版。
重逢

丁玲在西北　　　　　　天　行编
华中图书公司，1938年出版。
文艺在西北新区
七月的延安
重逢
游击生活

妇女文献（第一册）　文献丛刊社编
文献丛刊社，1939年4月7日出版。
冀村之夜

艺术文献（第一册）　文献丛刊社编
文献丛刊社，1939年4月7日出版。
孩子们

火网里
沪江出版社，1939年5月出版。
冀村之夜

冀村之夜
新文艺出版社，1939 年 7 月出版。
冀村之夜

西线生活（西北战地服务团丛书之五）
生活书店，1939 年 4 月出版。
编者的话
关于本团抵陕后的公演
写在第三次公演前面
西安杂谈
民先在战地服务团
战地服务团出发前应有之注意
压碎的心

团聚（八十家佳作集）　　　丁玲等著
启明书店，1945 年 11 月出版。
一月二十三日
团聚

报告文学选辑
现代出版社，1946 年 7 月出版。
三日杂记

陕北杂记
希望书店，1946 年 10 月出版。
三日杂记

英雄传（报告文学集）
　　　　　　　丁玲、莫艾等著
东北书店，1946 年 10 月出版
袁广发

解放区短篇创作选（一、二辑）
　　　　　　　周扬编，丁玲等著
东北书店，1947 年 9 月出版。
我在霞村的时候
三日杂记

论思想改造　　　　　　丁玲等著
天津读者书店，1949 年 3 月出版。
同青年朋友谈谈旧影响

中华全国文学艺术工作者代表大会纪念文集
新华书店，1950 年 3 月出版。
从群众中来，到群众中去

访苏印象　　中苏友协编，丁玲等著
新华书店，1950 年 6 月出版。
苏联人
苏联的三个女英雄

青年的恋爱与婚姻问题　　丁玲等著
中国青年出版社，1950 年出版。
青年的恋爱问题

朝鲜通讯报告选
人民文学出版社，1952 年 7 月出版。
朝鲜通讯报告选序

在前进的道路上　　　　丁玲等著
中国青年出版社，1955 年 2 月出版。
同青年朋友谈谈旧影响

在前进的道路上

作家谈创作　　　　　　　丁玲等著
中国青年出版社，1955年12月出版。
一点经验

五年计划颂
作家出版社，1956年1月出版。
学习第一个五年计划草案的一点感想

为保卫社会主义文艺路线而斗争
新文艺出版社，1957年11月出版。
三八节有感
看川剧"打红台"

再批判　　　《文艺报》编辑部编
作家出版社，1958年6月出版。
三八节有感
在医院中
我在霞村的时候

作家的怀念
四川人民出版社，1979年10月出版。
悼雪峰

我心中的鲁迅
湖南人民出版社，1979年10月出版。
开会之于鲁迅

西江月　　　　　　　　［美］李黎著
中国青年出版社，1980年出版。

《西江月》序

小船，小船　　　　　　　黄蓓佳著
江苏人民出版社，1980年出版。
《小船，小船》序

白刃短篇小说集
湖南人民出版社，1981年出版。
为白刃同志短篇集写几句话

周文小说选集
四川人民出版社，1981年出版。
《周文选集》序

（二）港台、海外版本目录

孩子们（英汉对照）
巨象出版社，1941年出版。
目录
新中国的先锋战士
水
孩子们

丁玲选集
文学研究社，1956年出版。
目录
序（编者）
第一辑
莎菲女士的日记
梦珂
庆云里中的一间小房里

第二辑

水

田家冲

丁玲短篇小说选（北京人民文学出版社1954年版翻印本）

文教出版社，1979年1月出版。

目录

（略）　　　　　　　　（以上港台）

母亲（日文版）　　　　冈崎俊夫译

[日]改造社，1938年出版。

我在霞村的时候（英文版）

龚普生译

[印]普纳库塔伯出版社，1945年出版。

目录

前言（译者）

我在霞村的时候

新的信念

压碎的心

入伍

夜

太阳照在桑干河上

朝文版

[朝]国家文学出版社，1951年出版。

日文版

[日]鸽子书房，1951年出版。

板井德三译

日文版　　　板井德三、三好一合译

[日]青木书店，1955—1956年出版。

我在霞村的时候（日文版）

冈崎俊夫译

[日]四季社，1951年出版。

文学与生活（《跨到新的时代来》选译，日文版）　　冈崎俊夫译

[日]青铜社，1952年出版。

丁玲作品集（日文版）

尾崎德司、冈本隆三合译

[日]青木书店，1953年出版。

目录

莎菲女士的日记

一九三〇年春上海

水

《现代中国文学全集》第九卷　丁玲篇（日文版）　　冈崎俊夫译

[日]河出书房，1955年出版。

目录

太阳照在桑干河上

新的信念

我在霞村的时候

夜

我在霞村的时候（日文版）

冈崎俊夫译

[日]岩波书局，1956年出版。

目录
莎菲女士的日记
阿毛姑娘
某夜
我在霞村的时候
新的信念
夜
一个真实人的一生

我在霞村的时候（日文版）　相浦杲译
［日］江南书院，1956年出版。

中国现代文学选集（日文版）第七卷
［日］平凡社，1962年出版。
目录
水（高畠穰译）
多事之秋（高畠穰译）
我在霞村的时候（冈崎俊夫译）
（以上亚洲）

太阳照在桑干河上
丹麦文版
［丹］基尔林达尔书店，1950年出版。
英文版
中国外文出版社，1954年出版。
杨宪益夫妇合译
目录
写在前面（丁玲）
太阳照在桑干河上
关于《太阳照在桑干河上》（冯雪峰）
关于作者

巴西文版
［巴西］里约热内卢出版社，1956年出版。
英文版（节译本）　〔美〕E.巴罗译
［美］印第安纳大学出版社，1980年出版。

一个大姐（丁玲选集）
亚苏（谭惠珍）译
法文版
［法］弗拉马里翁出版社，1980年出版。
目录
前言（译者）
梦珂
一月二十三日
水
新的信念
我在霞村的时候
夜
三八节有感
杜晚香
（以上欧美）

太阳照在桑干河上
俄文版
莫斯科外国文学出版社，1949年出版。
Л.波兹德涅耶娃译
目录
前言（译者）
作者的话（丁玲为俄译本写的前言）
太阳照在桑干河上

保加利亚文版

索菲亚工会出版社，1949年12月出版。

目录

作者的话

太阳照在桑干河上

罗马尼亚文版

［罗］国家文学艺术出版社，1950年出版。

目录

译者前言

太阳照在桑干河上

匈牙利文版

布达佩斯西克拉出版社，1950年出版。

目录

作者的话（俄文版前言）

俄译者前言

太阳照在桑干河上

波兰文版

华沙书籍与知识出版社，1950年出版。

捷克文版

布拉格梅拉脱立赫出版社，1951年出版。

目录

太阳照在桑干河上

丁玲（奥左斯·巴拉脱）

前言（丁玲）

注释（译者）

地名表

人名表

德文版

柏林狄慈出版社，1952年出版。

目录

俄译本前言（丁玲）

太阳照在桑干河上

俄译本前言

乌德摩尔梯语、维吾尔语文版

［苏］伊热夫斯克 乌德摩尔梯图书出版社，1952年出版。

目录

前言（Л.波兹德聂耶娃）

太阳照在桑干河上

哈萨克语、拉脱维亚语、摩尔达维亚文版

［苏］阿拉木图"新生活"出版社，1953年出版。

乌兹别克语文版，节译本

［苏］塔什干"克兹尔—乌兹别克斯坦"和"东方真理报"联合出版社，1953年版。

阿塞尔拜疆语、阿美尼亚语、塔吉克语、土库曼语文版

［苏］巴库出版社，1953年出版。

白俄罗斯语文版

［苏］明斯克白俄罗斯国家出版社，1954年出版。

格鲁吉亚语文版

［苏］梯比利斯格鲁吉亚国家出版社，1955年出版。

蒙古语版

［苏］布里亚特蒙古语出版社，1955年出版。

丁玲选集（俄文版）

Л.波兹德聂耶娃译

［苏］莫斯科外国文学出版社（翻印北京开明书店1952年版），1954年出版。

译者前言

目录

（略）

丁玲选集（捷克文版）

丹娜·卡鲁多娃译

［捷］国家文学艺术出版社，1955年出版。

目录

译者序

莎菲女士的日记

庆云里中的一间小房里

一九三〇年春上海

水

某夜

诗人亚洛夫

奔

我在霞村的时候

新的信念

夜

民间艺人李卜

后记（雅罗斯洛夫·普实克）

（以上苏联东欧）

附录一　收入合集或其他著作中的作品目录

丁玲——被清洗的女权运动鼓吹者（日文版）　［日］阿克亚马·有高著

［日］东京出版社，1978年出版。

附录

三八节有感（阿克亚马·有高译）

革命的起源：现代中国短篇小说集（英文版）　　　　［新］S.R.莫如编

［新加坡］海曼教育有限公司，1979年出版。

附录

莎菲女士的日记（S.R.莫如译）

（以上亚洲）

活的中国（英文版）

［美］埃德加·斯诺编

［英］伦敦乔治·G.哈拉普公司，1936年出版。

目录

水

夜会

消息

中国短篇小说集（英文版）

［美］A.史沫特莱编

［苏］莫斯科国际出版社，1934年出版。

目录
某夜

草鞋脚（英文版）
　　　　　［美］哈·伊罗生编
［美］麻省理工学院出版社，1974年出版。
目录
莎菲女士的日记
水

中国的革命文学（英文版）
　　　　　　［美］卞格编
［美］侠尔泊出版社，1977年出版。
目录
一天

春天的希望（德文版）
　　　柏林自由大学东亚研究所编
［联邦德国］法兰克福苏尔卡姆普出版社，1980年出版。
目录
莎菲女士的日记（沃尔福·库宾译）
夜（沃尔福·库宾译）
在医院中（苏萨纳·维格林译）
　　　　　　　　（以上欧美）

中国作家短篇小说集（俄文版）
　　　　　　　　H.费德林编
［苏］莫斯科外国文学出版社，1953年出版。

目录
某夜（鲁德曼译）
消息（鲁德曼译）
　　　　　　　　（以上苏联）

附录二　散见报刊上的作品目录

临汾
《星岛日报·星座》第71期，1938年10月10日出版。

我怎样来陕北的
《大公报·文艺》第854期，1940年6月6日出版。

我怎样飞向了自由的天地
《大众文艺丛刊》第2辑，1948年5月1日出版。

莎菲女士的日记（英文）
　　　　　　　　劳·约瑟夫译
《淡江评论》第5卷第1期，1974年5月出版。
　　　　　　　　（以上港台）

自杀日记（日文）　［日］入矢义高译
《世界文学》第5期，1946年7月出版。

一个真实人的一生（日文）
　　　　　　　　冈崎俊夫译
《人间》第6卷第4号，1951年4月出版。

谈"文学修养"（日文）
　　　　　　　　　　冈崎俊夫译
《新日本文学》第 7 卷第 3 期，1952 年 3 月出版。

要为人民服务得更好（日文）
　　　　　　　　　　西田稔译
《中国文艺》第 2 期，1952 年 9 月出版。

生活、思想与人物（日文）
　　　　　　　　　　冈崎俊夫译
《新日本文学》第 10 卷第 7 期，1955 年 7 月出版。

一个真实人的一生（日文）
　　　　　　　　　　鹤田义郎译
《熊本商大论集》第 36 期，1972 年 4 月出版。

　　　　　　　　　（以上日本）

某夜（英文）　　　乔治·肯尼迪译
《中国论坛》（上海）第 1 卷第 21 期，1932 年 7 月出版。

水（英文）　　　　　　黄兆璘译
《人民论坛》第 7 卷第 12 期，1934 年 12 月出版。

水（英文）
《亚洲》（纽约）第 35 卷第 10 期，1935 年 10 月出版。

一天（英文）
[美]《新作品》第 5 期，1938 年出版。

入伍（英文）　　　　　G.别格雷译
[美]《生活与信件》第 60 卷第 137 期，1949 年 6 月出版。

生活与创作（英文）
[美]《中国文学》1954 年第 3 期。

三八节有感（英文）　格韦格·本腾译
[美]伦敦《新左翼评论》第 92 卷，1975 年出版。

我在霞村的时候（英文）
　　　　　　　　　（用龚普生译文）
[美]《迹象》第 1 卷第 2 期，1976 年出版。

某夜（英文）
　　　　黄炳伟、李·安·芳世勒合译
[美]现代中国文学信札第 5 卷第 1、2 期，1979 年出版。

　　　　　　　　　（以上欧美）

中国的春天（俄文）
[苏]文学报，1952 年 6 月 21 日
　　　　　　　　　（以上苏联）

丁玲研究资料目录索引

（一）丁玲研究专著目录索引

（1）1933—1980目录索引

关于丁玲女士　　　　　　张惟夫辑
北京立达书局，1933年7月出版。
王森然先生序
序（惟夫）
目录
丁玲的生活
　丁玲传
　丁玲大事年表
　丁玲的生活
　一二八时代的丁玲
丁玲的著作
　丁玲与中国左翼文坛
　关于新的小说的诞生
　关于丁玲创作的考察
　丁玲的长篇作品《韦护》
　犬马君评丁玲未完的长篇近著《母亲》
　钱杏邨批评《水》

　丁玲最后发表的一篇作品《奔》
　丁玲对于创作上的几条具体意见
　丁玲的著作表
丁玲的被难
　丁玲失踪考
　沈从文对丁玲被捕的前后两个不平之鸣
　丁玲女士失踪后妇女界的呼救者
　丁玲失踪后文化界之援助者
附录
　丁玲女士的自白
　女作家丁玲
　王森然先生的补充

记丁玲　　　　　　　　　　沈从文著
上海良友图书印刷公司，1934年9月初版。
《良友文学丛书》，1940年5月再版。

记丁玲续集　　　　　　　　沈从文著
上海良友图书印刷公司，1934年9月

初版。

《良友文学丛书》，1940年5月增补再版。

丁玲评传　　　　　　　　张白云编

上海春光书店，1934年10月25日初版。

插页

 1. 丁玲女士肖像

 2. 丁玲与母亲、幼儿合影

 3. 丁玲与幼儿及沈岳萌合影

目录

丁玲著作编目

丁玲传	白　云
丁玲评传	顾瑞民
丁玲女士论评	贺玉波
丁玲	钱谦吾
丁玲论	方　英
女作家丁玲	茅　盾
坐有女作家交椅的丁玲女士及其作品	草　野
丁玲女士	毅　真
丁玲的《夜会》	杨邨人
关于《母亲》	钱谦吾
丁玲的《母亲》	东方未明
关于《母亲》	杨刚女士
《母亲》	王淑明
丁玲印象记	赵景深
丁玲印象	坚　如
记丁玲	美　子

听了丁玲女士在光华大学演讲后的感想　　　　　　　　刘明克

一个时代的烙印	殷干等

附录

自白类辑

我的创作经验	丁　玲
我的自白	丁　玲
莎菲日记第二部	丁　玲

情书类编

不算情书	丁　玲
给丽嘉的信（录自《韦护》——编者）	丁　玲
胡也频给丁玲的信	胡也频

丁玲——新中国的女战士

〔美〕里夫（Earl.H.Leaf）著

叶舟译

上海光明书局，1937年11月出版。

目录

序（叶舟）

上编　丁玲——新中国的女战士

 一、一条红线

 二、跨过六作家的尸体而前进

 三、统一战线运动

 四、另一条红线

 五、上海大学时代

 六、北京大学时代

 七、文艺的展开

 八、五人行

 九、高压行

 十、失踪

 十一、在南京狱中

十二、到西安府

十三、中国女性的英雄主义

十四、国防文学运动

下编　关于丁玲

 一、当丁玲"在黑暗中"的时候

  1. 忆丁玲

  2. 丁玲

 二、丁玲在西安事变前后

  1. 胖了丁玲

  2. 丁玲和集体创作

  3. 丁玲生活漫谈

  4. 悄然出现了的丁玲

 三、丁玲最近的工作

  1. 丁玲任第八路军战地服务团总主任

  2. 丁玲谈西北特区的文艺

跋

民族女战士丁玲传　　　陈彬荫编

战时读物编译社，1938年3月出版。

（封面有丁玲肖像，扉页有丁玲任西战团团长时的戎装照及在上海时的小照各一张。）

目录

一、前期奋斗

二、自白

三、在延安

四、长征

附录

战地服务团的经过——由延安到太原　　　　　　　　蕙漪

丁玲在西北　　　［美］L.荫森著

　　　　　　　　　　　　清　华译

广州新闻研究社，1938年5月初版。

目录

丁玲在西北

丁玲访问记

 1. 救亡室一瞥

 2. 工作概况

 3. 病魔中止公演

 4. 与其他剧团的关系

 5. 最近计划

 6. 没有意见

 7. 一般的抗日工作

 8. 日常生活

丁玲在西北　　　　　　　天　行编

华中图书公司，1938年印行。

目录

小言

最近的丁玲

集体创作和丁玲

丁玲领导的战地服务团

和丁玲一齐在前线

丁玲近作四篇：

 文艺在西北新区

 七月的延安（诗）

 重逢（独幕剧）

 游击生活

女战士丁玲

《每日译报》社（《每日译报》丛书三），

1938年12月15日出版。

（扉页为丁玲戎装"近影"）

目录

丁玲——新中国的先驱者　［美］里夫

　一、高压下的反动

　二、由"局外人"至"局内人"

　三、基本课题的转变

　四、脱离了家庭的牢笼

　五、"男孩子们的麻烦"

　六、自由天地中的饥困生活

　七、上海大学中的初恋生活

　八、早期的创作

　九、北京大学中的"走私生"

　十、奠定了文艺生活的基础

　十一、三角事件

　十二、"清剿文化土匪运动"

　十三、"绑票"

　十四、拘禁在南京

　十五、"丁玲叛变了"

　十六、逃到了西安

　十七、中国女性的英雄主义

　十八、站在"国防文学运动"的最前线

丁玲在陕北　　　　　　　［美］荫森

　一、从黑暗到光明

　二、初见丁玲

　三、丁玲进苏区的动机

　四、"中国的最好女儿"

　五、南京三年与苏区二月

　六、丁玲与彭德怀

　七、一个战斗的女性

丁玲作品系年　　　中忱　凌源编

《吉林师大学报》增刊，1980年4月出版。

（2）港台·海外目录索引

丁玲——新中国的女战士（英文版）

　　　　　　　　　　　　　［美］里夫著

上海光明书局，1937年11月出版。

目录（见前）

丁玲在西北（英文版）

　　　　　　　　　　　　　［美］荫森著

广州新闻研究社，1938年5月出版。

目录（见前）

丁玲：她的生活和著作（英文版）

　　　　　　　　　　　　　张润梅著

台湾国立政治大学国际关系研究所，1978年出版。

目录

前言（蔡伟屏）

鸣谢

序

　一、早年

　二、作家生涯的开始

　三、从政的道路

　四、共产党作家的作用

　五、在陕北的最初几年

　六、第一次文艺整风运动的开展

　七、《太阳照在桑干河上》

　八、作家生涯的终结

丁玲年表

书目

索引

丁玲入门（日文版）
〔日〕尾坂德司著

青木书店，1953年出版。

丁玲——被清洗的女权运动鼓吹者
（日文版）　〔日〕阿克亚马·有高著
东京出版社，1978年出版。

（二）其他著作中的丁玲研究资料目录索引

（1）1931—1980目录索引

现代中国女作家　　　　　黄英编
北新书局，1931年8月出版。
第九节　丁玲

现代中国女诗人与散文家
北新书局，1931年出版。

丁玲论　　　　　　　　　方　英

记胡也频　　　　　　　沈从文著
上海光华书局，1932年5月出版。

当代中国女作家论　　　黄人影编
上海光华书局，1932年出版。
丁玲论　　　　　　　　　方　英
一个时代的烙印　谛山、肖石、殷干

中外文学家辞典　　　　顾凤城编
上海乐华图书公司，1932年10月出版。

丁玲
中国现代女作家
上海北新书局，1932年出版。
丁玲女士论评　　　　　　贺玉波

中国文艺年鉴（1932年度）
　　　　　　　　中国文艺年鉴社
中国文艺年鉴社，1933年1月出版。

母亲
良友图书印刷公司，1933年6月出版。
编者言

丁玲选集　　　　　　　姚蓬子编
天马书店，1933年12月出版。
我们的朋友丁玲　　　　　编　者
关于新的小说的诞生　　　何丹仁
女作家丁玲　　　　　　　茅　盾
关于《母亲》　　　　　　钱杏邨

编完之后

丁玲选集（现代创作文库第十九辑）
　　　　　　　　徐沉泗、叶忘忧编选
万象书屋，1936年4月出版。
题记　　　　　　　　　　编　者
丁玲传　　　　　　　　　白　云
附　丁玲著作编目
我们的朋友丁玲　　　　　蓬　子
女作家丁玲　　　　　　　茅　盾
丁玲　　　　　　　　　　钱谦吾
关于新的小说的诞生　　　何丹仁
丁玲的《夜会》　　　　　杨邨人
关于《母亲》　　　　　　钱谦吾

丁玲文选
上海艺文书店，1936年出版。
丁玲传　　　　　　　　　白　云
丁玲论　　　　　　　　　方　英

丁玲杰作选
白光书店，1937年出版。
丁玲传　　　　　　　　　白　云
丁玲论　　　　　　　　　方　英

丁玲代表作
上海全球书店，1937年5月出版。
编者序

西线生活（西北战地服务团丛书之五）
生活书店，1939年4月出版。

丁玲同志　　　　　　　　史　轮

丁玲代表作
三通书局，1941年8月出版。
序　　　　　　　　　　　编　者

丁玲佳作选（当代创作文库）
　　　　　　　　巴雷、朱纶之编选
新象书店，1946年出版。
丁玲小传　　　　　　　　编　者

丁玲文集　　　　　　　冯雪峰编
开明书店，1947年出版。
后记　　　　　　　　　　雪　峰

中国革命作家小传
上海大地出版社，1949年出版。
丁玲——一个叛逆的女性

中国新文学史研究　　　李何林等著
开明书店，1951年出版。
试论几位代表作家（二）：丁玲

中国新文学史稿　　　　王　瑶著
开明书店，1951年9月出版。
第二编第八章　多样的小说
第三编第十三章　战争与小说
第三编第十五章　报告·杂文·散文
第四编第十八章　新型的小说

论文集（第一卷） 冯雪峰著
人民文学出版社，1953年1月出版。
《丁玲文集》后记

文学作品研究（第一辑） 吴奔星著
上海东方书店，1954年6月出版。
丁玲：《莫斯科——我心中的诗》

现代作品选讲
湖北人民出版社，1954年6月出版。
《粮秣主任》分析 万 曼

中国现代文学史略 丁 易著
作家出版社，1955年出版。
第九章第二节 丁玲的小说
第十一章第三节 丁玲和周立波的小说

中国新文学史初稿 刘绶松著
人民文学出版社，1956年4月出版。
1979年11月修订再版。
第三编第七章第一节 沿着社会主义现实主义的方向前进
第四编第五章第二节 工农兵斗争生活的真实画幅
第五编第二章第二节 小说

现代作家选讲
湖北人民出版社，1956年8月出版。
丁玲的生活和创作 万 曼

作家与作品（中国现代作家）
新华书店上海发行所，1957年出版。
丁玲

为保卫社会主义文艺路线而斗争（上册）
新文艺出版社，1957年出版。
目录（有关部分）
为保卫社会主义文艺路线而斗争（《人民日报》1957年9月1日社论）
为维护社会主义文艺事业，为维护文艺界的团结而斗争！（《解放军文艺》1957年第9期社论）
坚持社会主义的文艺路线（《文艺月报》1957年第10期社论）
中共中央宣传部长陆定一讲话
中共中央宣传部副部长周扬讲话
斗争必须更深入 邵荃麟
大力加强党对文艺事业的领导
　　　　　　　　　　　　钱俊瑞
努力把自己改造成为无产阶级的
文化工人 郭沫若
明辨大是大非，继续改造思想
　　　　　　　　　　　　茅 盾
永远跟着党和人民在社会主义
——共产主义的道路上前进
　　　　　　　　　巴 金、靳 以
树立新风气 老 舍
保卫和发展马克思主义的文艺事业
　　　　　　　　　　　　钱俊瑞
文艺上两条路线的大斗争 邵荃麟
洗心革命，过社会主义关 茅 盾

反党反人民的个人野心家的路是绝对走不通的	巴　金
为了团结	老　舍
纠正错误，团结在党的周围	许广平
保卫党的原则，保卫社会主义的文艺事业	何其芳
你要不要重新做人?	张天翼、艾　芜、沙　汀
揭穿大阴谋	张光年
坚决向丁、陈反党集团斗争	冯　至、吴组湘、卞之琳
骄者必败	郑振铎
我们愤怒	曹　禺
谈"逆来顺受"之类	陈白尘
反党分子们赶快回头!	郑伯奇
清除灵魂里的垃圾	玛拉沁夫
一九五四年检查《文艺报》的结论不能推翻!	侯金镜
粉碎丁玲、陈企霞、冯雪峰反党集团，保卫党对文艺事业的领导（《人民文学》1957年第9期社论）	
关于丁玲、陈企霞反党集团的活动	许广平
丁、陈反党集团透视	陈笑雨、邹荻帆
灵魂工程师的灵魂	张春桥
从对党的关系上揭发反党分子丁玲、冯雪峰的丑恶	阿　英
开黑店的人	曹靖华
反对丁陈集团对青年的腐蚀	林梦云
丁玲不止一次向党进攻	刘白羽
肃清"灵魂腐蚀师"丁玲的毒害	康　濯
灵魂的蛀虫	曹　禺
揭穿丁玲的伪装	田　间
丁玲，你骄傲些什么?	张金保
丁玲是怎样"关心"我们青年的	谷　峪
深刻的一课	朱靖华、鲍明路
打倒"一本书主义"	（《中国青年报》）
"一本书主义"	吴伯箫
你们准备走到一条什么道路上	肖　殷
关于莎菲女士	张天翼
斥丁玲的《三八节有感》	罗　琼、董　边
妇女永远拥护共产党	草　明
丁玲的小说——《在医院中时》的反动性质	王燎荧
《记游桃花坪》和《粮秣主任》——丁玲的自我颂歌	舒　霈

在文艺上驳右派　　《长春》文学月刊编辑部编

吉林人民出版社，1958年5月出版。

扫清丁陈反党集团的毒气	今　白

再批判　　《文艺报》编辑部编

作家出版社，1958年6月出版。

目录（有关部分）

第一辑

《文艺报》编者按语
莎菲女士在延安　　　　张光年
　第二辑
关于莎菲女士　　　　　张天翼
丁玲的小说《在医院中时》
的反动性质　　　　　　王燎荧
丁玲的"复仇的女神"
——评《我在霞村的时候》　华　夫
评《我在霞村的时候》　　陆耀东

论文学上的修正主义思潮　姚文元著
新文艺出版社，1958年7月出版。
莎菲女士们的自由王国——丁玲部分
早期作品批判，并论丁玲创作思想和
创作倾向发展的一个线索

中国现代文学史
　　　　　　　中国人民大学中文系
中国人民大学出版社，1964年出版。
1979年9月修订再版
第十七章第二节　《太阳照在桑干河
上》、《暴风骤雨》及其他

中国现代文学史　　　唐　弢主编
人民文学出版社，1979年6月出版。
第十一章第一节　张天翼、艾芜等作
家的小说创作

中国现代文学史
　　　　　　　田仲济　孙昌熙主编
山东人民出版社，1979年8月出版。

第十二章第一节　解放区文学创作
（一）

中国现代文学史　　九院校编写组编
江苏人民出版社，1979年8月出版。
第十四章第二节　丁玲和《太阳照在
桑干河上》

中国文学家辞典（现代第一分册）
　　　　　　　　北京语言学院编
四川人民出版社，1979年12月出版。
丁玲

中国现代文学史　十七院校编写组编
内蒙古教育出版社，1980年6月出版。
第四编第五章第一节　丁玲

中国当代文学史（一）
　　　　　　　二十二院校编写组编
人民文学出版社，1980年出版。
第三章第三节　丁玲及其《太阳照在
桑干河上》

中国现代文学史　　　中南七院校编
广东人民出版社，1980年出版。
第二编第三章第二节　小说创作
第四编第五章第三节　丁玲和《太阳
照在桑干河上》

丁玲散文集
人民文学出版社，1980年11月出版。
校后记　　　　　　　　　　　陈　明

（2）港台·海外目录索引

暗斗　　　　　　　　　　徐恩曾著
台北国际关系学院，1953年出版。

中国新文学二十年　　　　　林荇编著
世界出版社，1956年出版。
第八章第一节　热情、反抗、希望

丁玲文集
文学研究社，1956年7月出版。
序言（编者）

大陆文坛风景画　　　　　　赵　聪著
友联出版社，1958年出版。
北平大审丁玲、冯雪峰

三十年代文艺论　　　　　　李　牧著
黎明文化事业公司，1973年出版。
第七章第二节　丁玲及其作品

新文学丛谈　　　　　　司马长风著
昭明出版社，1975年8月出版。
为丁玲呼冤

中国新文学史　　　　　　司马长风著
昭明出版社，1976年出版。
第三编第十二章　短篇小说欣欣向荣

（下）·莎菲女士日记
第四编第二十一章　散文的泥淖与花朵
第五编第二十六章　长篇小说竞写潮

中国新文学史　　　　　　　周　锦著
台北长歌出版社，1977年元月出版。
第四章第七节　新文学第二期的小说创作

中国现代六百作家小传　　　李立明编
波文书局，1977年10月出版。
丁玲

中共文艺圈外　　　　　　　张　放著
黎明文化事业公司，1978年出版。
丁玲的悲剧道路

中国现代文学史话　　　　　刘心皇著
台北大学出版社，1978年出版。
丁玲

现代中国作家列传　　　　　赵　聪著
中国笔会，1978年出版。

新文学史话　　　　　　司马长风著
南山书屋，1980年出版。
丁玲笔下的灵与肉
丁玲之怨何时雪？

当代中国作家风貌　　　　　彦　火编
昭明出版社，1980年5月出版。

数不尽风浪险的丁玲（编者）

（以上港台）

我在霞村的时候（英文版）

龚普生译

［印度］普纳库塔伯出版社，1945年出版。

前言（译者）

现代中国文学全集第九卷丁玲篇（日文）

冈崎俊夫编

［日］河出书房，1955年出版。

后记（编者）

目加田博士还历纪念中国学论集（日文）

中屋敷宏

［日］青木书店，1964年出版。

丁玲批判与社会主义文学的使命

鲁迅与三十年代文学　　　高畠穰

1976年4月出版

丁玲叛变考

人类的五分之一（英文版）

［美］安娜·路易斯·斯特朗著

现代世纪书局，1938年出版。

第4章

中国反攻（英文版）

［美］A.史沫特莱著

［美］纽约阿夫雷德·A.克努夫出版公司，1938年出版

第6、7、123、152、216、218页

续西行漫记（红色中国内情）（英文版）　　　［美］尼姆·韦尔斯著

［港］复兴书店，1939年出版。

第三章第五节　丁玲——她的武器是艺术

中国的赞歌（英文版）

［美］A·史沫特莱著

［美］纽约阿夫雷德·A·克努夫出版公司，1943年出版。

［英］伦敦哥兰茨有限公司，1944年出版。

第113—120页；152—170页

红色中国的挑战（英文版）

［美］根塞·斯坦因著

［美］纽约麦克格鲁·希尔出版社，1945年出版。

丁玲访问记（作者）

去红色中国的旅行（英文版）

［英］罗伯特·潘恩著

［英］伦敦海涅曼出版公司，1947年出版。

第二十四章　丁玲和盲艺人（第151—158页）

当代中国小说戏剧一千五百种提要（英文版）　　　［英］善秉仁著

［英］伦敦，1947年出版。

中国共产党老战士的速写和传记之二：红色尘埃（英文版）

〔美〕尼姆·韦尔斯著

〔美〕斯坦福大学出版社，1952年出版。

中国红（英文版）

〔英〕喀麦龙·詹姆士著

〔英〕伦敦，1955年出版。

西行漫记（英文版）

〔美〕埃德迦·斯诺著

〔美〕纽约树丛出版社，1961年修订版。

附录七

中国现代小说史（英文版）

〔美〕夏志清著

〔美〕哥伦比亚大学出版部，1961年初版。

1970年增订再版。

第十一章　第一个阶段的共党小说

第十八章　第二个阶段的共党小说

五烈士之谜（英文版）

〔美〕夏济安著

〔美〕加州大学伯克莱分校，1962年出版。

中共文学（英文版）

〔美〕伯奇·西里尔编

〔美〕纽约
〔英〕化敦　弗雷德里克·A.普雷格出版公司，1963年出版。

现代中国的妇女（英文版）

〔美〕海伦·福斯特·斯诺（尼姆·韦尔斯）著

〔荷〕
〔法〕莫顿公司，1967年出版。

丁玲小姐的学校生活

共产党中国文学界的持异议者（英文版）

〔美〕戈尔德曼·默勒著

〔美〕哈佛大学出版社，1967年出版。

黑暗的闸门：关于中国左翼文学运动的研究（英文版）　〔美〕夏济安著

〔美〕华盛顿大学出版社，1968年出版。

五烈士之谜

延安座谈会后二十年

中国社会的妇女（英文版）

〔美〕马志瑞·沃尔夫
　　　罗克森·威特克　合编

〔美〕斯坦福大学出版社，1975年出版。

二十年代和三十年代的女作家

梅仪慈

中国当代作家小传（法文版）

林曼叔等编

〔法〕巴黎第七大学出版中心，1976年出版。

丁玲

五四时代的中国文学（英文版）
〔美〕默勒哥特曼编
〔美〕哈佛大学出版社，1977年出版。
不断变化的艺术和生活的关系——丁玲作家生活的诸方面　　梅仪慈

中国的革命文学（英文版）
〔美〕约翰·伯宁豪森
泰特·赫特 合编
〔美〕侠尔伯出版社，1977年出版。

关于当代中国文学和文学批评论文集（德文版）
〔德〕沃尔夫·库宾
鲁道夫·维哥那 合编
〔德〕巴查姆公司，1980年出版。
中华人民共和国的性和文学——从丁玲的《莎菲女士的日记》和西戎的《一封平常的来信》看中国妇女在解放前后的问题　　沃尔夫·库宾

自传字典（英文版）　〔美〕克雷编
第2卷第843—846页

自传字典（英文版）　〔美〕鲍曼编
第3卷第272—276页
第4卷第354—356页

丁玲选集（法文版）　〔法〕亚苏译
〔法〕弗拉马里翁出版社，1980年出版。
前言（译者）　　　　（以上欧美）

太阳照在桑干河上（俄文版）
〔苏〕Л·波兹德涅耶娃译
〔苏〕莫斯科外国文学出版社，1949年初版。
1952年再版。
前言（译者）

解放了的中国（中国作家短篇小说集，俄文版）　　B.罗果夫主编
北京时代出版社，1951年出版。
作者简介　　　　　　　　B.罗果夫

太阳照在桑干河上（罗马尼亚文版）
〔罗〕布加勒斯特外国文学出版社，1952年出版。
前言（译者）

苏联大百科全书第二版（俄文版）
〔苏〕苏联科学出版社《大百科全书》，1952年出版。
第14卷　丁玲
第21卷　第二十节　中国

中国（《苏联大百科全书》第二版第21卷，俄文版）
〔苏〕苏联科学出版社，1952年出版。

中国作家短篇小说集（俄文版）
H.费德林编
〔苏〕莫斯科国家文学出版社，1953年出版。

前言（H.费德林）

中国现代文学概述（俄文版）
　　　　　　　　　　　H.费德林著
〔苏〕莫斯科国家文学出版社，1953年出版。
第五章　农村改造题材

苏联百科辞典（俄文版）
〔苏〕国家科学出版社《小百科全书》，1953年9月出版。
第一卷　丁玲

丁玲选集（俄文版）
　　　　　　　　　Л.波兹德涅耶娃译
〔苏〕莫斯科外国文学出版社，1954年出版。
前言（译者）

论当代中国文学（俄文版）
　　　　　　　　　　　Л.艾德林著
〔苏〕莫斯科苏联作家出版社，1955年出版。
第三章　丁玲

中国札记　　　　　　H.费德林著
〔苏〕莫斯科苏联作家出版社，1955年出版。
第七章　丁玲（访问记）

丁玲选集（捷克文版）　　　丹娜译
〔捷〕布拉格外国文学出版社，1955年出版。
译者序

中国文学——中国文学史纲要（俄文版）　　　　　　　　　H.费德林著
〔苏〕莫斯科国家文学出版社，1956年出版。
前言
第二章第二节　关于丁玲的早期作品
第五章第二节　关于《太阳照在桑干河上》

苏联大百科全书第三版（俄文版）
〔苏〕国家科学出版社《大百科全书》，1972年出版。
第8卷　丁玲
第12卷　中国·文学

现代东方文学（俄文版）
　　　　　　　　　　E.齐宾娜等著
〔苏〕莫斯科大学出版社，1977年出版。
第五章　左翼作家联盟时期和抗日战争时期的文学　　　　（E.齐宾娜）

简明文学百科全书（俄文版）
〔苏〕国家科学出版社《苏联百科全书》，1978年出版。
第九卷（补遗）　丁玲
　　　　　　　　　（以上苏联东欧）

（三）报刊上的丁玲研究资料目录索引

（1）1929—1981目录索引

《在黑暗中》——关于丁玲创作的考察　　　　　　　　钱杏邨
载1929年《海风周报》第1期

中国现代女作家·丁玲　　尹　庚
载1929年《妇女旬刊》第294—296期

读《自杀日记》以后　　洪为法
载1929年《中央日报·青白》副刊第159、160期

几位当代中国女小说家·丁玲
　　　　　　　　　　　毅　真
载1930年《妇女杂志》第16卷第7期

丁玲印象　　　　　　坚　如
载1930年《妇女杂志》第16卷第7期

丁玲评传　　　　　　顾瑞民
载1931年1月15日《时事新报·星期学灯》第13期

丁玲在工作与学习中　　　沉
载1931年《文艺新闻》第2号

听了丁玲女士在光华大学演讲后的感想　　　　　　　刘朋克
载1931年《读书月刊》第2卷第4、5期合刊

丁玲论（上）　　　　方　英
载1931年《文艺新闻》第22号

丁玲：一个时代的烙印——《韦护》之内容与技巧
　　　　　谛山、肖石、殷干
载1931年《文艺新闻》第22号

丁玲论（中） 方　英	丁玲女士失踪 （消息）
载 1931 年《文艺新闻》第 24 号	载 1933 年 5 月 17 日上海《大美晚报》
丁玲论（下） 方　英	丁玲失踪 （消息）
载 1931 年《文艺新闻》第 25 号	载 1933 年 5 月 24 日上海《中国论坛》
《水》 冉　复	哀丁玲（诗） 庚　白
载 1931 年《北斗》第 1 卷第 2 期	载 1933 年 5 月 27 日天津《庸报》
丁玲女士论评 贺玉波	丁玲失踪 （消息）
载 1931 年《现代文学评论》第 2 卷第 3 期、第 3 卷第 1 期	载 1933 年 5 月 27 日上海《晶报》
《韦护》的转变 郝宝璋	丁玲失踪 （消息）
载 1931 年《中国新书月报》第 1 卷第 12 期	载 1933 年 6 月 1 日天津《庸报》
关于新的小说的诞生 丹　仁	丁玲女士失踪 沈从文
载 1932 年《北斗》第 2 卷第 1 期	载 1933 年 6 月 4 日天津《益世报·新语林》
一九三一年中国文坛的回顾（论及《水》） 钱杏邨	丁玲女士被捕 沈从文
载 1932 年《北斗》第 2 卷第 1 期	载 1933 年《独立评论》第 52、53 期合刊
创作月评 沈端先	蔡元培、柳亚子等 38 人组成丁、潘援救委员会 （消息）
载 1932 年《北斗》第 2 卷第 3、4 期合刊	载 1933 年 6 月 14 日上海《大美晚报》
致丁玲女士的信 陈衡哲	丁玲失踪 （消息）
载 1932 年《文学月报》第 1 卷第 4 期	载 1933 年 6 月 15 日天津《大公报·文学》副刊第 284 期

请释丁玲联名电　　　蔡元培等38人	北平将开会追悼丁玲　　　（消息）
载1933年6月21日上海《申报》	载1933年《文艺月报》第1卷第2期
读《母亲》　　　　　　　犬　马	丁玲（附照片）　　　　　　编　者
载1933年6月28日《申报·自由谈》	载1933年《今日妇女》第1期
丁玲女士之死　　　　　　小　澜	记丁玲　　　　　　　　　沈从文
载1933年6月30日上海《世界日报》	载1933年《国闻周报》第10卷第29—50期
悼丁君　　　　　　　　　鲁　迅	
载1933年《涛声》第2卷第38期	丁玲的《夜会》　　　　　杨邨人
丁玲——新中国的先锋战士　茅　盾	载1933年7月30日《时事新报·星期学灯》第40期
载1933年《中国论坛》第2卷第7期	
目击者揭露绑架丁玲的绑匪　李家贞	著作家为丁玲、潘梓年募捐　（消息）
载1933年《中国论坛》第2卷第7期	载1933年《戏剧集纳》第1期
丁玲被杀害　　　　　　　无名氏	关于丁玲女士之被捕　　　星　火
载1933年《中国论坛》第2卷第8期	载1933年《文学杂志》创刊号
女作家丁玲　　　　　　　茅　盾	评丁玲女士的《水》　　　颜争锐
载1933年《文艺月报》第1卷第2期	载1933年《文艺战线》第2卷第20、21期合刊
悼丁玲（诗）　　　　　　陈北鸥	
载1933年《文艺月报》第1卷第2期	纪念丁玲（诗）　　　　　雪　野
《奔》　　　　　　　　　林　瓴	载1933年《文学杂志》第3、4期合刊
载1933年《文艺月报》第1卷第2期	
	丁玲胡也频在济南　　　　峰　毅
	载1933年《文学杂志》第3、4期

合刊

文化界丁潘营救委员会宣言
（宣言）
载 1933 年《文学杂志》第 3、4 期合刊

发表《无题》后记　　　　编　者
载 1933 年《文学杂志》第 3、4 期合刊

丁玲究竟是怎样一个人
　　社中座谈——读者、作者、编者
载 1933 年《现代》第 3 卷第 4 期

关于丁玲及本刊的目标
　　社中座谈——读者、作者、编者
载 1933 年《现代》第 3 卷第 4 期

丁玲的《母亲》　　　　东方未明
载 1933 年《文学》第 1 卷第 3 期

《记丁玲女士》跋　　　　沈从文
载 1933 年 9 月 23 日天津《大公报·文艺副刊》第 1 期

《母亲》　　　　　　　　王淑明
载 1933 年《现代》第 3 卷第 5 期

关于《母亲》　　　　　　杨　刚
载 1933 年《文艺》创刊号

一·二八时代的丁玲
　　——丁玲印象记　　　S·M
载 1933 年 10 月 25 日天津《益世报》

怀丁玲（诗）　　　　　　紫　堇
载 1933 年《清华周刊》第 40 卷第 3 期

关于《母亲》　　　　　　钱谦吾
载 1933 年《现代》第 4 卷第 1 期

《夜会》　　　　　　　　季美林
载 1934 年《文学季刊》创刊号

忆胡也频与丁玲　　　　　酉　阳
载 1934 年《文艺战线》第 2 卷第 42 期

介绍中国文坛上的几位女作家　高庆丰
载 1934 年《文艺战线》第 2 卷第 45 期

丁玲在家乡　　　　　（世界奇谈）
载 1934 年《新创造月刊》第 1 卷第 2 期

忆丁玲　　　　　　　　　黎锦明
载 1934 年《千秋》（半月刊）第 2 卷第 2 期

《丁玲选集》　　　　　　王淑明
载 1934 年《现代》第 4 卷第 5 期

丁玲论　　　　　　　　　　雅　芬
载 1934 年《华北月刊》第 1 卷第 3 期

丁玲女士的创作过程　　　王淑明
载 1934 年《现代》第 5 卷第 2 期

《离情》发表时编者注　　施蛰存
载 1934 年《文艺风景》第 1 卷第 1 期

丁玲的生活　　　　　　　　美　子
载 1934 年 6 月 15 日张家口《国民新报》

丁玲访问记　　　　　　　　　先
载 1935 年《妇女生活》第 2 卷第 1 期

丁玲女士印象记　　　　　　维　娜
载 1935 年 1 月 18 日杭州《东南日报·沙发》第 2210 期

丁玲回忆记　　　　　　　　天　行
载 1935 年《新文学》第 1 卷第 1 期

关于丁玲女士　　　　　　　消　讯
载 1935 年 5 月 10 日南京《新民报》第 3 版《副刊》

由丁玲说到蓬子　　　　　　三　郎
载 1935 年 7 月 25 日南京《新民报》第 8 版《副刊》

读《丁玲访问记》后　　　　文　秀
载 1936 年《妇女生活》第 2 卷第 3 期

丁玲的《母亲》读后记　　　杨　清
载 1936 年 5 月 29 日福州《福建民报·小园林》

丁玲女士的最近作品　　　　　敏
载 1936 年《文艺战线》第 5 卷第 1 期

记丁玲　　　　　　　　　　聂　曼
载 1936 年《西北风》第 13 期

丁玲会见记　　　　　　　　马　华
载 1937 年 2 月 15 日《大公报》

胖了丁玲　　　　　　　　　记　者
载 1937 年 4 月 15 日《大公报》

丁玲在延安　　　　　　　　海　燕
载 1937 年《妇女生活》第 4 卷第 9 期

丁玲在陕北　　　　　　　　LuSun
载 1938 年《文摘战时旬刊》第 17 期

丁玲舒群合编《战地》出版　　玲
载 1938 年《自由中国》创刊号

丁玲将到武汉来吗?　　　　　玲
载 1938 年《自由中国》创刊号

丁玲访问记　　　　　　　　江　横	关于丁玲　　　　　　　　　谷　谿
载 1938 年 4 月 27 日《新华日报》	载 1946 年《人物杂志》第 4 期
丁玲会见追记　　　　　　　记　者	从《梦珂》到《夜》　　　冯雪峰
载 1938 年 5 月 5 日《救亡日报》	载 1948 年《中国作家》第 1 卷第 2 期
《河内一郎》　　　　　　　蒂　凯	论《桑干河上》　　　　　　许　杰
载 1939 年《弹花》第 3 卷第 1 期	载 1949 年《小说》第 3 卷第 2 期
发表《什么样的问题在文艺小组中》时按语　　　　　　编　者	访问作家丁玲　　　　　　　张　白
载 1941 年 5 月 23 日《新华日报》	载 1949 年 7 月 4 日《光明日报》
"人……在艰苦中生长"　　燎　荧 ——评丁玲的小说《在医院中时》	丁玲访问记　　　　　　　　傅　冬
载 1942 年 6 月 10 日《解放日报》	载 1949 年 7 月 6 日《进步日报》
发表《幽居小简》时附志　　编　者	丁玲明日讲演，题为《在前进的道路上》 　　　　　　　　　　　　（消息）
载 1943 年《万象》第 3 年第 6 期	载 1949 年 8 月 20 日《人民日报》
忆丁玲　　　　　　　　　　田　苗	《文艺报》与《人民日报》昨天举行纪念晚会，丁玲、罗果夫等三十余人出席 　　　　　　　　　　　　（消息）
载 1943 年《万象》第 3 年第 6 期	载 1949 年 10 月 19 日《人民日报》
大风暴中的人物　　　　　　骆宾基 ——评《我在霞村的时候》	丁玲当选国际民主妇联理事会主席团 　　　　　　　　　　　　（消息）
载 1944 年《抗战文艺》第 9 卷第 5、6 期合刊	载 1949 年 10 月 19 日《人民日报》
蔡畅、邓颖超、丁玲三同志当选国际妇联理事　　　　　　　（消息）	丁玲等过沈出国　　　　　（消息）
载 1946 年 6 月 1 日《人民日报》	载 1949 年 10 月 28 日《解放日报》

《消息报》书评推荐《太阳照在桑干河上》,丁玲这部小说已译成俄文
(消息)
载 1949 年 10 月 25 日《解放日报》

国际民主妇联理事会开幕,丁玲等当选主席团 (消息)
载 1949 年 11 月 13 日《人民日报》

莫斯科作家招待丁玲,座谈《太阳照在桑干河上》 (消息)
载 1949 年 11 月 19 日《人民日报》

莫斯科妇女集会庆祝妇联会,丁玲出席演说 (消息)
载 1949 年 11 月 25 日《人民日报》

参加十月革命节典礼后留苏两周,我代表团离苏京返国,丁玲赵树理对塔斯社记者谈话 (消息)
载 1949 年 11 月 26 日《人民日报》

丁玲、许广平返京 (消息)
载 1949 年 12 月 5 日《人民日报》

《桑干河上》 赵仲邑
载 1950 年 1 月 28 日《光明日报》

丁玲谈文学修养 蔚明记
载 1950 年 2 月 8 日《文汇报》

《太阳照在桑干河上》俄译本序
〔苏〕波兹德聂耶娃
陈冰夷节译
载 1950 年《人民文学》第 1 卷第 6 期

丁玲的《太阳照在桑干河上》 陈 涌
载 1950 年《人民文学》第 2 卷第 5 期

也谈《太阳照在桑干河上》 齐 谷
载 1950 年 12 月 23 日《光明日报》

访中央文学研究所和青年作家们
方 明
载 1951 年 1 月 14 日《光明日报》

向丁玲同志学习创作经验
——《太阳照在桑干河上》读后感
齐 明
载 1951 年 9 月 2 日重庆《新华日报》

我们从《桑干河上》与《暴风骤雨》里学习什么? 熊白施
载 1951 年《中国青年》第 80 期

丁玲和曹禺到莫斯科参加果戈里忌辰纪念会 (消息)
载 1952 年 3 月 3 日《人民日报》

丁玲到达莫斯科 (消息)
载 1952 年 3 月 4 日《人民日报》

在莫斯科丁玲等演说赞扬

果戈里　　　　　　　　　（消息）

载 1952 年 3 月 7 日《人民日报》

就荣获斯大林奖金事丁玲

发表谈话　　　　　　　　（消息）

载 1952 年 3 月 22 日《长江日报》

女作家丁玲荣获斯大林文学

奖金　　　　　　　　　　（消息）

载 1952 年 3 月 25 日《文艺报》第 6 期

1952 年《新中国妇女》第 5、6 期合刊

丁玲曹禺访问苏联格鲁吉亚

共和国　　　　　　　　　（消息）

载 1952 年 3 月 27 日《人民日报》

丁玲作《中国的春天》一文

说出人们心底的千言万语　　李婴等

载 1952 年 5 月 7 日《人民日报》

一篇美丽的爱国主义抒情诗　李　伟

载 1952 年 5 月 9 日《文汇报》

读了《中国的春天》我更

热爱祖国了　　　　　　　张　冰

载 1952 年 5 月 14 日《文汇报》

读了《中国的春天》　　　何燕兰

载 1952 年 5 月 19 日《文汇报》

"从脆弱到刚强，从沉重到轻松"

——丁玲同志谈思想改造　　禾　家

载 1952 年 5 月 19 日《文汇报》

《太阳照在桑干河上》在我们

文学发展上的意义　　　　冯雪峰

载 1952 年《文艺报》第 10 期

苏联《苏动报》载文评论

我国两本小说　　　　　　新华社电

载 1952 年 7 月 27 日《光明日报》

《太阳照在桑干河上》　　　容　城

载 1952 年 7 月 14 日《文汇报》

记丁玲同志在天津的讲话　　涤　新

载 1952 年 8 月 1 日《天津日报》

重读《太阳照在桑干河上》

的心得和体会　　　　　　吴　逸

载 1952 年 8 月 17 日《文汇报》

丁玲：《苏联人》　　　　　董　薰

载 1952 年《语文学习》第 14 期

丁玲：《十万火炬》　　　　振　甫

载 1953 年《语文学习》第 16 期

伟大建设中心的平凡人物

——读《粮秣主任》

载 1954 年《文艺学习》第 6 期

读《粮秣主任》　　　　　　　火　箭
载 1954 年《人民文学》第 5 期

谈《果树园》　　　　　　　陈继生
载 1954 年《语文学习》第 6 期

《果树园》的人物和景物描写　徐守中
载 1954 年《语文学习》第 6 期

《果树园》　　　　　　　　刘家骥
载 1957 年《语文学习通讯》第 7 号

《果树园》的景物描写和心理
描写　　　　　　　　　　谭帷翰
载 1957 年 4 月《语文教学》

丁玲同志谈深入生活　　　陈　聪
载 1957 年《文艺报》第 7 期

有这么一位"老干部"　　　安　丝
载 1957 年《新观察》第 17 期

为了革命事业，为了新生一代　陈伯吹
载 1957 年《新观察》第 18 期

揭丁陈反党集团的底　　　　菡　子
载 1957 年 8 月 3 日《光明日报》

攻破丁陈反党集团　　　　（消息）
载 1957 年 8 月 7 日《人民日报》

丁玲、冯雪峰为什么这几年
沉默了？　　　　　　　　庄　农
载 1957 年 8 月 13 日《人民日报》

纠正错误，团结在党的周围
——对丁玲提出忠告　　　许广平
载 1957 年 8 月 14 日《人民日报》

灵魂的蛀虫　　　　　　　曹　禺
载 1957 年 8 月 15 日《人民日报》

灵魂工程师的丑恶灵魂
——斥丁玲陈企霞反党集团　臧克家
载 1957 年 8 月 18 日《光明日报》

文艺界正在进行一场大辩论 （报道）
载 1957 年《文艺报》第 20 期

你要不要重新
做人　　张天翼　艾　芜　沙　汀
载 1957 年《文艺报》第 20 期

我们愤怒　　　　　　　　曹　禺
载 1957 年《文艺报》第 20 期

丁玲、陈企霞彻底地向党交代认罪吧
　　　　　　　　　陈其通等 18 人
载 1957 年《文艺报》第 20 期

洗心革面，过社会主义关　茅　盾
载 1957 年《文艺报》第 20 期

保卫党的原则，保卫社会主义
的文艺事业　　　　　　何其芳
载 1957 年《文艺报》第 20 期

为了团结　　　　　　　老　舍
载 1957 年《文艺报》第 20 期

揭穿大阴谋　　　　　　张光年
载 1957 年《文艺报》第 20 期

丁玲哪会有"错误"　　　石　潭
载 1957 年《文艺报》第 20 期

"怕"从何来？　　　　　陈　洪
载 1957 年《文艺报》第 20 期

关于"汇报"　　　　　　谷　梁
载 1957 年《文艺报》第 20 期

渺小和伟大　　　　　　石　潭
载 1957 年《文艺报》第 20 期

扫除灵魂的垃圾（诗）　公　木
载 1957 年《文艺报》第 20 期

丁玲的哲学及其他　　　马铁丁
载 1957 年《文艺报》第 20 期

灵魂深处的毒瘤——驳斥丁玲　艾　芜
载 1957 年 8 月 22 日《人民日报》

重读丁玲的《三八节有感》　凌晓华
载 1957 年 8 月 23 日《人民日报》

个人与集体——斥丁玲的反党
罪行　　　　　　　　　老　舍
载 1957 年 8 月 27 日《人民日报》

丁玲夫妇的丑恶灵魂　　孙谦等
载 1957 年 8 月 27 日《教师报》

丁玲不止一次地向党进攻　刘白羽
载 1957 年 8 月 28 日《人民日报》

坚决向丁玲陈企霞反党集团斗争
　　　　冯　至、吴组缃、卞之琳
载 1957 年 8 月 28 日《光明日报》
（又 1957 年《文汇报》第 21 期）

一举成不了名　　　　　冬　夕
载 1957 年 8 月 28 日《人 5 民日报》

保卫和发展马列主义的文艺
事业　　　　　　　　　钱俊瑞
载 1957 年 8 月 30 日《人民日报》

丁玲是怎样关心我们青年的　谷　峪
载 1957 年 8 月 30 日《中国青年报》

丁玲向人民电影射来的一支
毒箭　　　　　　　　　蔡楚生
载 1957 年《中国电影》第 8 期

文艺界反右斗争深入开展，丁玲、陈企霞反党集团阴谋败露　（综合报道）
载1957年《文艺报》第19期

文艺界正在进行一场大辩论
——作协党组扩大会发言纪实
载1957年《文艺报》第20期

丁玲的哲学及其他　　　　　沙　鸥
载1957年《文艺报》第20期

爱羽毛的人　　　　　　　马铁丁
载1957年《文艺报》第20期

肃清"灵魂腐蚀师"丁玲的
毒害　　　　　　　　　　康　濯
载1957年《中国青年》第17期

反党反人民的个人野心家的
路是绝对走不通的　　　　　巴　金
载1957年《文艺报》第21期

骄者必败　　　　　　　　郑振铎
载1957年《文艺报》第21期

谈"逆来顺受"之类　　　　陈白尘
载1957年《文艺报》第21期

揭穿丁玲的伪装　　　　　　田　间
载1957年《文艺报》第21期

"一本书主义"　　　　　　吴伯箫
载1957年《文艺报》第21期

坚决拥护反对丁陈反党集团的斗争
　　　　　　　　　各地作协、文联
载1957年《文艺报》第21期

"落户"　　　　　　　　　　鸣
载1957年《文艺报》第21期

反党分子们赶快回头　　　　郑伯奇
载1957年《文艺报》第22期

清除灵魂里的垃圾　　　　玛拉沁夫
载1957年《文艺报》第22期

斥《三八节有感》　　　　　菡　子
载1957年《文艺报》第22期

一九五四年检查文艺报的
结论不能推翻　　　　　　侯金镜
载1957年《文艺报》第22期

丁玲和陈明的孝心　　　　　贺　兰
载1957年《文艺报》第22期

关于丁玲、陈企霞反党集团的
活动——在全国妇代会上的发言　许广平
载1957年9月14日《人民日报》

斥"抗上是美德"　　　　　　　马铁丁
载 1957 年《文艺报》第 23 期

他们这样在"关心"青年人　　杨　志
载 1957 年《文艺报》第 23 期

丁玲的用心何在？
　　　　　王　新、王存辛、杨希贤
载 1957 年《中国青年》第 18 期

斥丁玲的《三八节有感》
　　　　　　　　　　罗　琼、董　边
载 1957 年 9 月 21 日《人民日报》

丁、陈反党集团
透视　　　　　　　陈笑雨、邹荻帆
载 1957 年《文艺报》第 24 期

文艺界对丁陈反党集团的斗争获得很
大胜利　　　　　　陆定一、周　扬
载 1957 年《文艺报》第 25 期

斗争必须更深入　　　　　　邵荃麟
载 1957 年《文艺报》第 25 期

努力把自己改造成为无产
阶级的文化工人　　　　　　郭沫若
载 1957 年《文艺报》第 25 期

明辨大是大非，继续思想改造　茅　盾
载 1957 年《文艺报》第 25 期

永远跟着党和人民在社会主义
——共产主义的道路上前进　（报道）
载 1957 年《文艺报》第 25 期

树立新风气　　　　　　　　老　舍
载 1957 年《文艺报》第 25 期

大力加强党对文艺事业的领导　钱俊瑞
载 1957 年《文艺报》第 25 期

丁玲的小说——《在医院中
时》的反动性质　　　　　　王燎荧
载 1957 年《文艺报》第 25 期

彻底清除丁玲在文艺界散布
的毒素　　　　　　　　　　洛　云
载 1957 年《新观察》第 18 期

粉碎丁玲、陈企霞、冯雪峰反党集团，
保卫党对文学事业的领导
　　　　　　　　　　《人民文学》社论
载 1957 年《人民文学》第 9 期

反对丁陈集团对青年的腐蚀　林梦云
载 1957 年《文艺学习》第 9 期

你们准备走到一条什么道路上　肖　殷
载 1957 年《文艺学习》第 9 期

为了社会主义文艺建设的
百年大计　　　　　　　（社论）
载1957年《文艺报》第26期

开黑店的人　　　　　　曹靖华
载1957年《文艺报》第26期

丁玲，你骄傲些什么？　　张金保
载1957年《文艺报》第26期

《记游桃花坪》和《粮秣主任》
——丁玲的自我赞歌　　舒霈
载1957年《文艺报》第26期

论《太阳照在桑干河上》　竹可羽
载1957年《人民文学》第10期

深刻的一课
——青年文学工作者座谈报道
　　　　　　　　朱靖华、鲍明路
载1957年《文艺报》第27期

回到党的怀抱里来　　　陈登科
载1957年《文艺报》第27期

眼睛亮了　　　　　　　刘　真
载1957年《文艺报》第27期

关于莎菲女士　　　　　张天翼
载1957年10月15日《人民日报》

从对党的关系上揭发反党分子丁玲、
冯雪峰的丑恶——并论冯雪峰对鲁迅
和党的关系的诬蔑　　　阿　英
载1957年《人民文学》第10期

丁玲"落户"说　　　　　蔡　群
载1957年《文艺学习》第10期

一个读者致丁玲的公开信　瞿　唐
载1957年《文艺学习》第10期

戳穿丁玲的骗术　　　　邹　明
载1957年《文艺学习》第10期

从丁玲激赏林希翎谈起　向锦江
载1957年《文艺学习》第10期

妇女永远拥护共产党
——斥《三八节有感》　草　明
载1957年《人民文学》第10期

理查三世的子孙　　　　端木蕻良
载1957年《文艺报》第29期

评《我在霞村的时候》　陆耀东
载1957年《文艺报》第38期

发扬鲁迅的战斗精神、粉碎文艺界反
党集团　　　　　　　　何家槐
载1957年《人民文学》第12期

"奉命写作" 　　　　　　　　　王子野
载 1957 年《人民文学》第 12 期

妇女永远拥护共产党
　　——斥《三八节有感》　　草　明
载 1957 年《人民文学》第 12 期

会后札记　　　　　　　　　　汝　龙
载 1957 年《人民文学》第 12 期

"左翼"成为"右翼"　　　　　怀　海
载 1957 年《人民文学》第 12 期

脸谱种种　　　　　　　　　　沙　鸥
载 1957 年《人民文学》第 12 期

抗战时期丁玲小说的思想倾向　王燎荧
载 1957 年《文学研究》第 4 期

《再批判》编者按语　　　　　编　者
载 1958 年《文艺报》第 1 期

种瓜得瓜，种豆得豆
　　——重读《三八节有感》　王子野
载 1958 年《文艺报》第 1 期

奇文共欣赏，毒草成肥料，王实味、
丁玲、肖军、罗烽、艾青等文章的再
批判——介绍改版后的《文艺报》
　　　　　　　　　　　　　　（报道）
载 1958 年 1 月 27 日《人民日报》

莎菲女士在延安
　　——谈丁玲的小说《在医院中》　张光年
载 1958 年《文艺报》第 2 期

丁玲的"复仇的女神"
　　——评《我在霞村的时候》　华　夫
载 1958 年《文艺报》第 3 期

他们怎样帮助了国民党反动派
　　　　　　　　　　　　　　朱　寨
载 1958 年 2 月 11 日《北京日报》

丁玲揭起的一面反党黑旗
　　——读《三八节有感》　　王慧敏
载 1958 年《北京文艺》第 2 期

一个反党分子的自白书
　　——读丁玲《在医院中》　信　涛
载 1958 年《北京文艺》第 2 期

批判丁玲的《三八节有感》　　凤　子
载 1958 年 3 月 7 日《光明日报》

三、八节重读《三八节有感》　晓　奇
载 1958 年《工人文艺》第 3 期

莎菲女士们的自由王国
　　——丁玲部分早期作品批判，并论丁玲
创作思想和创作倾向发展的一个线索
　　　　　　　　　　　　　　姚文元
载 1958 年《收获》第 2 期

驳丁玲对"莎菲女士"的辩解　陈则光
载1958年《作品》第2期

文艺战线上的一场大辩论　周扬
载1958年《文艺报》第5期

《太阳照在桑干河上》究竟是
什么样的作品？　　　　王燎荧
载1959年《文学评论》第1期

怎样看坏作家写出来的好作品
——关于丁玲的《太阳照在桑干河上》
　　　　　　　　　　王燎荧
载1959年《文学知识》第6期

当过记者的丁玲　　　　白　夜
载1979年《新闻战线》第2期

丁玲谈《莎菲女士的日记》　蔡恒茂
载1979年《新文学史料》第3期

女作家丁玲正在撰写新作（消息）
载1979年6月14日《光明日报》

"到群众中去落户"——丁玲
访问记　　　　　　　　黄蓓佳
载1979年6月17日《文汇报》

老顶山上访丁玲　　　　甘茂华
载1979年《汾水》第9期

丁玲和他的近作《杜晚香》　黄蓓佳
载1979年北京大学《未名湖》第1期

献给幸存者的花束　　　冯夏熊
载1979年《北方文学》第10期

她有一颗明亮的心
——听丁玲谈今昔　肖　丁、吴之麟
载1979年11月18日《解放日报》

丁玲及其《太阳照在桑干
河上》　　　　　　　　季成家
载1979年《甘肃师大学报》第4期

丁玲的再现　　　　　　冯夏熊
载1979年《延河》第12期

重发《彭德怀速写》
编者附记　　　　《延河》编辑部
载1979年《延河》第12期

信念——访丁玲　陈登科、肖　马
载1979年《清明》第1期

丁玲和她的作品　　　　冯夏熊
载1980年《十月》第1期

褒贬毁誉之间——谈谈《莎菲
女士的日记》　　　　　袁良骏
载1980年《十月》第1期

访重登文坛的丁玲
　　　　　　（日）田畑佐和子　秦桑译
载 1980 年《长春》第 1 期

丁玲和《红中副刊》　　　　　　袁良骏
载 1980 年《战地》第 2 期

丁玲同志近况　　　　　　　　　杨德华
载 1980 年 3 月 18 日《北京晚报》

革命现实主义的最初胜利
——试谈《太阳照在桑干河上》的人物
描写　　　　　　　　　　　　　徐其超
载 1980 年《南充师院学报》第 1 期

走访丁玲　　　　　　　　　　　冬　晓
载 1980 年《新华月报（文摘版）》第 3 期

还是那副笑容那颗心
——记丁玲　　　　　　　　　　徐民和
载 1980 年《散文》第 3 期

丁玲和她的《奔》　　　　　　　吴小美
载 1980 年《甘肃文艺》第 3 期

重见丁玲话当年　　　　　　　　赵家璧
载 1980 年《文汇增刊》第 4 期

访老作家丁玲　　　　　　　　　公　仲
载 1980 年《星火》第 4 期

丁玲陕北时期报告文学概论　　　朱子南
载 1980 年《时代的报告》第 4 期

丁玲笔下的《果树园》
　　　　　　　　　　　　何寅泰、佘　平
载 1980 年 4 月杭州大学《语文战线》

访丁玲同志　　　　　　　　　　华　明
载 1980 年《妇女》创刊号

梦绕魂飞念农乡
——访老作家丁玲　　　　　　　阎豫昌
载 1980 年《河北文艺》第 5 期

《太阳照在桑干河上》的革命现实主义
——兼论对它的某些否定意见
　　　　　　　　　　　　蔡　葵、臻　海
载 1980 年《新文学论丛》第 1 期

丁玲的创作道路　　　　　　　　蔡传桂
载 1980 年《安徽师大学报》第 2 期

丁玲著作年表　　　　　　　　　袁良骏
载 1980 年《新文学史料》第 3 期

补正一则　　　　　　　　　　　孟　奚
载 1980 年《战地》第 4 期

丁玲的生平与创作（年谱）　　　宋　清
载 1980 年《甘肃师大学报》第 3 期

试谈丁玲早期小说中的知识女性形象
　　　　　　　　　　于河生、郑建临
载 1980 年《甘肃师大学报》第 3 期

丁玲早期的生活与
创作　　　　　　　宗谌　尚侠
载 1980 年《东北师大学报》第 3 期

莎菲在幻灭、追求中获得新生
——兼谈姚文元的《莎菲女士们的自由王国》及其他　　　　张辽民
载 1980 年《中国现代文学研究丛刊》第二辑

丁玲——经得起苦难和委屈
的人　　　　　　　　　杨桂欣
载 1980 年《湘江文艺》第 9 期

记老作家丁玲　　　　　杨桂欣
载 1980 年《人民画报》第 10 期

毛泽东同志 1936 年写给丁玲
的一首词　　　　　　　羽　宏
载 1980 年《新观察》第 7 期

试论丁玲 1942 年之前的小说
创作　　　　　　　　　邹午蓉
载 1980 年《文学评论》第 6 期

"真想延安！"——访丁玲　肖云儒
载 1980 年 11 月 17 日《陕西日报》

丁玲的微笑　　　　　　白　夜
载 1980 年《芙蓉》第 4 期

论丁玲的早期创作　　　袁良骏
载 1980 年《芙蓉》第 4 期

也谈《太阳照在桑干河上》　赵　园
载 1980 年《芙蓉》第 4 期

丁玲在三十年代左翼文学运动中的创作
　　　　　　　林伟民　陈惠芬
载 1980 年《甘肃师大学报》第 4 期

丁玲的生平与创作（年谱，下）　宋　清
载 1980 年《甘肃师大学报》第 4 期

丁玲谈自己的创作
　　　　孙瑞珍、王中忱、尚　侠整理
载 1980 年《新苑》第 4 期

黑妮的申辩　　　　　　杨桂欣
载 1980 年《新文学论丛》第 4 期

论丁玲对中国不幸
妇女的爱　　　陈惠芬、林伟民
载 1980 年《新文学论丛》第 4 期

现代文学史上的一桩旧案
——重评丁玲小说《在医院中》
　　　　　　　　　　　严家炎
载 1981 年《钟山》第 1 期

鲁迅与丁玲　　　　　　陈漱渝
载1981年2月8日《湖南日报》

（2）港台·海外目录索引

小论庐隐、丁玲、肖红　　炳　节
载1962年5月18日香港《星岛晚报》

反反复复的丁玲　　　　　退休间谍
载1967年香港《万人杂志》（周刊）第5期

丁玲小传　　　　　　　　李立明
载1971年香港《展望》（半月刊）第222期

红色女作家丁玲释放了　　于　萍
载1974年5月29日《香港时报》

《莎菲女士的日记》介绍（英文）
　　　　　　　　〔美〕加里·卞格
载1974年台湾《淡江评论》第5卷第1期

走访丁玲　　　　　　　　冬　晓
载1979年香港《开卷》第5期

丁玲二三事　　　　　　　沈　墨
载1979年5月19日香港《大公报》

丁玲与一本书主义　　　　　　记
载1979年7月7日香港《大公报》

丁玲漫话二十年遭际　　　白杰明
载1979年香港《七十年代》第8期

一段漫长、漫长的岁月　　聂华苓
载1979年香港《七十年代》第10期

丁玲的满腹文章　　　　　丝　韦
载1979年12月7日香港《新晚报》

《开卷》出版访问丁玲　　（消息）
载1979年12月7日香港《新晚报》

《记丁玲》中的丁玲　　　山　石
载1980年2月19日香港《文汇报》

历尽风霜人更健——丁玲
访问记　　　　　　　　　明　军
载1980年3月23日香港《文汇报》

丁玲笔下的新女性　　　　兰　衣
载1980年香港《学苑》32期文艺版

写作五十年——丁玲与冰心　　帆
载1980年香港《学苑》33期文艺版

丁玲想当尼姑吗？　　　　李　民
载1980年香港《东西方》第13期

丁玲在北大荒的遭遇　　　陈　明
载1980年香港《东西方》第14期

（以上港台）

评《我在霞村的时候》　小田切秀雄
载1947年《人间》第2卷第4期

丁玲　　　　　　　　　冈崎俊夫
载1947年《新中国》第14期

丁玲——人民作家的形象　岛田政雄
载1951年《中国研究》第2期

丁玲备忘录
——日本最初所发表的丁玲文学的全貌
　　　　　　　　　　　尾坂德司
载1951年《中国语杂志》第6期

《太阳照在桑干河上》译　斋藤秋男
载1951年《中国事情》

丁玲论　　　　　　　　冈崎俊夫
载1951年《近代文学》第6卷第6期

中国的现代文学　　　　竹内好等
载1952年《世界》第76期

《太阳照在桑干河上》（书评）
　　　　　　　　　　　千田久一
载1951年《文学》第19卷第9期

丁玲经历年表
载1952年《中国文艺》创刊号

丁玲小说
——以《太阳照在桑干河上》
为中心　　　　　　　　梅田和男
载1952年《中国文艺》第1期

丁玲的文学　　　　　　金子二郎
载1952年《中国文艺》创刊号

丁玲的侧影
载1952年《中国事情》第29期

丁玲女士的《太阳照在桑干河上》在
文学上的价值　　　　　中川浩
载1952年《华侨文化》第45期

丁玲的文学论　　　　　冈崎俊夫
载1952年《中国文艺》第13期

《桑干河上》与《暴风骤雨》为什么获
得斯大林赏？　　　　　岛田政雄
载1952年《中国文艺》第13期

丁玲——人与作品　　　冈崎俊夫
载1953年《妇人画报》第582期

论丁玲的《太阳照在桑
干河上》　　　　　　　吉田幸夫
载1953年《北九州大学论文集》第2期

丁玲　　　　　　　　冈崎俊夫
载 1953 年《现代中国》第 21 期

丁玲（作家小传）　《天地人》编辑部
载 1953 年《天地人》第 6 期

丁玲——在霞村的时候
载 1953 年《天地人》第 6 期

我在霞村的时候　　　　　小西升
载 1954 年《中国文艺座谈会笔记》第 1 期

过渡时期的丁玲与报告文学　　高畠穰
载 1954 年《北斗》第 1 卷第 1 期

论文采
——《太阳照在桑干河上》
笔记　　　　　　　　　　高畠穰
载 1955 年《北斗》第 1 卷第 5 期

丁玲与我　　　　　　　小泉荻子
载 1955 年《北斗》第二卷第 5 期

程仁与黑妮——《太阳照在
桑干河上》　　　　　　　高畠穰
载 1955 年《北斗》第二卷第 1 期

丁玲与欧洲的小说　　　　高畠穰
载 1955 年《现代中国文学全集月报》第 12 期

关于丁玲的《在霞村的时候》　　　　　　　桑原武夫
载 1955 年《现代中国文学全集月报》第 12 期

丁玲简谱　　　　　　　　高畠穰
载 1955 年《现代中国文学全集月报》第 12 期

新中国与恋爱　　　　小田切秀雄
载 1956 年《妇人公论》第 418 期

关于丁玲"在霞村的时候"
　　　　　　　　　　重定纪久子
载 1956 年《冈山县汉文学会报》第 1 期

论《太阳照在桑干河上》　岛田久美子
载 1956 年《中国文学报》第 5 册

丁玲评价的变迁　　　　　竹内实
载 1957 年《文学界》第 13 卷第 7 期

丁玲问题与反右派斗争　　奥平卓
载 1957 年《新日本文学》第 12 卷第 10 期

丁玲批判
载 1957 年《世界》第 142 期

丁玲批判的问题点　　　冈崎俊夫等
载 1957 年《日本文学》第 6 卷第 10 期

《三八节》的周围及从此惹起来的怀疑
——丁玲批判的问题点
载 1958 年《日本文学》第 7 卷第 2 期

围绕着"丁玲批判"　　　　　松野谷夫
载 1958 年《新日本文学》第 13 卷第 4 期

论"丁玲批判"　　　　　　　相浦杲
载 1958 年《中国文学报》第 8 期

丁玲批判的问题点　　　　　冈崎俊夫
载 1958 年《现代中国》第 32 期

论丁玲批判　　　　　　　　竹内实
载 1961 年《东洋文化研究所纪要》第 25 期

丁玲的整肃与郭沫若
　　　　　E.埃夫那著　墙英夫译
载 1967 年《自由》第 9 卷第 1 期

各地的"霞村"　　　　　　　驹田信二
载 1962 年《中国现代文学选集月报》第 8 期

论左联时期丁玲的小说　　　三宝政美
载 1969 年《文化》第 32 卷第 3 期

丁玲与她的作品　　　　　　中川俊
载 1970 年《大阪外国语大学学报》第 22 期

长城与风与丁玲　　　　　　竹内实
载 1970 年《文艺》第 9 卷第 9 期

延安时期的丁玲　　　　　　中川俊
载 1971 年《野草》第 3 期

丁玲文学中"革命"的产生　　北冈正子
载 1972 年《东洋文化》第 52 期

丁玲初期文学与《包法利夫人》的关系　　　　　　　　北冈正子
载 1973 年《有瞳》第二期

鲁迅与丁玲
——三十年代的一个侧面　　丸山升
载 1976 年《尤利伊卡》特集

访重登文坛的丁玲　　　　　田畑佐和子
载 1979 年 8 月 31 日《朝日新闻》

《牛棚小品》解说　　　　　田畑佐和子
载 1980 年 1 月 25 日《朝日杂志》

丁玲谈话　　　　　　　　　中岛长文
载 1980 年《飙风》第 12 期

丁玲——她的严厉和温柔　　高畠穰
载 1980 年《亚细亚大学亚细亚研究所所报》第 18 期

（以上日本）

丁玲女士被捕（英文） （消息）
载 1933 年 5 月 17 日上海《大美晚报》

蔡元培、柳亚子等 38 人组成"丁潘援救委员会（英文） （消息）
载 1933 年 6 月 14 日《大美晚报》

丁玲——新中国的先锋战士（英文）
　　　　　　　　　　　　　茅　盾
载 1933 年上海《中国论坛》（英文）第 2 卷第 7 期

目击者揭露绑架丁玲的绑匪（英文）　　　　　李家贞
载 1933 年上海《中国论坛》第 2 卷第 7 期

丁玲被害（英文）　　　　　无名氏
载 1933 年上海《中国论坛》第 2 卷第 8 期

丁玲，新中国的预言人（英文）　　　　　厄尔·里夫
载 1937 年上海《天下月刊》第 5 卷第 3 期

丁玲在西北（英文）　　　　　厄尔·里夫
载 1937 年上海《今日中国》

两位现代中国女性：冰心和丁玲（英文）
　　　　　　　　　安德逊·柯丽娜
1954 年，博士论文存克莱蒙特研究院

延安文艺座谈会后二十年（英文）　　　　　夏济安
载 1963 年美国《中国季刊》第 13 期

丁玲和中共的文学政策（英文）
　　　　铁木辛·爱罗斯密斯·罗斯
1963 年，未出版的硕士论文，存爱荷华州立大学

1942 年作家对党的批评（英文）　　　　　默勒·哥特曼
载 1964 年美国《中国季刊》第 17 卷

1949 年前后的中共小说（英文）　　　　　夏志清
载 1973 年 7 月美国《中华月刊》第 4—14 页

蒋光慈、丁玲和肖军（英文）　夏志清
载 1973 年 8 月美国《中华月刊》

延安文学界的反对派（英文）　　　　　格韦格·本腾
载 1975 年伦敦《新左翼评论》第 92 卷

丁玲的《我在霞村的时候》（英文）
　　　　　　　　　　　　　傅赫华格
载 1976 年美国《迹象》第 1 卷第 2 期

《丁玲的〈我在霞村的时候〉后记》（英文） 傅赫华格

载1976年美国《迹象》第1卷第2期

丁玲早年时期：1942年前她的生活和文学（英文）

（博士论文，存威斯康辛大学）

文学的用途：丁玲在延安（英文） 傅赫华格

（1978年9月18—24日为在柏林举行的关于中华人民共和国的文学理论及文学批评的国际会议而写）

思想性和记叙体——读丁玲小说笔记（英文） 傅赫华格

（存哈佛大学）

思想意识和叙事文学：关于丁玲小说的研究（英文） 傅赫华格

（博士论文，存哈佛大学）

丁玲传略（英文） 约翰·贝尔

载1980年美国《被审查书刊索引》第9卷第1期

三八节有感及丁玲女权运动的文学根源（英文） 巴罗

（1980年6月16—19日巴黎抗战时期中国文学讨论会发言稿）

（以上美国）

当太阳升起了的时候（俄文） 谢苗诺夫

载1948年10月22日《消息报》

评《太阳照在桑干河上》（俄文） 切察诺夫斯基

载1948年10月31日《文化与生活报》

简介《太阳照在桑干河上》（俄文） 利诺夫

载1950年2月15日《乌德摩尔梯真理报》

《太阳照在桑干河上》（俄文） 哥里涅维奇

载1950年10月15日《加里宁格勒真理报》

介绍《太阳照在桑干河上》（俄文） 彼特罗夫

载1952年4月1月《苏联文学》

论中国文学（俄文） H.费德林

载1949年《布尔什维克》杂志第19期

社会主义现实主义文学的新成就（俄文） 《文学报》社论

载1952年3月15日《文学报》

（以上苏联）

丁玲自传

我有这样一个看法，我顽固地认为，一个写文章的人，只需要写文章。写各种各样的人、事、心灵、志情，写尘世的纠纷，人间的情意，历史的变革，社会的兴衰；写壮烈的、哀婉的、动人心弦的，使人哭，使人笑，使人奋起，令人叹息，安慰人或鼓舞人的文章。总之，什么样的文章都可以写，只是不要絮絮叨叨地在读者面前表白自己，这是很乏味的。因此我们拒绝过许多人，留下了一些使人不快的影子。但这次徐州师范学院的教师们为了编辑《作家传略》而对我提出了殷切的要求，使我没有办法推辞，只得试一为之。这原不合我的本意，而时间又紧迫，写得不能如愿，请编者、读者共谅之。

我生于一九〇四年，今年七十六岁。

我是湖南人，出生在临澧县，长在常德。我父亲的家庭属官僚地主。但我幼年丧父，四岁便跟着贫困的当小学教员、后来当校长的寡母辗转漂流。我本人成分是学生，我的家庭出身应该是自由职业者。

一九三〇年在上海，我参加了中国左翼作家联盟，主编左联的机关杂志《北斗》月刊；一九三二年参加中国共产党，担任过左联党团书记。

我一生当过编辑，编辑过党报副刊、文艺杂志、基层单位的黑板报、墙报、油印的小报；领导过培养青年作家的中央文学研究所，也当过生产队的扫盲教员、夜校教员，辅导职工家属学文化、学政治；当过饲养员，喂鸡、喂猪、种地；还当过短时期的红军中央警卫团政治部副主任，当过八路军的西北战地服务团的主任；一九三六年冬，担任苏区成立的中国文艺协会主席；担任过陕甘宁边区文协副主席；全国解放后担任中国作家协会副主席，第一届人民代表大会代表，第一届和第五届政治协商会议委员，全国妇女联合会理事。作为中国作家的代表、妇女的代表、争取世界和平运动的代表，我参加过一些国际性的会议和活动，接待来华访问的国际友人。但我主要的工作是写文章，是一个写书匠，或者叫作家。

一九二七年我开始写作。先是写短篇小说，后来写中篇、长篇、剧本、散文、报导、杂文等。五十二年来，除最近二十多年写作上的空白外，共发表了二百六、七十篇长短文章，约一百六十万字，但还没有写出一部理想的作品。作为一个专业写作者来看，量和质都是不够的。

在这五十二年间坐过两次牢监。第一次是一九三三年在上海被国民党特务秘密绑架，随即押到南京囚禁三年多。在这期间没有自首叛变，没有在国民党刊物上写过文章，没有给敌人做过一点事。直到一九三六年秋，在党的帮助下逃出南京，奔向苏区。第二次是在一九七〇年林彪、"四人帮"横行的时代，关押五年多，得有时间通读了马恩全集和其它的经典著作，一九七五年无罪释放。

解放前出版过七、八种集子，一九三三年全部被国民党查封，禁止出售。全国解放后出过五、六本集子，一九五八年在反左扩大化中又遭到查禁，在林彪、"四人帮"时代纸版全部销毁。

一九七九年，人民文学出版社重印长篇小说《太阳照在桑干河上》，不久即将发行出售。预计今年出版的还有短篇小说选集、散文集、杂文集，三十年代写的中篇小说《母亲》和《韦护》；四川人民出版社将出版抗战前后写的短文《到前线去》和一本《丁玲近作》。

目前我正在从事一部搁笔中断了二十多年的长篇小说的写作。

一九八〇年元月

（原载徐州师院中文系编《中国现代作家传署》（四））

编 后 记

　　从一九五七年到一九七八年，丁玲同志与文坛阔别二十多年，丁玲研究也被迫中断了二十多年。丁玲同志重返文坛后，她的半个多世纪的创作生涯和坎坷经历，很自然地引起了广大读者的浓厚兴趣，丁玲研究也日渐活跃起来。为了给广大读者、现代文学教学和研究工作者提供一些方便，从一九七九年开始，我着手编辑这本《丁玲研究资料》。经过整整两年的时间，这本资料终于要和读者见面了！

　　付印之前，简单谈一谈这本资料的编辑体例和设想。

　　这本资料共分六辑：

　　第一辑：丁玲生平资料。收录编者编写、丁玲和陈明同志改定的《丁玲传略》、《丁玲生平年表》以及具有一定参考价值的有关丁玲生平的文章八篇。力图比较全面、准确地反映丁玲各个阶段、各个方面的生活情况。配合这些文字材料，书前适当选收了作家的一些照片、手稿和书影。由于篇幅和体例的限制，有些涉及丁玲生平的生动的记述和优美的散文，如陈登科、肖马同志的《信念》、白夜同志的《丁玲的微笑》等，都不得不忍痛割爱；丁玲同志谈自己生平的文章，也未能一一收录。

　　第二辑：丁玲谈自己的创作。收集了丁玲同志为自己的著作撰写的前言、后记以及谈自己的创作体会、经验的文章共三十三篇。从中基本上可以窥察作家五十多年文学创作的发展道路，是我们了解和研究丁玲的最重要的第一手材料。有些旨在分析一般的创作问题而较少涉及自己的作品的文章，这里未作收录。

　　第三辑：丁玲研究论文选编。选收了国内外有代表性的丁玲研究论文（包括现代文学史的有关章节）三十六篇，计一九二九至一九四八年十二篇、一九四九至一九八一年十五篇、港台・海外八篇，分列三个部分。从中基本上可以理出丁玲研究的线索并掌握丁玲研究中所存在的主要问题。由于篇幅所限，对有些长篇论文采取了节录的形式；很多有影响的论文也未能一并选入。

第四辑：丁玲著作年表。列入了自《梦珂》以来编者所搜集到的丁玲同志的著作。其中，建国前的部分曾在《新文学史料》（1980年第3期）单行发表，此次收入时又作了进一步修订和增益。编者力图交给读者一份比较完备的《年表》，但愿这个希望不致落空。

第五辑：丁玲著作目录。收录了自《在黑暗中》以来丁玲自编和别人代编的所有集子的目录。丁玲著作的港台·海外版本也尽力作了搜集。但囿于见闻，这方面恐怕会有一些遗漏。盗版书版本目录、收入合集或其他著作中的丁玲作品目录，分别作为附录列入，以便查找；港台·海外部分，亦将收入合集或其他著作中的丁玲作品目录、散见报刊上的丁玲作品目录分别作为附录列入。由于同样的原因，这方面的遗漏一定也有不少，殷切期望得到海内外朋友们的批评指正。

第六辑：丁玲研究资料目录索引。分三个部分：（一）丁玲研究专著目录索引；（二）其他著作中的丁玲研究资料目录索引；（三）报刊上的丁玲研究资料目录索引。每一部分均按时间顺序排列，港台、海外部分附后。只有线索，而未见到的论文，不予列入；反动报刊的攻击性言论一概不收。

在此书编写过程中，得到了丁玲、陈明同志的热情帮助，谨向他们致以衷心的感谢！

此外，还得到了下列同志、朋友和单位的热情帮助，他们是：北大同事乐黛云、严绍璗、戴行钺、阮积灿；日本朋友中岛长文；美国朋友查里斯·艾勃、微娜·舒衡哲；北京大学图书馆、北京师范大学图书馆、中国人民大学图书馆、中国人民大学党史系资料室、清华大学图书馆、北京图书馆、首都图书馆、中国历史博物馆。谨向这些同志、朋友和单位一并致谢！向所有热情支持本书编写工作的其他同志和朋友致谢！

欢迎读者对这本资料提出宝贵的批评意见。

编者

一九八一年三月十五日于北京大学

《中国文学史资料全编·现代卷》总目

1	冰心研究资料	范伯群 编
2	沙汀研究资料	黄曼君 马光裕 编
3	王西彦研究资料	艾以 等编
4	草明研究资料	余仁凯 编
5	葛琴研究资料	张伟 马莉 邹勤南 编
6	荒煤研究资料	严平 编
7	绿原研究资料	张如法 编
8	李季研究资料	赵明 王文金 李小为 编
9	郑伯奇研究资料	王延晞 王利 编
10	张恨水研究资料	张占国 魏守忠 编
11	欧阳予倩研究资料	苏关鑫 编
12	王统照研究资料	冯光廉 刘增人 编
13	宋之的研究资料	宋时 编
14	师陀研究资料	刘增杰 编
15	徐懋庸研究资料	王韦 编
16	唐弢研究资料	傅小北 杨幼生 编
17	丁西林研究资料	孙庆升 编
18	夏衍研究资料	会林 陈坚 绍武 编
19	罗淑研究资料	艾以 等编
20	罗洪研究资料	艾以 等编
21	舒群研究资料	董兴泉 编
22	蒋光慈研究资料	方铭 编
23	王鲁彦研究资料	曾华鹏 蒋明玳 编
24	路翎研究资料	杨义 等编
25	郁达夫研究资料	王自立 陈子善 编
26	刘大白研究资料	萧斌如 编
27	李克异研究资料	李士非 等编

28	林纾研究资料	薛绥之　张俊才　编
29	赵树理研究资料	黄修己　编
30	叶紫研究资料	叶雪芬　编
31	冯文炳研究资料	陈振国　编
32	叶圣陶研究资料	刘增人　冯光廉　编
33	臧克家研究资料	冯光廉　刘增人　编
34	李广田研究资料	李岫　编
35	钱钟书　杨绛研究资料集	田蕙兰　马光裕　陈珂玉　编
36	郭沫若研究资料	王训诏　等编
37	俞平伯研究资料	孙玉蓉　编
38	六十年来鲁迅研究论文选	李宗英　张梦阳　编
39	茅盾研究资料	孙中田　查国华　编
40	王礼锡研究资料	潘颂德　编
41	周立波研究资料	李华盛　胡光凡　编
42	胡适研究资料	陈金淦　编
43	张天翼研究资料	沈承宽　黄侯兴　吴福辉　编
44	巴金研究资料	李存光　编
45	阳翰笙研究资料	潘光武　编
46	"两个口号"论争资料选编	中国社会科学院文学研究所现代文学研究室　编
47	"革命文学"论争资料选编	中国社会科学院文学研究所现代文学研究室　编
48	创造社资料	饶鸿兢　等编
49	文学研究会资料	苏兴良　等编
50	鸳鸯蝴蝶派文学资料	芮和师　等编
51	左联回忆录	中国社会科学院文学研究所《左联回忆录》编辑组编
52	中国现代文学总书目·散文卷	俞元桂　等编
53	中国现代文学总书目·诗歌卷	刘福春　徐丽松　编
54	中国现代文学总书目·小说卷	甘振虎　等编
55	中国现代文学总书目·戏剧卷	萧凌　邵华　编

56	中国现代文学总书目·翻译文学卷	贾植芳　等编
57	中国现代文学期刊目录汇编	唐沅　等编
58	抗日战争时期延安及各抗日民主根据地文学运动资料	刘增杰　等编
59	老舍研究资料	曾广灿　吴怀斌　编
60	文学的"民族形式"讨论资料	徐廼翔　编
61	刘半农研究资料	鲍晶　编
62	丁玲研究资料	袁良骏　编
63	成仿吾研究资料	史若平　编
64	沈从文研究资料（上）	邵华强　编
65	沈从文研究资料（下）	邵华强　编
66	徐志摩研究资料	邵华强　编
*	陈大悲研究资料	韩日新　编
*	曹禺研究资料	田本相　胡叔和　编
*	戴平万研究	饶芃子　黄仲文　编
*	冯乃超研究资料	李伟江　编
*	柯仲平研究资料	刘锦满　王琳　编
*	李辉英研究资料	马蹄疾　编
*	梁山丁研究资料	陈隄　等编
*	马烽　西戎研究资料	高捷　等编
*	邵子南研究资料	陈厚诚　编
*	司马文森研究资料	杨益群　司马小莘　陈乃刚　编
*	闻一多研究资料	许毓峰　等编
*	萧乾研究资料	鲍霁　等编
*	袁水拍研究资料	韩丽梅　编
*	周瘦鹃研究资料	王智毅　编
*	苏区文艺运动资料	汪木兰　邓家琪　编
*	文艺大众化问题讨论资料	文振庭　编

* 本书即将出版，敬请关注。